龙脉

陈廷佑◎著

河南文艺出版社
·郑州·

图书在版编目（CIP）数据

龙脉/陈廷佑著. —郑州:河南文艺出版社,2018.3
ISBN 978-7-5559-0633-9

Ⅰ.①龙… Ⅱ.①陈… Ⅲ.①长篇小说-中国-当
代 Ⅳ.①I247.5

中国版本图书馆CIP数据核字(2017)第294626号

出版发行	河南文艺出版社
本社地址	郑州市鑫苑路18号11栋
邮政编码	450011
承印单位	北京龙跃印务有限公司
经销单位	新华书店
开　　本	700毫米×1000毫米　1/16
印　　张	27.25
字　　数	400 000
印　　数	1—15 000
版　　次	2018年3月第1版
印　　次	2018年3月第1次印刷
定　　价	56.00元

目 录

CONTENTS

楔　　子

指导员：

　　见信如面，家柳和今今结婚转眼都快两年了。你和嫂子对今今真像亲闺女，我们每次见到家柳也感觉像见到亲儿子一样亲。

　　指导员，昨晚俺见到真龙了！跟画里的一样，从天上飞来，越飞越低，越飞越近。只见天上地上都是水，天上的水很干净，流到地上变脏了，飘着塑料袋、避孕套、烂纸袋子等。龙一直飞到窗户外，竟然把脖子探进窗内，龙须都扫到俺脸了，还伸出大舌头舔俺眼睛！

　　俺醒了，是场梦。

　　俺就想起你写过龙的诗，只记得有一句是"谁人可望知"。

　　梦见龙，也是因为俺刚去了一个地方。刚过 52 岁就退二线了，跟退休一个样。单位组织旅游，选的是圣诞节前一天，再往后一天又恰是毛主席的诞辰，说是中西结合，就去了离俺几十公里的邯郸古石龙阵。不知您听说过没有，大概 20 年前，当地村民挖土而发现石龙。

　　俺们看到了挖出来的一部分，是 17.5 米，其余还埋着呢，据说一共有369 米长。

　　专家推断石龙诞生于距今三万余年前，是中国境内年代最老、个头最大的龙，也是世界上最古老、最大的石龙。但专家们对石龙的来历意见不统一，有说是海底文明的遗留，有说是自然化石，有说是人为制造的，有说是天然石料和人为材料合成的。哈！五花八门！讲解员还讲有人说是外星人的作品！那不是更离奇了！

　　当地终于发现了摇钱树，说是要"开发性保护"，投资几千万建了龙文化景区，把石龙罩起来供人参观，还修了牌楼"天下第一龙"。现在已陆续挖出一大九小共十条石龙！大的在中间，九条小的分列两侧，形成一个"十

1

龙阵"。

　　俺感到好奇和惊讶：它们排列那么规则，造型那么精致，体形这么大，年代那么久，真让人感到神奇、神秘。

　　啊，十条龙的龙头、龙身都朝东北方向，而东北不远处就是著名的赵王陵遗址，所以也有人说石龙是赵王陵的"镇陵之物"。但赵王是战国时代的，距今才两千多年，而石龙距今都三万余年了，这时间明显对不上啊。

　　但俺看了总在想：龙是咱中华神兽，是中国人的图腾。现在能够见到的每一个龙的遗存，无不承载了先人对龙的崇拜；每一处龙的遗迹，无不反映了中华文化的创造力和先人对后人的心灵交代。在漫漫历史长河中，多少偶然事件其实透露出历史的必然，多少智慧的先人有意把他们的经验和感悟留给后人，让后人得到暗示和警醒，从而获得极大的教益。

　　这十条石龙朝向东北，是对着几里之外的赵王陵，还是对着近千里之遥的北京，又或者是对着山海关外的大东北，甚至是对着太平洋彼岸的什么地方？它们的朝向可能有意义，也可能当时率意为之没什么意义呢！但是想来想去，冥冥之中，又似乎暗示了什么。

　　指导员，俺是无神论者，从不迷信，这你是知道的。但看了这十条古龙，真的想了很多，感到太不可思议了，太神奇了，咱老祖宗留下的好东西太多了，以至于咱到今天还感觉眼花缭乱，不解甚多。

　　回到家里，给老父亲说起，他竟然说埋在地下好好的，几万年了，挖出来会伤到龙脉不吉利。这个看那个摸的，更是会触怒龙颜，带来祸患，让人哭笑不得。

　　好了指导员，你和嫂子今年是结婚30周年，俺全家提前祝贺！家柳和今今已经盘算着要孩子了，你和嫂子放心，你们不便问，俺两口子可是给今今下了死命令，必须为老陶家传宗接代。她说让咱们放心，一定让咱抱上孙子！

　　另，俺和今今妈都感觉今今这孩子花钱越来越大手大脚，已说她多次。也望你和嫂子多批评她，别迁就她。

　　祝你们身体健康快乐！

您的老部下　董春台

元月 15 日

第一章　接受使命

这天是农历立春第三天。头年入冬以来，天气少雨，南北大旱。北京本来就干冷干冷的，这天更是冷风刺骨，马路无水而冰，行人车辆履冰而行，都格外谨慎。

陶砚瓦开车从和平门向南来到琉璃厂，把车停在马路边。

他这会儿心情不错。外面寒冷，车内方向盘也凉凉的，他冻得不时搓搓手，但他也不开热风，一路唱着京剧，自己开心痛快。

他先唱了奚啸伯的《哭灵牌》，这是他自认为最华美的男腔段子。又唱了言菊朋的《让徐州》，这是他高兴时爱唱的。一路上兴致来了，他竟把裘派的《铡美案》也溜了一遍。唱得过瘾，连等红灯他都没觉得不耐烦。唱到佳绝处，他自己叫"好"，竟双手离开方向盘狠拍了三掌。前年卫生部一位副部长来机关讲课说，在车上唱京剧有利健康，还讲吃鸡蛋不吃蛋黄是谬说。这两句话他最认可。

开着自己的车，尽管是在繁华热闹的都市，但还是感觉到解脱、自由、畅快。

半小时前，陶砚瓦办公室来了两个人：杂志社编辑梁守道和物业处处长屠春健。前者是他叫过来的，后者是自己进来的。

屠春健推门进来的时候，看见陶砚瓦和梁守道站在一起，正评论墙上挂着的一幅字。字一看即知是陶砚瓦写的，只听梁守道说：很好，章法、笔法都没问题。墨稍微浓了点儿，笔有点儿滞，下次加点水。

一见屠春健进来，梁守道赶紧说：你们谈，我还得去赶个稿子。说着匆匆走了

屠春健便凑过来，神神秘秘地压低声音说：老陶你听说没有，昨天中午

咱们"一把"打球把腰扭了！还挺厉害！当时就送积水潭医院了！

"一把"是"一把手"的简称，机关里用此简称的只有屠春健和车队的几个人。

陶砚瓦听了不以为然道：说是检查了一下，没什么大事儿，当时就回来了。

屠春健说：是暂时没什么大事儿。你想想，他天天打球，怎么以前没事儿，现在有事儿？

陶砚瓦略带讥讽地说：怎么，难道是他流年运势、家宅风水的事儿？

屠春健故作惊讶道：嘿！老陶果然是个文化人，一句话就点到位了！服了！

陶砚瓦说：少来！你是不是发现什么了？

屠春健说：我是无意间听到看到，"一把"最近老是一个人从窗台里往外看。就站他办公室里，这么看，一看就是半天。

陶砚瓦听了十分不解，说：这有什么奇怪的？我也经常站在窗前往外看啊。

屠春健冷笑一声说：你看的是这儿，"一把"看的是那儿；你看是无心，"一把"看可能是有意，怎么能一样？

陶砚瓦更加不解地问：有什么意？难道他在看谁上班时在院子里闲逛吗？

屠春健又冷笑一声，这次笑得比刚才更冷：你老陶总是不善于理解领导意图。

陶砚瓦也冷笑一声说：你这个春健啊，你又理解出什么了？说来我听听。

屠春健更加神秘地低声说：他站在窗前看什么？我今天早上6点半进他办公室在他站的地方站了十分钟，我把他所能看到的东西都捋了一遍，我考虑得也不一定正确，但还是有所发现。

你说说你的伟大发现吧，我也跟着长长见识。陶砚瓦也冷冷地说。

我猜测他能盯着看的东西，只能是假山和小水池。屠春健颇有几分得意地说。

咱们领导是个文化人，有点闲情逸致不足为怪。你再好好琢磨琢磨；他看假山水池有什么深意吧。陶砚瓦仍然提不起兴趣。

有什么深意我还捉摸不透，但领导天天盯着一样东西看，那可就不是一般的事儿，时间长了，没意思也就变成有意思了，那一定会弄出什么意思来的！屠春健十分肯定地说。

好好，你继续琢磨着，我有事儿先出去一下。陶砚瓦说着顺手拿起手包，明显是要走了。

屠春健说：你老陶总是这样，也不改改这个毛病。你先稍等，我这儿有个单子你得批一下。

陶砚瓦接过单子一看，是一张"神灯治疗仪"发票，就问：谁的？

屠春健故弄玄虚地说：还能有谁？"一把"呗！前几天打球腰就不舒服，我赶紧打电话让人家送了一台过来。别说，这玩意儿还真管事儿，烤了烤说腰不疼了。这昨天伤了，还说回来接着烤。人家说给领导用，别给钱了。我说不行，让他们送了张发票过来。

陶砚瓦一边听着，一边拿笔签字，顺便看了看是四百六十八元。然后递给屠春健后，两人相跟着出了门。

陶砚瓦心里确实有点烦这个屠春健。烦他有事没事围着一把手转。整天揣摩领导心思，还到处卖弄，甚至还找他说什么"一把"喜欢中午打乒乓球，都是机关里几个人陪打，水平参差不齐，"一把"有时尽兴有时兴味索然。他认识一个女教练，早年打过专业队，建议调过来，放在物业处，"一把"一定会龙心大悦。陶砚瓦一听就给否了：专门为陪一把手打球调一个女干部来，这事儿要传出去，还不得在中央国家机关成为新闻？

陶砚瓦就是烦屠春健只想着拍马屁，其实陶砚瓦只看穿他想拍马屁这一点儿外皮。实际上屠春健是早知道他最烦拍马屁的事儿，但还是不断提些这样乱七八糟的建议，诱使陶砚瓦表态说话，而这些话经常会成为他向领导汇报的生动材料，有的领导恰恰是正想着听呢。

陶砚瓦进了自己的车，关上车门，就感觉进了自己的私密空间。他把身子坐正了，长长出了口气，心情才算舒缓过来。开着车，又唱了几嗓子，他终于感觉畅快起来。

陶砚瓦一直对琉璃厂文化街颇感兴趣，经常闲来一逛，多少总有收获。除了这里的古旧书籍和笔墨纸砚、较浓的文化氛围之外，还有一个重要原因，就是这里曾被称作"衡水街"，当年衡水人在此立足者甚多，特别是书画、古玩生意，绵延不绝，而书画生意又拉动了装裱生意，操此业者多为陶砚瓦的同乡：河北深州人。

如今文化产业大兴，市场越来越红火，这里的生意人已是南腔北调。

陶砚瓦无意观看繁华，他随手拿上一个大信封，把车锁了，转身朝东侧小胡同走去。

这个小胡同因在琉璃厂附近，所有临街房子都改成店铺。内外装潢争奇斗艳，门匾楹联各显神通。陶砚瓦走着，不由得放慢脚步，有几个店也着实吸引眼球。他感兴趣的是字好不好，够不够文气。他一驻足端详，就有店里小姑娘跑出来礼让："先生需要什么？进来看看吧！"

有个小店的牌匾上"聚雅堂"三字，落款是"栗有德书"。栗是某部委一位司长，平素雅好笔墨，出了诗集，担任了书协理事，听说还有可能更上层楼，奔副主席，甚至主席去了。陶砚瓦认识他，知道他对一些文化项目的审批很具影响力。陶砚瓦目光向店门里一扫，已大致认出几幅栗有德的东西。

陶砚瓦今天本来高兴，是因为他昨天下午下班前接到一个电话。电话是湘西某县文广新局副局长沈婉佳打来的。说她获得了年度诗歌大奖，等下月要来京领奖。她按要求准备了获奖感言，填了一阕《鹧鸪天》，马上发他手机上，希望陶砚瓦帮着书写装裱，届时拿到台上展示，以增强现场效果。

陶砚瓦此前已听京城诗友讲过，说本次诗歌年度大奖的奖金是历年最高的：古体大奖三十万元，新体大奖十万元；古体、新体青年奖各两人，古体每人五万元，新体每人三万元。新中国成立后在诗歌这个领域里，一直是新诗独领风骚，动不动就是"啊！大海啊！"古体诗词平平仄仄，规矩很多，格律很严，不招人待见，在文坛上连个丫鬟都不如。近年来情况有变，从中央领导到平民百姓，写古体诗词的人多起来了，看的人也多起来了，竟有否极泰来、由敲边鼓到打头阵之势，真个是风水轮流转了！这不，在陶砚瓦印象里，从奖金的设置上，竟然第一次由古体风头盖过了新体。

沈婉佳得的是青年奖。电话里陶砚瓦问她，这次奖金够请客了吧？沈婉佳干脆地说：不够！你们北京的饭店宰人太狠了！陶砚瓦连说热烈祝贺，也以一连串"好、好、好、好"，答应了沈婉佳的所有要求。

果然手机上收到沈婉佳一条短信，内容便是一首《鹧鸪天》词。

陶砚瓦看了，感觉还行，没什么问题。沈婉佳是他最信赖的诗友之一，自己的作品经常给她发过去求正，沈婉佳也从不客气，有意见就提，而且还很坚持。陶砚瓦也不是言听计从的主儿，也经常与她争论。这正是作诗所需要的。

当晚，他便在机关食堂草草吃了点东西，返回办公室就铺纸挥毫，把那首新词竖写在一张四尺宣纸上。挂起来端详一阵子，看到几个毛病，又折腾一遍，挂起来再看。直到写了五遍后，并排摆在一起，看过来，看过去，最后还是选了第一次写的。看看摆放在桌子上的手表，已是10点多钟。他拨通家里座机，告诉爱人杨雅丽，今晚单位有事加班太晚了，就在办公室睡了。

早晨爬起来到食堂吃了饭，上楼拿了挑的那幅字，让梁守道帮着看了看，放心了，就开车来"咏宏斋"，准备让张嵘的媳妇小王抓紧装裱出来。

张嵘的店很小，但其名号"咏宏斋"却很典雅。张嵘的爸爸张殿奎是个语文特级教师，从安徽老家退休后，进京创业开了这家小店。张殿奎雅好诗文，和陶砚瓦在一次诗会上相识，由诗友成了挚友。这个店名就是陶砚瓦起的，"咏宏"二字出自谢灵运的《山居赋》："指岁暮而归休，咏宏徽于刊勒。""咏宏"二字后面是"徽"字，暗藏着他的籍贯。另因他既经营装裱，也经营牌匾刻字，恰与"刊勒"吻合。此名一出，张殿奎拍案叫绝。可惜他几年前患肺癌走了，留下这个小店由儿子张嵘经营。张嵘还有个双胞胎哥哥叫张峥，接替父亲在老家教书。张嵘的媳妇小王是深州人，从老辈人那里学得一手装裱技术，张嵘娶了她，既是媳妇又是技工，小两口把小店打理得风生水起。店里也挂着陶砚瓦的字，明码标价。可惜陶砚瓦人无名，字乏力，少有问津。

陶砚瓦昨晚已打过电话，一进门就见张嵘和媳妇小王都在等他。两口子熟练地把字展开来，略带夸张地先夸陶哥的字越写越好，这幅尤其好。布局、章法、整体感觉都特好，确实是越写越好。陶砚瓦笑道：行了，一个捧一个逗，跟说相声似的，那当然是越写越好啦，都是自家人，别吹了，再吹就破啦。

一席话把两口子都逗笑了。陶砚瓦就交代他们手工裱，加急，下周四下班来取。说话间口袋里手机响了，是机关传达室老罗打过来的：陶主任，您怎么没在办公室？门口有人找您。是您老家来的。一男一女两位，说是有急事。

龙　脉

　　陶砚瓦是河北深州人，冀中平原一个县级市，经济不甚发达。平时有人问起老家，陶砚瓦总是跟上一句，是个穷地方。而不少去过深州的人也会跟着说，当年是很穷的。偶尔会有人近年去过，往往客气一句：哪里哪里，还不错嘛。陶砚瓦就知道人家心里的印象是怎样的。

　　在陶砚瓦看来，家乡别说跟南方一般县市比，就是跟那边一些国家级贫困县比，都还落后很多。爹娘在世时，他每年都回一两次，如今爹娘不在了，老家在心目中已经不再是原来的老家，它是熟悉的，又夹杂着丝丝陌生感；它是温暖的，但又让人心里阵阵悲凉。

　　把车开回院内停好，陶砚瓦匆匆来到传达室。

　　来人是陶砚瓦高中同学许清江的弟弟，小名许三儿。当年和许清江同学时，陶砚瓦去过他家，还曾经住下过。印象中三儿的鼻涕从未利落过，总是从鼻孔里露出一截子，偶尔还能"过河"——就是淌到嘴唇下面。没等他鼻涕利落，陶砚瓦就当兵走了。只记得叫他三儿，大号叫什么，陶砚瓦也不知道。前两天许清江打电话说他弟弟当着村支书，有事要来北京找他。一见面，不用问，看长相就知道是许清江的弟弟来了。

　　许三儿也认出了陶砚瓦。他从沙发上弹起来，一脸毕恭毕敬的样子，像见了皇帝一样。旁边的女子三十岁上下，按许三儿的要求，嘴里叫着叔叔。陶砚瓦领他们到了接待室，倒了两杯水，听许三儿一一道来。

　　许三儿当着村支书，每年都要把集体果园里的桃子、梨子等水果卖出去，作为村里办公费用。前年许三儿在城里认识了一个保定老板，口气很大，还带他到保定走了一趟，回来说村里水果不分集体个人，全部包销，还打了预付款。结果东西拉走了，余款至今拖着不给，有欠条，一共五六十万，全村人的血汗钱，没法儿向父老乡亲交代。许三儿急得够呛，跑保定多次，见老板无数回，总是说钱有的是，但都在账上，别人欠他还不了，他也没办法还许三儿。态度很真诚，事情没着落。

　　许三儿叫天天不应、叫地地不灵，无奈时上吊的心都有了。正郁闷时经人介绍认识了一个那边的法官。法官说可以帮他追款，但有个条件，就是他小姨子在深州南边邻县冀州市的一个乡村小学教书，其夫是市一中的老师，相距几十公里，孩子又小，谁也照顾不了谁，生活十分不便，希望帮她往城里调。跟来的女子就是法官的小姨子常笑。

陶砚瓦这才注意端详了一下女子：身材还算匀称，面容也算姣好，怯生生地望着陶砚瓦，一副楚楚可怜的样子。陶砚瓦笑道：三儿，你可真行，我还以为是你女儿你亲戚，绕了半天，我才知道这小常老师的来历。我能帮你什么忙呢？

许三儿说：大哥啊，你出出面，找找史凤山吧！他现在在冀州当书记呢。

陶砚瓦道：笑话！我找了史凤山，他凭什么就听我的？

许三儿急了：大哥啊，你是京官啊！你一句话就能管用啊！你就当是俺娘、俺哥、俺全家、俺全村老少求你了，你就帮帮俺，说句话吧！你们北京什么都不缺，来时给你带了点儿棒子糁儿，碾子碾的，熬粥好喝着哩！

常笑也突然开腔了，说陶叔叔，俺的困难您也知道了，您就帮帮俺吧！俺一定催着俺姐夫追回许叔的钱！一定！

陶砚瓦一时语塞。他想起许三儿娘，当年曾用老式木制织布机织的土布，缝制一件夏天穿的方格上衣送他。而此前他夏天最热的时候是没有上衣穿的。

陶砚瓦说：三儿，小常老师，我大体明白了你们的想法。这样吧，我抽空给史书记打个电话，但是成不成，我可没有把握。我和史书记好久没联系了，连他调到冀州我都不知道。

许三儿道：那就先谢谢大哥了！你一个电话，管用！

常笑这时真的笑了：请陶叔叔多费心吧！俺全家也都感谢您啊！她笑得很真诚，两个小酒窝像是盛满了欢欣。

送走二位，刚刚回到办公室，就见桌子正中整齐摆放着一摞文件，旁边的水杯里已经沏好了茶，水杯盖子斜放在杯沿上，半开半盖，端起来喝一口，温的，正好驴饮。陶砚瓦心想：该干活儿了。他先翻最上面几件报销单据：有几个人刚出差回来的差旅费，有市内打车的出租车票，有购买业务学习书籍的发票，修理电脑、打印机、复印机的发票等等。陶砚瓦看了看，全部签上自己名字了事。

其实他心里清楚：差旅费的食宿补助啊，出租车票啊，包括什么购书、修理的发票啊，不敢说都有问题，起码是问题很多，经不起太较真儿、认真查的。在机关上班的人，个顶个儿聪明绝顶，像婴儿一出生就知道找奶头儿，只要到了机关，他们很快就知道这些小技巧，都会不同程度学会塞上一点私货，不动声色地揩点儿油，弄点儿小外快。这个度要把握好，既不能张扬，

9

又不能太贪，关键是不能以为自己聪明，把别人当傻瓜。

如果你是个什么"长"，你必须维护好你下属的权益，让他们或明或暗地占到一些便宜。每个人都有自尊心，话不能说开，窗户纸永远不能捅破，但人人都心知肚明。

又阅了几个件，一把手尚济民的秘书孙谦来电话，说砚瓦请马上过来，尚部长找。

陶砚瓦站起身，伸了个懒腰，拿上笔和本子，朝门外走去。

几个领导都在一个楼层办公。一出电梯，正对着一个会议室，会议室旁边有个公共卫生间，陶砚瓦下意识走进去小解。而每次在此小解，都令他想起自己第一次来机关的情形。

那是 1985 年 9 月下旬的一天，他接到通知，让他过来和领导见面。他就是这样出了电梯，先进了这个卫生间。从卫生间出来，见了那位领导，也就是简单问几个问题，更像是拉拉家常。过了国庆节，他就来上班了。

陶砚瓦是百万大裁军时第一批转业的，当时才三十岁刚出头。当时地方上对部队转业干部需求量大，一般都能如愿安置。如果是能写材料，有点文字能力的，安置得更好。陶砚瓦在部队一直做文字工作：报道员、创作员、干事，经常在报刊电台发表些东西。部队里每个年度都按发表篇数给各个单位排名，排名靠前的脸上有光，排名靠后的就坐不住。这就引起各级政工首长甚至军事首长重视。能在报刊上发表作品的人，那就很吃香了。他们当兵就不用枪炮了，只需靠着手中的破笔头，也就有了受奖、立功、入党、提干的机会。陶砚瓦的档案里记载曾荣立三等功三次，嘉奖多次，都是因为他在军队报刊、地方报刊发表了作品。而对他转业安置至为关键的，是他在《人民日报》文艺版的《金台随感》发表的作品，政府部门对此比较认可。当时国务院办公厅、民航总局、国家建材局等单位都想要他，国办先把他档案提走了。等他到单位报到后发现，当时部级、司局级、处级都有不少军队转业干部，俗称"老转"。彼此一见面，都热络得很，统称"战友"。那时在各单位，不少转业干部都是香饽饽。

陶砚瓦来到二楼西北角尚济民的办公室门外，孙谦早在斜对面屋子里坐着，用手朝一把手方向指指，表示可以直接敲门，领导等着呢。陶砚瓦就敲门，听到里面有声音说"进来"。

陶砚瓦就进了门。

尚济民办公室很敞亮。靠南边窗户底下一组三个硕大的真皮沙发，可一排坐下五人；靠西南角窗户下摆放着两个落地花盆，里面栽着进口绿植。陶砚瓦不谙此道，叫不出名字。靠北面墙是一排六组书柜，里面摆满各种大部头成套的书籍。书都是尚济民的，因为前任走时，把原来摆放的书都打包带走了。尚济民的办公桌紧挨西墙，他背靠着书柜，坐在沙发椅上，右手边恰好对着西北角的窗户。屋门一侧，靠东墙摆着一个矮柜一张书案，矮柜里有些饮料和酒饮器皿，上面摆着个微波炉。书案上铺着毛毡，整齐摆放着精美的文房四宝。里间有床和卫生间，赘言不述。

外屋还有一件家具必须提及：紧挨尚济民办公桌右前方，靠西墙对着门口有一把椅子，如果不是和尚济民特别亲密，而尚济民又没任何示意，一般下属都不敢坐在那里。

这时尚济民让了：来，砚瓦，坐这儿！

陶砚瓦已预感到要有重要事情发生了。

砚瓦，今年多大了？尚济民的语气像兄长一般亲切。

马上就满五十六岁。老了。陶砚瓦说完，似有一肚子委屈要倾吐。

瞎说！尚济民笑着嗔怪道，你才五十六岁，就喊老了？说完这句，他端起茶杯，狠呷了一大口，然后把杯子往桌子上一放。

陶砚瓦赶忙站起来，找暖瓶给尚济民续水。

下步你自己有何打算吗？尚济民不再兜圈子了。

领导啊，我自己能有什么打算？听您调遣啊！陶砚瓦努力想让自己表演得真像个小弟弟。

砚瓦不错！尚济民说完这句话，脸上的笑容没有了，恢复到平时的严肃和深沉。陶砚瓦知道要进入正题了，赶紧拿过笔和本子，摆出一副要聆听圣旨般的虔诚。砚瓦是军队转业干部，一直表现很好，做了许多工作，这些我都知道了。我来以后呢，也一直积极工作，跟我配合很到位。办公厅的工作，特别是服务中心的工作比较杂，也比较累，几件大事，包括接待总理来机关视察啦，中秋、春节联欢啦，宣传外事啦，接待、机要、办公自动化啦，等等工作，都有很好表现，我也比较满意。

龙　脉

　　尚济民又端起杯子喝水，眼睛不再看陶砚瓦，似乎在思考下面谈话的内容。屋里空气顿时很凝重，陶砚瓦只感觉下面的谈话对自己会很重要，但不知是福是祸，只能大气不出，紧紧捏住手里的笔，静静等待着。

　　砚瓦你知道，我来以后，走访了所有离退休老同志和所有高级专家学者，一一当面听取他们的意见。之后我亲自撰写了一份报告，交给了高层领导。其中他们反映最多的，是咱们的办公条件、研究条件太差。新中国成立快六十年了，这个问题一直没有解决好。领导很关心，元旦期间专门听我当面汇报了一次。他还有个重要批示，让我们可以考虑找个小地方，建设一个小楼。

　　陶砚瓦边听边记，此时也随口说了声：太好了！

　　砚瓦啊，此事还没公开，还在保密阶段。尚济民目光射过来，盯着陶砚瓦。陶砚瓦立刻感到浑身发紧，马上表态：领导放心！

　　好！尚济民一副释然的样子。我考虑过了，想请你负责这个小楼的筹建工作。你先着手做前期工作，首先要搞清楚这个小楼的功能是什么，体量需要多少面积，在什么地方选址建设，是找现成的还是准备新建等等，要尽快起草一个正式的专门请示。此事暂时先不要跟别人讲，包括其他党组成员都不要讲。明白吧？

　　明白。陶砚瓦嘴里说明白，只是明白了尚济民的要求，至于为什么，其实他心里还没来得及搞明白。

　　好，你先开始考虑，做些准备，我考虑有两万平方米足够了，最多不要超过三万平方米。尚济民满意地笑了。他满意的主要是自己谈话的技巧和驯服下属的能力。

　　没别的事儿了吧？陶砚瓦问。

　　没有了。去吧。

　　陶砚瓦出门时，孙谦朝这边望了一眼，两人对视都笑了笑。

　　回到办公室，陶砚瓦先进卫生间撒了泡尿，对着镜子用力做了几个鬼脸，然后回到桌前喝了一大口水，接着往床上一躺。他把脑袋从床沿耷拉下来，双手和双脚向相反方向使劲儿抻，浑身的骨头都有松弛、解脱的感觉。前面动作是一个知名演员告诉他的，说是可解除脸部疲劳，后面动作是一个医生告诉他的，说是可让颈椎松弛，解除浑身疲劳。

　　绷了一会儿，陶砚瓦静静地躺在床上，直望着屋顶乳黄色的天花板。

天花板正中是一个光电烟雾报警器，往里面办公桌上方是一个节能灯管。这两样东西，前者提供安全，后者提供光亮。

陶砚瓦往天花板上望了好一阵子。他开始回忆自己这二十多年的公务员生涯，以及为什么一把手给他这样一个特殊任务，它对自己意味着什么？想从中理出一点头绪。

每一个公务员，从进门那天起，就是进入了一个金字塔。底层是人数最多的科员级，然后是科级、县处级、厅局级、省部级、国家级。这五个层级再加上各层级副职，实际是十个层级，越往上面人数越少。一个公务员从最低级别的科员干起也好，或者像他陶砚瓦一样，半路上杀进来，从五个层级的下面哪个层级干起也好，一步步往上升，每一步都可能是自己的最后一跃，早晚要触碰到一顶无形的天花板，从而结束自己的公务员生涯。因此，就绝大多数公务员来说，这场向上攀登的竞赛，其实注定是一场必败之战。

几乎每一个公务员，在到达一定级别后，向上晋升的空间越来越小，从而在不同阶段上遇到自身仕途的"天花板"。遇到天花板，不是板压人死，就是人顶板破。还有更聪明的办法，就是人挪活树挪死，换一个更高大的房间。人还是那个人，只要新房间足够高大，就可以与新的天花板产生相对高度，从而有了再次提升的机会。

总会有人或者靠自己，或者靠外力，实际是需要个人因素和外部因素的结合，才能冲破自己头上的天花板，进入更加高大的房间，去触碰更高的天花板。

陶砚瓦就想到自己从军队转业，进入公务员队伍时，定了主任科员，然后用 24 年升了副处、正处、副局三级，如今的年龄和级别，早就罩上了正局的天花板，无论怎么干、干什么，无非是解决个正局退休。在现任职务上退休，与在筹建工作岗位上退休，实在是没什么分别。

陶砚瓦想明白了。

他有个习惯：干任何事情都需要想想明白，需要想通，没想明白、没想通的事情一定是很难干好。

第二章　窗外风景

陶砚瓦打开电脑，胡乱搜索浏览了些资料，又站起身，走到窗前往外看。

窗外临街，人来车往，市声嘈杂。幸亏楼外有围墙相隔，而且围墙外是几米宽的绿地，绿地外是人行道，人行道外才是行车的马路。马路边种的是银杏，对着陶砚瓦窗子的两棵，正好一雌一雄。雄株主干与主枝间夹角小，树枝勃然向上，植株高大，所谓玉树临风；雌株主枝与主干之间夹角大，几呈平展状，树冠较广，圆头似卵。

听一位林业专家说，银杏在自然条件下，方圆十公里内只要有一株雄树，雌树即可受粉结果。

看来一夫多妻现象，在动物界、植物界都是比较常见的啊。

心里一笑，就又想起屠春健的话。是啊，尚济民每天看窗外，他在看什么呢？他的窗外没有对着银杏，只能看到草坪、假山、水池、古槐，以及时时飞来的鸟儿。立刻觉察到自己走神太远了，赶紧整理思绪。

窗外的天地永远比窗内大，更比窗内精彩。

他应该也在考虑建小楼的事吧！

这个新建的小楼要放在什么地方呢？

陶砚瓦一边考虑着起草请示，一边傻傻地暗自思忖着这个漫无边际的问题。

随着国家发展，北京作为首都，在人口、建筑诸方面的扩张，恐怕是全世界最迅猛的了。陶砚瓦当兵时常到北京"送稿子"，那时北京的人口是五百万。刚转业时人口接近一千万，现在据说有三千万了。你几天没到一个地方，过几天再去，可能一座楼就起来了，一条街翻新了，一条路冲直了。用日新月异形容，可谓所言不虚。

先是往二环以外发展，没几年就往三环以外发展，现在四环以外也很少余地了，五环外都算市区了，更有不少人往六环外，甚至到河北的燕郊、廊坊、固安、涿州，还有张家口方向买房。人们在一个新奇的年代，不断创造着各自的新奇。

他找来一张北京市最新版的地图，一会儿挂起来，一会儿又铺开来，端详来端详去，像个受领了战斗任务，却又找不到进攻路线的作战参谋。

这时，屠春健打过电话来，说老陶你出来一下。

陶砚瓦就问：什么事儿？

你先下楼，到了院子里你就知道了。屠春健口气很急的样子。

陶砚瓦就想象着院子里可能是出了什么事儿，是楼面贴的石头掉了，还是有什么上访人员进院子了？

出来看屠春健正在草坪假山前面冲他招手。

陶砚瓦走近了，就问什么事儿？

屠春健压低声音说：别抬头，"一把"现在正站在里面往外看呢！

陶砚瓦还是不解地问：到底出什么事儿了？

屠春健说：你老陶真是个书呆子。"一把"老是往这儿看，我们就应该多往这儿晃一晃。你看这水池里，干着没水，冬天可以，现在开春了，咱们得灌水养鱼了。还有假山这块最大的石头，你多围着它转一转，从不同角度看它，像什么？从这儿看像个龙头，从这儿看，是不是像个人？你再往这边走走，是不是又像头牛？

陶砚瓦顺着屠春健的手看去，果然是他说的意思，就随口说了句：这牛好像是卧着的。

屠春健立刻大喜道：老陶好眼力！你都看明白了，那我可就得说实话了。

陶砚瓦问：这里面有什么问题吗？

屠春健又假模假式地说：不怕你笑话，咱哪儿说哪儿了！你可千万不能告诉别人！

陶砚瓦说：别废话了，快说吧！

屠春健说：我心里没谱儿，万般无奈之下，那天请人找了位大师来给看了看。没想到大师一看真看出问题了。我先声明，我不是太信这东西，但人家大师一看一说，我还真是半信半疑了。

陶砚瓦有点儿好奇地追问一句：大师说什么了？

　　屠春健脸上又露出得意的神情：大师进楼看了看"一把"的办公室，摆设没什么问题，站在窗前往外看了一下，又下楼在院子里转了转，然后又围着假山近距离观察，想了一会儿，就问咱"一把"什么属相，我说属狗，大师就叹了口气，说你们这块石头该换换。我忙问为什么。大师说这石头上有龙头，还有卧牛，中间还夹着个人。你看这个人，似哭似笑，说明有人好受有人难受。谁难受？属狗的！因为龙和牛都克属狗的。

　　陶砚瓦听完笑道：什么狗屁大师，一派胡言！想骗你钱了吧？

　　屠春健马上正色道：看看看，知道你就不信，跟你说也是白说。总而言之，言而总之，咱哪儿说哪儿了啊！你可别把我出卖了啊！要让"一把"知道了，他要再碰上倒霉事儿，那不得怪我啊！

　　屠春健说到"一把"时，眼珠子向右上方斜到极致，然后低声说：不在，那儿没人了。

　　尚济民确实在窗前站了一会儿，但屠春健过来时，他就已经回到椅子上喝茶去了，等陶砚瓦过来时，他都已经喝完一泡茶了。刚刚开春，院子里也没什么好景致，他又很忙，怎么会有大块时间在窗前伫望呢。

　　此刻的尚济民，虽然没站在窗前，但也是坐在椅子上思考。当然，他最近确实有心事，而且确实是在思考着建小楼的事儿。

　　他的办公桌上一堆文件，有待批的，有待阅的。他手里拿着一根吸水软笔，既没批，也没阅。

　　那天他见到相关高层领导，只是如实汇报他了解到的情况，他没想到相关高层领导听完之后，竟说了一句：你们可以考虑建个小楼。

　　尚济民听了，立刻感到这句看似平常的话里，蕴含着一个沉甸甸的政治举措。领导亲自提议"建一个小楼"，既是对专家学者普遍呼吁的一个积极回应，更是从崇文尚德、尊史重道的文化思维出发，体现中央政府接续和弘扬中华文化传统的决心及行动。

　　新中国成立六十年了，国力增强了，经济发展了，文化进步了，我们在提高经济自信、制度自信、道路自信的同时，也明显提高了文化自信。新中国初期的"敬老崇文"政策，应该在新形势下结出新的果实。过去应该做却没力量做的事儿，今天也许是时候做了。

建个小楼，兹事体大。具体操办起来，真要"建一个小楼"，可不是件容易的事儿。需要把相关领导的指示，与国家的法规、部门的实际一一衔接对应起来，还要抓紧运作，争取在自己任期内完成。

他像一个以长考为杀敌利器的围棋高手，又像一个面壁悟道的高僧大德。桌上杯子里的水早凉了，他竟一口也没喝。

本来按照机关惯例，建小楼的事应该交由机关服务中心，具体由物业处处长屠春健负责。屠春健的物业处，同时也是机关的"基建处"，而且他也是名义上的"基建办主任"。下面只有一两个电工、管道工，平时做些杂活。以前说是搞过基建，但仅限于在机关院内折腾，不过两三千平方米的层级，动作不大，难度不高。再加上屠春健长袖善舞，上下其手，一点点沟沟坎坎，都让他腾挪闪展，轻松而过。

而即将建设的所谓"小楼"，虽谓之小，再小也得上五位数吧。这座小楼，放在其他部委，也许不是太大难事，但在他目前负责的单位，从1949年10月新中国成立至今，多少人都想过，但从未有过机会。现在机会突然来了，一定要把握好，决不能轻忽怠慢，因为机会往往稍纵即逝。

抓住机会，首先要做的是赶紧启动，而要启动这项工作，需要一个靠得住的人。这个人既要抽得出来，又要沉得下去；既要有文字能力，又要有运作能力；既能在一定程度上代表机关，又不会给机关工作造成影响和削弱。

班子成员里，每个人手上都有任务或者项目，办公厅和各司局的一把手，一一对应着班子成员，承担着繁重的日常工作。他在心里把各个口的副职捋过来捋过去，一个一个地斟酌考量。

尚济民经过深思熟虑之后，还是把这次建小楼的启动工作交给了陶砚瓦。

如果是一个事务型官员，要完成此事其实也并不难，只需按部就班，依规依纪进行即可。搞成了皆大欢喜，搞不成也没什么了不起，付之一笑而已。

但是尚济民不是事务型官员，他是一个长期在高层浸染，长期为高层咨询服务的高官大僚。他要建小楼，目光绝不止于小楼本身，而是要把这座小楼与国家、与时代、与历史、与民意都完全契合。他心中的小楼，不仅是单位的，也是社会的；不仅是具象的，也是抽象的；不仅是现代的，也是历史的。

所以，这座小楼绝非等闲。

陶砚瓦和尚济民都在想着建小楼，都在为此事操心着急。其实原因也很简单，就是目前在这个院子里上班的人中，只有他们二人知道此事。

但陶砚瓦着急是瞎着急，尚济民着急才会有办法，人家是部长，是一把手嘛。

果然，第二天陶砚瓦接到尚济民秘书孙谦电话：明晚在机关安排一桌餐，领导要宴请北京市老领导岳顺祥，并且请陶砚瓦作陪。陶砚瓦一听就明白了。

岳顺祥，江苏人，曾任老书记秘书。历任东城区区长、书记，市委常委、组织部部长，奥组委执行主席，干到六十八岁了，还没算完全退下来，还在市委上班，保留着秘书、司机、办公室等原有待遇。由此，可见此公在京城党政界之尊贵。

机关食堂在半地下的负一层，有重要宴请安排在机关办公楼的三层，有电梯可达。时间定的是 6 点半，6 点 1 刻，陶砚瓦已站在大门口迎候。一辆挂着"京安"牌子的奥迪车子一到，陶砚瓦立即迎上前去，想着打开右后车门，却见前面车门里早有个小伙子跳出来把车门开了，并且一手扶人，一手护头，架出一位老者。陶砚瓦即知他们便是岳顺祥和他的秘书张宏，也忙上前挽着另一只胳膊陪同上楼。先到接待室，尚济民已先行到达，两人握手寒暄，稍事停留后，就到餐厅落座。宴请开始。

因为是第一次来，级别又比较高，所以标准定得不低。但岳顺祥或者吃得很少，或者连动也不动。尚济民就说：砚瓦，叫他们过来，岳主席是不是不合口味啊？

按照惯例，这种规格的宴请，都是分餐制，亦即所谓"中餐西吃"，就是由服务员将每道菜肴按位分发到餐客盘中。它一是避免了大盘混吃的交叉接触机会，二是避免了欧美人士因为不会使用筷子而产生的尴尬，因为它为每位客人都准备了中西两套餐具。北京爆发"非典"之后，这种吃法已经非常普遍。

近年来西风日盛，不少人"崇洋"，什么都往欧美靠，连这么吃饭也叫"西吃"。实际上，这种吃法早在四千五百多年前就在中国出现了，有考古成果证明，最晚在龙山文化时期，我们的先人就采用以小食案进食亦即分餐制的方式。在不少古墓的壁画中，也多有这样的场面。鬼知道那个时候欧美人的祖先是什么吃法。

但万事万物没有百分百正确，这种吃法好是好，它也有两个弊端：一是极易造成食物的浪费，经常有客人原封不动地把自己分得的食物放在那里由服务员收走；二是吃饭时必须由服务员在现场伺候，一个人还划拉不开，经常要有两三个服务员站在旁边伺候。

好在中国人多，就业不易。估计全国仅餐厅服务员的从业人数，也会是一个惊人的数字。

今晚就是两个服务员：一个是身材高挑的河南姑娘秋曼莎，一个是个子比秋曼莎矮、身材比秋曼莎胖、皮肤也比秋曼莎粗糙的河北固安姑娘周芳。

机关食堂有服务员，她们的服务范围仅限于食堂，俗称"餐厅服务员"。领导宴请的服务员是平时为机关办公室做卫生打开水等杂事服务的服务员，俗称"楼里的服务员"。二者虽然都叫服务员，却有着些许的区别。从形象上也不难分出来：后者看上去总体上要漂亮顺溜一些。更重要的是，她们的隶属关系也不一样。楼里的直接归服务中心的服务处管，餐厅的归服务处下面的膳食科管。

这有什么区别吗？有！就相当于前者是机关兵，后者是连队兵。机关人员对她们的看法也有很大差异，她们自己的感觉更是不同。

秋曼莎们每次参加这种服务都算加班，是要加钱的。如果宴请密集，她们每月的收入可能比年轻的公务员还要高。

按说，解决岳顺祥吃可口菜的问题，问他本人，再让服务员吩咐餐厅准备即可，即使需要喊餐厅主管小邓上来，也应该是叫服务员去喊。尚济民却偏偏让陶砚瓦去叫，陶砚瓦就知道他或者是故意做给岳顺祥看，以表示对他的重要地位十分尊重；或者是他有什么话不便当着陶砚瓦说，有意把他支开。所以他嘴里答应着，马上站起来出了门。出门时听背后岳顺祥说：不用，济民同志，我身体不大好，有糖尿病，吃东西有忌口。

他并没有去叫小邓，而是去了趟卫生间。从卫生间出来，在洗手池洗手的时候，秋曼莎像一阵风飘过来，嘴里轻声叫着：主任！有个事儿你听说了吗？

还没等陶砚瓦出声，她就讲道：周芳怀孕了。

啊？陶砚瓦心里一惊。真的吗？

是真的！刘姐从医院取的化验单。秋曼莎的声音更放低了，头离陶砚瓦更近了，分明可闻到她青春的身体上散发出的好闻的味道。

是谁的？说完这句话，陶砚瓦自己都感到很尴尬。

秋曼莎坏笑一下：不知道。放心，又不是你的。

好，等宴请结束后再说。你先把小邓喊上来，说领导叫他。我回办公室打个电话。

陶砚瓦抓紧给家里打电话说了一声，结束太晚就不回去了。他来机关比较久，算是个老人儿，领导允许他在办公室里摆了张单人床，中午可躺一会儿，晚上有事也可以住下。

转回来，他轻声对尚济民说：他们马上过来。然后又到桌前坐下，接着吃饭。他眼睛斜视一眼周芳，果然看她小肚子似有微微隆起的意思。

这顿饭吃过之后，岳顺祥已被正式聘为筹建顾问，专职负责筹建小楼过程中与北京市的联系协调。机关由陶砚瓦与之对接服务。尚济民并且指示陶砚瓦，马上为其安排一间办公室，并配备办公家具和用品。

目前这事儿还只有陶砚瓦知道，机关工作一切照旧，秋水无痕。

第二天，7点刚过秋曼莎就来了。她和往常一样，手里提着刚打来水的暖水瓶，优雅而有分寸地先敲敲门，优雅而有分寸地问候早安，优雅而有分寸地打扫室内卫生，并泡上一杯茶。

周芳的事，我问了问王姐，她说医院讲已经怀孕五个月了，不能引产了，只能是生下来。秋曼莎手上忙活着，嘴里也不闲着。

陶砚瓦诺诺应着，没表示任何意见。他虽然兼着服务中心法人代表，但服务员上面有班长，班长上面有服务处，服务处上面有分管副主任，他不能听到一个小服务员说了什么，就找这个找那个。

当然，他心里其实也在想：周芳肚子里的孩子会是谁的？是领导的？那将是天大的丑闻！是司处级的？是哪个处以下人员的？车队的？陶砚瓦基本把整个机关的男性筛了一遍。但想不出任何明确答案和哪怕一丝线索。

他不急。因为这事说到底，和他本人没有太大关系。

秋曼莎见陶砚瓦不愿意搭腔，只盯着窗外看，就说：你这窗户玻璃太脏了，我帮你擦擦吧。说完就搬了把椅子踩上去，拿抹布去擦。她的身材高挑，胳膊很长，抬手擦时，裸露出一段腰身，白白嫩嫩，若隐若现。又开了窗子，去擦玻璃外面，小身子像猴子一样钻出去，手把着窗棂，湿布先用，再上干布，个别部位还把那樱桃小口对过去，哈上几口湿气，再反复擦拭。陶砚瓦看她熟练的样子，想起一部小说的名字：《工作着是美丽的》。想及此，他嘴里说：小心点儿，别摔着！

秋曼莎听见了，从窗外冲他一笑，没事儿！我常出来擦。

几下就擦完了，从椅子上跳下来时，陶砚瓦忙伸手去接，顺势在她额头上亲了一下。

秋曼莎又冲他一笑，拎起空暖水瓶款款离去。

陶砚瓦站在那里，果然看见玻璃透亮多了。而且在那片透亮的天光里，依稀可见秋曼莎的倩影。

服务员有轮换制度。一个季度轮一次。本季由秋曼莎负责陶砚瓦的办公室。

秋曼莎是目前资历最老的服务员，算算已经五年多了。当年的一把手耿茂盛心细，什么事情都管，机关进公务员是大事，每年面试他不便出面，人事部门便全程录像，放给他看，由他拍板选用他满意的。服务中心进人他也管，包括车队、打印室、门卫、厨师和服务员，他都要一一过目，他看不上眼的，绝不能进来。特别是为自己服务的服务员，必须由他亲定。他一旦选好哪一个，除非他自己不用了，否则谁也不能替换。

秋曼莎是某市职专航空服务专业的学生。号称学的是"空姐"专业，入学时要求形象、个头儿。实际这都是教育产业化，教育为挣钱的产物。到处学空姐，哪里需要那么多空姐？真正当了空姐的，还有不少是花钱托人才去的。大部分"航空服务专业"毕业的学生，其实做什么的都有。

秋曼莎那批来了六个人，为了这六个学生，按照一把手耿茂盛的要求，陶砚瓦亲自到河南那个地级市跑了一趟，省里对口单位的一把手梁抗美陪他一起去学校，从两个班六七十人中，选了她们六个女孩子。

记得秋曼莎就是由老梁选中的。那时她还没发育好，小柴鸡儿似的，并没有引起陶砚瓦注意。但老梁那天只说了一句话，就是说第五组打头数第三个不错，指的就是秋曼莎。

从此陶砚瓦跟老梁也很少联系，秋曼莎更是跟老梁没半点儿联系，她自己也不知道是什么让老梁看中了她，以及为什么看中了她。但一个陌生人的随便一句话竟然就决定了她的青春岁月怎么过。

这六个孩子来时，由该市教育局局长、学校校长陪同。耿茂盛还请他们吃了饭，就在尚济民请岳顺祥那个房间。

这种事对现任一把手尚济民来讲是不可思议的。虽然都是一把手，但不能想象尚济民会在此请一个素不相识的某地级市的教育局局长，更别说什么职专校长。但当时的一把手就请了，而且吃得喝得说得都很尽兴，没有人感觉有什么不妥。

所以机关的氛围都是由一把手营造的，他的个性、好恶如何，他在某一时期的关注点在哪里，会影响整个机关的情绪和状态。而尚济民这个一把手，与前任一把手的风格迥异，他对这些事情完全没有兴趣，谁来谁走，包括谁在他办公室服务，他一概不管不问。

当初来的六个人，陆续走了五个，都是有了新的人生规划，自己辞职走的。秋曼莎没有走，似乎也没有什么想法。她没有什么野心，连个领班班长也不想当，就做普通服务员。工作也一般般，但也不出什么纰漏。

由于她毕竟是由陶砚瓦亲自选来的，陶砚瓦或多或少对她有所关照。在秋曼莎心里，也感觉是陶砚瓦把她带来的，所以就有所依靠。比如有一天她给陶砚瓦打电话，刚开口说话就哭起来了，说她姐姐开了个时装店，被北京的批发商骗了，3000元押金不给退。钱是她交的，她就急哭了。陶砚瓦马上给那家公司打电话，那家公司答应不退钱，但可以去挑选同等价值的货来抵。也算是没有吃太大亏吧。

大概也是干得太久了，最近秋曼莎找陶砚瓦让帮着找工作，在北京、郑州都行。有对象了吗？没有。急着想嫁人了？不是。陶砚瓦看着她，想想她刚来时的模样，真是出落得越发像个大姑娘了。她不再耍小性子哭鼻子了，不再为些破事儿和身边人员闹别扭了。啊，好像也不再因为每个月的那个疼得打滚了。

说起来陶砚瓦还真是见过一次，那天晚上他正好在值班室值班，一个服务员慌里慌张跑来，说秋曼莎肚子疼，你快看看吧。过去一看，陶砚瓦也傻了眼：秋曼莎在宿舍床上窝着，头埋进两条腿间，分不清是哭声还算叫声，总之是就要死的样子。陶砚瓦说赶紧叫个车送医院吧，就和另一个服务员去抬，秋曼莎却死活挣着不去。过了一阵子，声音慢慢小了，似乎在好转，但是她不肯抬头，只是说，主任你走吧，我没事儿了。另一个服务员就使眼色说，没事儿了，她每个月都疼成这样子。陶砚瓦就知道了是怎么回事。

为秋曼莎换工作的事，陶砚瓦也真上了心。找了几个认识的老板隆重推荐，介绍说她长期为部长服务，尽量吹乎。但都未能如愿。一是秋的学历太低，二是秋的期望值太高，三是老板听说是为一个小服务员找工作，都感觉是与陶砚瓦有某种特殊关系的女孩子，虽然没有直接说，但从他们的各种反应可清楚感觉到。等真知道没那回事，人家实际上也就不再真管了。有一次陶砚瓦把秋曼莎叫上，与一个老板见面吃饭，之后那个老板还打电话叫她去陪酒。陶砚瓦知道后，严肃告诉她以后不可以再去了。

不去了，工作的事也没任何着落。其间收到过秋的一条短信：主任，谢谢您对我的关心和帮助。我知道我的学历不够，是当初没好好念书，现在明白也晚了。我爸爸妈妈也都感谢您！实在不行，我就回家去吧。这条短信让陶砚瓦很伤感了一阵子。

大概10点来钟，服务处处长赵连通进来报告周芳的事情。说前天安排服务员体检——这也是抗"非典"时立下的规矩——查出来了，医院专门找负责人说明了情况。一问，说体检前周芳曾找另一个服务员，请人家代她查几个科目，那个服务员不肯。说明她本人是清楚这件事的。经了解，周芳在北京有个男朋友，曾在下班后来找她，有人曾在多功能厅碰见过她和一个小伙子在一起，说他们也不开灯，别人去找东西，无意中用手电发现他们，吓了一跳。当时没当回事，现在想那应该就是肚子里孩子的父亲了。

陶砚瓦说，不管小伙子是谁，只要不是咱们机关的人就好。这样吧，既然她本人知道，又不肯明说，那我们也没必要捅破，你捅破了更不好收拾。因为她自由恋爱我们管不着，因她怀孕我们辞退她还不是正当理由。所以你们找她谈话，说查出来她身体不好，建议她回家休息，先不用上班了。明天派辆车直接送她回固安家里，一定要把人交给她父母，只要交了，我们什么责任也没有了。另外，没必要给大领导汇报，因为本来跟他也没什么关系，处理完后他问起来就告诉他，不问就算了。赵连通连声说好，就照陶主任意见办。

赵连通一走，陶砚瓦心想，如果是原来的一把手，此事你不在第一时间向他报告，他会相当不愉快。

周芳是河北固安人，紧邻北京的大兴。在机关做服务员已经三年多了，主要给尚济民服务。虽然尚不要求他的服务员固定，但一把手的服务员会有机会接触一些重要机密。前些年曾有敌特收买某大机关服务员，偷取机密文件的事情发生，所以各机关对主要领导身边的服务员尽量固定并格外重视。

周芳的情况和秋曼莎不同，她毕业于普通中学，是前任一把手的司机介绍来的。凡是跟一把手沾边的人，都是与众不同的。比如秘书，也许只是个小科员，但他们叫司长都是直呼其名，没有叫张司刘司挂上职务尊称的。有个段子说秘书把职务搞乱了，就是指这种情况。报载某省省委书记的秘书，曾给副省长一个耳光，那应该也不算太奇怪。

一把手的司机也不可小觑，往往由一把手本人或其老伴儿选定。只要给一把手开车了，他就不再是普通的司机了。他可能会向单位提各种要求，你得尽量安排落实，因为你也不敢问是他的要求还是领导的要求。比如他说要装警灯，而且是他自己已经订了，只是来取支票去结账。你也就别问了，签字吧。问也没用，一把手会说：啊对对对，好好好。问了反而十分尴尬。再比如他要修车，就有可能自己找地方去修，自己取支票结账。因为按照规定，只有正部级的车才是真正的专车，牌子是顶配的奥迪，排量高，对修理的要求也高，他有充分理由说明怎么怎么不同，需要怎么怎么特殊修理，你不同意也挡不住他这么办，末了你干生一肚子气，还可能影响领导对你的看法，怎么办？还用问吗？

前任一把手早走了，他的司机也不来机关了。但前任在任期间弄来的人还都在，新来的一把手也都不会去动他们，也许会慢慢从中遴选一二极品，给以某种信任。新来的一把手会慢慢往机关进人，精心培植自己的骨干队伍。周芳只不过是一个小服务员，她的位置也没人去争。如果不怀孕，没有几个人会注意到她。尚济民整天忙，也从不会去理会她的肚子。

陶砚瓦还是接到了周芳一个电话，她说自己最近身体不好，想回家去休息一阵。陶砚瓦心里清楚怎么回事，嘴上也只是客气了一番。

后来听赵连通说，和周芳的谈话很顺利，她说不用机关派车送她，她叫她男朋友来接她回家。第二天果然有个小伙子带车来接她，赵连通对小伙子说，周芳身体不好，你要好好照顾她。小伙子说，放心吧，领导，我会照顾好周芳的。

第三章　"诗魔"来了

北京的春天很短，柳树的枝条上刚刚吐出绿色，天气就一下子热起来，女孩子们在严寒中憋了几个月了，天气刚刚回暖，就迫不及待地穿出各种花花绿绿的裙子，争先恐后地来到大街上，给古老的京城装点出年轻和时尚。

岳顺祥从北京市建委的项目办借了个年轻人过来，叫龚扬。交给他的任务，就是在四城区寻找可供利用的合适的地块。龚扬就利用些老关系，找来一些线索，先自踏勘，感觉不错的，就向岳顺祥和陶砚瓦汇报。听上去还不错的，岳、陶也就去看一下。有两块地，大家印象比较深刻：

一块位于西城区前门西大街北侧，北京市文联大楼后面；一块位于宣武区教子胡同法源寺旁边，南横西街北侧。

两块地都向尚济民作了汇报，尚济民也让龚扬一起坐车过去，让龚扬在车上指认，并看了看周边情况。

但是，看是看了，这两块地并没让尚济民满意。

功能、体量、地块都定不下来，陶砚瓦的请示起草工作就没法儿动笔。而且即使都定了，动笔写东西也是要谨慎小心的。以陶砚瓦服务六任领导的经验，任何时候任何情况下，只要你负责起草一个东西，你把第一稿拿出来的时候，就是你被当成了靶子打的时候。

刚开始陶砚瓦并不在意，他有热情，有激情。他记得转业时是 10 月份报到，单位当年的年终总结就出自他的手。为此他没少听到领导的好评，机关也有同事对他称赞有加，什么秀才啦，笔杆子啦，特能写啦，等等，陶砚瓦听了曾十分受用。但是经验也告诉他，这些话狗屁用也没有，等到评先进、升职时，总会有人捷足先登，人家早在领导那里下了功夫，也总能更先于他达到目的。更甚而至于，平时偶然听到领导讲对什么人不满意云云，可千万别当真，那是故意放风，测试你的看法。因为下次提拔的时候，可能恰恰就是领导嘴里曾经不满意的那个人。

陶砚瓦也算是"六朝元老"了，应该是相当"油条"了。但在机关同事们眼中，他还嫩着呢，是那种别人把他卖了他还帮着人家数钱的傻瓜蛋子、青瓜愣子。特别是公务员队伍里学历越来越高，会写点材料根本算不上什么技能的时候，不写材料或者根本不会写材料的人，一点也不会影响升职了。按照公务员条例，当然有很多考评机制啦、重视德才条件啦等等设计，但实际上，在大机关，只要你不犯什么大错，靠混日子也能混出个似乎很体面的级别。就在陶砚瓦所在的单位，机关大门口传达室一个分信分报的，是个正处级，相当于一个县委书记或者县长。

时间长了，教训多了，陶砚瓦就养成一个习惯：领导如果让他写材料，他都是"袖手于前，疾书于后"。一开始，不慌不忙，气定神闲，老神在在的样子，实际上是累积材料，寻找门径，反复琢磨。关键时刻，加班加点，倾尽全力，一战功成。

他先把岳顺祥的办公室落实好，而且收拾布置妥当了。连电话、宽带、台式手提电脑都配齐了。岳顺祥的房间向阳，秘书坐在他对面一个背阴的房间里。岳顺祥过来看了，表示非常满意。陶砚瓦就向他汇报需要起草一个请示报告的事情。岳说知道了，听济民同志讲过了，当务之急是把这个小楼的功能定位搞清楚。至于报告的思路，就按济民同志的交代写就行了。

这天下午两三点钟时，陶砚瓦接到沈婉佳电话，说她已经到京，明天上午去中国现代文学馆参加颁奖，问陶砚瓦能否参加。陶砚瓦说接到邀请函了，必须参加啊，一定不能错过欣赏湘西才女风采的机会啊。再说那幅字还没当面送呈呢！你住哪儿，今晚还是我尽地主之谊吧。

沈婉佳说，我就在你机关门口呢。你出来接我还是让我进去找你？怎么合适？千万别让你们同事感觉你接待了一个上访的，影响光辉形象啊！

一听沈婉佳现在在机关门口，陶砚瓦心里一阵惊喜，赶紧说：我马上去接你进来，怎么也得喝口茶吧！我可不敢慢待了我的"诗魔"。

电话那头没有吭声，陶砚瓦也没等她吭声，说话间早已出门直奔大门口而去。在大门东侧单位几块大木牌子前面，果见婉佳手上牵着箱子，眼睛直勾勾地望着他快步如飞的样子。有那几块大牌子做背景，映照得沈婉佳像只找不到归巢的小鸟，让人生怜。

陶砚瓦就抢过箱子，带沈婉佳进门，一只手朝传达室示意，就看"正处级"正在玩手机，似乎抬头往这里望了望，也不知他看到没有。他就把沈婉佳的箱子放进自己车的后备箱内，然后带她上楼。

刚才陶砚瓦叫沈婉佳"诗魔"，是因为陶砚瓦新填的一首《贺新郎·自嘲》。词是这样写的：

我已登基久。坐心城，臣民四体，逍遥宇宙。字里行间巡御驾，更有佳人左右。分别是，诗魔书寇。早把诗魔封正室，又同时书寇封为后。文与墨，欢声凑。　　新词吟过书挥就。恰深宫，喧嚣既远，略无尘垢。偶尔诗书争邀宠，最是开心时候。砚前纸写江山秀。诗国书城何以计，百年中或可三千首。随我去，共枯朽。

沈婉佳对陶砚瓦这首新作十分赞赏，说这首词"很好玩"，"原来词还可以这样写"。夸奖了，肯定了，但也指出几点不足。比如说"欢声凑"的"凑"字感觉不好，能不能换个什么字？换个什么字？想来想去，也没有更好的字可以替换。陶砚瓦就说，就先"凑"着吧！我们生活中有多少婚姻都感觉不甚合意，还不是要"凑"合着！

沈婉佳就不再吭声。等会儿又说，"诗魔"容易理解，"书寇"比较生僻，是否换换？

陶砚瓦说，我是从小就接触诗词，并且很早就动手写诗词的。"诗魔"早就"附体"了。书法虽然从小练过几天，父兄也都会写，但自己却断断续续，一曝十寒，最近才在朋友们撺掇下重新拾起来，而且是强行突击式，书法就如同强盗般闯入我的生活，而且占用的时间大大超过诗词。所以对我而言，书为"寇"也！

沈婉佳听了，亦自诺诺。陶砚瓦见她深思的样子，逗她说，你就是我的小"诗魔"啊！我们认识以来，每当写了新作品，总是发给你求正，而且你的批评总是很尖锐到位，我虽然常常和你争论，但心里却是喜欢有你这样一个小净友、小畏友的。

沈婉佳默然。

陶砚瓦也默然。

　　沈婉佳是第一次进陶砚瓦的办公室。她说我们小地方来的，到你们大机关开开眼。一看，果然气派！又朴素又高雅，跟想象中的不太一样。怎么，你办公室里还有床？

　　她瞪大了眼睛，还用手指戳着。

　　陶砚瓦说，快去洗洗手，别愣着了。我给你泡杯坦洋工夫茶吧，福建的。

　　沈婉佳又开始盯着墙上挂着的字看。嘴里说着：随便，谢谢。

　　那幅字是陶砚瓦自书旧作《月下笛·诗情》：

　　短暂浮生，悠悠万事，把诗何处？邀星唤月，共与灯窗咏新句。琴心剑胆经纶手，怎忘得，登高必赋。有诗魔为伴，悲欢逆顺，且由来去。　　孤　伫尘嚣里。听花草安歌，看云飞舞。临风趁雨。这番痴意尤苦。锦囊佳什无人会，更问遍，山川识否？举大白，算天知，不尽霜涯那路。

　　沈婉佳看着看着就念起来。念完后还说，不错，不错。

　　陶砚瓦笑出了声。

　　沈婉佳说：笑什么笑？

　　陶砚瓦说：看你刚才的神态，像极了张静芸老太太。

　　张静芸曾任中国书法家协会副主席，中华诗词学会副会长。她曾在读完这首词的时候，也是这样说：不错，不错。

　　陶砚瓦又问：不过我要问你，是词不错还是字不错？

　　沈婉佳说：当然我是说词不错。字嘛，我不懂。

　　陶砚瓦笑道：啊对了，你是诗魔不是书寇。

　　沈婉佳对于"诗魔"这个称呼，始终未予以认可。每次提到这她都是沉默，但也没有反驳。这就足够了，陶砚瓦心想。

　　这茶怎么样？

　　很好啊，属于红茶吧？性较温和。

　　你对茶有研究？

　　一般吧。

　　我们这样好不好：我开车，咱们现在就去拿字。就在琉璃厂吃点东西，之后我送你去住的地方。

好。

上了车，沈婉佳坐副驾驶位子。车一开，系安全带的提醒装置就叫起来。陶砚瓦就让她系上安全带。

说话就到了咏宏斋。张嵘两口子都在，字也赶着装裱出来了。打开一看，婉佳又说不错，不错。

陶砚瓦又问：是词不错还是字不错？

当然是字不错。

你不是不懂字吗？

这次我懂！因为写的是我的词。而且是我认识的人写的。

明天你上台露脸的时候，别给你丢人就行。

张嵘两口子看俩人很热络，相视而笑。

陶砚瓦就说：请帮我们找个盒子装上，一会儿我请客，咱们一起去吃饭。

张嵘两口子又一对视，齐声说，今晚不行，你们自己去吃吧。

陶砚瓦也不再礼让，带上沈婉佳就走了。

张嵘看着两人背影说道：他们还很般配。

小王拿着把塑料尺子狠狠戳他一下：般配你个头！给我倒杯水！

颁奖庆典次日上午 10 点在中国现代文学馆礼堂举行。

凭请柬进了门，又凭请柬领取了纪念品，陶砚瓦就来到主会场。这个小礼堂不算大，也像是个阶梯教室。前面正中几排座位上的名字，都是中宣部、中国作协以及诗词界的领导、文学耆宿，陶砚瓦就往后面走，在第五排边上找到自己名字入座。人来得不少，不断碰到熟悉的，一起开过会，甚至一起外出采过风的，——热情地打着招呼。

为了烘托气氛，主办方还邀请了演出单位，穿插表演国学节目。台上男女都穿汉服、唐装，有古琴，有吟咏，有歌唱，整个颁奖庆典就像是一台晚会。

这个奖原来只给新诗颁发。近年来古体诗词大热，新诗反而遇冷，一家大公司出钱重新打造，重点推出年度优秀诗词作品，引导和鼓励诗词创作。

诗人奖终审评委由著名诗人、诗词专家七人组成。程序很严谨，过程很透明。

　　获得年度诗人奖的老先生已经九十多岁高龄，是著名历史学家、古典文学专家、教育家。他因年高体弱，没来现场领奖，主办方就放了一段他的获奖感言视频。

　　获得年度新诗奖者是个年轻的老师，曾获鲁迅文学奖。

　　获得年度青年诗人奖者是沈婉佳和一个小伙子。

　　其中，沈婉佳的授奖词是：

　　她的诗词视角独特，感觉细腻，如曲径探幽，意趣盎然；语言干净，不事雕琢，如清水芙蓉，自然清新。她关注日常生活，善于从时事新闻、人间世相中捕捉诗意，选取典型事件、场景，无论沉重或轻松，宏大或细微，都剪裁得当，独具匠心，富有女性特有的悲悯情怀，动人心弦。她的诗词，技巧日益纯熟，婉转隽永；表达举重若轻，言近旨远。鉴于此，评委会决定，特授予沈婉佳女士首届年度青年诗人奖。

　　音乐声中，沈婉佳款款走上舞台。她穿着一件白色貂绒上衣，脖子上露出黑色领子，配着红底黑格短裙，头上戴着一个发卡，显得时尚而有内涵，活泼而又雅致。她的获奖感言如下：

尊敬的各位前辈，各位领导，各位诗友：

　　大家好！有了诗词的翅膀，我从千里之外的湘西来到了这里。我由衷地感谢旧体诗词这个文学形式，感谢作协重视并设立了这个奖项，感谢各位评委的青眼，给我这样一个大大的惊喜。这也是对我十年诗词生涯最好的肯定和鼓励。

　　诗词丰富了我的世界，给我平凡的生活带来别样的精彩；诗词温暖了我的心灵，陪伴和激励着我在人生之路上奋然前行；我爱诗词，诗词也回馈给我太多太多，特别这次又让我获得了含金量很高的青年诗人奖。这一切都将化成我在诗词之路上继续探索前行的动力，我将继续坚守诗词这方净土，存赤子之心，写性灵之诗，凝聚正能量，为传统文化、诗词文化的复兴，为实现"中国梦"尽自己的一份微薄之力。

最后，我特请陶砚瓦先生把我新作的一首小词《鹧鸪天·获奖》书写出来，请各位方家批评指正："诗海无涯任我翔，诗心有翼上穹苍。灯窗唤取同三韵，星月邀来共一章。　　花世界，梦衣裳，小城郊外总芬芳。今生幸有诗陪伴，小鸟合当作凤凰。"

谢谢！

此时，早有服务人员配合，把陶砚瓦早已写好的那幅中堂展开。众人的眼光齐刷刷地盯着台上那幅字，就听沈婉佳用手指着朗声诵读。当她读到最后一句时，声音陡然提高，于是全场掌声四起。

她赢得的掌声最多也最热烈。陶砚瓦的掌声拍得很起劲，为婉佳，也为自己的书法。

散会时，中华诗词学会的赵秋阳会长把陶砚瓦叫住了，说知道他要来，就不打电话了。请帮着问一下尚济民同志，明天上午或下午有没有空，想去拜访他。陶砚瓦就说没问题，回去马上问。

沈婉佳已经被祝贺的人包围，还有人和她合影，让她签名。陶砚瓦不需要管她，她的事情有主办方安排。

第四章　必走程序

回到机关，午饭后就在院子里找见尚济民。他有午饭后散步打球的习惯，陶砚瓦也就陪他在院子里走。

院子虽然不大，但经过了园林式设计改造。进大门之前，在大街上就可以看到院内影壁上，是红底黄字毛主席手书的"为人民服务"五个大字。在整个街区，有这样影壁的仅此一处。影壁原来是水泥的，前些年重修，改为汉白玉的，高约三米，宽七八米。毛主席题写的"为人民服务"，有至少两个版本，一个估计是早期作品，比较瘦削朴拙；一个应该是新中国成立后所题，比较放得开，气韵生动。影壁上用的是后者。

影壁背面是一片竹子，两侧是环行甬道。再往北，则是草坪，草坪里有几棵红杏，几棵迎春，几棵侧柏，几棵海棠。再往北有假山，假山前面有小水池，后面有两棵古槐，粗可盈抱，树龄都过百年，列入北京市园林保护名单。甬道从古槐北边经过，甬道再往北又是竹子，一直延伸到北墙。北墙本不是墙，原来是北门，不知何时起，北门弃用，砌成了墙。

几座楼分列在甬道东西两侧，东侧楼房占地较少，南北两楼之间又辟草坪，草坪上并有甬道和木亭，四周也有路可行车。东侧草坪东面和南面各有古槐两棵，与北面两棵成呼应之势。整个院子里，因了这四棵古槐，显得古朴高深，令人仰视。为什么？因为只有它们是老祖先们留下来的，其他花木再漂亮，都是或者可能是近年移栽的，是可以花钱买来的。

而古槐你出多么高的价钱也买不来，所以它最珍贵。

尚济民可能无心欣赏院子里的花木。他问：最近进展如何？

陶砚瓦说：进展还行，只是我们对这个楼的功能定位还不是太清晰。一方面我们要解决办公用房的问题，这个需求其实不大，政策控制也非常严格。可很多老专家、老学者又希望解决开展文化活动的空间问题，甚至有的提出来要解决向人民群众普及传统文化，还要有一个对外展示空间的问题。一个小楼，要同时解决这三个问题，需要很大的体量和面积。而且解决办公用房和解决活动空间、展示空间不是一个性质，也不是一个政策尺度。我们如果以办公用房为主兼顾其他用途是不可能的，只能以对外展示、开展活动为主兼顾办公用房，倒是可能性比较大。

你小子还真算是上了心了！好！尚济民听了很满意。

陶砚瓦多次陪尚济民散步，这种时候说话比较放松随便。顺便就把赵秋阳明天要来拜访的事情报告了。尚济民就问：他们找我什么事情？

不清楚。

是不是对你有什么安排？

啊，也可能。好像马上要开会换届了。

你马上打电话问问，是不是安排你的事情。如果是，就请他们不必过来了，告诉他们怎么安排我都同意。怎么样？

陶砚瓦感觉心里一热：好好，我马上打。

会给你弄个什么差使啊？

估计是个理事吧。

陶砚瓦心里十分佩服尚济民的政治敏感度。他并非诗词圈中人，却能一下子想到赵秋阳的来意，会和安排陶砚瓦有关。而陶砚瓦本人便是诗词圈中人，还号称有一定知名度，并且上午还面见了会长，怎么竟没有想到这层意思？

这就是差距啊！陶砚瓦想。

打电话把尚济民的原话转达，赵秋阳很高兴地说，谢谢尚部长！砚瓦啊，我们就是为了你的事情。我们准备提名你为新一届的常务理事，想去当面征询济民同志的意见。好了，知道他很忙，我们就不去打扰了。这事儿你知道就行，先不要和别人讲，因为还需要大会投票选举走程序。

陶砚瓦说：谢谢会长老兄关心抬爱！有什么吩咐尽管讲，随时听从老兄调遣！

放下电话，陶砚瓦想起中午尚济民的语气，心里就知道，思路基本明晰了，手上的请示报告可以拿出初稿了。这几天加把劲儿，争取尽快把初稿放在一把手办公桌上。

　　虽然没在机关宣布，但陶砚瓦也在一点点往外推掉原来担负的工作。办公厅主任刘世光早就察觉到了，也非常配合，具体事情不再找他。

　　陶砚瓦知道建一个小楼不那么容易，何况他面对的仅是单位某些人的想法和相关领导的一个原则批示。需求多少合适？是盖是买？盖怎么盖？买怎么买？怎么立项，怎么征地，怎么具体操作？如今是两眼茫茫。更重要的是，他对此道一无所知，没有半点经验。

　　他不能在单位与人交流，只好利用私人关系，咨询出一些门道。

　　他在中国文联有个战友，负责基建。就告诉他，他们原来有办公楼，但随着事业的发展和人员的增加，早就拥挤不够用了。为了不违反国家禁止建设办公楼的规定，他们就打报告要求建设"中国艺术家之家"，结果负责的领导都批示同意，而且批示还有"请发改委积极支持"之类的明确语言。北京市市委书记也批了"地由你们自己选"这样的意思。他们就起草了《项目建议书》，报给国家发改委。投资司按照领导批示精神，积极配合他们看了五六块地，都不太理想。最后是选择买了一座现成的大楼。地上十六层三万平方米，地下三层两万平方米。本来这座楼是按商业开发建的，但手续不全不能卖，房地产商正发愁的时候，发改委正好介入得以成交。当时定价每平方米一万一千五百元。

　　因此，文联没搞基建，连可研报告也没做，只把原来的设计改了改，装修好就进驻了。从批复到进驻还不到两年时间。

　　他们的功能定位是为十几个专业协会的会员服务，书法绘画音乐舞蹈文学诗词都有，也有展厅，主要供内部交流用，不对外。全部是办公、活动用房，没有住宿。买下来以后，楼市大涨，价格早翻了几番，发改委、国管局都认为捡了个大便宜，文联的十几个协会也都搬了进去，可谓皆大欢喜。

　　陶砚瓦在国管局也有个老乡，透露了一些内幕。其实说是内幕，也都是面上必须遵守的一些规定。因为所有中央国家机关在京的房产地产，统一归口由国管局管理。各部委如果办公用房紧张，首先应该由国管局在现有基础上进行调整，就是从腾退出来的旧楼调剂解决。没有调整余地的才能新建或购买。总之需要有需求的部委打报告与国管局会签，由国家发改委批准立项，建好之后由部委使用，产权统一交国管局。

如果不是要办公用房，而是业务用房，或者是为公众服务的公益文化设施，那就不必找国管局了，而是按照社会文化项目程序，上报国家发改委立项，经批准建成后，再作为国有资产统一由国管局接收登记，承建单位使用管理。

如果要建设社会文化项目，程序十分繁杂，时间相对漫长，三年五年立项，三年五年建成，是一般情况。而且都要报请国务院分管副总理批示同意，再由发改委组织专家进行评审。专家们一是评审项目的必要性和可行性，二是评审项目的建设规模和资金规模。评审之后发改委上会研究，决定项目的生死。如果项目大，会上定不下来或者不便定，就要报国务院常务会议审查通过。通不过就呜呼哀哉了，通过了这个项目就应该是国家级项目了

具体操作过程大致有三道关：

一、编制《项目建议书》（即《可行性研究报告》），报发改委批准立项；

二、编制《任务设计书》（即《初步设计书》），报发改委批准后资金陆续到位；

三、编制开工报告。

陶砚瓦终于明白了，尚济民让他起草的请示，是想让高层领导有个正式态度，然后拿着尚方宝剑去走审批的程序。

陶砚瓦还是抽空给史凤山打了个电话。先表示祝贺，再说有个亲戚，小侄女，希望关照关照，在城里安排安排。

史凤山说，老兄你太客气了！弟弟管着点事儿，能帮上点忙，是很幸运的嘛。又不违反政策，回头让孩子把简历给我，我让教育局局长安排，放心吧！

放下史凤山电话，又给许三儿打电话，把情况大致说了说，嘱咐他有什么进展及时说一声。

史凤山也是深州人，他曾在陶砚瓦的家乡任过乡党委书记。那时陶砚瓦正在山东某县级市挂职副市长，史凤山带上全乡二十四个村支书和乡里主要干部，一行三十多人，浩浩荡荡到山东学习考察。山东经济比河北发达，陶砚瓦挂职的地方是全国百强，虽然位列第九十六位，但也比深州强太多。陶砚瓦对家乡官员不敢怠慢，提前给政府接待部门和几个乡镇书记沟通好，食

宿、参观、车辆、座谈，他都全程陪同。当时天下着雨，但每到一个乡镇，都有主要领导出面介绍情况，而且每天中午晚上两场酒。

深州属衡水管辖，衡水老白干名扬四海。吃饭时，史凤山就说喝他们带来的老白干，山东人就说，不行！来俺山东怎么能喝你们的酒？俺山东没酒了吗？于是就喝高密的商羊神。一人照一瓶喝。深州经济不行，喝酒可不示弱。大小都是干部，估计在家也都"酒精考验"了，酒瓶一开，一个个神采飞扬，声气渐壮。两地互拼，大有燕赵对齐鲁，一战定乾坤之势。每顿大酒下来，双方都各损兵将，拿倒几个。

"拿倒"这个词，在山东使用得很频繁。陶砚瓦去挂职的第一天就听说了。只要吃饭就要喝酒，只要喝酒必"拿倒"一两人。刚开始，陶砚瓦坚决不喝，几天下来，秘书就扛不住了，说陶市长啊，人家让你喝酒，你总不喝，还说喝了难受，你可再不要说"难受"了，谁喝了不"难受"呢？

市长们偶尔聚在一起，就有人使坏，必把陶砚瓦拉下水。终于有一次没控制好，就喝高了，被人搀回来。

深州一行人在山东该喝的喝好了，该看的看好了，也办了几件实事，跟几个乡镇签署了紧密联系合作意向协议。最后行政科科长照顾陶市长面子，食宿都没收钱。

三十多个客人，再加上陪同的人，就是四五桌，热闹场面像是过大年。那二十四个村支书哪里见过这等阵势？他们首先佩服山东的开放豪气，其次也对陶砚瓦作为一个挂职副市长的人缘和操作能力，留下深刻印象。

他们回去以后，在乡政府所在地搞了个大市场，实际就是把原来的集市改建扩大，弄了个牌坊。史凤山特别邀请陶砚瓦回去出席开业庆典，还请他上台讲话。

史凤山喝酒豪爽，做事麻利，脑子也比较灵活。他虽然文化不高，但善于学习，讲话经常引经据典。比如接待陶砚瓦，他在席间就说一句"白日放歌须纵酒，青春作伴好还乡"。在山东考察，他在酒桌上就来了句："酒酣胸胆尚开张，鬓微霜，又何妨？干！"

史凤山刚开始的政绩是"冲街"。这里的"冲"字读四声，取使金属板成型的冲床之意。就是把原来窄窄的街道拓展成较宽的街道。

他在陶砚瓦那个乡"冲街"有功，就到了邻县当了县委常委，很快又到故城县做了县长。故城是衡水市东南边一个小县，与山东德州以运河为界，老县城依运河码头而建，布局杂乱，街道狭窄。史凤山上任伊始，他就重施故技，开始"冲街"，一"冲"就"冲"出个崭新的故城县城。据说当时要动员很多市民舍弃祖业搬迁，也遇到过浴血顽抗的"刁民"，不惜用生命捍卫旧居的"顽固分子"。面对重重阻力，史凤山说话声高气粗，做事雷厉风行，使用了不少霹雳手段，将矛盾一一化解。大功告成之后，虽然赢得多数人喝彩，甚至感动了当地老干部联名写信为他邀功，他也乘势而上，做了县委书记，但也从此有了"史疯拆"的雅号。

史凤山大张旗鼓"冲街"，政绩突出，受到领导赏识。这几年他顺风顺水，到冀州当了副地级的书记。陶砚瓦想想，其实在情理之中，不足为怪。

终于有一天，陶砚瓦接到常笑来电话，说她已经接到通知，安排在市里了。太满意了！等报完到安顿好了，一定到北京感谢陶叔叔。

陶砚瓦说，你千万别来感谢我，你赶紧催你姐夫帮许三儿催欠款吧。我这里不需要你感谢！

说不让来，但几天后，常笑还是来了。而且一见陶砚瓦，眼泪就扑簌簌掉下来。

原来，常笑工作的事，由书记催办，摧枯拉朽，直捣黄龙。可催欠款的事，她今天专门陪许三儿去了保定，也见了她姐夫。没想到姐夫当时说这事儿时口气蛮大，拍胸脯表态十分坚决。如今却像撒了气的皮球，头也耷拉了，气也短了，话也少了，声也低了。他说他找了这个找了那个，都说现在不好办，总之意思是要欠款难上加难，猴年马月耐心等着吧。

常笑就感觉是姐夫骗了许三儿，她和许三儿又一起骗了陶砚瓦。因此，她让许三儿进京来当面谢罪，讲讲清楚。但许三儿说他再也没脸见陶砚瓦了，因为这事儿都是他惹的。于是，许三儿一个人回深州，她则直接从保定来了北京。

陶砚瓦听完常笑的讲述，已经猜到那位法官当时就没想到许三儿真能帮着办成这件事，可能当时许三儿找到他，他随口就一讲，你帮我办一个事儿，我帮你办一个事儿，办成更好，办不成拉倒。他当然早就知道要欠款不是那么容易。

　　看着常笑难过的样子，陶砚瓦也有点儿不忍。他递过去纸巾，让她擦擦委屈的泪水，没想到常笑把纸巾拿在手上，并没去擦眼泪，而是抓住陶砚瓦的胳膊，顺势扑进他怀里，两只泪花花的大眼睛，死死盯住陶砚瓦说：陶叔叔，连史书记都认为我是您的侄女，其实咱们没任何关系，也仅仅才见过一面。但您帮我办了这么大的事儿，我不能亏欠您这么多！关键我不能让您感觉我骗了您。

　　陶砚瓦说，我相信不是你有意骗我。这事先到此为止，你抽空多催你姐夫尽快落实许三儿的事儿吧。

　　常笑说，不行，您一定要答应让我做您的侄女。

　　陶砚瓦说，好，你就做我侄女吧。现在已经下班了，你先去洗手间收拾一下，我们一块儿走。

　　常笑说好，有您这个叔叔多好啊！就在陶砚瓦脸上亲了一口。

　　陶砚瓦说：你家是冀州的吗？冀州有这习惯吗？

　　常笑道：俺当然不是冀州人，俺是山西榆社的。爸妈生俺是第三胎，上边还有两个姐姐，俺是偷着超生的，一看又是个闺女，就把俺给了河北高邑。等俺念大学时，俺亲生爸妈又来找俺，让俺回去。唉，叔啊，俺是个苦命人啊！

　　讲这段话时，常笑不再用普通话了。不知是她故意呢，还是不自觉带出乡音了。

　　两人上了车，常笑说她已经订了王府井汉庭的房间。陶砚瓦就开车送她过去。

　　到了汉庭门口，陶砚瓦就要走，常笑说陶叔叔您不能走，今晚我必须请您吃个饭。

　　陶砚瓦看常笑真诚的样子，如果他真走了，她会很伤心。想想反正已经帮她调动了工作，吃个饭应该也在情理之中。就说：吃饭可以，就吃面条儿。

　　常笑说：好，就吃面条儿。咱们先进去办了手续。她过来挽上陶砚瓦的胳膊朝里面走去。

　　这个常笑也不是一般女子。她念书时语文好，作文也常受老师表扬，有时当着全班人念，还曾被作为范文贴在墙上供同学们赏读。念大学时也参加了学校的文学社团，在系里略有一点名气。这次来京前，她在网上搜索"陶砚瓦"三字，竟然出来一堆关于陶砚瓦的东西，有像素很高的人像照片，陶砚瓦对她微微笑着，一如真人般亲切；有人物简介，详细介绍了陶砚瓦的履历和文学艺术成就；有陶砚瓦的文章诗词，出席活动和书法作品图片，也有当今文化名人评价陶砚瓦的诗文讲话。她感到自己认识了一个有品位的人，再回头对照自己丈夫，那个小格局、小算计、满腹牢骚、自以为是的小男人，感到云泥之别。特别是她调动工作这件事，自己丈夫只会骂来骂去，别说出力了，连个主意都想不出来。而对陶砚瓦来说，却是这般容易，只需打个电话就办妥了。不由得让她对陶砚瓦产生了深深的信赖感、依赖感。

办手续时，常笑问：来过这儿吗？

陶砚瓦摇摇头。

走，请你上去参观参观。又把胳膊一挽。

陶砚瓦迟疑一下，跟着进了电梯。

一进房间，常笑把包往床上一扔，一把抱住陶砚瓦就亲。

房间很小，显得一张大床十分硕大。桌椅、柜子、卫生间一应俱全，全都是迷你式。陶砚瓦在北京没来过这样的迷你房间，记忆中只在香港和日本住过类似的地方。

常笑应该就是所谓的 80 后，她的身高应该有一米六五以上，顺顺溜溜的，不算胖，但也很丰满，小胸脯儿鼓鼓的，乳沟处细滑如玉。

陶砚瓦几乎被她的青春魅力所征服。但在她有进一步要求的时候，陶砚瓦还是拒绝了。

他说，我们不能改变目前的关系，更不能改变当初的约定。我帮你解决了工作问题，你下一步要帮许三儿解决欠款。我不想对不起许三儿。

常笑说：叔叔你看不上我？

傻孩子，你是个好姑娘。别把咱们关系弄得太复杂了，还是单纯一点吧。

常笑傻傻地望着陶砚瓦，想从他的身上或心上探寻出什么绝世奇珍。她从十几岁开始，就感到身边的男人们很喜欢她的身体，喜欢有意无意中亲近她，碰碰她这儿，摸摸她那儿。连她的养父也是。很早养母就不许养父碰她了，养父怕老婆，就不敢碰她，但总喜欢窥探她。出来上学后，班上的坏小子们，大学里的男孩子们，甚至男老师，包括她嫁到冀州后碰到的同事、校长、乡镇领导、村民，都屡有需要让她躲闪、回避的目光和动作。她知道人家也不一定有什么恶意。拜天所佑，她很健康，目前也没受到大的伤害。但自从那天见到陶砚瓦，陶砚瓦又帮了她，特别是在网上看了那些吹嘘的材料之后，她心里隐隐有一种莫名其妙的感觉。她感觉上苍对她太好了，让她认识了一个她从来也没遇到过的好人。

她很执拗地对陶砚瓦说：叔，你得再抱抱我。

陶砚瓦就抱抱她。

不行，还要再亲亲我。

陶砚瓦就亲亲她的脸颊。亲的时候，分明有泪水往下流过来，陶砚瓦尝到了咸味儿，还有丝丝奶腥味儿。这两股味道把他的矜持和理智彻底击垮了。

他嘴里说着：孩子。

常笑说：叔。

陶砚瓦问：高兴吗？

常笑闪着泪花花的大眼睛说：高兴，就和做梦一样。

第五章　才大三千

那天尚济民又把陶砚瓦叫过来，交代他说：要抓紧把报告写出来。可以叫作《关于启动新楼规划论证工作的请示》。过几天领导们要去北戴河办公，要争取让他们在北戴河期间看到我们的报告。

陶砚瓦答应着，心里也就知道，今夏中央领导又去北戴河办公了。

中国的版图很有特点，昆仑西横，大漠北亘，海围东南，状甚封闭。北寒南热，源自地转日照不同；西高东低，却是中华地形独具。以至多条江河东流入海，也是我中华特有奇观。就在这样一个特殊的地方，产生了我们特殊的中华文明。自古以来，我们都是一个自然灾害频仍的国度，又是靠农业吃饭，靠农业立国，年年与自然灾害拼搏的国度。新中国成立之后，胼手胝足，治河理水，大修水库，功绩超过历朝历代，至今仍福泽黎民百姓。

近年各地竞相发展经济，不惜破坏青山绿水，导致植被衰败，水土流失，许多地方不下雨就旱，一下雨就涝。春天抗旱，夏天抗洪，几乎成了常态规律。入夏以后，电视上又见许多春天抗旱的地方，在叫嚷"抗洪迎峰"。到了伏天，以至中央、国务院夏季去不去北戴河办公，都成了一个问题。

中央领导去北戴河，说明灾情还不是十分严重。

这天是周一，尚济民一进办公室，就看到桌上陶砚瓦送来的报告初稿。是用 A4 纸打印的，首页上部为他批示留下了足够空白。

他坐下来，取过直液式毛笔，边看边改。

秘书孙健推门小声说：吃早饭吧。

尚济民嘴里哼了一声，头也没抬，手里的笔尖在飞舞。

尚济民的字不错，十分流畅、飘逸、洒脱。而且经常用繁体，基本是草书为主。有时草得很厉害，年轻人认不全，就几个人猜，猜也猜不出的时候，就有人来问陶砚瓦。一般情况下，陶砚瓦能够解决问题。但个别情况也有，陶砚瓦也认（猜）不出了，就大致按上下文的意思顺过去算了。记忆中好像还没有人去当面问他本人。谁去问？是你没水平还是领导字写得不好？

在陶砚瓦看来，说尚济民的字不错，是以领导的字、非书法专业的字为标准说的。实际上说白了无非是"聪明字儿"，亦即钢笔字就这样写，换成软笔，也写得很流畅而已。如果较一较真儿，他不习帖，不师古，不遵法度，没"体"，草也草得很随意，需要提升的空间很大呢。

当然，陶砚瓦这样想，却从未当面向本人说过。

反过来，陶砚瓦是中国书法家协会会员，在机关号称最懂书法。但在尚济民眼里，不过尔尔。他心里从不认为陶砚瓦的字好，也从未在人前评论。陶砚瓦知道，他不肯定就是不太认可。但这个不认可恰恰是激励，是鞭策，是动力。

尚济民倒是肯定过陶砚瓦的诗，而且至少有两次。

第一次是在机关全体工作人员大会上，也忘了是什么话题，他说道："我们砚瓦同志有首写老娘亲的诗写得不错嘛！"

第二次是在接待高层领导来机关视察时，高层领导和司局级以上干部一一握手并合影，到了陶砚瓦这儿，尚济民向相关领导介绍说：这是我们的诗人陶砚瓦。

相关领导伸出手笑着说：诗人好！

陶砚瓦感到受宠若惊，握着相关领导的手说：首长好！

别看这么随随便便两句话，却给陶砚瓦留下深刻印象。他应该是一生也忘不了。

尚济民讲的那首"写老娘亲的诗"是这样的：

爹娘是我眼中佛，朝霭春晖报未多。
千里烧香寻古庙，何如敬此两弥陀。

这是陶砚瓦迄今为止流传最广、影响最大的一首诗，也是他以书法形式写得最多的一首诗。这首诗还被作曲演唱，甚至多次有专家建议编入小学课本，推荐上春晚等。有个书友当面告诉陶砚瓦，说把他这首诗抄在一张四尺宣纸上，挂在他弟弟在甘肃开的画廊里，标价一张一万，已经卖了一百多张。

陶砚瓦从中学时代开始写诗，一直没有中断。至今已出版两本诗集，总量大概有五六百首，实际可能有近千首。为什么是两个数字呢？因为前面的数字应该叫五六百题，有的是一题一首，有的是一题多首。陶砚瓦有个习惯，常常心潮奔涌，先成一首，意犹未尽，再续前篇，有时是三章，有时五章六章。他最多的一次，写了《乡忆绝句二十四首》。所以真要统计，就有了两个数字。

在上届党组当政期间，相关领导来视察过一次。陶砚瓦那时是处长，相关领导进了他办公室，还问他几个问题，有几句简单交谈。事后他填《贺新郎》词如下：

癸未中秋到。盼多时，亲民总理，粲然微笑。握手交谈何所感，沐浴风和露早。激动话唇边忘了。国事咨询多劳绩，献嘉猷，未计涓埃报。便嘱咐，勤关照。　　眼前新政民称好。只坚持，以人为本，乘除算巧。半日座谈听谏议，最是尊贤敬老。更一诺，年年请教。且喜今朝逢盛世，看神州，处处升平貌。帆正举，暖风浩。

"乘除算巧"，是因总理说：我国人口十三亿，再大的数被十三亿一除也没多少；再小的数被十三亿一乘也会很大。

尚济民从不关心陶砚瓦作诗，他现在关心的是眼前这份三千多字的文稿。大约用了半个小时，或者稍稍多一点儿，修改完毕。他把秘书孙健叫来，让他交给陶砚瓦尽快改好再报他阅改一次，之后定稿上报。

说完他站起来说：走，吃早饭吧。

按说，陶砚瓦起草的稿子，应该先报给岳顺祥，经岳审改后，再报尚济民。这一点陶砚瓦想到了。但他还是直接报给了尚济民。他的想法是：一来这个任务是尚济民直接交代的，那时岳还没来；二来岳的任务应该主要是联系疏通与北京市的关系；三是仅仅是个初稿，尚济民又当面催他了，他想直接送上，让尚济民看看是否对他的路子。如果彻底推翻，他就重新写。

周一早晨一到单位，大概是 6 点半，陶砚瓦就把稿子交给了秋曼莎，嘱她放在领导的办公桌上。她们需一早去领导办公室搞卫生、打开水，每个房间的钥匙都有。

吃早饭时，陶砚瓦就想着能碰见尚济民，可以当面再汇报几句，也可能还有什么新的信息。一直到他吃完早饭从餐厅出来，才看见尚济民和孙健一前一后朝餐厅走来。

尚济民也远远望见了他，朝他一抬手，陶砚瓦便立刻跑步过去听旨。

到跟前了，尚济民却说：走，到餐厅说吧。

陶砚瓦就扭头跟上走。

领导们的小餐厅在机关大餐厅对面，也是自助。当初领导没有单独餐厅，都是和大家一块儿吃，但也基本有相对固定的座位。于是有些工作就在餐厅谈，司局级坐两侧或者对面多些，一般干部也有和领导边吃边谈的机会。

在上任领导在位期间才改为现在的方式。这倒不是哪个领导专门的特殊要求，而是有点自然而然形成的意思。一来领导们工作忙，吃饭没准点儿，在大食堂吃，来晚了或者饭菜凉了，或者干脆就没好菜了；二来大食堂人员混杂，电工、锅炉工、保安，甚至掏下水道的，都进进出出，领导们心里不愿意也说不出；三来政府部门开放度越来越高，整天有各种人员来来往往，各色人等赶上饭点都进来吃饭，彼此摩肩接踵，别说是领导看着碍眼，就连下面的人也颇觉不便。于是不等领导要求，像陶砚瓦这样的管理者也觉得看不下去，干脆分开安排吧。

陶砚瓦之所以下了决心，背后还有一个原因。各部委机关后勤归口国管局的体制改革司业务协调，他们把各部委的机关服务中心分成若干组，彼此就有很多横向联系交流提高的机会。还有爱国卫生委员会、植树造林委员会、五四三办公室等，都经常搞评比，参观学习的机会很多。陶砚瓦眼见各部委都为领导设立了专门餐厅，铁道部、财政部等大部委分得更细，司局级也单独吃。于是就照猫画虎促成了现在的形式。

尚济民在小餐厅坐好，孙健就开始忙着按他平时口味张罗。知道陶砚瓦吃过了，孙健还专门在他面前放了杯奶。陶砚瓦赶紧说声谢谢。

砚瓦啊，稿子我看到了，还不错！尚济民笑道。

陶砚瓦说：这事儿太大了，以前没弄过。可能达不到领导要求。

我改了一遍，你再好好看看、顺顺。笑容没了。

都改过了？您真是太——他本来想说"敬业"两字，但感觉这词应该是领导表扬下级的话，就止住了。

尚济民表情更为严肃：咱们要抓紧点！

陶砚瓦赶紧说：是，是，是。

陶砚瓦拿到尚济民改后的稿子，不由得心生敬意。从首页题目起，至最后一段，每一页都改得天翻地覆，面目全非。有的在两侧空白处增加大段文字，有的把原有文字成段落删除。整个文稿的结构也做了大的调整。陶砚瓦在台式机上一页一页对着修改，一边改一边感觉确实比原稿站位高，更清晰、更有条理，也更有说服力。

稿子最大亮点，是从当前社会信仰缺失、诚信缺失、拜金主义、物欲横流等现象频生，亟须建设中华民族共同精神家园出发，来论证建设新楼的重要性和必要性。而且新楼的功能定位加入了"国学研究和交流"的概念。

"国学"这个词，近年大热。许多学者言必称国学，好像解决中国的问题，就看国学了。

其实细究起来，"国学"这个词，虽然见诸先秦典籍，但当初讲的和现在的概念不是一回事。首先那时的"国"不是现在的"国"，那时的"学"也不是现在的"学"。《周礼·春官·乐师》里说：乐师掌国学之政，以教国子小舞。这里的"国学"，是指由国家设立的学校，与近代以来讲的"国学"含义完全不同。

一般认为，如今"国学"这个概念，是从日本翻译过来的。当年日本全面学习西方，就有日本人说要坚守日本文化传统，即坚守日本"国学"。1902 年，梁启超、黄遵宪等人商议，在日本创办《国学报》，后来逐渐有人主张研究、保存国学，以抵御西风东渐对中国传统文化的冲击。还有人在日本创建了国学讲习会，章炳麟讲课，鲁迅是学生之一。

而现在，我们在 21 世纪要用"国学"这个概念时，必须对它进行一番重新诠释，厘清它的范畴，它的本质，以及要找到怎样弘扬它的路径。

但尚济民敢于把"国学"这个概念明确写进文中，还是需要很大的政治勇气。

陶砚瓦看后心悦诚服，他感觉尚济民确实是个人才。

不独陶砚瓦感觉尚济民是个人才，连相关领导也感觉尚济民是个人才。

当然相关领导的感觉陶砚瓦无从知道，是他自己根据相关领导经常交代尚济民一些特殊任务分析得知。

尚济民毕业于北京大学哲学系。他早年就进入中南海，在中央某领导身边工作。能在其身边工作，谁都知道意味着什么。

改革开放几十年，中国的经济一直保持高速增长，虽有风雨，但没怎么影响行程。政治上也有风波，虽大局尚稳，但具体到某个个人，大起大落，大喜大悲，政治生命戛然而止的，朝为高官暮为囚者，却并不鲜见。

尚济民跟过的高官，就因某次政治风波，陡然从高处跌落，虽未完全丢掉高官身份，但离开了中南海，任了个闲职。

尚济民政治上失去大靠山，只好凭自己奋斗，又借各种机缘，仍然在"海里"慢慢显露头角。他去过地方，去过政府，去过政协，目前总算贵为部级。说特别，是陶砚瓦感觉特别，因为都是前五任领导均未接手过的工作，以后领导也未必能够接手的工作。比如，相关领导的几次重要外事讲话稿，就让尚济民深度参与讨论，据说还执笔写了部分段落。

更为重要的是，尚济民已经六十三岁了，早就碰到天花板了，按照规定还有两年就得退下来。有道是"官不修衙，客不修店"。官不修衙，皆因审批难，审查严，风险大，吃力不讨好。

古时候亦如此。初知杭州的苏东坡，曾有《乞赐度牒修廨宇状》，讲杭州的政府办公用房，多是五代吴越割据时留下的建筑，百余年来，"风雨腐坏，日就颓毁"。苏东坡敢于打报告申请经费修衙，确是官场另类。因为在中国历代官场上，经常有地方官员因修衙而受处分者。

当今的官场，竟一扫传统习惯。时有地方书记或部委一把手，一上任就喜欢盖办公楼，而且要盖得豪华壮观，以显示自己的过硬背景或超常能力。以至于中央、国务院反复出台文件，禁止新建楼堂馆所，特别禁止新建办公楼。

但尚济民要"修衙"，不是为自己，而是为国学，既与时下修建豪华办公楼不同，也超过了当年苏东坡的风范。

陶砚瓦知道兹事体大，不敢怠慢，整整一个上午没动地方，才把稿子誊清。

吃过饭，中午也没休息，他又把稿子看了几遍，个别地方感觉不顺，他就做了调整。一般一把手改过的稿子，没人敢动。但尚济民是大笔杆子，他不计较个别文字的改动会丢他的面子。陶砚瓦亦非一般小吏，他就敢动一动自认其不顺之处。

下班前，陶砚瓦才把誊清的稿子交给孙健。尚济民不在，等次日上午一上班，他会立即过目。

陶砚瓦从孙健办公室出来，接到自己爱人杨雅丽的电话，说你今晚能不能早点回家吃饭，儿子、儿媳妇也过来。

陶砚瓦心里一热，说没问题。他这才想起，今天是他们结婚30周年纪念，说好了要一家团聚的。赶紧回屋草草收拾一下，拿上每天上下班必带的一个小手包，便开车回家。

陶砚瓦的家在鼓楼外大街黄寺北边，靠近三环一个小区，是个高层建筑。他入伍后有十年以上是在陆军第187师，和杨雅丽也是在187师时认识的。他分的房子恰好是在18层7号。

陶砚瓦不迷信，是个地道的无神论者。这个房号也不是他挑选的，但他也隐隐感到不可思议，这种概率应该是太小太小了。人生冥冥中也许真有什么未知力量，时常和人们开些小玩笑？

北京城就像数学课里的平面直角坐标系，长安街及其东西延长线为水平方向的 x 轴或称横轴，从永定门往北，经正阳门、天安门、故宫、景山、地安门、鼓楼、钟楼，到安华桥，为垂直方向的 y 轴或称竖轴，北京人称为中轴。它们的交叉点即为天安门。心里有了这个坐标系，在北京怎么转也不会迷失方向。

鼓楼外大街就被称作中轴路，再向北就是举世闻名的鸟巢、水立方、奥林匹克公园。这条线因经过天安门和故宫，被人们称为"龙脉"，又是上风上水，从风水学上讲，极受推崇。沿线的房价也高于别的地方。

路上，杨雅丽发来一条短信：带根葱上来！

陶砚瓦进了小区，把车停好，就去北面菜店里买葱。说是菜店，其实是菜贩靠北面小区的南墙搭了个简易棚子。生意奇好，居民们都图个近便。他脑子里想着龙脉的事儿，从菜摊上随便拿了一根葱，女老板往电子秤上一放，随口说"一块五"，他便掏钱。

见他手上举着一根葱进来，杨雅丽嗔道：你倒是真听话，说让你买一根你就买一根。

陶砚瓦问：孩子们呢？

估计得踩着点儿到家。杨雅丽手里剥着葱说，年轻人还不是想单独待着，咱们年轻时还不一样。

望着妻子在厨房里专注地忙碌着，陶砚瓦心里突然一阵凄凉。

杨雅丽父母都是北京铁路局职工。说是北京铁路局，其实是在张家口。父亲是唐山滦南县人，母亲是北京人。她是家中长女。当年她出生在北京铁路医院，就把户口上在北京姥姥家。她弟弟杨雅江小她两岁，户口也上在北京。可知50年代北京的户口并没有严控。小妹杨雅燕60年代初出生，户口在张家口，估计应该是北京户口不容易上了。

杨雅丽当兵，是靠舅舅吴三羊。当时她高中即将毕业，正面临下乡，姥姥听说后坚决反对，说谁让这孩子走就跟谁急。还没等毕业，就提前到学校把这话撂下了。杨雅丽还是班里的团支部书记，虽心里不愿意走，但也不敢公开拒绝。那时学校也得按政策办事，他们岂能擅自留人？正当大家束手无策时，舅舅吴三羊突然出现了。

吴三羊时任63军电影队队长。电影队队长官不大，但位置特殊，能直接为军首长服务，特别是能办好军首长委托他办的私事。他曾对陶砚瓦说：跟领导办一百件公事，不如跟领导办一件私事。这次到京就是首长让他来接一个女兵。他抓住机遇，赶紧说：首长，我有个外甥女也想当兵。那位首长手一挥说：好，你一块儿带来！

杨雅丽中午回家吃饭见了舅舅，下午放学前只偷偷告诉了班主任老师，当晚就跟舅舅登上去山西太原的火车，第二天就把她放在榆次187师医院，开始了新兵训练。

那时还没有兵役法，部队征兵实际形成了主次两个渠道：主渠道是通过各地武装部征的兵，次渠道则是部队自己直接接收的兵，往往是先当兵再办手续，俗称"后门兵"。后门兵从20世纪70年代初开始浮现，到20世纪70年代末国家恢复高考制度，才逐渐消歇。那时还没有"腐败"一说，共产党是为人民服务的，怎么会"腐败"？只有"不正之风"。走后门就属于不正之风。社会上对后门兵意见颇大，军队也叫喊要堵后门，但反了没几天，据说有高层领导讲：当兵是为了保卫国家，从前门进来的也有坏人，从后门进来的也有好人云云。于是就此打住，从此什么前门后门相安无事。

上山下乡固然苦，当女兵其实也一样很辛苦。按规定长城外的部队才能发皮大衣，长城内的部队都是发棉大衣。但榆次那边冬天很冷，穿棉大衣都能冻透。女兵和男兵一样出早操，晚上还拉紧急集合。入伍前半年，杨雅丽几乎每天夜里自己躲在被窝里哭。她想姥姥、想弟弟、想老师和同学们。

直到她认识了陶砚瓦。陶砚瓦原在561团当兵，后到师宣传科做战士报道员，又到宣传队提干当了副连级创作员。

从20世纪60年代中期到20世纪70年代中期，中国到处都有毛泽东思想宣传队。但全国第一支毛泽东思想宣传队，诞生于陆军第187师。

187师是一支英勇善战、战功卓著的部队，也是一支重视文化、重视文化人的部队。抗美援朝回国后，187师驻地在河北邢台。1966年3月8日凌晨邢台的隆尧县发生6.8级地震；3月22日下午宁晋县又发生7.2级地震，两次地震亡8064人、伤38000人。周恩来总理三赴灾区视察，187师全力参与救灾，并组织官兵走村串户宣传毛泽东思想，用毛泽东思想战胜灾难。这种形式被周总理称作"毛泽东思想宣传队"。从此军地纷纷效仿，毛泽东思想宣传队遍地开花。

陶砚瓦是连队出来的，有兵的生活和情感，在宣传队里主要负责文字创作，有时一台晚会的内容几乎全是他写的。电影队的放映员杨雅丽原以为此人是个老头子，后来看他瘦骨嶙峋、老气横秋，也以为他应该是已结婚生子了。随着进一步了解和感情增进，他们最后竟成了恋人。

他们真正走到一起，经历了很多坎坷。先是杨雅丽的父母、舅舅舅妈不愿意。后来姥姥见了陶砚瓦，说：这个学生很好，懂事儿。杨雅丽说：他家是河北农村的，说不定我要跟他回老家。姥姥说：嫁鸡随鸡，他去哪里你去哪里。姥姥一个字不认识，但具有一言九鼎的威望。于是谁都不再反对。

准确讲是没人公开反对了，但还是有些疙疙瘩瘩。杨雅丽先退伍回京，陶砚瓦远在榆次，两人仅靠信件联系，几乎是每周一信，而且洋洋洒洒。好在陶砚瓦是做文字工作的，信纸不用自己买。这些信大部分至今还保留着。鲁迅、许广平的《两地书》，仅收入两人信件一百三十五封半，陶、杨通信在数量上文字总量上绝对大大超过鲁、许。

　　然后是结婚、儿子出生。杨雅丽一个人在北京，父母、公婆都指望不上，其间艰难困苦，难以尽述。送走她至亲至爱的姥姥，送走她生身父母，送走她牵肠挂肚的公婆，又把亲生儿子养大成人，当年的青春风采早已不复存在，她已经是一个领取退休金的老大姐，是陶砚瓦的真正"老伴儿"了。

　　她目前挂念的，是儿媳什么时候怀孕，她能否有力量帮着带孩子。她早把老家给的好棉花攒下来，足够缝制五个孩子的小被褥和小棉衣。

　　陶砚瓦望着自己的发妻，正专注地在灶前忙活，想起过往的三十年经历，不禁生出许多感慨：

　　一个如花似玉的姑娘跟了你，一个北京女孩儿跟了你，一个飒爽英姿的女兵跟了你，一个小妹妹跟了你，整整三十年了。当你受人非议时她挺身而出为你辩护；当她发现你身上的毛病时会单独提醒敲打；当你心情不好时她好言相慰，当你身体不佳时她细心照料，当你父母生病你却无法回家时她只身赶往老家代你行孝，老家的乡亲们都夸你娶了个好媳妇，陶砚瓦啊陶砚瓦，你何德何能配上她！如今的她幸福吗？她对生活满意吗？她委屈没有？她失落没有？

　　陶砚瓦心念及此，不由得泪水潸然而下。

　　你别愣着了，快和面吧！杨雅丽喊道。

　　好，好，和面。陶砚瓦嗫嚅着，赶紧到卫生间擦脸洗手。

　　儿子陶家柳、儿媳董今今一进门，就都各自讲了祝福的话。儿媳还说了句：我和家柳说了，咱应该找个好饭店庆贺庆贺，可您二老非要在家吃。

　　听了这话，陶砚瓦和杨雅丽都不答言。董今今就见陶家柳瞪了她一眼，她马上吐了下舌头不吭气了。

　　她在一个有行政审批权的部门工作，平常下馆子可以开发票找企业报销。

　　显然是为了缓解气氛，董今今又说：我爸爸妈妈也祝您二老幸福长寿！

　　听到说她父母，陶砚瓦果然脸上露出微笑说：我收到你爸爸的信了。他还是老习惯，用笔写信。读他的信感觉很过瘾，比看手机舒服多了。

　　今今说：那是。可你们老同志习惯写信寄信，慢慢悠悠不在乎，我们80后可受不了。

　　陶家柳说：别动不动就80后了，现在90后都起来了，他们更猛。

　　说话间，饺子上了桌，一家人围坐在一起，边吃边聊，气氛很温馨。儿子还说等父母金婚时再聚，儿媳就说等钻石婚时再聚。钻石婚是 80 周年纪念，那时这一家人分别是 106 岁、103 岁、80 岁、78 岁。假如这个宏愿可以实现，应该有第三代第四代甚至第五代了吧？

一家人憧憬着，说笑着，沉浸在幸福里。

要小孩子的事儿，陶砚瓦两口子都没提，他们早打定主意不加干涉，让儿子、儿媳自己决定。

是夜，陶砚瓦填词《御街行·结婚卅载家宴》：

算来已享珍珠誉，三十载，诚非易。同肩风雨共鬌虹，岁月如歌如曲。恰良宵到，饮杯中酒，相视谙其味。　　金婚能庆追钻石，体两健，心双契。儿媳闻道喜颜开，先定彼时欢聚。若苍天许，遂鹣鲽志，重把芳樽举。

写毕，他把这首新词发给几个诗友，说是请他们指正。也给亲家兼战友董春台发了，让他们分享自己的快乐和幸福。

第六章　领导小组

尚济民这次看完稿子，先批给了岳顺祥。岳顺祥在自己名字上画了个圈圈，圈圈旁边写了"很好"两个字，然后签了日期，就退给了尚济民。

第二天，尚济民召开了党组扩大会。参加人员除三个党组成员外，按惯例邀请领导班子中的非中共人士程秉祺，以及岳顺祥和办公厅主任刘世光、副主任陶砚瓦列席，秘书孙健负责记录。

开会前，陶砚瓦已经在每位与会人员座位前把材料摆放好，材料旁边还按惯例摆放了白纸和铅笔。材料的题目就是遵照尚济民指示，名为《关于启动新楼规划论证工作的请示》。

尚济民主持会议并作主旨讲话，大约讲了二十分钟。然后请党外人士程秉祺先发言，之后王良利、张双秀两位党组成员讲，请岳顺祥最后讲。

一把手已经向高层领导当面汇报过，高层领导都口头同意了，又是单位多年祈盼的大好事，谁能反对？各位发言者异口同声表态，深受鼓舞，坚决拥护，积极配合。

党组成员王良利对请示文稿的文字表述提出几处修改，特别指出有两处标点该用分号的用了逗号，几处地方"的、地、得"用得不对。报给相关领导的材料，应该严谨。

他是北大中文系毕业的，一贯对抠文字特别是标点符号有浓厚的兴趣。

最后，尚济民提出四条意见：

一是即日成立新楼筹建工作领导小组，尚济民任组长，岳顺祥任常务副组长，其他班子成员程秉祺、王良利、张双秀任副组长，陶砚瓦兼任筹建办主任。

二是尽快把请示正式报请分管领导和相关领导批复。

三是领导小组成员分工，分别在内部听取各方面意见，并及时汇总。

四是多做少说，不对外宣传。

会议有一个小时就结束了。陶砚瓦走在最后，在楼道里等电梯时，王良利把他叫住了，说到他房间说几句话。

王良利在班子里分管几个业务部门。他从没主动叫陶砚瓦到他办公室来过。即使有事找他，都是打个电话。外线、内线、手机都打过。陶砚瓦偶尔有事情请示汇报，倒是需要经常过来。

王良利的办公室在楼的西北角，比尚济民的小十几平方米，没有那一排六组书柜，卫生间、床、办公桌、沙发通通小一号，再加上王良利人很矮，所以这里的气场没法跟尚济民那里相比。

陶砚瓦一进门，打完招呼，就下意识看王良利的办公桌。

王良利素与班子里的党外人士程秉祺不和。程秉祺的办公室在他对面，是楼的东北角。不知王良利听信了什么高人的指教，自己在自己办公室里折腾。你这次来他办公室，他坐西朝东，面向程秉祺，当然也面对来客；你下次来他办公室，他变成坐东朝西，背对着门口，背对着程秉祺，也给来客一个后背。再过几天，他又折腾回去了。但程秉祺在对面办公，分管另外的业务，事情比较多，再加上还有民主党派的事情，比王良利要忙很多。他也没工夫串门，估计王良利的折腾，他压根就不知道。

起初陶砚瓦不明就里，还随口问过一次，王良利支支吾吾也没说出什么。后来有人讲是在跟对面的程秉祺暗里较劲呢。至于其中的奥秘，比如是根据时令变化来调整呢，还是根据对面情况随时应对呢，也没人说得清楚。

陶砚瓦一直对王良利心存警惕。因为你跟他讲的话，他在跟别人转述的时候，不知怎么就发生了变化：有时是物理反应，增加或衍生出了其他内容；有时是化学反应，再好的话都变成了酸味、馊味或者臭味。

所以，陶砚瓦没事儿绝不主动过来，有事儿也是说完就走，绝不多停一秒。这次主动叫他，他当然不想来也得来。

坐，坐，坐。王良利很热情地说。你看我昨天刚写的，给指点指点！他指着书案上的毛笔字说。

哪里，哪里，我学习学习，很好，笔墨线条越来越扎实了。陶砚瓦表现得十分认真。

砚瓦啊，好像瘦了一点？王良利开始表示关心，是累的吧？

不会吧，为领导服务，不累。

怎么可能不累？我刚看了稿子，听说是你起草的？

济民同志指示，一一详细交代，我只是文字记录吧。

砚瓦你太谦虚了！你的文笔我还不知道？我分明看出有你的个人风格和特点！你的学养我还是了解的。

领导过奖了，真的都是济民同志的思路、结构，包括语言。

砚瓦你是越来越成熟了。王良利收起笑容，建新楼这么大的事，济民同志交给你，那是高度信任哪。

是，是，为领导服务。陶砚瓦毕恭毕敬回答。

砚瓦，是这样，以我个人的分析，这次材料报上去，估计分管领导们会很快批示，下步任务是抓紧编制项目建议书。王良利显然想表现他深谙此道。

您说得对。陶砚瓦也随声附和着。

我没别的意思，我只是告诉你一声：如果需要找外边的人帮忙，我可以帮着找。王良利终于公开讲出自己的心里话。

太谢谢领导了！我一定记住。尽管人微言轻，但假如大领导让提建议，我也许可能有说话的机会吧。陶砚瓦答应得爽快，但很讲究分寸，留有余地。

好，有事你们就找我，我会尽力。不耽误你了，你忙去吧！王良利感觉目的已经达到了。

谢谢领导，谢谢领导。陶砚瓦赶紧顺坡下。

从王良利屋里躬身出来，随手带上门，陶砚瓦顿感轻松。

从王良利屋里出来，斜对面就是分管自己的张双秀的办公室。刚才王良利找他说话时，他分明注意到张双秀警惕的目光了。陶砚瓦想了一下，还是走过去敲门。

张双秀也是河北深州人，而且也是军转干部。他原任某部委办公厅主任，而且还是个党组成员，但他没在原单位任行政副职，而是到陶砚瓦的单位任了副职，并分管办公厅、机关服务中心，也就是陶砚瓦的顶头上司。

多年来，家乡领导每年必来京两次。一次是中秋、国庆节之前，蜜桃熟了，拉桃进京；一次是春节之前，韭黄就要上市了，拉韭黄进京。名目有时叫"深州市北京同乡联谊会"，有时叫"深州市北京招商联谊会"。也许还有别的名称，陶砚瓦也记不得了。总之是见见面，说说话，喝喝酒。京深两地头面人物，每年至少两个机会增进感情，即使都在北京工作，也都是靠这个形式增进乡谊。

陶砚瓦从三十多岁开始出席，至少二十年没有间断，还多次被推举上台发言，在家乡电视台上露露脸。因此，在京工作的深州人，有在中南海极重要位置工作的，有贵为部长、将军、大国企老总的，也有颇有些资产在商界有了点小地位的，几乎都与陶砚瓦相识。但也有极个别人士，出于种种原因，坚决不参与这类活动，比如张双秀。

陶砚瓦此前只知其名，从未与之有过任何交往。现在感谢中组部，把张双秀派过来，成了他的上司。

没想到，张双秀一到，就与陶砚瓦发生了不愉快。

起因是离休老干部郭凤章的去世。

郭凤章 1948 年入党，当时他未满十八岁，还在北平私立汇文中学读书。其父是京城名票，也是收藏鉴赏家。他参加地下工作后，发传单，闹学潮，迎接解放军进城。之后在故宫博物院和国办工作，正局级离休，享受副部级医疗住房待遇。他晚年喜欢写古体诗词，带着一帮人搞了个刊物，曾几次找陶砚瓦借用机关多功能厅搞活动。老伴儿去世后，又梅开二度，找了新欢，生活很平稳，他也不抽烟喝酒，偏偏就检查出肺癌晚期，才几个月就走了。

陶砚瓦按照惯例报了一个《关于郭凤章同志逝世后事安排的请示》。说是惯例，不仅仅是说先上报告，经领导批示同意，再具体实施这个程序，而更主要是说后事处理的细节，都是严格遵循了以前同等级别人士后事处理的程序，以及该由机关负责的各种事务的具体事项、掌握的标准等。比如逝者是司局级还是处级？是正部级还是副部级？是离休还是退休？是老八路还是老红军？必须严格区分不同情况，谨遵规定和以前惯例来具体操作，有的安排在五百人的第一告别室，有的就安排在三五十人的小厅。这些东西有的是有文字规定的，有的是约定俗成的。有时是家属提出要求来改变，比如本来安排在大厅，家属说没几个人来，不用在大厅，就改小厅；或者本来安排在小厅，家属说改大厅，费用自己负担，也便尊重家属意见。但如果家属因些鸡毛蒜皮对单位安排不满，找单位领导麻烦，那后果将苦不堪言。陶砚瓦处理此类事务多年，早对此了然于胸，从未发生不快。像这类事情，诸位领导基本不用操心，都是画个圈，转回来按程序走就行了。

没想到，这次他出师不利，挨了当头一棒：张双秀竟然打破常规，提出了不同意见。他的批示是：遗体告别不必安排在第一告别室。

这下子给陶砚瓦出了个不大不小的难题。因为陶砚瓦知道，把郭凤章安排在第一告别厅，有着充分依据。而且服务处报这个件时，就已经按要求提前预订好第一告别室并通知家属了，现在临时调整，后果会很严重。不仅八宝山有意见，服务处具体办事的、逝者家属、老干部支部甚至同等情况在世的离休人员，都可能有意见并向陶砚瓦发难。他想来想去，还是拿着这个件去找刘世光。

刘世光一见张双秀的批示就笑了。说：这是来"下马威"啊，你赶紧让他们联系小厅吧。

陶砚瓦说：离休人员以前从未在小厅安排过。因为小厅就是"梅""兰""竹""菊"那几个，顶多能装三五十人，花圈也摆不下几个。关键是家属会以为我们降低规格，也是对逝者不公。

刘世光说：以我对张双秀的观察，你我要为这事找他，他会更加坚持自己的意见，可越过他去找别的领导，他要知道了会恼羞成怒。但如果按他的意见办，将来出了问题不知他敢不敢承担？即使他敢于承担，心里也必定会不痛快。

这时，服务处负责丧葬事宜的副处长赵连通推门进来了，他本来是来找陶砚瓦的，一看人不在屋里，就到刘世光这儿来了。他是个老司机，前些年转了干，做过多年车队调度，刚提了服务处的副处长。他进门就问：怎么着？家属等着呢！

刚才报告是他拿给陶砚瓦看的，他指着张双秀的批示说：这他妈怎么办？

陶砚瓦看了看刘世光，说：改小厅吧！

赵连通说：改？可以，不过你们两个领导可听好了，出了问题我概不负责！

说完怒气冲冲掉头要走。陶砚瓦说：等等！

陶砚瓦说：张双秀是我深州老乡，还是由我出面说说试试吧，你们两个听着，看他什么态度。

于是，陶砚瓦就用刘世光的电话拨打内线，而且放了扬声。

首长好！我是砚瓦。陶砚瓦故意用部队的习惯称"首长"，想拉近一点距离。

啊，砚瓦啊！什么事？

您的重要批示我们都学习了，就是怎么贯彻落实，还有点儿顾虑。

哪一件啊？

就是八宝山告别室，他们已经提前定了，临时再换可能来不及。

他们联系了没有？没联系怎么能知道行不行？

首长，还有，就是咱对离休干部历来都安排在第一告别室，改了怕家属有意见。

不会！这种事情我以前经常处理，离休人员都是八九十岁了，认识他们的人也没多少了，没必要搞那么大的厅。家属有意见要做工作，不能什么事都听家属的。

好吧，首长，我们按您指示办。

放下电话，赵连通又开始骂骂咧咧。陶砚瓦说：连通你别骂了！你是不是当着张运山的面说这事儿了？

张运山是张双秀的司机。赵连通想了想：刚才我拿到批件儿，是对狗日的说了。

实际上他不仅是"说了"，而且是骂：瞧你丫拉的这领导，这不他妈没事儿找事儿吗？

陶砚瓦看了刘世光一眼，二人心里已明白了几分。就说：先这样吧，我再想想办法。

陶砚瓦心里已经有了主意。因为他想起了一个人。

陶砚瓦想起的人是由王良利分管的业务司司长李如松。

李如松也是从军队转业的，而且和张双秀一样是从空军转业的。当时听说张双秀要调过来，李如松脸上有一丝微笑，还跟陶砚瓦说：老陶啊，你们老乡要过来领导你了，你可有好日子过了！

陶砚瓦说：我们是老乡没错儿，但我从来没在北京见过他，听说是你们空军转业的，恐怕和你渊源较深吧？

李如松点点头说，我们是一个师的。他在政治部当群联干事，我在团里当指导员。知道一点点。

听他口气，好像还不只是"一点点"那么简单。

郭凤章在位时，李如松曾在他手下工作，而且当了处长，应该是待他不错。郭老去世那天，李如松还对陶砚瓦说：郭老是我老上级，他哪天告别一定通知我，我一定参加！

现在陶砚瓦遇到难题了，他想起李如松。就拿着那个批件儿去敲他的门。

李如松是安徽无为人，堪称颜如宋玉貌比潘安的美男子。他漂亮的外形让男人无语，俊美的容貌让女人无奈。长得漂亮既是他人生之宝，也是他人生之累。他和前妻育有一女，离了，又找了现在的老婆，又育有一女，听说也开始摩擦，已有离异迹象。

他一看张双秀的批示，就说：真是乱弹琴！我们老政委早就说过，这个张双秀是成事不足，败事有余。

陶砚瓦说：如松司长，我已经给他打了电话，说不下来。我只能照办。万一家属那边有意见，请你帮着我们说几句好话就行。

李如松说：换小厅，扯淡！没门儿！我现在给张双秀打电话！

果然就打。

电话一拨通，李如松就说：听说郭老的告别仪式要安排在小厅，好像不大合适吧？

张双秀说：他那么大年纪了，没几个人去告别，小厅就够了。

李如松说：郭老是我老上级，如果你安排小厅，我就提前请个假，他的遗体告别我不参加了，因为我没法面对他的家属。

说完这句就把电话放了。转头对陶砚瓦笑了笑，说：谅他王八蛋不敢。

陶砚瓦刚走到自己办公室门口，屋里电话铃声就响了。一接竟然是张双秀，说：砚瓦啊，郭凤章同志的遗体告别，还是安排在第一告别室吧！

陶砚瓦就说：好，好，首长怎么定我们怎么执行！

结果到了遗体告别那天，远比张双秀估计的人多。高层领导也送了花圈，故宫博物院、诗词学会、北京汇文中学等都有人来参加，还有很多诗词爱好者，甚至有不少从外地赶来的。尚济民以及班子成员都参加了，机关也来了不少人。花圈从遗像两侧一直摆到大门口，告别的排成三列也走了一大阵子。

由于不少人有诗词功底，所以送挽诗挽联挽幛的也不少。有的写得还很上档次。其中一首《御街行·挽郭凤章词丈》，引起陶砚瓦的注意：

啼鹃不意催人老。却未觉，霜颜早。花开花谢叶犹红，霞映斜阳西照。逍遥群里，网虽虚拟，情更深秋好。　人生只有单行道。往日事，终难了。心期佳句再飞英，霄驾西游谁料。湖山梦断，常扪心问，雅教知多少。

这首词的作者署名是沈婉佳。她在网上和郭凤章相识，常常在一个群里讨论诗词，早就答应要来北京看他。没想到这次是专程来遗体告别。她找人用毛笔把这首词抄在一张四尺条幅上，怯生生地找到陶砚瓦，希望挂在靠近遗像的地方。陶砚瓦看词写得不错，就专门安排在比较抢眼的位置。就这样，在这个告别仪式上，通过这首词，陶砚瓦认识了沈婉佳，而且成为要好的诗友。

事后家属也算满意，张双秀嘻嘻哈哈，好像什么事都没发生过。陶砚瓦有惊无险，总算平安渡过了一劫。但陶砚瓦通过这件事，在心里对张双秀生出些许蔑视。

没过多久，张双秀又让司机张运山来找陶砚瓦。说他孙子想到花园村幼儿园入托，但问了问，说要交赞助费三万元。请陶主任帮忙找找人，能否少交点儿。

陶砚瓦心里就有些不愉快。为你自己的事儿，你都不亲自来说，还让司机传话，还端着呢，放不下那个臭架子啊。心里真不想管。

可转念一想，他毕竟是顶头上司，多少人为拍领导马屁找还找不到门呢。况且又是正宗深州老乡，真要不管，不是太绝情了吗？

于是他便给幼儿园主管领导、国管局服务中心主任张北放打了个电话，说：我们有个领导想送小孙子去花园村入托，一问要赞助三万元，能不能关照关照？

张北放说：没问题，你让他去找幼儿园的周园长，就说我让找的。

陶砚瓦说：钱怎么交，打个五折吧？

张北放说：操，你都找了我了，还用交钱吗？

陶砚瓦便连声感谢，说哪天再聚聚。

对张双秀讲了，张双秀说：砚瓦啊，还是你再辛苦一趟，明天和我们一块儿去见见园长，先熟悉熟悉环境吧。

陶砚瓦不便推托，只能说：好吧。

第二天上午，服务处副处长赵连通开车送陶砚瓦去花园村幼儿园。在车上赵连通说：陶主任，你这人心眼儿也太好了，不过我可把丑话讲在前面，你拍张双秀这号人马屁是瞎掰，我听他原单位司机讲了，他整个儿就一白眼狼，只认一把，其他人爱谁谁！那儿都没人理他。

陶砚瓦说：毕竟人家找咱了，又是咱领导。

说话间到了，只见张双秀一家都来了：他、他太太、他女儿、他外孙。

一见面，张太太就凑上来跟陶砚瓦说：陶主任，谢谢你帮忙啊！听说人家还不要钱了，这一下子省了三万块钱呀，三万块钱可不是个小数啊！三万块，啧啧，三万！

陶砚瓦越听越难受，他感觉张太太感谢的并不是他，而是那三万块钱。

张太太见了园长，陡然变得十分高傲，看这看那，问东问西，从伙食、住宿问到安全，有没有生人随便进出，磕了碰了怎么办，等等。好容易到了吃饭的时间，张双秀就对园长说：园长啊，今天中午我请你吃个饭吧！

园长就推托不去，陶砚瓦说：我们领导提出来了，我们跟你们主任也都是朋友，园长就赏赏光吧！

饭终于吃了，张双秀反复讲：园长啊，我代表我们单位敬你个酒吧！我代表我们单位表达个心意吧！

快吃完的时候，张双秀偷偷对陶砚瓦说：砚瓦啊，你把账结一下，回头我签个字。

陶砚瓦就叫赵连通去结账。

跟园长告了别，又把张双秀一家送上车，张太太还不忘跟陶砚瓦握手，不忘重复那句话：省了三万，谢谢你，陶主任。

张太太还知道感谢三万块钱，张双秀是连三万块钱也不需要感谢的。

赵连通在车上就开始骂：这他妈两口子不是一家人不进一家门，真是王八看绿豆，眼儿对眼儿！

陶砚瓦没有说话，他心想：我宁愿天下人负我，也不负天下人。

张双秀外孙入园没多久，又有事找陶砚瓦了。

他打电话叫陶砚瓦去他办公室，说：砚瓦啊，我太太对你印象不错，说你能办事。我说砚瓦是老乡，对人热情。结果她又有事请你帮忙：她有个侄子今年报名参军，都通过了，想到北京来有个照应。但刚才来电话说没分到北京。你看能不能跟老家的领导说说，照顾照顾。

陶砚瓦看着张双秀猥琐的样子，心里一阵恶心。但他尽量不形于色，说：我只能问问，结果实在不好说。

张双秀说：问问就行，问问就行。看那态度就是问问给老婆一个交代就行了。

陶砚瓦忽然想起衡水军分区司令肖红星来了。早就听说他去了衡水，但一直没联系。心想打个电话问问也没什么，就对付一下得了。

电话里肖红星很忙的样子，说：有什么事儿，快说！

陶砚瓦就说了张双秀内侄的事儿。

肖红星说：你们真他妈操蛋！早干吗了？早告诉我们不好吗？都他妈定了。

陶砚瓦说：他可能不好意思吧！能办就办，办不了我给他解释解释。

肖红星说：你等我消息，我试试吧！有人要他妈倒霉了！

放下电话，陶砚瓦心里有种负罪感。心想哪个孩子不是家中龙凤？挤了谁，谁的孩子不得垂头丧气？谁的家长不得着急上火？

这个电话真不该打。

正懊悔间，电话铃声响了，果然是肖红星：老陶啊，妥了！你们那个领导内侄就去北京吧！

陶砚瓦嘴里说谢谢谢谢，心里一阵凄凉。

他没办法，还得给张双秀打个电话，告诉他结果。张双秀在电话里也是轻描淡写地说：谢谢谢谢。

陶砚瓦在心里直骂自己：陶砚瓦啊陶砚瓦，亏你还是个读书人，你办的这哪算是人事儿？

陶砚瓦为张双秀办了不是人事儿的事儿，但事儿一办，张双秀立即像什么都没发生过一样。

经过一段时间的观察，陶砚瓦基本掌握了张双秀的"三输"思路：他第一位的考虑，就是"与其调停营救于下，孰若输忠哀恳于上"，就是坚决围绕一把手，死死缠定一把手，持续不间断地向一把手输忠；第二位的考虑，就是坚定不移地向同僚输诚，对待班子其他成员，包括对待非他分管的各司长哪怕处长们，都是谦虚谨慎，毕恭毕敬，以忠厚诚恳示人；最后，他坚决向属下输威，就是一定要死死控制住直接分管的下属，榨干他们的热情、忠诚、精力和资源。凡是属下与外界发生摩擦或利益冲突，一定牺牲属下以媾和，决不能为属下争取任何权益。

陶砚瓦念及此，不由心灰意冷，心想摊上这么个领导算是完蛋了。因为他关键时刻绝不会为你说半句好话。你看穿他又有何用？他是中组部部管干部，你奈何不了他半根毫毛！

而在张双秀看来，让陶砚瓦联系外孙入托，省下三万块钱，是下级向上级输忠，是情理之中分内之事，无须什么感谢；让陶砚瓦联系调整内侄来京当兵，就有些乡情乡谊的面子了，基本就把陶砚瓦的油水用光用完了。但是感觉陶砚瓦还算老实热情，下次还可以再给他找点事情，试试从他那儿能不能透支一些东西出来。

上天总会眷顾所有有想法的人。没过多久，张双秀的机会就来了。不过这个机会不是张双秀理想的那种机会，而是一个他很不希望、完全出乎他意料的机会。

这天他接到自己弟弟电话，说儿子开个三马子被电力局一辆车撞了。伤得不轻，关键是他没有驾驶证，属于无证驾驶。得赶紧找人，否则要自己负完全责任，双方车辆由他修，还要自己出医疗费。

张双秀一听就急了，弟弟就这一个儿子，当时本来想再要一个，而且弟媳还怀上了，他那时正在一个准备提拔什么职位的坎儿上，就警告弟弟坚决不能要，说咱是干部家属，要带头落实国家政策，硬逼着弟媳去做了引产。

想起这些事儿，张双秀就有些尴尬。但由于他从不与家乡领导联系，到了需要找人帮忙办事的时候，真个是一筹莫展。

万般无奈之时，他又想到了陶砚瓦。

这次他是真的很诚恳，很渴望陶砚瓦帮忙，但平时端惯了，又把陶砚瓦这儿的热情掏干净了，说话的语气就有些难以把握，既要渴求，又不能没了平素的威严。结果就难免吞吞吐吐，嗳嗳嗬嗬，不知所云。

而在陶砚瓦这边，早已对其品行有了基本判断，早就打定主意不再管他任何事情，心里已经听明白了，但嘴里却说：哎呀，要找交通队啊，我还真不认识他们。找他们领导？说的就是不认识他们领导啊！市里领导？这个事儿找市里领导，是不是不太合适啊？好，好，我看看吧，我试试吧。

陶砚瓦放下电话，心想：对你这种无情无义之人，我意已决。再说了，凭什么你们家出了事儿，要让我去周旋？你不是中管干部吗？你不是牛×吗？

在张双秀的经验里面，一直就是这样的。能掏空的一定掏空，能透支的尽量透支，能多透支的透支个够。他知道只要职务在上面，总有傻子让他透支。有的人没有那么傻，比如陶砚瓦，但他会让陶砚瓦慢慢品尝不让透支的后果。

就在陶砚瓦敲门进来之前，张双秀先是琢磨尚济民怎么把这等重要任务交给了陶砚瓦，想了半天也没有什么确定的答案。又接着琢磨为什么王良利主动找陶砚瓦说话，好像是还有事儿。想了半天又是没有什么确定的答案。最后就想，去他的，让他干就让他干呗，还不一定干成干不成，不一定是福还是祸呢！再说与俺何干！

闲得无事，便打开电脑玩蜘蛛纸牌，而且是初级的。他只会这个，还是为了哄小孙子才学会的。

正玩得过瘾，就听见陶砚瓦敲门。

第七章　落在龙脉

王良利分析得很对，《关于启动新楼规划论证工作的请示》经尚济民签发后，7月31日周五早晨从机要报走，8月5日周三下午，孙健就按尚济民要求，把领导批示复印件给了陶砚瓦。

相关领导的批示只有五个字，"要充分论证"，时间是8月3日。

分管领导的批示是："支持积极推进项目建设。对项目的功能定位、建设内容、规模以及建成后的运营管理等，请商发改委等部门认真论证，按程序推进。"时间是8月2日。

陶砚瓦看完两位领导批示，想象他们或许是在北戴河之晨，于海边散步之后，对着窗外的波涛而作此批示；又或者是在酷热难挨的下午，他们午睡之后，先下海搏击海浪，老夫聊发少年狂，抖擞一下精神，释放一点力量，然后再返回案头，凝神处理公文。于国事纷繁中，他们依然惦记着这座小楼。

他们一定看到"国学"进入这座小楼了，他们应该是注意到了尚济民引入"国学"概念的企图，但兹事体大，这样做有无可行性、必要性，似乎还没有明晰答案。

但他们的批示，在在显示出积极推动的态势，总的感觉是鼓励和肯定。

陶砚瓦反复琢磨几遍，感到看似领导随意一批，实际反映出领导的高度政治素养和人文素养。他们都没批"同意"二字，实际也没必要批"同意"二字，却比批"同意"二字更精准，也就更有力量。

遵照尚济民指示，陶砚瓦也把两位领导批示送给岳顺祥一份。

岳顺祥看了批示就问：济民同志现在在吗？

陶砚瓦说：应该在。

岳顺祥说：我过去找他，既然领导、相关领导有了明确态度，建议他以个人名义给北京市两位党政领导写封信，我在下面做做工作，也请他们表个态，就好办了。

陶砚瓦听了岳顺祥的话，也对老先生心生敬意。想想也是，北京市虽然行政上是"省级"，但市委书记是政治局委员，相当于副国级。如果只把国务院领导的批示转给北京市，不妥；如果正式行文给北京市党政主要领导，也不便。他想的这个由尚济民以个人名义写信的方式，却非常合适，既可以办成事，又比较合乎情理，也不至于产生什么不良后果。

建设一个大项目，而且是由国家机关来建设，用国家资金来建设，如果不由国家级人才来操盘，那岂不怪哉？

岳顺祥很快就从尚济民那里回来了。

他直接来到陶砚瓦的办公室。陶砚瓦一见赶紧站起来让座沏水。

岳顺祥说：济民同志讲了，目前我们的主要任务，就是落实上级的指示，认真论证。首先是广泛听取各方面意见，一个是走访当今国学大师、文化名人；二是分别开几个座谈会；三是集中走访北京或外地的国家级文化设施；四是赶紧联系具备资质和丰富经验的项目咨询公司，尽早参与，抓紧起草《项目建议书》。

陶砚瓦赶紧找笔一一记下。

岳顺祥又说，你这个筹建办主任不能是光杆司令，该找机关要人就要人。实在不行我就从市里借几个人来。

陶砚瓦说，机关的人都是有编制的公务员，一个萝卜一个坑，我有事临时喊他们帮帮忙还行，现在项目的前景不明朗，除了我这样没有想法的人肯过来干，估计年轻同志会有顾虑。

岳顺祥说，你说的我也想到了。我还是跟济民同志讲讲，从北京市借人吧。

秋曼莎一早来搞卫生，跟陶砚瓦讲：她穿的裤子已经三年了，还是她来后第二年年底做的，新来的穿老的留下的，都多少茬儿了，该买新的了。陶砚瓦就说，跟你们处长讲。秋曼莎说，讲过了，处长说等着您来拍板。

说着说着，秋曼莎又走到陶砚瓦跟前，低声说：主任，我还听到一件事儿，你可别跟别人说。

陶砚瓦问：又有什么事儿？

　　秋曼莎说：周芳没敢回家，她那孩子生下来就送人了。

　　陶砚瓦问：为什么？

　　秋曼莎说：那个孩子不是她男朋友的，她自己都承认了，说是咱们机关一个领导的。

　　陶砚瓦一听，心里一惊：你可不许胡说！

　　秋曼莎说：她男朋友一开始还要告，周芳不让，两个人闷在屋里哭了三天。

　　陶砚瓦说：她家里知道吗？

　　秋曼莎说：不敢跟家里说，也不敢告，就把孩子送人了。

　　陶砚瓦想起周芳老实的样子，心里一阵难过，问：你听谁说的？

　　秋曼莎说：我听我老乡说的，她们现在都住在西三旗，还是一个单元。

　　陶砚瓦指着她说：你老乡的话可不能乱传，小心有人揍你！

　　秋曼莎说：你看你又急了，跟你又没关系，人家说是比你还大的领导。

　　陶砚瓦厉声说：你这个小屁孩儿，传出去人家会告你，让你蹲两年监狱。我看不教训教训你都不行了，过来让我打一下！不然你记不住！边说边扬手晃着吓唬她。

　　秋曼莎说：不让你打，你手太重！说完笑着转身跑了。

　　陶砚瓦却坐下又苦想了好一阵子。

　　服务中心的工作，陶砚瓦好久没顾上过问了，实际工作由处长们各负其责。因他是法人代表，签字、过账等，还得履行法人代表的必要职责。想交出去吧，尚济民没吭气，而且自己这个筹建办主任后面加了括号，括号里明明还有个"兼"字。如果交了，筹建办就是一个临时机构，今天有，明天说没就没了。那时候什么都没了，不是空空如也！再说，领导没说让你交，你自己提出来交，好像也有推脱麻烦之嫌。

　　在办公厅，副主任是个可松可紧、可忙可闲的差使，全在于上面怎么用你。真要用你，能把你累死；不用你，能把你闲死。因为他的工作没有什么严格标准，既没有评判工作的标准，也没有评判人的标准。说没有，好像还不对，也许能找出几十条上百条标准，但大部分是虚头巴脑的、弹性很大的原则规定，具体掌握起来难度相当大，基本不落实。

刘世光感觉尚济民用陶砚瓦搞筹建，也看不出啥意思。是临时起意，还是有什么考虑。有一天他忽然对陶砚瓦说：老陶啊，岁数不小了，你可不能丢公务员身份啊。宁做一个巡视员，也别去弄别的。

刘世光比陶砚瓦小八岁，他是从地方调京的，对政界的认识比较具有穿透力，往往能从复杂的事情表面，一眼看出下面掩盖的东西。他和陶砚瓦没有利益冲突，两人配合还不错。陶砚瓦也向他讲过，是不是把中心的工作交出去？他说，领导没这个意思，咱不能主动提呀。

作为下级，想主宰或者说主导自己的命运，是难乎其难的。上级制约下级的手段那是太多了，反过来下级制约上级的手段基本没有，即使有，肯定是些旁门左道，陶砚瓦也绝对不会使。因此，他只能是听天由命。

这些天，陶砚瓦忙得不可开交。安排了几个座谈会：一是全国政协教科文卫委员座谈会，二是首都高校国学院院长、著名教授座谈会，三是市委宣传口、团口、精神文明建设口、工青妇口座谈会，四是外交部驻外使节座谈会。还抽空安排访问了几位大专家。访问一个人就一大堆事情。先要联系上本人，讲清来意。确定人家的时间，每周都排出一个名单，报给领导确定去的人员，安排车辆。到访问时，大部分还要跟着去。

而更为要命的是每次座谈、访问都要出简报或纪要。陶砚瓦为此事大伤脑筋。他从秘书处抽了个小伙子，从办公自动化处和服务中心各抽一个女孩子，过来帮忙。岳顺祥也从市府研究室、市外办、市建委各抽来一人，这才能够勉强对付着。

筹建工作是在原有工作之外突然增加的一块工作，当然也很重要。但是它再重要，也是一块不在原有计划中、没有编制、没有经费的工作。幸亏陶砚瓦还有办公厅、中心的职务，办公用品、车辆等资源还可以借用。

这日忙活一天，往床上一躺，陶砚瓦口占一律，用新韵：

我当公仆像当兵，怎么安排怎么成。
进退全由人做主，沉浮不为利逢迎。
有情缠绕诗陪伴，靠墨翻飞笔折腾。
末了还吃文化饭，从今重做小学生。

龙　脉

　　陶砚瓦说"重做小学生"，并不是矫情。通过一段时间与学者、专家、文化名人的接触，听着他们或冷静地娓娓而谈，或慷慨激昂地滔滔宏论，陶砚瓦沉浸在学术的氛围里，对当前思想文化界的一些情况，也大致有了一点了解。

　　那天下午，开了一个首都重点中学国学教育专家座谈会，来的既有资深的校长和文史教师，也有几个年轻人。会上发言很踊跃，纷纷表示建设国家级的国学机构，十分必要和及时，广大师生热烈企盼。

　　其中一个戴眼镜的年轻人，一进门就过来和陶砚瓦打招呼，叫他叔叔。陶砚瓦听了一愣，正琢磨在哪里见过他，那个年轻人说：

　　我是河南梁抗美的儿子梁继！

　　陶砚瓦马上笑着拍拍他肩膀说：对，梁继！前年咱们在郑州见过的，我真是老了，眼拙了。

　　在会上梁继还发了言。他虽然年龄不大，资历不深，谈吐却很稳重深沉。讲话声音不高，但句句到位，显露出厚实的国学功底，以及对建设国学馆的深度思考。

　　会议结束后，尽管陶砚瓦说准备了晚饭，但参会的人都说有事纷纷离去。只有梁继走到陶砚瓦面前说：陶主任，我找您蹭顿饭吧！

　　陶砚瓦一听，高兴地说：啊，太好了！走，咱先到我办公室去坐坐。你爸爸还好吧？

　　梁继说：他退休以后身体还行，老让我过来看您，可惜一直没有机会。

　　陶砚瓦问：你在哪个学校？

　　梁继说：我现在在八中任校长助理。

　　陶砚瓦说：听说户口解决了？

　　梁继说：解决了。我是中组部博士服务团的，先在西城区教委挂职，又派到八中任职。

　　正说着，秋曼莎进来收拾卫生，一见两人还在说话，赶紧说声"对不起"，转身就要走。陶砚瓦叫住她：小秋，去告诉食堂，给我们炒两个菜，送我办公室去。

　　秋曼莎答应着走了。

　　陶砚瓦把梁继带到办公室，稍坐片刻，饭菜就到了。陶砚瓦从柜子里掏出一瓶老白干，两人喝得兴起，天南海北聊了起来。

梁继说他原先在河南大学学习历史，又接着攻读硕士和博士。博士学业结束后，进入北师大博士后流动站工作，其间被聘为史学硕士生导师、客座教授。已经出版过两本讲述中华传统文化的著作，做过多场国学讲座，还曾登上中央电视台《百家讲坛》。到北京八中也不过几个月时间。

陶砚瓦说：我因为搞这个国学馆，深感自己学识浅薄，力不从心。比如两千多年前曾涌现出中国的孔子、老子，古希腊的苏格拉底、柏拉图、亚里士多德，印度的释迦牟尼，以及以色列犹太教的先知们。那时没有发达的交通和通信，他们竟然各自创立了自己的光辉思想，而且使各自民族受益，并且影响两千多年，至今惠及全世界。他们为什么同时出现？为什么之前没有？两千多年了人类社会发展极其迅速，却再也没出现更伟大的思想家？

梁继说：更让人惊奇的是，这些先哲思考的课题都是对人和世界的"终极关怀"，他们的思想塑造了不同的文化传统，而有幸得到他们思想滋润的文明，都比较具有生命力。反之，曾经强大和发达过的巴比伦文化、埃及文化等，因为没有涌现伟大的思想家，没有实现整个民族的灵魂超越，便难以摆脱灭绝的命运，成为文化的化石。

陶砚瓦说：对呀！在那样兵荒马乱的蛮荒时代，基本上是文盲当道的时代，那些先知们竟然显示出无比宽阔的胸怀，具备极高的视野，思考的都是对全人类都有助益的问题。有了他们的教诲，人们才开始用理智的方法、道德的方式来面对这个世界，于是才产生了宗教，实现了对原始文化的全面超越和突破。直至今日，我们也还需要不断回过头去，从他们的学说中寻找答案和教益。

梁继说：陶叔叔，我爸爸老说您知识面比较宽，今日相见，确实让我也感到很惊讶。放眼今日世界，资本主义经过三百年狂奔，暴露出各种弊端，中国特色社会主义经过三十多年实践，经济长足发展，但人们的思想、精神、信仰、道德层面，也出现种种问题。如果站在全世界的高度，来看全人类的问题，依然是需要从思想、信仰、道德上再次超越。从某种角度看，今日之世界尽管科技发达，交通通信发达，但纵观东西方之共同问题，依然有如当年之世界，还是充满仇恨、杀戮，依然充满不平等、不自由。

陶砚瓦说：关键现在有足以毁灭全人类多少次的武器，随时可能启用！

更别说遍布全世界的暴力恐怖袭击了。但是当今世界还能够涌现一批伟大的思想家吗？人类还能有当年的幸运吗？如果没有，靠当年先知们的教诲，还能够解决当前的危机吗？如果解决不了，人类还能够涌现更加伟大的思想家吗？如果没有理念伟大的思想家，人类思想和灵魂还能实现再次的全面超越吗？而实现不了这样的超越，世界会崩溃吗？中国会崩溃吗？

这一连串犀利的质问，陶砚瓦虽然是对着梁继说的，但他又好像是对着别人说的，同时也是对着自己说的。梁继听了，思考一下又补充了两个疑问：当今的世界毕竟不同了，但中国能够在不解决全世界问题的情况下单独解决自己的问题吗？反过来亦复如此：世界能在不解决中国问题的情况下解决世界问题吗？

陶砚瓦说：我们不能说，世界不用我们操心，我们管好自己的事就行了。如果仅仅站在中国的角度，实际最大的问题只有一个：就是我们无论如何不能眼看着别人好好的，我们自己崩溃了。但问题是，一旦中国真正崩溃了，世界也会崩溃，这不是中国想让世界崩溃，而是世界自己就崩溃了！

梁继没有答话，只是点了点头。

陶砚瓦接着说：我始终坚信一点，一个只考虑自己，不考虑别人的人，注定不是一个优秀的人，也注定不可能获得什么幸福；一个只考虑自己团体利益的团体，注定不是一个好团体，也不可能持久和壮大；一个只考虑本民族利益，而不管其他民族利益的民族，注定不是一个优秀的民族，也注定不可能得到想要的利益；一个只考虑自己文明发展强盛的文明，而不管甚至损害其他文明的文明，注定不会得逞！

梁继接过话茬说：但是反过来讲，一个人能否得到幸福主要在于自己，幸福的钥匙就拿在自己手上；一个团体能否成功主要在于自己，因为这个团体的理念和运作情况已经决定了它的成败；一个民族乃至一个文明，如果极端自私，损人利己，哪怕你暂时强大，科技领先，也必然导致迷失方向，走向衰败甚至灭亡。

两个人越说越兴奋，他们好像是认识多年的老朋友，突然邂逅，聊起了共同感兴趣的话题，碰撞出思想的火花。

梁继说：我们总是夸耀自己的文明多么多么优秀，但到底多么优秀，真正的考验可能在步步逼近，我们的机会也许就在百把十年之内！

陶砚瓦说：我想起主席说过，中国人民和美国人民应当对人类做出较大的贡献。他应该是预见到了什么。

梁继说：我爸爸谈到毛主席，总是称"主席"。好像天下只有一个主席，那就是毛主席。

陶砚瓦说：是啊，我们都是经历过毛主席时代的，每当想起毛主席，想到他老人家说过的话，心里就有一种使命感。

第二天，孙健来电话叫陶砚瓦过去取一个急件儿。陶砚瓦凭感觉猜测是不是又有哪位领导有指示批示了？

他刚走到孙健办公室门口，正看见屠春健从尚济民屋里出来，见到陶砚瓦，他似乎有点尴尬地笑了笑。

孙健交给陶砚瓦的是北京市市委书记、市长在尚济民信上的批示。

这是陶砚瓦第一次见到尚济民这封手书亲笔信，是一张 A4 纸，只有一页：

书记同志：

您好！根据相关领导和国务委员有关指示精神，送上筹建的请示报告及领导同志批示复印件。拟建的新馆不是机关办公楼，而是国家级、开放式、公益性的大型文化设施，有可能填补目前北京市文化设施的一个空白。这也是我们为响应北京市委、市政府建设人文北京的一个举措。恳请你们对规划论证工作予以指导，并将奥林匹克中心区 B08 地块予以预留。

顺颂夏安！

尚济民　8 月 12 日

北京市市委书记批示：请市长、副市长阅。建议支持新馆建设，并同意馆址选择。8 月 12 日。

市长仅在自己名字上画了一个圈，并写上"同意"，时间也是 8 月 12 日。

尚济民的信是 8 月 12 日写的，书记、市长两位的批示也都是 8 月 12 日作的。这三个日期，在在显示出岳顺祥的超强能量。

龙　脉

　　主管规划、建设的副市长批示晚了两天：建议请规委与来文单位联系，了解具体规模、内容和相关配套情况，我召集会议就选址和规划问题做好服务工作。8 月 14 日。

　　"奥林匹克中心区 B08 地块"，这是陶砚瓦头一回看到这段文字。它由九个汉字、一个英文字母、两个阿拉伯数字组成，它是一个概念，一个名字，一宗土地。因为它在"龙脉"上，不知多少人对它垂涎欲滴。陶砚瓦心里马上就明白了：看来岳顺祥已经做了不少工作了。

　　陶砚瓦打开手机上的北京地图，找到奥林匹克中心区。果然有块空地在那里。他心里一阵惊喜。

　　中国人骨子里有一样东西，就是伴随着我们的文化图腾而存活于心的龙的概念。谁都知道龙是一种虚构出来的动物，但它是我们的祖先在长达千年的漫漫历史长河中，根据天象、地象、人象、混合升华而成的一个神象，是集体创造出来的一个神灵。它既同时符合天道、地道、人道，又具有全面超越天道、地道、人道的能力。它让人感到亲切，也让人感到敬畏，它是天行健自强不息的形象，也是地势坤厚德载物的化身，更是人有志勇于担当的图腾。

　　北京作为一个城市，有三千年的建城史。作为大国之都，则从元代开始，至今八百多年。当初选定在此建都后，如何进行规划布局，指导思想是什么，具体理念、实施细则、方法步骤、长期打算是什么，我们已无从细考。但按照风水理念确定龙脉，把城市建在龙脉上，再把皇宫建在龙脉的最佳处，垂直向上下延伸形成这个城市的龙脉，是可以有大量实例确认的。比如长安城和开封皆是。

　　对北京城市布局研究最深、贡献最大的梁思成先生，曾以赞赏的语气写道："一根长达八公里，全世界最长，也最伟大的南北中心轴线穿过全城。北京独有的壮美秩序就由这条中轴的建立而产生；前后起伏，左右对称的体形或空间的分配都是以这中轴为依据的；气魄之雄伟就在这个南北延伸、一贯到底的规模。"

　　《北京城市总体规划（2004 ~ 2020 年）》中，有专门对这条中轴线的论述，新规划的中轴线由三段组成：中间是记录北京作为六朝古都的"历史轴线"，向北是记忆奥林匹克运动在北京的"现代轴线"，向南是永定门外具有可持续发展广阔空间的"未来轴线"。三段轴线有机连接，在保留北京古都风貌的基础上，以建立现代轴线和未来轴线为标志，创造性地发展了现代北京的城市格局。

总之，千百年来，北京的城市建设除拆去了城墙之外，基本格局依然清晰可见，并没有大的变化。或者说古代虽然没有留下城市规划，但其规划格局却一直沿用至今，包括新中国成立后的前三十年，改革开放后的三十年，大破大立，忽左忽右，多么热闹，何等辉煌，但仍然没有也不可能摆脱旧京格局。念及此，我们不得不对前人的智慧和传统的力量保持足够的敬畏之心。

陶砚瓦惊觉：如此看来，这个项目就要落在龙脉上了！

第八章　超级享受

近来筹建工作十分紧张，事情大，头绪多，陶砚瓦不敢懈怠。三天两头加班，晚了就睡在办公室。

一天岳顺祥来找陶砚瓦，说你不能大事小事自己往上冲，该找个帮手了。

陶砚瓦就说：我何尝不想找？但机关年轻人不愿意来，魏发达司长介绍了一个，开始谈得很好，我打报告济民同志也批准了，但真要人来报到时，人家又变卦了。关键咱现在没编制啊。

岳顺祥说：是啊，项目还比较渺茫，但一定会有热爱国学的年轻人愿意加入！你有没有相中的人选？我出面给你说。

陶砚瓦说：我还真有一个，就是那天来开座谈会的梁继，八中的校长助理。

岳顺祥问：为什么选他？

陶砚瓦就把那天两人聊天的内容大致讲述一遍。最后却说他人虽好，但推荐他还是有顾虑。就讲了梁继爸爸的情况。

岳顺祥说：内举不避亲！你真要看中了，我现在就给他们校长打电话，先借他一段时间，表现好我们就调他进来，表现不好就让他回去。

陶砚瓦说：那当然好！但还是请您先跟济民同志沟通一下。

岳顺祥说：没问题。

临走，岳顺祥又问：王良利是不是找过你？

陶砚瓦说：找过，他想帮着介绍咨询公司。

岳顺祥说：他说先跟你说了，但没下文，就又找了济民同志，济民同志让他找我。

陶砚瓦说：王良利的太太曾经在原国家计委的咨询公司工作，估计他想介绍的就是这家公司。我感觉这事不便由我这样层级的人提出来，还是请领导定比较好。

岳顺祥说：既然他也是领导小组副组长，他介绍的公司我们就尊重他的意见吧。

陶砚瓦说：那我们打个报告，领导们批一下吧。

岳顺祥说：好，走个正式程序。

陶砚瓦心里暗暗感觉，王良利已经对他不满意了。

还没等报告批下来，王良利的太太就带着两个人来了。一进门就说：砚瓦啊，咱是一家人啊，听说你们有困难，我们义不容辞，当仁不让。

陶砚瓦赶紧带他们去找岳顺祥，一一介绍过后，王良利的太太就说她调来的是精兵强将，具有丰富的操作大型文化项目经验，尤其是起草《项目建议书》，更是得心应手，小菜一碟。而且费用嘛，更不要提，都是一家人，先完成任务，其他免谈。

"精兵强将"只有两个人，一个是他们公司第三项目部经理张常久，显然他应该就是"强将"；另一个是该部博士李范田，他应该就是"精兵"了。

大家就互相通报了一些情况，岳顺祥就让陶砚瓦把一些材料复印两份给他们带回，先熟悉熟悉。

8月23日，尚济民召集筹建办会议，专门研究《项目建议书》的内容，"精兵强将"也参加了。在会上，尚济民提出要建设"八馆两院"。"八馆"是：贤人馆、崇文馆、资政馆、书道馆、国画馆、戏曲馆、养生馆；"两院"是棋艺院和茶艺院。还要建设国学讲堂、和合书院（国际交流中心），包括剧院、展厅等。在此基础上形成《项目建议书（初稿）》，面积按地上三万六千平方米、地下一万四千平方米，共五万平方米编制。

让人没想到的是，"精兵强将"过来开过几次座谈会，据说李博士还加班加点、奋斗多日，但拿出来的东西，让大家非常失望。

主要是尚济民失望，说根本不能用。

陶砚瓦看到尚济民很生气的样子，一时也不知说什么好。

尚济民心里当然明白，但他也只能在陶砚瓦面前表示真实想法。说完他稍微想了想，又对陶砚瓦说：周六周日请他们两个过来，咱们一起连续加班两天，坚决把一个尽量成熟的《项目建议书》拿出来！

陶砚瓦就赶紧通知加班人员，又通知服务中心在3号会议室布置投影、准备茶水服务、安排午饭等。

　　经请示岳顺祥，也通知了梁继过来参加。梁继一听要来大机关，当然很高兴，随即对陶砚瓦说：陶叔叔，谢谢您的举荐！我想先跟您见个面，听听您的教诲，免得我冒冒失失，给您和领导们惹麻烦。

　　陶砚瓦就说：好好好，你星期五下班前过来一下吧，我也正好想跟你先沟通一下呢。

　　到了星期五下班时，秋曼莎就带着梁继来找他。一进门，秋曼莎就急着问：主任，您要走吗？

　　陶砚瓦见状也有点疑惑地问：你找我有事儿吗？

　　不是我找您，是他来找您的，他姓梁。秋曼莎很热情的样子。

　　陶砚瓦问：你们认识？

　　秋曼莎说：刚刚认识。他在门口传达室说找您，罗师傅就让我带他进来了。

　　梁继笑着说：对不起，陶主任，刚刚门口师傅问我认识不认识您，我说认识，就放我进来了。正好又碰到我们小老乡，一听说是找您的，她就陪我过来了。

　　陶砚瓦一听，很高兴地说：小秋你还真是陪对人了，他爸爸就是和我一起到你们学校挑你的老梁！

　　秋曼莎马上更热情地说：啊，你爸爸可是我的大恩人！我一直还想着去感谢他呢！你先坐，我去给你倒杯茶。

　　说完就转身弄茶去了。

　　陶砚瓦说：你爸爸前两天还给我打了个电话，顺便说了说你的事情。我们都是当过兵的，是战友又是老朋友。我还想请你哪天去我家里坐坐呢。

　　梁继说：谢谢陶叔叔。我爸爸现在退休了，天天练字。他说陶叔叔在全国名声很响，您写的书我爸爸都认真读过了，他说您的文笔好，字也写得好！

　　陶砚瓦说：谢谢老战友鼓励。我看这样吧，咱俩也别出去麻烦了，咱就在办公室凑合吃点儿吧。

　　梁继说：好，听陶叔叔的。

　　秋曼莎过来送茶，陶砚瓦问她：今晚有任务吗？

　　秋曼莎说：没有。

陶砚瓦说：那你去找小邓，让他炒两个菜送上来，你也跟我们一块儿吃吧。

秋曼莎腼腆地说：我还是自己吃吧。你们先等会儿，我去叫菜。

陶砚瓦和梁继闲聊几句，秋曼莎就和一个食堂服务员把菜端上来了。凉菜是猪肝和白菜丝两样，热菜是一盆杂烩菜，里面有猪肉、白菜、豆角儿、粉条儿，刚出锅的，还热腾腾地冒着气儿。还有一盘香椿炒鸡蛋。那小邓知道陶砚瓦口味，其实是只要有盆大烩菜就行的。

陶砚瓦又拿出一瓶老白干，说：咱们再喝点儿。

梁继说：陶叔叔，我想听您教诲，今晚不喝行不行？

陶砚瓦说：你既然来了，还是少喝点儿。

那梁继本是河南长大，也喜欢吃烩菜。于是二人推杯交盏，把一瓶老白干喝下去半瓶，又叫人送来两个馒头，把菜也基本吃光了。

吃喝完毕，心情大好。梁继脸上红红的，闪着青春的光彩：陶叔叔，爸爸对您十分佩服，您的为人为文，是我梁继的榜样。

陶砚瓦说：好小子，你做博士学问咋样我不敢说，奉承人倒是有一套。

梁继喝了酒，再一着急，就有些结巴说：陶叔叔，您大错特错了！我梁继是啥样人，您可以去打听，我是从不奉承人的！

陶砚瓦说：你的意思我懂，但一个人说从不奉承人，算不算是个优点不好说，我看起码应该算是个缺点。

梁继听了心里一惊，马上红着脸说：陶叔叔说得对，我讲得太绝对了。我爸爸从小就教育我走正路，但他说的很多东西都过时了。您在大机关多年，一定要对晚辈多多指教。

陶砚瓦说：陶叔叔自己并不成功，人在仕途，却不谙升官之道。如今高尚、信仰都已经成了奢侈的东西，但我还是坚定以为，古人的家国情怀，毛主席的为人民服务，都是极好的东西，都值得我们毕生去坚持。大半辈子在机关混，我不敢说自己从来不想升官发财，也不敢说从来不拍领导马屁，但我只想说，就算这样想的时候，内心应该保持一点尊严，在这样做的时候，外表应该保持一点优雅，让旁人看着别感觉俗不可耐。

梁继说：陶叔叔的话我明白，我会谨记在心。

龙　脉

　　第二天上午从 8 点半开始，加班的人们就陆续走进 3 号会议室，9 点前悉数到齐。秘书处的人早把投影仪和笔记本电脑调试好。9 点整，尚济民匆匆走进来。

　　只见他一进门，用眼睛一扫，知道该来的都来了，就一边把水杯往桌子上一放，一边看着屏幕上已经放映出来的《项目建议书》首页，说：开始吧！

　　尚济民对写材料情有独钟。他从参加工作开始，就是写材料。工厂的材料，报社的材料，机关的材料，中央的材料，国务院的材料，他是从基层一直写到中南海，写材料就是他的主要工作内容，也是他生活中的重要部分，甚至就是他的一种生活方式。

　　认识尚济民后，让陶砚瓦想起一个笑话。说是北京军区政治部有位首长，酷爱写材料和改材料。有材料写或改，是他最大的幸福，没材料写或改，就觉无聊，闲得难受。于是就把报纸找来，不管是消息通讯、杂文特写、报告文学，或者是小说诗歌，看见什么就改什么。往往报纸经过他手，都被改得墨线横斜，气球乱飘，一如战场初歇，硝烟满目。

　　当然尚济民还不至于闲改报纸，因为他的正经事儿太多，已经足够他忙活了。但是忙归忙，他对于开会、讲话、见客、出差等等，比较正常，唯有对于写材料，他会全神贯注，倾情于此，全身的器官都调动活跃起来，进入一种亢奋的状态。

　　他要参加写材料，确实是与众不同。他不是一个人关起门来写，不是趴在案头写，不是用笔写，而是把很多人召集起来，要所有人都参加，一边议着写，一边写着议，由工作人员在现场往电脑上敲，再用投影仪打到墙上的屏幕上。

　　这样的情景是所有人都参与，有说的，有议的，有打的，有看的。有人提点儿建议，有人闷声不语；有人反复思考，有人调侃几句，逗大家一笑。总之，每到了这个时候，尚济民神情专注而又轻松，使整个过程既紧张严肃，又团结活泼。

　　说是集体加班，集体参与，但必然是由尚济民来主导。他的学识、他的地位、他的才华、他的志趣，无可置疑。但只有特别重要的文字材料，才会出现这样的场面。

78

陶砚瓦印象中参加过两次，一次是去年起草给国务院的年终总结报告，班子成员和各司局长参加，一句一句念，一段一段过，但是最后改动也不是太大；还有一次是他跟着尚济民去美国、加拿大访问，回来后起草了给国务院的报告，也是把出访人员集中起来过了一遍。

显然，今天这个材料太重要了。他如果不亲自上，也没人能够写出让他满意的东西。

梁继第一天来帮忙，就赶上这个大阵仗。他眼睛紧盯着尚济民，生怕他会突然关注自己，又怕他已经看到自己却漠然视之。

屏幕上首先打出标题，尚济民反复读了两遍说：没问题吧？过。

"总论"首先是项目概况，包括名称、建设单位、拟建地点、背景。

尚济民说：背景要破题。我考虑了几点：一是建设优秀传统文化传承体系，弘扬中华优秀传统文化，是建设社会主义核心价值观的需要；二是倡导基于传统、立足现实、面向未来、面向世界的新国学，有利于为建设中国社会主义拓展精神资源增添精神力量；三是实现中华民族伟大复兴，需要回溯本民族的文化源头，增强文化自觉；四是提高国民思想素质是迫切的现实任务，需要从优秀传统文化中汲取精神力量；五是中国坚持和平发展，需要以"润物细无声"的方式，让世界更好地了解中国；六是建设人文北京，需要国家级、标志性的文化设施；七是社会各界和国际友人热情支持国学馆建设；八是党中央、国务院和北京市领导大力支持国学馆建设。

他语速不快，一条一条说出，屏幕上也跟着一条一条出现。

尚济民问大家：这八条怎么样？

大家说好。

尚济民说：那回头按照这八个小题目，一个题目一个题目地充实起来。我们往下走。接着是"项目建设的必要性和紧迫性"。尚济民就让大家说一说。

于是七嘴八舌，议出了"五个需要"：建设国学馆是建设中华民族精神家园的需要；促进国学普及和研究的需要；推动中华文明同世界文明对话与交流的需要；建设人文北京、打造世界城市、弘扬北京精神的需要；专家学者参政咨询、交流联谊的需要。

尚济民说：很好，我看差不多了。

再是项目建设的指导思想、目标与功能定位。

尚济民说建设目标是把国学馆建设成为一座国家级、标志性、开放性的新型公益文化设施。这个设施要兼有四大功能：研究功能、展示功能、交流功能、教育功能。

再是项目建设内容和规模。内容无外乎展示区、研究区、教育区、配套服务区，还必须有个地下车库。

梁继见大家插言不多，也就以听为主，不敢说话。其实有几个地方他是有自己看法的。比如他就想建设内容里面，还应该有个体验区，但他不清楚是否在教育区里，已经包含了体验的内容，所以他没敢吭声。

基本上重要内容都是由尚济民说一句，打一句。其他人做看客和听客。他说着说着就站起来，在桌子两侧和屏幕对面走来走去，时而看着大家，时而看着屏幕，时而闭目深思。在场所有人的目光都盯着他转，精神也都紧跟着他的思路，因为说不定什么时候他会突然问你一句。这时候如果你回答不上来，是很丢人现眼的。盯着、跟着，但基本插不上话，即使偶尔说上一句半句，也是提示性、补充性的，也是可说可不说的。他像是在演一台独角戏，其他人都是观众，或者说是可以偶尔和他互动的观众。

应该说，尚济民确实很累，他等于是一个端起枪亲自冲锋陷阵的将军，一个塌下身子亲自做文案的老板。

当然，他似乎还是很享受这个过程。因为有一屋子人陪着他，而且除了两个外包人员，剩下的都是他的下属，所有人都用赞许的目光、逢迎的表情，围着他、看着他，企盼他注意到自己，或者能够得到他哪怕只带了一丝欣赏成分的一瞥。每当这个时候，他的全部脑细胞都活跃起来，很快在心中浮现出一座壮美的建筑，这座建筑的外形、内容、层次分割，都已在他心里，他只需挑选适当、精准的语言来刻画、描述它，以让人想象它的全貌，感知它的存在，惊叹它的精美，参与它的构建。

尚济民这个享受，可谓高级享受了。

墙上的时钟已经指示 12 点了，尚济民仍无倦意。陶砚瓦怕他忙忘了吃饭，就发信息让小邓过来叫一声。

一开门，小邓穿着工作服，顶着厨师长高高的白帽子，探头笑着对尚济民说："该吃饭了！"见尚济民只瞟他一眼，并没有应声，他就赶紧关门走了。

尚济民直到把一段文字搞完，又念一遍顺了顺，感觉满意了，这才收工吃饭。

此时稿子进度将近一半。

因是一把手带着加班，人也不多，所以陶砚瓦交代小邓按客饭标准安排，饭菜质量比平时要好一些。

吃饭间，尚济民说，本来打算连续干两天，我看我们今天辛苦一下，早晚今天干完，怎么样？

大家都说好好好，只是领导太辛苦了。

尚济民有午睡习惯，雷打不动，下午3点开始干活儿，一直搞到7点半，才算勉强收工。

其间，尚济民像是有意无意间问"精兵强将"几个问题，都没得到满意的回答。其中有一次是问"精兵"李范田博士一个问题，没想到博士也是支支吾吾，不知所云。尚济民就很不客气地讲：你们号称经验丰富，怎么什么都不懂？弄得我们今天要一齐上阵，你们将来拿钱得分我们一半儿！

加班结束了，尚济民说了声：砚瓦，初稿只是搭了个架子，还得接着充实调整。星期一一早弄一个干净的放到我桌子上。

陶砚瓦说：好，没问题。

尚济民一出门，陶砚瓦转身对"精兵强将"说：咱们怎么着？明天接着加班？

"强将"不好意思地说：我们把今天的成果拷到盘上带走，明天我们两个弄一遍，争取明晚给你发过来。

陶砚瓦说：好，你们辛苦一下吧。回头低声对梁继说：不管多晚，我收到就发给你，你再通一遍。

周一上班前，陶砚瓦就按照尚济民吩咐，把"精兵强将"和梁继星期天的加班成果放在他办公桌上。

陶砚瓦吃完早饭，上楼来打开电脑，便习惯性地一边喝茶，一边看一看感兴趣的新闻。

头道茶喝完了，陶砚瓦起身往茶杯里续上水，刚要端起来喝，文电处处长李燕进来送传阅文件。陶砚瓦翻了翻，也没什么太重要、相关、必须细看的，就匆匆在自己名字下面画圈签名，然后合上文件夹子，递给李燕。

李燕转身要走时，赵连通进来了。他也不管李燕在旁边，边走边说：陶主任，王良利出事儿了！

陶砚瓦问：怎么了？

赵连通说：你们想不到吧？丫被人打了！

李燕说：难怪我去他屋送文件找不到他呢，问服务员说他没来。

赵连通说：丫三天两天是来不了了。

陶砚瓦问：你先坐下，好好说，到底怎么回事儿？

赵连通这才坐在对面沙发上，李燕也坐在了旁边。

原来，今天一早司机小马像往常一样去接王良利上班，7 点整，按照平时约定的时间地点，车停在王良利住的小区门外一个邮局门口等他。邮局旁边是一个街边花园，供周边居民休闲、锻炼与娱乐。花园中间是一条弯弯曲曲的甬道，用鹅卵石、碎石块、彩砖拼了图案，两侧有多处供游人休息的凉亭和座椅。

王良利每天早晨起得早，通常是 6 点半左右一个人在甬道上锻炼十几分钟到半小时，打打太极，散散步，然后到邮局门口上车走人。

小马今天 7 点过了一会儿没见人过来，正诧异间，就见三个人从街边花园里直接跳到辅路上，匆匆上了一辆停着等候他们的出租车，好像门还没关好，就急急地一溜烟开走了。

小马就下了车，想看看王良利是不是出来了，正好看见王良利满脸是血地从花园甬道上一瘸一拐地走出来，两个眼睛都乌青了，右眼已经肿得没有了，鼻子、嘴里还在流血。

小马赶紧上去扶他，问他怎么了，是不是被人打了，是不是刚才看见的那三个人，要不要报警？

没想到王良利什么都没说，只让小马直接拉他去了附近的医院，简单处理了一下，就让小马送他回家了。还千叮咛万嘱咐不让小马跟机关任何人说。

岂知赵连通已经给小马安排了任务，让他接王良利回来后，上午再出一趟车。左等右等，一直等到吃完早饭，8 点半都过了，打电话一问，小马说还要晚一会儿才能回机关，有什么话见面再说。

　　小马跟着忙活半天，早饭也没顾上吃，快吃中午饭才回来。见了赵连通，一开始什么也不说，赵连通最后吓唬他说，你上午无故耽误出车，扣全月奖金；查车上公里数，超过正常数额，算你擅自公车私用，按规定要扣罚五百元；以上说不出任何理由原因，属于消极对抗组织调查，再扣五百元，而且要写出书面检查，上报领导，申请处分。

　　小马经不住这一吓唬，就对赵连通讲了实情。讲完还哀求赵处长千万别说是他说的，也不要再跟别人说了。

　　赵连通说：你只对我一个人讲就行了，你就再不要跟别人讲了！

　　小马连声说：放心！我不会再讲了。

　　陶砚瓦听完，对赵连通说：这事儿是很奇怪，但应该跟机关没什么关系。今天就咱们三个人，哪儿说哪儿了。

　　赵连通和李燕都说：放心，我们不会说的。

　　这天晚上，陶砚瓦做梦了。

　　陶砚瓦的卧室朝东开窗，床和窗户平行摆放，头南脚北。每当头躺在枕上，向窗外望去，就是茫茫夜空。有时"德星常有会""明月逐人来"，注目凝望，神思悠长。而每于清晨，则可于林立之高楼上方，隐约得见"倏尔海水蒸红，天光凝赤，一轮朝曦，腾跃而起，心摇目骇"。他也常常发出"妙哉日乎，观止矣"之浩叹。

　　陶砚瓦梦见的是海。海天茫茫，横无际涯。他独自在海中游，不知去向何方，亦不知所为何去。海上有些风，推起一道道波浪，他在浪间穿越，却也逍遥。

　　又不知过了几时，他身边多了一个人，仔细一看，原来是毛泽东。毛泽东身材硕大，比陶砚瓦游得快。两人四目相接，也不说话，只各自向前游去。

　　他醒后只记得这些。为什么见了毛泽东而又没有说话？为什么毛泽东见了他也没有说话？他亦未知其所以。

　　他其实不常做梦，醒后依然记得的梦更是少之又少。但梦见毛泽东的梦却有很多回。有时是遇见了，有时是就在一起做着什么，还有时是毛泽东在和别人说话或在做什么，陶砚瓦只是一个旁观者，一个打酱油的，一个与之无关者，就站在旁边看着他们。每次见面的场景都不相同，但仅仅就是梦见而已，从来没有说过话。

孔子说过："甚矣吾衰也！久矣吾不复梦见周公。"每次梦见毛泽东，陶砚瓦就想起这句名言，心里也就想：看来我还"未衰"。

陶砚瓦望着窗外，茫茫然而不见星月。妻子杨雅丽睡在身边，轻轻响着鼾声。

他站起身，在窗前往外望去，熟睡的北京一切如常，座座高楼被各种灯光拥抱着，静静享受夜晚的爱抚。

天上有云霾，把星月挡在苍穹，什么都看不到，只能想象它们昔时的光芒。

陶砚瓦眼睛盯着东方，盯着每天太阳升起的位置。那里现在同其他方向一样，模模糊糊，黑白莫辨。

陶砚瓦知道时间还早，看了看表，才3点多。他想，太阳最勤快，也最诚信，他老人家肯定已经起床了，正收拾呢。再过两个多小时，他就该露出自己的笑脸，给人们光明和希望。

他回到床上，也睡不着了，就开始琢磨最近的事情。

《项目建议书》初稿拉出来了，仅仅是"万里长征第一步"。下面要由"精兵强将"修改充实，主要是一些必须由他们配合的内容，还要按上报版本要求打印初稿，再征求机关各方面意见。进一步修改充实后，返回咨询公司，再由他们印出正式文本，以两家名义联合上报国家发改委。

上报之后，还需要紧盯不放，密切关注，随时等待发改委方面的意见，按人家的要求进行修改、调整。

忙活了多日，陶砚瓦把任何业余活动应酬包括家事都推掉了。刚刚略有轻松，他就想起最近几件本不应该推掉的事情：

一是自己的诗文集《砚光瓦影》已由作家出版社出版，早就答应出版社搞个评析会，宣传宣传，关键是听听专家意见。请柬都印好了，日期空着呢。可安排在下周六或下周日的上午10时。

二是衡水老白干的董事长张问津答应赞助他回家乡办个诗词书法展览，衡水市全国闻名的内画艺术大师王习三先生答应免费提供展览场地，应该加快准备作品了。月底前必须交给张嵘。

三是延安干部学院第34期司局级经济班在京同学希望聚会，而且一直等他张罗呢。他们班的班长、副班长，如今一个是副部，一个是国家局的副局长，因政务繁忙，顾不上张罗，所以几个同学就都等他张罗。还有两位女士说你不召集我们就不参加。可安排在后天晚上。

四是"五湖四海一家亲俱乐部"也在等他召集聚会。这个组织大部分是现役或退役军人，从陶砚瓦当处长时就参与了，比较稳定的成员有二三十人，参加过的成员超过百人。可安排在评析会的当日或次日晚上。

五是沈婉佳来电话，说她的一部诗集要出版了，希望能得到一首诗最好是墨宝。一直还没兑现。今晚完成。

六是杨雅丽的弟弟杨雅江请舅舅吴三羊吃饭了，陶砚瓦没去成，杨雅丽去了，说好要等他一起请舅舅舅妈吃饭，不能再拖了，再拖就是没诚意了。

理清思路后，陶砚瓦从床上爬起来，伸伸懒腰，心情大好起来。

第九章　让磨推鬼

陶砚瓦一早就把梁继找过来，把近日咨询专家的几个观点梳理交代一番，希望能尽快反映到项目建议书里。

梁继过来帮忙，一是让他参与文字工作，主要是与"精兵强将"的联系，文本的修改调整，另外也尽量让他参与一些对外的联系和交往。经过数日考察，感觉这个小伙子确实还是不错的。

梁继听着陶砚瓦的交代，一一记在本子上。听完记完之后，还磨磨蹭蹭不走。陶砚瓦问他，他说晚上想请陶砚瓦吃饭。

陶砚瓦说：去，咱们不搞这一套。

梁继没再讲什么，先转身走了。

下午快下班的时候，梁继又来到陶砚瓦办公室，执意要请陶砚瓦吃饭。

陶砚瓦笑道：跟我搞这一套，为什么？

梁继说：我必须请陶叔叔吃个饭，不然就成了不义不孝之人了，

陶砚瓦依然笑着问：何为不义？何为不孝？

梁继说：晚辈并未开口请陶叔叔帮忙，但陶叔叔仍热心举荐，此为大义。如果晚辈不知感恩，是谓不义；不知感恩，悖逆长辈是谓不孝。

陶砚瓦听了哈哈大笑，说：有意思！你爸爸也跟我这样见外！

我爸爸催我好几次了，其实是我岳父母催得更紧。

陶砚瓦说：你跟他们说，咱们天天见面，根本用不着搞这个。

梁继说：我就是这样说的。可我岳母说，您帮了这么大的忙，不表示表示是不行的。她还给我一张卡，说里面有十万元，让我给您。

梁继边说边从包里找东西，陶砚瓦见状作色道：梁继，你小子跟我来这一套，纯粹是侮辱我的人格！

梁继抬头见陶砚瓦真生气了，赶紧说：陶叔叔别急，我和我爸爸是不做

这种事情的。但我岳父岳母他们，非要我这样，还老骂我迂腐、书呆子、不懂事。唉，真是没办法。

陶砚瓦问：你是不是特别想调过来？

梁继说：是。全家都非常感谢陶叔叔推荐我参与国学馆的筹建。因为我的专业进中央机关实在太难了。如果能调进来，真就了却了全家特别是丹丹父母的夙愿了。

陶砚瓦说：陶叔叔是推荐你过来帮忙，但你能不能留下来，可实在是说不好的事儿。叔叔人微言轻，决定不了你的事儿。因此我只能给你一句忠告，就是你好好干，工作上有出色表现。

梁继说：您放心，我不会让您丢脸。

这时陶砚瓦手机响了，电话是方永晖打过来的：陶兄好！你现在在单位吗？

陶砚瓦说：在，你是不是来北京了？

方永晖说：对呀，我是专程面见陶兄求墨宝来的！我马上过去，咱们有话见面再说。

陶砚瓦说：好啊，要不要报告领导？

方永晖说：不用不用！我就是看看你。

陶砚瓦放下电话，对梁继说：有个美国来的朋友要过来，你先走吧。

梁继点了点头，只好转身走了。

方永晖是在美国工作的港籍华人。籍是港籍，人却是个内地人，普通话讲得很地道。去年陶砚瓦随尚济民出访美国和加拿大，在美期间他一直陪着，包括去美国国会、去布鲁金斯学会，甚至中国驻美大使在使馆请大家吃饭他都参加了。他在美国医保联合会任职，应该是个高管。方方面面认识不少人，社交能力很强。

陶砚瓦就只知道他和尚济民很熟，具体怎么熟的，认识多久了等等也并不了解。记得是在访美期间，曾经答应给他写幅字。但专门为讨这幅字从美国赶过来，那肯定是不可能的，应该是还有别的事儿。

会什么事儿呢？

陶砚瓦实在想不出来，也就不再去想了。这时方永晖发来一个短信：

陶兄：我不方便过去，请到湘竹苑11包找我，没有别人，见面再解释。

谢谢！

　　湘竹苑就在机关后门往东走一二百米路南，店不大，但附近几个大单位的人，还有几个酒店的客人经常光顾，生意很火。方永晖能订到包间，应该还算比较幸运。

　　孙香品上下班一直乘公交，她家里有一辆车，她老公开着，她有个驾照，但从来不开，也不会开。她穿着高跟鞋崴咕崴咕从楼里出来，感觉身后有匆匆的脚步声，回头一看，就见陶砚瓦正拎着个纸袋子急急走过来。她便停下脚步，等着陶砚瓦过来，好像是有话要讲。

　　陶砚瓦已经感觉到了，就主动问：香品，怎么才走？

　　孙香品满脸堆笑，声音嗲嗲的：我是偶尔才走得晚，哪像你们男同志，天天在机关磨磨蹭蹭不急着走，就想着回家吃现成的。

　　这时候两人距离比较近了，陶砚瓦已经能够闻到她身上的香气了。

　　没想到孙香品悄声问陶砚瓦：听说你介绍一个人进来？

　　陶砚瓦心中一惊，心想真是什么事儿都瞒不住孙香品，就淡淡地说：人手紧，折腾不开，顺祥同志就从八中借了个人。也不能算是我介绍的，因为他先来参加我们的座谈会，给大家印象都不错。临时借来帮忙的，可没说调过来。

　　孙香品用很夸张的声调说：哟哟，你跟我还不说实话！那不就是河南老梁的儿子吗？我还不知道他嘛！做梦都想着留在北京呢！

　　陶砚瓦说：他已经留在北京了。

　　孙香品说：是留在北京了，可没进中央机关！

　　陶砚瓦不解地问：进不进中央机关，有什么要紧？

　　孙香品说：你知道他岳父是什么人吗？是现任的一个正厅长！老有钱了！为了安排这小子不知道花了多少钱！发改委、国资委、财政部、交通部，都没弄成，好家伙，上咱这儿来了！

　　孙香品上下打量着陶砚瓦，嘴里说了两遍：真行！真行！

　　也不知道她这话是说陶砚瓦呢，还是说梁继岳父呢？

　　陶砚瓦听罢，怔怔站在那里，看着孙香品崴咕崴咕朝机关大门走去。

　　看来梁继工作的事儿，还真不是个简单事儿啊！

陶砚瓦边走边想：梁继的工作不是个简单事儿，谁的工作简单呢？

家柳的工作，不也是有些曲曲折折，才进了这个研制龙芯的单位。虽说没有花什么大钱，送什么大礼，但同样也得找找熟人，请请饭吧。

再看机关的司长、副司长们，年龄大都在五十岁左右，有一个单着呢，有两个朋克，还有一个是二婚孩子还小，其余人的孩子都是二十多、三十浪当岁，正是从学校毕业找工作，或者是谈婚论嫁、结婚生子的当口。

就说这为孩子找工作，别说外地人，就说在北京工作的人，哪家父母不是豁出去抢圆了干？本来进中央机关行政事业单位，或者进央企、国企、外企，都要经过公开招录，必须参加考试，应该公开公正。但我们中国是人情社会，看看身边的人就知道，哪有不为这样的事情操心、找关系托人的。有关系的靠关系，有钱的靠钱说话，各自活动，心知肚明。

原来认识个处长局长，问题就解决了。现在处长局长甚至是副部长都不好使了，大部分机关进人，都是由一把说了算，必须把部长搞定才行；一些央企，必须董事长说话才能进个人。

所以很多时候司长们自己出面也搞不定，只好请各自的分管领导出面去求人。比如魏发达的孩子，是由他的分管领导程秉祺帮助安排的；孙香品的孩子，是由她的靠山王良利安排的；而李如松的孩子，恰恰不是由分管领导王良利安排，而是由王良利的对头程秉祺安排的。

孩子的工作，相对国家民族来讲当然是小事儿，但它往往是决定孩子一生的大事，也是牵动整个家庭甚至家族利益的大事。孩子在哪里工作，牵涉到很多重大经济利益，包括显性的利益和隐性的利益。进一个好单位，权重钱多，人人艳羡，风光无限；反之，没权没钱，自己无趣，更被人看不起。

如今政策是允许一部分人先富起来，国家对好多事情是睁只眼闭只眼，老百姓经过多年教育，也对贫富差距见怪不怪，容忍度相当高了。别说社会上的收入悬殊，就说同样为国家服务，公务员的收入就不如央企，中央单位就不如北京市。而同样是中央国家机关，各个部委之间的收入差距也在不断拉大，有审批权的单位就比没有审批权的单位收入高，有审批权的岗位就比没有审批权的岗位收入高，已经是公开的秘密，甚至已经被看成是天经地义。以至于有人讲怪话，说如今已是"公民利益国家化，国家利益部门化，部门利益官僚化，官僚利益制度化"了。

不说别人，就说儿媳妇董今今才是个主任科员，但她每月拿的钱，早就超过副司局级的公爹了。

将来国学馆即使建成，肯定也是个事业单位，清水衙门，但毕竟是中央国家机关的下属单位，待遇是参照公务员，名义上也是在中央国家机关。社会上也不管你是行政编制还是事业编制，说起来还是极具吸引力的。所以，进一个人，全机关都关注，十分敏感。谁介绍的？什么关系？找了哪位领导？把上述情况一综合，就能猜个八九不离十了。

你介绍了个人进来，应该马上会在机关传遍。一、你是不是得了什么好处？二、你可能有意无意之间就会动了谁的奶酪。还有，你从此就起码在道义上对人家有了某种责任。陶砚瓦突然感到，自己当初向岳顺祥推荐梁继，是不是过于草率了点儿？

陶砚瓦走到湘竹苑门外，站在马路牙子上，深思片刻，这才走进门去。

推开 11 包房门，果然就只有方永晖一个人。

两人见面握手落座。陶砚瓦从纸袋子里先拿出自己刚刚挑选的一幅字，内容自然是自作诗词，展开让方永晖看。

方永晖啧啧称道：陶兄笔墨越来越有看头了！

陶砚瓦说：你大老远过来，我真是挑了半天，怕对不起你这个海外游子，又怕我丢人丢到大洋对面去。

方永晖说：听说老兄在京城有一号了，我得早下手，以后名气越来越大，再求墨宝可就难了！

陶砚瓦说：我不过业余玩一玩而已。

方永晖说：老兄的墨宝到手了，我可不是白要，这里有块鸡血石料，可以找人刻个章用。

说着掏出个硬木盒，递到陶砚瓦手上。

陶砚瓦打开一看，见里面赫然装着一块品相极佳的巴林鸡血石，四面见血，拿在手上细腻温润，硬度肯定在三个以下，血量在四成左右，呈鲜红色。嘴里就说：是好货色！

方永晖道：只要陶兄喜欢就好！

陶砚瓦说：方总老远跑回来，不可能专为要这幅字。

方永晖说：陶兄还记得我那几句顺口溜吗？

陶砚瓦笑道：是不是在巴尔的摩海边吃饭，我唱京剧，你朗诵的那首诗？

方永晖说：对呀！洋装穿在身，心是中国心。祖国不召唤，主动献忠忱。

陶砚瓦说：你肯定是爱国侨胞，不然我们领导怎么会那么信任你！

方永晖得意地说：是啊，听说贵党要抓文化建设，我就赶紧主动爱国来了！

陶砚瓦也笑道：好，我代表祖国欢迎你。

方永晖说：就咱俩，我随便点了几个菜，咱弄瓶白的怎么样？

陶砚瓦说：咱不喝最好，如果一定要喝，就弄瓶红的吧。

方永晖说不喝哪行，于是就点了瓶红酒，说好一人一半儿。两人说着喝着，陶砚瓦也大致明白了他此行的目的，就是两件事：

一件是国学馆的事情，他认为是国之大事，众望所归，他希望能够帮上点儿忙。既然目前尚在论证阶段，他就想请日本的专家过来提些意见和建议。

另一件是梁继的事情。他说已经受人之托，想办法看怎么能把梁继调过来。

陶砚瓦就说一个小小的梁继，怎么还惊动了美国？

方永晖说：不是梁继，是他岳父母那边，为了自己女儿，实际是为了自家脸面，非要梁继进中央机关。说他们家公主嫁了个老师，脸面无光，丢不起这个人。于是就到处托人活动，三拐两拐，找到了鄙人。

陶砚瓦说：

只知道梁继已经结婚一年多了，他爱人叫吕丹丹，是从小在一个院子里长大的发小儿，也是很要好的同学。他爸爸梁抗美转业的时候，分在市政府办公室，梁继才三岁。丹丹妈妈是市政府的一个打字员，刚刚生下丹丹，两人就戏称做亲家，定"娃娃亲"。丹丹爸爸原来是个美术老师，那时教育战线的人都往政府走，丹丹妈妈就托人把他调到了市计划委的文教处，几年后又去下边县里的计划委当了副主任，很快又荣升副县长，然后回到市里先后当了市计划委的办公室主任、计划委副主任，外放到一个地级市当了一届市长，又返回省城当了厅长。丹丹妈妈也随着水涨船高，早就从市政府去了财政局，现任职务是省国税局的稽查处处长。整个过程让人目不暇接，像放电影一样。

龙　脉

　　梁继和丹丹一直同学，上大学才分开了。丹丹念的还是她父亲的油画专业，现在中央美术学院油画系读研。梁继则是在河南大学念的历史系。虽说人在两地，但感情一直很好。丹丹父母经常出差，忙忙碌碌，对丹丹的婚事也很操心，他们希望女儿在北京找个对象安家，因此对梁继并不太满意。道理明摆着，第一，当时梁继不在北京，第二，他的专业也没什么前途。但碍于当年和老梁多年同事，两家一直走动，女儿又一心爱着梁继，所以也就不好说什么。他们早在北京给女儿买了房子买了车，女儿和梁继结婚，他们也没阻拦，但他们心里总是希望梁继往北京发展。

　　等梁继的户口终于进了北京，他们又开始折腾让梁继往中央机关调。甚至还说需要多少钱他们出，二百万不够上千万也在所不惜，而且他们也确实为梁继的事儿出了不少力。

　　在这个过程中，梁家父子一直比较被动。他们既没有过硬的人脉资源，又没有丰裕的经济实力，只能硬着头皮被人家牵着走，配合他岳父母安排摆布。丹丹妈妈还当梁继面叨叨：

　　梁继，你这个傻小子，跟你爸爸一样一根筋。堂堂一个男子汉，学什么历史系？还读什么博士？这年头要想出人头地就得当官，只有当官才能发财！

　　梁继每次听这话时就感觉一身冷，他还不敢把这话告诉父亲。有时跟丹丹说几句，丹丹就说：爸爸妈妈的话是过了点儿，但他们都是好意，是恨铁不成钢。

　　陶砚瓦对方永晖说：听说他们找了不少人，什么发改委、国资委、财政部、交通部，怎么没弄成呢？

　　方永晖说：你不想想看，这小子学的是历史，他就是博士后再加个博士后，这些单位哪有他的位置？

　　陶砚瓦说：也是，进我们这样一个没审批权的中央国家机关，也算是不错了。但这事儿你找我没用，直接找尚济民就行了。

　　方永晖一笑说：听说是你介绍他来帮忙，我不能绕开你去找大领导吧？这儿就咱俩，你告诉我，怎么才能把梁继调过来？

　　陶砚瓦说：梁继还是很优秀的，他过来帮忙，首先要好好表现。

　　方永晖说：得得，你还想让年轻人都像你陶兄？你们中央机关烂人还少吗？我可是听国内朋友讲，在北京，经常见一些冠冕堂皇大得没边儿的事儿，一接触才发现是很烂的人在做；而在外地，恰恰经常见到有人把一件小事做得十分精致。

陶砚瓦故作惊讶状说：好啊，你还敢刺探国家机密！说实话，国学馆现在的筹建工作也好，包括建成后的运行工作也好，梁继都是可用之才，这也是我力荐他的原因。按理说，只要他能一直帮忙帮下去，就应该能够调过来。但问题是他在学校还有一个国学工作室，学校还有他的课，会不会同意他长期帮下去？如果学校要求他回去，这边能否坚持留他？当然还有最大的问题是我们的国学馆什么时候能有正式编制？所以梁继这事儿变数很大，必须有几个方面的合力才行。

方永晖说：什么几个方面，我看只要一个方面，就是你们班子里面那两三个人。

陶砚瓦笑道：方总真是一针见血！你要能把他们几个人都搞定了，这点事儿就不算是事儿了。不过实际上真正会形成阻力的，我感觉只有一个人。

方永晖说：是不是王良利？

陶砚瓦很吃惊道：你连王良利都知道？

方永晖笑了笑说：你们那点事儿，谁不知道？

陶砚瓦说：按说我们需要人是确定了的，梁继是个合适人选也是没问题的，一般领导应该不会形成阻力。但是个别领导有另外的想法，我也没办法去沟通。

方永晖又笑了笑说：办法是有的，一个字：钱。

陶砚瓦说：用钱，是你们商人考虑的方案，我们在机关混的，很少有人这样考虑。

方永晖说：陶兄啊，你可真是个素人啊！你信不信，我找个人出五百万，就能把你安排到一个地级市弄个市长！

陶砚瓦冷笑一声说：你这个话早有人对我讲过了，但我不干。不是我觉悟高，是他出五百万干什么？他想让我为他加倍捞回来！可没等他捞回来，我就先进去了，这算他坑我还是我坑他？

方永晖说：现在"有钱能使鬼推磨"的是美国人，咱中国人已经进化了，是"有钱能让磨推鬼"。

陶砚瓦冷笑道：行，你在大洋彼岸搞鬼推磨，回到祖国来让磨推鬼，两边都混得！

　　方永晖就住在附近酒店里。他把陶砚瓦送走，就顺着这条街再往东走了几十米，在街边一个小铺子门口停下了。

　　他分明看见小铺子门口竖着一个广告牌子，上写着：销售彩票、充值卡。一个十来岁的小姑娘正坐在里面写作业。

　　方永晖就过去问：小朋友，你家大人呢？

　　小姑娘抬头看了看，转身朝屋里喊：奶奶，有客人！

　　随着一连串"来了！""你好！""你好！"从里屋跑出一个老妇人。见了方永晖，又加上一句"这位先生好"！

　　方永晖就问：你这个店卖的彩票有中奖的吗？

　　老妇人说：当然有了！上个礼拜我们老街坊就中了个二等奖！

　　方永晖说：才中了个二等奖！

　　老妇人说：啧啧啧，才中了个二等奖？也差不多五十万呢！我卖十年彩票了，也才卖出两个二等奖。

　　方永晖说：人家中奖怎么还告诉你？

　　老妇人说：他一直从我这儿买彩票，都好几年了，每月只买一次，每次只买一张，才两块钱，去年中了个三千多块的奖，这次他拿出十块钱，说别找了，就买五注吧，没想到就中了个四十九万的！他偷偷打电话告诉我，说高兴得要犯心脏病！还没敢去领奖呢。

　　方永晖说：还没领奖？还沉浸在幸福里呢！

　　老妇人从桌子抽屉里拿出一张报纸，指着报纸体育版右下角的"开奖信息"说：看，年月日，开奖号码，单选，注数，单注奖金，中奖金额，你看看！他只跟我一个人讲了，还没敢跟孩子们说呢！这可是个人隐私，你千万别到处讲啊！

　　方永晖说：老大姐啊，你这人心眼儿好，我也有点儿隐私想跟您唠唠。

　　老女人一听，眼睛一亮说：嘿！我就想听隐私，你说！

　　方永晖说：我老婆买彩票十来年了，老想中奖，可连个过百的奖都没中过。我就想给她一个惊喜，也买了七八年彩票，可照样一无所获。

　　老妇人说：你这算哪门子隐私，全北京市你去打听，百分之九十以上的彩民不都跟你一样吗！

方永晖说：大姐啊，你别急嘛！我现在就想着把你老街坊那个中奖的彩票买过来，跟老婆吹吹牛。

老妇人说：你真会做梦！人家中奖的彩票，卖给你？

方永晖说：他中奖的全额四十九万，扣除他百分之二十个人所得税，他最多拿不到四十万。我给他四十万，再多给他一万，四十一万，你问他卖不卖？

老妇人瞪大眼睛说：你这兄弟，没病吧？

方永晖说：我就是有病啊大姐，我想给老婆一个惊喜啊。

老妇人说：你这兄弟是个好人！就凭你对女人好，我帮你问问。

说完果真就打电话联系。

那边是一个六十多岁的老者，说正愁怎么去领奖呢。本来心脑血管就不好，真怕经不起情绪波动，总想着控制下兴奋的心情，平静一点，但还是连续几天激动难眠。又不敢声张出去，怕子女们来捣乱不说，更怕招来什么横祸。早就准备好了身份证、彩票、文件袋，甚至还准备了假发、面具，以防止领奖时被人认出来。就连这笔钱怎么留在手里升值，也已经做好理财规划。但就是还没敢踏进领奖的门槛。

突然可以不用去领奖了，而且还能多得到些钱，傻子才不乐意呢。

于是就说好第二天上午 8 点整，在小铺见面，一边交彩票，一边交一张内存四十一万元的银行卡。

还说好事成之后，老头和方永晖各掏一千元，给老妇人，算是中介费。

第二天上午，交易顺利完成，三人共赢，皆大欢喜。

临走，方永晖又掏出两张百元钞票放在柜台上，说：昨晚您小孙女不错，给她买件衣服吧。

方永晖回到酒店房间，把那张彩票和那张报纸拿出来，摊在桌子上又对了半天。然后又仔细看那张彩票：第一行写着"玩法：七乐彩——单式"，以及流水号；第二行是机号；第三行是销售期和有效期；第四行是销售时间和金额；再下面便是中奖的号码：

单 5：88643（5）

不过就是一组阿拉伯数字，便激动了多少人的心跳！

刚才交易之前，他已经按照彩票最下方的"七乐彩游戏开奖查询电话"，再次确认了这张彩票中奖及其奖金数额。这会儿他把这张小纸片放在掌心掂了掂，心想：

有了这张小小的纸片，应该能让磨推鬼了。

第十章　又有麻烦

尚济民最近见了陶砚瓦，总是问发改委那边有没有进展，有没有什么信息，并叮嘱他要主动一些，勤问一问。

陶砚瓦原本就认识投资司一位副司长，于是就总给那位副司长打电话，询问申报项目事宜，汇报沟通进展情况。副司长就对陶砚瓦说，你们的项目是总理和国务委员关心的项目，尽管放心，我们会认真办理的。

陶砚瓦那天就打电话给裘硕，没想到他就在投资司社会事业处，按照投资司内部的职能划分，国学馆项目归社会事业处管，具体负责的就是这位叫裘硕的博士，正是今今的同学。于是就三天两头打个电话。电话很多时候是忙音，也有个别时候是没人接听。偶尔打通了，也很尴尬，因为总是那么两句话，反复说，自己也觉无趣。

总之有了裘硕这层关系，打个电话询问询问进展，还是方便多了。陶砚瓦就对今今说，很感谢这位裘硕博士，对他工作很支持。没想到今今很不以为然地说：没事儿，他还欠我一个大人情呢！

年轻人的事儿，陶砚瓦也不方便问太多，到底那个裘硕欠儿媳妇什么大人情了？

这天又给裘硕拨了半天电话，一直占线。

11 点钟左右，裘博士打过来说：陶叔叔，你们送来的《项目建议书》里，有两个硬伤，一是没有国学馆的机构和编制批文，二是没有用地合同或者土地意向协议。你们必须把这两个东西补全，否则项目没法往下走。

陶砚瓦说：好，我们马上办，谢谢谢谢！

陶砚瓦想等中午吃饭时到小餐厅向尚济民报告，想了想还是赶紧去了尚的办公室第一时间向他报告。

尚济民听了后竟然问：你的意见怎么办？

陶砚瓦说：机构编制的文必须找中编办。我问过全国政协以及文联，他们以前都遇到过这个事情。就是发改委要机构编制文件，中编办要项目立项批件。他们都是由大领导出面说话，才得以解决。我们下面去找白找，中编办会说，你先让发改委批项目，有了机构编制的需求我们再给机构编制；可发改委现在就说你连个机构编制都没有，还报什么项目？必须大领导出面，否则办不成。

和北京市签署土地合同的事，我也问过了，那块地名义上是北京市的，但具体由市政府委托的公司管理。因为是规划中的文化用地，不是商业用地，所以一直没批出去。没批出去，等于没卖出去，现在市领导批了，他们是巴不得尽快和我们签约，因为只要一签，我们就应该把土地补偿预付款打过去。而我们现在别说几千万的预付款，我们连前期经费日常开支都没有啊。所以最好的办法是签意向协议，一分钱不打。

尚济民听了，脸上没任何表情。看上去他在思考对策。片刻后说：土地协议的事你找岳顺祥同志，请他尽快拿到意向协议；机构编制的事情，我想办法吧。

《孙子兵法》说："故上兵伐谋，其次伐交，其次伐兵，其下攻城。"讲的是握有战争决定权的人，从战略层面思考的原则和方法。

但是，这句话似乎也可以这样解读：最高统帅使用谋略克敌；文官用外交破敌；武将用军队迎敌；士兵负责冲锋灭敌。

这是陶砚瓦的"胡批三国"。

但是他对自己的定位，只是一个攻城的小卒而已。

就要过中秋、国庆双节了，一个是传统节日，一个是现代节日，前后相隔很近，全国都充满了喜庆气氛。

由于陶砚瓦转达了发改委的最新要求，尚济民、岳顺祥这两位高官心里都压着事儿，都利用节日期间，该见人的见人，该走动的走动，估计都不得清闲。

国庆节刚过，上班后的第二天，陶砚瓦接到中编办电话，说他们的王西亮主任请尚济民同志明天上午9点过去，有重要事情。

陶砚瓦接了电话，感觉应该有重大进展了！就马上跑过去向尚济民报告。

尚济民听了，表情淡淡地说：好，我知道了。你通知岳顺祥同志、王良利同志参加。

看那表情他是早就知道了。

第二天，一干人等到了中编办。几辆车早提前报了车号，进门后就有人迎着安排进了一个会议室。中编办主任王西亮也是正部级，进来与大家一一握手。

主客一一落座后，尚济民就开始汇报情况。他从当前社会信仰缺失、造假盛行、没有互信等现象谈起，力陈建设国学馆的重要性和必要性。

大概讲了五六分钟后，在他稍作停顿，而且下面一句话的第一个字已经出口之际，王西亮主任说话了：济民同志，建设国学馆这件事我听明白了。这是一个利国利民的好项目，是弘扬中华优秀传统文化的好项目。我们国家早就应该搞这样的项目。这些年总是上经济项目，动不动就是几百上千亿，有的效益不错，但也有打水漂儿的。我们交的学费还少吗？所以，这个国学项目，我们坚决支持。发改委批项目总是说找中编办要机构编制批文，你也知道中央对机构编制控制很严，我们怎么能随便批呢？可有时候好像是我们在卡人家的项目。我看这样，你们来个函，我们先发个文，为了便于发改委尽快批准立项，原则同意设立国学馆，机构编制等具体事项另议。咱们先把事儿办了，剩下的事儿再说。你看怎么样济民同志？

尚济民说：好，谢谢西亮主任理解支持我们的项目。

王西亮接着说，好像你们那里还有几个关于编制方面的小事情。一个是想把二司改为外事宣传司，济民同志，这不行。一定要严格按照"三定规定"办。原来叫"三定办法"，现在叫"三定规定"，规定是具有法规性质的，不能变。已经变了的，要变回来。

再就是想增加几个行政编制。我看这样，你们机关服务中心有十五个事业编制，原来有的是给司机等后勤人员的，现在可能不需要了。就调剂五个给行政用。你看好不好？

尚济民说，非常好，没问题。谢谢中编办对我们工作的大力支持。

王西亮就客气一下：济民同志，我们的伙食很一般。你们要是不嫌弃，就留下体验体验？

尚济民说，今天不用了，下次我们再来打扰。

几天后，机关就先拿到了中编办 10 月 12 日的批文。

陶砚瓦一看，就是普普通通一张纸，而且是一张 B5 纸。红色横线上面是红色文头、黑色文号，下面是标题《关于设立国学馆有关问题的复函》。内容是：

设立国学馆有利于贯彻落实党的关于"弘扬中华文化，建设中华民族共有精神家园"的决策部署。为落实国务院领导同志的指示精神，便于国家发展改革委批准立项，我们原则同意设立国学馆。国学馆的机构编制等具体事项按程序另行研究确定。

上报时，关于国学馆机构的规格，大家意见比较一致，都同意按正局级事业单位报。但其编制可经过了几上几下，反复研究讨论，最后按一百五十人上报。但折腾了半天，只留下一纸历史记录。

岳顺祥也带来北京市方面的信息，就是要想拿到与北京市政府委托的公司签署的项目用地协议，哪怕是意向性协议，必须先行支付土地预付款。

要用地，先付款。

不给钱，真不行。

陶砚瓦只好先把中编办那张纸亲自送到发改委，面交社会处的裴硕博士，同时向他汇报那个用地协议还要等支付预付款之后才能签署。

说时，陶砚瓦心中惴惴，不知能否过关。

没想到裴硕博士说：没事儿，用地协议的事还可以再等等，因为这事也牵扯到发改委的运作。

陶砚瓦就说：请处里、司里领导们放心，需要我们做的，我们一定努力去解决。

裴硕说：国学馆的《项目建议书》我们还在进行初步审查，关键是不能有硬伤，该有的东西不能缺。还差什么我会及时通知。

又过了大约两周，裴硕博士传来信息：已将《项目建议书》交到评审中心去进行评审。

这意味着项目又前行了一步，这是一个非常重要的进展。

打开发改委的官方网站，在首页右下角的"直属联系事业单位"底下，就有评审中心赫然在列。陶砚瓦早从网上了解了这个单位的相关信息，知道这个单位不在发改委院里办公，而是在不远处租的办公楼里办公。与此同时，他还通过各种关系了解到，他们有个处长叫葛芳树，许多跑项目的人包括屠春健，都认识或者知道他。还有朋友对陶砚瓦说，抽时间可以找葛处长出来坐坐，你们认识认识，先联络联络感情嘛。陶砚瓦一直讲：先不用，还没到时候，千万别给人家找麻烦。

但是，陶砚瓦也隐隐感到，这个葛芳树恐怕真的需要认识认识。当然，千万别给人家找麻烦。

陶砚瓦不想给人找麻烦，但有人想给他找麻烦。这个人就是王良利。

王良利进入领导班子已经十六年了，当年他才四十二岁，年纪轻轻就进了班子，但一进班子他就碰了天花板。长期在天花板下工作、生活，精神上很受伤，情绪上很不爽，性格上也很扭曲。

当然他这种命运，也其来有自。

王良利先后与四届党组书记搭班子，具有丰富的担任副手的经验。

第一届书记就是"办公楼千万别着火"那位，也是提拔他进班子的那一任领导。当时党组三位成员，除一把外，一位是排名为常务的女性领导，一位是把他从某单位调过来的，算是他的伯乐。王良利为了升职，不愧是北京大学毕业，算计十分精准。他料定一把手厚道，不会挡他前程。调他来的自然助他，保持适当尊重即可。只有那位女性领导，需要劳心着力。说来也许会有人不信，他的重要手段竟然是每天为这位女性领导打开水。

那时陶砚瓦正在王良利手下当副处长，有次王良利出差，临行前对陶砚瓦认真交代的工作是每天代他为那位领导打开水。还特别交代一定要说是他王良利让陶砚瓦打的。

陶砚瓦原来稀里糊涂，按点上班，并不知道也没见过他提前过来打开水，接受这个交代后竟十分不解：机关本来有人打水，为什么王良利不怕麻烦，提前上班，赶在打水的服务人员之前，亲自为这位领导打水呢？但既然是顶头上司交代，他也没说什么，每天早来一会儿，将就完成了打开水的"工作任务"。

等陶砚瓦去山东挂职以后，才听机关派到山东看望他的一位处长说，王良利进班子了。虽然进班子了，却闹了一场风波。起因是一把找他谈话，说机关有人反映他和一位女下属怎样怎样，以后要注意。据说王良利当时一听火冒三丈，竟和一把拍了桌子，说侮辱了他的人格，必须向他公开道歉。那时王良利的升职报告刚刚报走没多久，气得一把给中组部打电话，要求把报告退回。中组部回复：王良利的任职文件已经发出，不能收回了。

于是王良利在骤然反转的逆境中顺利上位，成为那届党组的第四位成员。王良利自然就不再给"常务"打水了。在跟一把别扭上之后，很快又和他的伯乐闹翻了。于是，他人虽然进了班子，但班子里没人理他，甚至也不明确他分管的工作，乃至他终日闲得无事，就在屋里写毛笔字。

之所以说"写毛笔字"，而不说练书法，是因为他也没照字帖写，也没投资买宣纸，就在旧报纸上胡乱划拉。在划拉报纸的同时，他还给国务院领导写信，说一把人品不好。但这封信却一点也没有影响一把的任何声誉，却给他自己造成了伤害。

当陶砚瓦挂职回来时，一把手专门委托"常务"找他谈话，特别通报上述情况。嘱咐陶砚瓦人是变化的，可以变好也可以变坏，一定要把握好自己做人的原则。

第二任党组书记就是骂了粗口的那位。他在任期间也没有给王良利什么好果子吃。而且这位领导还曾对陶砚瓦说：王良利写信告状很不明智。老领导在新中国成立前参加革命，一直在国务院机构里面工作，他人品敦厚，为人善良，这个印象早在方方面面形成了，怎么会因为你一两张纸而改变呢？

第三任党组书记对王良利稍微好一些了。以前的事情毕竟都过去好久了。于是王良利大有春风得意之态。他曾对陶砚瓦说：一把每个星期总有一两次到我办公室坐坐，也没什么事，就是愿意到我屋里坐坐。陶砚瓦听了，心想这怎么可能？他讲的情况曾经有过一次或者两次就不错了。

现在的尚济民是王良利陪侍的第四任党组书记。机关的老人们都说他对王良利最好。起码有基本的尊重，台面上都能够给足面子。机关新人辈出，年年有考进来的，老人们死的死，退的退，已经很少了。陶砚瓦本是多年的"小陶儿"，现在早听不到这个亲切的称谓了。而新来的人，都不知道王良利那些陈年往事，都对他按照正常的班子成员给予尊重，王良利的怨妇心态渐无，他慢慢找回了自我，虽然个子不大，但小胸脯也逐渐高挺了出去。

当然，说尚济民对王良利最好也是对的，按说王良利比张双秀还大一岁，再有几个月就到退休年龄，该从领导岗位上下来了，但至今没有任何动静。不仅没有动静，甚至还大有得享太师之尊的意思。大会小会，尚济民时常会说：

良利同志，你先说说？

请良利同志先讲一讲吧。

当然，到了退休年龄，政治生命基本完结。即使得以延长，也是癌症晚期的病人，活一天赚一天。但是人到了这时候，会更加珍惜在台上的美好时光，格外享受同事尤其是部属们的尊重和敬畏，哪怕仅仅是客气。

就在王良利刚刚开始享有班子成员的尊严，甚至得享太师之尊之际，陶砚瓦竟然把他冒犯了，而且冒犯得不轻。放眼全机关，还有谁敢这样冒犯哪怕是漠视他王良利？

陶砚瓦的罪过还不止一条：一是早就跟你陶砚瓦讲过了，我要推荐咨询公司，你却装聋作哑不作为，害得我自己亲自出面去求人家；二是在尚济民对咨询公司起草的《项目建议书》初稿不满意时，你一声不吭，没有讲半句"公道话"，比如说咱们的项目太特殊了，要求太高了，他们搞经济项目还行，文化项目特别是国家级文化项目就拿不太准了，或者说他们都已经尽全力了等等。最要命的是第三：人家辛苦半年多了，你们竟然只给了五万块钱，这让我的面子往哪儿放！还有，你陶砚瓦多年来从不把我放在眼里，不给你点颜色，你还不知道马王爷有三只眼！

按说，咨询公司收取的费用是根据项目投资总额，按比例计算。国学馆项目搞了这么久，投资总额是多少？没人说得清。王良利哪里知道，为了给咨询公司这五万块钱，陶砚瓦还大费周折呢。这五万块钱是陶砚瓦从服务中心调剂过来，算是"借用"。筹建办成立近一年了，一分钱的经费也没有。定这五万块钱也不是陶砚瓦一个人定的，征求几个人意见，也报尚济民点头同意。虽然不多，还考虑后续工作还不少，就留下一句活口儿：等以后经费来了，再根据情况多给点儿。但在咨询公司包括王良利太太包括王良利等人的心里，区区五万元，可能与原先预想的期望值落差太大。

王良利很生气，后果很严重。他在心里说：陶砚瓦啊陶砚瓦，看我怎么收拾你吧。

于是，三位党组成员里面，有两个人已经在盘算着怎么让陶砚瓦过不舒服了。

王良利决定要狠狠收拾陶砚瓦，但这个想法在他脑子里只存在了八秒之后，他就想通了，不能急着出手，而是要着手进行一番准备。

不急着出手，也是一个很现实的考虑。第一，陶砚瓦不归他分管，而是归另一个党组成员张双秀管。他要折腾陶砚瓦，不能直接下手，得寻找一把可以借用的枪；第二，陶砚瓦现在兼着筹建办主任，看来尚济民用着还很顺手，筹建工作正在劲头上，一点儿半点儿的事儿，弄不动不说，还会让尚济民感觉不顾大局。最后，关键还是没有过硬的材料，只要找到过硬的材料，必然一剑封喉，洗雪多年之恨。而能不能找到过硬的材料，就要看他王良利的运气如何了。

毕竟是北京大学毕业的，又总算在政坛厮混多年，见过不少世面，称得上阅人无数。他心里也对陶砚瓦作了客观分析：当过兵，有点儿才，说话直，比较傲。在机关人缘还不错，在外面也能整点儿动静。要弄他，必须弄得风过云飞，不露痕迹。等他明白过来，已经是过眼烟云，徒剩一声浩叹耳！

想好这个程序之后，王良利开始慢慢搜集陶砚瓦的黑材料，而且很快他就有了斩获，再加上自己的智慧创造，初步弄了以下几点：

一是经济方面。听说陶砚瓦在某个宾馆有消费卡，有人曾见他在那里请客消费；还有一次机关在某宾馆开会，陶砚瓦违反财务制度一个人去结账，里面肯定有猫腻。

二是作风方面。听说前不久有个女服务员怀孕了，陶砚瓦不声不响悄悄处理那个小服务员回家了，其中必有隐情。另外有好多次碰见有年轻女孩子来机关找陶砚瓦，晚上也碰见过。令人对他的生活作风生疑。

三是陶砚瓦政治上有不良倾向。他曾发表只崇拜毛泽东的言论，也写过崇拜毛泽东的诗词，甚至对人讲过"文革"也没说的那么糟之类的话。

四是前些时候有人见他和一个建筑单位的老板吃饭，估计他要提前准备插手工程了。

五是他介绍一个年轻人来筹建办帮忙，应该得了不少好处。

　　以上五个问题，说轻就轻，说重就重。正式调查吧，似无必要，不调查吧，也能给人留下一点点印象，再假以时日，小火慢炖着，等待时机一到，早晚把陶砚瓦拿下。

　　没几天，他就找到一个机会，就是和尚济民研究一件工件，好像就在无意中，聊起陶砚瓦。然后他把这五盘小菜，直接端给了尚济民。

　　王良利有个本事，就是每当他在进谗言时，都尽量装作跟他毫无关系，他只不过偶尔听见了，随便讲一讲。也只是跟一把手讲一讲。他会边讲边察看尚济民的脸色，以便随时准备停下那带毒的舌头。而尚济民也非没有定力之辈，他看似认真在听，又看似漫不经心。脸上既无一丝惊讶，也无半点儿愠怒。

　　王良利最后就讲：砚瓦是个老同志，工作很努力，也曾是我的部下，我想抽空找他谈谈，可他又不是我分管。脸上表现出很为之惋惜的意思。

　　王良利自认已经成功了。虽然尚济民没有表态，但他从头到尾都听完了，这就足够了。因为王良利感觉，这些东西看似随便一说，也没什么立马功效，但有了它们，就埋下了种子，到了一定时候，它们就会开花结果。

　　同时，王良利手里还有两张好牌，这两张好牌屡试不爽。

　　第一张牌就是服务中心的基建处处长屠春健。

　　屠春健比陶砚瓦小几岁，是前些年建小楼时从一个单位的基建处调来的。开始是借，借了一年多才正式调过来。一直负责机关基建方面的工作，同时负责房子和设备的维修。

　　基建处最早归办公厅，因为基建都是用国家行政经费，其所用资金必须由机关财务而不是由服务中心财务管理。但房子维修又由服务中心负责，所以实际上就稀里糊涂，两边都管两边都不真管。这就让屠春健有了很大余地，也使屠春健养成相对独立的感觉。

　　但是他得以长期保持相对独立的地位，却是因为他的一个超强能力：就是能够把各位领导伺候好。他可以得罪这个得罪那个，但只要是班子里的领导，哪怕王八蛋领导，他也下足功夫，极力讨取信任。当然，他眼里的领导必须在班子里才算，像陶砚瓦，虽然是他的直接上级，是根本入不了他的法眼的。

他讨好领导的最大手段，是为领导家里的房子操心。装修是第一要务。好像就没有不装修房子的领导。中央国家机关的住房是按职务分配的，房子和职务配套，职务往上升，房子跟着换大的。一进班子，不仅有了专职司机和汽车，办公室和自家住的房子一律往大里调整。而一牵扯上房子，就算进入了屠春健的管辖领域。其实不用主动去找屠春健，屠春健早就向领导提前打好招呼了。多年来，好像已成惯例，就是只要领导家里要装修房子，都是屠春健从头到尾操办。平时要修个下水道、换个插座什么的，也都是找他。应该说也很辛苦，但屠春健乐此不疲，没有一丝一毫怨言。

不独刚进班子的成员和刚调任来的领导需要装修房子，历任一把，好像也都屡屡需要装修房子。一把装修房子对屠春健来说就是接了大活儿，也是他最倾心投入的时候。

基建项目的经费说是"专款专用"，但伸缩性很大。每个项目都是申报时往大里整，最后总能有节余，节余的款子按道理应该退回国库，但一个项目接着一个项目，没有基建项目也有维修项目，实际上最后没必要退来退去的，都是混着用。当然，产生节余也是设计的，是让它有就有，让它没有就没有，让它有多少就有多少。有了既显示工程管理之严谨，对节约之重视，也能使基建账户上总有点活钱儿，用起来方便。所以，这个可以有，也一直有。

说起来陶砚瓦还是屠春健的入党介绍人。不只是介绍人，当时陶砚瓦兼着服务中心党支部书记，分管领导就找他，让他考虑屠春健要求进步的问题。现在想起来，那位领导当时也是换了房子，新房也是屠春健装修的。

为了屠春健入党，陶砚瓦还费了不少劲。主要是因为他自己说在原单位已经作为要求入党积极分子培养，快要解决了，就借来了。陶砚瓦就说那就让原单位把有关材料转过来吧。起码入党申请书、支部确定为积极分子的证明、每半年一次的思想汇报等等。当时屠春健也答应了，但后来却总是支支吾吾，闪烁其词。结果他是什么都没有。

陶砚瓦感觉他在原单位可能是别腿马，别腿的还在。说这样吧，你自己赶紧把这些材料完善起来，回去让原单位开个信，咱们认账就完了。屠春健又诺诺。

结果还是弄不成。陶砚瓦感觉别腿的人很硬。

那时陶砚瓦感觉屠春健这人还行，起码在基建、维修方面，确实懂得很多，比陶砚瓦懂得就更多了。单位的人都叫他"屠工"，现在当处长了，老同志包括新来的司局长们，也经常叫他"屠工"。他本人感觉这个称呼里，包含对他专业的肯定，他听起来很受用。

那时屠春健还只是个科级，其实他在原单位可能连个干部都不是，但是陶砚瓦感觉他这种干法将来必成气候。既然如此，就别让这点儿事情卡人家了，再说人家待咱也不错，有一次陶砚瓦家里卫生间管道出问题，刚好碰到屠春健就请教了一下，结果屠春健派了个工人，去他家里弄好了，说给钱人家坚决没要。

于是就撇开他原单位，还让他处里一个小伙子帮着，把材料凑齐了。陶砚瓦召开党员大会，通报了相关情况，并宣布亲自负责联系屠春健，这就意味着也是他入党介绍人。很快，他就成为预备党员，一年后就顺利转正。

转正了，提副处了，又扶正成为正处了。屠春健顺风顺水，一路高歌。他那个位置也没有人惦着，多年来倒也相安无事。

问题是他的位置没人惦着，别人的位置他惦上了。这个位置就是陶砚瓦现在占着的位置之一：机关服务中心主任。而如今这个位置，其实还是另一个含金量更高的位子：国学馆筹建办主任。两个头衔叠加在一起，不由得让他垂涎三尺，夜不能寐。

他的分析是：陶砚瓦虽然年龄不小了，没两年就退了，但等他退时可能变数很多，因此需要早作谋划。另外机关现在想在办公厅任职的不少，但想到服务中心任职的却不多。筛过来筛过去，他感觉自己是距离服务中心主任这个职务最近的人，近到伸手即得。特别是陶砚瓦又弄起筹建工作来了，或许鼓捣鼓捣，机会会马上出现。

最起码把两个位置搞到一个也行！

当王良利找他说些心里话时，他已经猜出门道来了：机会真的要到了。如果运气好，再上点儿手段，还会加快速度，提前到手。

他开始留意搜寻有关陶砚瓦的信息，王良利掌握的四条里，就有他的贡献。当然他不动声色，一切都在暗地里操作。

孙香品要找王良利，一般都是在早晨刚刚上班的时候，而且她都是打电话，并不必亲自登门。

这个时候往往也是王良利一天里最轻松的时候。因为烦心的事儿头天都想得差不多了，而新的烦恼事儿还没开始。即使上午开会，那都是9点才开，恰好可以说一会儿悄悄话，彼此都畅快舒服。

那天他们通话的内容主要是陶砚瓦介绍了梁继来帮忙的事儿。

孙香品说的是别小看来帮忙，帮着帮着就调进来了。陶砚瓦肯定拿了好处，而且应该在十万以上。人家不会给他现金，一张卡就行了。

孙香品老公在一个有审批权的单位上班，对此路数十分精通。

王良利就说：没关系，帮忙就是帮忙，梁抗美我也很熟，但他找了陶砚瓦，可真是他瞎了眼。真要想调进来，没门儿！到时候调不进来，咱就等着瞧陶砚瓦的笑话吧！

放下电话，王良利沉浸在幸福里。他开始想象着梁继调不进来，陶砚瓦难堪的样子，于是他满脸都是笑容。

王良利要找陶砚瓦麻烦，手上的第二张牌，就是这个孙香品。

其实这张牌比屠春健那张牌还好使，只是他不便明使，因为他有忌讳。忌讳什么？当年使他和一把手闹翻的由头，就是这个东北女人孙香品。那时孙就是他的直接下属，当然也是他的红颜知己。

感情的事谁也说不清楚。男女之间的事情更是一团乱麻。不能按照一般逻辑去解释，去分析，去推断。王良利与孙香品的事情，好像是超乎一般男女关系、感情，达到更为宽泛、更为复杂，也更为模糊、纠结的地步。

孙香品是机关的一朵奇葩。为什么说她是奇葩呢？因为她有一种本领，一种一般女人并不一定具备、起码在单位里她周围的诸多女流中只此孤例的本领：在任何时期，她一定在班子里面有个和她非常好、死活就要为她说话的人。

这个本领说起来容易，也许没人以为是个什么本领，但实际上却是极难做到的。有的人想过，但没有去做；有的人想了，也做了，但可能没有做成；有的人想了做了也做成了，但仅在一人身上得手；而这位孙香品女士，是自打来到这个单位，她就一直有班子里的人罩着。而孙香品以自己的成功实践证明：有人罩着比没人罩着好，而且是好太多了。

比如升职，孙香品是一点儿都不急，也不用她着急。因为她已经不再竞争坐上头班车，而是等别人爬上头班车之后，她就等班子里那个人为她讲话，于是她轻而易举实现自己的目的。她的要求也已经调整为不需要挂"长"，解决个待遇就行，于是她从科员开始干起，副科级的副主任科员、正科级的主任科员、副处级的助理调研员、正处级的调研员，一直到现在的副司局级的助理巡视员。别看她讲不能讲，写不能写，干不能干，整日里晃晃悠悠、轻轻松松，但论级别、待遇，她和陶砚瓦一模一样，区别仅仅是总比陶砚瓦慢一步，其实也就是慢上一年半载，另外责任有大小，名义上略微不同而已。

她极少挨批评。因为她就从来没担负过什么重要职责。有一次她闲来无事，还主动来找陶砚瓦"谈谈"。她以很慈悲很同情的口气说：你们男同志在社会上混不容易，对职务考虑多些，不像我们女同志，有个说法就行了。你的职务也真该解决了，也别太操心，把工作干好，领导自然会考虑的。你说是不是？

陶砚瓦就说：是，是。

再比如，有一次财务在与医院结算时，发现她从医院拿了不少只有老年人才可能服用的药品，而且数量较大，钱数较多。财务于是就向领导汇报。领导就找人直接问她。孙香品知道瞒也瞒不住，就说是给自己母亲开的药，因为母亲不享受公费医疗。按规定这是违纪行为，如果事情出在别人身上，就有可能挨处分。而孙香品不怕，关键时刻总是有人为她说话的。果然王良利就说话了：老人没有公费医疗，作为儿女帮着开点药，这完全在情理之中。这样做虽然不对，但咱们公务员工资都不高，又要养家糊口，下不为例吧。

班子里几个成员就知道王良利会跳出来，但还是想看他跳出来时的样子，想看看他怎样为孙香品说话。他果真就跳出来了，也像按剧本表演一般表演了，也就草草了事，只是让孙香品补交了本该由她自己支付的药费。最后就是寒碜寒碜她和王良利而已。

最近机关里又在议论，说孙香品已开始布局新的靠山。说她最近天天往刘世光屋里跑，一进去就半天才出来。她可能"猜出"或者"听说"了什么，盘算着王良利年龄已过，时日无多了，必须有一个靠谱的人来接替王良利。而刘世光年轻有为，进了班子，就可以继续对自己有所关照，一直到退休。

刚开始听到这一番高论，陶砚瓦还不太相信。可他有一次有事去找刘世光时，确实就碰见了孙香品正坐在刘世光桌子对面，两个人中间横着张桌子，孙香品身子正面和桌沿成垂直角度，而刘世光很随意地坐着，也不知说些什么。见陶砚瓦进来，孙香品就冲陶砚瓦笑一笑，陶砚瓦也笑一笑，赶紧把事情说完，转身离开了。从始至终，孙香品都不讲话，让人感觉她在汇报什么重要的事情。

此后陶砚瓦又在刘世光屋里碰见过几次，情况与第一次基本相同。

孙香品大刘世光八九岁，是老大姐了。随着年龄的增大，她身体越来越摆脱不掉地心引力的影响，几个重要部件都感觉是往下耷拉、往下懈的感觉。走路时一双大脚咣咣砸向地面，像两个处于工作状态的大夯。

陶砚瓦心里明白，她这样频繁地找刘世光，一不会谈什么工作，二也不会有什么男女之情。而且，她现在清楚地知道机关里会有人议论，但她要的就是这种议论，甚至希望人们往坏里想，往肮脏的方面想，人们越这样想，越这样议论，她得到的就越多，而且她不认为自己会失去任何东西。

孙香品是女性公务员在机关生存和较好生存的典型样本。她以其具有独创性的生存智慧和实践，为女性公务员探索出一条别样的生存道路。

第十一章　石头项目

这天下午屠春健来找王良利。

对付王良利这样的领导，屠春健早已驾轻就熟了。不用送什么礼，只要勤往他这儿跑就足够了。

他选择的时间是两点半，尚济民午睡还没起来，王良利这时候已经在练字了。

屠春健每次到王良利屋里，总是左顾右盼，鬼鬼祟祟，跟特务接头似的：或者不敲门，推门就进，偶尔敲门却声音很低，也不管有无应答，还是推门一闪而入。进门说什么？无非是嘀咕嘀咕这个，嘀咕嘀咕那个。

他最近为王良利出气做了点贡献，使双方感情上更接近了一步。他当然指望王良利在关键时能为他说话，按说这个要求并不高，王良利是能做到的。他们这种友谊就是互相利用，而且彼此心照不宣。

屠春健最近还有一个小盘算：就是要把院子里的石头换了。

换石头，说起来容易，实际操作起来，无异于做一个项目。因为牵涉到层层审批同意，落实经费。假山本来在院子里好好的，硬要搬走重来，换一块也不知什么模样的，这得需要让所有领导都认可新石头比旧石头好，而且值得费这个劲，值得花这个钱。

而真要做到这一切，谈何容易？

屠春健当然知道不容易。但他明明知道不容易，却依然努力推进。

也真是奇怪了，当初这个假山就是他搞来的，并且是他现场施工的，那时的一把手是耿茂盛，属小龙，据说遇龙大吉，他为了拍其马屁，特意选了这块有龙图案的石头，而且掏了大价钱，事实上也确实让耿茂盛龙心大悦。如今尚济民做了一把手，又是他开始起劲儿地否定当初他自己选的这块石头，鼓吹重新来一遍。

这不是有病吗？

陶砚瓦就认为他是吃饱了撑的，没事儿找事儿。但是他却依然故我，不改初衷。

他这到底是为什么？

屠春健每年都报项目、搞项目，他就是靠项目吃饭的。但今年他本来也报了项目，就是将院里几个楼的楼顶全部重新搞防水，陶砚瓦同意了，张双秀同意了，但报到尚济民那儿被卡回来了。尚济民主要是考虑要盖新楼了，不要为了几个小钱，让小项目干扰大项目。他在那个报告上批示：既然原有防水，不必更换；局部有漏，小修即可。

这是屠春健第一次报项目没通过，他为此愤愤不平，感觉是受了羞辱。

一个习惯了以项目为主要工作内容、年年靠项目吃饭的人，竟然上报项目被否，从而没了项目可做，岂不是要没事做、没饭吃了吗？

更加要命的是，让一个做惯了项目的人，一个自以为对做项目驾轻就熟的人，不仅自己没了项目可做，还要眼睁睁看着别人热火朝天地跑项目、干项目，这种状况不是很受伤、很折磨吗？

屠春健心潮澎湃，就想着为自己弄一个什么事情，这件事情也就是一个什么项目。反正闲着也是闲着。

于是屠春健经过深思熟虑、反复论证，就认定了这个换石头的项目。他打定了主意，下定了决心，今年要全力推进，把换石头的项目搞成。

真正决定这件事的，只有一个人即尚济民。而能够参与决策的，无非是三个党组成员及程秉祺，最多加上刘世光和陶砚瓦。其实这些人包括尚济民，没一个人真会关心这种事，只要运作得当，这事儿说难挺难，说容易也非常容易。火候到了，喊里咔嚓，还没等人反应过来就换完了。

甚至于屠春健的目标还不是换了即可，他的目标是换了还要得点儿便宜。更高的目标，是换了还要在领导乃至一把手那里落个人情，让他们在心里感谢他，甚至重用他。这才是做事情的最高境界。

但凡一个人活在世上，都不想枉活一生、白走一遭，都希望弄出一点响动，让人们侧目。屠春健当然也一样。他的工作岗位虽说在机关很不起眼，很冷落边缘，但他自己可不满足于一个混日子角色，他也想着挤到舞台中央，搞出一点花样来。特别这次尚济民让陶砚瓦当筹建办主任，他感到了被冷落的滋味，吃不到葡萄的酸感，让他有一种一定要搞点东西，做点什么的冲动。经过广泛关注，重点排查，他最后就选中了换石头这个项目。

这个项目的可行性有：

石头处于机关大院中央，地理位置优越，天天人来车往，关注度高，影响力强，特别是一把、二把手从办公室往外望，是第一眼必看之物。弄好了，一看到它，就能让他们想起他屠春健。

虽说石头当初是他挑，工程是他负责，但是是在上届党组期间，他拿着一堆石头图片，向耿茂盛建议并由耿茂盛亲自拍板选定的这一块。

可是他最近跟王良利说的是当初他不想要这一块，但是一把钦定了，他没办法啊！

至于经费问题，他可以找当初卖石头的林永峰，把这块石头折价拉走，再另换一块过来，两石相抵，用不了几个子儿。机关基建账上，还趴着几万元节余呢，国管局一直让花出去。正好把它用了，国管局还要表扬呢。

只是要折腾一下，麻烦一番，但为了让领导高兴，我屠春健可不怕麻烦啊！

可行性有了，还要有必要性，屠春健需要努力的地方，就在这个必要性上面。

他今天要找王良利说的话题，其中就有这个石头项目。不过王良利属牛，他准备把和陶砚瓦说的话，即石头上有龙和牛，调整一下，说成有龙和狗，这两样都克属牛的。

他估计王良利听了，不管他嘴里怎么说，心里一定会咯噔一下，而且会偷偷溜过去看，反复从不同角度看。那块石头本来怪怪的，一万个人看了会有一万零一个不同图案出来，怎么说都没大错。但一个暗示会让王良利这样的人心里发堵，对他造成潜在影响。不需要指望他会支持换这块石头，起码换的时候他决不会反对，就足够了。

果然，他见了王良利之后，该说的话都说了，从王良利的反应看，也正是自己所希望看到的。

告别王良利出来，屠春健心想：今天拿下了一个，效果很好，成绩不错，暂时到此为止了。下一步再一个人一个人地突破，最后重点拿下尚济民，一切就 OK 了。

他还不忘提醒自己，要借用尚济民建国学馆的战略：多做少说，低调推进。

那还是几个月前，就是尚济民正在密集访问专家学者的时候，屠春健记得那天很冷，卖石头的老板林永峰请他去东郊会所吃饭，说涮火锅暖和暖和。

林永峰经营建筑石材，也兼营观赏石、景观石、刻字石等。当年屠春健经手基建办工作，院子里建楼所用石材，就是林永峰供的，草坪上的假山也是林永峰给堆的。

一进院子，就看见新到了几块大石头，一块一块奇形怪状，每人看了各有说法。屠春健就随口说：嗬！林老板又新弄到好货了！

那林永峰听了说：哪里哪里，自从上次你强行把那块好石头拉走，我把朋友都得罪光了！人家都说我林永峰见利忘义，就只会拍你们大机关的马屁。

屠春健说：你林老板可真会开玩笑，我那块石头算什么好东西！你现在进的这几块多好！我看块块都比我那块好！

屠处啊，说话可要凭良心啊！你那块石头无论是论品相、论高度、论成色、论细节，还有那龙头、鬼脸，狗啊牛啊，论什么什么，都是我经手过的！绝对差不了的！林永峰竖着自己的大拇指说。要不是你们机关大，级别高，我想拍你们马屁，你给的那个价钱，别人肯定弄不到的！

屠春健走近新到的石头，一块一块看了看，嘴里说着：好，好，多好啊！

林永峰就说：你觉得哪块最好？我看你眼力。

屠春健不懂装懂地说：我看哪块都不错，都比我们那块好！

林永峰说：屠处啊，你说这话我直接疯掉了！我彻底无语了！

两人一边说着，一边进了房间。当晚上的菜不错，有一条新到的黄鱼，一斤多点儿，口感新鲜，味道纯正，说是价值不菲。吃完饭又出去唱歌、洗澡，还叫了小姐。

其间林永峰还叨叨石头的事儿，还是什么吃亏占便宜的话。屠春健听腻了，就说：算了，你要看我们那块石头好，哪天你拉走，给我们换一块。怎么样？

林永峰说：那太好了！你屠处真要办成了这事儿，那我一定千恩万谢，千恩万谢！

屠春健原本只是说说而已，见他竟然当了真，就说：林老板你可真行！你当我们机关是你们土豪家呢，想怎么着就怎么着！那石头都摆了两年多了，你想换换就换换啊？

林永峰说：这事儿对我来说是比登天还难的，但对你屠处来说，还不是你一句话就搞定？说真的，你要是真让我把那块石头拉走，我立马双倍价钱卖出去！到时候咱哥两个二一添作五，一人一半怎样？

听了这话，屠春健感觉到那块石头可能真的很值钱了。就说：一块破石头，全靠你忽悠，忽悠好了价值连城，忽悠砸了一文不值。说实话，你是不是把什么人给忽悠晕了？

林永峰"哎呀、哎呀、哎呀"连叫几声，略带夸张地说：屠处你太厉害了！你可能早就识破了！我真是完蛋掉了！然后放低声音说：有个朋友想给他们部长拍马屁，那位部长是属龙的，就想院子里弄个龙头。这不我找了半年了，还没找到。屠处就算我求你了，想想办法，到时候咱一人一半，一人一半！

屠春健说：你少来这一套！什么钱不钱的，我是琢磨你那位朋友不容易！这年头，领导的马屁是越来越难拍了！都是伺候人的差使，都想落个好儿，唉！我想想辙吧。

林永峰一听屠春健吐口了，高兴地说：屠处啊，你就是我亲哥啊！是我的大救星啊！哪天我把我朋友叫上，咱们坐坐，他也蛮喜欢玩的！

屠春健说：停停！我只是答应想想办法，这事儿八字还没一撇，千万不能见面！

屠春健又鬼鬼祟祟来到程秉祺门前。他伸手去敲门，不知想起什么，伸出去的手又缩了回来。

他需要再给自己打打气。把刚才打好的腹稿重新温习一遍之后，终于敲响了程秉祺的门。

程秉祺正低头看一个文件，抬头看见来人，马上热情地招呼：春健，来，坐。

屠春健没敢就座，他进门先是往右手墙上的中央空调面板上看了看，嘴里问道：办公室空调还行吧？

程秉祺说：挺好的。

屠春健这才躬身站在沙发前说：领导啊，我这活儿可真不好干啊。

程秉祺一笑说：怎么，遇到难事儿了？

屠春健紧皱着眉头，先叹了一口气，然后才慢慢吞吞说：当初领导交代，要在院里弄块石头，我找了一堆图片请领导选，领导看来看去，钦点了现在这块儿。当时都说好啊，说石头上有龙，有牛，什么这个那个的，还说对领导的属相，大吉大利。可彼一时此一时，现在领导换了，马上有人对这块石头发表议论，说对现任领导有妨碍。我感觉有人拍马屁让领导知道了，一把整天站在窗前看这块石头。拍马屁的人就找我说，让我换这块石头。我心里这叫别扭！办吧，这不自己打自己嘴巴嘛！可不办吧，拍马屁的人一乱讲，那就把领导得罪了。唉，怎么感觉跟小孩子过家家似的！

程秉祺平时很忙，根本没工夫关心这些鸡毛蒜皮的事情。他听了笑笑，随口说：哈，有意思，堂堂国家机关，还搞这套玩意儿？有人让你换你就换呗！

屠春健一听这话，立刻就笑了，紧接着说：我就知道您是最通透的，我心里有什么事儿，就喜欢跟您说。那好，您忙着，我就不打扰了。

屠春健喜滋滋地从程秉祺屋里出来，感觉这跑项目真是太容易了。他就想着陶砚瓦跑项目是往外面跑，刮风下雨他也得跑。咱这跑项目就在这楼里头跑，喝着茶聊着天就跑了。关键是陶砚瓦跑项目是瞎跑，他个人可能什么好处也捞不着；咱跑项目要先在领导那里落下个好，个人兜兜里还得装足实了。这是什么？这就是智慧啊！

屠春健心里正美着，不觉走到了张双秀门口。他愣了一下，还是径直过去敲门，而且声音清脆，咚咚作响。

一进门，他本想着先去看右手墙上的空调面板，再关切一下领导的空调问题，身子就要转过去的同时，发现陶砚瓦正坐在沙发上，干脆他就没转身，而是大咧咧坐到另一个沙发上。然后才问：怎么，你们谈事儿？

他这才发现，张双秀和陶砚瓦四只眼睛都一直直勾勾地盯着他，却半天没人说话。

屠春健忽然感觉到自己刚才有点儿冒失了。而且明显是稍微过了一点儿。

他赶紧站起身，说了声：你们有事儿先谈，我过会儿再来。

刚才屠春健在程秉祺那儿得了手，就感觉王良利、程秉祺都排在张双秀前面，两个人都松了口，张双秀何足道哉！于是他感觉飘飘然，而且没有控制好，也没想到赶上陶砚瓦正在张双秀那里说事情。

他一边往外走，一边开始检讨自己的"白目"。"白目"是他儿子曾经说他的话，据说是港台那边传过来的词儿。

屠春健认准了自己的石头项目。他总结自己的石头项目和尚济民的小楼项目差不多同时孕育，但尚济民的项目离立项还早着呢，而他屠春健的石头项目，已经在他自己心里正式立项、正式启动了。

张双秀这里虽没谈成，但张双秀早晚已是盘中之菜，待陶砚瓦不在，别人也不在时，专门跑一趟，一举即可拿下。

但转念一想，张双秀是分管领导，他最显著的特点是怕担责任，哪怕一丝火苗可能烧到自己身上，他也会躲得远远的。现在去说，他一听要他担责任，马上会说不行不行，那事情还不好办了。他怕字当头，所以也最怕吓唬。所以不能跟他说太早，要等和尚济民说完之后，再根据尚济民的态度，主要是要利用尚济民的态度，再寻找一个角度跟他说，吓唬吓唬他，他就会同意，或者他就不会反对了。

屠春健对付班子成员，每人各有一套说辞，按说这样玩法是相当危险的，万一有一个人穿了帮就完蛋了。但屠春健的判断是不会出问题。因为这些领导听了这些说辞，都是一听就过去了，他们绝不会为此去对质，就算是这块石头拿到办公会去研究，也不会把这些话摆到台面来的。所以他这种做法，即向领导汇报一件事儿，却每人一套说辞，而且这些说辞满拧，甚至逻辑也正好相反的做法，不仅不会出问题，反而是对他自己最安全、办事效率又最高的做法。

这个事儿即使是由屠春健本人讲了，也会让人感觉如同痴人说梦。但是屠春健这样做了多少年，还没有遇到滑铁卢。而且他在这种时候讲的事情都没有信息源，属于顺耳一听，随口一说，哪儿说哪了。比如这块石头的故事，他也并没指望一讲就有人信，他只是一个一个在私底下说说，看似无意闲聊听来的几句闲话，口气又感觉像是玩笑，谁会当真？

屠春健就是没想让谁当真，他只是想让人记得有这么个说法，可能很荒唐，很无厘头，这就够了。他是在下毛毛雨呢，所谓"随风潜入夜，润物细无声"，他要的就是这个效果。他并不急，也不能急。他十分清楚这事儿不可能一蹴而就，必须像广东人煲汤，用小火煨着，煨久了，汤就好了。

他计划用两个月时间下毛毛雨，一点一点造舆论。他采取一个锅一个锅地起火煲汤，煲他数月。等火候到了，一个夜晚或凌晨开锅喝汤，就全部齐活了。

他在自己心里说：陶砚瓦啊陶砚瓦，你个书呆子！你牛，你搞了个大项目。我屠春健没文化，自己找了个小项目。别看你整天忙忙叨叨，牛×哄哄，但咱们走着瞧，我屠春健晃晃悠悠，玩着乐着，就能让领导赏识我。最后咱要看看，是你干大项目下场好，还是我干小项目下场好。

当然，屠春健也想到了最坏的可能，就是如果运气太差，石头硬是没有换成怎么办？

他想，也无所谓，我自己立的项，本来就是搂草打兔子的事儿，也没指望一定要靠这件事儿怎么的。

第十二章 异国"书寇"

随着筹建工作的进展，陶砚瓦越发对历史、对文明发生兴趣。他有幸与不少大师级人物会面，聆听他们的宏论，感知他们的道骨仙风，也看了不少书籍和材料。这些天来，一个问题总是萦绕在他心里，他也总是试图通过自己的脑子把它厘清。白天，他会失神地望着窗外，夜晚，他会辗转反侧，或望着窗外的星辰发呆。他开始有了一点体会，但也是模模糊糊，未知对错。

他想的问题是：

中华文明是世界上唯一没有被灭绝的文明，而且至今生活在产生这个文明的土地上的人，就是当年创造这个文明的人们的子孙。那么我们作为中华文明的继承者和传承者，必须弄清楚：为什么其他文明都被灭绝了，而独有我们这个文明免遭灭绝？我们的文明是因了什么特别的基因而独领风骚？我们在"世界一体化""人类普世价值"等说法大行于世的今天，必须站在全人类和时代的高度，找到这个基因，并且以令人信服的论述方式，告诉自己的人民，告诉全世界，我们才能算是真正的继承者和传承者。

先看另外几个古文明：

诞生于两河流域的古巴比伦出现于公元前 3500 年左右，为人类带来《汉谟拉比法典》、楔形文字和世界七大奇迹之一空中花园，文明史延续两千多年，古巴比伦前 1595 年灭于赫梯，新巴比伦前 538 年灭于波斯。

诞生于尼罗河畔的古埃及立国于约公元前 3100 年，历经三十一个王朝，文明史全长 2500 多年，领土涵盖埃及、苏丹、阿尔及利亚、以色列、耶路撒冷、土耳其、约旦和沙特，为人类带来象形文字、金字塔、几何学和历法。没有古埃及文明，就不会有后来的古希腊、罗马文明。古埃及于公元前 343 年灭于波斯帝国。

诞生于恒河流域的古印度立国于公元前 2300 年，疆土包括印度、巴基斯坦、孟加拉、不丹、尼泊尔和阿富汗，为人类带来史诗《摩诃婆罗多》和《罗摩衍那》，还有伟大的佛教。此外，阿拉伯数字源于古印度，只是通过阿拉伯传播到西方。古印度灭于雅利安蛮族。

除了中华文明，所有的古文明都已灭绝。它们灭绝至今均已超过两千年，所以在史书上，它们前面都要加一个"古"字：古印度（不是如今的印度），古埃及（不是如今的埃及），古巴比伦（此名早已不存）。

同样发源于大河两岸的中华文明，是四大古文明中唯一从未灭绝的文明。世界史上，疆土比中华更为辽阔的帝国很多，军队比中华军队骁勇善战的不在少数，在世界民族之林中，中华民族也从未以强悍著称，但历史却唯独选择中华文明一枝独秀。

为什么是我们而非其他文明？

我们的文明在什么地方具有超越其他文明的特质？

从南北朝北方游牧民族内迁，到崖山海战南宋军民集体跳海殉国；从元军南下屠城，到清军多尔衮大败李自成夺下北京；从火烧圆明园到鸦片战争，从甲午海战到南京大屠杀，我们中华民族承受了多少苦难。但我们总是能够从血泊中爬起来，从屈辱中挺过来，从灾难中站起来，总是能够浴火重生、凤凰涅槃。

专家们讲：是因为中国精神、中国智慧、中国境界。

那什么是中国精神、中国智慧、中国境界呢？

陶砚瓦自己总结是：

中国精神，就是天人合一的精神。"天人合一"是中国哲学的基本精神，是中国文化对人类最大的贡献。中国人骨子里主张人与大自然要合一，要协调共处。庄子曰："天地者，万物之父母也。"《易经》将天、地、人并立，并将人放在中心地位。天之道在于"始万物"；地之道在于"生万物"；人之道在于"盛万物"。天、地、人各有其道，和谐共存。

中国智慧，就是"百战百胜，非善之善也；不战而屈人之兵，善之善者也"。孙子的智慧，绝不仅仅限于军事，他对治国理政，对国家政治、经济、外交，对个人谋划人生、趋利避害，都有持久的、普遍的意义。

中国境界，就是"为天地立心，为生民立命，为往圣继绝学，为万世开太平"；就是"精忠报国""文死谏、武死战"。

以上的解释是最好的解释吗？

陶砚瓦自己反问自己，他心里也拿不准。于是他又另外总结如下：

中国精神就是"虽不能至，心向往之"，就是"愚公移山"，就是"精卫填海"，就是"星星之火，可以燎原"。

中国智慧就是生存智慧，就是"留得青山在，不怕没柴烧"的智慧，就是"不谋全局，不足以谋一点"的智慧。

中国境界就是"胸怀祖国、放眼世界"，就是"中国应当对人类做出较大贡献"。

陶砚瓦坚信，任你怎么诠释都可能是蹩脚的、片面的，我们在历史面前，总是傻傻的、幼稚的、不成熟的，都是摸象的盲人。

尽管如此，陶砚瓦坚信：中华民族复兴或者说振兴的脚步已经走得越来越坚实了，全世界都在看着我们，所有人都已经注意到这个古老的文明越来越散发出逼人的光芒。

历史编制和导演的是千年大戏，剧情起伏跌宕，出演的主要角色也就是那么几个，他们得以站在舞台中央，次第展示各自的绝代风华，其思想光芒和深邃目光，穿透千百年甚至更长更久。

人类煌煌几千年文明史，泱泱几十亿人，有几人能看懂这场千年大戏？

历史的剧本也许充满了破绽和败笔，但历史依然是最伟大的导演和编剧。

这天清晨，陶砚瓦心里想着头天晚上的事儿，就在餐厅走廊里等着尚济民。

昨晚下班前，陶砚瓦接到方永晖的电话，说他正陪同两位日本朋友在上海看世博会的一个项目，两位日本朋友，一位是博物馆专家，一位是世博会日本馆的设计师。他们准备在上海看完之后，到北京这边看看领导，看领导能否有时间接见。

陶砚瓦无意间问了一句：北京之后你们去哪儿？

方永晖说：我们去郑州，那边还有个项目。

陶砚瓦一听到"郑州"二字，心里一下子就想到梁继的岳父岳母，又想方永晖是在郑州得了手，难怪他对梁继的事儿那么上心！

他赶紧把方永晖和日本专家要过来的事儿做了电话记录，报给了尚济民。

尚济民吃完早饭，从小餐厅过来时，远远便看见陶砚瓦在等他。就说：砚瓦，你昨天的电话记录我看了，你马上给方永晖打电话，让他下午一下飞机直接过来，我们请他吃个饭，你和岳顺祥同志陪一下。

陶砚瓦说：好，没问题。

上班后，陶砚瓦就过去找岳顺祥，当面传达了尚济民的指示。岳顺祥说：好，知道了。正好我还找你有事儿呢！

陶砚瓦说：有什么指示？请讲。

岳顺祥面带笑容说：党组同意梁继正式调进来了！

陶砚瓦一听也很高兴，说：好啊！我们队伍扩编了！

岳顺祥说：梁继调过来，还是王良利同志主动在党组会上提出来的。这次良利同志对我们的工作很支持啊！

陶砚瓦嘴里说：他支持好啊。但在心里说：看来方永晖真的让磨推鬼了！

有了一把手的交代，陶砚瓦就赶紧进行安排。一是派车接机，二是安排先在会客室小坐，三是晚餐。他们的住宿不需要安排，这是惯例。因为算是外事活动，陶砚瓦还通知了外事司司长于嘉慧参加。

下午5点多，方永晖和两位日本朋友才到。因为方、陶原本熟识，一见面格外亲热，还来了个紧紧拥抱。两位日本人，一个叫横井康夫，五十多岁，是个儒雅学者，"世界级的"博物馆专家；一个叫猪股伸树，年龄和横井差不多，是个"著名"建筑设计师，还说是中国人民大学的客座教授。陶砚瓦就说，几位来得正好，我们领导非常欢迎各位的到来。

先搞了个小小的座谈。尚济民、岳顺祥、于嘉慧、陶砚瓦坐在主人一侧，方永晖和两位日本人坐在客人一侧。外事司还安排了现场记录和影像拍摄。问要不要翻译，陶砚瓦说，有方永晖在，不需要另外安排翻译。

尚济民说：我们正在做一个文化项目。听说你们过来，我十分高兴。你们应该都是对中国传统文化有研究、有兴趣的，我们也特别想听听各位的高见。

在对国学馆项目作了简要介绍之后，横井康夫用英语先发言。他简要介绍了世界博物馆的种类、演变和发展方向，介绍了日本现有的各类博物馆、展览馆、纪念馆的情况，最后说：

听说中国要建设国学馆，我感到万分高兴。好像在当今世界上，还没有类似中国国学馆这样的馆，中国政府决定建设这个馆，是很有远见卓识的。当今世界还是欧美西方文化占据统治地位，他们认为西方文化是中心，对以中国为代表的东方文化，他们也没兴趣搞清楚，一直是带着深深的偏见。我和联合国教科文组织的人很熟悉，从里面的机构设置就可以看出来，绝大部分是负责西方事务的，负责东方的只有很少几个人。当然，随着中国经济的崛起，他们也开始慢慢改变。我作为一个日本人，是希望中国作为东方文化的代表，应该加大对传统文化的研究和传承，让传统文化在现代化过程中发挥作用，从而让世界了解东方文化，也要增加在世界上的东方话语权。我愿意为此做一些沟通联络工作，提供一些帮助。

尚济民说，横井先生谈得很好，你应该还有很多好的建议和想法。听说猪股先生是搞建筑设计的，也请他为我们提出意见和建议。今天咱们先吃饭，明天老岳、砚瓦，你们接着谈，请他们都谈好谈透。

吃饭时，一开始还都很客气，交互敬酒，讲究礼数。几杯酒下来，方永晖就发难了，他一定要让陶砚瓦唱京剧。说去年在巴尔的摩就唱了，在场的有犹太人、希腊人、印度人，都叫他"Good singer"——好歌手。

尚济民就说：砚瓦你别端着了，让你唱你就唱一个吧。

陶砚瓦说：领导说话了，我就唱一个。但有个条件，我唱完得请横井君唱一个，永晖、猪股君你们都准备着。方永晖把话翻给横井，横井不胜酒力，才喝几口就挂脸了，连声说 No！No！转身对着猪股用日语说了几句什么，猪股迭声道：嗨！嗨！

方永晖说：陶主任先来一个，我们肯定有上的。

陶砚瓦就站起来唱了一段《打登州》。方永晖带头鼓掌。

这时只见猪股站了起来，讲了几句日语。方永晖就翻译，说猪股先生要唱日本民歌《樱花》。

猪股先生矮胖矮胖的，眼睛很小，圆圆的脸。他唱歌极其认真，像站在维也纳金色大厅台上，对着万千歌迷。一边唱还一边手舞足蹈起来，而且他的手脚也十分灵便，看来是一个经验丰富的老歌手，也可能是个"麦霸"。

猪股唱完一段，大家都鼓掌。尚济民说：今天气氛不错，但我们早点结束，明天你们再谈好、喝好、乐好。

方永晖就知趣地说：好，领导累了一天了，早点休息吧。说着还给陶砚瓦使眼色。

陶砚瓦说，主食马上上来，吃完主食就结束。

当晚，陶砚瓦感觉方永晖不像是临时起意过来的，而可能是提前有安排，而且还应该早与尚济民通了气。

但这似乎并不重要，横井、猪股应该确实对项目建设会有帮助。

他想起去年在巴尔的摩唱京剧时，洋人都称他"好歌手"的情景，感觉很有意思，曾填写《贺新郎》一阕：

京剧终须唱。座中看，白肤碧眼，洋人洋相。觥酬暂停唯古韵，尽葆声情本样。听阵阵欢呼鼓掌。试演皮黄腔调美，似仙音，袅袅从天降。虽我笨，也颇像。　　重逢每忆巴城港。抖精神，弘扬国粹，登临亮嗓。可笑番邦无识者，歌手称余有妄。说票友，更其惘惘。文化中西分两脉，味相通，咸辣酸甜酱。风雅共，各欣赏。

陶砚瓦写出最后一句"风雅共，各欣赏"后，久久望着这六个字，想：中国人一直是希望"各美其美，美人之美，美美与共，天下大同"，最高愿望就是"天下大同"。但是，西方人却总是不理解，他们动不动就举着什么"自由平等""人权""普世价值""民主"等大棒子杀过来，想起一出是一出。他们怎么做都有理，中国怎么做都不对。这就是当前的怪现象。

按照头天晚宴上的约定，第二天下午3点再座谈，由岳顺祥主持。中方有陶砚瓦、屠春健、梁继，以及北京市规划设计院的两个专家参加。外方除了方永晖、横井康夫、猪股伸树之外，又增加了一个人：北京大学法学院博士留学生中村纪子。纪子一见陶砚瓦，老远就笑着跑过来，嘴里还说着"陶主任好"！

中村纪子看上去三十岁上下。无论看她的模样，还是看她的穿着打扮，还是跟她聊天，不知道的人都不会以为她是个日本人。她本是东京都检察院的检察官，是公派来中国留学的。陶砚瓦曾去她们学校讲诗词课，她对中国传统文化很着迷，认识陶砚瓦后就偶尔有些联系，陶砚瓦有什么诗词、书法活动，都邀请她参加。这天一见面，才知道原来她是猪股伸树的表妹。

纪子的到来，使猪股和大家的沟通交流更容易一些了，因为纪子才是更合适的翻译。

岳顺祥让双方人员分别作了介绍，座谈就开始了。轮到猪股先生发言了，只见他表情格外严肃，情绪十分激动。像是憋了很久突然开了闸，滔滔而出，洋洋洒洒，讲完一段，没等纪子译完，就急不可待地开始讲下一段了。大家凝神静听，倒也未觉其怪。他说：

日本的传统文化是从中国流传过去的，但日本人也结合自身情况进行了一些融合和取舍。比如日本的传统建筑就多了一种简洁甚至禅宗的味道，还有日本更多了些对建筑的精细化追求。我们不仅要给后人留下房子，更重要的是要留下文化财富。因为房子更具有时代意义，更有超越时尚的永恒魅力。

日本的建筑设计机构是最早进入中国的。1975 年，日本"日建设计"为上海宝山钢铁厂进行了工业建筑设计，这比 1979 年北京邀请贝聿铭设计香山饭店更早。

日本建筑师比较注重东西方文化的融合，我们吸收西方的东西很大胆，但绝不丢掉自己文化里的好东西。两个都要有，都要体现在一个建筑里，这很难。日本在这方面也动了不少脑子。但有六人获得了普利兹克奖，说明还是受到了肯定。中国也有一个建筑师获了这个奖，他也是在建筑中运用了中国的文化、哲学，还把砖、瓦等建筑材料运用到当代建筑当中。

中国应该是东方文化的代表，是老大哥，但中国好像还没有起到这种作用。而且中国自己似乎也没有想发挥这种作用。这些年来中国的建筑很多，但中国最重视西方人，你看京、沪、穗三地的大型建筑，都是谁设计的？北京 90 年代就有二十多个大型项目，都是十万平方米以上的大建筑，基本上都是西方人设计的。比如央视"大裤衩"是雷姆·库哈斯和奥雷·舍人等设计的，鸟巢是雅克·赫尔佐格等设计的。上海正建造着更多由西方建筑师设计的高楼，当年欧洲人在上海建造的一些很有价值的新古典主义和 Art Deco（艺术装饰风格）建筑，已经可以进博物馆了。

短短几年工夫，中国的城市突然长高了，大家都在抢美国的建筑师，因为他们都设计过摩天大楼。结果发现变成千城一面，没有了个性。多数建筑做得很表面化，中国人喜欢吉祥的象征物，象征发财、象征有钱最受欢迎。一定要三十层以上，一定要五万、十万平方米以上，到处都是。

　　结果就是高鼻梁、蓝眼睛的建筑师，名气大、牌子大、敢要钱的，就是最好的。他们当然高兴来抢这块大蛋糕。设计的东西也是越西式越好，以至于让西方人感觉就是在自己国家干活儿呢。越是里程碑式的建筑，越是超大型公共建筑，西方人就越吃香。保罗·安德鲁的国家大剧院，库哈斯的CCTV大楼最为突出。甚至规划一个区域、一座城市、成百平方千米的规划，比如黄浦江沿岸的城市设计、一城九镇、世博会，都请来西方建筑师和规划师。

　　中国现在吸引了全世界的目光，因为中国是现在世界上唯一有国家项目和政府项目的地方。欧美现在能有个上万平方米的项目就很稀罕了，但在中国都没人看得上了。西方人都学会投中国领导所好，投中国老百姓所好，设计得夸张一点儿，高大一点儿，古怪一点儿，所以屡屡中标。听说中国公司在投标时作方案介绍，也特意请个西方人来装门面，眼睛要蓝的，头发要卷的。还有的西方设计所干脆都是中国人。

　　随着中国承办奥运会和世博会，各个城市都在建设高楼林立的CBD，都在投巨资修建巨大的文化象征物。我一直很纳闷：你们是真要现代化，还是只是为了看上去现代化？

　　猪股伸树越说越激动，就跟昨晚刚喝完酒一样，满脸通红。纪子一边翻译，一边用日语提醒他什么。他则冲纪子摆摆手，表示拒绝的意思。

　　你们到处想修建巨大的文化象征物，实际上这个象征物已经有了。它就是北京的中华世纪坛。北京原来有天坛、地坛、日坛、月坛，现在新建了世纪坛。虽然都是坛，但新坛与老坛不同，老坛都是整个坛体浑然一体，屹立不动的，坛心也都垂直向上，表示一心对天，丝毫没有疑惑。而新坛分为固定的坛座和旋转坛体。设计者说在旋转坛体上，还耸立着一根高达二十多米、与平面呈四十五度夹角的"时空探针"，还说是体现了中国人民勇于探索的创新精神。我听说以后曾经大吃一惊，我不相信这是真的。但后来是真的看到它建成了，而且还搞了很多大型活动，最高领导也都站在那里。我认为，转动的坛心，不管怎么解释，都是让人感觉它是不确定的，似乎在寻找什么，好像反映了一种迷茫、焦虑或者躁动不安的情绪。我相信再过五十年、一百年，人们会把这个建筑，当成本世纪初最具代表性的象征性建筑写入教科书。

　　他最后的意思是：

　　中国要建设国学馆，一定不要请西方人来设计，可以由中国人自己设计，也可以由日本人来设计。日本的设计师也是在国际上鼎鼎大名的。

晚上要留大家吃饭，北京市院的两个专家坚决推辞走了，屠春健也说有事走了。岳顺祥就说：砚瓦，你看济民同志能否陪一下？他来不了，你就全权代表了。我也有点儿事先走了。另外你们整个座谈纪要，送济民同志阅，包括猪股讲的，要不要上报，请济民同志定。

陶砚瓦知道岳顺祥是基本不在外面吃饭的，所以就爽快地答应了。

尚济民晚上也有事，陶砚瓦就想让梁继留下来陪。但转念一想，梁继还没正式调进来，还是谨慎一些好，别为一顿饭惹出大麻烦。于是就让梁继去整理纪要，他只好一个人陪客人吃饭。

猪股伸树下午说畅快了，晚上要喝白酒。方永晖说：猪股没把自己当外人，我们也就别太见外了。他要喝就让他喝吧。

陶砚瓦听了，就对方永晖说：我晚上还要开车，就不喝了。你半客半主，必须把猪股君陪好！一瓶够不够？

方永晖说：要代表咱们国家抗日啊，还是准备两瓶吧，这喝起来哪还有准儿啊。

陶砚瓦说着已经把自己车钥匙交给秋曼莎，让她去车上拿两瓶老白干上来。

见酒来了，猪股伸树大喜。他从秋曼莎手里抢过酒瓶，自己取过一个高脚玻璃杯，看陶砚瓦和横井康夫杯子里都倒上了茶水，摆明了是不喝白酒，就先给自己倒满，又给方永晖倒满，接着去拿纪子的杯子。纪子也不推托，递过去由他倒，竟也是满满一杯。

纪子说：我只喝这么多。

陶砚瓦就端起茶杯说：我受尚济民先生、岳顺祥先生委托，和尊贵的美国朋友、日本朋友共进晚餐。首先感谢各位关心国学馆建设，关心中国的发展，特别是贡献了很好的意见和建议。来，感谢大家，干杯！

虽然人不多，大家兴致很高，嘴里响应着，手里的杯子碰得叮咚作响，十分悦耳。纪子把杯子端起来，在嘴边沾了沾，猪股和方永晖都是一饮而尽。

横井康夫也站起来，向大家客气地点头致意，用敬酒的程序和表情，敬了陶砚瓦一口茶。

随后，都轮番给陶砚瓦敬酒。猪股敬时，陶砚瓦说：不碰杯了，省得你一下子干了，我们的酒有限，只有这两瓶。猪股听了，也不说话，其实他说话陶砚瓦也听不懂，但猪股听了纪子的翻译，对陶砚瓦笑了笑，还是一口把一杯酒干掉了。

之后，中村纪子走过来，深情脉脉地来到座前敬酒。

陶砚瓦说：纪子好！我不知道你过来，没有安排车送你。等会儿吃完饭，你坐我车，我送你回去。

纪子听了，感动不已的样子说：谢谢陶主任！你这样关心我，我也要把这杯酒干了！

说完仰起脖子就开始"干"酒。陶砚瓦赶紧说：别别别！可这工夫纪子早把一杯酒咕咚咕咚倒进了喉咙里。喝完之后，她的脸上可以用艳若桃花来形容了。

陶砚瓦就对方永晖说：今晚我们的日本朋友表现太好了，你可担负着中华民族的荣誉呢。方永晖说：我一个人对付猪股还凑合，又杀出一个穆桂英，这不是要命吗？纪子就对方永晖说：方先生，您可千万别误会，我喝酒不行。我听过陶主任的课，是学生敬老师。酒可是不能再喝了。

最后，总算还是把两瓶老白干喝光了。猪股伸树酒意浓浓地对陶砚瓦说着话，纪子翻译：我爱中国，我爱中国文化。我可以设计国学馆，我要设计一个惊世骇俗之作，一个流芳百世之作！

送他们上车走了，纪子就跟陶砚瓦上了车，坐在副驾驶座上，很麻利地扣上安全带。陶砚瓦问她：一下子喝下那么多酒，没事儿吧？纪子脸上还泛着光芒，淡淡地说：没事儿，我可好了。猪股肯定喝多了，不过他也确实能喝。

陶砚瓦说：你表哥看来是个重情重义之人，也是个直率的人。

纪子说：他是，我也是。但他讲话太过于直率，下午好多话就不该那么说。我劝他别说了，他还不听。

陶砚瓦说：你们都是来帮忙的，有些话我们在国内还真听不到。

纪子说：谢谢陶主任理解。

陶砚瓦问：听说你还没成家，属于事业型的，还是……

纪子说：没遇到好的缘分。

陶砚瓦半开玩笑说：嫁给中国吧！

纪子听了很认真地说：当然可以！只要遇到好的那个，我就嫁。

陶砚瓦说：喜欢什么样的？

纪子说：喜欢有文化、会写诗词、会唱京剧、会写书法的，就像主任这样的。

陶砚瓦笑道：我只是没事儿瞎玩，都不专业。

纪子说：您写的书我都读过了。诗词、文章都读过了。我喜欢。我想求您一幅墨宝，请您一定答应。

陶砚瓦说：好好，我一定给纪子写。

纪子听了，越发认真地说：那您现在就写。

陶砚瓦感到很疑惑地说：现在写，在哪儿？

纪子说：到我宿舍，笔墨纸砚都有。

陶砚瓦说：我没带印章。

纪子说：先写了，以后盖。

陶砚瓦说：好你个纪子，你也练习书法吧？

纪子高兴地说：我从小就写书法。不过写得不好，怕你看了笑话。

大约已是9点钟了，路上人车渐稀，两个人说着话，即刻来到纪子的楼下。停了车，纪子就过来拉着陶砚瓦上楼。

中村纪子的宿舍在中关新园，大约住着欧美日韩等国千余留学生。纪子是博士生，独享一个单人间，电子门卡，内有空调、电视、衣柜和冰箱。一张宾馆大床，软床垫。陶砚瓦的目光很快落在书案上，那里果然铺着一块二尺见方的毡子，上面有暗绿色的方格，方格里交叉画着对角虚线，上面的斑斑墨迹，以及旁边砚台上斜放的毛笔，一本《颜勤礼碑》帖，在在说明主人确实临池不辍。

陶砚瓦一进门，就感觉怪怪的。一是感觉进了闺房，洋溢着淡淡的女人味道；是感觉进了"租界"，一切都充满异域情调。幸亏有这熟悉的文房四宝，尽管一看每一件都极其精致，都充满东洋味道，就知道是我们那位东邻的产品，但还是勾起他对中华传统文化的亲切感。

纪子说：您先请坐，我来泡茶水。

陶砚瓦说：我在找你写的字呢。

这时一抬头，就看见书柜上整齐摆放着一摞写过的宣纸。那宣纸的厚度、韧度、颜色，一看就知道也是日货。凡是人家从我们这里学走的东西，人家都格外珍惜，并且一样不落地传承发展，做出来的产品件件都比我们精致、坚固、美观、耐用。让人不得不从心里佩服这个东邻小国及其民族的诸多优秀特质。

陶砚瓦说：我现在不敢看了，我想如果真看了你写的字，我便不敢再动笔了。

纪子在他旁边桌子上放上一杯新沏的茶，说了声请。然后坐在床沿上，呆呆地看着陶砚瓦。

陶砚瓦说：你在想什么？

纪子说：我在想，我要做你的书寇！

陶砚瓦一惊：你读过我那首词？

纪子说：我读过你几乎所有的诗词文章。说完她用手指了指书橱，里面赫然摆放着一本《砚光瓦影》，书里还夹着一些彩纸条，显然是重点篇目的标记。

陶砚瓦十分感佩。他的诗文在中国有几个人在看？看过的又有几人能理解并记住？特别是这首《贺新郎》是他的近作，只在某杂志刊登了，并没有编入诗集出版。而眼前这位日本姑娘竟然能随口说出其"诗眼"，可知其绝非一般人物。他兴奋地把手一伸说：来，握手！

纪子把手伸过来，被陶砚瓦紧紧握住。她又紧接着把身子移过来，扑进陶砚瓦怀里。

四只眼睛久久对望着，他们都想从对方的眼睛里找到一些答案，而且他们确实找到答案了。

不需要任何语言，他们的问题通过彼此目光的交流，都得到圆满的回答。当然，除了目光交流，也伴有一系列肢体语言。

两个人一块儿把对方的一锅水烧开了，咕嘟咕嘟开了一阵子，又同时让火苗儿熄灭，慢慢享受自己这一锅滚烫的开水降温。整个过程妙不可言。

陶砚瓦从心里佩服日本女人从里到外都表现出的精致和认真。

纪子把头枕在陶砚瓦的胳膊上，用手抚摸着陶砚瓦，力度适中，舒适异常。

两人还是不说一句话，他们共同享受眼前的时光。

过了一会儿，陶砚瓦说：书寇。

纪子听见笑了：您答应了？

陶砚瓦说：谢谢你，纪子。

纪子说：你们本来就叫我们是“寇”嘛。

陶砚瓦说：你让我对日本人有了全新的认识。

纪子说：我是了解了你的思想，然后才认识了你；而你则是先认识了我，但你还没有了解我的思想。

陶砚瓦翻过身子，凝视着纪子。

纪子见他认真的样子，就同样认真地一字一板地讲述起来。

中村纪子的父亲中村卓也，是早稻田大学的教授，教的是社会学。但他业余酷爱吟诵汉诗和练习书法，是日本吟道学院的理事。

在日本，写汉诗、吟汉诗，是很流行、很高雅的活动。远在 13 世纪第 90 代龟山天皇在位时，就创办了由皇宫组织的春季吟诗活动，一直延续至今。自 1868 年明治维新时起，加入了平民竞赛的部分，成为皇宫每年最为盛大的活动之一，电视台也会进行实况转播。每年定好一个题目，诗人们就各显神通。连天皇、皇后都出席与民同乐，并各自吟诵自己的新作。一个文化活动能延续七百多年，可见日本这个民族的韧性和耐力。

在当今世界，中国文化直接用汉语言，原封不动地进入一个外国，并受到追捧，应是十分罕见了。但在中国历史上，主要是盛唐时期，却是司空见惯。《全唐诗》第 732 卷就有日本人晁衡和长屋的诗作。晁衡即阿倍仲麻吕，拥有日本和中国双重国籍，长屋即长屋王，却是纯粹的日本汉诗人。从那时起，不仅有了日本汉诗，还有了朝鲜汉诗、越南汉诗等。当年中越友好时，中国读者经常在《人民日报》上读到胡志明、黄文欢等人的汉诗。日本学者指出，“包括日本、中国、韩国、朝鲜、越南等国家的东亚，不单是一个地理性概念，而是用‘汉字文明圈’这一形态联系在一起的，具有历史、地理、文化等共通性的人文地域概念”，可谓所言不虚。

纪子的父亲中村卓也喜欢汉诗。但基本不作。他把汉诗看得很高，甚至高不可攀，他只能通过吟诵，来表达、展现、享受其美。他已拥有日本内阁总理大臣签发认定的日语汉诗吟咏九段段位证书。由于担任吟道学院理事一职，还要经常组织联系吟友开展活动，比赛、排练、评比、出访等等，忙得不可开交。近来中国马鞍山每年举办"中国李白诗歌节"，中村卓也都赶来参加，还上台吟诗。纪子从小耳濡目染，也对汉诗有深厚的兴趣。日本人都喜欢李白，对《赠汪伦》《秋浦歌》《静夜思》《早发白帝城》《春夜洛城闻笛》《将进酒》等名篇，都耳熟能详。

其实在日本有很多吟道团体，吟诵的内容百分之八十以上是汉诗。汉诗的用词、语法，对日本人，尤其是那些熟悉中国文化的日本老年人，很有吸引力。他们认为汉诗只可意会，不能言传，除了吟诵，还用书法、古琴、舞蹈、舞剑等艺术形式，来理解和享受汉诗的"博大精深"。

纪子说，爸爸来到中国，惊讶于中国对古体诗词越来越重视，许多年轻人都会写格律诗词。他说尽管写得都很好，但还是李白写得最好。他最得意的是他还到中国的学校里辅导吟诵，还为中国学生吟诵评段位，发证书。说有的中国教师已升至日语吟诵六级。

陶砚瓦听了，不由得自感羞愧。汉诗是中国的，吟诵也是从中国兴起的。如今怎么竟让人家日本人来辅导，还评级授证？李白如再世，还不得气死！

纪子到中国留学，父亲十分支持。他希望女儿能多了解中国，多了解中国文化。如果女儿能在中国认识一个能写汉诗、吟诵汉诗的年轻人，嫁到中国他也会高兴。他还说，中日友好，最具体直接的办法就是通婚。假如中国和日本有上百万上千万的人通婚，两国怎么会不友好？还怎么会打仗？也许过不了多少年，可能会有日本人后裔当了中国的国家主席，或者中国人的后裔当了日本的总理，就如同奥巴马当了美国总统一样，如果倒退三十年，完全不可能，现在全世界也不以为怪了。

窗外昏黑，天上有几颗星，懒洋洋地注视着人间。陶砚瓦平躺在床上，一直静静听着纪子的讲述，内心却如滚滚春潮，奔腾咆哮。这时，他不由得把纪子紧紧抱在怀里，说了句：纪子，你爸爸真可爱。还有你，咔哇咿（可爱）。

纪子也说：你也是。你是唯一听我讲这些的中国人，也是目前唯一躺在这张床上的男人。谢谢你能听我的故事。

第十三章　梵宫胜缘

人们常说北京的秋天最美，因为秋日气候宜人，西山红叶又给北京抹上一道艳丽的霞彩。国庆长假刚过，每年这个季节都是北京旅游旺季，到处都挤满由小旗子引领的戴统一标识帽子的团队。

各地人涌进北京，北京人也在涌往各地。中央国家机关赶赴各地调研、开会、检查指导等工作小组，也都陆续出发了。陶砚瓦跟着尚济民、岳顺祥赶赴无锡，参观名闻遐迩的灵山梵宫。随行的有秘书处一位年轻干部，还有岳顺祥的秘书。另外，岳顺祥从北京市政府、市建委、市规委各借调一名干部参加筹建工作，这次都来随同考察。陶砚瓦行前作了大致分工，分了三个小组：他自己负责秘书行政组，市政府来的同志负责展陈内容组，建委来的同志负责工程组。

这项参观是由北京市市委书记建议，国务院领导具体交代安排的。北京市委市政府去广东有个参观考察，听广东讲灵山梵宫怎么怎么好，他们临时决定返京时到无锡停一下，参观后确实"很震撼"，所以建议国学馆筹建人员也去参观。

无锡市已知道他们一行来意，对接待作了周密安排。下午到达后，当晚市委书记有个宴请，先把大致情况简要介绍了。让人印象深刻的一点是整个灵山旅游项目都是民营企业贷款投资经营，现在游客人数已经超过南京的中山陵，稳坐江苏省的第一把交椅。

次日上午，一行人乘坐市政府的一辆考斯特面包车，向灵山驶来。

灵山胜境景区于1994年奠基，分三期工程建设，总投资二十六亿元。目前已建成国家5A级旅游景区，年接待中外游客数百万人次，成为驰名中外的佛教景点。

灵山梵宫坐落于太湖之滨，灵山脚下，是灵山大佛、九龙灌浴之后的第三期工程，构成灵山胜境的三大奇观。其建筑形式突破传统，以石材等坚固耐久材料为主，大量运用高大的廊柱、大跨度的梁柱、高耸的穹顶、超大面积的厅堂等，既体现佛教的博大精深与崇高，又将传统文化元素与鲜明时代特征相融合。气势很大，布局庄严和谐，总面积达七万余平方米，造价约十七亿，号称东方的"罗浮宫"。

　　刚开始听到"梵宫"二字，陶砚瓦不知出处，怀疑是商家自己炒作之名。后来一查，才知"梵宫"二字确有出处，《汉语大词典》里对梵宫的解释是：

　　原指梵天的宫殿。后多指佛寺。南朝梁沈约《瑞石像铭》："永言鹫室，栖诚梵宫。"唐王勃《梓州郪县兜率寺浮图碑》："梵宫霞积，香阁星浮。"元耶律楚材《憩解州邵村洪福院》诗："天兵南出武阳东，暂解征鞍憩梵宫。"清李渔《怜香伴·僦居》："宝庵花竹成林，阑干曲折，不似梵宫结构，竟像人家的书舍一般。"

　　《佛学大辞典》里对梵宫的解释是：

　　梵天之宫殿也。今以为佛寺之称。《法华经》化城喻品曰："其国界诸天宫殿，梵宫，六种震动。"又曰："梵天宫殿光明照曜。"梁《高僧传》十三曰："亿耳细声于宵夜，提婆飏响于梵宫。"朱庆馀诗曰："流水离经阁，闲云入梵宫。"

　　如此看来，修建梵宫，起码还是有学术依据的。

　　来旅游的人确实很多，特别是年轻人很多。商家（既然是公司化运作模式，陶砚瓦就认为是商家，其实也未必）也很注意以各种促销模式吸引年轻人。

　　梵宫以五座华塔为基本造型，中间一座为正门。进门之前换鞋套，进门后是个有集散功能的门厅，然后是两侧有佛教内容壁画的廊厅，塔厅位于廊厅中部，有一个高达六十米的大穹顶，廊厅尽头即是圣坛。这是一个集会议、演出、参观于一体的圆形场馆，也是世界佛教论坛的主会场。建筑面积达三万五千平方米，可以举行两千人的大型国际会议。

尚济民看得很细，他极其认真地听着讲解，也不断问东问西，还偶尔伸手摸摸这儿摸摸那儿，脸上流露出赞赏的神情。

中午就在梵宫用餐。门厅东侧二楼有一个千人宴会厅，这里能同时容纳一千二百人就餐，也是一个兼具展览馆、宴会厅等功能于一体的综合性活动场所。也有几个类似小餐厅的场所，可以搞内部接待。

饭后回宾馆稍事休息，下午3点有个座谈会。

无锡方面出席的有市政府一位副秘书长，市文化局、旅游局、宗教局、规划建设局，以及灵山旅游公司等单位负责人。当年承接梵宫设计装修的一家上海公司也来人参加。

大家都是介绍灵山项目是怎么成功，各种内部、外部因素很多。只有旅游局那位说经验是"四造"：先造谣，再造庙、造势、造景。他说当初只是听说灵山有个庙，但别说庙在哪儿，连个破墙也没有了，有口井也早干了，只好编造一些故事。项目就是这样造出来的。

大家听完都笑了。

会还没开完，说有人来找陶砚瓦，出来一看，原来是宜兴的张若帆。陶砚瓦一惊：若帆，你怎么来了？

张若帆说：我上午打你办公室电话，恰巧有个女孩接的，说你来无锡考察了。我问我市政府同学，说你们住这家酒店，下午要开会，所以就找过来了。顺便我把您那把壶带过来了。

张若帆是宜兴制壶高级工艺师，拜了名师，属于顾景舟一脉。近年他的作品卖得很好，据说都到了十万一把。头年在北京由朋友介绍认识，当时就拿了陶砚瓦一幅字，说要做一把壶。

打开看时，果然是件好东西。土正宗，壶地道，形雅致，刻工懂书法，字也出来味道。上面是一首五言绝句，行书抄录：

枕上听长夜，江山入旅怀。
千年同此月，万化一书斋？

陶砚瓦看了十分满意，连声说谢谢。

　　张若帆说：到了无锡了，怎么也得去宜兴看看。陶砚瓦说：陪着一把手，有个队伍呢，去不了。明天再看名人故居和人杰馆，下午就返京了。

　　张若帆说：你们做国学馆，应该去苏州拜访南怀瑾先生，听听他的想法说不定会有帮助。比听这些人瞎吵吵要好。他边说边用下巴指指屋内。

　　陶砚瓦说：听说他在苏州，我们不知怎么联系他。

　　张若帆说：我可以帮你们联系，我表哥就跟着他呢。

　　陶砚瓦说：你先别急着联系，我要请示领导同意才行。如果领导同意，我们的行程还要改变。你先去我房间喝杯茶，等会儿我就问领导。

　　陶砚瓦返身回来，感觉座谈也接近尾声了。他蹑手蹑脚来到尚济民身后，轻轻耳语几句，尚济民点了点头，说可以联系，如果能见面就去。

　　陶砚瓦立刻出来告诉张若帆，马上找他表哥联系。

　　几分钟就搞定，说表哥接电话时就在南先生身边，南先生很爽快地同意见面，明天上午 10 点或者下午 3 点都行。

　　陶砚瓦问：开车要多长时间？

　　张若帆说：一个半小时就可以到。

　　陶砚瓦说：暂定上午 10 点见面，我再请示下领导。

　　就定上午 10 点吧，我们还是下午返京。还没等陶砚瓦讲完，尚济民就发话了。

　　陶砚瓦先把一把手的意思告诉了无锡市接待办，又出来告诉张若帆，让他立刻联系他表哥，顺便说：你干脆明天陪我们一起去吧。

　　张若帆就说：好，那我先回去了，明天一早再过来。

　　吃完晚饭，梁继来找陶砚瓦，说想一起出去转一转。

　　他们住的地方就在太湖旁边，两个人沿着湖边走，阵阵微风拂面而来，十分惬意。

　　梁继已经正式调进来了，手续办得很顺利，方方面面都皆大欢喜。所以梁继头一句话，就是感谢陶砚瓦，说陶叔叔是他一生的贵人。

　　陶砚瓦就问起南怀瑾先生，梁继说：南怀瑾先生可是大师级的人物！他是浙江乐清人，幼承庭训，少习诸子百家，还习过武，当过兵，是金陵大学肄业。新中国成立前在四川峨眉潜心佛典成为佛家居士，去台湾后，在大学讲授佛学，还曾为军队巡回演讲。

陶砚瓦说：好像他有本书叫《论语别裁》，印象比较深。

梁继说：南先生于儒、释、道皆有著述，被众多学子尊称为"南师"。同时，学术界对他能否称为国学大师也颇多争议。

陶砚瓦说曾听儿子陶家柳讲过，说在网上看了南怀瑾讲课的视频。儿子讲时眉飞色舞，口气里很是欣赏。不管怎么说，能让年轻人感兴趣的老头子，一定有绝活儿。

梁继沉浸国学多年，对各路神仙十分熟悉。他说太湖大学堂是由南怀瑾先生主持创办的教育基地，位于苏州市吴江区的七都镇庙港。南先生2006年7月首次在此开讲，内容是禅修与生命科学。他纵论古今的渊博学识和拉家常式的平易风格，吸引了各方人士，有些人甚至专程从美国、东南亚赶来听课。他有一段话讲道：

今日的世界，由于西方文化的贡献，促进了物质文明的发达，如交通的便利，建筑的富丽，生活的舒适。这在表面上来看，可以说是历史上最幸福的时代。但是人们为了生存的竞争而忙碌，为了战争的毁灭而惶恐，为了欲海的难填而烦恼。这在精神上来看，也可以说是历史上最痛苦的时代。在这物质文明发达和精神生活贫乏的尖锐对比下，人类正面临着一个新的危机。

我们虽失望，但不能绝望，因为要靠我们这一代，才能使古人长存，使来者继起。为了挑起这承先启后的大梁，我们一方面要复兴东西方固有文化精华，互相取长补短，作为今天的精神食粮；一方面更应谋东西方文化的交流与融会，以期消弭迫在眉睫的人类文化大劫。

南先生所说的文化大劫，指的是什么呢？

两人走到一个像是渡口的地方，就坐在那儿看着湖水荡漾。

梁继说：陶叔叔，有件事儿我必须跟您汇报。

陶砚瓦问：好事儿还是坏事儿？

梁继说：是坏事儿。

陶砚瓦又问：什么坏事儿？

梁继说：我岳父岳母被"双规"了。

陶砚瓦听了一惊道：嘿！什么时候？

梁继说：就是前天上午，两个人几乎是同时被纪委带走了。对于这个结果，其实我和我爸早有预感。关键是丹丹想不开，因为她太单纯了。她做梦也想不到，她的父母会是坏人，会是贪污犯。

陶砚瓦说：你不早说？这次你就别来了，在家好好陪陪她。

梁继说：我也这样想。但我刚刚调进来，第一次出差就出状况，实在张不开口。

陶砚瓦说：你说我们人类，两三千年前，可能也是为了吃点喝点，或者多弄点吃的用的，就费尽心机，甚至大打出手，刀兵相见。如今社会都这样发达了，可自私、利己的本性一点儿也没变。

梁继说：我还真是感谢我爸爸的朴实。面对这样一个时代，正是他的坚持，让我对钱财稍微有点儿警惕。今后，我终于可以靠爸爸这一套生活了。

陶砚瓦听了，感到身旁这个年轻人，越发成熟了。

还不到 10 点，车子就到了大学堂门前，张若帆的表哥刘玉琼就来开门。刘玉琼现在上海一家电视台工作，但他很多时间是在大学堂做"入室弟子"。他先陪着大家参观，说等下南师就会跟大家见面。

大讲堂占地二百多亩，里面有一座行政主楼，一座客房楼，一座讲堂楼。行政楼有办公室、图书馆、客厅等。客房楼一层为餐厅，可容纳百余人，二、三层为五星级客房。

进讲堂楼要脱掉鞋子，地面可谓纤尘不染。一层是讲堂，二层是可容纳二百多人的禅堂。这个禅堂在空气、光线、声音、温度等方面精心设计，有评者说是前无古人之举，应属中国禅文化一大进步。

这里的学生都是家长慕名送来的。因此招生主要是考家长。家长通过了，孩子就过来住下。

学习内容都是中国传统文化，读经、诵经，背诵是重要方式。他们不教数学，但有小学数学课本，学生感兴趣时就看两眼，一般三、四年级时，就能参加普通学校的数学考试，也能取得八九十分以上的成绩。

这里的老师都是志愿者，以台湾人居多。大学堂的运作方式，非一般学校性质，采取与中外大学或文化团体签约，对特定主题进行合作。致力于新时代中华传统文化的研讨与发扬，倡导深化基础教育及社会教育的重要性。推展中西人文科技文化实质的融会贯通。不举办宗教性活动，重点在宗教文化的学术及实证。

由于运作时间不长，工作及人员尚未完备，南先生日理万机，一般不接待访客。

一行人各处走了一圈儿，就回到客厅坐下来等南先生。刚喝上一口水，就见一位老者，身穿蓝色长衫，脚蹬咖啡色僧鞋，手拄一根藜杖，健步走来。

南先生已过九十高龄，看上去气色很好，只是比想象中更矮更瘦也更老，但仍有仙风道骨之异质。谈吐也很健朗，思路仍然敏捷，语言颇多风趣。

跟大家一一见过，就和大家一起围坐在一张桌子边喝茶。他说：你们怎么会来找我？我是个大骗子。

尚济民就把筹建国学馆的事情简单说了几句，很诚恳地想听听他的看法。

南先生说：建国学馆非常好，你们的计划也很好。但是我感觉你们把房子建起来以后，里面的内容不容易搞。国学这个概念包罗万象，我常常跟他们讲，西方人以为中国没有经济学，那是瞎说，我们的典籍里，就有许多经济学的东西，而且内容基本上都讲到了。当然我们自己挖掘不够，研究宣传不够。但是你这个国学馆让人家进来看什么？看书？不行。看人？不好看。我倒是想过，文化的基础是文学，文学的基础是诗词。可以把一些诗词，还有典故、人物做成动漫，可能会吸引小孩子，年轻人也能接受。当然我只是随便一讲，你们也不必当真。

讲了一会儿，他说让孩子们出来表演表演。就见一个老师带着十来个孩子过来，孩子们高矮不齐，年龄似乎也有差距。先摆开阵势，看样子是表演武功。果然是打起了拳脚。陶砚瓦不谙此道，也不知是什么流派，什么套路。

尚济民带头鼓起掌来，大家看一把鼓掌，就都伸手跟着鼓。

南先生要留大家吃饭，说请大家尝尝他们的农家土菜。尚济民说：我们要赶飞机回去，下次吧。

一上车，尚济民就对张若帆说：小张，谢谢你啊！

张若帆受了尚济民表扬，心里一热，就坐到尚济民旁边的空位子上，轻轻说：刚才听您介绍，说咱们的项目已经报到发改委，在评审中心呢。我大舅哥就在评审中心当处长，官虽然不大，也许能帮上点忙。

尚济民就问：他叫什么名字？

叫葛芳树。张若帆说。

尚济民就把陶砚瓦叫过来，说：小张有个亲戚在评审中心，叫葛芳树，是不是负责咱们项目的？

陶砚瓦喜出望外说：葛处长，就是他！

尚济民说：小张，干脆你好事做到底，再辛苦你一趟，陪着陶砚瓦找找你这位大舅哥。

张若帆很爽快地说：领导放心，我一定尽力。

陶砚瓦说：咱们马上去机场吃饭，你把身份证号发我手机上，我让人订机票。

想想真要感谢当初决定在硕放建机场的人。

正是由于有这个"苏南硕放国际机场"，距无锡市区十六公里，距苏州市区二十公里，才使得陶砚瓦一行方便地买到机票，返回北京。

本来按照航空经济专家分析，南京、上海都有大机场，无锡可不必再建。但无锡这个地方地处苏南腹地，而苏南这块地方是太牛了，它的经济太发达了。它的发达还不是从改革开放以后，也不是从新中国成立以后，而是从唐宋，也许更早就发达了。历代王朝都把沉重的税赋压在苏南。

苏南人口密度也大，坐飞机的人也太多，这个机场目前设计年旅客吞吐量 1000 万至 2000 万人次，是个枢纽型国际空港，可直飞东京、大阪、首尔、济州、曼谷、新加坡、暹粒等国际（地区）城市，中国大陆及台湾省、香港、澳门。每年旅客吞吐量为 400 万人次。

不仅陶砚瓦一行人顺利购得机票，连张若帆也上了这趟航班。

此行颇有收获，尚济民心情很好。他和岳顺祥坐在头等舱里，有说有笑，气氛十分轻松愉快。

张若帆已经和葛芳树讲好，今晚就和陶砚瓦见面。陶砚瓦说让服务中心在机关餐厅准备饭，张若帆说不用，还是由他出面，在葛芳树家附近，把他们两口子都叫上比较好。

葛芳树在甘家口住。下飞机后，陶砚瓦和张若帆坐一辆车，他叫司机直接把他们送到了甘家口，那里有家全鱼馆，已经订好一个小厅。路上车有点堵，两人赶到时，已经6点半多了，葛芳树已经到了。张若帆给双方一一介绍，之后就问嫂子怎么没来？葛芳树说：我的事情她从不掺和。

葛芳树个子很高，应该有一米八五上下。身材不错，应该喜欢运动。说话、喝酒、行事风格十分畅快。陶砚瓦心想：此公真不像是江南人。一问，果然是甘肃庆阳人。他妹妹在无锡念书时，认识了张若帆并嫁过去的。妹妹日子过得比他好，他对这位妹夫一直很赏识。

葛芳树说：陶主任你太客气了，刚下飞机，家都没回就赶过来了。

陶砚瓦说：得到葛处长表扬很荣幸。我和若帆是好朋友，这次到无锡他还帮我们联系拜访了南怀瑾先生，我们一把听说你们是亲戚，就给我交代了任务，无论如何今晚要陪你喝好！

葛芳树说：酒可以喝，但咱们先说事儿。我是甘肃庆阳人。我们庆阳素称"陇东"，是中华农耕文明发祥地，二十万年前就有人类繁衍，四千多年前，后稷"教民稼穑"，黄帝与岐伯论医有了《黄帝内经》。我们是岐伯的出生地，《黄帝内经》诞生地，也叫"岐黄故里"，是周朝的龙兴之地，周祖陵就在庆阳的东山。还有个"老公殿"，是"华夏公刘第一庙"。陕甘宁边区"陕甘宁"的"甘"，就是我们庆阳。现在长庆油田里面的"庆"也是庆阳。

不是我吹嘘家乡，而是说一看你们的项目，老实说心里为之一动。还有领导们的批示，国家终于要重视传统文化了！我个人举双手带双脚赞成。

你们的项目我们内部议了几次了。领导都很关注，咱们更没话说，只能是尽力做好。陶主任，您说是不是？

陶砚瓦连说：是是是。

葛芳树说：讲具体的，你们的项目还真有点儿麻烦。

陶砚瓦不由心里一惊。

葛芳树说：其实在我们这里，所有的项目都差不多，都是意义顶顶重要，国家亟需，人民渴望，全社会翘首以盼。而且建成后经济效益、社会效益，好得没法说。但其实因为这些东西都太重要了，反而不是我们评审的首要内容。我们关注的东西很简单：一是有没有重复建设，或者有没有与其他项目有重叠部分；二是你的功能与实际需要是不是相符合，主要是你报的建筑面积，我们会一项一项审，一项一项算账；三是在确定你合适规模、面积之后，确定你所需资金总额。

陶砚瓦听得十分仔细，他感到十分受用。葛芳树端起杯子说：陶主任，咱们先走一个？

陶砚瓦赶紧端起杯子叫着若帆一起：来，走一个！

葛芳树接着说：头一条，有没有重复建设？主要看你项目有没有独特性甚至唯一性。我们查名字，好像全国还没有建国学馆的。但看你们描述的功能定位里，有不少是我们经常见过的，建设内容里，也有不少是以前文化项目里面有过的，比如图书、展览、书画等等。另外，你们报的面积里面，也有看似先把数字凑出来，把建筑面积填充起来的感觉。

陶砚瓦心里十分清楚，搞这么大一个工程，一个国家级的国学研究交流用的建筑，体量小了不好，体量大了做什么，谁心里也没底。而且将来它怎么运作，需要多少人，能批给多少编制，能搞到什么程度，一概不知道。实际上只能是"摸着石头过河"。但这话只能藏在心里，桌面上很难讲出口。

葛芳树接着说：其实我们本来近期安排要去你们那里正式谈一次，由于实在太忙，可能还要等几天。咱们先见个面也好。我倒是有个个人建议，请你转告你们一把，是否先把这一版《项目建议书》拿回去，再充实充实、调整调整再送我们评审。

陶砚瓦说：我一定向领导汇报。我们一把手十分重视这个项目，一直是积极推动，想这个项目早日建成。他会认真考虑你的建议的。

葛芳树说：你们算是够快了。有的部委上一个项目，折腾三年五年才把《项目建议书》拿出来，你们还不到一年吧？陶主任工作够有成效的了！来吧，喝酒！

陶砚瓦说：若帆，你知道我喝酒不行，但葛处这杯酒我无论如何要喝下去！

张若帆喝酒也不行，但他今天一沾酒就来了情绪：陶主任喝酒真不行。我来陪他一块儿喝！

于是，三人都站起来，碰后又一口干了。

陶砚瓦就说：葛处，我们这项目还请以后多关照，你有什么事情需要我们帮忙尽管说。

葛芳树几杯酒下肚，早没了拘束。说：我看陶主任也是个痛快人。我还真有点事儿请你帮忙。

陶砚瓦听了这话，心里不由一激灵，忙问：什么事儿？

葛芳树说：不算大，而且你肯定能帮。

陶砚瓦一时无语。

葛芳树说：我有个朋友想买奥运村的房子，找人一问，说早没有了。内部消息是：还有一点，但必须有个大领导讲话才能行。我听说岳主席去了你们那儿，而且他还负责这个项目。请你给说说，能不能关照关照弄一套？

陶砚瓦说：这事儿虽然不大，但我没找岳主席办过任何事儿，你这个事儿我一定向他当面汇报，能不能办成，就看你朋友的运气了。

葛芳树说：若帆，咱两个一起敬陶主任一杯！

张若帆马上响应：陶主任，来！

三人又一碰而干。

陶砚瓦照老习惯，第二天早晨不到 7 点就到了单位。收拾完毕，就赶紧去餐厅向尚济民汇报，顺便也说了葛芳树想找岳顺祥帮忙的事儿。

尚济民听完，深思半晌，说：关于《项目建议书》，这位葛处长讲的都是实话，他感觉我们快，那就对了，我们这个项目就是要打破常规，提速前进。他提的建议一定要认真对待，可以考虑先把第一版《项目建议书》拿回来，让各业务司局参与进来，按照职能任务填报本部门的需求面积，然后结合我们原来的考虑汇总，把那几个问题重新结构、充实，尽快搞个第二版送去。他个人那个事儿你先找岳顺祥同志讲一讲，能不能办，请岳顺祥同志考虑。但一定要给葛处长一个答复。你们内部分了几个小组，很好。但是还缺一个小组：纪检监察组。我考虑请张双秀担任。

陶砚瓦转身要走的时候，又被尚济民叫住，说小张还没走吧？你问他想不想去"海"里转转，你和国办联系一下。

陶砚瓦答应着，把领导指示一一记在心里。

对于张双秀担任纪检监察组组长，他也略察其深刻用意。

国家机关搞基建，往往是楼建成了，人倒下了。一般建一个大的工程，最后抓几个人，是很正常的。地方如此，军队也是如此。据说军博旁边的军委大楼建成之后，也是抓了人的。央视新大楼建成之后，还没等抓呢，先着了火，结果便一个一个进了牢房。

　　所以，业界有个玩笑话：领导要整谁，就让谁去搞基建。虽然是个玩笑话，但也是有许多真实依据、沉痛教训明明摆在那里的。

　　陶砚瓦虽然刚涉此道，也许只是刚刚碰到一点皮毛，就已有了许多感悟。现在项目八字还没一撇，就不断有人找他联系，有的平素很少接触，还有的根本素不相识，都来问候问候，绕来绕去总有一句话：我是做工程的，我是做建材的，我是做弱电的，我是做设计的，等等。弄得陶砚瓦现在一看来电显示不熟悉就不接。

　　好多事情，说起来都冠冕堂皇，严气正性，但再严再正，也是由人来操作的。而只要是由人来操作的，那就难免掺杂许多感情因素。而感情这个事儿，明里暗里，似有若无，多点儿少点儿，变幻莫测，来无影去无踪，自己都管不好，又谁能管得住？旁观者总是滔滔宏论怎么怎么办，真去干几天，马上知道深浅，或许还不如人家干得好。

　　陶砚瓦有个老兄官做到正部级。一次吃饭挨着坐，听说陶砚瓦在做"筹建办主任"，便偷偷问他：砚瓦，你搞过基建吗？陶砚瓦摇摇头说没有。他立刻正色道：如果你没搞过，还是不要搞这个。这可不是闹着玩的，出事儿就出大事儿。

　　说来也是，谁愿意出事儿？谁不想平平安安？但你若是真到了一个特殊岗位，到了关键时候，还由得了你自己吗？如今那么多被抓被杀的贪官，难道他们都是疯子傻子吗？

　　陶砚瓦也分析了其中原因：个人没把握住，肯定是最重要因素。除此，一定是有内部人鼓捣他，外部人折腾他，或者自己出了闪失，或者是被他人挖出纰漏，终至身败名裂，害了自己，害了家庭。但是你再会做人，你再圆滑老到，怎么能够做到内部人不鼓捣你，外部人不折腾你？

　　尚济民政治经验十分丰富，他早料到一定会有苍蝇在找鸡蛋的缝隙，一定会有人在寻找各种机会出手。他要从项目的起点开始布局，设安全网，打防火墙，着上铠甲以防冷箭，筑起篱笆以防野狗。哪怕即便是装装样子，贴上个门神，挂起个钟馗，也总是有好处的。

　　就像围棋里做眼，真眼也好，假眼也罢，都必须做。成立纪检监察组，并且让张双秀当组长，就是做了一个眼。

　　陶砚瓦立即着手落实尚济民的几点指示。他先到岳顺祥办公室一趟，当面向他进行汇报，并转达了葛芳树的希望和请求，以及尚济民的意思。岳顺祥说：好，我马上联系。二人商定，上午10点，召集去梵宫的人员议一议，讨论起草一个考察梵宫的报告，这也是尚济民的要求，准备报告国务院同时抄报北京市。

陶砚瓦又给张若帆打电话。一听说领导安排他去参观中南海，张若帆欢欣鼓舞。他说这一直是他的梦想，但一直没有机会。他认识的人中，有通过各种途径看过的，令他羡慕不已。他也求过葛芳树多次，葛芳树嘻嘻哈哈总也没当回事。这次好了，可以如愿以偿了。就说好下午3点去看。

岳顺祥主持的会很简单，就一件事儿。大家或长或短都说了说，最后确定由内容组的张桐凤执笔来写。

张桐凤是从北京市政府研究室借过来的，还不到四十岁，已是副局级了。她言语不多，办事很扎实，曾在奥组委跟岳顺祥干过。她还带着一个市团委的女干部过来帮忙。

本来陶砚瓦想说让梁继参与一起写，后来又想兹事体大，梁继刚来，对机关公文写作还不太摸门儿，别担子压得太急，事儿办砸了，把人也毁了。于是就叫上梁继一起陪着去参观中南海。

下午不到3点，张若帆就过来了。天气凉了，看他衣服穿得很少，陶砚瓦就说去给他买件衣服。没想到张若帆说：千万不要，我们江南比这里冷，冬天又没有暖气，都冻习惯了，比你们北京人经冻。走吧，去晚了人家不让进门怎么办？陶砚瓦心想也是，自己老了，若帆还是小伙子呢，就和梁继陪他上车往中南海驶去。

两个年轻人都是第一次去中南海，陶砚瓦就边开车边给他们介绍一些情况。

中南海是中海和南海的合称。

史料记载，连同北海在内的"西苑三海"，历经元、明、清三代拓建，自清代起被列为皇家禁苑。后来曾是八国联军的统帅部，袁世凯的大总统府，何应钦的"北平军分会"，李宗仁的"北平行辕"。

新中国成立前，时任北京市市长叶剑英正式打报告，敦请中央领导进驻中南海办公和居住。毛泽东说：我不搬，我不做皇帝！后来中央政治局会议表决，少数服从多数，毛泽东才和部分中央直属机关入住中南海。

龙　脉

　　改革开放初期，曾于节假日和每周六下午、周日全天，组织群众游览部分区域。陶砚瓦记得那时每周需提前统计人数，然后到中央办公厅去领取参观票，每张票好像要付五角钱。杨雅丽单位的人就经常找陶砚瓦要票。

　　那时观众入口是中南海的东门，也就是南长街81号。进门以后沿参观路线可以游览囚禁光绪皇帝的瀛台，可以进入丰泽园菊香书屋，即毛主席的卧室兼书房兼会客室，还可以穿过后门参观毛主席的游泳池。1989年以后，出于安全原因停止向公众开放。

　　中南海有五个门。除了刚才提到的东门，还有接待重要外宾时才使用的正门新华门，斜对着老北图大门的北门，以及大西门和西北门。

　　陶砚瓦一直持有中南海的"临时出入证"，每年换发，已经二十多年了。近年来虽然不对外开放了，但如果有地方同志来京，偶尔也会事先联系，报上人数、车牌号，还得他陪着，才能进去转一转。

　　和往常一样，他开车带张若帆和梁继进北门，由于提前报了车牌号，卫兵验后放行。一直往南开，顶头左拐，把车停在小礼堂的台阶下面。下车后先看小礼堂，再看紫光阁、武成殿，又沿着海边往南走到游泳池大门口对面。一路看，一路讲，也尽量给他们拍照，还让路过的小服务员帮着照了合影。

　　想进游泳池参观，被卫兵拦住了。陶砚瓦说：我们就进去站在假山那儿，看一眼游泳池就出来。卫兵还算灵活，放他们进去看了。

　　陶砚瓦说：这就是毛主席生前游泳的地方。

　　张若帆和梁继就瞪着眼睛仔细观看。只见一池碧水如镜，几乎与池壁同高。

　　张若帆偷偷问陶砚瓦：毛主席就在这里游泳啊。陶砚瓦点点头说：是。

　　游泳池南边就是毛主席的卧室，那张著名的堆满了书的大木床，就摆在这间房子里。两个年轻人站在那里，默默观看良久，感受不尽的是伟人的气息。

　　然后三人走回去上车，陶砚瓦又开车带他们去几个会议室、秘书局办公楼、总理办公处所转了转。出西门时，又给他们介绍周总理居住的西花厅。

　　因为怕给别人惹麻烦，所以一直都没有下车。

　　这一趟安排，让张若帆心花怒放，心满意足。陶砚瓦也从心里佩服尚济民的周到。

　　车子刚出中南海西门，坐在副驾驶位子的梁继接到一个电话，而且脸色陡然阴沉下来。有张若帆在车上，陶砚瓦不便多问，梁继也没有讲。

　　回到机关，正好看见岳顺祥从楼里出来，他交给陶砚瓦一个纸条，上面有个名字和电话，说：你告诉葛处长，让他朋友直接找这个人联系吧。我说好了，给他一套。

　　回头看见梁继呆呆地站在那里，两眼迷迷糊糊，脸色如同死灰。陶砚瓦问道：怎么了梁继？

　　梁继失神地答：丹丹一个人回郑州了。

　　陶砚瓦说：干脆给你两天假，再加上个周末，你也回去看看吧，有事儿就打电话。

　　梁继说：谢谢陶叔叔，那我现在就走。

第十四章 砚光瓦影

《砚光瓦影》出版以后，友人建议搞一个评析会，跟出版社一说，他们说也正有此想法。于是就一直在做些准备。只是因为工作太忙，拖了几个月。

前些天被催得急，陶砚瓦就感觉近日会稍闲，便与大家协商，同意在这个星期日下午4点，举办"《砚光瓦影》评析会"，而且已经通知了有关领导和各界人士。

时间一定，陶砚瓦就向尚济民当面作了汇报，想请他出席一下，壮壮声势。尚济民说：我也不懂诗，就是去对你也没什么帮助，还是请几位老专家去吧。班子里也去个人。于是陶砚瓦抓紧写了个非正式报告，尚济民批示：

应予支持。我事情多，请双秀同志并几位诗词专业人士出席。

让张双秀出席，对陶砚瓦更没什么帮助。陶砚瓦嘴里对尚济民表示感谢，心里却想这才真叫"乱弹琴"！

而张双秀自己对出席这个会也毫无兴趣。尚济民批示他出席，他当然只能从命，而且答应得很干脆。其实他心里也在想：这个陶砚瓦，整天胡搞！

评析会的地点在京都宾馆A座大会议室。

虽然时间比较仓促，但还是来了不少人。主席台上坐了十几个人，下面密密麻麻有二百多人。陶砚瓦也没想到人会来这么多。好在有萍月茶业的吴总负责接待，里里外外都有他们公司的美女，统一着装，戴着胸牌，场面比较热烈。

最让陶砚瓦没想到的是在每位来宾座前，除了都有一本《砚光瓦影》之外，还摆放了一套茶具：外面是一个双耳耐热玻璃杯，里面是一个青花瓷冲茶器，一个玻璃盖子，一个竹制杯垫。在那个冲茶器外壁以及杯垫上，都有陶砚瓦的书法，是他当年为吴萍月写的一首七言古风，本来一直挂在她在马连道公司的墙上：

闽东茶商何其多，京城独钟吴萍月。福安自古茶有名，坦洋工夫贵如银。质美香飘清甜和，汤鲜艳呈黄金色。此茶一饮肌骨润，白云山麓洒芳津。二饮恍梦到溪边，致养口体赛神仙。三饮之后君已醉，乘风归去乐游天！

来客边饮边把玩观赏。诗与茶本来就相亲相近，茶具上诗词内容又与会议主题很吻合，形式比较新鲜，很多人走时就顺手带走了。最后收拾的小姑娘急得掉眼泪，吴萍月笑了笑说：带走好，说明咱的东西好，招人喜欢。此物件儿成为本次会议一个小亮点。

陶砚瓦的高中学弟、最高人民法院的一位副院长，是出席会议的最高行政官员。张双秀一见这位副院长驾到，马上迎上前去，浑身的举止动作与脸上的笑容都透着谄媚。中国作协来了一位副主席，中华诗词学会主持工作的常务副会长和在京的几位副会长以及秘书长，《中华诗词》《诗刊》《中华辞赋》《中华书画家》等平素联系较多的专业杂志，还有平时陶砚瓦认识的作家、诗人，新闻界以及方方面面的朋友、文友，济济一堂。中村纪子也来了，她还送了一个花篮，缎带上写着一副五言对联：

砚光初照世；瓦影永清心。

字是用毛笔写的，一看就是纪子亲笔。

在和纪子握手时，匆匆忙忙之际，陶砚瓦还是在瞬间想起远在湘西的沈婉佳。

那天给婉佳发了短信，还附了一首五律《寄沈婉佳》：

再读采风诗，悠悠忆柳堤。飞来云一片，吟罢韵三题。
倩影鸥心远，尘缘世眼迷。孤怀连泣竹，万里惜鸿泥。

最后是"敢劳玉趾，恭迎懿驾"云云。

沈婉佳当即回复说实在太忙来不了，并附和诗一首：

沅京同雅韵，泽畔共长堤。昨日一弹指，流年几话题。
羡君诗笔健，愧我寸心迷。千里今辞远，云鸿踏雪泥。

陶砚瓦忙乱中读了这几行诗句，心里凉一凉，又暖一暖，不胜伤感。

星期六，陶砚瓦在匆忙中还收到梁继一条短信：

陶叔好！谨致贺忱！岳父母已交司法，正联系律师。望海涵！

请的主持人是中央电视台的夏凡。当年她刚从北京外国语大学毕业，在北京电视台跑龙套，还没出道时，就和陶砚瓦熟识了。他们曾一起策划过晚会。本来还有一位男主持，也是陶砚瓦的朋友，结果那位"金话筒"获得者头天突然失声了。陶砚瓦赶紧找夏凡，说要不要再找个人。夏凡说：不用了，我自己主持没事儿。她早已不再是当年的青涩小妞儿，临场发挥如闲庭信步，还不时抖个小包袱，引得大家笑声不断。

陶砚瓦还是关心发言的质量。谢天谢地，作协副主席头一个讲得精彩，后面的发言都各有千秋。特别是诗词学会有位副会长是个教授，他发言的题目是《〈砚光瓦影〉的智慧》，从题目到内容都令人耳目一新。

晚餐也安排在京都宾馆的宴会厅。陶砚瓦和杨雅丽挨桌敬酒，很是忙碌。有朋友见了开玩笑说：今天的场面相当于你们两个人又结了一次婚。

北京电视台的《每日文娱播报》专栏还插空采访了陶砚瓦。那个小记者还是个学生，叫方丽琼，采访完还请陶砚瓦在一本《砚光瓦影》上签名，并且千叮咛万嘱咐说还有点私人事情请陶砚瓦帮忙。

席间，方丽琼领着个叫金永陶的小伙子来找陶砚瓦敬酒，说金是她同学，也是男朋友。等送走客人，陶砚瓦才坐下来听他们的故事。

金永陶是个韩国人，他目前在北京语言大学读书，和方丽琼同学，而且都是文学社的积极分子。刚来中国第二年，汉语讲得还不算流利。小伙子干干净净的，两只眼睛看上去很单纯。陶砚瓦一见，就感觉很喜欢他。

　　方丽琼说：请问陶主任一个私事，您老家是深州，又姓陶，您老家的村子是不是叫陶村？

　　陶砚瓦说：是叫陶村。

　　方丽琼就和金永陶对视一下，两人都笑了。

　　方丽琼说：金永陶也是陶村的，很可能他是你们陶家的后人。

　　陶砚瓦一惊，忙问究竟。方丽琼就配合金永陶，把金家的家事娓娓道来。

　　金永陶的爷爷叫金俊明，原名陶俊明，已经去世多年了。多年以前，由于在抗美援朝战争中被俘，被美军集体关押在韩国的第二大岛——巨济岛上。后来，他冒死逃跑到一个叫作突突的小岛上。岛上渔民看他人老实忠厚，又能帮着干活儿，就把他收留了。后来他娶了岛上的姑娘金英淑，也随妻改姓金，叫金俊明。小岛是个世外桃源，只有几户人家，都是打鱼为业，也没有外面人上岛，金俊明就这样开始了新生活。他感谢这些原本素不相识的异国朋友们，感谢妻子对自己的照料，婚姻还算幸福，生了五个子女，金永陶的父亲金熙贤是家中长子。上面还有两个姐姐，下面一个弟弟一个妹妹。

　　晚辈们都知道爷爷是个中国人，但是在中国的什么地方，却一直没人认真问过。

　　爷爷老了以后经常一个人喝酒，奶奶告诉爸爸：爷爷想家了。几年后爷爷患了脑血栓，落下了中风不语、半身不遂的后遗症。他后来一句韩语也不讲了，只讲深州老家方言，全家人都听不懂，只能从他的表情和简单的肢体动作上猜测他的意图。在最后弥留之际，他把儿女们叫到身边，拉着长子熙贤的手，嘴里嘟哝着："中国""河北""深州""陶村"。他用手比画着让熙贤拿过纸笔，又让熙贤把他扶起来，眼泪不停地往下掉，颤颤巍巍写下"陶村"两字。写完之后，他连纸带笔扔到地上，嘴里大声吼叫起来，那吼声似喊似唱，似笑似哭。

　　金熙贤从地上捡起那张纸，跪在父亲面前说：爸爸放心，儿子一定把陶村找到，一定回去认祖归宗，一定陪您回陶村落叶归根！爷爷听了父亲的话，在父亲手心里使劲捏了捏，脸上艰难地露出一丝笑意。

　　爷爷去世后，父亲金熙贤一直在心里记着"陶村"这个地名，偶尔有人问起他们家在哪里，他们就会说自己父亲是中国人，是中国河北深州陶村人，这也是金永陶名字的来历。

陶砚瓦听了说：孩子，你爷爷陶俊明应该就是我的本家大伯，是我家东邻锡贵爷爷家的儿子。算起来咱们还没出五服！

一听陶砚瓦这话，方丽琼和金永陶都高兴地击掌跳起来。二人都缠住陶砚瓦，让他讲讲锡贵爷爷。

陶砚瓦说他记得锡贵爷爷：背微驼，总是推个破独轮车卖些小杂物。晚年由两个女儿照顾他，他死后房子也早被拆掉没有了。小时候听说过他儿子陶俊明的事，都以为这个陶俊明早死了。

说起陶俊明，村里人没有不深深惋惜的。陶砚瓦从小也常听父亲讲过。父亲说他和陶俊明是同学，两个人从小在一块儿玩耍，一块儿念书，就连辍学去安平丝网店学徒也是一起的。

陶俊明是锡贵爷爷那一支里唯一的男孩子，也是从小被寄予传承香火的独苗儿，而且还被送到私塾读书，学习成绩很好，和砚瓦父亲两个人不相上下。毕竟因为家里贫穷，十三岁时家里就都供不起了，于是双双辍学到安平县城一个丝网店当学徒。由于年龄小没出过门儿，两人都特别想家，刚去几天就偷偷相约跑回来。砚瓦爷爷和锡贵爷爷都不让进门，骂他们没出息，回来会饿死，逼他们返回安平。因为两个人识文断字，很快成为记账的小先生，砚瓦父亲被派往开封，陶俊明被派往北平管账。谁知这一走，陶俊明到死也再没踏进家乡一步……

陶砚瓦说着，看着眼前的金永陶，不觉流出热泪。他一把抓住孩子的手，急切地问，你爸爸今年多大了？他在做什么？

金永陶说：爸爸生于1953年，现在他忙着调查志愿军阵亡者遗骨的事。

陶砚瓦心中生出阵阵悲凉。他掏出一张自己的名片递给金永陶，说：孩子，你应该叫我叔叔，咱们是一家人！我和你爸爸是同一个高祖的兄弟！陶家人随时都欢迎你们回来！

金永陶高兴地说：太好了，我马上要告诉我爸爸。他嘱咐我来中国找陶村，但是他说一定要慢慢地找，小声地找，千万不可以给别人找麻烦，千万不可以惊扰长辈老人。

金永陶举起手中那本《砚光瓦影》对方丽琼说：我想请陶主任签个名。

方丽琼嗔道：你怎么这样傻，还叫陶主任？快改口啊！

金永陶说：怎么改口？

方丽琼笑道：以后叫叔叔！不要再叫主任了！

金永陶就叫：叔叔！

陶砚瓦答应着，拿过书，想起自己一首旧作，便随手在扉页上写下：

半生萍迹寓京华，南望深州是我家。

漫道平原无峻岭，滹沱曾也浪淘沙。

永陶世侄存念。陶砚瓦于北京

等忙活完了，陶砚瓦回到家里，杨雅丽还在等着他。先是为他泡了杯红茶，又端过来一盆热水，放在他脚下。

杨雅丽说：北京台刚刚播你的新闻了，还挺长的，有两分钟吧。

陶砚瓦说：啊，回头我找他们要个盘。

正说话间，陶砚瓦手机上来了条短信：陶叔：丹丹自尽了，请求续假三天。梁继叩首。

陶砚瓦感觉心里一紧，顾不上多说什么，就赶紧回复：节哀顺变，妥善处理，这边无须担心。

陶砚瓦今天晚上失眠了。

他先是想着梁继的事儿。丹丹虽然从未谋面，但印象中是个单纯或者清纯的女孩子。从小生活条件优越，上学、恋爱、结婚应该都属于顺风顺水。如今突遭圣变，父母同时从高官位上摔落，双双身陷囹圄，一时想不开是必然的，毕竟才是个没出校门的学生，又是学油画的，心比较重，生活圈子应该也是比较狭窄的。

梁继肯定知道丹丹承受不了目前的压力，想想他请假时的面容，已经是有强烈预感了。

陶砚瓦自认是个彻底的无神论者。具体说，他不信神，不信鬼，而且不跟世风走，不随时俗转。再具体说，他从来不怕失眠。

他平时睡眠很好，晚上一般 10 点钟上床，早上一般 6 点钟起床。床上时间八个小时，睡眠一般保证在六个小时左右。他也很少失眠，有时睡不着了，他就想，爱睡不睡，看谁拗得过谁。结果还是睡魔厉害，总是把失眠魔轻易

153

打败。

当然也有几种情况例外：

记忆中当年娘还在世的时候，每次回老家就和娘睡一起。每次回家的头一个晚上，就和娘聊啊聊的，聊到很晚，凌晨两三点总是有的。最后也还是娘说：睡一会儿吧，天也快亮了。于是也就合上眼，睡一会儿。个别时候娘儿俩话题多，也许就聊到天亮了。

但是今天晚上他总也睡不着。睡不着就不睡，这是他历来的习惯。既然睡不着，就干脆想些平时没时间想，或者不方便想的事情。

今晚他就从想自己多年来曾经"失眠"过的经历开始。

就想到了当年在部队时，有一次整宿没睡的经历。

当时他在 561 团政治处当新闻干事，团部驻扎在山西榆次市郊区，离市区不算远，星期天可骑自行车到新华书店买书。当时的政治处主任比较开明，为鼓励大家学习，隔三岔五适度给大家报销一些购书费用。陶砚瓦那时还没结婚，只要有闲工夫就往书店跑。一来二去，和书店的人都熟悉了，来了新书，就热情推荐。当时是上世纪 80 年代初期，刚刚解禁一些西方小说，都是所谓名著。于是就陆续买了不少。一次买上十本八本，捆好骑车驮回来，当晚就躺在床上看起来。

好像是 1982 年，买回了罗曼·罗兰著、傅雷译的四卷本《约翰·克利斯朵夫》，是人民文学出版社出版的。先打开第一册，看到扉页上的一行字，便立即把陶砚瓦勾住了：

献给各国受苦、奋斗而必战胜的自由灵魂。

——罗曼·罗兰

这一行字像一把火，一下子把陶砚瓦的心中每个角落都点燃并照亮了。

凡写小说都是虚构故事、编排人物，为了让自己的故事自圆其说，生动感人，让谁来谁就来，让谁走谁就得走。甚至为了吸引读者，把好好的人写病写死，把美丽的东西揉碎揉烂，都是常有的事。因此，每部小说都是一个骗局，你买就是你愿意上当受骗，咎由自取。

陶砚瓦就是愿意上当受骗者之一。

他沿着罗曼·罗兰设定的骗局，一页一页读下去。

第一册是"黎明""清晨""少年"三卷；第二册是"反抗""节场"两卷；第三册是"安多纳德""户内""女朋友们"三卷；第四册是"燃烧的荆棘""复旦"两卷。

他把第一册读完，又从床下拿出第二册读。刚买来的新书都放在床下面，是怕战友们看到拿走，影响自己读，所以不敢放书柜里。

看完第二册，又爬起来放床下，同时取出第三册接着读。罗曼·罗兰不愧是文学大师，他的骗局设得太好，把陶砚瓦骗得无法自拔，一直勾着他把四册书一百一十万字全部读完了。

当然，他这次是粗读，部分段落眼睛扫一下就跳过去了。

他完全被作者牵着走，而且一直走到头，就是一直走到克利斯朵夫到达彼岸时问那个孩子：你是谁？孩子答：我是即将来到的日子。

他整整一夜没合眼，他也忘记第二天早晨是怎么上的早操，怎么吃的早饭，那一天又是怎么度过的。

他从此就认识了约翰·克利斯朵夫，认识了罗曼·罗兰。岂止是认识，他感觉自己就是约翰·克利斯朵夫的朋友，当然也是罗曼·罗兰的朋友，而且恨不得立刻跑到法兰西，去跟他们见面握手。他们宣扬的奋斗和战斗精神，不妥协精神，敢于挑战权贵和黑暗的精神，给年轻的陶砚瓦带来震撼，受到鼓舞。

三十多年过去了，想到这里，陶砚瓦仍然心潮澎湃。他又不由得起身下床，从书柜中找出那四册书，像是见到久违的老友，也像是见到久别的情人。

陶砚瓦翻到他曾经可以背诵的段落：

人从出生到他变成成年的时候，被灌满了各种谎言，到了成年的第一件事是呕吐，把这些谎言吐出来，自己思考认识一个真实的世界。

他倒下去了，被马蹄践踏着，鲜血淋漓地爬着，爬到了山顶上，锻炼灵魂的野火在云中吐着火焰。他劈面遇到了上帝，他跟他肉搏，像雅各跟天神的战斗一样。战斗完了，筋疲力尽。于是他珍惜他的失败，明白了他的界限，努力在主替我们指定的范围内完成主的意志。为的是等到播种，收获，把那些艰苦而美妙的劳作做完以后，能有权利躺在山脚下休息，对着阳光说：祝福你们！我不欣赏你们的光明，但是你们的阴影对我是甜美的……

　　罗曼·罗兰是位讲艺术史的教授。他对艺术人物有深入研究，特别能够潜入这些人的灵魂深处。在写这部小说以前，他屡次宣称：世界要窒息了，必须打开窗子，让新鲜空气吹进来。在这部史诗性的小说中，也极其深刻地表达出这种理念。和中国的曹雪芹写巨著《红楼梦》一样，他写这部气势磅礴的史诗也是"披阅十载"，才得以完成。

　　他不仅刻画了克利斯朵夫的个人奋斗史，更重要的是他深刻揭示了其思想成长史、心灵净化史。

　　不觉三十多年过去了，当年的热情和激情还在燃烧吗？当年为之奋斗、为之战斗的理想和信仰还萦绕在心头吗？在金钱、权贵面前，咱的脊梁还能挺直吗？当人生处于岔路口面临种种选择时，咱还能悲歌慷慨吗？在身边各种卑劣小人平庸之辈之中，咱还能选择孤独地高尚地活着吗？

　　陶砚瓦翻到第四册的最后一页，重温那段自己曾很熟悉的文字：

　　早祷的钟声突然响了，无数的钟声一下子都惊醒了。天又黎明！黑沉沉的危崖后面，看不见的太阳在金色的天空升起。快要倒下来的克利斯朵夫终于到了彼岸。他对孩子说：

　　咱们到了！唉，你多重啊！孩子，你究竟是谁呢？

　　孩子回答说：我是即将来到的日子。

　　从哪里来，到哪里去，始终是人类最关心、最纠结、最不能割舍的问题。这个问题超越民族，超越宗教，超越贫富贵贱，超越贤愚雅俗，与生俱来，挥之不去，只要有一口气，就会萦绕于心。人类对自己历史的挖掘探究永无穷尽，对自己所处环境包括民族、国家，乃至星球、宇宙的探究同样永无穷尽。

　　古今中外的先贤们不都是在探究这些看似虚无缥缈的问题吗？

　　目前大家努力建设的国学馆，不也是沿着两三千年之前先哲们的思考方向往前走吗？

第十五章　排兵布阵

张桐凤把《无锡灵山梵宫考察报告》初稿写出来后，没再组织讨论，岳顺祥也没怎么改，就直接给了尚济民。

尚济民作了几处改动，主要是对原稿进行升华润色：

开头一段，他增加了"尽管我们筹建的国学馆项目在功能、定位等方面同梵宫很不相同，但其规划、施工及建后运营等方面积累的经验，仍很值得我们重视与借鉴"。

在第一部分"灵山梵宫总体情况"中，他增加了"在梵宫筹建过程中，确定了精品之作、传世之作的目标定位"一句。

在第二部分"梵宫对国学馆筹建工作的启示"里，他增加了"国学馆项目有条件、有责任全面超越梵宫，成为集国学之大成的标志性建筑和精品工程"一句。

重新打印出来之后，按尚济民要求，不用红头，直接送给分管副总理。

红头是比较正式的公文，有单位对单位、公事公办的意味。白头则是下级个人直呈上级个人的汇报，有运作时间短、个人对个人、急事快办、彼此很信任的意味。

报文这天是周四，报上去估计要等几天才会有领导批示下来。

梁继回京了。

那天晚上他赶回郑州，就感觉丹丹神情恍惚。第二天，就陪着丹丹去看她父母。

她爸爸一句话也不说，只是呆呆地望着两个年轻人，脸上毫无表情。

她妈妈还是有一肚子话要说。她讲交通系统问题容易暴露，因为交通系统的工程项目不规范，社会参与度高，除了国有施工企业以外，还有社会上的私营企业往里打，特别是农民包工头儿管理的队伍，什么阿猫阿狗都有，吃喝嫖赌、偷税漏税、养小三儿、超生、走私、吸毒，什么都干。只要犯了事儿，就把所有问题都交代了。她们家老吕就是被一个包工头儿出卖了。

估计这些话她都会反复跟办案法官讲。梁继和丹丹只是静静听着，准确说丹丹肯定是什么都没听，只是不停地在哭。梁继一个人听着，也不知该对她说些什么。

回到家里，丹丹就一个人痴痴坐着，既不说话，也不知道吃喝。梁继和爸爸梁抗美轮流守着她，像看护一个病人。第三天中午，终于一不留神，丹丹从厕所的窗户钻了出去。

丹丹跳楼的事，梁继不敢瞒着，当天就通知了岳父母。丹丹爸爸只是唉了一声，说这是丹丹的命啊。其他什么都没说。丹丹妈妈一听就急了，破口大骂：梁继你个王八蛋！你没照顾好我的丹丹，你和你爸爸都是王八蛋！窝囊废！两个不中用的东西！我本来还指望你当半个儿子呢！呸！呸！呸！

梁继一句话不说，默默承受着一切。

那天正在听梁继讲家事，李燕喜滋滋地敲门进来，手里挥舞着一份文件说：领导最新批示来了！

陶砚瓦赶紧接过来看。

相关领导在报告当天就批示："已商济民同志，可以借鉴其可取的设计、建设和运营管理理念，但一定要把握国学馆项目的功能定位。要坚持面向国学研究者、面向广大人民群众的方针和高雅、朴实、节俭、美观的原则，为国学研究、推广创造一个良好的环境。"

相关领导批示是在报告的首页空白处。

报告上用曲别针别着一张便笺纸，尚济民在上面批示：

立即将领导批示复印送筹建办顺祥、砚瓦诸同志。特别是相关领导的"两个面向"和"八字"原则，是国学馆建设的指导思想，务必认真学习，贯彻实施。

陶砚瓦说：领导的批示太好了，使咱们的筹建工作有了明确方向，增加了政治推力！我看第一件事，就是在新版《项目建议书》里，把这段话印在扉页，作为咱的指导思想，发改委也要贯彻落实。

　　尚济民的黑色奥迪像钟摆一样准确：7 点 10 分进院，车门正对楼门停好，他下车进门上楼。随后车子略向前一停，正对着一棵玉兰树。这是尚济民专用的车位。

　　一般而言，一看他的车在这个车位，他人也应该会在办公室。

　　他进门前，服务员已经把屋内完全擦拭、整理好，连茶水也已经泡好，杯盖儿斜放在杯口，正冒着热气儿，而且弥漫着一丝太平猴魁鲜叶的清香。尚济民是安徽人，他只喝猴魁茶。倒不一定是什么讲究，主要是喝多了，习惯了。另外老家的人也不断给他送过来。

　　机关的招待用茶是六安瓜片，也是安徽的，但与尚济民无关，这是他的前任确定的。前任虽然早走了，但他定的不少事情却依然在执行。例如这茶叶。

　　在沙发椅上坐好，先把包随手放在右手小柜子上，端起茶杯喝了一口，就看见桌上放着几个文件，一个白头文件在最上头，题目是：《砚光瓦影——陶砚瓦作品评析会在京举行》。

　　标题右上方有两行字：

　　济民同志：在您的关怀下，活动很成功。现将人民网刊发的新闻稿呈上，请阅示。

陶砚瓦　　11 月 28 日

　　尚济民只看了前面几句，后面用眼光一扫，就拿笔在陶字上方写下"很好"两字，紧接着还给了个惊叹号，又画一条形似走之的线直达自己名字上，尾巴上带个没封口的小圈儿。

　　还有几个文件，他一一阅批，有的只是画个圈儿，有的批上一句半句。

　　现在他看到的文件，都是头天晚上他走后由夜间值班室收到送来的。也有的没有经过值班室，直接交给秘书或者服务员一早放他桌子上。

　　尚济民已经感到了压力，压力主要是国学馆的建设。

通过这段时间的征询访问，基本上北京的、外地的稍微有点名头的专家学者，都有意见发表。各方面的意见都由筹建办内容组分别整理出来，按界别、时间顺序报过来十几件。他翻看了好多次，虽然绝大多数赞成拥护，积极提出建设性意见，但也有旁敲侧击，也有质疑或者带有颠覆性的看法。

比如有个作家在座谈时开口就讲：一个政府机构要搞国学研究，我一听就感觉很奇怪，搞这个的人是疯了还是傻了？因为由政府来搞研究，古今中外迄今尚无成功先例！

说这话时尚济民就在场，所有人当时听了都面面相觑。尚济民心里也是一惊，但他表面故作镇定，事后马上找人了解这位仁兄的底细，都笑称此人是个有名的大炮，一贯特立独行，无党无派，见了当政的人都是称"贵党"，应该掀不起什么浪头，不过是个时而鸣叫几声的孤雁而已。他这才放了心。

尚济民心里其实也是矛盾的：他既想充分听取意见，包括反对的意见，因为你找他他讲了，你心里就有了数，可以有针对性地做好工作。你没听到反对意见不一定没有反对意见，最让你难受的是你不知道人家在反对你，结果一下子冒出来，打你个措手不及。但他心里又怕听到反对意见，怕这个项目因为反对而被否决，等于自己在即将退休时留下一个被后人谈笑的话柄。毕竟这是一个全额由国家投资的文化项目，又是一个将对国家文化建设产生巨大和深远影响的项目，况且是由他发起并承办的，他倾注了太多的情感和精力。

更令尚济民担忧的是，山东某地就刚刚遭遇这样的难堪。

"两会"期间，在尚济民参加的分组讨论中，一位来自山东省的政协委员拿出一个提案《推进中华文化标志城建设，打造中华民族精神家园》，而且已经有十几位委员签署了。

一问，说这个项目早开始动手干起来了，前期也投入了不少钱。他们本意想再通过一个提案，获得中央支持，扩大影响，造出声势，把项目铆死。

没想到提案先在山东团里一亮，就引起本省政协委员当场反对。两天后，还有山东委员写出另一个提案：《强烈呼吁国务院、发改委组织专家再做科学论证》，并且有上百名全国政协委员在这个提案上签了名。

两个提案尚济民都看到了，有位山东老领导还专门请他吃饭，让他签署并请其他人签署前面一个提案。还没等他签署，风雨就来了，而且这风雨可是来势凶猛。后面这个持反对意见的提案，很快被媒体广泛传播。项目所在市的市长是全国人大代表，也在北京开会，当记者们追问他时，他竟然没把反对意见当回事，还回应说：允许有争论，但是标志城肯定要建。

这句话招来更为猛烈的反对声浪。马上有媒体注意到，十天前这个项目刚刚召开新闻发布会，以八百九十万元面向全球征集规划创意，省委主要领导在发布会上宣读了"中华文化标志城建设专家咨询委员会"和"中华文化标志城建设顾问"名单。名单中有北京大学一位教授，教授立即发表声明：有关人士曾经两次带着一个策划文本找到我，希望我给他们做规划，我当时谢绝了这项委托。我怎么可能答应做他们的顾问？他公开宣称：这是"拙劣的欺骗行径"。

原来还说有六十九位院士签名支持项目建设，南方某报记者就随机联系了签名发起的六十九位院士中的二十余位，结果院士们竟然表示"根本不知道""一点印象都没有""不记得"或"没有参加过"，也有的干脆说签名是假的，要告他们侵害名誉权。更由于院士签名被晒到网上，有的字迹比较潦草，结果网上就把院士名字弄错几个，如将名字中的"钊"误为"健"，"容"误为"荣"，"葛"误为"万"等……不少院士怒不可遏。

据说这个项目运作了七八年，先后有一百多位专家学者参与论证考察。有一位全国人大常委会副委员长向党中央呈递了建议报告，中央领导也作了批示。省主要领导也积极推动，还为此项目特批了机构编制。当地领导说："作为承建地，既是特殊的荣耀，又是特殊的历史性机遇，我们肩负的责任重大、任务繁重，怎么重视都不过分。"但是，北京"两会"上的反对声浪，再加上舆论的助推，还是使项目陷入上不得、下不得，推动无力、下马无据的境地。

实际上，项目运作过程中，从政府到民间始终存在反对的声音，但没有引起重视，更没预见到会成为两会期间的热点。

尚济民当然听到了这些传闻：一是你山东号称孔孟之乡没错，但你要搞"中华文化标志城"，你山东能代表中华了？明显是小马拉大车嘛，其他省市都不服气；二是你说投资三百亿，又说不够还要更多亿，你明显是想让中央政府出钱，实际是想用全国老百姓的钱，这不合适嘛。

另外，一般上项目都是先有规划设计后再调动各种资源去推动，而这个项目还没有建设规划的具体方案，就先弄得风生水起，企图靠造势推动。而恰恰是造势造出了反对之势、质疑之势、不可能再由国家出资之势。

已陷入被动的山东只好给中办、国办发文请示，中共中央办公厅也正式答复：鉴于中华文化标志城建设项目目前还没有做好前期论证，经与国务院办公厅协商，暂不作处理。请省里做好该建设项目的前期论证工作，并与国家发改委等有关部委协商取得一致意见后，重新报送。

于是山东再找国家发改委，国家发改委很快就有了正式意见：

一是"中华文化标志城的建设和运营主体应由地方政府来承担"——好了，想让国家出钱？不行！

二是"暂不在国家层面组建'中华文化标志城建设指导委员会'"——这条更厉害。因为这句话本来不应该由发改委讲的，起码他是可讲可不讲的。可为什么就印成白纸黑字正式讲了呢？

尚济民分析一定是有更高层的意思了，发改委才能堂而皇之地出了这个文件。

听说后来项目发起者和推动者表示：这个项目要拒绝一切急功近利的东西，也不应该成为一个简单的旅游项目，可能会有三四百年才行，需要几代人的积累。

既然如此，那就慢慢来吧。该城是一个宏伟的远大目标，何时建成，我们和我们的儿子孙子都是看不到了。

尚济民对这个项目比较关注，而且早就料到这个项目的结局。

但如今，尚济民自己搞了国学馆的项目，他最怕的就是落个这样的结局。

时代赋予他一个建设国学馆的使命，但时代可能没有赋予他更多时间。他必须确保项目成功，而且是在他手上成功。

机关工作分成两大块：一块是日常运转，一块是做项目。

日常运转，就是一个机关的例行公事，上行下达，完成本职任务和上级交代事项，完成下级报来需要答复、批准的事项。

做项目，就是按照职能任务，至少是上个年度提出来的具有阶段性、时限性、可量化、可验收的工作。

项目一般是一年、两年的，也有三年、五年甚至十年八年的。还有无期限延续的，叫作"经常性项目"。比如尚济民前任就弄了个出国培训项目，和国家外国专家局联合，每年组一个团，由机关人员和全国业务对口单位人员组成，出国进行业务培训。国家外专局每年提供部分经费。

机关虽然年年有外访任务，也尽量安排方方面面都有机会参加。但总是会有某个角落晒不到阳光'，需要专门关照一下。地方同志更需要这个机会，经常有人私下里打电话，要求关照关照。所以这个项目很受欢迎，成为一个经常性项目。

建设国学馆就属于做项目，而且是一个大项目，一个前人从未做过、找不到任何参照的项目。

在中国官场上，到了省部级，特别是主持一个地方或者一个部门的一把，中央的要求估计就是两条：控制局势、做出政绩。

控制局势，就是他主管、他负责的区域或者领域要稳定，要安全，不能出乱子。但谁敢保证不出一点乱子？煤矿瓦斯爆炸，百年一遇的洪灾，半夜地震，全无任何征兆。暴力恐怖、群体上访、邪教闹事、剧院失火、校车翻沟、飞机失事，省长、书记再尽职勤政，也难完全掌控。为此落马的省部级主官，也并不鲜见。

当了大官，控制局势也并不容易。他要依靠一堆人才行。没有他可以依靠的人，官再大也没用。比如北方有个省长在乡下曾被警察铐在暖气管子上几个小时，司机开车逃出去才叫人回来解了围；南方有个省委书记就被拆迁失地农民挟持扣押，据说是经过化装才"返"回省城。可知高官手下没他可依靠的人，也会和普通百姓一样，经历许多戏剧性场面。如今早已不是你在台上说，众多百姓在台下听的年代了。老百姓现在什么都懂了，又上网，又看电视，又玩微信，又进城务工，又会维权，你懂得的他也懂得，你不懂得的他也懂得。弄不好你刚开口一讲，老百姓早知道你下面要说什么，心里在想什么了。

常见一些官员，没有教养、没有学养、没有修养，高高在上，颐指气使，本事不大，毛病不少，整天虚头巴脑，一身匪气，自鸣得意，终有一天栽倒，被人不齿。

做出政绩，无非是经济上发展、业务上出成果等等。可做国学馆这事，并非上面压下来的工作，而是主动争取来的；并非直接关系国计民生的事情，而是今年做可以，五年十年后做也可以的事；并非一个部门之直接业务范围，而是与各行各业都有关联之事。总之，做这个项目，弄好了也是吃力不讨好，更别说弄不好了。

尚济民就开始琢磨身边的人，无非是哪个可用，哪个不可用。而可用不可用的标准，首要考虑的既不是德，也不是才，而是忠诚度，而且首先是对他自己的忠诚度。

对一把手的忠诚度，也可以说成是一把手的信任。或者笼统说是组织的信任。怎么说无所谓，反正内容、实质都一样。

不是尚济民这样考虑，而是百分之一百一十的一把手会这样考虑。什么"德才兼备"，什么"知人善任"，什么"政治可靠"，什么"综合素质"等等，潜台词只有一个，就是你对一把手的忠诚度。

这跟一把手的道德无关，只和一把手的职务有关。

谁若不信，无须再谈。他或者没做过一把手，或者在装。

尚济民把机关所有人都滤了一遍，又把外面推荐的若干人滤了一遍，大致有了初步的想法。

吃早饭的路上，他告诉秘书：通知下午3点开党组会。

这天党组开会，是五个人参加：尚济民、王良利、张双秀是出席，程秉祺是列席，孙健是秘书负责记录。

头一件大事，当然是关于国学馆建设。由尚济民亲自向党组汇报。一是进展情况，二是当前的主要任务，三是拟采取的措施和对策。

讲完了，其他人纷纷表态同意。一把手的意见，都是考虑成熟才拿到会上的，在座人等都迎合上意，没有异议。

会议进行到最后，尚济民按惯例问大家还有什么事。

一般这么问的时候，都是有的人会说"没有"，有的人会不吭气，然后尚济民会说：散会。于是就散会了。

但今天不同，今天有人说话了，而且这个人是张双秀。

张双秀本来也没想说，他是看到王良利老拿眼光扫他，让他感到像是做错了什么事。张双秀知道王良利的心思，他一直为拿下陶砚瓦而苦心孤诣。这会儿王良利那眼光里分明有话：你这人胆子小，怕得罪人，当年陶砚瓦归我管的时候，我经常修理他，他老实着呢。你怎么会连个陶砚瓦都不敢得罪呢？想到这里，他终于憋不住了，就说话了。

他说：几个领导都在，我说个事儿。

几个人就都看他，等他说什么。

他说：其实也没什么大事儿，就是关于陶砚瓦的事儿。他现在主要精力都在国学馆建设上，服务中心的事儿他基本不管了，恐怕时间长了，会影响工作。另外，以前有过反映，但都没什么证据，前几天他搞了个他个人作品的评析会，据说是卖石材老板的亲戚赞助他办的。我想是不是考虑不要再让他兼任服务中心的职务了。

尚济民听着，心里就在想，张双秀主动跳出来，不是他的风格，一定是有人在后面撺掇拨弄。他不用看张双秀的脸色或者眼色，早猜出是王良利捣的鬼。他表面不动声色，认真细听，但听来听去，只是想免掉陶砚瓦的服务中心职务，并没有提他不适合担任国学馆筹备工作，于是就放了心。

尚济民像往常一样，没有当即表态，只是说：大家议议，对这事儿有什么意见？

王良利早等着这句话呢，尚济民话音刚落就接过来说：砚瓦同志，唉，是我的老下级。唉，按说我是比较了解他。但人是会变的，特别是手里管着点事儿，有点儿权力，每年手上总有一两千万吧，那可就不太好说了。我也听到过一些反映，其实也不一定是真的。但为了防止一个同志犯错误，我同意双秀同志意见，实际上这也是体现了对陶砚瓦同志的关心。

程秉祺对其他人分管的工作基本不置一词，他只是一心惦着自己分管的工作和人员。尚济民也一直敬他三分，对他的人表扬多、批评少甚至接近没有。所以他分管的人员，该提职时必须提职，该晋级时必须晋级，基本遇不到什么阻力。陶砚瓦不归他管，所以他一言不发。

但尚济民还是问他：老程，你说说意见！

程秉祺见一把手正式征求他意见了，就说：我印象中砚瓦同志不错，服务中心在他领导下有很大发展，这几年机关后勤管理、服务水平，包括大家的福利，都有长足进步。我倒是没听到什么对他本人不好的反映。当然他不是我分管的。如果说今后主要让他做国学馆的建设工作，不兼服务中心的职务，应该也没什么。

　　本来他还想说：砚瓦同志任副司级年头不少了，还有没有往上动的机会了？但是一想，不是我分管，算了吧。

　　尚济民听完大家意见说：大家都不反对啊？那免了陶砚瓦，谁来负责服务中心的事儿？

　　张双秀看自己的提议就要被通过了，感觉到有了成就感，就说：还是在服务中心内部产生比较好，建议先由屠春健临时负责。

　　王良利听了，没等尚济民问，就马上表态：我同意双秀意见。

　　尚济民就把目光移向程秉祺，嘴里还说句：老程？

　　程秉祺说：我没意见。

　　王良利又说话了：我有个建议，本着对一个同志负责的精神，应该对陶砚瓦同志进行离任审计。没问题最好，也可以防止各种不负责任的议论。

　　张双秀听了，心里骂道：真他妈不是东西，谁议论？就是你个王八蛋议论！但他嘴里却说：我同意良利同志意见，还是审一下好。

　　尚济民说：那就算定了，会后小孙找人事司发文，明天双秀找陶砚瓦谈话，还是以鼓励为主。

　　张双秀赶紧点头说：放心，我一定按你指示办。

　　第二天上午上班后，陶砚瓦恰巧先后碰到了王良利和张双秀。两人见了陶砚瓦，都比平时主动和热情。

　　比如王良利，平时碰上是很随意的，点个头，笑一笑，嘴里也随着"嘿嘿"一下，就算客气了。这次竟然说"啊，砚瓦"。

　　张双秀平时在人前更是故意疏远陶砚瓦，他怕别人说他有"老乡观念""搞自己小圈子"。这还不算，他恨不得要故意找陶砚瓦的茬口儿，显示他从严要求老乡兼下属，一副大义凛然的样子。可这次他却主动打招呼：砚瓦，看你最近挺忙啊！

　　这两位老兄都突然显示出主动和热情，令陶砚瓦心里有了警觉。他预感自己的事情可能要有所不妙了。

　　和王良利上下级二十多年了，此公性情、思路都一清二楚，所谓他一撅屁股就知他拉什么粪，从他嗓子眼儿能看到他屁股眼儿。他每次一主动，陶砚瓦就倒一次霉运。

其实他们的主动也并不一定是有意为之，而是一种本能性的反应。

张双秀来得晚，陶砚瓦也知他们一路货色。这次两人都显示出不同寻常的异象，陶砚瓦心里就有了防备。

果然，11点刚过，午饭前时，张双秀通过内线打电话过来，通知陶砚瓦下午两点去他办公室。

这无疑印证了陶砚瓦的猜测。因为这个时候通知，明显是设计好的：一上班就说，太早了没必要，好像是迫不及待要告诉你；等下午说，又显得太急像是临时提溜你。这时候通知，既让你感到是提前通知了，又不致让你太早知道结果。

陶砚瓦已经料到会有什么事情牵涉到他了，而且不会是什么好事情。但同时他心里也很坦荡，毕竟自己还算清白，没有什么好怕的。

下午上班，陶砚瓦按时来到张双秀办公室。

张双秀赶紧站起来要给陶砚瓦弄茶水。

陶砚瓦说：我自己来吧。就顺手拿了个纸杯子，自己去热水器那儿接开水。

张双秀忙说：我这里有茶叶。

陶砚瓦说：不用了，我喝白开水吧。

他知道张双秀也没什么好茶，无非是机关发的一般猴魁。再说他也没想在这里品什么茗，不过拿个杯子装装样子罢了。

张双秀客气了一下后，就进入正题了。他说：昨天党组开会了。党组对你的工作是肯定的，而且评价比较高。总的感觉你在完成原有工作任务的同时，兼着筹建办工作，应该说比较辛苦，也比较努力。老同志了，还在一线跑来跑去，还动笔写东西，全机关可能就是你一个了。党组决定作些调整，调整力度也不是太大，就是免去你机关服务中心的职务，其他照常。党组分工让我找你谈话，你个人有什么想法没有？我保证完整准确地向党组汇报。

陶砚瓦说：坚决执行党组决定，感谢党组对我工作的评价，不再兼任机关服务中心的工作，对我是一个解脱。我会按照党组要求，全力做好筹建工作，争取项目早日立项。

全是官话。

张双秀说：咱们当过兵的人，就是干脆利落。砚瓦你今天准备准备，明

龙　脉

天一早机关全体职工大会上宣布党组决定，包括由屠春健任服务中心法人代表、主持中心全面工作。下午你们两个就进行交接。你看行不行？

陶砚瓦说：没问题，就按党组决定办。一会儿我就找屠春健，和他交接。

张双秀又嘻嘻哈哈一阵子，陶砚瓦已经不耐烦了，就说：屠春健我现在找他还是你先找他？

张双秀脱口而出说：你现在找他吧！

陶砚瓦已经猜到了，他早找屠春健谈过了，估计上午他就憋不住去卖弄人情了。但他一定不是第一个告诉屠春健的，王良利肯定抢在他前面，应该是昨天晚上甚至更早就把消息透露过去了。屠春健这会儿应该正等着陶砚瓦找他交接呢。

陶砚瓦猜得很对，屠春健昨晚就知道消息了。把陶砚瓦免掉，由他负责服务中心工作，当然是他渴望并且运作已久的，这个结果也是早在他预料之中的。

那天陶砚瓦搞评析会，事先也和屠春健说了，林永峰也打电话告诉他了，他也认真去参加了全过程。回来后王良利问他怎么样，他就说了还行吧，是一个福建茶商赞助的，那个茶商的亲戚是搞石材的等等。当时王良利果然对此很感兴趣，又接着问了几句，他就感觉陶砚瓦恐怕要被收拾了。没想到这次会这么快。

他心想：算是初战告捷吧。从此大权在握，做事情不用再请示陶砚瓦了。

想到陶砚瓦，他不由得有一点内疚，毕竟是帮助过他的，毕竟还是他入党介绍人呢！但他同时想到了自己的石头项目。林永峰最近又催过他，让他快点儿，要不然那头儿人事一变动，就卖不出好价钱了。

屠春健心想：在政界，没有什么谁对不起谁，要想往上爬，必须敢于踩上任何人包括恩人的肩膀。只要你挡了我的路，我就不能不搬掉你、跨过你。

第二天上午开完会，全机关就都知道了陶砚瓦被免去服务中心职务的事儿。就有几个人到陶砚瓦屋里，手里都有要报销的条子，让陶砚瓦签字。有的就讲屠春健怎么给班子成员一个一个装修房子，有的还装了两次（说的就是王良利），又是怎么到处讲你陶砚瓦又不懂基建，怎么让你当筹建办主任？还说中心这鸡飞狗跳的，你就甩手不管了，等等。

陶砚瓦就说：无所谓了，我反正是快退休的人了，筹建办工作任务也不轻，我得全力以赴。中心以后让屠春健操心吧。你们以后和他多配合。

几个人都有依依惜别的意思。

下午和屠春健交接也很顺利。屠春健眼睛转来转去的，就是不冲着陶砚瓦看，怪里怪气的。想表达诚意但恰恰缺乏诚意，他一时还不知道该怎么弄才会显得坦然一点儿。

下班前，陶砚瓦就见到了自己的免职公文。就是一张纸、一句话：经党组研究，决定从即日起，免去陶砚瓦同志机关服务中心主任、法人代表职务。

在官场上混，不管你当多大官，一辈子其实就是混两张纸：一张任职的，一张免职的，仅此而已。

从交接完的第二天开始，陶砚瓦就不再对服务中心负责了。人不用他管了，字不用他签了，事情不用他负责了。

只有一样还没交割清楚：财务负责人印章。

按理说法人代表更换了，财务负责人印章必须更换。但要搞到新的法人代表印章，可不是一张任免公文就能解决的。需要拿着单位证明附上任免公文到公安机关备案之后才可以刻制。这至少需要十天八天吧。于是只好继续使用陶砚瓦的印章。

稍微让陶砚瓦感到一点意外的是，在免职决定的同时，党组还布置了一个行动：对陶砚瓦进行离任审计。

此前从中心离任的，还没有人被"离任审计"过。

陶砚瓦心中略有不快。他没有私吞过公款，当然不怕审计。只是既然要审计，为什么不提前说一声，堂堂正正搞、明明白白搞呢？这样头天宣布免职，下午交接工作，紧跟着就背靠背搞审计，大有防止你提前做手脚、让你无暇应对。实际上是预先怀疑你有问题的态势和意味，也好像是摆明要给个难堪。

陶砚瓦心里不快，但他没有在明面上有丝毫反应，而是表现得十分坦然、若无其事的样子。

其实，审计的每一步他都知道。

先是成立了工作小组，由刘世光牵头当组长，成员有财务、人事、纪检、中心的主要负责人，阵势不小，来头很大。其中人员只有屠春健可能会有什么想法，其余人员向与砚瓦友善，估计没人故意找什么茬口。

其次是找谁来审计。因为机关此前没有搞过离任审计，没有前例可循，于是莫衷一是。有说找这个的，有说找那个的。但最大的问题是一定要找有公信力、有权威的单位，让所有人一听不得不服的单位。服务中心是专门为机关服务的，哪个钱该花，哪个钱不该花，收入支出的程序和形成的关系，都不同于社会上的一般情况。在这里正常的可能被认为不正常，在外面正常的可能在这里不正常。审计之后做出的结论，不管是有问题，还是没问题，可能都会有人不相信，甚至要打官司告状的弄出种种后遗症。

最后讨论的结果是请审计署派人来审。

于是就由财务司与审计署联系。审计署正式答复说：我们从不承担各单位内部干部离任经济责任审计工作。

于是就请示主管此事的张双秀，张双秀一听也不敢做主，就屁颠屁颠去找尚济民。尚济民当时正为什么事情着急上火，一听这事儿就不耐烦了，没给他好脸色，说：这是你主管的工作，难道还要为这事儿开个会吗？

张双秀无奈，他知道王良利对此事很关注，也不敢自己做主。他想来想去，毕竟是做过办公厅主任的，就想出一个对策，马上拿起电话打给牵头此事的办公厅主任刘世光：世光啊，我看这事儿请示一下财政部吧。

刘世光一听就笑了：好好好！还是领导有办法！我们就按您指示办！

让财务司找财政部的对口司问，他们的答复和审计署完全一样。而且由于经常打交道，彼此熟悉，他们也都认识陶砚瓦，口气就比审计署还要不客气：让我们给你们的内部人员做离任审计？可以，你们先找我们部长，让部长给我们职责增加一条儿吧。你们可真能想得出来，我们一个司对口十几个部门，忙成什么样你们不是不知道，你们还看我们忙得不够是吧？亏你们想得出来！

这怎么办？只有找社会上的审计公司啦。

谁不知道社会上审计公司多的是？可这事儿明显是个烫手山芋，谁敢抻头去找？找来了谁好意思拍板说：就这个！

说白了究竟该由谁来负这个责任？尚济民不管，王良利不管，张双秀不管，刘世光是组长，他也不想管。

因为大家都知道他和陶砚瓦关系不错，配合也很好。假如他找了审计公司，审出问题不好，审计不出问题更不好。

事情就又回到了原点。

那天刘世光来到陶砚瓦办公室，说老陶啊，你来解这个套儿吧！你帮着找个审计公司吧！我们不会说是你找的，就说是财政部帮着找的。

陶砚瓦笑了笑说：世光你就饶了我吧。我躲还躲不过来呢。你们爱找谁审找谁审，爱怎么审就怎么审，你就别害我了吧。既然你来找我，我就和你透个底儿：我没问题，放心审吧！

陶砚瓦心想，我有什么问题你还不知道吗？无非是买礼品多买几份给你用，买了几部手机给了你一部，在郊区宾馆开会多开出去几万块钱，做了几个卡，也给了你两个。你经常从商品部拿烟自己抽，都算在住宿费里报销等等。你审去吧。

最后，还是刘世光和财务司司长商量找了一家审计公司，对外就说是财政部推荐的公司，正式签了协议，预付了费用。于是就有几个小青年过来，给了一间房子，开始了对陶砚瓦的离任审计。

这边开始审计的同时，机关也开始进人了。

有借调的，有正式调入的。其中引人注目的一位，是北京市通州区一位房地产公司经理，据说曾经当过镇长，是个安徽人，过来接替屠春健做基建处长。人们就议论说是尚济民的老乡。陶砚瓦就想：机关基建处，哪有什么基建？主要是物业管理。一个房地产老总搞这个，不是屈才吗？他一下子就想到此人应该是冲着国学馆项目来的。

快到年底了，一年一度的考核工作开始了。

刘世光又过来找陶砚瓦，说：老陶，根据离任审计要求，你还得写个述职报告。

陶砚瓦说：没问题，有什么要求啊？

刘世光说：没什么要求，你想咋写就咋写。

陶砚瓦就说：正好要年终总结了，我也确实要写个东西了。

说来也是，离任审计虽然也是必须程序，本人应该积极配合。你有问题，审计出来，罪有应得。你没问题，不怕他审，审计自能证得清白。

述职报告，其实是让被审计者有说话机会。

龙　脉

　　陶砚瓦想明白了，他只用半天工夫就写完了。

　　他回忆自己担任服务中心法人代表六年多，时间跨了两届党组。接手时净资产合计不到五百万元，离任时净资产为五千六百多万元。做的工作主要有七项：

　　申请法人登记并合法进行经营；按批准业务范围做好机关办公服务、机关职工生活服务和承办机关委托事项；深化改革盘活服务机制；承担国有资产管理和政府采购工作；保障了重大会议活动和特殊时期的保障任务；做好"五委会"工作和房屋管理工作；其他诸如文印、医疗、计生、遗属、丧葬、收发邮递等工作。

　　写好之后，陶砚瓦打印报给刘世光和张双秀。二人都画了圈圈，然后就退给了陶砚瓦。陶砚瓦见了，也没说什么，他重新打印一份，在文头上写下：

　　济民、良利、秉祺同志：根据离任审计工作要求，我写了这个述职报告，已经双秀同志阅过。现呈上，请阅示。

　　他把这个件儿直接交给秘书处，让他们作为传阅件报给几位领导。

　　三天后，陶砚瓦拿到这个已经领导阅批过的件儿。秘书处长李燕亲自送过来，对他神秘一笑。陶砚瓦已经知道大概情况了。

　　首先看到的是尚济民的批示：

　　贵在总结。陶砚瓦同志在服务中心做了大量工作，创新机制，勇于改革，使得服务中心工作不断发展。望在新岗位上再接再厉，更创佳绩。

　　其他人等都各自在自己名字上画了圈，并都填写上日期。

　　首页下方有一行娟秀小字，一看就是李燕的笔迹：

　　印送领导（4）、办公厅（3）、党委（2）、各业务司（5）、服务中心（3）。

　　陶砚瓦看了，心里油然生出一丝暖意。

李燕确实招人喜欢。她人很聪明，心思很细，做事周密，是个文电处处长的好材料。岂止文电处处长，就是给个司长、部长，也没问题呀。陶砚瓦心想。

领导里面，还是尚济民的情商是最高的。他当然明白陶砚瓦为什么会报这个件儿，所以他才会批得如此认真。而其他人，有的是不想批，如王良利；有的是不便批，如程秉祺；而张双秀这种人就是故意装孙子。本来是你分管的，不冲陶砚瓦这个人，你冲着这块工作，这个队伍，也应该有个态度，哪怕一句两句表示表示嘛！真像车队有人经常骂他的话：整个儿一个傻×。

陶砚瓦不会这样骂，他心想：要在战争时期，这种人不是汉奸就是叛徒。

第十六章　年终总结

星期天北京下了一夜雪，星期一早上漫天皆白，万树梨花开。空气突然清新，呼吸时感觉似有一点甜甜的味道。

陶砚瓦一下楼，先找了块硬纸板，把前后车窗玻璃上和后视镜上的雪刮掉，然后拉开车门上了车。

小区里的积雪没人处理，起早的人们都是锻炼身体或者赶着上班办事的。车轮碾过的地方就把雪带走了，带不走的就被压扁压实，等着太阳光顾，慢慢融化吧。

大街上来往的车辆多，似乎交通部门也喷洒了什么东西，路上不见了雪的踪迹，只剩下一路黑黑的湿痕。

陶砚瓦听见手机响了一声，是短信的铃声。这么早，他以为是乱发广告的，就没在意。他见马路两侧积雪，不由唱起李少春《野猪林》里林冲的"大雪飘扑人面"。这段反二黄词美腔正，把林冲的英雄末路、满腔悲愤抒发得十分酣畅淋漓。唱完了，就差不多到单位了。

吃早饭时，尚济民碰见陶砚瓦，说：上周末你们报的二版《项目建议书》，我昨天改过了。你们抓紧整出来，我再看一遍，尽快上报。

陶砚瓦答应着，心里想：以尚济民的性格，他肯定昨天又加班改稿了。

上午就忙着稿子的事儿。《项目建议书》的内容越来越多，描述越来越细，印出来也越来越厚。幸亏有梁继、王晓彤分担，使得事情顺利许多。

王晓彤是北京通州人，原是个打字员，年龄和陶砚瓦儿子一般大，个子不高，身条不错，文文静静，儿子已经满地跑了。她大专毕业，但拥有驾驶证、导游证、普通话证、会计证、文书档案证等一大堆证件。一年前机关整理文书档案，借来一位从中办退休的局级老大姐，还返聘了本单位一位退休老司长，又安排王晓彤过去配合，三个人折腾一年，才把十来年的文书档案整理出个模样。

按说这本应该是文电档案处的事儿，但文电档案处只有三个编制，一个处长，一个兼职做领导秘书，一个负责日常来往公文运转，忙得一塌糊涂，根本顾不过来。现在对文书档案的要求越来越高，不是专业人士也弄不了。

一年来，王晓彤天天和两位老人在那里忙活。老人偶尔去医院理疗，有时去参加单位组织的郊游、参观等活动，总之是齐的时候少、不齐的时候多。但什么时候过去，都见她坐在电脑前，不声不响地工作。屋子里到处堆满档案原件，按照要求，他们要逐年逐月逐日逐类分好，再一条一条登录，打印电子版。工作量十分浩大，还不能有任何差错。她属于临时聘用人员，没有升职的压力，只有默默干活儿的份儿。

近年国家公务员成为热门职业，中央国家机关编制控制很严，招个人进来不容易。各单位就纷纷搞起了"临时聘用"这码事儿，以救一时之急。

临时聘用人员成分也很复杂，有像王晓彤这样大专毕业的，也有不少高学历、海归，急于进机关，就先进来混着等待时机，或者招录时捷足先登，咸鱼翻身，或者有了新目标，就留下一个漂亮背影。

机关里这种"临时身份"的人员越发多起来了。而且他们年轻，精力充沛，上进心强，整天忙忙碌碌、跑来跑去，越发受领导赞赏。在个别小部门儿，有的就成了小鬼当家，反"仆"为"主"，实际管事儿了。有的真正的公务员，反而乐得清闲，逍遥自在起来。附庸风雅的就研究起书法绘画、著书立说、种花养草，未能免俗的就倒腾股票、受托跑事、说媒拉纤，极个别心有愤恨的就播弄是非、传播秘闻、上访告状。

项目虽然还没立项，但当初岳顺祥一到，就找陶砚瓦说要赶紧找人建立文书档案，否则后患无穷。陶砚瓦说筹建办所有文书档案都已按机关要求处理，这事可以拖一拖再说吧。岳顺祥说：听我的没错，赶紧找人吧。

恰好机关的事情已告一段落，干脆就把王晓彤暂借过来了。筹建办没有她的编制，暂时也没有经费，只能是暂借，她的工资仍由服务中心给付。

这个王晓彤果然是把好手。除了文书档案，陶砚瓦还让她负责《筹建办大事记》，两项工作都按和机关一样的标准进行。这还不算，她还负责迎来送往、内外联系、安排会务、派车派饭、文件打印、材料分发等杂务。梁继是来了，但他是编在了张桐凤负责的内容建设组。陶砚瓦这边一直想充实一个正式干部，但不是他看不上，就是人家不愿意来。在很长时间里，王晓彤成为陶砚瓦所谓"秘书行政组"里的唯一成员。

过去王晓彤出来进去，从来没引起陶砚瓦注意。通过接触一段，陶砚瓦感到王晓彤竟是如此能干，也越发喜欢她。陶砚瓦就想起王晓彤刚过来时，秘书处处长偷偷说的话：陶主任你真有眼光，跟咱们一把手一样啊。尚济民也感觉王晓彤不错，曾说过可以考虑让她去值班室。只是不知什么原因没有办。

早上把稿子交给王晓彤，中午吃饭前，王晓彤就抱着两套新印好的《项目建议书》和尚济民改过的旧稿子进来了。

陶砚瓦一见，惊讶地说：这么快就弄出来了？

王晓彤笑道：你不是说一把手急着要吗？我让文印部几个人都帮着弄，应该还行吧，都很仔细的。

陶砚瓦就想起王晓彤虽然被抽调去弄文书档案，又借调来搞筹建，但她一直都是摆正自己位置，无论过来吃饭、出去散步，都是和文印部几个姑娘一起，把自己当成文印部的人。这也让陶砚瓦比较欣赏。

听了王晓彤的话，陶砚瓦还是习惯性地翻看一遍。给一把手的东西，一定得严谨。

桌上内线电话铃声响起来，陶砚瓦一接是尚济民，以为是催要《项目建议书》，就说：刚好刚好，晓彤刚刚送过来。

尚济民说：什么刚好？你快过来一下！马上！

陶砚瓦听尚济民语气知道是急事，抱起晓彤送来的《项目建议书》就往外跑。

身后晓彤说：主任，我先去吃饭啊！

陶砚瓦边跑边说：好，好！

果然是有大事儿、急事儿。

陶砚瓦敲门进去，就见尚济民坐在那里写东西。他头也没抬，只用手指了指桌前椅子，嘴里说声"坐"。

陶砚瓦就坐在那里。这是他第二次享此殊荣了。

尚济民不停地在那里龙飞凤舞，时而思考一下，时而继续写啊写，一副急事快办的样子。早过了开饭时间，他一定是因为太重要的事情，根本顾不上吃饭了。连陶砚瓦都一样，估计是要陪着饿了。

陶砚瓦不明就里，也帮不上忙，只好坐那里干等着。

尚济民终于停下手中的笔，把几页纸拿起来从头到尾看。估计是看出什么问题，又拿笔勾勾抹抹几次。最后自言自语说：好了！

陶砚瓦就看着他。他眼睛对着陶砚瓦，声音放得很小，像是怕被什么人听到，神秘兮兮地说：砚瓦啊，你现在不要吃饭了，马上把它打印出来，然后到国管局找局长盖章，尽快送到发改委去，交给刘志涛司长，一定要亲自办！两边我都说好了，你快去吧！越快越好！

陶砚瓦知道事情紧急，马上答应着，一手把新版《项目建议书》交给尚济民，一手接过文稿就往外走。

一进门，王晓彤正在他办公室等他。

原来她以为是一把催要新版《项目建议书》，刚才见陶砚瓦着急的样子，就盘算着别出什么问题，所以吃完饭就赶紧过来听令。

陶砚瓦心里就感觉王晓彤真是个懂事儿孩子。他也顾不上说别的，只是说：你来得正好，赶紧把这个打出来。

王晓彤就问：什么东西？

陶砚瓦说：我还没仔细看呢。一把手着急办，一定是大事儿。

王晓彤也不再问，就坐下打字。幸亏她又是打字员出身，看尚济民的潦草字迹还有经验。

陶砚瓦就打电话要车，让司机在楼下待命。嘴里说着：正是午休时间，人家肯定都睡了。

王晓彤就说：他们司机中午都打牌，才不睡呢。

陶砚瓦说：什么司机，我说的是国管局局长。

王晓彤就说：啊！肯定睡了。我好像听我嫂子讲过她们那里都午休的。

陶砚瓦一听，马上大喜过望，乐得不行。说：晓彤啊晓彤，经你这一提醒，我马上给李薇打电话。

李薇是王晓彤表嫂，在国管局办公室做副主任，与陶砚瓦早就认识。当年王晓彤就是她介绍过来的。

一手拨着电话，另一只手在王晓彤脸上轻轻拍了一下。

　　电话通了，马上传来李薇的声音：陶大主任，有何指示？

　　陶砚瓦说：薇薇啊，哥有难了。快帮帮哥吧！

　　李薇说：听说你正忙大事儿呢，一天到晚见大领导，哪里用得着我们！

　　陶砚瓦说：说正经的。现在不到 12 点半，我马上过去，有个急件要请你们局盖个章。

　　李薇说：好，你过来吧，什么事儿这么急？

　　陶砚瓦说：见面说吧！

　　放下电话，晓彤就打好了。陶砚瓦这才过来认真看了看内容：

　　文头是《关于请求拨付筹建国学馆项目用地预付款的请示》，内容是：

国家发展和改革委员会：

　　为贯彻落实总理、副总理有关指示精神（见附件1），筹建中国国学馆项目经商北京市人民政府，同意在奥林匹克中心区 B08 地块内选址建设（见附件2），规划用地面积为 2.62 公顷，规划地上建筑总面积为 8.67 万平方米，需支付土地一级开发单位土地划拨补偿款约 3.5 亿元。为抓紧落实规划用地，并请示分管副总理同意，请贵委按有关规定拨付项目用地预付款 3500 万元，专款专用。

　　以上请示，请予批复。

　　署名是"国务院机关事务管理局"。

　　也就是说，尚济民亲手为国管局起草了一个给国家发改委的请示报告。

　　陶砚瓦看了看文字和格式都没什么问题，就说：打吧。

　　又一想，文件需要用国管局的文头上报，还得带个盘才行。就对王晓彤说：你再帮我存优盘里吧。

　　拿上纸质文稿和优盘，又把两个附件凑齐，陶砚瓦就匆匆下楼了。

　　李薇就一直在办公室等着呢。她见陶砚瓦急急的样子，接过稿子说：什么东西这么急？

　　看了内容，李薇说：要以我们局名义发文，必须局长签字才行。你得先找我们刘副局长，看他能不能做主。他签了我就盖章，他如果不签你还得找一把手。

于是李薇过去把刘副局长敲醒。他睡眼惺忪地看了看说：这事儿我听说了，但还得找赵局长签字才行，他也知道这事儿。说着就在文稿上批示请局长阅。

陶砚瓦就硬着头皮去敲赵局长的门。

赵局长的办公室在顶头一间，更大些也更亮堂一些。他也在睡午觉。敲开以后，陶砚瓦就直说不好意思，打扰领导休息了。赵局长说：没事儿，你们尚济民同志给我讲过了，建设国学馆，大家都支持。年底了，有些事儿得抓紧办。

局长只在他名字上画了个圈儿，就把文稿退给陶砚瓦。

陶砚瓦平时在不同场合与两位局长一起吃过饭，虽说不上有什么深交，也应该都算是半熟脸儿。有一年在国家大剧院陪党和国家领导人看新年京剧晚会，正好和赵局长挨着坐在第一排中间。陶砚瓦的票是一把手秘书给的，说领导有事儿，就让把票给了他。赵局长也喜欢京剧，对流派、行头、剧目都很在行，和陶砚瓦聊得很开心。有一次在首都大酒店还碰到他，赵局长也很热情地打招呼。

回到李薇办公室，李薇说：我们局长还行吧？真够快的。

陶砚瓦就说：太感谢了，都是我党优秀干部啊！

李薇很麻利地把盘里的东西找到打出来，又亲自到管登记文号和公章的处室一一交代，很快就都做好了。

陶砚瓦就说：我得赶紧走，给发改委送过去。都这么急，也不知道为什么。

李薇说：嗨，肯定是到年底了，钱还没花完呗！

国管局因为有车证，进出都很容易。没有发改委的车证，车子进不去，陶砚瓦只好在门口办手续，一个人往里走。

见了投资司司长刘志涛，他接过那份带有国徽图案印章的文件，抬起手腕看了看表，十分惊讶地说：你们真是太快了！上午刚说的事儿，这还不到两点，你们就把文件送过来了。

陶砚瓦说：领导交代要尽快尽快，我们不敢怠慢。

刘志涛说：好，谢谢你们支持我们的工作。

听口气，从他这儿要到了钱，还算是支持了他的工作。

往回走时，陶砚瓦用手机给尚济民发了条短信：

事儿已办妥，刘志涛司长说真快！放心。

发出去后，陶砚瓦突然想到尚济民应该还在休息。自己光为了表功，竟忘记基本礼数了。

没想到尚济民竟很快回复：好，辛苦！

年底了，对陶砚瓦的离任审计终于进入尾声了。

刘世光偷偷对陶砚瓦说：弄了几个问题，都与你个人没关系。挺好，审审也好，什么问题也没有，挺好！

陶砚瓦心想：本来就没问题，这点自信还是有的。

陶砚瓦很快也看到了正式文件，是由机关党委和人事起草的，小组成员一一签字画圈儿，分管的张双秀，班子其他成员王良利、程秉祺、尚济民也先后签字画圈儿。

审计报告的正式文本给本人留存一份。那是厚厚的一大本子，封面是用克数很高的彩色铜版纸，有审计公司的名字和标志。据说为了这个报告，机关出了五万元。

陶砚瓦把这个报告往桌子上一丢，心想就为这么个破玩意儿，折腾出五万元。做得再漂亮，又有什么用处？可心里转念一想，花钱买了个这，千审万审，审来审去，证明自己干干净净，这不是一件天大的好事吗？这不就是把自己的清廉留给历史了吗？他本来想扔到废纸袋里的，想到这里他又留下来。

机关到了年底，表面上风平浪静，一切如常。每天看到的是例行的考核总结、评比先进、慰问老同志、与兄弟单位联谊等。但实际上，在不少人心中，早已是暗潮涌动，用惶惶不可终日来形容，怕也不为过了。

牵动这些人的心的东西，说穿了就是班子里可能会出现的位置。

明摆着，三个党组成员中，王良利已经到了年龄，马上超期服役；张双秀年龄将届，紧步王良利后尘即将要超期服役。

一般说来，一个位置就会有几个人盯着，两个位置当然就会有更多人盯着。

现在有多少人在心旌摇动，可想而知。

为什么年龄稍小的王良利、张双秀超期服役，年龄最大的尚济民反而没有呢？

这就是我们目前的干部制度规定的：正部级六十五岁退休，正部以下六十岁退休。所以年龄超不超，要根据职务来说。

我们国家的退休制度是一步一步逐步形成的。

由于我们共产党的政权最初不是靠选举得来的，而是靠武力夺取的，所以整个政权刚开始运作时就必然带有浓浓的革命色彩。毛主席说我们都是为人民服务的，是因为有人民的支持和拥护，我们才打下了红色的江山，是人民选择了共产党，选择了社会主义。我们永远不能忘记人民。他们在开始设计国体和政体时，就是按照这个理念来进行的。于是就有人民政府、人民法院、人民公安、人民银行、人民商场、人民餐厅等等，连用的钱币都叫人民币。

辛亥革命推翻了皇帝，但很长时间里并没有根除帝制，更没有从心里铲除对帝制的意淫。不少中国人的心中，其实是很希望有个皇帝的。你看电视上许多台都是播放辫子戏、宫廷戏，动不动就跪倒一片，皇帝说"平身！"于是喊"谢皇上！"或者是"皇上万岁万岁万万岁！"这实际有多么滑稽可笑？但中国人看得过瘾，因为爸爸妈妈爷爷奶奶都爱看，孩子也是从小就受了熏陶。

但历史还是要进步。毛泽东主席那一代打下江山，他们的设计是永远不能再回到皇帝时代的，他们是要彻底铲除产生皇帝的土壤的。

但毛泽东主席是夜以继日工作到八十三岁，到他生命的最后一刻才"休息"的，他就没有考虑退休的事儿。不光他没考虑，那个时候其他人也没考虑。邓小平六十八岁上给毛主席写信，说自己身体很好，还可以出来工作。一直工作到1990年3月，他在八十六岁才正式辞去最后一个职务。

在邓小平退休之前，他已经开始考虑和设计退休制度，而且也慢慢形成了现在都很明确的各种做法。

当时，邓小平主要的着眼点是在"离休"制度上。离休是离职休养的简称，核心内容就是人退下来以后，依然享受和原职位相同的所有工资福利待遇。被人俗称为"打江山的"，一定要把他们安排好。

　　而对于退休人员，只是规定了不同职务的不同退休年龄，俗称"到点就退"。当年曾有个笑话，说八十多岁的找七十多岁的研究六十岁的退休问题，就是指的当时的情况。但不管怎样，退休是有制度了，退下来是肯定的了。这就是进步，这也保证了我们的干部队伍有充分的活力和开拓力。

　　一般老百姓看上面当官的，云里雾里，热热闹闹，特别是在电视上，看他们西装革履，油头粉面，煞有介事。其实他们心里一样有苦衷，有纠结，有失落，有难堪，有落寞，有个人的小算盘，有不能轻易对人言的愤懑和羡慕嫉妒恨，甚至有的人表现得比一般老百姓更为浓烈和直接。

　　譬如乘坐地铁，坐着的人已经到站了但他还坐着，而站在旁边等着这个座位的人就只好仍然站在旁边继续等着。

　　或者用另一个比喻：有的人吃饱饭了还坐在那里侃大山看报纸打游戏，而一直排队等座位的人只好眼睁睁地干着急。

　　现在，王良利、张双秀就是到了站没下车或者是吃饱饭不走的人。他们都是老神在在，不紧不慢，干一天赚一天，爱咋样就咋样的心态。

　　刘世光、魏发达等几个人就是站在旁边干着急的人。他们年轻、有朝气、想干事，明面上又不能显出来猴急猴急的样子，只能在心里跟自己较劲，只能在等待中煎熬。

　　坐着的心想：只要没说让走，我们就不走！多干一天赚一天。

　　站着的心想：你不走，我们就只能站着看着干着急。

　　历史上皇帝立自己的儿子当皇储，老皇帝不驾崩，皇储就不能登基。皇储等得不耐烦，也有谋逆篡位的。同时也有老皇帝感觉不对把皇储废掉甚至杀掉的。那还是亲生父子。

　　这不是亲生父子的，处在同等情况，各有算计，各有怨责，各有猜恨，各有愁结，恐怕也是必然的。

　　把上述情况比作皇帝和皇储是有些牵强的，但也不是全无道理。因为按照中组部要求，要选拔确定后备干部，提早进行培养。当时班子研究是确定了三个后备干部，分别是张双秀分管的办公厅主任刘世光，程秉祺分管的业务司司长魏发达，王良利分管的业务司司长李如松。

　　这真有点排排坐、分果果的味道：一人一个，谁也不能多争多抢。当然了，这才仅仅是证明了谁才能在这场分糖果的游戏里有话语权，确定了谁才有可能具备吃到糖果的资格。

　　况且也绝不能说是一个分管领导指定了一个后备接班人，那肯定不是的。当糖果真来的时候，绝不是一下子丢出一把，而是不知什么时候丢出来一个，有一个幸运者得到了，又不知什么时候再丢出来一个，又有另一个幸运者得到。等待得到糖果的过程充满了各种变数，或者由于位置没腾出来，等于糖果没做出来，你着急也没用；或者由于糖果有了，半路上被拿走了，比如从外单位或者地方上来人得到了，你毫无办法；或者你在等待中自己出了问题，比如你腐败了，你病倒了，你把什么人得罪了，你被实名举报了等。

　　除了一把手，每个班子成员分管的范围里都出了一个后备，看似公平合理，没有二话，实则不然。因为三个人情况大不一样。比如李如松，虽然进了后备，但年龄偏大，进的时候年龄就趴着锅沿了，进去一年了，明显已是明日黄花。留在后备里也不过充个数、应个景、有个说辞而已。他本人对此也一清二楚，并不在意。有人拿这事儿和他开玩笑，他也是嘿嘿一笑说：我是陪太子读书的，年龄大了，能怪我吗？或者说，就是年龄大我才能后备上，年龄要不大我还后备不上呢。

　　这话也有一点道理，他虽隶属王良利分管，但素与王良利不善，从不把王良利放在眼里。假如他不是因为年龄偏大，王良利是断然不会恩许他后备的。

　　而刘世光和魏发达，都是热血偾张，萦绕于心，各怀心计，丝毫不敢懈怠。

　　前些时候中组部还曾专门来过一次，召集全体司局以上在职干部、已经离休退休的原班子成员、几位有影响的专家学者，一共五十多人，对上述人员进行投票测评。这无疑给已经接近沸腾的锅底下，又加了一把柴。

　　中组部的文件里有"完善竞争性选拔制度"，可见竞争要鼓励，制度要完善。

　　所以，刘世光和魏发达就竞争上了。

　　当然，他们的竞争是在台面底下，攥着拳头拉屎，暗里使劲儿。表面上，依然和和气气，不露声色。

第十七章　二虎争锋

这天刘世光推门进了陶砚瓦办公室，见陶砚瓦正在看一本《中国书法》杂志。他进来从不敲门，就直接走到陶砚瓦身后，想看一看陶砚瓦聚精会神地看什么宝贝。

陶砚瓦正聚精会神地盯着看范成大的《中流一壶帖》，没抬头，光凭动静就知道是刘世光进来了。

陶砚瓦看字帖不仅仅看书写技巧，还比较关注书写内容。所以他一边看，还要一边查背景资料、查生僻字的声韵训诂。因为古人用文言文，繁体字，这个帖又是草书，所以看起来会比较费力。

刘世光也转到陶砚瓦身后看。他认不得草书，就说：这字儿写得够花哨。

陶砚瓦说：古人信札都是率意为之，一气呵成，草得很有章法，绝不乱来的。

刘世光对这个话题没兴趣，说：老陶啊，有个事儿得请你帮帮忙。

陶砚瓦就知道他不是过来谈书法的，而是另有他事。刘世光没和陶砚瓦拐太多弯儿，陶砚瓦比较喜欢这个风格。

刘世光说：听说你和国办人事司司长张冬广认识？

陶砚瓦说：我们是同一年转业的，曾在党校是同学，关系还行吧。但我可没为私事儿找过他。

陶砚瓦心想：他早打探好了，想瞒也瞒不住。

刘世光说：我想请他吃个饭，麻烦你帮着联系一下。

陶砚瓦说：国办的同志都比较谨慎，我联系联系看吧。但他肯定会问，你找他有什么具体题目没有？

刘世光说：不瞒老兄，我感觉事情不大对劲儿。

陶砚瓦说：你们这两个年轻人，应该说都不错，要能都上去是最好的。

刘世光说：我刚刚听到一个消息，说某南省政府秘书长陆如海要调过来。

陆如海当过地级市委书记，假如他要进京，那就可能意味着刘世光和魏发达都面临严峻的局面。陶砚瓦听说过这个人，说：

如果是真的，那当然就增加很多变数了。怎么，你打算去国办？

刘世光说：如果能进国办当然好了，有职务最好，没职务我也去。就是给个员儿，我也去。我有这个自信，他给个员儿我照样能翻上去。

刘世光说着，眼里泛出自信的光。

陶砚瓦感觉刘世光真是个人物，这样的人物他以前从未遇到过，就说：好，我联系一下看。我也好久没找过他了。

刘世光是从基层，准确说是从某北省某县公交公司职工干起的。

他毕业的学校应该是个中专，然后回到县里的公交公司做共青团工作。是不是当过司机、售票员之类的，理论上应该有，但他自己是从未提起过。总之是他从基层干起，先进了县政府，之后是地市政府、省政府、国务院，与此同时，他的学历也从中专成为大专、大学本科。

他自己讲过一个细节，说他在县里时，曾到省政府去找人办事儿。在大门口被刁难、训斥。他就暗下决心：我将来一定要到这个院子里来上班，而且就是要管这个门卫！后来他真的就来了，当了省政府的副秘书长。那个门卫还在否？他怎么"管"那个门卫？他没讲，别人也没问。

这个例子也算是比较典型的，很有点儿东汉开国皇帝刘秀"仕宦当作执金吾，娶妻当得阴丽华"的意味。这两句豪言壮语成为千古名言，搅得历代英雄心中激荡。

按说刘世光算是已经进了国务院，进了广义的国务院，即国务院管辖的部门。

但狭义的国务院，只有中南海北区的总理、副总理、国务委员及其秘书，再加上国务院办公厅几个秘书局。

广义的国务院，那就包括了国务院的组成单位、直属机构、办事机构、事业单位等等。

陶砚瓦念中学时，有个同学随军进了北京，分配在国谊宾馆当电工。那时国谊宾馆归国家外国专家局管，传回深州时，都是说这个同学进了国务院，让陶砚瓦们惊羡不已。

估计刘世光家乡的人，对刘世光步步高升的羡慕，一定会远超陶砚瓦们当年对那位同学的羡慕，而且是 N 倍。

刘世光是两年前从某北省人防办副主任、党组书记任上调干进京的。他敦敦实实的样子，做事粗中有细，两眼炯炯有神，一望即知事情脉络、前景走势。他刚来时是在业务部门做巡视员，给人印象是有一股子冲劲儿，说话喤喤喤，做事也是一竿子插到底。优点是他带来一股清新空气，但同时他的缺点是不太尊重机关的习惯做法。大家纷纷猜测他可能要在业务部门接司长。当时的办公厅主任是前任党组任命的，虽将届退休年龄，但干得很起劲儿，也没一点松懈迹象。

但是很快就出现戏剧性进展：老主任被免职任巡视员，刘世光被任命为办公厅主任。人们这才醒过闷儿来：原来他是奔着办公厅来的。

党组换届后尚济民来了，刘世光便感觉自己这个主任或者是往上走进班子，或者是被撤换到业务部门任司长，总之是兔子尾巴长不了。但一晃一年多时间了，丝毫没什么动静，他心里就直打鼓。他自己当然是往上奔的心思，私下里接触了中组部的人，也找了不少外面、上面的关系。

他的关系中有中共中央党校中青年干部培训班的同学，他进的那期是一年制。全班三十多个人，都是年轻有为的厅局级干部，至今呼啦呼啦出了副省部级八九个，正省部级两个。刘世光是班里的生活委员，给大家在生活安排上下了点儿功夫，让人们印象较深。那时撒下的种子现在发芽了，开花了，也有很诱人的果实了。有的同学已经能够和副总理、国务委员有接触机会了。刘世光就暗地里利用这些关系，进行一些活动。

当然，他还有身居高位或在上层大领导身边工作的老乡，也一样活动了活动。

陶砚瓦初识魏发达，是在程秉祺主持的一个业务会上，地点在怀柔的宽沟。陶砚瓦作为后勤保障负责人与会，等安排妥当之后，就想转转院子里的水，爬爬院子里的山，放松放松。刚要出门，被魏发达叫住了，说：你做了很长时间的业务处处长，请你参加我们司的会，一块研讨研讨吧。

陶砚瓦说：我那是老皇历了，你们司开会，我就不参加了。

是我请你参加！魏发达把"请"字说得很重。

陶砚瓦不怕天，不怕地，就怕别人客气。魏发达这一请，他就不好意思拒绝了。

陶砚瓦参加的这个会，是"大会套小会"里的"小会"。大会是由程秉祺主持的，这个小会则由魏发达主持，研究明天上午大会上程秉祺要讲哪几个问题。出席的人只有他们司里几个处长。主题是研究怎么调动专家学者的积极性，多出好的成果。几个处长都认真发言，讲得很热闹。比较集中的意见是要对专家学者加强管理，建立激励机制，每年考核评比，贡献大的给予奖励。

陶砚瓦一直在听，他不想过多参与。

但魏发达却一定请他发言。陶砚瓦过意不去，只好讲了几句。大意是专家学者身份特殊，不同于我们机关公务员，怎么考核他们，怎么量化他们的工作，怎么建立激励机制，一定要稳妥。否则可能会有反弹，甚至产生后续效应。

陶砚瓦讲得很含糊，很软。他的身份也只允许他讲到这个程度。魏发达听了，说要重视这条意见，把关于这个问题的表述再抠细一点，再婉转一点。

没想到第二天会上，程秉祺刚讲完，专家学者们就开了锅。他们纷纷质疑、反对这个"激励机制"，有的越说越激动，甚至有个老专家还说了气话，如果一定要搞这个激励机制，他就回家抱孙子去了。程秉祺当即表示，目前这个想法仅仅是一个初步的、粗糙的设想，还要多听取意见，反复研究。总之出发点是调动大家的积极性，为大家做好服务。

魏发达当天就对陶砚瓦说：你老兄真不愧是个老业务，还是你对他们的路子吃得比较透。那次会议最后形成一个纪要，最后的稿子付印前，魏发达一定要让陶砚瓦帮着改一遍，他则去和几个处长打牌。陶砚瓦见他真诚，又盛情难却，也就不再客气，提笔就改，下笔也比较大胆。改完之后送到魏发达屋里，魏发达一只手举着手里的牌，另一只手把烟从嘴里取出来说：放那儿吧，坐下来来两把？

可知此人之率真和不拘小节。

这件事儿给陶砚瓦留下极深印象，也让他对此人刮目相看。

魏发达和刘世光都是1962年出生，属虎的，也都是从农村出来的农家子弟。他们年龄差不多，级别一样，也算是各被重用，身居要职。

　　但他们是两种类型的人。

　　魏发达一路走来是靠苦学，靠自己努力学习取得了一份金灿灿的学历：北京大学社会学研究生。毕业后是在另一个部委工作，当了处长之后比刘世光稍早调过来的。

　　魏发达虽然出身名师名校，罩着学界泰斗的光环，但从他身上却丝毫看不到这些影子，他没有一点点书卷气。唯一可以和费孝通先生相像的，是他胖胖的身子。与儒雅之气恰恰相反，他喜欢抽烟喝酒，打牌会友。

　　他抽烟的频率，号称"每天一点"。就是每天醒来后只需把第一支香烟点燃，随后就一支接一支续火，一直到晚上睡觉前最后一支。

　　他喝酒，是奉陪到底型。只要他在场，能喝的不能喝的，他都是一陪到底。这句话一是说明他特别能喝，客人酒量再大，他也能奉陪到底；二是说明他并不十分嗜酒，人家不想喝了，他也并不死缠烂打。

　　他打牌，瘾头儿较大。确实不少人见过他周末晚上 9 点、10 点以后，应该是吃过饭了，带着几个朋友来办公室打牌，往往要打到次日凌晨，他也就躺倒一睡，省了一顿早饭，荒废一个上午。

　　他喜欢交友，确实是三教九流、五行八作、天下英雄，尽入彀中。每日里进进出出，迎来送往，一派繁忙景象。

　　陶砚瓦也很欣赏魏发达，感觉这小子也是个人物。

　　刘世光和魏发达的竞争其实早就开始了。

　　两人都是尚济民前任耿茂盛调进来的，这位耿茂盛退休前，有一个比较大的政治操作，就是使自己在从行政岗位上退下来的时候，一定要全力保住全国政协常委的身份，从而使自己的政治生命、政治影响再得以延续五年。

　　他退休的那一年，既是政府的换届年，也是人大、政协的换届年。情况比较微妙，时机不可丧失。

　　他的具体操作也很简单：写好自己当政五年的总结，把总结报告国务院同时抄报全国政协，争取全国政协主席有个批示，顺利延续留任一届全国政协委员和常务委员。

　　所以，能否写好自己当政五年的总结，就成了至关重要的头等大事。

　　凡是能够当到部长级的人物，都是政治经验十分丰富、政治操作十分娴熟的人物。耿茂盛为了达到自己的目的，也采取了一系列非常措施：

一是在会上严肃阐述这次总结的重大意义。从毛泽东等老一辈革命家重视总结讲起，一直讲到党中央总书记的政治工作报告、国务院总理的政府工作报告，秘书长的指示和要求。

二是为了写好总结，成立领导小组，他亲任组长，班子成员任副组长，所有正司局长悉为成员。

三是成立起草小组，由魏发达任组长，成员从全机关年轻写手中选调。小组怎么搞，在哪里搞，由魏发达定。后勤保障由服务中心负责。

四是规定时限，拿出初稿。

这个阵势，实际上是倾全机关之力了。

魏发达也当仁不让，踌躇满志，表示不负重托，全力完成这个艰巨任务。

第二天，他就带一哨人马奔了成都，住在省委组织部一个宾馆里，开始了他的远征。他决心要用自己的"雕章五色笔"，换取耿茂盛的"紫殿九华灯"，并且大有"黄沙百战穿金甲，不破楼兰誓不还"之气概。

魏发达一走，刘世光这边感到一丝失落。

他左思右想，有道是"国难轻妻子，时危重甲兵"，自己在关键时刻不冲上去，更待何时？于是他毅然主动去找了耿茂盛。

他见了耿茂盛，只说这次的总结确实重要，党组重视，采取的措施也万分正确。只是以业务部门为主来搞，办公厅同志们感觉不放心。

耿茂盛早料到刘世光会有这么一出，他正等着刘世光张口呢。就说：世光啊，你找陶砚瓦再组织几个人，也抓紧弄个稿子，哪个好咱用哪个。

刘世光就得了圣旨，带着陶砚瓦，还有办公厅几个人去了怀柔宽沟，决心弄出锦绣，再回宫大比，一举夺魁，谈笑封侯。

陶砚瓦心里明白，这台戏不好唱。因为成都那边是 A 角儿，宽沟这里是 B 角儿。B 角儿要想代替 A 角儿，除非你唱得太好了，感动了观众，或者等待 A 角儿生病出事儿。而观众虽然只有耿茂盛一人，但在他心中，肯定是寄望于魏发达多些，看重一些。你刘世光不过是个中专生嘛，至于你的大学文凭，那都是参加工作以后糊弄来的嘛！你手下的陶砚瓦也一样，没有正规文凭，你们是个草台班子嘛！

五六人到了宽沟招待所，一个一个拿上钥匙进了房间，安置妥当后，刘世光就招呼大家到咖啡屋集合，让每个人想吃什么、想喝什么随便点。几个人以前出来开会，都是规规矩矩，给什么就吃什么，这次自由放开点，当然感觉很享受的样子。有点咖啡的，有点红茶的，还有点冰淇淋的，一个个脸上都荡漾着欢喜。

刘世光说，我们现在的形势，大家心里清楚。有个正规军已经在成都铺开阵势了，我们是游击队，也总算是来到一线战场了。能不能把这场仗打赢，就看我们在座的几位了。我们要按照毛主席的思想来打，就是要不畏惧，不迷信，用智慧，求全胜。老陶啊，我建议你把党的十七大政治工作报告，以及2008年国务院的政府工作报告看一看。这两篇文章都是回顾过去五年的工作，一定有可借鉴之处。我们不妨移花接木，照猫画虎，勾勒出一个大致轮廓，说不定就能力挽狂澜，反败为胜。总之，既然受领了这个预备队的任务，就要拿出绝活儿，让领导看看咱们的实力。我个人有信心，各位不妨先议议。老陶你是老同志了，这次我们这儿动手写也是以你为主，你先谈谈。

陶砚瓦明白刘世光心思，但没想到他竟然把毛主席抬出来了，而且讲了半天，也没听出来哪一句属于毛主席的思想，充其量只能算是山寨版的毛主席思想吧，就说：

我自从转业到地方，头一年10月份报到，12月初就执笔写当年的工作总结，说来也曾写过十几年吧。但像今天这种情况，作为替补、预备队，还真是头一次。世光刚才算是做了战前动员，我看我们只能丢掉包袱，放开胆子，怀着必胜信念，敢于全面超越，争取最好结果。我看能不能简单分分工：李燕负责收集材料，我负责搭建文章结构，主要是开头部分、结尾部分以及所有大小题目。其余三位同志一个负责执笔五年回顾，一个负责执笔今年工作，一个负责执笔今后展望。世光你也得分个任务：就是尽早拿到成都方面的成果，最后当然是你负责把我们的成果报给领导，让他接受和采纳。我看三天之内拉出初稿，再用两天进行调整，五天后班师回朝。

大家就说同意。刘世光也说，就按老陶说的办。

刘世光说，既然思想统一了，任务都分了，大家先轻松轻松。咱们现在去爬山，中午12点吃饭。

大家就欢呼着回屋换鞋去了。

宽沟招待所隶属于北京市人民政府办公厅，是市委、市政府的对外接待窗口和重要会议基地。

刘世光、陶砚瓦这一哨人马，在这里安营扎寨，虽没有千里入蜀，借助诗仙诗圣三苏郭沫若之灵气，却也是融入大自然，得山之精、水之韵、天之道、地之魂，别有几分情致。刘世光心里着急，但只以轻松面目示人，每晚问候慰劳，带大家洗脚游泳。风雅如陶砚瓦辈，公务员生涯几十年，享如此高规格礼遇，似也不多见。

于是，情怀便有奔放之势，胸襟便有远阔之感，下笔之胆略，文思之涌流，滔滔然不可遏也。

陶砚瓦起草的稿子，首先站在党和国家领导体制的制高点上，从以毛泽东为代表的党的第一代领导核心、以邓小平为代表的党的第二代领导核心如何重视并实施对本部门的领导这样一条线索，各有建树，分别叙述，简单扼要，发潜阐幽，谓之高屋建瓴，非为过矣。

几个题目也排比连贯，层层剥笋，步步生莲。

大家把稿子合在一起，又顺了顺，读了读，免不了增删调整，具体处简繁适度，总量上长短得宜。

第五天一早，刘世光兴冲冲地跟大家说，成都稿子来了。打开看时，自是往年沿袭模式，文平字顺，并无新意。

原来刘世光是打着耿茂盛旗号，说一把手急着要看成都成果，正面强攻得手。

大家一边看，一边笑。都说我们胜利在望，游击队真要赢过正规军了。

刘世光就说，我们收拾东西，中午不吃自助了，安排一桌好的，犒劳犒劳大家。

几个人都说说笑笑，心情大好，中午点菜，各有机缘偏好，你一个我一个地点。不料本子上的菜肴是随季节调整的，时值冬日就吃不到夏天果蔬。所以点的东西难免有的有，有的没有。于是就对小服务员埋怨，说几个好菜都没吃上。

下午回到机关，刘世光拿着两边稿子，去找耿茂盛汇报。耿茂盛把两个稿子都翻看一遍，脸上无任何表情流露。

他是老秘书局长出身，当然知道孰优孰劣。两个稿子摆在那里，其高下不是略输文采、稍逊风骚，而是云泥之差、天渊之别。

　　但差距越大，他反而左右为难，不好表态了。

　　假如他像陶砚瓦这些人一样，一定是喜形于色，大呼过瘾，宽沟好，成都差，表彰一家批评一家。那效果是什么？效果一定是一家狂喜一家难受。而难受的一家有错吗？你一把手只说要写总结，怎么写，写什么，你一句话没有。他们只好按自己的理解去完成了。而且你亲任领导小组组长，亲点大将，成都的队伍更是你亲组的，你否了成都，不就是否了你自己吗？

　　宽沟的稿子也真是太好了，太合自己心意了，将来采用的一定是这个稿子。但假如把心里话说出来，无异于尊刘贬曹，抬一个贬一个。刘曹二虎争雄，人人尽知。如果一个火了，一个灭了，那这个戏怎么唱下去？一把手就是要控制，控制的理想状态就是平衡，自己把自己的平衡打破，不是疯了就是傻了。

　　所以耿茂盛心里早打定了主意。他不紧不慢地说：两个稿子我都仔细翻了翻，各有特色，都很不错。我看下步这样，还是以办公厅为主，把两个稿子合到一起，尽量取两边精华，搞一个更好的出来。我跟双秀同志讲了，请他也费费心。

　　一把手的水平确实不一样。他不说看，而说翻，就是说看得不一定准。但说翻是翻，我前面可加上了"仔细"二字，表示尽管是翻，但我是仔细翻的，也不能说我的判断没有根据。让张双秀参与，是因为既然回到办公厅来搞，分管的张双秀不能不出面，起码可以对刘世光加以牵制。

　　当了一把手，哪个不是靠会说话当上的？而作为一把手，说话的最高境界，就是永远留有余地，永远让人攻不倒。就像算命的先生，他说的话具备无限可能，怎么理解都没错。

　　刘世光也早料到会是这个结果。但他的目的已经达到了，就是重新夺回了五年总结的起草权。

　　这也是很不容易的。因为此权既失，夺回何易？况且此权不夺，处于下势，人前人后，颜面无光，更可能晋升无望，岂不悲夫！好歹这次在一把手那里，知道自己为了五年总结，拍马上阵，苦战救主，煞费苦心，惨淡经营，捞回一分。

　　其实这一切，张双秀早在旁边看得仔细。

　　于是张双秀该上场了。

　　张双秀感觉很不爽，因为他感觉受到了冷遇，业务部门不归他管，魏发达那一哨人马呼啦啦奔成都，他生不着气。但是你刘世光陶砚瓦这帮子人可全是我直接下属，你们就仗着一把手的势，也大喇喇奔宽沟了。你们多大能耐？明显没有把我放眼里！

　　他这种人也没什么原则立场，不过是别着一点小气儿。当一把手让他牵头负责往深度走时，他就想着一定好好表现表现，一是要让一把手明显感觉到他的忠诚，二是让刘世光、陶砚瓦明显感觉到他的威严。

　　于是他马上召开会议，传达一把手指示，要求马上动手把两个稿子往一起合。咋咋呼呼半天，也没说出什么道道儿。大家听了，面面相觑，一个个云山雾罩，莫知所云。

　　两个稿子合成一个，不是说说就行的。怎么合？合什么？那要一是一，二是二，搞得明明白白。另外第一回合打过了，刘世光虽说夺回了主导权，但又一头栽在张双秀的马下，听他瞎咋呼。陶砚瓦也是，自己投入精力，投入热情，认真搞了三五天，跟自己稿子有了感情，现在一句话要合，心里就不顺畅，心想爱怎么合怎么合吧。

　　张双秀讲痛快了，让大家发言。在场的每个人都是从宽沟回来的，心情和陶砚瓦一样。让说就说，只是都泛泛而谈，原则性地表态，具体怎么合，谁也没主意。

　　张双秀也不太傻，他当然明白大家心里不舒畅。但他给自己的定位就是把大家的不舒畅压下去，而且是谁冒尖就掐谁，只要让耿茂盛心里舒畅就行。

　　见大家说得含糊，张双秀显然不满意，就点名陶砚瓦发言。陶砚瓦无奈，就想说几句应付他：

　　一个总结，两个队伍背靠背搞，领导也没具体指示怎么写，现在就出来两个版本，而且这两个版本的思路、套数各不相同，各有千秋，这是必然的。领导的意思大家也都明白，就是要把两个稿子合在一起。这就牵涉到一个问题，即以哪个稿子为主的问题。我的意见是以我们在宽沟形成的稿子为主，适当吸纳成都稿子中好的部分，特别是关于业务工作的部分。

　　陶砚瓦说到这里时，被张双秀打断了。

张双秀说：你理解领导的指示有偏差。领导只说把两个稿子合在一起，可没说让你以你们的稿子为主。必须正确理解领导指示，不能自以为是，不能以自己的理解代替领导的指示。

陶砚瓦听了这话，心里真想当面骂这个狗上司。但他也毕竟是工作多年的人了，风里雨里都过来了，特别是他已经具备长期在德才很差的上级手下工作的经验了，所以就忍住心中愤恨和鄙视，说：

我自己能力水平差，还是双秀同志一贯能够正确理解领导意图，我们还是听他的吧。

然后就不再说话。

别人也不再说话。

张双秀看看这个，看看那个，谁也没有要说话的意思，就开始点李燕：

李燕，我看你对两个稿子都掌握得不错，就由你来执笔合在一起，明天下午咱们在座的再碰一下。

李燕一听，马上说：我也同意陶主任的意见，要改就以宽沟的版本为主。

张双秀说：世光啊，我看我搞不下去了。你们办公厅的人水平都很高啊。我看还是由你来执笔吧。如果你也不行，咱俩个人一起去见茂盛同志。

刘世光一直不想吭气，这时他就打圆场说：好，我来执笔。合两个稿子，肯定不是半斤八两，一边一半儿，必然要有个主次轻重。我们尽量照顾方方面面吧。

张双秀说：好，我等着你们的成果。

会议在不太愉快的气氛中散了。

陶砚瓦起身就走。

刚进门儿，刘世光就推门进来了。

刘世光说：老陶，还得你执笔干，别人你看谁行？给你打打下手儿？

陶砚瓦正没好气儿，就说：我执笔可以，但是咱把话说在前面，我执笔就是要以宽沟稿子为主。你不同意最好，找别人去弄。我还告诉你，在你提职的问题上，张双秀绝不会为你说半句好话。而魏发达则不同，他有程秉祺罩着，人家是死保他，死抬他。你们两人的竞争，实际上是上面的竞争，现在看来，你已经处于劣势了。

刘世光无奈地说：老陶啊，我心里当然清楚了。但是我怎么办？张双秀与王良利不同，王良利的为人早摊在明面儿了，都知道他是个什么货色，所以他说什么坏话也没人太在意。张双秀则不同，很多人都以为张双秀是老实人、厚道人，所以他的话可能更具杀伤力。正因为此，我也不敢跟他正面过不去。唉，怪咱弟兄倒霉，上辈子干了什么坏事儿，这辈子碰上这种缺德领导。

刘世光说着，神情也有些激动黯然。这是陶砚瓦第一次看到他的软弱无助。想想也是，假如自己的分管领导处处为部属着想，平时严格要求也罢，批评敲打也罢，关键时一定为下面说句话，这是最起码的官德。但就是这点卑微的要求，经常还是指望不上。这个狗上司只顾得讨好他的上司，随时准备把下属扔出去，你还能指望他什么？谁还想为这样的上司干活儿卖力？

陶砚瓦经常想也经常说：我们是国家公务员，不是私人服务员；我们是公仆，不是家奴。只有这样想和这样工作，才能在机关混下去。否则，只能学自己的先祖陶渊明，"采菊东篱下，悠然见南山"去吧。

想到这里，就悲壮地对刘世光说：世光你放心，我还是会好好把这个稿子弄好。咱不为别人，仅仅为自己，也得弄好。

世光说：老陶啊，你真是我老哥啊。谢谢你了！

陶砚瓦也想明白了，耿茂盛、张双秀明明都在装孙子。他们心里都明明白白，都知道哪个稿子好，但为了自己的面子，为了种种混蛋逻辑，嘴上都坚决不承认。爱承认不承认，我就按自己路数走，赶紧把这破活儿干完交差得了！

他还是按宽沟稿子的顺序、结构不变，只是把成都稿子与宽沟稿子内容相重叠的部分，整段整段地置换过来。好在有电脑 Windows（微软视窗操作系统），可以用鼠标操作，其实还算简单。大概用了两个多小时就完成了。他用内线电话把李燕叫过来，让她带着优盘把新稿子拷过去，再从头到尾顺一顺，打印出来直接送刘世光。

刘世光在新稿子上批：请双秀同志阅示。

张双秀什么也没批，他也没仔细看，就拿着向耿茂盛表功去了。他想这么快就弄出了成果，耿茂盛应该会对自己满意的，他心里做好了受表扬的准备。谄媚的下属有时真弄不明白，为什么自己的头埋得越低，上司的头却扬得越高。

他们永远也弄不明白一个简单的道理：谄媚也是需要内涵和品位的。

如果腹内空空只靠谄媚，徒有愚忠和猥琐，那是会让上司生厌的。

更加要命的是，猥琐竟会被认为虚假！

耿茂盛就看厌了张双秀的猥琐，以至于他一见张双秀猥琐的样子，心里就不愉快。他甚至认为，这个张双秀就是靠自己的猥琐，才爬到了目前的位置，换句话说，他不知在多少上级面前呈现这种猥琐了。就像妓女接客，所有的表现都已经程式化，不会是真情实感的。

耿茂盛不仅没有表示满意，反而很快挑出几个待商榷之处，用红笔在文字下面重重画了横线。说：这几个地方好像不太妥切，让他们搞得再细致一点，别马马虎虎的。

说完，把稿子漫不经心地递给张双秀。

张双秀感觉自己受了批评，回到自己办公室，他看了看时间，已是下午4点半，再过半个小时就该下班了。他毅然给刘世光打电话，要求他和陶砚瓦、李燕等人到会议室集合，而且准备晚上加班。

张双秀见人来齐了，就开始训话，说耿茂盛同志对稿子很不满意，用红笔画了好多处。我们做事一定要细、细、细，写稿子更不能马马虎虎，可能一个字用错了，甚至一个标点符号用错了，意思就会相差十万八千里。这次五年总结，党组十分重视，茂盛同志反复强调，亲自修改，几次重要指示，我们只有用更艰辛的劳动，更加倍的努力，才能完成这个艰巨任务。像这样粗枝大叶的东西，不能再出现了。他越说越激动，说到这里，他竟然一甩手，把手里的稿子直接扔到垃圾桶里了。

所有人都没想到，他竟然会有这样一个动作。大家看着他动情的样子，谁也不出声，气氛一下子又凝重起来。

张双秀自己也感觉有点失态了。他故作镇静地说：咱们今晚一起加班，我陪着大家，什么时候弄好什么时候回家。

散了会，陶砚瓦吩咐李燕让食堂准备晚饭，说咱先把肚子伺候好，别伤了身子。

吃完饭，刘世光就招呼大家在会议室加班。李燕把投影仪装上，一段一段过。

张双秀饭前对部属训完话，自己又带头加班，感觉做得已经很好了，估计耿茂盛也应当满意了。他看耿茂盛屋里还亮着灯，就抢先进去汇报进展。耿茂盛晚上有个宴请，正要出门，没听完就明白了他的用意，便打断他说：对下面严格要求好。不过说实在话，世光和砚瓦这次还是卖了力气，他们的稿子有新意，站位高，总体上看是超水平发挥了。你再抓点紧，我看基本上可以用了。

张双秀马上一迭声说：好、好、好！头像捣蒜般点着。

从耿茂盛屋里出来，张双秀立马往会议室赶。他想着自己刚刚把稿子扔垃圾桶里了，那是因为耿茂盛说对稿子不满意。现在耿茂盛的意思是稿子"有新意、站位高"，还说世光、砚瓦"超水平发挥"，特别是这个稿子"基本上可以用了"，那怎么能扔？扔了这样的稿子不是显得很不负责任吗？所以一定要把它找回来！况且上面还有耿茂盛画的横线呢！

张双秀饭也顾不上吃，一个人摸黑进到会议室里，在墙上摸来摸去找开关。他在会议室里开过无数会，对自己座位比较熟悉，但对照明开关的位置十分陌生，摸了半天也没摸到。正着急时，李燕吃完饭提着笔记本电脑过来，提前做准备，推门看见一个黑影在屋里，吓得一声尖叫，扔下电脑就往外跑，边跑还边哭叫起来。

张双秀就喊：别害怕，是我！我是张双秀！

李燕听到是张双秀，马上破涕为笑：啊！领导啊，你可吓死我了！啊——最后已分不清是笑声还是哭声。

张双秀说：你快过来给我开开灯，我找不到开关。

李燕就把灯打开，说：您快去吃点东西吧。这里的事儿有我们呢。

张双秀也不理李燕，直奔垃圾桶，还用手在里面翻找。

李燕就问：您找什么？

张双秀嗫嚅道：不找什么。

李燕说：您是不是找那个稿子？

张双秀说：是，啊也不是。

李燕说：刚才小张从里面拿出来了，把领导画红线的地方都标出来，又扔了。

张双秀一听，知道下手晚了一步。就说：那好，那好。边说边走了。

李燕望着他的背影，心里说：神经病！

那个稿子还是以宽沟版本为主，先上了行政办公会，又经党组扩大会讨论，——顺利通过。

按照程序和之前的设计，上报分管领导，同时抄报全国政协相关领导。

总结报上去了，耿茂盛还——给秘书打了电话。

总结报上去了，张双秀感觉又了却一件领导交办的公事，此事再与他无关。

总结报上去了，刘世光琢磨着只要大领导有批示，耿茂盛就得手了。

总结报上去了，魏发达想着刘世光、陶砚瓦折腾多日，只是贴了贴金，抛了抛光，内瓤还是成都的。

总结报上去了，陶砚瓦的感觉难得和张双秀一样，又了却一件领导交办的公事，此事再与他无关。

总结报上去了，几天后，果然有捷报传来：

相关领导批示：近五年来，围绕中心，服务大局，做了许多工作。有创意，有成效，值得进一步总结和提高。望进一步领会和贯彻十七大精神，发挥优势，做好各项工作。

最牛的是全国政协领导批示：茂盛同志不仅工作做得好，而且模范地履行了全国政协委员的职责。我看了他报送的材料感到：一、五年来所做的工作，所积累的经验，有许多值得全国政协学习、借鉴；二、全国政协可以与茂盛同志所做工作优势互补，可以就某些课题开展"强强联合"的合作，为党和政府提供高质量的决策依据；三、茂盛同志所在单位有许多知名的统战人士和成员，希望他们在这个神圣的岗位上，为统一战线事业的巩固和发展，做出新的贡献。以上请政协办公厅研究。

全国政协其他领导批示是顺着来：主席重要批示连同耿茂盛同志五年总结报告，请驻会各位秘书长认真学习、研究，办公会议学习讨论一次，提出落实意见。此件转耿茂盛同志。

捷报如期传来了，耿茂盛心里兴奋不已。有了这几个批示，他已对自己蝉联全国政协委员，有了九成九把握。

又过了几天，陶砚瓦接到通知，全国政协一位副秘书长，要带着几个人过来，研究落实主席关于"强强联合"的批示。

刘世光偷偷对陶砚瓦说：也就是走走过场吧。咱们是政府部门，怎么和政协"强强联合"？完全是两码子事嘛。老耿再保一届常委才是真的。

果然没过多久，《人民日报》上刊登了新一届全国政协委员名单，在特别邀请人士界别里，耿茂盛的大名赫然在列。他终于实现了自己的目的，终于可以在退出行政职务后，得以继续在新一届全国政协中保留了委员身份，全国会议一开，程序走一下，他将再次蝉联全国政协常委。

按照目前做法，只要有了这个政治身份，就不能办理退休手续，将继续保留秘书、司机、办公室等待遇不变，并保持其政治影响五年。

而所谓"强强联合"事宜，正像刘世光分析的，双方开完会，写了个纪要，弄了几条措施，便再无下文。

通过这件事儿，刘世光感慨万千。他偷偷对陶砚瓦说：老陶啊，我真佩服你呀！在王良利、张双秀这些政治僵尸手下搞了这么多年。你想过没有？在他们手下工作就是陪他们玩儿，没有任何意义！你纯粹是在浪费生命！因为他们早在仕途上没有任何机会，只是拉着你陪他们一起走向政治生命的终点！你在年轻时应该觉察，早一点儿摆脱殉葬的命运！现在你把青春都耗光了，已经是温水里的青蛙了！

那天两个人切磋半日，颇觉无奈，仰问苍天，徒余浩叹。

第十八章　大人虎变

陶砚瓦心里惦记着刘世光的事儿，就抽空给国办人事司司长张冬广打了个电话。

张冬广是江苏苏州人，和陶砚瓦一批转业到国办，两个人的级别都是营连级。张冬广比陶砚瓦还小两岁，但人家在"海"里工作，进步比陶砚瓦快，早就是正司级了，陶砚瓦这边还副着呢。

近年来陶砚瓦弄诗词弄得风生水起，估计是张冬广也知道了。去年某日突然接他电话，说自己写了些东西让陶砚瓦好好看看，挑挑毛病，然后就要了邮箱，发过来了。

陶砚瓦打开邮箱一看，原来是些诗词习作。陶砚瓦按照老习惯，先看头一首，是七律但不合律。

每当遇到这种情况，头一首不合律，后面的不需再看了，因为他不可能合律了。根据自己多年经验，头一首不合律，就从来没见过后面的突然又合律的了。

陶砚瓦认为，一个真心要写诗词的人，是不可以乱来的。一定要按照古人定的规矩写。那就是一定要讲格律，讲对仗，押平水韵。否则便是胡天胡地，放屁添风，不作数的。你如果只是自己好玩，写给自己看，当然没问题，但是只要你发表出去，那就是污人耳目，误人子弟，是会有恶果的。

前些年山东省有位作协副主席，就是在报上发表了不合律的诗词，弄得全国诗词界不高兴，千夫所指，人神共愤。本省有位老先生在报上发声明退出省作协，说为有这样的领导感到羞耻。

山东那位老先生一定想到了先哲孔圣人。孔子一生推崇周礼，而《礼记》王制篇就明文规定："析言破律，乱名改作，执左道以乱政，杀。作淫声，异服，奇技，奇器，以疑众，杀。行伪而坚，言伪而辩，学非而博，顺非而泽，以疑众，杀。假于鬼神、时日、卜筮，以疑众，杀。此四诛者，不以听。"可这位省作协副主席无知者无畏，丝毫不为所动，大有泰山压顶不弯腰之勇。嗟夫！孔孟之乡邻，竟斯文扫地，狎亵若此，直令天下唏嘘，徒叹大道之不存也久矣。

陶砚瓦时有机会受邀去大学或一些培训班讲课，几次谈及此事，顿时义愤填膺，慷慨激昂：

诸公须知，你既然要用诗词这种形式来写东西，就必须学习和接受诗词的规则。否则你可以用别的形式，来抒发你的情感，你可以"啊！大海！"，可以"梨花体""羊羔体"，甚至"王八蛋体"，等等，你就不要糟蹋诗词了。如果你一定要写诗词，而且是打着诗词的旗号，却任由自己胡来，岂不是要偷要抢要奸要盗了吗？特别是自己头上还顶着什么头衔的人，你怎么就不知道害羞呢？你妈妈喊你回家吃饭呢！

他还说：诗词的格律并不复杂，就像学骑自行车一样简单。只要稍微用心，很快就能掌握。

当然，对待像张冬广一样的，对诗词喜爱又想尝试写一写的初学乍练者，陶砚瓦心里知道他们还不明就里，对诗词是有什么误会了，所谓不知者不怪，是应当给予宽容和鼓励的。

陶砚瓦看了张冬广的诗，准确讲是第一首诗，没有即刻回复，先放了下来。

几天后，张冬广来电话问了，陶砚瓦就客气了几句。张冬广一定要听批评意见，陶砚瓦也就不客气，说你写的诗不合律。

没想到一句实话引得张冬广不快，说：不可能！我是严格按照格律，一句一句往下走的！

陶砚瓦就说：你说的才是不可能，如果真像你自己说的，就不会是现在我看到的模样了。

张冬广就问：你说我哪首不合律？

陶砚瓦说：应该是哪首也不合律。你别着急，先按格律再好好收拾收拾，不复杂，很快就好了。

张冬广说：不行！你一定要告诉我哪儿出了问题。你现在就把电脑打开，你说哪首、哪句？

陶砚瓦就打开，先说头一首：首句你是仄起平收，而且是仄平尾，第二句就应该是平平尾，第三句应该是平仄尾，第四句应该是仄平尾。可是你自己看，你是按格律走的吗？

张冬广无语。

陶砚瓦接着问：你知道对仗，很好。但你知道"粘"这个概念吗？

张冬广说不知道。

陶砚瓦说：我估计你是不知道，你先弄清"粘"是怎么回事，你就明白怎么写律诗了。

张冬广说：你现在就告诉我什么是粘，我不相信它会多么复杂！

陶砚瓦就开始在电话里讲"粘"，讲着讲着张冬广就明白了，恍然大悟，醍醐灌顶。

但是从那以后，他再也没来过电话，也不知他收拾没收拾过去的习作，现在还写不写诗词。

电话通了，两个人先是客气几句，陶砚瓦就说有个事儿求他。张冬广说有事儿尽管讲。陶砚瓦就把刘世光的情况简单说了一下。

于是就约定周末在一家维扬饭店见面。

刘世光听说张冬广答应见他，顿时心花怒放的样子。说不能空手见人，一定要搞个见面礼。

陶砚瓦就认为不要那么复杂，都是好朋友，在一起聚聚，随便聊聊，自自然然就好。况且还不知道他能不能帮忙，肯不肯帮忙呢。

刘世光说：那可不行。你老陶想问题太天真了，你也不知道现在社会上的风气了。我第一次见司长，如果不带个见面礼，是会被人家笑话的，说咱不懂事儿，不知道路数，那还怎么帮你？

他问陶砚瓦：张司长是属什么的？陶砚瓦说是属龙的。

属龙的？这个属相怎么整？弄个什么龙？九龙壁？搬不来。龙形玉玺？一时也搞不到。大龙邮票？他集邮吗？我回家找一找，好像有人送过这种东西。

刘世光思路很快，上午刚定下的事儿，下午就变了。说大龙邮票是清代的东西，值不了几个钱，还搞得很不自然。干脆咱们现在去挑幅画，既高雅，又自然。

于是就要了辆车，带着陶砚瓦直奔京东高碑店去了。

刘世光要找的那位名叫商周的老师，就住在高碑店的国粹苑。他与人合租了一个大空间，别人卖家具，他则在此卖画。他的画也很特殊，他只画一样东西：老虎。

还没进门，就见一个穿唐装的中年人远远跑过来迎接。刘世光说，此人就是商周老师，号称当代虎王，在京城名气颇大。陶砚瓦看他熟悉，但想不起在哪里见过。

刘世光说北京电视台有个鉴宝节目，商老师曾多次作为嘉宾参与。陶砚瓦这才醒悟过来。说：见过，见过，鼎鼎大名！

陶砚瓦抬头见门外墙上高悬几幅虎画，有的张牙舞爪，有的仰天长啸，有的静如处子，有的只画一颗硕大的虎头，二目圆睁，虎威凛凛，让人不寒而栗。

一进门，只见满目皆虎，姿态各异，大小不一。或一虎独立，或群虎扬威，或静卧于山谷，或呼啸于深林。其画风是连工带写，简约处几笔带过，细微处根毛毕现。最打眼处是虎目，传神写貌，俱在其中。

陶砚瓦说：商老师的画风，很像胡爽庵先生。

商周一听，马上眉开眼笑说：陶主任好眼力，我就是胡先生入室弟子。您很了解胡先生？

陶砚瓦说：我去过他家两次，手上还有他一幅小手札，是他自己书写的润格。

商周说：那应该很珍贵了！看来陶主任也是文化人。

陶砚瓦说：不敢，只是爱好而已。

刘世光问胡爽庵是怎么回事，陶砚瓦就大致介绍其人其画。说这位老先生是湖北襄阳人，近现代画虎大师。曾拜师张大千，而且晚年与张大千有笔墨往来。

商周听了笑道：陶主任真了不起，懂的比我还多！

陶砚瓦说：哪里，一点皮毛而已。

刘世光说：我想挑一幅你的画送人，专门请陶主任帮着来看看。

商周说：你随便挑，看中哪幅算哪幅！

刘世光说：我是想送给一位属龙的，可惜你这里没龙。

商周说：你今天算是来着了，我刚刚画完一幅《巨龙腾飞图》，还没挂出来。说完就带他们到里面工作室，果见画案上铺着一张四尺横幅，画的是一条正在飞翔的金龙，并有祥云缭绕，淡蓝色底，十分喜庆。刘世光就问陶砚瓦：这幅怎么样？

陶砚瓦说：非常好！张冬广应该喜欢，起码可以感觉到咱的真诚。

刘世光就对商周说：麻烦你再帮我们装裱一下，做个框，我过几天来取。

商周说：没问题！我马上办。

刘世光说：陶主任第一次过来，你找幅画。

商周说：好，我早准备好了。就拿过一个大信封，递给陶砚瓦。

陶砚瓦从信封内取出看时，是一幅四尺中堂虎画，画了一只上山虎，还算不错，说：谢谢商老师。

商周说：我和刘主任是朋友，以后陶主任也常过来坐，需要什么尽管来拿。

往回走时，刘世光对陶砚瓦说：咱们见张司长时，画还到不了。咱先说一声，等取的时候直接送他家去。

跟张冬广司长见面那天很顺利。刘世光和陶砚瓦提前订好一个房间，两人特意早到一会儿。刘世光准备了一盒铁观音、一瓶茅台。陶砚瓦则带着一本《砚光瓦影》，用毛笔在扉页上写下：冬广兄雅正，然后签上名字，还盖了印，以示尊重。

张冬广过来稍晚一点，他要等到下班卡着点出来。见面寒暄之后，三个人就坐下用餐。

刘世光只点了一荤一素两个热菜，然后按位点了小米海参粥、白米饭和莼菜汤。都说不用再点了，够吃了。就说把茅台打开，大家都喝一点。结果张冬广表示坚决不喝，于是就不开了。

先聊了聊诗词。张冬广说当年出差，见了什么景致，心有所感，就自己胡诌几句，也有不少人说好，自己就稀里糊涂瞎写起来。本来想出本诗集呢，结果被陶砚瓦直接点破，说不合律，便一直放在那里，别说出集子了，好长时间都不写了，陶砚瓦就说：罪过！罪过！因为咱们关系比较近，我也就直来直去，实话实说。但你也不出集子了，也不再写了，这不是让我无地自容了吗？

张冬广说：我还得感谢你告诉我实话，否则真出了书，不就是"谬种流传，害人匪浅"了吗？你的话让我明白了，醒悟了，少挨多少骂呀！

陶砚瓦说：诗词就说到这里，咱们换下一个话题。世光从地方来京，已经快两年了，他现在有些想法，还请老兄帮忙。

世光就把自己的状况讲了讲，张冬广也问了他几个问题。

张冬广说：世光年轻，也做过省政府副秘书长，到了中央国家机关，肯定有个适应过程。但你这个过程比大学生分到机关来的适应过程要难得多。办公厅主任应该也是一个重要岗位，尚济民同志一直用你，也算是很不错了。现在你想走，我也表示理解。但国办这边情况比较特殊，进个人是很难的，进你这样级别的人更是难上加难。砚瓦是我老战友，老同学，我们认识二十多年了，不是外人，他也从没找过我。我想这样，国办正在筹建应急办公室，可能需要曾在地方工作过的同志，你搞个简历给我，假如秘书长问我推荐人选，我就试着推荐推荐。他如果有既定人选，不需要我推荐，咱把丑话讲在前面，我不可能主动去找领导推荐的。这你们都明白。所以，有时候真的是看运气。你要运气来了，挡都挡不住。

刘世光听了，便一顿千恩万谢。说：张司长，有岗位也行，没岗位也可，只要能进中南海，我当个员儿也乐意。

张冬广说：你话可以这样讲，但我们安排干部是不可能这样安排的。总之你的心情我明白了，咱们就看你的运气吧。

刘世光说：我前几年曾经参加了中央党校的中青班，有几个同学已经上去了，还出了两个正部。

张冬广就问都有谁，刘世光说了几个名字，张冬广说好，有两个人你可以找一找，他们如果能在秘书长那里说句话，应该是有力度的。假如真的是那样，秘书长一旦问到我，我还可以顺水推舟，事情就更加顺利了。

刘世光看说得差不多了，就讲到请了一位有点儿小名气的画家，画了条飞龙，已经送去装裱了，等几天就送家里去。

张冬广说：谢谢你的美意。可惜我岁数不小了，飞不起来了。

最后，两人交换了电话号码，说好随时联系。

第十九章　爹娘是佛

真正开始搞大项目了，陶砚瓦才明白这可不是闹着玩的。多少人昼思夜想，殚精竭虑，把腿跑细，鞋底磨穿，从小伙子跑成老汉，也许没跑成一个项目。

一个项目，反复汇报，反复讨论，刚开始甚至会有很高的热情，对这个项目投入很多感情、激情。一段时间内，你感觉它简直就成了你的一切，你的最爱，你的至交，你的亲人，你参与孕育的一个婴儿。你会为它着迷，对它上瘾，心里想着，白天盼着，夜里梦着。

陶砚瓦对国学馆项目，就已经有了这种感觉。

但做项目是有程序、有规范、有步骤、有过程的，谁也不能脱离这些。

当然，这是现在。要搁毛主席那会儿，北京搞十大建筑，上面一拍板，为建国十周年大庆献礼！边设计、边施工，一个个拔地而起。多少年过去了，这个房倒，那个桥垮，北京的十大建筑，至今巍然，漂漂亮亮地为北京增光添彩，也都是建筑史上的经典之作。

毛主席不在了。他的那些做法逐渐不被认可了，甚至被嘲笑了。

陶砚瓦按照岳顺祥的指示，做过好几次"里程碑计划"。里程碑计划，说起来重要，实际上狗屁用没有。与其说是计划，不如说是设想，或者叫梦想。因为项目的任何推进，都不是由项目承办方掌握的，而是由项目审批方掌握的。岂止是推进，实际上项目的规模和生死，都是由审批方决定的。很多时候，承办方仅仅是配合、被动地应付。

所以，"里程碑计划"做了改，改了做，硬着头皮往前顶，其实谁心里也没谱儿。

光是一个《项目建议书》就反反复复多少遍。第一次正式上报日期是9月下旬。而后又按照发改委投资司意见补充材料，转到评审中心后，又按照葛芳树意见（之后又来了正式文字通知）重新结构修改。11 月下旬，他们也组织五位专家过来座谈一次，尚济民、岳顺祥都亲自出席，介绍情况，还拉他们到选定的馆址去看过了。12 月上旬，陶砚瓦和张桐凤一起到评审中心，当面和葛芳树又深度沟通一次，又拿回来充实修改。这都要跨年度了，还不知折腾到何时。

尚济民对这个项目最关注，也最投入。为了这个项目，他应该是动用了自己的全部政治资源和人脉资源。

其间，北京市规划委发了文，正式同意国学馆项目选址在奥林匹克中心区 B08 地块。国家发改委投资司司长、发改委副主任、国务院分管领导，先后到选址地块踏勘视察。虽然还没正式立项，但已经有了"势"，而且这个"势"还颇具发展前景，用毛主席的话说是"前途是光明的，道路是曲折的"。

与此同时，岳顺祥已经开始频繁与市规划委联系沟通，布置起草《国学馆项目概念方案设计招标文件》了。

转年的 1 月 8 日，在给付北京市政府委托的公司项目用地预付款 3500 万元后，终于签署了意向协议。尚济民说：既然是意向协议，没必要大张旗鼓，就在机关会议室摆了张桌子，公司老总和尚济民坐下签字，然后一握手、一合影，就算搞了签约仪式。

这个协议的全称为《奥林匹克中心区中国国学馆项目（B08 地块）土地开发补偿意向性协议书》。

协议虽说是个意向性的，内容只有两页，但也做得煞有介事。前后都各加了一层硬塑料皮，还用厚厚的铜版纸做封底封面，乍一看，俨然一件堪可珍藏的艺术品，可见公司对此事之重视、工作之规范。

2 月 11 日，是农历腊月二十八。这天上午，尚济民组织召开了筹建办全体会议，听取国学馆项目的进展情况汇报，进一步研究《项目建议书》的修改工作。岳顺祥、陶砚瓦等一干人马悉数参加。

筹建工作开展以来，陆陆续续进来一些人，现在已经有一个加强班的队伍了。

今天这个加强班，又多了一个成员：清华大学建筑学院的副院长、国学馆项目的设计总监任重远。

这段时间以来，国学馆项目不仅进来了战斗队员，也陆续聘任了一些专业人士，有的叫顾问，有的叫总监。都是按照尚济民的指示，一一任命并分别发了聘书。聘书从第 1 号开始，陆续已经颁发到 22 号了。陶砚瓦手上有一个详细的名单。

会议结束时，尚济民告诉大家，分管领导下午要在中南海办公室听取中国国学馆筹建工作进展情况的汇报。汇报人员由尚济民带队，成员有岳顺祥、陶砚瓦、任重远、张桐凤，一共五人。大家听了都很振奋。

下午两点半，尚济民和岳顺祥乘坐各自专车，其余人等乘坐车队一辆专车，前后驶向中南海。

由于年关临近，京城少了平时为生计奔波的人流车流，却多了些外地来京送礼接人的车辆，不断在街上匆匆驶过。

三辆车的车号都提前报了，一路畅通直进院内，在高层领导办公室门前停下，门口卫兵简单询问后放行，五人鱼贯进入门内。

这个相对封闭的区域，平时鲜见来客。其实就是几排高大的平房，每排中间有个带廊顶的门，进门是个厅，厅侧又有门，拐进门去，就见相关领导的秘书正站在办公室门口迎着，和大家一一握手寒暄。见了陶砚瓦，还表情夸张地说：大诗人来了！

办公室的外间，靠东西墙各有一张办公桌，是大小两个秘书坐的。小秘坐东面，早站起身给大家张罗茶水；大秘坐西面，已进里间向领导禀报。正中摆着一个长方形桌子，南北各有五把椅子，可供十人落座。屋内四壁白墙，空无一物悬挂。靠西墙有一排书柜，里面摆满了政经书籍，整个氛围给人以"刁斗森严，气象肃穆"之感。

相关领导从里间走出来，一一和大家握手，尚济民知他和岳顺祥原本熟识，不需介绍，只把陶砚瓦、任重远、张桐凤三人作了简单介绍，然后就一一坐下了。相关领导坐南面中间，尚济民、岳顺祥一左一右；陶砚瓦、任重远、张桐凤三人坐在北面。尚济民开始汇报的时候，任重远就拿出笔记本电脑，连接到桌上的投影仪上，对准东墙调整好角度和光焦。

尚济民主要汇报了项目论证工作的情况，岳顺祥汇报了土地、规划方面的大体进展情况，最后由任重远汇报甲方拟提出的对建筑功能设计方面的原则要求。

任重远本人是搞建筑设计的教授，他找了若干实例图片，美欧的、日本的、以色列的等等，边讲边演示，最后还把他自己的一个设计方案也作了详尽汇报。

领导本人热衷于传统文化，会作诗填词，会写书法。他出版过诗集，私下也偶见其挥毫泼墨。他关于诗词、绘画的讲话、文章，都反复强调对传统的继承和弘扬，很受文化界持知古、守古观点的人赞成拥护。他一直侧耳听着，偶尔会问一问。

任重远讲完了，相关领导就问陶砚瓦和张桐凤，还有什么补充没有，两个人都说没有。领导说：

听了你们的汇报，感觉你们做了不少工作，取得很大的进展。首先论证更加深入具体了，同北京市规划部门的沟通也很及时畅通，从而得到了他们的大力支持。建筑的设计原则，一定要首先保证、满足功能的需要，其次才是外观。外观不管怎么变化，但一定要是民族的、传统的。要坚持面向国学研究者、面向广大人民群众，要高雅、朴实、节俭、美观，要为国学研究、推广创造一个良好的环境。下一步要继续深入论证，除了功能论证，还要有内容论证、展陈论证，都得认真开始，早作安排。

几个人都掏出笔和本子，把他的话详尽记下来。

他们离开时，相关领导还送到门口，朝离开的车子挥手。

随着春天的到来，北京城里的玉兰和迎春早迫不及待了。街头、院内，时时可见它们一白一黄、一高贵一素雅地搭配绽放。

这天中午吃完饭，陶砚瓦独自在院子里散步。抬头看看天空，难得见到万里无云，初春的阳光打到身上，有一丝丝暖意。正享受着院子里的清静时，猛然听到身后有人叫：砚瓦！

回头一看原来是程秉祺。

陶砚瓦马上想起一件事，心里不由得一沉，想：坏了！

昨天陶砚瓦让梁继去发改委送一个文件，说你快去车队要一个车，就说我说的。结果梁继下楼还没到车队，正好碰见程秉祺的司机从外面开车回来，听说他去车队要车，就说，既然是急件，快上车，我就送你一趟吧，谁让咱是老乡呢！没想到他们送件没回来，程秉祺要出门办事，一找车不在，一问说是跟梁继走了，心中颇有不悦，只好自己打车走了。

陶砚瓦昨天就听说这事儿了，还批评梁继半天。他一直比较尊重程秉祺这位无党派人士，现在他喊这一声，陶砚瓦感觉一定是对昨天的事情不满意，便赶紧急走几步过去，说：领导，对不起，昨天……

程秉祺没等陶砚瓦说完，就打岔问：听说你出了书，还开了研讨会，影响很大啊！春节期间好几个人见了我，都说认识你，你怎么没给我送一本？

陶砚瓦说：对不起，领导！我出的书不是职务范围的，都是平时胡涂乱抹，算有个业余爱好而已。我在机关都没敢声张，只给济民同志写了个报告，书也没敢逢人就送。我就是怕麻烦，应该检讨！

程秉祺说：我明白！回头签上你大名，送我一本。我太太都知道了，也说找你要呢。

陶砚瓦说：没问题，一人一本。签好了我送过去。早该找领导汇报汇报了。

这就是程秉祺的风格！绝不为些小事情计较，胸怀比较宽阔。

当然，陶砚瓦敬重程秉祺，还有几个原因，首先他是无党派人士。

无党派人士是指没有参加任何党派、对社会有积极贡献和一定影响的人士，其主体是知识分子。从1949年中国人民政治协商会议成立后，就专门设立了无党派民主人士界别。2000年，中共中央统战部下发了《关于加强无党派人士工作的意见》，正式规范了对无党无派人士的称谓，明确对无党无派人士群体称无党派人士，对无党派人士中的代表人物称无党派代表人士。

在中国，实际上"无党派"也成了一个"党派"。

程秉祺就是"无党派代表人士"。

平时，八个民主党派各有自己的办公地点，他们都按自己的运作模式，开展各种活动。只有无党派人士，是由中央统战部组织他们进行一些参观考察活动。而程秉祺，就经常受命带队。

每当有重大议题，党中央都要征求各民主党派的意见，包括无党派人士的意见。程秉祺就经常参加这种活动，因此他是经常有机会见到总书记和各位常委的人士之一。

同样是班子成员，虽然程秉祺不是党组成员，但是他的政治地位和影响力应该是超过除一把手外的其他成员的。

再说具体一点：除了一把手尚济民，像王良利和张双秀两个人，其影响基本限于机关范围，出了这个院子，社会上基本没人知道。而程秉祺的影响力要超出机关范围，甚至他的去留也要由中央统战部来决定。

程秉祺让陶砚瓦尊重的第二点，是他与下属关系和谐，提携和保护下属。

第三点也是陶砚瓦最为欣赏之处，就是程秉祺的阳光作风。他不喜欢在背后嘀咕，而是有话讲在当面，该怎么说就怎么说，该怎么办就怎么办。

陶砚瓦虽说不归程秉祺分管，但平时却与之相知相善。

比如车队给程秉祺安排的司机，本是个"滚刀肉"。肉一般根据肥瘦、部位来命名，只有一种肉比较特殊，它是根据下刀时的困难来命名，即"滚刀肉"。它专指那种切不动、煮不熟、嚼不烂的哈拉皮带板筋劣质肉。而人被称"滚刀肉"者，都是死皮赖脸、任你怎么说他都那样的人。这句俚语，完全符合程秉祺的司机，他不招人待见，车队就让他为程秉祺开车，因为只有程秉祺不在乎，谁来开都行。

司机归车队管，而机关车队历来是个不好管、是非多的单位。一来因为他们都是工人或聘用制人员，整天跟公务员打交道，公务员们自己感觉不一定多么好，但在他们眼里，是看这些公务员整天吃香的喝辣的，几年就进一步，动不动就成了个处长司长，他们心里不平衡；二来他们天天在屋子里待命，就等一声吆喝。没有吆喝，就围在一起打牌，或者瞎聊侃大山，难免张家长李家短，哪个和哪个好，哪个和哪个关系不对付，甚至哪个有什么绯闻逸事，都是最早最快传播。第三是他们之间有开专车的，有开公务车的，工作规律、服务对象有差异，待遇就经常不一致。总之，管个车队十几个人，比当处长、司长也并不轻松。

所以就有很多奖惩规定，而且规定十分具体。他们的收入都是分成两部分，一部分是基本工资，这是永远只能涨不能少的；另一部分是各种奖励，比如全勤奖、安全奖、节油奖等等，都是要靠工作表现来得到的。如果接人耽误了，一定要扣发奖金，每月误几次，误多长时间，扣发奖金多少多少，规定得很细。

有一次"滚刀肉"就违反了律条，要扣他奖金五百元。他就找程秉祺出面求情。程秉祺就给陶砚瓦打电话，说车队执行规定没错，该扣就扣，但他既然找我了，你们看看能不能给我个面子，少扣一点儿？

陶砚瓦说：我和车队商量一下，一定给您一个交代。您放心！

那时赵连通还是当车队队长，他女儿的工作是陶砚瓦找人安排的，所以对陶砚瓦言听计从。他一听陶砚瓦口气，就说：既然你们两个领导都有这个意思，怎么也得给你们面子。你看咱是全免了还是少扣点儿？

陶砚瓦说：让他写个书面检查，钱不扣也行，少扣也可，你看着办吧。

赵连通说：算了，全免了吧。

这事儿处理得相当圆满，也没留下后遗症。

但是过了一两个月，"滚刀肉"又犯事儿了，而且还跟原来犯的事儿一样，车队扣他钱，他又找程秉祺，程秉祺又找陶砚瓦，但口气和上次已经不一样了：

砚瓦啊，真不好意思，这次又跟上次情况一样，看来这个同志是有问题，怎么能在同样的地方栽第二次跟头？车队处理完全正确！他这次找我，我也狠狠批评他了，你们看怎么处理？怎么处理我都没意见！

陶砚瓦就说：您放心！我马上找他们商量一下，处理结果一定向您汇报。

于是就再找赵连通，赵连通一听，说这丫真王八蛋，这次绝对不能再免。五百改三百吧，你们两个领导每人给一百元面子。

说起来陶砚瓦那时还是服务中心主任、法人代表。但他就从来没具体管过车队的事。他的前任是车队队长出身，抓车队有一套，经常把司机们找来开会，整顿，训话。而陶砚瓦就从来不给他们开会，或针对一个司机搞什么整顿等等。他说：对司机要求只有一条：开好车就行了。你们别给我找事儿，我就不会找你们的事儿。

听了赵连通的话，陶砚瓦也心知肚明，就说：你们怎么处理我不干涉，但一定给够领导面子。我那一百元的面子不需要，都算是老程的吧。

就给程秉祺回了电话。程秉祺说：你们就放开处理吧，我没有意见。有些事儿不管不行，我清楚。

这就是程秉祺。他说话、行事，直接、自然、豁达、敞亮，让人心里舒服。

陶砚瓦很快就找了两本《砚光瓦影》，分别写上程秉祺、程秉祺夫人秦素轩的大名，自己都签上名，盖了印，给程秉祺呈了过去。

　　程秉祺和夫人秦素轩是大学同学，两个人学的都是自动化专业，一起分到一个研究院，程秉祺后来做了院长，秦素轩一直做研究设计，也是位高级工程师，而且喜欢文学，曾和陶砚瓦探讨过。

　　见了程秉祺，就把两本书呈上。程秉祺很高兴地让座。笑着说：砚瓦啊，刚才我太太来电话，还有个事儿要我跟你说呢。南京海关的李关长退了，可能最近要回北京。她说让你见了李关长，一定要转告她侄子的感谢之情！

　　陶砚瓦说：没问题，放心吧。今天晚上我们有个聚会，就是欢迎李关长回京。见了他我一定转达。

　　程秉祺内侄秦晓峰在苏州海关任职，爱人在武汉工作。前几年托李厚阔关长帮忙调到了苏州海关，小两口终得团聚。但李关长送礼不收，请饭不吃，如今退休了，他们还在想着表示感谢。

　　前几年萍月茶业公司热心文化事业，成立了萍月书画院，请陶砚瓦当院长。海关总署两个老司局长当副院长。李厚阔虽然工作在南京，但他是从总署去任职的，家在北京。回来后听说了，一定要参加，就安排他为常务副院长。经常聚会交流，各自展示书法、绘画近作，互相批评，互相鼓励，竟是十分契合。有人就知道陶砚瓦认识李厚阔，是书友、道友。程秉祺就找陶砚瓦说起内侄的事儿，陶砚瓦答应说说试试，结果李厚阔还真给办了。

　　快下班了，梁守道早早赶过来，跟陶砚瓦一起去赴欢迎李厚阔的晚宴。

　　李厚阔大陶砚瓦两岁，北京大学历史系毕业，也当过兵。先在海关总署任政工办主任，当年查赖昌星走私大案，他临危受命赴厦门海关任副关长，干得不错，就到南京海关任关长。他酷爱书法，诸体皆能，尤擅正楷。

　　中国海关有点儿半军事化的味道，中层干部调来调去，也都习以为常了。当年李厚阔太太跟他去了厦门，但他又调到南京，太太就感觉年龄大了，不喜欢调来调去了，这次竟没随调。于是他一个人在南京打拼，每天下班回家，就是伏案习字，竟把《道德经》《金刚经》《心经》等经文典籍全部抄录成手卷，有的都抄了数遍，很受佛教界高僧大德赞誉首肯，星云、一诚等都曾多次为他题签。去年他在南京美术馆办了个书法展览，展出作品一百多幅，北京、南京都有不少人物出席，效果很轰动。陶砚瓦也专门过去站脚助威。

　　这个月李厚阔年满六十，他按规定把工作向新关长交接完毕，就返京了。

　　萍月书画院同人早已商定，要搞个聚会迎接他。地点就选在上次《砚光瓦影》开评析会的京都饭店。饭店的地下一层已经由吴萍月租下，并进行高标准装修，里面专门有一间餐厅，可供十五六人围餐。

　　参加人员以萍月书画院的骨干为主。他们是：中国海关出版社老社长楚湘龙，文化部信息中心主任张东文，国家博物馆副馆长莫其名和夫人李清芬，青年书法家梁守道、陶砚瓦、吴萍月，还有李厚阔的南京朋友赵磊，以及赵磊带的一个女秘书小熊。

　　大家都有段时间没见李厚阔了，都是早早做好准备，有开车的，有打车的，也有坐公交的，各自算着时间，基本上6点半就齐刷刷赶了过来。

　　李厚阔进来时，带着新写的一个手卷，十五六米长，是用小楷抄写的《金刚经》。大家就展开观赏赞叹，纷纷赞扬一番，李厚阔情绪就上来了。

　　一落座，凉菜摆好，热菜就可以起了。就有人先问：今天喝酒，是不是还坚持"三大原则"？

　　三大原则一是每倒必满，二是每碰必干，三是每干必净。这是李厚阔坚持不变的酒风。

　　李厚阔说：必须的！说着自己先拿起分酒器，满满倒了一杯。

　　众人都不含糊，分别满上。

　　这个局是莫其名和他太太李清芬张罗的。太太一贯比较强势，朋友们都知道。陶砚瓦就说：老莫说两句！

　　莫其名先下意识看了李清芬一眼，李清芬根本就没看他。他就说：我们还是公推陶砚瓦院长代表大家致辞。除了陶砚瓦，大家都说好，桌边就有掌声响起来。

　　陶砚瓦说：好，我就代表大家说几句。今天我们聚会的主题很明确，就是欢迎李关长回家。李关长是我们的老朋友，是我们的兄弟、书友、道友，他长期担任重要职务，为国劳心劳力，今天我们终于欢聚，庆祝他圆满完成任务，回归我们的队伍。现在我提议：大家举杯，欢迎李关长胜利归队！

　　众人一迭声说：好！便都纷纷站起来，到李厚阔跟前碰杯表示欢迎之忱，同时也都互相碰杯客气一通。

　　陶砚瓦说：我们先请厚阔关长讲两句，然后按顺时针，每人都要发言表示表示。大家又说好。

李厚阔说：感谢大家对我的盛情、真情。我李厚阔把关长责任交接出去了，但还没退干净，省政协常委还得干三年。我个人无论是在位上，还是退而不休也好，赋而未闲也罢，早已心如止水。这次署长在南京和我谈话，原来说好谈半个钟头，结果谈了一个多小时。但交接工作的事儿只谈几句，大部分时间谈的是文化，是关于成立海关系统文联的事情。署长非常支持，我们下一步要积极努力。

楚湘龙是湖南岳阳人，口音很重，讲普通话像是很费劲儿的样子。即使正常说话，也感觉他很激动：李关长是个文化人，也是我党优秀干部，他几十年重要公务在身，举重若轻，把工作安排得很好，同时坚持自己的文化使命，重视自己的学养，两方面都同时取得骄人成就。我追随李关长多年，受益匪浅，如今他凯旋，我专门敬他一杯，表示我的心情！

莫其名的太太李清芬在北京海关工作，是个处级干部。可能受周围人影响，她近来也在练字，而且还主动给陶砚瓦打电话说，她的书法作品已经在什么刊物上发表了，以后有书法活动一定通知她。还说她可以不和莫其名一起，能够单独出来活动。今晚她就有意坐在老公对面，表示自己有独立能力。

李清芬说：我代表我们女同志讲三点。一是李关长人长得帅，又有才，是不少女人心中的偶像，也是我心中的偶像；二是李关长是我们家的贵人，不仅我和老莫，包括我们儿子莫霜，都永远感谢他的提携帮助；三是他回来了，我们可以更多机会在一起了，祝他福如东海，万事如意，心想事成！

梁守道是在座最年轻的，才三十几岁。他说他本来是陶主任下属，有陶主任讲了，他就不再发言了。

莫其名说：你不讲哪行？老陶在你们那里是主任，在今晚这个场合，他就不是主任，而是萍月书画院的院长，是我们共同的院长，他怎么能单单代表你。

陶砚瓦说：老莫说得对。守道是书法专业的研究生，做我们的编辑部主任很优秀。他在书法上可是我的老师！

梁守道说：我平时经常跟陶主任出来吃饭，一直说是跟他学诗的学生，陶主任却总说我教他写字。

楚湘龙说：陶大诗人有一首给小梁的诗，写得很有味道：

龙　脉

天缘君我互能师，晋墨唐音欲豹窥。

德艺骈臻追大雅，诗书并辔创瑰奇。

道闻先后无年齿，术业专攻有睿知。

幸许携行游学海，但争分秒共修为。

陶砚瓦说：打住！今晚的主题不是谈诗。快，小梁一定有话对李关长说！

梁守道说：李关长人好，他一定能够平安幸福，因为他祖上有德，本人积德，必有大福报。我今天代表我自己、我弟弟、我全家，敬李关长一杯酒，谢谢他多年来对我们的关照，以后有任何需要跑腿的事儿，请随时吩咐，一定尽力！

赵磊是来北京看李厚阔的，临时赶上了这个饭局。他和大家都是头一次见面，轮到他时，就说：李关长退下来了，我心里特别高兴，因为他在职时我不会去打扰他，他退了，我们可以随时找他，和他一起玩了。他虽然不在关长位子上了，但他的好日子刚刚开始。

张东文是从海关总署调到文化部的，曾经做过李厚阔的部下。他说：我在海关十几年，朋友也不少，但只有一个人，我是把他当亲人看，当家人看，让我时刻牵挂，他就是李关长。他曾是我的上级，多年来在我个人成长的任何阶段，任何重要抉择，都是先征求他的意见，听到他点头以后，我心里才有底。他是我的心灵导师。

莫其名说：李关长为人，在海关系统有口皆碑。前两天我去外地参加一个会议，见到一个长期在边境工作的关长，和我说起李关长马上要退休了，他竟然动情落了泪。可见李关长在他心目中的地位。李关长不仅是一个优秀的领导干部，而且是一个卓有成就的艺术家、书法家。他对书法艺术的刻苦追求、长期坚持，达到的高度，都是我们的楷模，我们的旗帜，在海关系统可说无人可比。大家说他回来了，但是我感觉没有走何谈回？没有去何谈来？他本来就是我们北京的，他始终就没"走"嘛。

每个人说完，都赢得掌声和碰杯的积极响应。一个一个都讲过了，没有落下一个。这个规定环节算是顺利完成了。

接下来就是自由发挥的环节了。每个人都轮番和李厚阔敬酒，也都一一互相敬酒，表情都很真诚，动作都很谦恭，语言都很近乎，气氛越加热烈。

两个环节都进行得差不多了，莫其名和李清芬对视一眼，就说：最后请李关长做个总结吧！

李厚阔说：大家讲得一个比一个好，都是鼓励我、鞭策我。今后我一定继续努力。我看还是由陶砚瓦院长做总结，大家欢迎！说完就带头鼓起掌来。

陶砚瓦说：大家的发言都很精彩，特别对厚阔关长的评价，使我想到一个人，这个人就是曹雪芹的爷爷曹寅。康熙的奶妈是曹家人，有可能曹寅小时候就跟康熙一起玩过。江宁织造在当时一定是个肥缺，否则不会有荣宁二府的兴盛。如果当时南京有海关，就极有可能让曹家当关长，而不是织造了。但曹家最后是被抄了，而我们厚阔关长则是全身而退，光荣返京！这就是我们今天聚会的伟大意义！

这番话效果极好，掌声持续了一会儿。

李厚阔说：砚瓦兄让我敬佩。因为我刚刚听了他写的一首歌，我建议在这儿再放一遍。他拿出手机，找出那首歌，交给梁守道。

屋里顿时安静下来。就见梁守道找了个干净的小碗，把手机放在碗里，说是可以当扩音的喇叭。随着《孝爹娘咒》的佛乐前奏之后，歌声开始：

生为人子孝为先，孝顺当是百善源。养育之恩深似海，慈恩必报重如山。
乡关漫漫路遥远，思念双亲日复年。一炷心香人有愿，只求二老永平安。
春夏秋冬风雨过，爹娘想我泪如梭。青丝已经变白发，不孝今生待几何！
爹娘是我眼中佛，朝霭春晖报未多。千里烧香寻古庙，何如敬此两弥陀。
爹娘是我眼中佛，养育之恩报未多。孝敬要趁爹娘在，一生一世做功德。
爹娘是我眼中佛，养育之恩报未多。尊祖孝亲传后世，千家万户共高歌。

歌声里有一丝惆怅和悲凉。可能正好打动了李厚阔的心灵薄弱处，只见他眼圈红了，泪水直往下淌。

在座的有几位和李厚阔一样，眼泪汪汪的。

李厚阔说：这首歌写得太好了！我们要动员全部资源和力量把这首歌推出去！

第二十章 狂躁时代

这天下午 4 点多，梁继又来找陶砚瓦，说是有些话要说。两个人先去食堂吃了晚饭，然后上楼到陶砚瓦办公室说话。

机关平时都是各忙各的，一般有什么私事儿，或者需要私下里说点儿话，都是快下班时凑过来讲。

陶砚瓦看梁继很认真的样子，就问他什么事儿。

梁继说：陶叔，我必须向您正式报告，也只能跟您一个人说，我正在写一部长篇小说。

陶砚瓦听了一惊，说：长篇？写多少字了？

梁继说：写了二十三万字了，还没写完。您肯定说我是胡整，刚刚走上社会，就写长篇。

陶砚瓦说：那倒不一定。肖洛霍夫二十一岁开始写《静静的顿河》，王蒙写《青春万岁》时才十九岁。如今小作家更是层出不穷啊。

梁继说：肖洛霍夫是战争的参与者，王蒙也是社会运动中的一员。而我，不过是一个旁观者，这不是老虎吃天、不自量力吗？

陶砚瓦说：关键你写的是什么。

梁继结结巴巴说：是，是《狂躁时代》。

陶砚瓦一听，嘴里重复一遍：狂躁时代，然后说：这个题目很大，你具体写的什么题材？或者说讲了个什么故事？

梁继说：陶叔叔经您这么一问，我感觉像是在受审。请您允许我冷静冷静。

说完，梁继闭上眼睛，长长地呼吸了几下说：您真厉害！问的问题都很到位。我就是要讲一个故事，就是我和丹丹的真实故事，说起来真是让人心碎的故事。

218

主人公以我和丹丹为原型，青梅竹马，恋爱结婚，本来是多么好的结局。但是两个人的结局竟是随着她父亲犯事儿，判了死缓；母亲是从犯，判了无期。而丹丹，则因为家庭的重大变故，得了抑郁症，跳楼了。

梁继说着，声音哽咽了，眼睛里闪着泪花。他停了停，接着说：

我还记得去她家里，她妈妈曾说：梁继，你这个傻小子，堂堂一个男子汉，学什么历史？这年头要想出人头地就得当官！只有当官才能发财！当年听这话时感觉一身冷，现在想起来已是一地鸡毛，一声叹息，一湾浑水，一缕轻烟。

当年我爸爸曾经让我读《红楼梦》，我反复读了三遍。爸爸问我什么是封建社会，我说封建社会就是有权的人就有钱有势，吃好的喝好的，想干什么干什么，打官司没理也能赢。一旦丢了权，被抄了家，就全完蛋，白茫茫大地真干净。我爸爸说你还算读到点子上了。

我爸爸说《红楼梦》里描述的封建社会就是这样，我们社会主义社会，情况已经完全变了，共产党是为人民服务的，不会有腐败，只是有些不正之风，也要时刻警惕。但是可以肯定地讲：《好了歌》中讲的事情，已经一去不复返了。

我一直记得爸爸当年的话。可通过丹丹父母的经历，以及经常听到的更多类似事例，我那天又和爸爸聊起《红楼梦》，以及他当年说过的话，他自己也承认那些话讲早了，对历史的发展太过于乐观了。

我爸爸也说，我们原来的认识是太肤浅了，我们以为已经把封建社会埋葬了，这一篇儿翻过去了。但我真正见识了这次抄家，一下子把我的梦惊醒了！

《红楼梦》里两次抄家，也没见有人崩溃丧命。而我见识的这一次抄家，丹丹就被彻底摧毁了。是我们抄家抄得太猛呢？还是我们这一代人太过脆弱了？

我还想：我们的文化里，我们的内心里，既有希望当官、享受腐败快感的念头儿，也有如果当不了官希望去官员家里享受抄家快感的念头儿。搞腐败的时候也明知道长久不了，甚至就知道可能会被抄家，所以就想尽办法藏钱；钱有藏在粪池、鱼塘的，有藏在铁皮柜、夹皮墙的，也有藏在地板底下的。而抄家的时候也要带上工兵镐，刨地板挖墙皮。我以为这两种看似完全对立的东西，其实是一种东西，都是封建的东西。

所以，我们既要研究"腐败文化"，也要研究"抄家文化"。抄家，过去在法律上的正式术语叫"籍没"或"抄没"，现在叫"搜查"，但老百姓就叫"抄家"。我越想，越觉得曹雪芹写《红楼梦》，早设计好了要给宁、荣二府被抄的必然归宿。整个一百二十回，也可以看作一部怎么找抄、怎么被抄的过程。于是，才有了抄之前是什么样、抄之后是什么样的全景式描写，甚至还详细开列出被抄的物品清单。

梁继说着，还从包里拿出一本已经被翻得十分破旧的《红楼梦》，熟练地找出他要找的章节，然后念道：

赵堂官进门时满脸笑容，还假惺惺地拉着贾政的手"说了几句寒温的话"。跟来的番役们则个个"撩衣勒臂"，迫不及待地请王爷宣旨动手。西平王爷刚宣布完罪名，赵堂官便一迭声叫："拿下贾赦，其余皆看守。"并且要"分头按房，尽行查抄"。未等王爷下令，"老赵家奴番役已经拉着本宅家人领路，分头查抄去了"。贾赦、贾政"唬得面如土色，满身发颤"，而那边则是"喜得番役家奴摩拳擦掌"。

《红楼梦》里的描写是何其深刻！

毛主席就是看到封建社会的腐朽，才决心建设一个新社会，他特别担心他的爱将们、跟随他南征北战的将士们，像救过康熙命的曹雪芹的爷爷，从子孙世袭封爵到被抄家，从繁华锦绣到家破人亡。他担心这样的悲剧重演，甚至不惜发动"文革"，教育全党全军和人民大众，这是何等良苦用心！

但《红楼梦》写了二百多年了，毛主席也去世近四十年了，中国经历了翻天覆地的变化。变来变去，变到今天，国有国法、党有党纪，各种规定都是很严格的，纪律、监察也都不是吃干饭的。但腐败怎么还是这样猖獗？

细想我们中国人骨子里，是个个都想着腐败呢！

说起来一个个恨腐败恨得牙根疼，但又个个都想着腐败。

恨腐败的是恨别人腐败，自己心里却是老想着腐败。实在腐败不了的，就盼着抄了腐败者的家。

欧洲曾经长期被宗教垄断，出现很多问题。于是就有人提出要从人类的意识中彻底根除信仰残余，让政治和学术发挥作用。而马克斯·韦伯则认为，学术、政治与宗教同等重要，但三者都需要有前提：宗教不能滑向"天堂主义"；政治应该有一系列制度，即使流氓执政也必须为人民服务；学术则应该"价值中立"，不能只为权贵和金钱服务，学者起码应该"为"学术政治而活，不能"靠"学术和政治而活。

陶砚瓦一直静静听着，偶尔也插问一句半句。他越发相信对面这个小伙子还是挺有思想的，不是个傻博士、书呆子。梁继最后说：陶叔叔，对不起，您光听我说了。

9点刚过时，秋曼莎进来送了壶开水，见二人聊得热闹，也没说话，转身回宿舍睡觉了。

陶砚瓦说：听完感觉应该不错。但只是听着热闹不行，还要有其他要素。等哪天我找几个出版社的朋友，你认识认识，接触接触，最好请他们看看，先听听他们的意见，看看能不能帮到你。

梁继说：太谢谢陶叔叔了。时间不早了，我该回去了，太晚了就得跳墙了。

陶砚瓦说：我也不留你了，赶紧走吧。

梁继一走，陶砚瓦就在办公室睡下了。

夜里做了梦，好像是乱糟糟的许多人在市场上争吵，似乎还有人要动手。忽然有人喊：毛主席来了！众人立刻散得无影无踪。

陶砚瓦从不睡懒觉，哪怕晚上睡得再晚，次日清晨照样早早爬起来。秋曼莎来收拾卫生时，他已经洗漱完毕，打开电脑看新闻了。

主任，那个老梁什么时候退了？秋曼莎的嘴巴还是闲不住。

他大我两岁，地方上退得早，好像退了两三年了吧。陶砚瓦淡淡地说，当年是他挑的你，我希望你最好去看看他。

我正好春节没回去，准备最近补休。那您告诉我他电话，我真要去看看他。

好孩子，还算是有良心。陶砚瓦高兴了，将来等我老了，你也得时不时看看我。

必须的！秋曼莎也很高兴的样子。

　　两人正说得热闹，刘世光推门进来了。见二人高兴，也诡异一笑，说：老陶，有什么喜事儿？

　　陶砚瓦说：我让小秋抽空看看河南的梁抗美。当年是老梁挑中了她，这不她都干了五年了吧，老梁已经退了，在家练字呢。

　　秋曼莎见刘世光进来，不再言语，匆匆收拾完毕就走了。

　　刘世光神神秘秘的，又凑到陶砚瓦身后，看陶砚瓦在看新闻，就没话找话地问：有什么重要消息？

　　陶砚瓦说：你是不是有什么事儿？

　　刘世光说：有。第一件事儿，是闲事儿，屠春健真会拍马屁，从外面调来一个乒乓球教练，是个女的，说是专门中午陪一把手打球，确实打得好。她一上手，机关的人就都往后撤了。一把手很开心。

　　陶砚瓦说：这事儿几个月前屠春健就找我说过，被我顶了。现在他说了算，不过肯定一把手也同意了，否则调不进来。还有什么事儿？

　　刘世光说：第二件事儿，是我的事儿。下午国办人事司要来人了解我的情况，可能会找你，因为咱们一直在一起，比较了解。你得认真准备准备，尽量说得有点力度。

　　陶砚瓦说：好啊！终于有动静了！

　　刘世光说：哎，没有职务，先过去呗。

　　陶砚瓦说：凭你的能耐，踢他三脚，什么都有了。

　　刘世光说：没问题！你老兄了解我，咱是干实事儿的。

　　正说话间，人事司果然就来电话通知，说下午 3 点到小会议室，国办有人过来了解点儿情况。

　　刘世光说：老兄真得好好准备一下，别多说，挑赶劲的说。

　　陶砚瓦说：好，我就按中组部文件要求一条条讲，只要干货。就是怕讲太好了，直接安排你做秘书长，把你累死。

　　下午 3 点整，陶砚瓦到了小会议室，竟连一个人影都没有。正纳闷间，人事司司长李琰就带着两个人进来了。一个是国办人事司副司长张朝泽，另一个应该是张的下属。李琰介绍三个人互相认识握手，说你们谈吧，就转身出去了。

　　陶砚瓦和张朝泽都是互相知道名字，但没见过面。握完手，又不免客套一番。

张朝泽说：陶主任，你是咱机关的老人了，我们来是想了解点儿情况。

陶砚瓦只说了一个字：好。他知道跟人事部门的人说话，一定要越少开口越好。

张朝泽说：我们就是想具体了解一下，咱们三位后备干部的情况。

陶砚瓦又说：好。

张朝泽说：你随便说，开始吧？

陶砚瓦早看见跟来的小伙子，还没等张朝泽开口说话，就打开笔记本，拧开笔帽等着记录。他说：我们这三位后备干部都很优秀。一是都比较年轻，当然是跟我比较，他们都还年轻，但也都历练得不错了。像李如松是从部队正团级转业的，做业务司司长也有几年了，为人正直，为官清廉，上上下下反映都不错。刘世光是从基层一步步干上来，处理事情、把握政策都比较娴熟。魏发达既是学者型，又是实干型，特别是对程秉祺先生比较尊重，配合非常好。三个人各有优势，都不错。

陶砚瓦见张朝泽打太极，也就泛泛而谈，抚琴按箫，不着疼热。

张朝泽心想：这个陶砚瓦，怎么这么油，倒是谁都不得罪。

陶砚瓦心想：既然你跟我绕，我当然就只有奉陪了。

张朝泽无奈，只好说：你看三个后备里面，哪个更突出一些？

陶砚瓦心想，你又不是中组部，哪个突出你也不能下文任命嘛。谁进班子不归你管嘛！但他嘴里说：从上届党组就开始后备，到现在两年都过去了，班子里都有人超期服役了，好像中组部也没定下来哪个突出。说明这确实是个难题啊。我也是看哪个都觉得不错，用哪个都可以。

陶砚瓦也感觉兜圈子兜得太远了。

张朝泽没办法，就直接问：你看三个后备里面，哪个更善于处理具体应急事务？

陶砚瓦知道该揭锅了。就说：处理政府应急事务，当然首推刘世光了。他从县政府干起，一级一级干过来，非常熟悉各级政府的运作情况，也善于处理具体事务特别是应急事务。据我所知，他还真的处理过油井大火、群众截省长告状等事情。他做省政府的副秘书长，这样的事情也比较常见。国办最近成立了应急办，我感觉确实需要像世光同志这样有责任心、使命感的人才。世光同志一直是我的直接上级，我们配合几年了，对他比较了解。他的政治品德、职业道德，包括家庭美德和社会公德都具备，政治上靠得住、工作上有本事、作风上过得硬，也很清正廉洁，是一位优秀的年轻干部。

陶砚瓦又举了几个例子，张朝泽听得很认真，小伙子也记得很认真，笔在小本子上沙沙划拉个不停。

陶砚瓦感觉差不多了，问：张司长，可以了吧？

张朝泽就说：可以了，可以了。

陶砚瓦就站起来要走。张朝泽说：陶主任，咱们是老乡啊，我家是邯郸肥乡的。

陶砚瓦说：啊，肥乡我知道。我当指导员时，一排长就是肥乡的，叫董春台。

张朝泽一听，脸上难得出现兴奋的表情。说董春台我知道，他是我哥的同学，现在我们县交通局工作。我们家里还有他穿军装的照片呢。现在还有联系吗？

陶砚瓦说：他现在是我亲家，他女儿就是我儿媳妇。春台当年是个文学青年，写过小说，现在他也很少打电话，有事儿没事儿喜欢写封信。偶尔也来北京住几天。

张朝泽说：下次他再来，一定叫上我，咱们一起坐坐。

陶砚瓦说：好啊，他儿子也在北京读书。等分配的时候，你最好帮忙给他安排一下。

张朝泽说：没问题，咱俩一起帮帮他。

陶砚瓦顺势凑近张朝泽耳朵低声说：先帮帮刘世光吧。

张朝泽说：放心吧，问题不大。

果然，几天后，国办通知刘世光到应急办帮助工作。据说是人先过去，手续随后再办。

因为机关里大都不知道此事，刘世光临走那天，只有孙香品最后一次去他办公室告别，还磨叽了一阵子。世光知她消息灵通，上头有人罩着，只好虚与委蛇。刘世光心想：下步恐怕她将常去的地方，应该是魏发达的办公室了吧。

等这位姑奶奶走了，他才急急地到陶砚瓦办公室匆匆说了几句话，算是告别。但说还不是正式的，抽时间要单请陶砚瓦坐坐。

陶砚瓦笑了笑说：快去忙你那头三脚的事儿吧！

过了正月十五，院子里的花草树木沉寂已久，都憋足了劲儿，蓄久了势，恨不得早一天蓬蓬勃勃起来。秋曼莎这天换上便服，活蹦乱跳地要回家补休了。临行时专门来看了陶砚瓦，说一定会去郑州看看老梁。陶砚瓦就让她给老梁带了一本《砚光瓦影》，嘱咐她见了老梁一定要替他问候一声。

这个秋曼莎出落成大姑娘了，心眼儿早就长全了。那天在会议室她第一次见到梁继和陶砚瓦说话，看似很亲热的样子，不知怎么就感觉梁继是个值得亲近的人。后来在大门口碰到梁继，让她眼睛一亮，不知怎么就来了胆量，竟主动走过去搭话儿，还带着梁继去见陶砚瓦，而且感觉梁继也蛮喜欢她的。及至听说梁继就是老梁的儿子，心里一阵狂喜，感觉冥冥中预示了她的归宿。再后来梁继过来帮助工作，又正式调过来了，她就和梁继有了零星接触的机会，也知道了梁继结过婚又已经单身，于是见了梁继就更感觉他就是自己的白马王子了。

秋曼莎心想：陶主任几次让我去看老梁，这次回家说什么也要去趟郑州了！

当秋曼莎提着腐竹、山药各一盒去老梁家时，开门的却是梁继。

梁继第一次见秋曼莎没穿工作服，而是穿着时髦的便装，打扮得像花儿一样，亭亭玉立于门外。本来个子就高挑，腰身就苗条，再把该收拢的收回去，该凸出的凸出来，小脸蛋儿白里透红，大眼睛惊喜中不失羞涩，浑身上下透着一股青春的气息。梁继立刻惊为天人，愣了半晌，只是傻笑。

秋曼莎也笑了，却娇嗔地问：你怎么在家？

梁继说：我请了假，回来处理一点事情，过两天就走。

秋曼莎说：我是专门来看你爸爸的。

梁继就说：对，我知道。

秋曼莎问：你知道我要来你们家？

梁继这时已醒过闷儿来，赶紧说：快进屋吧！我不知道你要来我们家，只是知道你要来看我爸爸。你不是说过多次了吗？

秋曼莎问：他在吗？

梁继一边殷勤上茶，一边说：在。

就对里面喊：爸！有人看你来了！

老梁正在自己房中练字，闻声放下笔出来见客。一见秋曼莎，疑惑地问：姑娘你找谁？

秋曼莎说：我是当年一职专的秋曼莎，在陶主任那儿做服务员的，今天专门来看您！

老梁说：啊，是陶砚瓦那儿的！你在那儿挺好的？

秋曼莎说：挺好的，陶主任一直关照我。我这次来他让我代他问候您，还带了他送您的书。

老梁高兴地说：是《砚光瓦影》吧？太好了，我就想看他写的书。他给过我一本，有人喜欢，死活给拿走了。前两年他来过郑州，住在小浪底宾馆。他特别喜欢那里的疙瘩汤，说是他一辈子吃过的最好吃的疙瘩汤。

梁继说：爸，小秋，你们慢慢聊着，我出去一下。

老梁说：你弄啥哩！姑娘来看我，你不好好陪着，哪里去？

梁继说：我买吃的去，中午留小秋吃饭。

老梁说：不用，咱去小浪底吃疙瘩汤！

梁继说：人家大老远来了，别出去吃了，还是在家得劲儿。说完就走了。

老梁说：这孩子，不听话了。自从他媳妇没了，他妈也走了，回来就知道在家看书、写字儿，倒是不惹是非。

秋曼莎说：我们在北京是一个单位。

老梁说：对对对，他现在在你们那儿，你们认识了吧？

秋曼莎说：认识了，他老去找陶主任，经常见面。

老梁说：哈哈！这就是缘分！缘分！姑娘可成家没有？

秋曼莎说：还没对象呢。

老梁说：还没对象？好！好！

秋曼莎笑了：俺没对象，好什么？

老梁说：也是，没对象，好什么？姑娘好，有对象也好，没对象也好。

秋曼莎说：陶主任说您什么时候去北京，他要请您吃饭。

老梁说：我工作的时候老去。退休以后一心练字儿，没心思去了。

秋曼莎说：您当年一句话，就让我去了北京。我要感谢您一辈子！

老梁说：这话言重了！咱非亲非故，素不相识，你能去北京，还是因为你优秀嘛。

秋曼莎说：俺爸俺妈也说要感谢您呢！

老梁说：你爸妈都好吧？

秋曼莎说：都好着哩。梁主任，我看了您，就想回去了。

老梁说：不中！不让走！梁继不是买菜去了吗？哪能让你不吃东西就走呢？

两人正说话间，梁继买回来一堆吃的，有鱼、肉和蔬菜，进门朝秋曼莎笑了笑，就进了厨房。

秋曼莎说：他会做饭？

老梁说：没人做，不会也得会。我们爷俩就凑合过呗。

秋曼莎说：我去帮帮他吧？

老梁说：好，你过去帮帮他。

秋曼莎也不再客气，进去围上围裙就上了手。两个年轻人在厨房里说说笑笑，很快就折腾出满满一桌饭菜。

中午三个人围坐在一起，又是碰杯又是干的，给这个冷清多时的家庭里，陡然吹进来一阵春风。

吃完饭稍坐一会儿，秋曼莎就要回家。老梁让儿子去送她，梁继就问起什么时候回京。秋曼莎一说日子，正好时间和梁继差不多，于是就相约买同一个车次结伴走。

望着秋曼莎越走越远的背影，梁继怅然若失。自从丹丹走后，他一直处于心灰意冷之中。前段时间工作之余埋头著书，投入了全部感情和精力，书就是他的丹丹，丹丹就是他的书。恍惚之间，他都以为自己的情感早被生活浇灭了。他突然忆起那天去看丹丹奶奶，临走时老人家说的一句话：

孩子，丹丹没福气，走了。你还年轻，有合适的就再找一个。

没想到这次他见到秋曼莎，竟一下子就被她的美丽、清纯和勤快吸引了。

他憧憬着几天后即将与秋曼莎再次相见的美妙，心里又美滋滋地痒痒起来。

想了一会儿，最后才想起他爸爸。于是嘴里嘟哝着：老爸啊老爸，你这辈子做得最正确的一件事，可能就是当年你点了秋曼莎。

　　梁继与丹丹虽说青梅竹马，成年后也情丝未断，步入了婚姻殿堂，但由于双方家庭日益悬殊，自己长期处于劣势，一直有生活在别人屋檐下的心态。后来丹丹的家庭遭难了，他暗想一定把丹丹照顾好。谁能想到最后竟是如此下场！

　　这次他请假回来，是清理丹丹留下的遗物，主要是她的油画作品。

　　丹丹的作品，有农贸市场的人们、参加高考的人们、证券交易大厅的人们、公务员招录的人们、煤井里的人们、留守乡村的人们、土地上的人们、淘金的人们、办签证的人们等十个系列，每个系列四到八幅不等，一共有一百零三幅，几百个不同行业人物，个个栩栩如生，都是具有鲜明时代特色的代表性人物。

　　梁继虽然对油画艺术不甚了了，但如今再看这些作品，竟有了全新的感触。这些作品堆放在梁继卧室的床下、角落里，墙上也挂着几幅。其中一幅自画像，就挂在床头。

　　梁继经常一个人望着这幅画像，有时会自言自语几句。他把秋曼莎的事儿也对画像说了。

　　当他下了决心，爱上秋曼莎以后，忽然感觉娶秋曼莎为妻真是太好了！他马上就恢复了久违的男子汉大丈夫的感觉。一闭上眼睛，就出现了秋曼莎的身影，想想她穿着裙子围着围裙在厨房里忙活真美。而且她在北京会议室里穿着工装倒茶，真是无比美丽、妙不可言啊！

　　他突发奇想，买了张票就直奔秋曼莎家而去。

　　秋家人听说是单位里一个博士过来看他闺女，就用异样的眼光对梁继看过来看过去。经过盘问，这博士的媳妇刚刚去世不久，心里都充满了好奇和警惕。

　　梁继没吃饭就回了郑州。秋曼莎当然就知道了他的心思，送他到村口后，梁继也坚定明确地进行了表白。秋曼莎就说要和家人商量。

　　梁继通过详细查询，又用手机短信跟秋曼莎商议，两个人订的是1488次列车。晚上8点多从郑州上车，次日上午9点多到北京西站。一张卧铺票不到二百元，差不多睡一觉就到了，什么也不耽误，就是时间长点儿，正好两个人还能多聊聊。

　　一来二去，梁继和秋曼莎各自在心里确定了关系。梁继是花开二度，枯木逢春；秋曼莎正值妙龄，情窦已开；一个发现了幸福已悄然来临，恨不得立刻抱得美人归；另一个迎来了在北京有正式工作的博士示爱，白马王子突然出现在眼前。两个人都感觉是幸福从天而降，都在心里偷偷憧憬着未来。

　　秋曼莎跟父母详细汇报了梁继的情况。她父母的态度是拿不准，既怕女儿因年纪小、文化低、没户口而上了当，又怕女儿失了好机会。最后竟然是让她回京后找陶砚瓦汇报，就按陶主任意思办。

　　一路上梁继进一步展开情感攻势。秋曼莎就问他为什么喜欢自己。梁继就说了一大堆理由：年轻漂亮啊，勤劳善良啊，自然朴素啊，身材姣好啊，现代时尚啊，等等。反正问的是任何姑娘都要问的问题，回答的也就是任何男人都常常讲的甜言蜜语。

　　两个人要的是两个下铺，先是对着小桌子说话，说了一会儿梁继的手就过来了，先抓住一只手，得逞后又抓住另一只手。说着说着，梁继就把身子挪过来，和秋曼莎腻乎到一起。

　　男人的逻辑是：你既然同意我抓住一只手了，那从此这只手就属于我了，我想什么时候抓就什么时候抓了；与此同时，你就必然而且必须同意我抓住另一只手，而且从此你的两只手就都是我的战利品了，我想什么时候抓就什么时候抓了。然后是下一个目标，下一个部位，就这样把心爱的女人身上各处一点一点地攻占，全部成为自己的战利品。

　　过了10点钟，列车就熄了灯。梁继非要和秋曼莎挤在一张卧铺上睡。秋曼莎嗔道：你还睡不睡？梁继就说今晚不想睡，就喜欢这样腻着。秋曼莎无奈，也经不起持续的腻乎，只好把被子拉过来，两个人搂在一起睡了。梁继揽一个美人在怀里，哪里能够安分？先把嘴在秋曼莎的脸上身子上一阵乱亲，亲够了，紧接着又把手在秋曼莎身子上摸，直把个秋曼莎摸得魂飞魄扬，骨软筋酥。她嘴里喘着香气，轻轻说道：快睡吧，睡吧。

　　两个年轻人就在列车上，到处都有眼睛和耳朵的车厢里，奔放着青春的恣肆。

　　到了北京，当两个年轻人推开门进来，喜洋洋地站在陶砚瓦面前时，陶砚瓦还不明就里，没反应过来呢。

　　梁继说：陶叔叔，我爸爸让我来找您汇报，我们俩好上了。说着就把秋曼莎揽到身边。

陶砚瓦看看秋曼莎，秋曼莎嘻嘻笑着说：我爸妈还没同意呢。他们说一定要听陶主任的意见，陶主任点了头才算，陶主任如果不同意……

陶叔叔一定同意！是不是陶叔叔？梁继抢过话说。

陶砚瓦说：你们先老实坐下，我问梁继两个问题。一是你自己的情况都跟小秋讲了吗？

梁继说：全讲了，陶叔叔，她现在知道的比您还要多。

陶砚瓦说：第二个问题，你个堂堂大博士，怎么就看上我们小秋了？

梁继说：陶主任，我打第一次碰见她，她带我到您这儿来，就喜欢上她了。之后我们又有了更多接触，我更加坚信自己的选择。陶叔叔，您看在我爸爸的面子上，就支持我们吧！

陶砚瓦说：我再问秋曼莎两个问题，一是他对你好吗？是真心爱你吗？

秋曼莎毕竟还小，也没被陶砚瓦这样严肃诘问过，就吞吞吐吐起来。

梁继在一旁急得跺脚：姑奶奶啊，我梁继对你怎么样？你怎么还犹豫呢？

秋曼莎羞羞答答说：他对我挺好的。

陶砚瓦说：第二个问题，你父母真的说要听我的意见吗？

秋曼莎这次是以坚定的语气说：真的，他们说只要您同意，他们就一点儿意见也没有了。

陶砚瓦说：好，我的问题问完了，下面我正式发表我的意见。我的意见是三个字——

梁继一听是三个字，顿时吓傻了，忍不住叫了声：陶叔叔！

陶砚瓦说：我的三个字是，很、同、意！

话音刚落，两个年轻人就当着陶砚瓦的面拥抱在一起。

陶砚瓦说：等等，我还有话要问梁继。你写的小说怎么样了？我已经找人联系了出版社的一位副总编，近期可以见个面谈谈。

梁继说：陶叔叔，一切听您的。

据说就从这一天开始，准确讲是从陶砚瓦办公室出来，两个年轻人就双双去了梁继的房子，也就是丹丹爸爸妈妈出钱买的房子。当然陶砚瓦是很久以后才听说的。

和尤必奇副总编见面吃饭，安排在三元桥附近的一个饺子馆。饺子馆其实不只是吃饺子，也可以点菜。大棒骨、干锅菌菇、烤羊肉串儿、乱炖等等，花样不少。

陶砚瓦并不认识这位总编，恰巧那天衡水同乡大程隶找他约稿，说是让他写首金丝楠的诗作，出版一本画册用。陶砚瓦就说正好有个年轻人写了长篇，能不能找出版社的人帮帮忙。大程隶一口答应，就安排了这顿饭。

这个"大程隶"并不姓"大"，也不姓程，他本姓张，叫张建功，是衡水武邑县人，陶砚瓦的同乡。此人原在北京市某机关工作，而且年纪轻轻就混到了处长，但他早年从北京大学毕业，自恃胸藏文墨，腹有诗书，又酷爱书法，特别钟情汉隶，崇尚程邈，竟号称"不为二斗米折腰"，毅然辞去公职，自己背了行囊，到处云游。只要得知哪里有古碑石刻，便欣然前往观摩勘察，西安碑林的《曹全碑》，山东孔庙的《礼器碑》，泰安岱庙的《张迁碑》和《衡方碑》，还有河北元氏的《封龙山碑》，他都一一钩沉索隐，拜读临摩。在此基础上独创书体，以"大程隶"名之，世人也以此书体"大程隶"之名呼其人，真正是"书即其人，人即其书"了。因年龄小几岁，陶砚瓦就在"隶"字旁边加了个"木"字旁，称他为"大程棣"，倒也比较贴切。

大程隶说起来是个艺术家，看上去长发披肩，汉服唐装，颇有些艺术范儿。他虽然早就不是什么官儿了，既非大富也非大贵，但他到处云游，为人豪放，在文化上已闯出名气，结识不少成功人士，京城各界人脉网络十分缜密，上自部长将军下到街道干部，他都有门径打通，大事小事找他，一般能弄明白摆平。陶砚瓦道他是燕赵豪杰，急公好义，让他找出版社，他当即答应，要约尤必奇副总编出来吃饭。

定了这个餐馆，也是大程隶的主意，理由很简单：离他家近。陶砚瓦说：第一次请人吃饭，是否换个好点儿的？大程隶颇为自得地说：不需要！别说咱请他了，就是他请咱也很正常。

这事儿是由陶砚瓦出面的，所以他特意到得比较早。按照短信里的地址到了餐馆，就有个女子引领上楼进了定的包房。一进门，就见梁继已早早等候着了，旁边还有位美女，梁继就介绍说是中国青年出版社的主任编辑，叫林芳菲，是尤必奇副总编请来的。陶砚瓦就知道究竟了，马上对梁继说：林主任肯定推过不少书，你要向她多多请教！

梁继说：刚才我一直是在向林主任请教呢。

正说话间，大程隶进来了，并且是由餐馆的经理陪着，嘴里叫着"张老师"，他边走边大模大样的"啊啊啊"，一看就知道他是这里的常客。

陶砚瓦说：大程棣到了，你就点菜吧。

大程隶对经理说：我们不点了，就把你家经典的家常菜弄几个就行了。

说完回头一看有两个女士，就说：上二十根羊肉串儿！

经理说着：好好好！转身就走了。

尤必奇进来时，这边已经吃了一轮羊肉串儿了。大程隶说：你来晚了，我们先吃上了。

然后就把人都重新介绍一遍。

陶砚瓦赶紧给尤必奇递上一根羊肉串儿，说：先吃点儿。

大程隶问了一圈儿没人要喝酒，就说：不行，我和陶主任得来点白的。

就要了一瓶"小二儿"，两个人分了分，就开始要比划上了。

陶砚瓦说：别忙着喝酒，先把出书的事儿说说吧。

大程隶说：也好，那让这个小伙子先说吧。

梁继憋了半天，就等着这句话呢！只见他从包里掏出两份文稿，分送给尤必奇和林芳菲，说：尤总编、林主任，这是我写的小说开头几章，大约有五万字，请你们过目。初稿写了二十五万字，主要是写我亲身经历的故事。

尤、林二人接过书稿，一边翻看，一边听梁继讲故事。

梁继拉开架势，就开始把他和丹丹的故事，连同那天跟陶砚瓦讲的整套框架，原原本本对二人讲起来。

大概讲了几分钟的样子，还不及跟陶砚瓦讲的五分之一，尤必奇就打断他了。说：我听大程隶老师讲是出书的事儿，就请了一位青年社的编辑部主任过来。林老师是个业务权威，对推新人很有见地。我们两个出版社虽然隶属关系不同，但距离很近，业务也有交叉，人头儿都很熟悉。我先谈谈我的想法。不一定对，不对的地方请各位批评。

尤必奇先喝了口茶，接着说：陶主任和小梁可能还不太了解现在出书的情况。现在出书已经完全市场化了，就是能出不能出基本是由市场来决定。我们社出书的具体程序，是要由十三个编委投票，然后一定要有三分之二以上的编委同意，才能编辑出版。首先要让十三个编委都来看小梁的书，估计就有困难，再让他们投票通过出小梁的书，基本没有希望。我是个副总编，就算找三个两个编委说说情，打打招呼，让他们投同意票，那距离至少九票仍然很遥远。说了半天，还是因为人家不相信小梁这样的人写的书能卖出去。咱既然是朋友就得说实话，我倒是有个建议，就是请小梁把小说先发到网上去，试试反应如何，说好也好，挨骂也罢，只要网上关注度很高，点击量很高，真是个好东西，那再出版就容易了。小林，你也讲讲你的意见。

林芳菲说：刚才尤总编讲得很好，都是大实话。小梁你就先往网上放一放，有什么反应还可以修改、调整，什么都不会耽误。如果在网上火了，我们都会争着抢着给你出。

两个人的话别说是对梁继了，就是对陶砚瓦都是很大的触动，梁继听着听着就蔫了许多。陶砚瓦说：尤总编、林主任，我们刚才听了你们的话，头脑冷静了，思路打开了，谢谢你们的悉心帮助。你们能否帮我们推荐个网站，上哪个比较好？小梁不要灰心丧气，要对自己的作品有信心，敢于直面现实。

尤必奇和林芳华都说网站很多，具体上哪个真不好说，可以多了解一下云云。

大程隶一看气氛有点干，就说：小尤儿你回头帮着找个编辑给小梁看看，提提意见，指指问题。能出尽量帮着出一下。

尤必奇就说：好好好。

陶砚瓦说：这个话题谈得差不多了，咱们谈下一个话题，吃饭吧。

大程隶说：好。咱们别管原来认识也好，不认识也好，都举杯，喝一个缘分酒。

大家响应，不管是酒是水，一饮而干。

陶砚瓦说：今天是大程隶召集，实际是我们想拜见请教两位专家领导。刚才一席话算是让我们开了窍儿。回头小梁就按两位的指导往前走。我感觉还是有希望的。我先敬两位一杯！

喝完接着问：尤总编孩子多大了？

尤必奇说：十五岁了，该中考了，恐怕还得请大程隶老师帮忙啊。

大程隶说：咱自己的孩子，必须帮忙。

林芳菲说：尤总编的儿子中考，我们家的千金小升初。都在裉节儿上。

尤必奇说：这两个孩子真有缘分，上次咱们说好要做亲家呢。

大家听了都说好，就张罗着要喝喜酒了。

吃饭时，餐馆老板过来敬了酒，还加了菜，吃完梁继要去结账，大程隶说：不用结账了，老板一听来的都是人物，说给免了。

第二天一上班，陶砚瓦想着昨晚的事，就给人民网一位高管打了个电话。

高管一听就明白了，说：陶主任，人民网没有连载长篇小说的平台，好像新华网也没有。我个人分析，即便这些官方门户网站有这样的平台，也发挥不了咱们想象中的作用。据我了解，现在像"天涯论坛"，已经号称是全球最有影响力的中文论坛，可以在那个网站试试。谁都可以在那里发声，到底小说有没有读者，有没有价值，一试即知。

陶砚瓦听了，又是一阵心凉。有事情先找朋友，已经形成他的惯性思维和行为定式。半辈子了，广交朋友，广结善缘，遇事总有办法，已经在他心里深深扎根。

但是，如今的小说直接面对市场，找熟人已经没用了。

对方挂了电话，陶砚瓦还把话筒举在手上发呆。放下话筒，又对着墙壁发呆。这时，窗外恰有一只喜鹊叫了几声，又迅即从眼前掠过。他循声望去，喜鹊影子早没了，却见几片爬山虎叶子，在微风里得意地晃动着青春的灿烂。

陶砚瓦突然转念一想：不再靠权力、靠专家、靠熟人、靠友情、靠面子，而是靠实力，靠民意，先交给读者去判断，这不就是社会进步吗？特别像长篇小说这种体裁的文学作品，直接交给民意来判断，不是很好吗？

他想通了，就拿起电话，把刚才听到的情况和自己的思考告诉梁继，让他大胆到天涯论坛去试试。

第二十一章　荷兰大使

按照机关的规定，只有司局级干部才有单独的办公室，处长、副处长都是两个人一间或三个人一间。一人一间的当然没人说话，两三人一间的也很少聊天，所以平时机关里十分寂静，大家都在各自办公室里待着，手里有活儿的忙干活儿，手里没活儿干的也都是看看新闻，读读闲书，丰富一下学识，串门说话的很少。

陶砚瓦的办公室却往往比较热闹。除了文电处常常来送文件、秘书处常常来送报销单据、王晓彤常常来请示汇报工作外，几个老处长出来上厕所，也常常顺便过来说说话，逗逗闷子。往往是一个来了，门就开着，另一个看见门开着，也就进来搭话。特别是几个中年女性处长。

头一个是"亲家"。因她二十多年前就口头把女儿许配给陶砚瓦当儿媳妇，机关乃至全国各省市指导联系单位都知道他俩是亲家，平时也常常有人讲你亲家怎么怎么样。陶家柳和董今今结婚之后，"亲家"竟然表态说不管陶家柳娶了谁，她都永远是他的丈母娘。

第二个是"媒人"。多年来既然有了"亲家"，便有人主动站出来"保媒"。"亲家"关系永远不变，这位"媒人"当然也就当下去了。

第三个是"大夫"。因她平时负责跟合同医院联系，她本人也多次住院，开过 N 次刀，所谓久病成医，机关里的人都谑称她"大夫"。

第四个是"疯子"。因她性格爱疯爱逗，特别是她跟"亲家"是闺密，每日见了陶砚瓦不是"你亲家挑你理了"，就是"你亲家最近不像话"，要不然就说"你亲家问你好了"。反正就拿亲家话题找乐儿，陶砚瓦就常叫她"疯子"。

总之这帮人就是没话找话，没事找事，嘻嘻哈哈、叽叽喳喳，一说一笑，烦恼寂寞就抛到爪哇国去了。

龙　脉

这天王晓彤来送春节前后的大事记稿，正赶上这帮人在瞎吹乎。她冲几个人一笑：谢姐、焦姐、宋姐、田姨，便径直走到陶砚瓦办公桌前，递上稿子，站在那里听命。

三个被叫姐的就逗那个被叫姨的：嘿！她大姨！说着说着还上了手去掐呀捏的。见年轻人来了，只是过了几招，吱呀一叫，她们便都知趣地打闹着出门去了。一出门，也就悄然散了。

陶砚瓦开始要求王晓彤每个季度送一次大事记稿，后来改为每两个月送一次，现在要求每月送一次，主要担心时间长了不好追记。实际执行起来也不是很绝对，比如今天王晓彤送的是从春节前的 2 月 11 日至节后的 3 月 30 日这个时间段，具体内容无非就是某月某日有某事，某人和某人参加，等等。

大事记这种东西，就是流水账。主要用于日后查阅方便，本不太讲究文采的。陶砚瓦边看边改了几个错别字，就把原稿递给王晓彤，说：很好。

王晓彤接过稿子，并没有要走的意思。陶砚瓦就问：怎么，还有事儿？

王晓彤说：我爱人在他舅舅开的公司里做事，公司在南城大红门旁边租了个楼，想搞个文化市场。他们知道您认识人多，想请您抽时间过去看看，帮他们找找客户，参谋参谋。

陶砚瓦说：好，我过去看看可以，但能不能找到客户，可不是我想找就能找到的。

王晓彤马上笑了，说：您只要过去看看，找不找到客户也无所谓。

本来和王晓彤说好，星期三下午 5 点下班后去大红门看楼，结果头天接到外事司通知，要陶砚瓦陪同尚济民周三下午去荷兰驻华使馆，参加一场外事活动。

陶砚瓦无奈，只好告诉王晓彤改天再去。

外事司还发过来一个材料，对荷兰王国的详细介绍。

原来是荷兰驻华大使范连登要奉调回国，他邀请尚济民赴使馆晚餐，外事司安排陶砚瓦参加。

范连登是大使的中国名字，他的原名是 Van Leyden。

范连登大使曾到机关做客，陶砚瓦参与接待，算是原本认识的。

记得范连登大使曾在机关会客室，驻足于秦岭云先生一幅山水画前面，注目良久。会谈的话题也围绕艺术展开。他提到自己家乡出了大画家伦勃朗，眼睛里透出骄傲的光。

去年 4 月 30 日，是荷兰女王节，荷兰使馆举办了庆祝活动，陶砚瓦曾受邀出席。记得他们的使馆内，也特意采用中国风格装修，坐南朝北的房子里，专门用青砖砌了个面南的廊厅，还悬挂着几幅带有西方风格的中国画。作者并不知名，估计是个年轻人。但西方人看中国画，并不太注重名气，他们只凭自己的感觉，感觉对路子就掏钱。

陶砚瓦一接到通知，就赶紧给车队打电话，先落实好那辆尾号 8088 的车，这辆奥迪车是总理转送的。平时给党外专家用，遇有外事活动时，车队一般安排一把手乘坐。

接着他又按外事司给荷兰使馆材料后面的电话，先进行接洽，报上两部车的车号，并核实好进门程序和时间。

外事司司长于嘉慧出国了，副司长孙书堂带着外交部一位翻译和陶砚瓦共乘一车。

荷兰王国驻华使馆在亮马河南路 4 号，与阿曼使馆为邻。地处路南，开了东西两个门。平常用东门供人出入，偶有重要客人到访，需要进出车辆，就打开西门使用。

尚济民和陶砚瓦的车辆一前一后，下午 5 点半到达使馆西门口。早有人等在门外，一见两辆车的车型和车号，就赶紧跑过来打手势迎接。西门应声而开，两辆车鱼贯驶入院内，在北房正中门廊前停下。

范连登大使站在廊下迎候。他高高的个子，高高的额头，高高的鼻子，连他的白发也高高地耸立着。只有说话的声音低沉而富有磁性。

因为以前见过面，算是老朋友，大家只是简单握手寒暄，就进入房内客厅小坐。

客厅布置得中国味十足：中间北面墙上是一幅四尺中堂山水画，两面是一副行书对联："青山不墨千秋画，流水无弦万古琴。"作者应该都不是名家。书画下面是一张楠木条案，条案上还摆着两个釉下手绘花鸟骨质瓷瓶，一个绘的是"喜上眉梢"，另一个是"松龄鹤寿"。两个瓷瓶中间，还摆着一个旧式座钟，虽然年代已久，但品相很好，依然走得准正。

龙　脉

　　条案前面摆着一个方桌，两侧各有一把木椅。靠东西墙各有一桌两椅。东面墙上的《老子出关图》，一看即知是某时下名家早年之作，笔墨还比较认真。西墙上的书法斗方让来人都大吃一惊，竟然是陶砚瓦的一幅自书七绝：

　　写诗不必拜天尊，只向心田觅妙门。
　　待到情怀翻涌处，三千弱水下昆仑。

　　陶砚瓦看见，先吃一惊。侧脸看尚济民，显然他也注意到了这幅字的作者。因为他回头看了陶砚瓦一眼，但随后便装作若无其事，和范连登大使让起座来。
　　大家坐定之后，尚、范二人就通过翻译开始了谈话。翻译和孙书堂坐在东侧，陶砚瓦坐在西侧，他两只眼睛紧紧盯着尚济民和范连登，尽量不看东侧。
　　范连登今天很健谈。他说自己当初不太想来中国履职，但来了三年多了，自己越来越喜欢中国。现在要离任回国了，心里十分不舍。而更为不舍的是他的夫人，因为她常去"798"，买了很多中国年轻画家的作品，并且坚信这些作品有很大的升值空间，甚至可能会成为天价珍品。本来还想继续收购呢，当然就不高兴回国。
　　谈起文化，尚济民就感觉有了共同话题。他说：大使先生，刚才你谈到文化，我很乐意向你请教。听说西方近年来出现一个"建构性后现代主义"，讲人与自然是生命共同体，宇宙是一个有机的生命整体。我们中国人感觉，这些都是我们先贤典籍里讲的"天人合一"。大使先生怎么看？
　　范连登说：尚先生讲得很好。西方的学术界，现在确实有一个转变，就是解构性的后现代主义向建构性的后现代主义的过渡。有人提出一个口号，说第一次启蒙运动是解放个人，张扬个人，现在应该进入第二次启蒙运动，就是关心他人，帮助他人。有个代表性人物在美国加州的一个大学。我也感到，这不就是中国的孔子当年曾经论述过的"仁"的意思吗？
　　尚济民说：我们中国的执政党和政府，最近也在思考一个问题，就是无论怎么改革、怎么发展，总是不能离开自己民族的文化之脉。一定要回望自己的历史，找到这根脉，坚守、维护、依靠、发展它，而决不能再做怀疑、破坏甚至割断它的蠢事。

范连登说：现在西方包括我们荷兰，有一些学者开始研究汉学或者中国学。而且有一些新现象出现。一是发现中国文化当中，有非常有意义的普适价值；二是认为研究希腊不能绕开中国；三是越来越重视研究中国的经典，追溯中国文化的源头。

尚济民说：当前正在进入全球化时代，人类不同的文明和文化再也不可能自我封闭发展了。其实过了两千多年，我们忽然发现人类依然面临很多问题。让人悲观的是，这些问题依然和两千年前差不多；让人乐观的是，各个文明或者文化既有差异、冲突，也有交流、融合的可能和趋势。我们感到当前应该再出几个大的思想家，他们是超越国家、民族和宗教的，站在全人类立场、具有国际视野和历史视野的大思想家。

范连登说：尚先生讲得很对。我奉调回国后，将回家乡莱顿大学担任校长。那里是全欧洲的汉学研究中心，珍藏有大量中文典籍。我希望将来能够多跟中国合作，各位到荷兰访问，也欢迎去大学参观访问。

晚宴时间到了，宾主步入旁边的宴会厅。中间的长条餐桌上，已经按人头摆好餐具，而且一看就知道吃的是西餐。

果然，头盘上来了，每人一份鹅肝酱。刀叉用上了，在时而清脆的金属撞击声里，谈话继续着。

尚济民和范连登分坐餐桌两侧的中间，东西相对。尚济民的旁边，左侧是孙书堂，右侧是翻译。范连登的左侧是陶砚瓦，右侧是空位。这就是西方人的风格，他们不像中国人，要一大堆人跟着陪客。他们恰恰认为只有大使一个人陪餐，才更显示出对客人的重视和尊重。

晚餐开始了，仍然是两位主角在唱大戏。

尚济民说：刚才和大使先生谈话非常愉快。我们中国文化是个包容性很强的文化体系。崇尚"道并行而不相悖""有容乃大"。我们一直在把西方的重要思想翻译过来，进行消化吸收。

范连登说：中国反复强调自己不当"超级大国"，永远不称霸。其实西方并不相信。对中国，西方也有各种观点。有人宣传"中国威胁论"，也有人说中国的思维定式是不鼓励创新，而不鼓励创新是不可能取得世界领先地位的。还有人说中国人口众多，仅凭拥有巨大的生产力，就足以够同化并统治全球。

尚济民说我最近听到一个比喻，说草原上的狮子和野牛群，各有各的想法和活法。草原上的大部分资源由野牛群享用，但是它们受狮子的制约。狮子和野牛这两种生存方式各有道理，不同的思维会得出不同的结论。中国人的群体智慧已经有上下五千年的文字语言积累了，我们生存的选择方式与欧美人很不相同，就像草原的狮子和野牛群。当年毛主席说"人多力量大"，最近我们重提"以人为本"，这就是中国人的生存智慧，也可以说是"群体生存智慧"。

范连登说：美国有个电影《黑客帝国》，最后男主人公是如何胜利的？就是自己主动选择被同化。也许中国不求做到最创新，不求做到最精致，只要中国不断增加经济总量，把人口维持到一个超高水平，慢慢地在西方国家后面跟着，不需要什么先进一流的科技，仅以一种已经存在的、超然的大智慧，最终也可能会统治全球。这个过程可能是五百年，也可能是一千年以后。

尚济民说：能否成为超级大国其实是没有意义的。牛顿和爱因斯坦最终都在研究神学，为什么？因为不管基督教或者佛教都是研究人类终极问题，那就是生存的意义。对于当前的中国而言，我们更应该关注自己整体生存的状态和意义。

范连登说：中国共产党的政治指导理论，是从西方引进的马克思理论。中国共产党将其作为权威指导理论的做法也符合中国的文化思维习惯，况且人人平等、高度民主和自由，财富也高度共享的共产主义社会确实是一个美好社会。不过世界是发展变化的，特别是这一两百年变化更快。大家都可以看到，现在所谓的西方资本主义社会，它们的社会主义元素在不断增加。虽然中国有许多人意识到现在的世界与马克思当年的世界已经有很大不同，需要进一步发展马克思理论，但由于至今西方和中国都没有出现能够系统地进一步发展马克思理论的权威，因此，中国共产党只能使用其领导人的一些纲领性文章甚至讲话作为指导和发展理论。

尚济民说：我们中国人不想当世界老大，是真诚的，也是由我们的文化基因决定的。我们现在希望的并不是超级强国，只是国际上的平等待遇。我们希望世界政治彻底摆脱丛林法则，而选择人性法则，我们相信这一天终究会到来。

范连登说：强国的目标你们喊了几十年了，但强国的含义是什么？据我所知，中国历史上清朝满族人统治了将近三百年的时间，最后呢？满族人现在一千几百万人口，汉族人口约十三亿，他们早已被同化了。统治了三百年又有什么作用呢？有一种观点是强国取决于巨大的人口总量和经济总量。中国改革开放三十多年，取得的辉煌成就跟巨大的人口数量有关，量变引起质变吧。至于国家、执政党等等都是生产关系的问题，只要不断地发展生产力，生产关系必定会适应生产力。不适应了，强大的生产力也会去改变或改造生产关系的。现在中国只要埋头发展经济，世界格局必然会改变。

尚济民说：谢谢范大使的美意，谢谢你对中国的友好提醒。我们今后一定加强合作。

陶砚瓦注意到，在一行人从餐厅出来从客厅经过时，尚济民又不经意间朝西墙上瞟了一眼。

从荷兰使馆回来的路上，孙书堂对陶砚瓦诡秘一笑，说：老陶你可真行啊，工作都做到荷兰使馆了！听他口气，那幅字是陶砚瓦自己刻意安排的。

陶砚瓦心想，你越是怕人家这样想，人家越是这样想。干脆就回答说：范连登大使还真给面子，知道我要来就把我的字挂上了。只是那幅字是前几年写的，没有代表我现在的水平，太令人遗憾了。另外我也稀里糊涂，忘了朝他要荷兰盾了。

当晚，陶砚瓦想了一夜：这幅字是临时挂上的，还是挂了多时了？是使馆采购的，还是范连登的个人收藏？或者范连登根本就不知道其作者是谁，只不过是什么人随便挑选挂上的？

另外更重要的是尚济民会怎么看这件事。他会认为是陶砚瓦的设计吗？是陶砚瓦想出风头显摆自己吗？甚至是陶砚瓦与荷兰有什么特别关系吗？

想到这里，连陶砚瓦自己都感到问题严重了。

转念再一想：人家挂我陶砚瓦的字，是对中国诗词书法的尊重，我跟他们并无任何私交，也经得起组织调查，甚至是国家安全局的调查，别人怎么猜想，又有什么意义呢？真是庸人自扰！

上述各种情况都有可能，唯一不是可能而是事实的，就是那幅字真真切切挂在了荷兰使馆客厅。

龙　脉

实际生活中，有多少像陶砚瓦碰到的事情！在这个时候，别人怎么想都不足论，只有一把手尚济民的观点才是最重要的，甚至是决定性的。但他不可能再重提此事，他会有意无意地淡化此事，就像刚才他见到这幅字的时候一样。

陶砚瓦越想越感觉没意思，就不再想自己的字了。他就想起当年苏东坡的乌台诗案，被人一参，龙颜大怒。一条链子从湖州太守任上锁了，押回开封，动了大刑。可怜堂堂大文豪东坡居士，需这个求情、那个说项，弟弟苏辙还写了《为兄轼下狱上书》，恳求皇帝可怜："若蒙陛下哀怜，赦其万死，使得出于牢狱，则死而复生，宜何以报！臣愿与兄轼，洗心改过，粉骨报效。惟陛下所使，死而后已。"即便如此，也未能感动神宗。后来虽然免其一死，但脸上仍然烙了铜印，发配黄州。

如今没有斩杀和大刑了，但另眼相看，划入另类，不予重用，坐冷板凳，还是很常见的。

而苏东坡的问题到底是什么？他弟弟说是"每遇物托兴，作为歌诗，语或轻发"，还有"愚于自信，不知文字轻易，迹涉不逊"。头一条是文字太轻率，第二条是行为不谦卑。

这两条罪状，放在中国历代包括当下任何有气节的文人身上，不都是常见的通病吗？可为什么有的人平步青云，有的人却被官场淘汰甚至丢了性命呢？

关键是掌握你命运的那个人是谁。他是欣赏你、容忍你，还是讨厌你、收拾你，才是决定你沉浮福祸的根本所在。文人再伟大，却往往是跳在台前的木偶，而跳成什么样，往往取决于后面那两只牵线的手。

陶砚瓦越想越觉无趣。他干脆连苏东坡也不再想了，就忧国忧民吧。

就想咱们国家最高领导人近年在国际场合，反复在讲中国的历史传统、中华文明传统。他们意图很明确，就是想让世界相信，中国是爱好和平的，是世界大家庭中负责任的一员。我们希望融入世界，而且我们绝不是捣乱的，而是够朋友、讲义气的哥们儿。

话讲了很多，而且讲得好，态度也特诚恳，但世界听懂了吗？

人类作为一种动物，必然具有一般动物的基本特点。比如吃喝拉撒，比如独处和群居的各种习性等等。人类组成社会，并非人类所愿，而是迫不得已而为之。总是因为人太多了，觅食不易，于是就耕种，就为土地而打打杀杀，要保卫自己的土地，只好就组成国家。有了国家，就需要统治，手段无非是两个：一个是需要政府、需要官员、需要法令来管理，一个是需要宗教、需要文化、需要思想来教化。这两个手段必须是吻合的、配合的，否则就会出问题。

有了吃的喝的，人类还有了财产，但这些财产多寡不一，得来的途径也各有各法，大家就闹着追求公平正义。但折腾了几千年了，也没什么办法让大家普遍认可。

因为人的财产情况十分复杂。有的人有钱，有的人有权，有的人有地，有的人有公司，有的人有美丽的容颜，有的人有一肚子点子，有的人有一身手艺，有的人有一身力气，有的人有"爹"或"干爹"，等等。

最重要的是人们获取财产的途径和手段也十分不同，有的让人们钦佩，有的让人们不齿。反正大家都希望自己的财产更多更多，也都质疑别人的财产是不是来路不明。人们想出了"公平正义"这样的词，但无论是谁说的公平正义也不能让所有人相信是真正的公平正义，最后还是为了各自的公平正义而打打杀杀。折腾了几千年，也没搞清楚怎样做到公平正义。

从一开始就有了一种思想：把人分成若干种类，每个种类有每个种类的活法儿，各就各位，相安无事。你想改变活法儿，先努力改变你的种类。但是你要按着规矩来改变，不能破坏规矩。孔老夫子就是干这个事儿的。

但同时又有很多另外的说法出来：

老子等道家和法家都认为把人分成不同种类是完全没有必要的。老子感觉只要人人按道德行事就完了，而法家则认为不管什么种类，该罚罚该杀杀才行。当然也总是有人感觉无论怎么分，总有高层中层下层，只有打碎这些分法，或者重新分，或者干脆永远不分！反正哪一种说法都不是灵丹妙药，人们也是有时相信这个，有时相信那个。包括统治者在内，有信这个的，有信那个的……

就这样海阔天空地想着、想着，陶砚瓦进入了梦乡。

他梦见了龙。

这龙原本是无，却又真真地存在。

这龙确乎太大了，大到目不可望其全、心不可测其高、笔不可摹其状、神不可观其首尾、鬼不可窥其项背。

这龙太仁。置昆仑戈壁于西，布草原荒漠于北，围大海波涛于东南。教中华以礼，化炎黄以文。更使昆仑之雪化，辟江河之水东流，作回肠百折，极尽婉转，以滋养吾土吾民。

这龙太狠。凡世间不可忍之忍、不可观之观、不可痛之痛、不可历之历、不可耻之耻，尽遣我中华忍之、观之、痛之、历之、耻之。

这龙如神，如仙，如厉鬼，如妖魅，如鲲鹏，如精卫，如栖影鸽，如沉睡婴儿，如山狐，如天马，如冷月寒星，如惊雷闪电，如慈母严父，如梦中情人，如千年老酒，如人之魂魄，如高天莽莽苍苍，如大地混混沌沌。

人皆谓世间无龙。而汉字之龙古已有之。考以数千年前，龙字赫然在焉。《周礼》便定下"五爪天子，四趾诸侯，三趾大夫"的规矩，《汉书》也说是"肃肃我祖，国自豕韦，黼衣朱绂，四牡龙旗"。此规矩一直到清代，到民国。甚至直到今天，我们还常常在"五步一楼，十步一阁"处，"廊腰缦回，檐牙高啄"之间，觅得爪趾之分、五四三之别。

若夫世间果无龙乎？中华千古传说有闻，正史记载数百处可见，从《史记》到《清史稿》，详尽载明某年某月某地有某色真龙出现，千百年频繁出现，发人深思，启人疑窦：世间果有龙乎？世间果无龙乎？

陶砚瓦每于睡梦中得以见之。他曾几次近其气息，触其麟趾，惊觉而醒。未知其何来何往，亦未明其意图何在。

第二十二章　批准立项

尚济民那天当然看到了陶砚瓦的字挂在荷兰使馆客厅。而且他和陶砚瓦一样，也是想了各种可能。但他最后的看法是：这说明不了什么，既说明不了陶砚瓦的字有什么特别伟大的意义，也说明不了陶砚瓦这个人有什么超乎寻常的能力。无非就是他的一幅字，只不过由于什么什么原因，挂在了那里而已。

他现在仍然用最主要的精力，关注、推动项目的进展。

他心里十分清楚王良利、张双秀二人绝不是干事情的人，但不会对他做事形成任何阻力。即使他们想成为阻力，似乎也不具备这样的能力。

但在他急需左膀右臂的时候，二人却几乎帮不上任何忙。

所以他经过认真思考，毅然采取了几个特别措施，而且都是大手笔。当院子里的槐花盛开之际，尚济民又主持召开了党组扩大会，会议议定如下事项：

一、成立中国国学基金会，尚济民亲任理事长，同时调来某直辖市市政府原副秘书长、香港某上市公司董事长贾宏图，担任基金会的常务副理事长兼秘书长。

二、调来刚从某中央媒体退下来的副总编郑青春，担任单位的新闻顾问，而且列席党组会议，按班子成员同等对待。

三、请示国务院分管副总理同意，选聘特约研究员，以调整、充实、优化专家队伍。

四、同意刘世光调往国务院应急办（总值班室）工作。

五、任命魏发达为办公厅主任，免去其业务司司长职务。

经过这一番充实调整，机关工作在深度和广度上都有了新的活力，面貌上也焕发出新的生机。

龙　脉

　　一天，魏发达找陶砚瓦，说是随便聊聊。问了项目的进展情况，筹建办几个人员的情况，特别对《项目建议书》的审批情况问得比较细。他也知道《项目建议书》还在评审阶段，实际上没有立项。有关项目的事情仍然是没经费支撑，没人员编制。一切都未定，必须等待，着急也没用。

　　尚济民、岳顺祥、陶砚瓦等人，都如大旱之望云霓，等着《项目建议书》的通过。

　　陶砚瓦掌握的情况是：国家发改委已将《项目建议书》正式报到国务院，建议由国务院全体会议讨论通过。

　　国办秘书一局的消息是，已经收到，正在安排进入会议议程。

　　据了解，类似这样的项目，国务院是不可能专门开会进行研究的。一般是在某次会议的主要议程之后，顺便塞进去讨论几个重大项目。具体是由发改委一位副主任作简要汇报，然后会议讨论通过。

　　第一要紧的事情是要加进去。加进去了，议程里有了，到开会时还可能会出现由于前面的事情用了太多时间，就把后面的事情往后顺延，也可能没有时间就只好等下次研究了。而下次开会，也许一周，也许半个月甚至一个月。所以项目上会，有的很顺利，但个别时候也会出现一等再等，甚至等上一两个月的情况。

　　但可以肯定的是：项目到了国务院了，离正式立项越来越近了。

　　筹建办有几个年轻人，其中一个姓朱的爱人怀孕了，有一个姓高的正在"封山育林"，烟酒不沾了。还有个姓张的小姑娘结婚一年了，公婆已经催着他们要孩子了。陶砚瓦就开玩笑说：怀孕的生出来就叫"朱立项"；"封山育林"的生出来叫"高可研"；让公婆催的先别着急，将来生个孩子叫"张开工"。梁继可能晚一点儿，将来的孩子可以叫"梁封顶"。

　　没想到当即有人说：陶主任看来是官僚主义啊，弄不好梁继要抢先生个"梁开工"，小张生的才是"张封顶"！

　　话音一落，众人大笑。再看梁继，尴尬一笑，脸一下子就红了。

　　此后，就经常有人说起笑话："朱立项"啥时候出生啊？然后有人会说：咱们的项目还没批下来呢，等着呢。

　　说句实在话，搞成一个项目，可比生个小孩子难得多了。

　　5月4日晚上，一步入夏的北京下了一场大雨，5日早上天气转凉。这天是庚寅年立夏，常务会议在第一会议室举行。

陶砚瓦坐在自己办公室里，等着消息。

他一会儿在电脑屏幕上看看新闻，一会儿拿起茶杯喝几口水。电话铃一响，他就一激灵，不知道是不是关于项目的消息。他一上午一刻也不敢离开，死死守住桌子上的电话机。

一直等到中午 12 点过了，还是没有任何消息。

陶砚瓦悻悻立起身，开开门，向餐厅走去。

就在他刚刚坐下来还没动筷子的时候，孙谦过来叫他，说尚济民找他。

进了小餐厅，尚济民见面头一句就问：有消息吗？

陶砚瓦说：还没有，我一上午都在等。

尚济民说：少安毋躁，料无问题。

陶砚瓦说：国办的同志也是这样说。他们讲到了这个地步，很少有项目被打掉的。

尚济民说：我找你来，是要交代你一件事情。项目正式立项之后，我们的工作要进入一个崭新阶段。原来的筹建工作，都要改为建设工作。我们的组织结构也要作一些调整。首先领导小组要作调整，我想把发改委、中编办、财政部、国管局、北京市政府的人都拉进来。二是咱们的项目办要调整。主任让魏发达兼任，你做秘书行政组组长，其他组也做些适当调整。当前你的任务是赶紧找上述有关单位，请他们推荐一位司局级干部，参加我们的项目领导小组，并开始筹备领导小组第一次会议。

陶砚瓦一一记下，说：好，我先联系，有问题我会及时汇报。

下午 1 点半许，国办秘书一局来电话，告知项目在上午的会议上批准通过了，过两天就把会议纪要发给发改委。

发改委的裴硕博士也打来电话，说项目已经过了，就等国办把会议纪要发下来，他们就可以正式发立项文件了。

这边所有人都长出了一口气。一年多的努力，日日夜夜的煎熬，长时间的等待，终于有了令人满意的结果。

过了两三天，果然说文件已经发给发改委了。发改委那边也说收到了，但要走一下程序，才能正式发文。

陶砚瓦抓紧时间落实尚济民的指示，他开始找几个单位推荐人选。

要完成这个任务，要和几个单位一一沟通。让人家参加一个项目的领导小组，其实就是给人家找点麻烦，因为不会有任何报酬，只可能有些说不清楚的责任。陶砚瓦这边又不是中办、国办，不可能给人家下文，只能是按照平时联系工作的程序，一个一个电话联系。

但这几个电话却不是随便打的。说让人家"推荐"，那是尚济民的用语，真到了陶砚瓦这里，就变成了"请求"人家支持关注。好在他原来就和财政部行政政法司、国管局房管司熟悉，把话说明白以后，两边都确定了一位副司长参加。

中编办那位唐司长是从国办过去的，陶砚瓦就打着尚济民的旗号，请他参加项目领导小组。唐司长电话里十分客气地说：好，济民同志是我的老领导，他怎么说，我就怎么办。

只有发改委投资司的张司长一听，就表态说：济民同志的想法我能理解，但让我们参加一个项目的领导小组，我还从没听说过。我们是审批项目的，怎么能自己审批自己干呢？好像还真是不行。

陶砚瓦说：我想济民同志是希望你们密切关注、持续指导这个项目，因为这个项目比较特殊，又是一个国家级文化项目，有你们的支持指导，我们心里才踏实。

张司长说：陶主任，咱们这样好不好，我们司长副司长都不参加了，你可以把裴博士的名字报上。但是我们可不是派人去参加领导小组，而是去听一听情况，以便我们更好地做好服务。

陶砚瓦说：谢谢张司长理解支持，我会把你的意见向济民同志汇报。

中午吃饭时，就把以上情况向尚济民汇报了。尚济民听了很满意，说：很好！下周不知道能否拿到文件。我们先等着，文件一来，我们就召开第一次领导小组会议。到时候你发通知，第一次人员尽量都来齐。

5月12日，终于等来了国家发改委的文件。文件名为《印发国家发展改革委关于审批中国国学馆项目建议书的请示的通知》。

　　我委关于审批中国国学馆项目建议书的请示已经国务院常务会议讨论通

过，现予以印发。请你部据此委托有资质的规划设计单位编制该项目的可靠性研究报告，报我委审批。

该项目责任人为尚济民同志。

附件是《国家发展改革委关于审批中国国学馆项目建议书的请示》。内容第一部分是项目基本情况，第二部分是"我委意见"，对项目必要性、功能定位、建设内容和规模、项目选址、项目投资估算都提出具体意见。最后的陈述是：基于上述情况，建议国务院批准该项目建议书。

这个文件后面，也有两个附件：一是国学馆建设项目建筑面积核定表；二是报送新版中国国学馆项目建议书并申请尽快批准立项的函。

这份加盖了国家发改委大印的文件后面，赫然还有"联系人：陶砚瓦"，并且印上陶砚瓦的办公电话和手机号码。

陶砚瓦拿到文件后，先粗看了一遍，了解个大概，然后再细读起来。

项目申报总建筑面积七万多平方米，综合考虑项目功能定位、相关标准以及建设用地规划条件等因素，建议核定项目总建筑面积约六万平方米，比申报面积核减一万多平方米。项目申报总投资十一个亿，其中：建设工程投资七个亿，展陈工程投资七个亿，展品收集及制作费五千万，征地补偿费两亿六千万。

看完以后，陶砚瓦把王晓彤叫过来，让她复印二十份，分别编上号，从岳顺祥开始，筹建办中层以上人员每人一份，只为便于工作学习，不许外传。她那里留两份存档，其余暂存待用。

说完，王晓彤站在那里看着陶砚瓦。

陶砚瓦问：还有事儿？

王晓彤伸出一根食指朝上指了指，说：前两天我说过。

陶砚瓦突然想起来了，赶紧说：对，对，我还欠你一趟大红门呢。

王晓彤见陶砚瓦记得她的事儿，马上就笑了，说：看你今天高兴，咱们就今天下班过去？

好你个聪明孩子！陶砚瓦今天当然高兴。努力一年多的大事情终于有了理想结果，谁能不高兴呢？就笑着说：好，就今天去！

王晓彤的情绪也来了。她马上想起陶砚瓦曾对她说过，国学馆真要建起

机会吧。

这不机会真到了。

林永峰一听，就高兴地说：谢谢李姐！一会我开车去接你，咱们一起过去。

福建人说话没有儿化韵，说"一会儿""一点儿""一块儿"等，后面通通没有"儿"。

李薇又接着给陶砚瓦打电话：陶大主任好！很高兴接到你的邀请！一定遵命前往！另外我还要带个人一起去，他姓林，是我爱人的朋友，久仰你的大名，早就想认识你了，你可一定给面子啊！

陶砚瓦马上说：你爱人的朋友就是你的朋友，我大妹子的朋友，当然也就是我的朋友啦！放心，不会错的！

李薇放下电话，转身打开书柜边上一扇门，开始从里面翻找晚上穿的衣服。

快下班时，陶砚瓦接到王晓彤短信，只有四个字：大门左侧！

陶砚瓦就起身收拾好东西，朝门外走去。

因为私家车越来越多，机关院里的停车位越来越不够用。公务用车的数量是有额度限制的，而私家车没有额度限制，谁想买谁就买。

不用制定什么《机关院内车位使用办法》，因为车是跟着人的，人的地位高，车的地位就高，反之亦然。

比如尚济民，他是机关一把手，他的车永远停在机关大楼门口左侧头一个车位。而且那个车位即使空着，也没人把车放进去。实际从来没有过规定那是他的专用车位。

其他班子成员，依次从门口两侧排列，一如会议主席台上的位置。

司处级及以下人员没有专车，有公事外出都是用公务车，需要提前跟车队要，然后车子开到楼门口候着。平常公务车都停在车队门口。

没有专车的人员，近年来都购买了私家车。机关院内空间不大，但车辆越来越多，后来就发车证控制，再后来就画白线、画箭头、分上下道，禁止乱停乱放。再后来干脆把小篮球场改成停车场，又把机关大门外的人行道租下来一部分，作为机关车位。

现在连王晓彤这样的临时聘用人员都开着车。但她以及和她一样的人，都很少把车开进院内，一般都是停在大门外面人行道边的车位上。

陶砚瓦一出大门，就看见左侧人行道头一个车位上停着王晓彤的车，发动机点着了等着。他从车子右侧打开前门，一屁股坐在副驾驶位置，扣好安全带，车子便向左前方斜驶进入主路。

陶砚瓦看了王晓彤一眼，她正在十分专注地开车，可能是用余光感觉陶砚瓦在看她，就侧脸微微一笑，紧接着仍然紧盯着前方路面，十根玉笋缠定方向盘，一点儿不敢懈怠。陶砚瓦喜欢看女孩子专注的神情，因为他认为女孩子最美丽的时候，一是笑的时候，二是专注于某件事情的时候。

陶砚瓦也闻到车内有好闻的气味，一种让人感到温馨的、神经可以松弛下来的味道。就把座椅靠背往后调了调，很享受地说：喷什么香水儿了？整得跟婚房似的。

王晓彤很认真地说：没有啊！你闻到什么了？

陶砚瓦说：好闻的味儿。坐我们晓彤的车，感觉好安逸啊！

后面一句故意学着四川口音说出来，因为晓彤的爸爸是四川人。

晓彤就说：您赶紧混好了，我给您开专车，天天接您送您。

陶砚瓦就说：那可不行，你要天天接我送我，我就干不了工作了。

晓彤轻轻笑了笑，右手忽然挡住嘴巴，打了一个哈欠。

陶砚瓦说：是不是昨晚没休息好？哈欠连天的。瞧，把我也传染了。说着也打了一个哈欠。

晓彤就又笑了笑，刚要说话，小手又忙着去捂嘴，又打了一个哈欠。说您快别说了，再说就挡不住了。

陶砚瓦就伸手拍了拍晓彤的后脑勺，说：嘿！快醒醒！

晓彤把脑袋使劲摇了摇，说：好了！

两个人没话找话地逗着，很快就到了大红门。晓彤来过多次，路比较熟，直接开到楼下把车停好，指着眼前的楼说：就这楼。

陶砚瓦下了车，门前早有个小伙子跑过来，说陶主任，您好，我是晓彤家的彭小帅。

陶砚瓦说：好，小伙子不错！怪不得我们晓彤那么喜欢你。

晓彤就说：你快带陶主任上楼，我在这儿等我嫂子。

彭小帅说：好。陶主任，请吧。

陶砚瓦说：我们先坐一坐，等李薇来了一块儿看。

刚把茶泡上，林永峰就拉着李薇赶到了。李薇见了陶砚瓦，就说：怎么着，陶大主任，听说大功告成了？

陶砚瓦说：有大妹子鼎力支持，胜利在望了！

两个人说着，都张开双臂，亲亲热热地说要抱抱，而且就在众目睽睽下抱了抱，一如西方人的礼节，两个脑袋还左一下右一下进行交叉，手在对方背后拍了拍。

在场的人就都说这两个人，关系还真是不一般。

抱过了，李薇就把林永峰介绍给陶砚瓦，两人握手时，林永峰说：陶主任，我早就见过你。

陶砚瓦问：是吗？在哪里见过？

林永峰说：在萍月茶馆，你早忘记掉了。

陶砚瓦说：对不起，我记忆力不好。

林永峰说：我和吴萍月是亲戚，她哥哥娶了我妹妹。

陶砚瓦说：那我就知道了。我听她讲过，说她嫂子家是做石材的。

彭小帅看了王晓彤一眼，转头跟陶砚瓦说：陶主任，咱们开始看吧？

陶砚瓦说：好，人到齐了就开始吧。

这个楼从外面看，是新近装修过的，全部用灰色贴面砖包起来了。中间大门伸出廊顶，左右各用两根罗马石柱支撑，整体让人感觉土不土、洋不洋的。肯定投了些钱，还是挺能唬人的。

但进去之后，仔细一看，就露出了破绽。地面铺的瓷砖，墙面刷的白漆都比较廉价，两侧的楼梯都是用角钢焊接而成，走在上面咚咚作响，处处透着因经费不足而必然会有的简陋和粗糙。

据说当年这是一个农机制造厂的总装车间，严格说它本不是楼，而是由钢筋混凝土柱、梯形钢屋架、加气混凝土保温层、卷材防水、砖墙围护而成的大车间。南北跨度二十余米，东西长度不到一百米，占地面积一千多平方米。

当年的农机厂早破产了，这个房子也早就变卖给个人了，估计不知倒过几次手了。彭小帅的舅舅刚刚整租过来，稍加改造，想整租或者分租出去营利。他们将原有钢筋混凝土柱进行汉堡式加高，利用旧的梯形钢屋架，在中间加了钢结构隔层，又将原来的预应力大型钢筋屋面板换成铝镁锰合金屋面板，并往上再加建一层，于是就变成了现在的三层"楼"房，东西各有三米宽简易楼梯供顾客上下。

一层全部为小商铺，而且都已经进驻了，以茶叶、茶包装、茶具为主，每家商铺都设有茶座，招徕客人。二层是以家具为主，也有古玩、珠宝、古董、玉石、乐器、字画等，但还有很多空位没有租出去。三层还全部空着，等着客户租用。

目前的招租策略是：三层的使用面积约一千八百平方米，可分割大小出租。拒绝餐饮，其他合适的行业均可做，可享有半年免租期的优惠政策。如果租用面积超过一百五十平方米以上，可享有免租期一年。

给人总的感觉是，尽量利用已有体系和构件，尽量少的改造工作量，尽量短的工期，尽量少的造价，同时使出租的利润最大化。

看的过程很简单，陶砚瓦走在前面，彭小帅和林永峰陪着。陶砚瓦偶尔会问个什么问题，彭小帅就简单答复几句。林永峰一直不说话，只是单纯陪着走。李薇跟在后面两三米位置，由王晓彤陪着，虽不知在说些什么，但肯定都是些无关痛痒的女人话题，说和不说一个样。

一楼、二楼都是简单转了转，三楼上去后空空如也，只是站了站，巡视了一下四周，然后就下楼了。

晚饭彭小帅已经有安排了，就在附近一个餐馆。但林永峰非要拉着大家去他的会所吃饭。李薇说：林总是个实诚人，陶主任难得今天过来，小帅今天就省了吧。

陶砚瓦说：今天我就听李薇的，她怎么安排我怎么执行。

于是一行人分乘两辆车。林永峰的车是辆大奔，黑亮黑亮的，透着车主很有钱的样子。相比之下，晓彤的车就显得朴素了。林永峰就说：陶主任，坐我的车吧！

陶砚瓦心里真不想上去，但一来晓彤、小帅两口子是一辆车，他不想给人家当灯泡儿，二来也要给李薇面子，就高兴地上了林永峰的车。晓彤的车换作小帅开，晓彤在自己爱人跟前，时而小鸟依人般温柔，时而御仆驱童般率意。那彭小帅也是个好性子，也早习惯被晓彤呼来喝去了。

林永峰的会所在十八里店乡的一个村。两辆车先南行至南四环的大红门桥，然后左拐沿南四环东行大约十公里，从四环上的十八里店桥沿京沪高速驶往五环上的大羊坊桥，再左转几公里的样子，就到达了目的地：西联国际石材交易市场。

路上拥堵高峰已过，车辆还算畅通，两辆车 7 点 1 刻到达。

林永峰的会所就在西联国际石材交易市场内，商务中心楼的三层。

这个楼在石材交易市场内，一层是交易大厅，二层是福安市北京石材业商会的办公场所，三层说是"会所"，倒真是名副其实，就是"商会"用来接待客户、朋友的"场所"。林永峰是商会副会长，应该是经常在这里消费的。只是这个会所，尽管名副其实，但与通常意义上的会所完全不同，一是它设在市场这个公共场所，完全没有私密性；二是它乃商会公共资源，非林永峰所独享。

有了上述两点，严格说它其实根本就不是平常意义上的会所了。世界真奇妙，名副其实的和平常意义上的，已经满拧了，完全不搭界了。在人们眼里，平常意义上的才是正宗的会所，而林永峰的这个所谓"会所"，不过是牵强附会、自我调侃式的"山寨版"会所了。

由于是晚上，市场里商铺已经关门，到处静悄悄的，只有这个楼上灯火通明，人影憧憧。一层大厅里散乱摆放着桌椅、柜台、茶座、热水器、垃圾桶等物件，二层楼道也是黑洞洞的没有声息。进了三层一个包间，才觉眼前一亮，大有富丽堂皇的气象。因为经营者是石材商人，脚下踩的、墙上围的、顶上吊的、桌上铺的，恰似用石材装修的一个样板间，连落地灯的灯罩也是石材的。但他们选用的材料都是暖色调的，倒也不觉得冰凉。

李薇用胳膊肘轻轻碰了碰陶砚瓦，几乎是对着耳朵说：这家伙辐射很厉害吧？

陶砚瓦说：肯定有，但量不大，没事儿。

林永峰说：陶主任、李主任，时间不早了，咱们直接上桌吧？

陶、李二人齐说：好！

然后林永峰、李薇都坚持让陶砚瓦坐主位。实在推辞不过，陶砚瓦就坐了。李薇坐他右手边，林永峰坐他左手边，王晓彤挨着李薇，彭小帅挨着林永峰。应该可以坐十二人的大桌子，只坐了五个人，显得十分宽裕、空旷。桌子上每人面前一个火锅，中间摆放了鱼虾蟹螺、牛羊肉、新鲜蔬菜等食材和涮料。其中鲍鱼、三文鱼应该是比较贵重的东西。

林永峰指着正在倒茶的一个女孩子说：这是我妻妹，叫陈芳，今晚就让她服务。我们不叫别人，都是咱自己家人，陶主任、李主任都放松放松，随便一点。

陈芳冲陶砚瓦嫣然一笑。

陶砚瓦这才注意到，两个服务的女孩子，没穿工作服的高个子女孩儿是陈芳，另一个穿了工作服、正在布凉菜的才是真正的服务员。

李薇说：陶主任，我听晓彤讲了，今天应该是一个好日子，努力多日，终于见到捷报了！确实咱们得好好庆祝一番。

林永峰说：我让陈芳拿了两瓶茅台，咱们今晚一定要陪陶主任喝好！

陶砚瓦说：既然是你家里人，就叫陈芳坐上来吧。

陈芳终于开口说话：没事儿，我今天就是为领导服务。

林永峰说：陶主任让你坐下来，你就听陶主任的，坐过来吧。

陈芳说：我先把酒斟上，挨着那位姐姐吧。

王晓彤说：好，欢迎。陶主任，我让彭小帅陪您喝酒，我就给您当司机了。

林永峰说：陶主任你不用管了，我找人送他。麻烦你把你嫂子送回去。

陶砚瓦说：正好三男三女，阴阳平衡了。咱们开始吧！

一桌六人，只有晓彤不喝白酒，举起了茶水，其余五人都把杯端起来，陶砚瓦接着说：和林老板初次相认，但只要是李主任介绍，就都是好朋友，自己家里人，咱们共同举杯，先喝一个！

大家都附和着，一饮而尽。

李薇紧接着把自己杯子倒满，又给陶砚瓦倒满，说：我先敬陶主任一杯。一是祝贺，二是感谢你对我们晓彤的关照，三是希望今后也关照林总。

陶砚瓦说：薇薇啊，我的大妹子，你把话都说反了。头一件，项目立项有你的功劳，我还得谢你呢！晓彤的事儿，也得感谢你帮我找来个人才，是对我工作的大力支持呢！你又介绍我认识了林总，我们就又多了一个好朋友，来，喝一杯，都在酒里了！

两人把杯子一碰，都扬起脖子喝了。

林永峰帮陶砚瓦把酒杯倒满，自己端着一个分酒器站了起来，说：陶主任，我和李主任还有他家先生都是多年朋友，今天有幸认识你，还来我这小地方，我是太高兴了！你喝小杯，我喝个豪华杯，表示我的心意。

说完，就把一百五十毫升一大杯子酒倒进了喉咙里。

陶砚瓦也跟着喝完了，说：你们福建人像你这样喝酒的，恐怕不多吧！

林永峰说：在我们闽东、我们福安，都是这样喝。我是个粗人，让你见笑了。

彭小帅也站起来，说代表晓彤敬陶主任一杯。陶砚瓦说：晓彤也过来，咱们一起喝。于是三个人碰了杯，把杯中物喝了。

陈芳早在旁边观察好，见时机到了，就站起身，款款走到陶砚瓦身边，说：陶主任，小女子虽然不会喝酒，但认识您就是缘分，请给个面子，敬您一杯！

陶砚瓦说：看你年岁不大，还在念书吧？

陈芳听罢笑道：哪里哪里，我早毕业了，都工作两年了。

林永峰见状心想，上次屠春健过来，想让陈芳陪酒，她只溜了一眼，转身就走了。还说什么烂人让我陪！这次她竟然这样主动！便赶忙说：她现在一个文化公司上班，我今天特意叫她来帮忙。

陶砚瓦说：一看就是个有智慧的女孩子。好，喝一个。

陈芳笑着说：能得到陶主任的夸奖，真是三生有幸！不行，我还得敬陶主任一杯，好事成双！说着就给陶砚瓦杯子里倒酒。别人也都附和说：好，应该！

陶砚瓦说：一杯就行了，不能再喝了。

陈芳说：我说一件事儿，你听完再决定喝不喝好不好？

陶砚瓦不以为然说：你说吧，难不成咱俩还有故事？

陈芳笑道：陶主任，你可还记得"等待橘子 de 柠檬汁"？

陶砚瓦听了一愣，马上就说：你就是"等待橘子 de 柠檬汁"？

陈芳笑着点了点头。

陶砚瓦说：那这酒还真得再喝一杯！

两个人几乎同时举杯，一饮而尽。

众人一旁看得仔细，但都云里雾里，不晓得是怎么回事。

陶砚瓦笑道：我们原来是在微博上认识的网友。

陈芳说：陶主任是大V，微博上活跃着大群粉丝。我就是他粉丝。

陶砚瓦说：别光喝酒了，这么多好菜得品尝啊！

林永峰说：对对对，大家先吃一点，随便吃。说着就拿筷子往陶砚瓦锅里夹鲍鱼和虾。

陶砚瓦也转身往李薇锅里放东西。

李薇忙说：不用你管，我自己来。

锅都开了，大家各取所需，干净卫生，其乐融融。

陶砚瓦说：林总啊，喝了几杯以后，我要说你这茅台是真的。

林永峰听了很得意，说：不瞒陶主任，我这酒都是李主任帮我弄的，应该都假不了。我这里的海鲜也都是从福建空运过来的，你放心吃。

陶砚瓦说：我去过你们福安，记得吃了不少海鲜。鱼就吃了很多种，但只有一种印象深，好像是叫豆腐鱼。

陈芳马上接过话茬儿，说：不是好像，就是叫豆腐鱼。也叫龙头鱼、虾潺，我们闽东叫"水定"。那个鱼确实好吃，我也喜欢吃它。回头我叫他们搞一些过来，给陶主任送去。

陶砚瓦问：这鱼应该很贵吧？

陈芳笑道：我也认为它应该很贵。但因为它有太多，所以很便宜，可以说是最便宜的海鱼了。你们北京吃不到的，因为它太便宜，人家赚不到钱，没人搞。

陶砚瓦说：你赶紧搞一点过来，我们就在这里吃。还是请李主任、我们晓彤两口子一起吃，怎么样？

林永峰和陈芳都说：好，一言为定啦。

李薇就端起杯子说：陶主任是我大哥，他人好心眼儿也好，有了好事儿都想着我们。咱们再敬他一杯！

众人便都站起来敬，陶砚瓦赶紧站起身说：大家都知道，我今天确实很高兴，承蒙各位美意，为我高兴庆贺，其实这是国家的事儿，中华民族的事儿，我不过是个小角色，赶上了这场大戏。我的酒量不大，但这杯酒我喝了。

后面我就随意了，大家也都随意，能喝的多喝点儿，不能喝的都随意吧！

说罢把酒干了，众人也都没二话干了。

又吃了一会儿，李薇说：陶主任大哥，不好意思，晓彤他们孩子还小，我家里也还有老人，跟您请个假，我们先撤，让林总陪您再多喝点儿，您看行吗？

陶砚瓦说：要走咱们一块儿走，我也喝得差不多了。

林永峰说：你们要先走可以，把这盘水果吃光了再走，别浪费。我还要和陶主任再喝一杯！

李薇说：行！这樱桃真新鲜，咱们一块儿吃！说着就给砚瓦、晓彤盘子里分。

陶砚瓦说：我是奔六十岁的人啦，这个年龄决不能再贪杯了。

林永峰又端着分酒器站起来，里面装满了酒，说：陶主任，咱是第一次见面，你看得起我，还到我这小地方来，我很感动！李姐知道，我没文化，我老婆说我是"初四"毕业，因为我初中没毕业，又补习一年，然后就去矿上混，流氓打架，什么都干。现在我学好了，但是我只懂石头，别的什么都不懂，也不会讲话。我今天一定要陪你喝一个大的，否则我会很难受。

陶砚瓦刚要说话，陈芳过来抢过他的分酒器，说：你把陶主任当成开矿的了？不许喝了！

林永峰怔怔地站着，一副不知所措的样子。

李薇说：陶哥今晚确实喝了不少了，这样吧，我和你喝一个大的。说完就把陶砚瓦的分酒器拿起来，要和林永峰喝。

彭小帅这时走过来，要从李薇手里夺酒，说：嫂子，还是我替陶主任喝吧！

这个场面让陶砚瓦感到很被动，他鼓足了劲儿说：你们谁也别替了，还是我自己来吧！

林永峰说话了：大家谁也别争了。我建议，杯中酒，三位男士都把大杯满上，女士把小杯倒大杯里，有多少算多少，最后一干，胜利结束！

陶砚瓦一看，李薇和陈芳杯子里都不到一半儿，就说：好，最后一杯，喝完就走！

李薇就过来要分陶砚瓦的酒，陶砚瓦不愿意让李薇替喝，自己先咕咚咕咚喝了。

众人各扫门前雪，都纷纷喝了下去。

然后晓彤开车，两口子先去送李薇。

把这辆车送走，林永峰对陈芳说：你先陪陶主任上楼休息一会儿，我去找司机过来。

陈芳就陪陶砚瓦上了楼。

　

陶砚瓦醒来时，已是次日凌晨三四点钟的样子。

他先闻到了陌生的味道。睁开眼睛，四周黑咕隆咚，侧眼望去，有人睡在身边。伸手一摸，肤如凝脂，花气袭人。心里顿时一惊，便大致想起昨晚的情景来。

他只记起跟着陈芳上了楼，进入一个大房间，坐下喝茶等车。后来车来没来？陈芳走没走？已经通通记不起了。

旁边的女子睡得正酣，鼾声细匀。她是陈芳吗？还是另有其人？

陶砚瓦定神再看，从身材轮廓、散乱的发型，应该可以认定就是陈芳。

他摸了摸自己身上，是赤裸的；再去摸旁边女子，竟也一丝不挂。他推推她肩膀，想叫醒她，但她如同一只喂养多年的小狗听到主人召唤，便一头扎进主人怀里，还把一条玉腿搭在主人身上。那淡淡的发香，那柔嫩的肌肤，让人不能自已。

陶砚瓦只好坐起来，想下床去开灯。

这时女子说话了：你要干什么？

陶砚瓦说：我找开关。

女子说：不要开灯！

陶砚瓦也马上想到了开灯的尴尬。便问：是陈芳吗？

女子说：是。

陶砚瓦说：昨晚喝太多了，对不起。

陈芳说：没事儿，你没吐。

陶砚瓦问：屋里有卫生间吗？

陈芳答：有，我带你去。

说完就过来搀。

　　陶砚瓦说：别，这样不好。

　　陈芳嘿嘿笑道：你害羞吗？我早把你看完掉了！

　　说着真搀起一只胳膊来到了卫生间门口，还把灯打开把陶砚瓦推进去了。

　　从卫生间出来趁着灯光往床上一瞄，见陈芳已裹进被子里，就先关了灯，记得床的位置摸过去。

　　陈芳又过来搂。陶砚瓦说：孩子，我们才第一次见面，我应该比你爸爸都大，你这……

　　陈芳笑道：我不是处女，也不是妓女，算是个飙女吧。我高兴陪你，没人管得。

　　陶砚瓦说：我们躺着聊聊天吧。

　　陈芳说：好啊，来吧。说着就躺在陶砚瓦胳膊上。

　　伴着她身上那淡淡的青春味道，陶砚瓦分明感到她的舌头软软地在自己耳朵边游动，一只小手还十分小心而又随意地摸来摸去。

　　陶砚瓦说："等待橘子 de 柠檬汁"，当时一见这个名字，就感觉好像很暧昧。

　　陈芳轻声道：和朋友泡吧，柠檬汁先来了，橘子汁没来，正好在想网名，干脆就用它了。

　　陶砚瓦问：男朋友还是女朋友？

　　陈芳轻轻用手摸着一样东西道：终于等来了你的橘子是吧？

　　陶砚瓦心想：我们男人常常担心，别把人家小姑娘教坏了。可实际是小姑娘可能早就"坏"了，甚至比你还坏。

第二十三章　深州清梦

上次和金永陶见过面之后，大概一个月左右，恰好是一个周末，陶砚瓦的堂叔伯兄弟金熙贤从韩国来到北京。陶砚瓦和金永陶一起去机场迎接。两人一见面就紧紧抱在一起，恰像是分别太久太久的亲人，其实他们就是分别太久太久的亲人。

当晚，韩国使馆文化参赞千云焘设宴款待金熙贤，特邀陶砚瓦出席。陶砚瓦接到邀请后，首先跟外事司司长于嘉慧作了汇报。司长说：这种半公半私的宴会，但去无妨，只是注意自己身份即可。

宴会安排在燕莎商城的萨拉伯尔，虽然在地下一层，但也是京城最好的韩国烧烤了。因韩国使馆就在附近，这一带有四五家韩国料理，这家最负盛名，价格也当然是最高的。

出席的还有金永陶和方丽琼，先彼此寒暄一番。待主客坐定后，千云焘就用韩语对左侧的金熙贤说：请允许我用汉语致辞。金熙贤回答"好好，两个孩子为我翻译"。

千云焘身材匀称，戴副眼镜，像一位教师般儒雅。他起身先对着右侧的陶砚瓦致意，用流利的汉语说：尊敬的陶砚瓦主任、金熙贤先生，大家晚上好！金熙贤先生近年来一直热心寻找志愿军遗体，跑了很多地方，成绩很大，也受到我们韩国政府的重视和支持。如今他找到了陶主任，找到了祖居地，听说明天就去寻根祭祖，我真为你高兴。你的故事，也是韩中两国人民友好交往的故事。来，让我们大家共同举杯，为金先生的到来，为他的感人故事，干杯！

全桌人都站起身，互相碰杯干了。

大家又坐下后，千云焘又斟满一杯站起来，对着陶砚瓦说：陶主任，我当然祝贺金熙贤先生。但与此同时，我又非常羡慕他，忌妒他。因为我自己也是中国人的后代，我的祖上也是个军人，被派到韩国驻扎，后来留下来，我们就都成为韩国人了。我只知道祖先是中国河南人，但具体是什么地方，已经找不到了，因为时间太久了。据说是明代或者更早了。但是，我还是为金熙贤先生高兴，也为你高兴。来，咱们三个人一起喝一杯！

陶砚瓦和金熙贤听后都站起来，陶砚瓦笑着说：我们陶姓，你们千姓，始祖都在河南。听你这一说，咱们还是老乡哩！

千云翥说：都是龙的传人，咱们干杯！

三个人碰杯后都干了。

陶砚瓦和金熙贤喝完都坐下了，千云翥还站着，接着说：今天我们吃的是正宗的韩国料理，牛肉肯定是最好的了，包括这生牛肉沙拉、烧烤的牛排、牛肉、牛舌，还有年糕、拌菜、牛尾汤，都比较地道。请陶主任慢用，大家也别客气，方小姐，你更加不要客气。诸位先吃着，我还有话要说。

陶砚瓦边吃边说：味道确实不错！还是你先说吧，说完我们再吃。

千云翥说：我们听说陶主任正在做一个项目，是关于中国国学的。我首先作为大韩民国的文化参赞，有职业方面的责任，就是我们的立场认为：中国的国学，其影响是超越国界的，特别对周边邻国，包括我们大韩民国。我们的文化有很多是受中国影响，或者就是直接从中国拿过来的。中国这样重视研究自己的文化，是我们非常愿意看到的。我个人就是学习中文、从事文化的工作，也对这个事情感兴趣。另外我们听说已经有日本人和你们接触过了，今天我就借这个机会，正式向陶主任邀请，一是邀请陶主任访问韩国，了解我们的文化场馆和文化市场，二是希望能够对中国国学的研究交流提供一些机会。

陶砚瓦听了这席话，也感受到千云翥以及韩方的真诚。就说：千参赞刚才讲的，让我很感动。我们确实在筹备建设一个关于国学的文化项目，正在广泛听取各方面意见。我会马上向上级报告千参赞的邀请和希望，有什么进展会及时沟通。我个人非常愿意去韩国访问，期待着能在首尔吃到烧烤牛排。

千云翥听了就鼓起掌来，金熙贤父子和方丽琼也跟着鼓。陶砚瓦就笑着说：这个鼓掌文化，我看就不需要研究交流了吧！

趁大家都笑时，陶砚瓦站起身，端起酒杯说：我酒量不好，但我愿意借千参赞的酒，首先感谢韩国政府对华友好，感谢千参赞的盛情，这杯酒请千参赞喝！第二杯是欢迎金熙贤先生回到祖国认祖归宗，这杯酒我们四个人喝。第三杯酒是愿中韩友谊之树常青，我们共同喝。

——喝过之后，陶砚瓦还是感到心发热、头发飘。自知年龄不饶人，已不胜酒力了。就说：咱们多吃菜，少喝酒，不要辜负了这正宗的韩国美味！

这晚气氛热烈，自在情理之中。金熙贤终于找到了陶村陶家人，不免激动万分，连干几杯，早就上了脸。喝到动情处，金熙贤让人找来纸笔，低头写起来。陶砚瓦看时，原来竟是一首汉诗：

弟兄白发依依里，父祖青山历历边。

待到槿花花发日，鸭江春水理归船。

陶砚瓦看这诗工整合律，但又感觉不像是国人笔墨，就猜度是韩国什么古圣先贤遗作。果然，他们说这诗的作者叫金泽荣。

陶砚瓦听说过金泽荣这个人。他曾于上世纪初流亡中国，与张謇、严复、郑孝胥等人皆有诗交。作为一个韩国人，不仅能写七言绝句，还能写七言律诗，相当了得。

韩国人即使不会讲汉语，也能写汉字，并能用汉字写汉诗。陶砚瓦以前曾在一次朋友聚会时，挨着一位韩国商人坐，那人一句汉语也不会讲，却用汉字抄诗，送给大家作纪念。那诗每句七字，似通不通；那字一看是汉字，但偶尔有多笔少笔，或者我们已弃用的字出现。

金熙贤是位教师，可能受他父亲影响，也粗通文墨。金永陶把这意思翻译给父亲，金熙贤一听，像是得了诺贝尔大奖，连连点头称是。他一激动竟然唱了起来，那腔调似曾有闻却也一时想不起是什么。他见陶砚瓦神情疑惑，就一字一顿地说：老、调、八儿。陶砚瓦马上明白了，说不是"老调八儿"，是"老调梆子"，也叫"保定梆子"，是冀中平原地方戏。陶村人都会哼几嗓子，他们不解其意，就念讹音"老调八儿"。没想到这个老调连同其名讹音一起传到了韩国。

陶砚瓦也哼起来：

我若是给他定死罪，

　　万岁的心意看得清。

　　我若是赦了潘仁美，

　　八王爷必然不容情。

　　这天大重担交与我，

　　两条龙相斗我在当中。

　　…………

　　金熙贤十分认真地听着，边听边说着什么。儿子翻译说：跟爷爷当年唱的一样，太好听了。

　　说的唱的都尽了兴，陶砚瓦就说不要再喝了，别耽误明天回家认祖。

　　第二天一早启程，找了辆商务车，陶砚瓦和金熙贤父子一块回老家深州。方丽琼也非要跟着去，陶砚瓦说也好，你正好负责摄影摄像，留作纪念，估计北京台也不要这个。方丽琼说：《每日文娱播报》肯定不会要，说不定其他栏目要呢。

　　本来陶砚瓦还想让儿子陶家柳跟着回去，杨雅丽说：今今明天要去医院检查，说可能怀上了，你可别让家柳去了！

　　陶砚瓦一听，喜滋滋地说：那好吧，我自己回去就行了。

　　从北京到深州二百二十多公里，沿着西二环一直向南，进入大广高速公路，两个小时即可见有深州出口。一路透过车窗望去，两侧都是望不到边的大平原。青青的麦田，炊烟袅袅的村庄，排排果树，都让金熙贤感到新鲜而又特别亲切。

　　坐在后排的金永陶对方丽琼说：看，这就是我的老家。

　　方丽琼说：还没到深州呢。

　　金永陶说：河北省就算是老家了。

　　方丽琼说：整个中国都是你的老家，美吧你。

　　车上人听了都笑起来。只有金熙贤没明白，儿子讲给他听，他也跟着笑起来。

　　陶村在深州市的东北部，出了高速也有柏油路直达村口。陶家后人已经接到电话，早就涌到村口迎接。

　　金永陶又说：看，他们都是我的亲戚。

方丽琼说：你别冒傻气了。他们不是你的亲戚，他们是你"自家人"。方丽琼是上海长大的，原籍广东。在说"自家人"三个字时，用的是上海话"子嘎宁"。

金永陶就说："子嘎宁""子嘎宁"，我们都是"子嘎宁"。

锡贵爷爷作古之后，老家只有两个女儿，一个嫁到外村，一个嫁到本村刘家，两边都有人来等。本家近宗就是陶砚瓦家了。守候在村口为首的，就是陶砚瓦的大哥陶砚房、二哥陶砚林、三哥陶砚山，后面是众多子侄、乡亲近邻。

车子一停下，众人就都围过来。陶砚瓦一一介绍两边人认识，众人看见金熙贤，既陌生又有些亲切，总之都有一种怪怪的感觉。

陶砚瓦家辈分高，年龄也不低了，所以还有须发皆白的老者，应该叫他叔叔的，也有小伙子该叫他"老爷爷"。金熙贤与陶砚瓦同辈儿，听到介绍就讶异地张大嘴巴。

先到陶砚山家坐。这其实是陶砚瓦爹娘在世时住的房子，临时收拾了一下。墙上还挂着不少陶砚瓦各个时期的照片，也有全家合影。最醒目的是儿子陶家柳结婚时，接三位哥哥各带一个随从到北京参加婚礼的合影。穿着还算体面，又有孩子们陪衬，看着不丑。

老家的土话里，用得最多的都是贬义字，如丑、难吃、难看、丢人、傻、笨、苦、难受等等。而褒义词就在前面加个"不"字。比如漂亮不说漂亮，说不丑。好吃不说好吃，说不难吃……依此类推。

这要直译给外国人，不知是什么效果。

喝了茶，陶砚瓦就带他们去上坟。其实来时已经从坟地不远处经过了，陶砚瓦希望他们先见过活着的人，就没有讲。现在又开车停在路边，人走着过去。

先去锡贵爷爷坟前，一行人齐刷刷跪下。点上四炷香，烧上纸钱，摆了贡品。陶砚瓦神情肃穆地说：锡贵爷爷，我领着俊明叔的后人看你来了。俊明叔为国尽忠，赴朝参战，受了很多苦，但他有你和祖宗长辈在天之灵保佑，转危为安，在韩国成家立业，有儿有女。他当年有国难投，有亲难孝，以至客死异乡，留下千古遗恨。感谢苍天，今日子孙回国，都跪在你面前，总算完成俊明叔的遗愿！也应了却你在九泉之下的心愿了！

龙　脉

陶砚瓦心里想起锡贵爷爷凄凉的晚景，越说越动情，声音越发悲咽，眼泪止不住涌流，说到最后，他竟失声大哭起来。金熙贤和儿子永陶，砚房、砚林、砚山等陶家晚辈也都跟着唏嘘落泪。坟茔前一时哭声大作，堪比锡贵爷爷下葬时的场面。

金熙贤哭着说着，只是大家听不懂他说的是什么。金永陶就用汉语哭着说：

老爷爷，爷爷活着时没有回来看你，也没有照顾你，不是他的过错。请你一定原谅他。爸爸和我现在替他回来看你了，我们从今天开始就改了姓陶了，我们本来就是姓陶的。爸爸以后叫陶熙贤，我今后就叫陶永陶了。老爷爷你要是同意，就让我们前面这个树枝动一动吧！

所有人都抬头望着陶永陶指的那个树枝，那是锡贵爷爷坟边一棵老枣树的树枝，这棵树打陶砚瓦记事时就有了，至今还很旺，只是冬日叶子掉光了，新叶子没长出来，只见满树干枝，静静观望着一地跪人。

这时恰在众目睽睽下，一阵小风吹过，那根树枝轻轻摇动几下。

陶熙贤、陶永陶父子哇地一声又大哭起来。

哭够了，父子两人掏出早就准备好的两个塑料饭盒，用双手捧起坟前泥土装满，盖上包好，要带回韩国撒在陶俊明坟前。

趁父子俩挖土，陶砚瓦赶紧叫上三哥陶砚山，来到自己爹娘坟前，跪下上香烧纸。

金熙贤见了，也赶紧带着永陶过来磕头。砚瓦说：既然远道来了，就一个一个认认先祖吧。他带着一一在坟前介绍，那父子都一一跪拜。

陶砚瓦感觉，韩国绝非蛮夷之地，他们的礼数其实很讲究，也很到位。

按照原计划，中午到市里唯一一个四星级酒店——深州大厦吃饭，市委常委、秘书长邢彬燕，以及市人大常委会主任、市政协主席作陪。邢彬燕是市委班子中唯一深州籍的，早和陶砚瓦相熟，一直叫他"砚瓦哥"，听起来很亲切。

席间难免推杯换盏，觥筹交错。家乡酒必喝，是老白干的十八酒坊，味道醇正。陶砚瓦对韩国族人陶熙贤、陶永陶讲，深州归衡水市管辖，衡水市归河北省管辖。说起来比较惭愧，咱们衡水市经济比较落后，在河北省十一个地级市中排名倒数第一。说到这里，被邢彬燕打断了：砚瓦哥，你讲得很对，但倒数第一还不足以反映衡水现实，因为有两个县级市的经济也超过了衡水。

桌上人一听都笑了，但笑中有无奈，有尴尬，也有愧疚。只有陶熙贤父子没有笑，他们好像在思考什么。

陶砚瓦突然想起一件事，就说：诸位乡亲，我正好要报告一件事，北京的衡水乡亲们酝酿成立了衡水历史文化研究会，公推我做首任会长。我当然推托一番，但大家坚持要我做。已经正式注册了，新建的衡水大厦还提供了一间办公室，准备下月举办成立大会。筹备期间，我想了三条思路，今天汇报一下，请各位指正。

第一，衡水建市不过三十年，升格地级市不到二十年，成为十一个县市的政治中心，也不过五十年左右。在几千年历史上，它实际上有时受冀州管辖，有时受深州管辖。所以在十一个县市心目中，它至今也没有形成文化中心的地位。这种情况不是哪个人的过错，是历史造成的。而要改变这一点，仅靠政治的力量还不行，所以我们成立这个会，就可以发挥一点民间的力量，文化的力量。

第二，正如大家刚才谈到的，咱们衡水经济落后，而且咱就是把现在的经济总量翻一番，也还是倒数第一，还赶不上现在的倒数第二，这个地位谁也没办法一下子改变。咱必须承认咱经济落后，但不能承认文化落后，咱的文化实际上也不落后。什么落后呢，咱对文化的概括、提炼、整合、挖掘落后。而这也是需要民间的力量大力参与。

第三，咱中华民族有两条母亲河，长江和黄河。咱衡水境内也有两条河，南北向的运河和东西向的滹沱河。两条河流形成了不同的文化特色，这是我听到的一个说法，说运河文化比较重商，比较开放，滹沱河文化比较重农，比较保守。咱深州属于滹沱文化，是不是这样，大家心里肯定比我清楚。衡水文化要以这两个文化为基础，整合成一个新文化，恰好也需要民间力量着力。

总之以上三点是我的初步认识，靠不靠谱，我想听听大家的高见。

陶砚瓦抛出这一席话，还真让大家议论了一番。七嘴八舌，不一而足。开宴本来就晚，吃完都两点多了。

龙　脉

　　跟家乡领导告别上了车，陶砚瓦对陶熙贤说，我老家舅舅还在，八十多岁了，既然回来了，得去看看。你们先回北京，有什么事情，咱们再联系。都是自家兄弟，彼此也不必客气。

　　就把车带到城里表弟家门口，又与他们一家人告别。

　　那陶熙贤和陶永陶对着陶砚瓦再三鞠躬，嘴里还叨念着感谢，总是依依不舍之意。但是他们这般客气，较之刚才的亲近，又让人感觉疏远起来。

　　陶砚瓦与他们道了别，就搭表弟的车子去看舅舅。

　　舅舅已经知道陶砚瓦要来看他，早早站在门口张望。车子一进村东头，陶砚瓦就看见舅舅那熟悉的身影。常言道"见舅如见娘"，陶砚瓦见到舅舅，自然会想到九泉下的亲娘，而且每每心疼娘去世太早，眼泪又忍不住流了下来。

　　舅舅八十二岁了，身板依然硬朗，只是耳朵有点背了，跟他说话要很大声。陶砚瓦一下车，赶紧跑过去搀舅舅回屋坐下说话。

　　舅舅住的房子是在老宅子原址新翻建的。当年的老宅子早已破败，前两年舅妈去世之后，儿子们就趁机把房子翻了新。

　　陶砚瓦在北京张一元茶庄买了一斤花茶，这是舅舅最爱喝的，又拿出早准备好的一个信封，里面装了一千块钱，放在桌子上。舅舅也不推辞，嘴里只说着：不要惦记我，孩子们都对我好着哩。

　　正说话间，三哥陶砚山来电话说：五哥张福禄听说你回来了，专门赶过来看你。

　　陶砚瓦就和舅舅告辞，说家里来人等着呢。

　　还是表弟开车送他回家。现在开车的舅舅家的表弟，也是知道张福禄这位五哥的，在路上，就和陶砚瓦东一句西一句聊起张福禄的事儿。

　　这五哥张福禄的姥姥是陶砚瓦爷爷的妹妹，陶砚瓦的老姑。当年老姑嫁到深州北边某县，在陶砚瓦很小的时候就去世了，陶砚瓦并不记得这位老姑。老姑的女儿叫珠，陶砚瓦叫她珠姑姑，是嫁到了比深州北边那个县更往北的一个县，那个县都不归衡水管了。说起来距离很远，但陶砚瓦小时候却经常见到珠姑姑，以及她的宝贝儿子张福禄。

　　陶砚瓦记得自己参军前，每年清明节、中元节，以及农历十月初一这三个"鬼节"，是按风俗上坟烧纸的日子，珠姑姑就带着五哥张福禄来了。五哥大陶砚瓦一岁，是姑姑的独子，应该是按表兄弟大排行，成了陶砚瓦的五哥。

陶砚瓦印象中珠姑姑来烧纸，都是骑着自家驴来的。那个时候，能够养得起驴的家庭，相当于如今拥有一部豪车了。一到家门口，五哥张福禄早从驴身上跳下来，回身从珠姑姑手上接过包袱，交给陶砚山，然后再搀扶珠姑姑胳膊，轻轻跳到地上。

陶砚瓦也曾接过珠姑姑的包袱，那包袱重重的，里面有上坟的祭品，也有不少给大人孩子吃的东西。

陶砚瓦印象中珠姑姑每次来，都是要住上一两晚上的。记得那时大家挤在一条炕上，躺在被窝里听姑姑讲"瞎话儿"。姑姑讲的"瞎话儿"，有时让你听了笑，有时让你听了哭，还有的时候让你听了生出一股气，想着长大了一定要怎么怎么。

姑父是个老党员，在村子里当支书，可惜生病故去了。所以，五哥小学一毕业就开始顶门户过日子了，十几岁就改骑自行车送姑姑来了。他喜欢和陶砚瓦一起玩，两个人一个吹笛子，一个拉弦儿，有时合奏歌曲，有时合奏样板戏。五哥人很聪明，但他话不多，个子敦敦实实，手上满是老茧，却十分灵巧。

如今这个张福禄，在周围县市名声很大，也可以说妇孺皆知。他本是他们那个县一个公社农机站的站长，在改革开放之初，得政策之便，由公而私，由小而大，一步步闹腾起来，现在已经拥有一千多亩地，还弄了房地产、旅游、文化公司，成为他们县的著名农民企业家，还拥有全国劳动模范、省人大代表的头衔。

一进村子，远远就看见一辆国产皮卡停在自家门口，下车看那车牌也不是衡水的。陶砚瓦心里就料定是五哥张福禄开来的。进去一瞧，五哥和三哥陶砚山正坐在屋里聊天。二人见陶砚瓦和表弟进来，都忙站起来招呼。

客气一番后，五哥便问表弟：你还有什么事儿没有？

表弟说：没有。

五哥就说：有事儿就说话，都是自家弟兄，千万别客气。

表弟就说：真没事儿，要有事儿还能不找你吗？

五哥说：你要真没事儿，那就请回去吧，我要和砚瓦说几句话。

表弟就说：我正想走呢，要不是你来了，想见见你，我就不进门了。

说完转身要出去，砚山赶紧站起来去送他。

五哥对陶砚瓦说：砚瓦啊，五哥是真有话要对你叨叨。跟别人不能说，只能跟你说说，再不说真他妈憋死了。

陶砚瓦看五哥一脸严肃郁闷，就想起曾有过几次五哥主动找他，单独进行的严肃问话：

一次是五哥指着墙上的立功喜报问：砚瓦你说实话，你一没上战场，二没下水救人，就凭耍笔杆子，怎么你就能立功？五哥可得嘱咐你，千万别乱写，一定要想明白了再写，别犯错误啊！

一次是问：砚瓦你跟五哥说实话，互助组，合作社，人民公社，这一步步走过来了，多不容易！怎么能说散就散了？

一次是问：砚瓦啊，五哥心里一直打鼓啊，这集体的财产，怎么上级非逼着俺转制，非要俺转到俺个人名下，说党员必须无条件服从组织。这么大的财产，一下子变成俺个人的，这还得了吗？

更经典的一问，是前年清明节前陶砚瓦回家烧纸，五哥把他叫到爹娘坟前问：砚瓦，你当着俺舅、俺妗子的面，你如实回答俺，你有没有养小三儿？

正寻思间，只听五哥说：砚瓦，俺想俺舅俺妗子了，走，咱上坟上看看他们去。

陶砚瓦听了，心里不觉一紧，心想五哥一定又有大事情了，嘴里就说：好，我陪你去看看。

陶家祖坟离村子不远，五哥一路上只顾走，不说一句话，六十岁的人了，分明听见他呼哧呼哧的喘气声。两人走得快，不到一袋烟工夫就到了。

两人就在坟前跪下。五哥说：舅，妗子，福禄过来看看你们。当年你们亲俺疼俺，俺心里知道。如今福禄心里有点事儿，要对俺砚瓦兄弟说，你们也都听着。

说到这里，只见五哥张福禄虔诚地磕了四个头，陶砚瓦也便跟着连磕四个头。磕罢，五哥张福禄站起来，就坐在陶砚瓦爹娘坟前，转头对陶砚瓦说：砚瓦兄弟，有些话儿，俺心里憋屈，得找你说说。

陶砚瓦说：五哥有话尽管说。

五哥先叹了一口气，然后才诉说起来：

俺那一千多亩地，有三分之二已经转租给了北京一个公司，说是跟他们合作，实际就是转租了。当时请示俺县里，俺县里又请示市里，都是巴不得有人来投资合作，特别是农业项目，一路绿灯。意向性协议是在市里签的，正式协议跑到北京签的，说是为了给领导挣脸面。这个北京公司有几个怪招儿，一是他们坚决不用农药化肥，到家家户户掏粪，自己制作有机肥，生产干净食品；二是他们用人都是大学生志愿者，全国各地自己跑来，也不挣什么钱，但是个个不惜力气，比当年下乡知青还辛苦；三是他们在北京有个绿色健康网，采用会员制，农产品基本是卖给会员了。

这些怪招儿都很厉害，因为大学生们是有信仰的人，严格起来比农民严格得多。俺是天天见他们干活儿，孩子们太能干了！可比咱当年给生产队干活儿累多了！让咱这纯农民也不得不佩服。俺亲眼见学生抱着大粪桶从村民家里出来装车，臭烘烘脏兮兮的，这个活儿给多少钱谁干？别说城里人，咱农村人谁干这个？咱孩子谁干这个？

这些年轻人一是信仰共产主义、毛泽东思想，二是信仰传统文化。他们的口号是生产天然无害有机食品，恢复健康土地，改良社会人心。

几年来，他们的产品卖得不错，名声越来越大，不断有人慕名而来，甚至有香港、台湾的人过来，外国人也经常来参观。这就引起上面注意了。社会上也有人攻击他们，说他们给孩子洗脑、搞传销等等。

一个月前，省里来人找我，来了七个人，五男二女，说是国保的，要了解情况。还说知道俺是老党员、全国劳模、人大代表，希望俺配合。俺说没问题，咱是党员，咱不配合谁配合？就开始往俺身上装些东西，俺以为是要做体检呢。装完了就问些事情，俺都一一据实回答。一下子折腾三个多钟头，最后说是测谎，俺通过率是百分之八十九点六。还说老张啊，你没问题，今后你继续配合工作。说着还拿出一个信封，递给俺两万块钱。

俺就问：这是钱吗？说是。俺拿起那个信封朝那个省厅的头儿甩过去，嘴里骂了声："俺×你姥姥！你们都他妈滚！滚你妈的蛋！"那七个人愣了愣，还真没说什么，一个个拎上包包都他妈灰溜溜跑了。

砚瓦啊，这个事儿我连你嫂子、你侄子都没说啊，这叫他妈什么事儿啊！

自打那个事儿以后，俺想了又想，你看这世道，谁还相信谁？头年儿俺去北京，给你一份蔬菜，不怕你生气，那本来不是给你的，是给农业部一个副部长的。他当司长的时候认识的，现在见他得通过秘书。那个秘书一听俺说这菜没用农药化肥，冷冷一笑说：现在哪还有不用农药化肥的？谁信呢？俺就说你们部长信，他去过俺那儿。秘书说：老张啊，你真太天真了，部长才不信呢，这种事儿见得太多了。一听这话，俺拿过这箱菜，扭头去了你家。

天色已晚，太阳一路向西落下去，还剩下半截儿，放着红红的光芒。几颗星星出来了，在天上闪着光。坟地里有虫儿唧唧叫着，好像是为五哥张福禄作背景配音。陶砚瓦一直在听着，他也没办法插言。五哥也说，你听着就行，俺能跟你说说，俺也就不憋屈了。

直到五哥说，俺要说的都说完了，俺心里也不堵得慌了。咱回吧。

陶砚瓦说，天黑了，吃完饭再走吧。五哥说，俺不吃了，难得见你一面，说说心里话。俺回去还有事儿。

送走五哥，陶砚瓦站在老宅院子里，理了理思绪，慢慢还原自己记忆中的老家。

在陶村自家这所老宅，只能说是"老宅"，但真正的老宅早就拆掉了，这儿仅仅算是老宅的宅基地。老宅和自己的若干位亲人一样，已经烟消云散了，从这个世界上消失了，再也不会有了，只能在他的记忆中去寻找了。

陶砚瓦回家还是愿意住这个地方，只有住这儿，才能让他重温过去的岁月，怀念逝去的亲人。

三哥陶砚山早知道他要回来住，而且没有声张，三嫂已然把被子晒过了，晚上没人来坐，三人只喝了点粥，闲聊几句，无非是家长里短，就说各自躺下睡吧。

这时杨雅丽来了个短信：今今已确定怀孕。

陶砚瓦看了，心中高兴，当即回复：快告诉董春台！

杨雅丽又回复：早告诉他们了。他们比咱还急呢。

陶砚瓦就忍不住对三哥三嫂说：刚才雅丽来短信说家柳媳妇怀孕了！

陶砚山两口子听了也都万分高兴，就说早准备好了棉花。雅丽手巧，早就说好小被子小褥子什么的她自己做。

陶砚瓦躺在床上，晒过的被子里有一股浓浓的太阳味道。这味道是他十分熟悉的特殊味道，是只有土布才能保持的那种棉花味道，也是只有棉花晒过才有的特殊味道。好像在北京他从来不曾闻到这种味道。

他就在这种味道中，想起自己就要当爷爷了，也就回忆起自己儿时的幸福时光，那段时光都是在这块土地上这个老宅中度过的。那时候住的是真正的老宅。他开始在脑子里重建起那座老宅。

陶砚瓦家的老宅院是个两进四合院，始建于清末，位于陶村正中的十字街东北角。坐北朝南，青砖为皮，土坯为瓤，属于典型的平原民居。大门口西侧有一个废弃的石碾，记忆中经常有人在那里打坐。朝南两扇破旧梢门，进来是个门洞，常放置一些随用随添的柴草。迎面是东屋的南墙，左手是南屋东墙，左拐有个开口通向前院。

进了前院后，南面是一明两暗三间南屋，北面是隔开里外院的门墙。别看这个小小的前院，东北角是个鸡窝，鸡窝旁边有一棵高高的椿树，椿树旁边北墙上有个宅神龛，宅神龛上有砖雕寿桃，上方砖刻"保安此宅"四字，两侧砖刻"晨昏三叩首，早晚一炉香"一副对联。皆出自陶砚瓦父亲陶俊英之手。然后是通向里院的二门，二门西边是紧挨里院西屋南墙的耳房，也叫草厦子，因其被隔在外院，故其产权归外院所有。紧挨西院墙有个厕所，男女混用，以咳嗽回避。

二门有门楼，顶部青砖挑檐，有双面砖雕，虽然十分简陋朴拙，但也看出村野瓦工之匠心。

进了二门就是里院。有北房、东西厢房各三间。北房高耸，而且两侧皆有耳房。门外有台，五级台阶可上。台阶东侧有一棵石榴树，枝干虬曲，亦不知其年岁。东屋西屋都比北房矮，但也各有门台，且都是一明两暗三间。

陶砚瓦就出生在东屋北间。

自打记事起，就经常见奶奶跪在外院墙上的宅神龛前，或者是屋里灶王爷像前，点上三炷香，两手合十，嘴里念念叨叨。他就在一旁观看嬉笑。奶奶宠他厉害，只当他年少无知，倒也不真的怪恶。奶奶去世以后，母亲接续香火，陶砚瓦有时也陪母亲跪下，权当是陪母亲完成一件家务。

启蒙后，他接受党和国家无神论教育，更从不把神鬼放在心上。放暑假他经常为生产队看庄稼，既能挣工分，又不耽误学习和玩耍。有一年和他一起的乡邻大哥有事，白天由嫂子替班，十几个晚上他一个人睡在一片坟前的窝棚里。那时他才十四五岁，乡人皆以为奇。

　　几十年来，陶砚瓦从不算命、求神。庙看得很多，但也从不跪拜，从不进香，从不祷告。他对佛的原则是敬而不拜。他对佛学其实也很有兴趣，也曾认真了解其基本学脉、兴衰流衍。作为一个书法爱好者，他只在习帖时临写《圣教序》《多宝塔》《麻姑仙坛记》诸法帖，平时写字从不抄经。

　　实际上，他是有信仰的，他从青年时代开始，特别是五十岁以后，崇拜毛泽东。

　　毛泽东在世时，因为他的家庭成分是中农，而当时的政策是只有贫农和下中农才是革命的依靠力量，中农则不是，而是团结的对象。因此，他和他的家庭从未享受过任何政策优待。比如救济粮款，就只能给贫农和下中农出身的家庭，中农就享受不到。那时就连评选学习毛主席著作先进分子，中农出身的也没有份，更遑论各种经济的优惠了。

　　当年陶砚瓦参军，也是由高中老师极力推荐、带兵干部点名必带，而且是占用中农限度配额才得以入伍的。

　　但是到了今天，崇拜毛泽东没有任何看得见的好处，学习毛主席著作更没有任何足以夸耀的光彩，陶砚瓦却鬼使神差地成了毛泽东的忠诚粉丝。他感觉以他所掌握到的学识，以他所能了解认识到的人物，还没有一个人的思想、业绩超越毛泽东，包括中外先贤老子、孔子、孙子、苏格拉底、柏拉图、亚里士多德、释迦牟尼以及以色列先哲。他认为毛泽东逝世不久，如今的人们还带着不少偏见和疑虑，还不能更客观、更公允地评价毛泽东及其思想体系，相信随着历史向前推演，更多人物登场亮相，历史的筛子就会抖落凡庸，得见真神。

　　陶砚瓦深为自己能持守公道、早发道心而欣慰，也为自己拥有信仰而庆幸。毛泽东遇到的种种质疑、嘲讽、谩骂和攻讦，都是他作为一个可以与任何古圣先贤比肩的伟人、一个大思想家所必然而且应该遇到的。而且恰恰需要这个过程，才能成就他真正的历史地位。

　　陶砚瓦幸福地睡着了。没有梦见毛泽东，但是他并不介意。

第二十四章　换了人间

这天早晨，陶砚瓦 7 点来钟进了办公室，又见秋曼莎正在打扫卫生。

秋曼莎说：主任，我正等您呢。

陶砚瓦忙问：有事儿吗？

秋曼莎道：我和梁继商量好了，我准备辞职了。

陶砚瓦说：是他催你结婚了？

秋曼莎说：没有！他的一个朋友在高碑店那边盘下了一个店，销售字画，想让我过去。

陶砚瓦说：他小说在网上火了，也正式出版了，听说影视改编权还卖了不少钱。丹丹的遗作也跟着火了，有人想出大价钱买断呢！你得赶紧嫁了，别让他把你甩了！

秋曼莎说：有您罩着呢，他不敢！

陶砚瓦说：好啊，他要敢欺负你，我随时找他爸爸一块儿收拾他。不过你也真该学点东西了，字画这个行当水可挺深的！

秋曼莎说：是啊，我报了个班，就是书画鉴定方面的。

陶砚瓦说：你们年轻人，就应该有自己的事业，趁年轻闯一闯。哪天走？

秋曼莎说：这个月底干完就走。我跟处长也都说了。

陶砚瓦说：好，回头我去你店里看你。

秋曼莎说：梁继说请您拿几幅字挂起来。

陶砚瓦说：当然！不过我那几笔破字卖不出价钱。

秋曼莎听后笑道：不会的，您写得挺好的！

陶砚瓦想着尚济民交代的任务，正式立项了，应该启动新的领导小组正式成立并召开第一次会议的事了。

　　按照机关的办事规则，凡事都要走程序。即使是领导亲口交代，哪怕是一把手亲口交代，也不能有了交代就不走程序的。特别是成立领导小组这么大的事儿，更是万万不可不按程序来的。

　　而程序就是由分管处室起草报告，经司长核报分管领导批准。如果是重要工作，分管领导还要报一把手审批。如一把手认为必要，还要开部务会议或者党组会议讨论，形成正式纪要，才能按要求实施。

　　整个过程俗称"走程序"，有时也叫"走文儿"。

　　陶砚瓦虽然是司局级，但他现在下面没有处这一级，梁继、晓彤他们做别的可以，写公文和与各部委联系之类的事情，陶砚瓦还不敢交给他们，只能自己干。于是他抓紧起草了一个《关于成立中国国学馆项目建设工作领导小组的请示》，因为这个事情是尚济民亲自交代的，所以就直接先报给了尚济民。

　　尚济民很快批了意见：正式行文报裘小英同志。

　　裘小英是配合分管副总理的国务院副秘书长。

　　"正式行文"，就是要走程序了；"报裘小英同志"，就是按照上报国务院的文件要求正式办文了。

　　陶砚瓦从尚济民的批示中，读出了些意义。

　　再次行文，陶砚瓦先报给魏发达，魏发达批给岳顺祥、程秉祺、王良利、张双秀、尚济民阅示。

　　下一道程序是文电处按照魏发达批示，一个一个找上述人等阅示。待他们次第阅批完毕，已经是十天以后了。因为中间会有人出差、开会、看病等等事情，就会有些耽搁。

　　等文电处拿到全部领导都阅示的件儿，就会复印若干份，一份送魏发达掌握情况，一份送秘书处办文，一份送行文处即陶砚瓦，两份存档。秘书处收到这个件儿，再按领导们阅文时对个别字句的修改调整，重新打印出来，还要再让魏发达过目之后，才能往国务院报。

　　陶砚瓦拿到文电处送来的件儿，大致算了算：他第一次把报告报给尚济民，应该是 5 月 14 日，是个周五。尚济民批回来，他拿到批件是 17 日下班前。等他弄好，再报给魏发达是 19 日，魏发达批出去是 20 日，文电处从 21 日开始按人头转，岳顺祥 22 日画圈同意，程秉祺 25 日画圈同意，王良利 28

日画圈同意，张双秀 6 月 3 日画圈同意，这次应该是尚济民有点耽搁，他 6 月 15 日才批出来。

这样等秘书处正式报给国务院，时间是 6 月 23 日。

裴小英副秘书长 6 月 26 日圈阅。

相关分管领导 6 月 28 日圈阅。

这就意味着：中国国学馆这个项目，不再是尚济民这一个部门的事儿，而是由发改委、财政部、中编办、国管局、北京市市政府都有人参加的共同建设并负责的事儿。

这应该也是尚济民的一手儿高棋，有了这手儿棋，他基本可以立于不败之地了。

其实此前，他早已交代陶砚瓦起草并向中编办、国家发改委、财政部、国管局、北京市人民政府发函《关于请求确定参加中国国学馆建设领导小组成员的函》。

有了国务院领导的首肯，他又交代陶砚瓦电话通知五家单位，催办正式名单。

与此同时，他还让陶砚瓦起草了另一个报告，即拟向国家发改委报送的《关于申请中国国学馆项目前期筹建工作部分经费的函》。此函已于 7 月 5 日报出。

尚济民不仅有智慧，而且有创意，有具体办法。

那天方永晖给他打电话，无意中说刚刚忙完一个书画院赴美展览事宜，还说这个书画院近期要去台湾展览。尚济民一听，就很感兴趣，说能不能抓住这个机会，搭个顺风车安排随团参访台湾。

方永晖说台湾那边他也不熟，他可以找书画院院长冯墨耕问问。

那书画院院长冯墨耕一听，笑道：好啊，如果尚济民带着一堆官员加入，那我这个团就真成了"高访团"了！但他们不能用官方身份，只能加入我们书画院，以民间身份过去。

方永晖就把这个意思转告尚济民。

尚济民说：我可以当他的顾问，其余人都做他的普通团员就行。

冯墨耕院长就说：好，我马上跟台湾联系。

　　台湾那边是由一家文化公司来接着操作，公司老板是个大陆通，非常了解大陆情况。一听说尚济民要来，高兴得不得了，说：欢迎，欢迎，热烈欢迎！

　　他之所以高兴，是因为接待的团层级越高，越能说明他在大陆吃得开、玩得转，增加他公司在两岸的信誉。还有另外一个更直接的原因：他每接待一个团就是一单生意，小团小赚，大团大赚。

　　本来对方要求 10 月 9 日赴台，10 月 10 日"双十节"开展。

　　尚济民说：那政治性太敏感了，往后推几天吧。

　　冯墨耕院长只好去协调。很快就得到回复，展览 10 月 20 日开幕。

　　8 月 2 日下午，尚济民在机关北楼三层会议室主持召开会议，讨论研究随书画院赴台画展暨进行国学考察的工作。岳顺祥、书画院院长冯墨耕，以及项目办陶砚瓦、屠春健、张桐凤等参加。会上基本把方案、行程定下来了。

　　岳顺祥提出一件事儿，说筹建办同志们平时很辛苦，又没有什么福利，现在正值暑期，能否安排他们去北戴河休几天假。特别是从北京市借来的几位同志，可一起安排。

　　尚济民问：砚瓦，可以安排吗？

　　陶砚瓦说：我们每年安排专家学者去北戴河休假，目前第二批可能刚去。如果领导同意，可以过去单独安排吃住，最后一起结账。

　　尚济民问岳顺祥：一共几个人？

　　岳顺祥说：不会超过十个。

　　尚济民说：那砚瓦你去协调吧。具体让发达同志帮着落实。

　　会后岳顺祥又找陶砚瓦，说既然是休假，是不是允许各带一个家属，随员不必增加住宿费用，交通、餐饮自理。

　　陶砚瓦就找魏发达去说，魏发达说：没问题，你把他们组织好就行了。

　　真正成行的时候就有十六个人。陶砚瓦带队是一个人，梁继也是一个人，王晓彤、彭小帅和他们五岁的儿子彭冀川，其他都是从北京市借调过来、临时帮助工作的同志以及他们的家属。

　　这次休假活动通知、购票、联系北戴河等方方面面，陶砚瓦都委托王晓彤办理，一切都有条不紊地进行。陶砚瓦只负责把人送过去，说好住两个晚上就返回来。

北戴河离北京二百八十八公里。如今每天在这里经过并停留的列车有一百五十六列。每年暑期都要加开北京至北戴河的动车组。从北京站发车，到北戴河下车，只要一百分钟。

路上，两个老同志说要打"争上游"，就把二人的行李箱往两排座位中间一放，拿出随身带的扑克牌，两个老同志一边，陶砚瓦和晓彤一边，战斗一路。两个老同志是牌场老手，陶砚瓦虽不谙此道，但有王晓彤心手快捷，关键时会有一点儿暗示，双方互有输赢，未分上下。下车时，两个老同志意犹未尽，说陶主任别早走了，留下来打个痛快。

国海度假村的销售经理孙艳春带车来接。因为是老熟人，见面很热乎。陶砚瓦问了几个熟悉的人，说都等着陶主任来呢，房间里写字的案子都摆好了。

文电处处长李燕正在北戴河负责，知道陶砚瓦过来，早站在大厅里等候。

一进屋，果然看见对着西向的窗户下面摆好了案子，铺好了毡子，笔墨、宣纸也放置妥当。一如上次来时的样子摆放齐全。窗外是院子里的花园，桃树上已经挂果，其他花草都郁郁葱葱张扬着生命，充满着生机。

陶砚瓦面对这个熟悉而又舒适的环境，顿感快乐手痒，恨不得立即挥毫泼墨，刷个痛快。他前两次来休假，都是上午先下海，然后回来写字，午睡后再下海，晚上再写字。休假期间，从不中断。因为工作很单纯轻松，心比较静，所以写字能够专注，效果大好。度假村的管理人员知道了，纷纷过来求字，陶砚瓦也不以写字为矜，索字者俱能得手。估计都人手一幅甚至多幅了。

陶砚瓦转身对孙艳春说：谢谢你们想得这么细，可惜我只住两天，写几个算几个吧。

孙艳春说：我们赵经理、胡经理都说要你字呢。晚上他们请你吃饭，肯定会当面说。

陶砚瓦说：放心吧，我一定写。

孙艳春说：您带印了吧？

陶砚瓦说：带了。

孙艳春说：他们老让我问您带印没有，我想陶主任一定会带着。您要没带我们经理一定骂死我了。

安顿了一下，李燕和孙艳春就离开了，说好一会儿餐厅见。

中午去餐厅吃自助餐，碰见机关的人，就难免寒暄几句，扯些闲篇。

吃完饭，陶砚瓦就独自换上泳衣，披上浴巾，朝海边浴场走去。陶砚瓦因工作关系，多次组织有关人士到北戴河暑期休假，每次都是住在国管局所属的国海度假村。所以他和这边的人头比较熟。他凭手牌进了专用浴场，先冲了淋浴，站在沙滩上活动一下，然后就急不可待地下海了。

虽然久违了海，但海依然如故。它的活力依然，动感依然。从海里看天，天更空阔；从海里看地，地更宽广。

陶砚瓦在海里伸展着、放纵着，心情顿感舒张。他不由得吟诵起毛主席的千古名篇《浪淘沙·北戴河》：

大雨落幽燕，白浪滔天。秦皇岛外打鱼船。一片汪洋都不见，知向谁边？
往事越千年，魏武挥鞭。东临碣石有遗篇。萧瑟秋风今又是，换了人间。

陶砚瓦深知，两千年来，秦皇刻碣，汉武筑台，魏武咏志，隋唐东征，宋金禁海，元祖造船，明军设卫，清军入关，军阀圈地，高官建楼，洋人置业，文人立碑，有多少风流，启人幽思，动人情怀，催人猛醒，令人浩叹！但拂拭残碑，遍寻典册，能把北戴河这个题材写好写活，又能摄人魂魄，使妇孺皆知，让人过目不忘，只有毛泽东，只有这首《浪淘沙·北戴河》。

陶砚瓦认为，这首千古绝唱，区区几十个字却装下无穷大内容。上阕是空间的高远，下阕是时间的飞逝。空间高远，人间最好；时间飞逝，当前可握。空间茫茫，唯人为亲；时间悠悠，方向可辨。

大哉毛泽东！

此词境界之高，跨越魏晋风骨，唐宋骚客。前人已矣，往不可追；后世腐儒、酸儒、犬儒、俗儒、陋儒者众，恐亦难望其项背。

然察毛泽东之本意，他肯定不喜欢人们多么欣赏他的词作。他魂牵梦绕、殚精竭虑的，是希望人们听懂他的忧虑，认可他的思想，按照他的学说，开创一个崭新的国家，一个崭新的政党，一个崭新的社会。在这个社会里，没有富欺贫、强凌弱，没有官欺民、邪压正。

他一定想：党牺牲了那么多同志，国家牺牲了那么多仁人志士，人民牺牲了那么多儿女，民族牺牲了那么多英雄豪杰。如果弄不好，又退回去，怎么面对他们？怎么面对支持共产党的全中国老百姓？

当年毛泽东在北戴河的海水里泡着、游着，思考着的，也许就是这些让他寝食难安的问题。

陶砚瓦每次到北戴河，都喜欢一个人在海中畅游，甚至翻过防鲨网，到深海里去游荡。

陶砚瓦喜欢躺在海波上，望着湛蓝色的天空，望着天空中飘过的云彩，想象着当年毛主席就在这同一片海域，奋力激水。

毛主席是个从小就奠定了信仰的人，是个为了自己信仰奋斗一生的人。人们都说他是个胜利者，但他自己未必同意，他自己的人生规划，目标极其远大，他的目光早已穿透历史，穿透国界。他是个浪漫主义者，又是一个极其现实的政治家。他在他的能力范围内，把政治、军事、思想、文化等社会责任发挥到了极致，创造了神话般的不朽的业绩。但他的晚年，应该是带着遗憾、带着失望，甚至是带着挫败感告别人世的。

历史如海，世事如潮。海无涯际，潮无止息。海有灵心，潮有慧性。海以波诡，潮以浪推。

一个人再伟大，融入大海只堪一滴；一个人再有力量，在海里也只能随波逐流，借力使力。

陶砚瓦一旦身在海里，便感到与毛泽东的亲近。他感到这片大海的每一滴水，每一朵浪花，都浸透着毛泽东的气息。他喜欢在海里看空中飞翔的海鸟，看天边渐渐远去的孤帆，看西山顶上红彤彤的落日，看沙滩上嬉戏的青年和少年。

陶砚瓦曾经在海里思考，毛泽东一生坚持人民创造历史的唯物史观，屡屡批判英雄创造历史的唯心史观。但恰恰出现在他的《浪淘沙》词中的，却是秦始皇和曹操两个"英雄"。

始皇帝嬴政平定六国，东游至此，是想巡视江山的广阔，从此"天下"二字，便有了全新的内涵；

魏武帝曹操远征乌桓，路过此地，观海赋诗，决心扩展魏的版图；

毛泽东是中华人民共和国的开国主席，他来此休息，心里酝酿着红色江山的千秋大略，茫茫青史中，能与之对话的，只二三子矣。

历史在不同的时代，造就出不同的大角儿，并为他们定制各自的剧本，上演一场场精彩大戏。有趣的是，历史偏偏安排了几位大角儿在这里亮相：嬴政乘坐銮驾；曹操跃马挥鞭；只有毛泽东最为神采飞扬，直接下海，挥臂击浪！

这是历史的偶然际会还是有意为之呢？

历史还将在何时让何人来此经纬天下呢？

历史的大戏一定会愈益精彩，高潮还在后面呢！

回到沙滩上，晓彤一家和其他人都来了，喜好游泳的也都下了海，兴趣不大的就在海边泡一泡，然后回到沙滩上闲坐聊天。

陶砚瓦问彭小帅：你游得怎么样？

彭小帅说：还行吧。我陪您再游两圈吧。

陶砚瓦问晓彤：怎么样？我们两个比试比试？

晓彤信心满满地说：您可能游不过他。

陶砚瓦听了，说：来，试试吧！说着就拉着小帅跳进海里。

想起前年夏天，尚济民带着几个人到北戴河开一个小型会议，上午 8 点至 9 点，下午 3 点至 4 点，天天下海游两次，雷打不动。他的泳技高超，身体素质也棒，随行的人中只有陶砚瓦能一直跟着，一边游泳，一边有一句没一句地跟他聊天。

平时在机关，尚济民高高在上，小架子端着，一般人很难接近。但进了海里，身边仅有陶砚瓦一人，他好像变成另一个人，拉东扯西，和风细雨，倍觉亲切。

陶砚瓦心里想着尚济民，就有意带着彭小帅按尚济民带他游泳的路线和模式游起来。

第一圈他们直接游到防鲨网再返回来，大约八百米；第二圈他们干脆围着防鲨网转大圈儿，估计一圈儿下来，得有一千五百米。两圈儿下来，两人都已经喘粗气了，就都背靠着防鲨网休息。陶砚瓦远远看着岸上一个倩影，正在哄孩子玩沙，一会儿站起，一会儿蹲下，胸既不算大，臀也不算肥，只是那腰肢纤细，使那身材凹凸有致，娇美迷人。陶砚瓦知道是王晓彤，就对彭小帅说：晓彤是个好姑娘，你要珍惜她。

彭小帅说：谢谢陶主任关照她。说实话，我心里一直亏欠着她呢。

陶砚瓦问：为什么？

彭小帅说：我们结婚前，她爸爸妈妈曾提出先买房再结婚，我爸爸妈妈答应先结婚，再买房。结果结婚六年了，我们还和老人住在一起，房子越来越贵，买房越来越遥遥无期，孩子都大了，还是和我们挤在一张床上。想起来，我就觉得对不住她。

陶砚瓦说：好像全中国的人都来北京买房子了，北京的房价恐怕还真降不下来。我们工薪阶层是真买不起，你们做生意的，应该好一点儿吧？

彭小帅说：当老板的还行，我们说到底还是个打工的，也难啊。

说着话，气氛就有些悲凉。

陶砚瓦说：小帅，一个够资格的男人，应该用一生来证明一件事，就是让当初跟了你的女人感到嫁你嫁对了。

彭小帅说：陶主任，您讲得太对了。我也是这样想的。

陶砚瓦说：来，咱们再游两圈儿吧。

彭小帅说：好。

游完沐浴更衣时，发现张宏刚刚来过电话，陶砚瓦赶紧打过去。张宏说：对不起，岳主席说请你明天务必赶回来，要准备领导小组开会以及去台湾的事情。

当天晚上，两个经理要请陶砚瓦吃饭。陶砚瓦知道他们喜欢豪饮，就带了李燕、梁继和彭小帅参加。地点就在餐厅一个包间里。

赵兰花经理是位女士，微胖，是一把手，一看就比较强势。

胡俊明经理是副手，更胖，体重应该超过一百公斤。

赵兰花说：陶主任来了，我专门从家里带了瓶茅台，不管够不够，总量控制，喝完完事儿。

陶砚瓦嘴里说：好。心里想：这一瓶酒，胡俊明一个人喝都不够。

没想到胡俊明只倒了一小杯，说：我是刚刚捡了条命，几个月前去北京学习期间犯了病，开了颅，做了四个支架，正在恢复中。老陶来了，不喝不行，只喝一杯。

陶砚瓦说：兰花儿，李燕，梁继，小帅，咱们五个人正好，一人二两，谁也别谦虚。

先把酒大致分完了，然后就开吃开喝。

话题先是问各自单位的老人儿，铁打的营盘流水的兵，有升了的，有退了的，有病了的，也有死了的。难免几声唏嘘，几句感慨。

话题又转向陶砚瓦作诗写字，声名渐起。两位经理就说这个爱好太好了，退休后有事做，越老越值钱。胡俊明就说他弟弟喜欢收藏，搞了好多年，也比较杂，在秦皇岛开了店，做得风生水起，在行内也已经略有名气。正盘算着去北京开店呢。只是北京房租太贵，谈了几家都没谈成。

陶砚瓦就说：今天真算是碰巧了。小帅手上就有个好地方，一层楼都可以给他。你可以让你弟弟去看看。如果行，小帅一定跟老板说说，给最高的折扣，最大的优惠。

彭小帅说：肯定，没问题。

胡俊明说：不怕大，我弟弟是秦皇岛市收藏协会的副会长兼秘书长，他可以联系几个老板一起搞。

于是双方就开始记电话，约好明天上午和他弟弟见面详谈。

喝酒喝出了生意，小帅也比较高兴，酒下得很顺溜，一会儿就全进去了。

赵兰花说：今年的螃蟹不太好，我让他们挑了几只大的，也就这个样子了。

陶砚瓦说：还是从丹东进的吧？

赵兰花说：不是丹东就是大连，我们北戴河早没螃蟹了。

吃到最后，赵兰花问：晚上有什么安排？

陶砚瓦说：我准备回房间写字。

赵兰花说：别写了，不差这一天，小礼堂有电影。

李燕说：陶主任，我想去看电影。

陶砚瓦就看赵兰花。赵兰花说，说好只给领导看，你带两个三个也行，太多了不好。

陶砚瓦说：我们在座的李燕、梁继、小帅，再把晓彤叫上，另加一个五岁小朋友，算是我孙子吧。

赵兰花说：带小孩最好别往太中间坐，一会儿我带你们进去，注意低调。

大家都说：好，你放心吧。

小礼堂有军人守护，门口有公安部警卫局的人，也有国办警卫处的人。进门不用票，都是熟识的领导及其家属、秘书和警卫人员。每家少的三五人，多的十几人也有。里面中心区摆放着一百来个藤椅，藤椅前面有茶桌。中心区后面和左右两侧也是藤椅，但前面没有茶桌。

陶砚瓦带着几个人进去时，离开演还差十几分钟，就看见前面座位稀稀拉拉基本坐满，都是电视里常见的"四副两高"①及其家属随从，有在任的，也有离退休的，以老人孩子为主。刘世光正弯腰和一位国务委员说话，应该是汇报什么事情吧。李燕也看见他了，两个人相视一笑。

刘世光朝门外走时，陶砚瓦轻声叫他一声：世光！

刘世光马上笑着过来和大家一一握手。陶砚瓦问他：看不看电影？

刘世光说：看不了，值班呢。

陶砚瓦说：你快忙大事去吧！

刘世光把手里的文件亮了亮说：我现在就是个碎催，你们应该是忙大事呢。

说了几句话就匆匆走了。

陶砚瓦刚才瞥见文件上的几行字：吉林黑龙江暴雨防汛形势严峻；甘肃舟曲特大山洪泥石流灾害致上千人遇难；富士康今年以来十三名工人跳楼自杀。

这晚放的是刚刚进口的大片《盗梦空间》。说是一个经验老到的窃贼，能够潜入人们精神最为脆弱的梦境中，窃取潜意识中有价值的秘密，这个号称"造梦师"的人，带领一个特工团队，受命实施一次完美犯罪。这一次的任务不是窃取思想，而是植入思想，重塑他人梦境。剧情一会儿梦境，一会儿现实，比较吸引人。

第二天一早，孙艳春找了个车，把陶砚瓦送走了。

---

① 四副：国家副主席、全国人大常委会副委员长、国务院副总理、全国政协副主席。两高：最高人民法院院长、最高人民检察院检察长。

第二十五章　台湾之行（上）

陶砚瓦回到北京站，岳顺祥早让他的司机来等着接他。到了机关，11 点刚过。他直接去了岳顺祥的办公室。

岳顺祥顾不上多问北戴河的情况，只简单听了几句就说：济民同志非常着急，希望尽快召开第一次领导小组会议，时间必须在本月之内，同时加紧去台湾的准备工作。这两件事情你要抓紧推进，需要找谁配合，你自己找就是。

陶砚瓦说：领导小组开会的事儿，关键是五家单位的人选名单，这事儿已经差不多了。个别单位我再电话确定一下。我们现在必须先定一个时间，及早通知。这事儿不能商量，到时候名单上的人能来几个算几个，来不了的可以找人代替。说实在话，开这个会的程序意义大于实质意义，只要人头有了，会开了，就是完全胜利。

陶砚瓦见岳顺祥听了直点头，就打开手机上的日历，接着说：我建议定在 8 月 18 日上午 9 点，是个星期三，开完会留他们吃午饭，还可以加深印象和感情。如果不行，还可以再推几天，留点儿余地。

岳顺祥说：你快按这个意思打一个报告给济民同志，他一画圈儿，咱们就办。台湾的事儿你怎么考虑？

陶砚瓦说：一是人员身份都得改变个说法。比如济民同志可作为名誉院长，您可以作为院务顾问，我可以安个副秘书长之类的，反正他们也不来调查确认。二是能去多少人，一要领导同意，二要和书画院乃至台湾方面沟通确定。包括去了怎么活动，见哪些人，怎么公开报道，等等。事情不大，但操作不好容易出政治问题，给领导们找麻烦。另外毕竟是去考察，应该取得一些成果，真正有利于国学馆建设。这方面我所知较少，也讲不出什么具体意见。

岳顺祥说：你把刚才的意思也整理个方案，给济民同志报一下。他会通盘考虑的。

陶砚瓦说：好。我还想起一个问题，得先跟济民同志报告一下，项目正式立项了，能不能打报告要点前期经费？

岳顺祥说：太有必要了！但不知道政策是怎么规定的。

陶砚瓦说：政策具体什么要求我也不知道，估计是卡得非常紧。但再紧也得讲道理，没有钱，什么也干不了。

岳顺祥说：济民同志那里我去说，政策方面你抓紧了解一下。

陶砚瓦说：我可以了解，但还是让财务预算组了解比较好，由他们对接更顺一些。

8月18日上午，中国国学馆项目领导小组第一次会议胜利召开。会议由程秉祺主持，岳顺祥宣布领导小组成员名单，尚济民亲自介绍项目进展情况和下一步工作计划设想。五个单位的成员或者代表都一一发言表态，支持项目顺利推进。

会后，在机关贵宾餐厅设便宴招待外面的成员，尚济民亲自出席，气氛良好，觥筹交错，谈笑风生，其乐融融。大家都为了传统文化，为了国学，表示努力贡献各自力量。

不仅陶砚瓦负责的行政秘书组每天在忙，工程组也在忙着联系配合拍卖招标公司，起草国学馆项目概念性方案设计招标文件；内容组忙着频繁接触国学大家、文化巨匠，以及有展陈经验和学识的研究、创意公司，起草展陈方案；纪检监察组忙着查找相关法规文件，对项目每一步进展把关等等。

刘世光更是忙得够呛。国务院应急办和总值班室的工作，不用问也能知道，全国十多亿人口，三十四个省市自治区和特别行政区，党政军民，工农学商，内政外交，真正是上管天、下管地、中间管空气。他们人也不多，昼夜值守，丝毫不敢懈怠。忙成什么样子，用脚也能想得出来。

两人自北戴河分开以后，竟一次面也没见过。要不是人事司张冬广司长要约见陶砚瓦，还不知要等到什么时候。

刘世光接到张冬广司长电话，马上就给陶砚瓦打过去：老陶啊，明天中午哪儿也别去了，张冬广司长要请你吃饭，就在上次咱请他的地方。好像是有个重要事儿，必须过来啊。

陶砚瓦心里明白，肯定是推不掉的事儿，就说：好，我去。

张刘二人中午从"海"里跑出来吃饭，应该是极其罕见的。远的地方不能去，只能就近解决，吃完回去才不至于耽误上班。

11点半，陶砚瓦就到了上次请张冬广吃饭的地方：中南海北门附近一家淮扬饭店。

张冬广和两位客人，已经在里面等着呢。几个人握手寒暄刚坐下，刘世光就进来了。

张冬广说：好，咱们正好一起介绍。

先介绍两位客人，一位是台湾来的蒋绻春先生，一位是咱们台办的孙镇涛司长。

陶砚瓦就看这位蒋绻春先生，约莫五十岁上下，上身穿一件中式麻料短袖衫，下身穿一条中式麻料长裤，头发长长地披在肩上，有点儿艺术范儿。

张冬广说：今天把砚瓦主任请过来，是想了解点事情。咱们抓紧时间，我先点菜，蒋先生请你先说，尽量简短。

蒋先生说：陶主任，是这样子，我们听说尚济民先生要去台湾访问，如果没有什么不便，我想了解一下他此行的目的。

陶砚瓦心里一惊，就问：你怎么知道的？

蒋绻春说：不瞒各位，我们有三条渠道知道了这件事。一是书画院联系的公司找了中华文化总会，还找了几所大学、几位建筑设计师，他们接到访谈邀请，都说是尚济民先生有兴趣访问，了解一些事情；二是跟台湾合作的旅游公司证实你们确有此行；三是你们访问团队里有一位展陈专家，他跟台湾朋友可能无意中透露了你们的行程。我要特意声明我不是间谍，只是好奇：堂堂大领导尚济民先生，怎么会"混入"一个书画院里到台湾去？

蒋绻春说完，眼睛直勾勾地望着陶砚瓦。

陶砚瓦先看了看张冬广、孙镇涛和刘世光，张冬广知道他有顾虑，就说：砚瓦主任，蒋先生一直在大陆做生意，只要不涉及什么机密事项，但说无妨。

陶砚瓦说：虽然谈不上机密，但尚济民同志要求我们不要对外说。今天这个场合比较特殊，我简单说几句。在座各位知道就行了，就不要再……

大家都说：明白明白，我们不会在外面讲，你就放心吧。

陶砚瓦接着说：我们正在做一个文化项目，叫作中国国学馆，发改委已经立项，但这个楼搞成什么样子，里面展览陈列什么东西，还没有着落，也是尚济民同志十分着急的事情。世光知道，我们已经听取不少专家学者意见，也参观考察过十几个博物馆、展览馆，但还没有编出一个满意的设计任务书。关键是我们自己也还没有成型的想法。据说台湾对传统文化比较重视，又修建了101大楼、中台禅寺、佛光山等比较现代的东西，所以，济民同志就想去实地考察一下，并想多接触接触台湾的学界人士，多了解一下台湾的经验。大致就是这样。至于为什么跟书画院去，只是因为能够减少麻烦，尽快成行，没有其他考虑。

蒋绫春说：既然这样，我可以代表"中华文化总会"的周敬先会长，正式邀请尚济民先生，而且保证尽快成行。

陶砚瓦说：首先感谢周敬先会长以及蒋先生的美意。但我能承诺的，只是马上汇报，最终怎么弄要请济民同志来定。

刘世光说：跟济民同志汇报，一定要讲张司长和孙司长都同意接受周会长的邀请。

孙司长说：接受谁邀请的关键是以什么名义进去，由什么人来接待。特别是台湾方面，他审批的途径会不一样，难度也不尽相同。其实是各有利弊。

说话间，菜上齐了，一共四盘：一个清炖蟹粉狮子头，一个拆烧鲢鱼头，一个尖椒土豆丝，一个大煮干丝，再加四碗米饭。连汤也没点，喝茶代替了。

张冬广说，：蒋先生放心，砚瓦主任一定会把今天的情况完整汇报，至于怎么办，济民同志会通盘考虑。事儿说完了，咱们快吃快撤。

下午3点，陶砚瓦去办公室找尚济民汇报。孙健说，最近他天天中午打球，午睡都是躺一会儿算完。现在好像还没起呢，稍等等吧。

3点半钟，就见尚济民手里拿着一摞文件过来，一边把文件交给孙健，一边对陶砚瓦说：砚瓦过来了？有事儿吗？

陶砚瓦说：汇报个事儿。

尚济民说：过来吧。

两人一前一后进了办公室，尚济民说：坐下说。

陶砚瓦就把中午的情况讲了一遍。

尚济民听完，稍加思索了一下，说：

你给蒋先生打个电话，请他转告周敬先会长，一是转达我本人的感谢，二是我十分期待和他会面，听取他对传承中华文化的高见。至于以什么名义入台，我们并不在意，只要进出快捷方便，不给双方带来麻烦就行。我们就是一次文化考察，没有别的任务。如果蒋先生愿意，他可以在接待方面予以帮助。另外我倒是想起来能否请那位孙司长参加我们这个团，费用我们出。你也想法落实一下。

10月19日早上8点35分，尚济民一行乘坐的CA185航班，从北京国际机场第三航站楼外跑道上准时起飞了。

按照规定，尚济民和岳顺祥坐头等舱，陶砚瓦、孙镇涛、张桐凤、龚扬等人坐普通舱。这次不知为什么，两位领导都没带秘书，这无疑增加了陶砚瓦的心理压力。

11点45分，飞机在台北桃园机场降落。

陶砚瓦按照惯例，编好一条短信发给爱人杨雅丽："平安到达台北，放心！"

杨雅丽马上回复："祝顺利！"

书画院的队伍有十六人，以书画家为主，也有两个当下有名气的美术评论家，由冯墨耕院长率领，都坐在普通舱。他们年龄普遍较高，穿戴普遍花哨，头发普遍较长，表现出张扬的个性，彰显出不凡的艺术气质。

一出机舱门，就看见穿着一身暗红色中式服装的蒋绫春先生，捧着一大束鲜花，笑眯眯地站在舷梯前迎候。陶砚瓦吃了一惊：能站在这里迎候客人的人，应该确实是道行很深的人。

按照来台前的安排，尚济民一行八人仍随书画院的团赴台，只在第二天上午出席画展开幕，之后由蒋先生陪同并单独安排行程，去台中、台南、高雄、垦丁，之后从高雄乘坐高铁返回台北，再从台北乘机返京。

离舷梯不远处，停着一辆考斯特，竟然也是蒋绫春弄进来接客人的，更进一步显示出蒋某人道行之深。

尚济民这一行人便都上了车，连行李带人，也还是满满当当的。车子一上路，蒋绫春就站在前边，像导游一样致欢迎词，并简单介绍起车窗外的风物。

车子径直开到中山北路剑潭公园旁边的圆山大饭店。

圆山大饭店在大陆很有名，由宋美龄参与设计，以既保持中式风格又杂糅西方元素而被人津津乐道。

一进入大厅，但见梁画重彩，柱挂丹珠，地上铺的雕花地毯，从大门一直铺上高高的台阶，和墙上的周公制礼作乐浮雕融接。再加上随处可见的龙凤、麒麟、梅花、石狮等装饰，确实让人感到金碧辉煌，颇为壮观。

这位蒋综春先生，不愧是个两岸通吃的高手。他的接待安排十分到位，车辆、住宿、餐饮，一一遵循大陆规定惯例，让人有宾至如归或者平时出差的感觉。

先进房间，下楼吃饭，中午休息。

下午先参观了比较有名的地方，照照相，由蒋综春讲一讲就上车离开。最后参观 101 大楼，那是真上去了，而且大家看得很细。包括电梯设计、楼层功能、游客人数、商业模式、运营管理等，都比较详细地进行了解。

最后把人拉到"中华文化总会"，会长周敬先接见并宴请。

陶砚瓦很为尚济民担心：能和这位周会长谈些什么呢？

正思索时，手机铃声响了一声，一看是妻子杨雅丽发来短信：台风鲇鱼要登台，有暴雨，千万小心！

陶砚瓦心里一笑，回复：风没到，雨没下，人还好，放心。

发完，他抬头看了看台北的天空，果然阴沉沉、雨蒙蒙、湿漉漉的。

"中华文化总会"自己有一座办公楼，坐落在台北市重庆南路二段十五号。该会秘书长刘守信站在楼门口迎候大家。蒋综春把双方介绍后，就随着刘守信进了楼。

进楼后，感觉空间不是很大，摆设也很紧凑。墙壁上不是书柜就是字画，二楼一个较大的房间里，摆着中间横两侧竖三组沙发。

周敬先就站在二楼沙发前面，他先和尚济民握手，之后又一一与随行人员握手，然后便和尚济民坐在正面沙发上。

一行人就随便分坐两侧，周敬先说：久仰尚先生大名，欢迎各位来访。

尚济民说：周先生在大陆也很有知名度啊！

周敬先说：听说你们在搞国学馆？

尚济民说：可能你们都知道了。我们正在对国学馆的建筑概念性设计方案进行招标，同时对国学馆的功能、内容进一步论证。

周敬先说：大陆的经济发展已经让我们感到有些意外，近年来在文化方面的变化同样让我们吃惊。

尚济民说：我们同祖、同文，在传统文化的传承方面，我们很重视学习台湾的经验，愿意听取周先生的高见，特别是关于王道文化的高见。

周敬先说：谢谢你们关注到我！王道是对立于霸道的，已经对立了两千多年了。但应该说总的看来，还是霸道大行于世，王道搞不过霸道，至今还是停留在一些空想层面。但英国历史学家汤因比曾经预言，21 世纪是中国的世纪。我就在想，中国不靠战争而崛起。若要领导世界，也不应该靠战争，而是要靠王道文化。

尚济民说：我在大学是学哲学的，多年来在党政部门工作，对理论研究不多。但目前又亟须了解国学知识，以完成国学馆建设任务，很愿意听取周先生高见。

周敬先说：当前世界上不管东方西方，都面临同样的问题：经济发展、环境保护、社会正义。这三者之间怎么平衡，是每个政府都要思考、着力解决的课题。即使经济发展了，环境保护也做到了，但对于社会正义却都遇到一些瓶颈，甚至是开始恶化。于是有人就想，是不是欠缺第四个东西——文化？于是研究的结果是，文化不是第四个东西，而是所有东西的基础。

大家都说 19 世纪是英国人的世纪，英国从人类文明的构建来说，在 19 世纪的贡献首先要提到法拉第和达尔文，他们都在科学上有巨大贡献。特别是在工业革命、议会、现代教育、法治、金融甚至于医疗体系，也都建立了先进的制度，对世界文明确实是有很大的贡献。

20 世纪的美国也同样，平民化的民主政治，对自由创意的鼓励，勇于创新敢于冒险，登陆月球，还有科技网络发展，成就了一个美国梦神话，是很多人都向往的热土。

假设汤因比的看法有道理，我们必须问一个问题：21 世纪的中国，在崛起成为经济大国之后，它能不能成为一个文化大国，能不能对人类文明做出贡献？

汤因比认为 20 世纪的世界跟中国的战国时期很相像，大家打成一团，因此 21 世纪人类文明的困境，要从东方特别是儒家思想、佛法里面寻求答案。

因为孔孟讲仁义忠恕，大乘讲真诚慈悲。

我个人考虑，这几年提中华文化复兴，从传统文化当中寻求精髓，跟 21 世纪主流思想结合，有可能出现一个新的普世价值，就是中国的王道。

孟子说：以力假仁者霸，霸必有大国；以德行仁者王，王不待大。就是国行仁政不在大小，小国可以行王，大国更应该行王。我们中国今天的问题是如何既大且王。

孙中山先生在他死前几个月，即 1923 年年底去北京之前，在日本神户演讲大亚洲主义，讲到要以王道为基础。他对日本人讲："你们现在有了欧美的霸道文化，也懂得亚洲王道文化，从今以后对世界文化的前途，究竟是做西方霸道文化的鹰犬，还是做东方王道文化的干城，就让你们日本国民去详审慎探。"

那时日本刚刚打赢了日俄战争，在"一战"里面又是一个战胜国，孙中山当时高估了它对王道文化的理解。他对日本其实是有深切期待的，当然最后肯定是落空了。

尚济民说：那时中国正是清朝统治，日本人迎合中国汉民族希望推翻清王朝的想法，支持"驱除鞑虏，恢复中华"。当时不少中国人感谢日本人。现在看来，是受了日本人的骗。

周敬先笑了笑说：今天中国的复兴，既不同于英美，更不同于日本，我们一定要思考拿什么贡献给世界文明。就像当年孟子讲王道，大国都不支持。比如孟子去劝当时的霸主齐宣王，他听完孟子的话，就感觉我今天的霸主地位是硬碰硬打出来的，跟王道不沾边儿。现在英国在 19 世纪做霸主、美国在 20 世纪做霸主，也都是用战争打出来的。他们就和当年的齐宣王一样，不可能相信中国的王道。

两千多年后的今天，真是一个特殊机缘，世界上终于有一个不是靠战争手段崛起的大国出现，而且这个大国就是产生王道文化的国家。但是，它能不能成为一个实行王道的大国呢？

西方文明的特征是"我之所欲，必施于人"，即"我喜欢的东西，你最好也喜欢"。从 19 世纪以来，在西方文化的主导下，冲突肯定是难免的，因为它是一个很竞争性的文化，常常就是"有我无你"。

我们中国文化不是这样，我们是"己所不欲，勿施于人"。我们的心态、出发点，甚至目标、手段，确实都跟西方完全不同。

当下很多东西都是孟子时代没有的，那时没有科技，没有网络，生态也没有像今天这样的危机，更没有全球化的问题，没有国际霸权的问题，也没有那么严重的社会正义的问题。孟子那时没能实现王道，今天要实行，确实有太多困难的问题，很不容易解决。

怎么解决政治、经济体制、分配体系？怎么施行"己所不欲，勿施于人"？"天人合一"有序发展，这些都是王道的思想。只是做经济大国还不够，必须考虑到这些问题。

要解决20世纪所遗留的一些冲突和问题，就要采取不同于20世纪的做法和解决方案，这必须从不同的思维上去找。我们中华文化有深厚的底蕴，这里面有几千年的哲人的思维，这里面真的可以凝聚出一些另类思考。

我注意到大陆的领导人近年来经常引用古文古诗，从中华传统文化中寻找治国理政的智慧。这些积极的变化，也让大家增强了信心。

尚济民说：中华文化的本质是王道文化，我感觉周先生的说法很有道理。《周易》是中华文化的根，里面有很多治国安邦之道，也有浓厚的王道气息。

我想所谓王道，好像就是主宰之道、平天下之道。修身是主宰身体，齐家是主宰家庭，治国是主宰国家，照这个逻辑推下去，平天下就是主宰世界。主宰不一定非要靠暴力，也可以靠德、靠仁、靠义、靠道。这也符合孔孟讲的"万物皆备于我"。

周敬先说：中国历史上，主要由汉族统治，也有几个时期由少数民族取得局部或者全部的统治。但无论是汉族，还是少数民族，都必须运用中华文化来统治，不用中华文化就统治不了中国。

尚济民说：从这个意义上说，不管是汉族来统治，还是少数民族局部或全局性统治，包括近百年来西风东渐，中华文化的脉络其实从没有中断过。

周敬先说：当然可以这样讲。少数民族主要是北方游牧民族，他们即使靠打打杀杀，得到了统治中原的机会，也必须学会用中华文化统治，才能有效统治。

比如匈奴，是从地中海游牧到中国北疆的强大民族，但没有掌握中华文化，入主中原的梦想就破灭了，或者被汉化融入汉族，或者西逃融入少数民族。总之他作为一个民族早已不复存在。

契丹族有自己的文字，对中华文化有一定了解，它的五个分支即"五胡"建了十六国，但他们认识比较浅，汉化也不够，顶多是局部统治，时间也不长。

蒙古族崛起之后，对中华文化比较敬畏，敢于重用汉人，得以入主中原。但它没有掌握中华文化的精髓，时间很短就夭折了。

满族是先汉化了才崛起的。它先掌握了中华文化，又能征战，既取得统治，又得以巩固两百多年。但它面对英法外来文化的冲击，没有能力完成改革维新，终至丧权辱国。

日本人曾经虚心学习中华文化，又从西方学到一些东西，很快强大起来。但它没有掌握到中华文化的精髓，他是中国强就拜中国，德国强就拜德国，美国强又拜美国，虽然他有野心，但不可能得到想要的东西。

尚济民说：我们中华文化是包容性很强的文化。佛教是外来的，我们吸纳以后完全中国化了；马克思主义也是外来的，但现在同样已经中国化了。所以我们具备了吸纳融合世界先进文化的能力，也积累了经验。中华文化是融合、整合的文化，也是融合、整合的力量。

从历史上看，中华文化先完成了黄河、长江流域汉民族的整合，接着完成了整个中华民族的整合。假如中华文化挑起平天下的使命，可能还会把地球上全人类整合为一个和谐的地球村。

尚济民一边说着，一边进入了一种状态。他的脸上和眼睛里放着光，荡漾着激情和向往。这种状态，陶砚瓦只在他带着大家起草项目建议书的时候见过。

周敬先说：那是我们古人讲的世界大同，也是你们马列毛讲的共产主义。

尚济民听了先是一愣，继而笑着说：周先生，今天我们来到台湾第一天，就有了这样一场深入交谈，我感到受益匪浅。阁下对中华传统文化，特别是对王道文化的阐释，让我们很受启发，对我们有极大帮助。谢谢！

我们专门带来一套书，叫"文史笔记丛书"，是已经故去的萧乾先生主编的，送给文化总会吧，里面应该有不少民国的人物和掌故。

陶砚瓦赶紧把书递过去，周敬先一边毕恭毕敬接过去，一边说：谢谢，谢谢！

尚济民说：砚瓦，你的书带了吗？

陶砚瓦说：带了。

尚济民说：我们陶砚瓦先生是个诗人，他也有一部书送给周先生。

陶砚瓦赶紧把准备好的《砚光瓦影》递给周敬先。扉页用繁体字写着：敬先会长方家教正，陶砚瓦己丑年乙亥月台北。说：请会长指正。

周敬先说：太好了，我一定拜读。

尚济民说：我们照个相吧！

于是他先和周敬先照了一张，然后大家都站在一起照了一张。

周敬先说：为欢迎尚先生和各位到来，我们蒋绾春先生略备薄宴，我也跟着沾光。现在我们过去吧？

蒋绾春说：我是替你张罗，还是你请客。

尚济民说：好，我们边吃边谈。

陶砚瓦早听说台湾的公费宴请很少，官员请客要么自掏腰包，要么都是由朋友埋单。晚饭由蒋绾春安排，应该是很正常的。

吃完晚饭，回来的路上算是看了台北的夜景。回来时张桐凤还要去逛街，陶砚瓦说累了，想早点儿休息，孙镇涛和龚扬说可以陪她去，于是三人兴冲冲地去了。

第二天上午10点，冯墨耕搞的画展在台北中山纪念馆开幕。

这个纪念馆是为纪念孙中山先生一百周年诞辰而建，是一座占地三万五千平方米的宫殿式建筑，是台湾著名建筑设计师王大闳的作品。

据说是从1964年开始筹建，1972年5月才告落成，历时八年之久。

王大闳是20世纪台湾最重要的建筑设计师之一，他的父亲是国民政府在大陆时期的外交总长王宠惠。王大闳先生在瑞士、英国剑桥、美国哈佛留学，曾与贝聿铭是同窗。台北中山纪念馆是他在台湾设计的优秀作品之一。

台北中山纪念馆分为前后两部分，前为中山雕像纪念堂，后为表演厅。

该馆高三十点四米，是一个正方形建筑，四边各长一百米，各有十四根灰色大柱，黄色屋顶四角高高翘起，状如大鹏展翅，雄伟巍峨。

走进纪念馆一楼大厅，迎面是孙中山先生铜像，左右有持枪卫兵护卫。

铜像高五点八米，重达十七吨。台座上镌刻着孙文先生题写的《礼记·礼运》上孔子论述"大同"社会的一段话：

大道之行也，天下为公，选贤与能，讲信修睦。故人不独亲其亲，不独子其子，使老有所终，壮有所用，幼有所长，鳏寡孤独废疾者皆有所养，男有分，女有归。货恶其弃于地也，不必藏于己；力恶其不出于身也，不必为己。是故谋闭而不兴，盗窃乱贼而不作，故外户而不闭，是谓大同。

这里每隔一定时间举行三军仪仗队交接仪式。观看这个交接仪式，也是游客来此参观的重要内容。

大厅左右两边，是宽敞、明亮又气派的国父史迹展东室、西室，东室是以中山先生为主题的展览室，西室则是以中山先生与台湾为主题，并有有关台湾历史的介绍。里面藏有孙中山于 1924 年 4 月 12 日手书的《国民政府建国大纲》，全文二十五条。这是中华民国成立后，孙中山针对国家建设所提出的规划方案。还有中华民国临时大总统印玺。

台北中山纪念馆一楼北面，是可容纳两千五百多人的大会堂，是岛内最大的表演场地。这里还设有演讲厅、中山讲堂、逸仙书坊等。

纪念馆二楼有中山国家画廊和孙逸仙博士图书馆，中山国家画廊是国家级艺廊，据说经常邀请国内外知名的艺术家在此展出；孙逸仙博士图书馆藏书三十余万册，全年供民众阅览。

此外，三楼还有逸仙艺廊、德明艺廊和逸仙放映室，在地下一楼还有翠亨艺廊、载之轩、翠溪艺廊、书报阅览室、视听中心，是台北市市民室内艺文、知性活动的多元化地点。

冯墨耕院长的"大道同行——两岸中国画艺术展"开幕式，就在这里举办。来自海峡两岸及香港的四十多位著名国画家应邀参加此次文化交流盛会。

开幕式比较简单。主席台就设在展厅中央，一溜儿摆了几把椅子，中间坐着尚济民、中国国民党荣誉主席和新党主席等政治要角，以及冯墨耕等著名画家。对面还有几十把椅子，坐满了参展画家以及岳顺祥、陶砚瓦等人。

中国国民党荣誉主席曾担任行政高官，在两岸都有较高声誉。他说两岸同属炎黄子孙，同文同种，这两年两岸艺术交流频繁，两岸同胞都能近距离感受两岸艺术大师的作品，大饱眼福，这是两岸交流的另一座桥梁。如果说经济合作是手携手、互惠互利，文化交流就是心连心，是更重要的事。两岸同胞感情经过文化交流得以理解沟通，这是根本上的交流。

　　尚济民说这次画展展出诸多名师大家的经典力作，作品所体现的追求真善美的道德情操，血浓于水的乡土情怀，是艺术家文明同根、大道同行的生动写照。海峡两岸加强相互学习借鉴和交流合作，必将有利于促进中华书画艺术的传承、创新和繁荣。我听说以书画展为载体的本次艺术活动将在展期举办理论研讨、主旨演讲等一系列交流活动，从深度和广度上拓宽两岸艺术交流领域。这对弘扬中华民族优秀传统文化，表达多元文化的共享性与互动性，进而以严谨的视角深入剖析中国画、油画和书法的美术史脉络及当下的良性创作状态，在中西艺术交融和传统与现代的碰撞中展现经典艺术的魅力与光辉。

　　发言完毕，就算是开幕了。大家就都各自参观作品去了。

　　尚济民由台湾国、新两党领袖陪着，边交谈边看展览。岳顺祥、陶砚瓦、冯墨耕等人就都跟在后面，也从头到尾看了一遍。

第二十六章　改变命运

尚济民离京期间，按规矩由排位最靠前的副职王良利主持工作。

由于尚济民经常出差离京，所以也经常出现由王良利主持工作的情况。刚开始一两次，王良利假模假式地做做样子，召集司处级会议，布置检查工作，过一过当"一把手"的瘾。后来才知道这个瘾像吸食毒品后的幻觉，美不了多会儿就过去了。又像去蹭吃别人家的剩饭，寡然无味，并不觉得特别好玩儿。再后来也就平淡了，说是主持，实际是挂个名儿，应付几天了事。只要不出什么事，机关基本就是放羊状态，一切等到尚济民回来，才又恢复常态。

这次尚济民走，说是参加画展开幕式，顺便考察台湾传承中华文化情况，以利于国学馆建设。尚济民讲得热闹，他在下面听得无趣，心里就想，这纯粹是以此为名，带一帮人到台湾转一圈儿，散散心，养养神儿。更让他心中愤愤然的，是竟然还带了陶砚瓦，这不是明摆着肯定、犒劳他嘛！

他越想越有气，就更加不想机关的事情，包括国学馆建设的事情。

他头天晚上又为什么鸡毛蒜皮之事让老婆数落一顿，而且女儿竟也站在老婆一边，甚至连小外孙女也鼓掌笑着说：姥爷挨骂了，姥爷挨骂了！

这天他一上班，连新闻也懒得看了，就在案子上铺开报纸，开始无趣无味地进行挥毫泼墨"事业"。先写"王良利"三字，又写"尚济民"三字、"陶砚瓦"三字。写完一个名字，自己端详一番，自觉是越写越潦草，越写越散漫，越写越不成体统。特别最后这个名字，他颇觉难看，心里就骂道：这是个什么鬼名字！"陶砚"已经够了，还要再加上个"瓦"，而且这个"瓦"字真是太难写了，正了不是歪了不是，怎么写怎么不对劲儿。念出来还像是"讨厌哇"的谐音，"讨厌哇"，讨厌死你们！

本来就是胡涂乱抹，这会儿心里别扭，写出来的字更加别扭。别说让人

301

看了，就是自己看着，也是丑陋不堪。要神韵没神韵，要气势没气势，要规矩没规矩，要章法没章法。

就想把笔摔了，把墨倒了。可要真摔了倒了，又能解决什么问题呢？又有什么伟大意义呢？

于是就只好写啊写，正面写了反面写，弄得两面脏墨，黑乎乎一团，湿漉漉一堆。捡起来放在案子一头，一张摞一张，半天工夫，摞起半尺高，可谓成绩斐然。照此下去，很快便可"著作等身"了。待到废品收购时，更可为报纸增斤添两，做出巨大贡献。

他就觉得生活有什么不对劲儿，哪儿不对劲儿？他反复想：也没想出什么结果。

正涂抹无聊时，李燕敲门进来，送上一个密件。是中纪委发来的，信封上写着：尚济民同志亲收。

王良利一看，淡淡地说，济民同志亲收，应该交给孙健，由他请示济民同志怎么办。怎么送我这儿了？

李燕说：孙健不在，我只好签收了。上面标着急件，又怕耽误事，就送到您这儿了，请您指示怎么办。要不我先拿回去，等孙健回来再说？

王良利一听，说：算了，既然送来了，就先放我这儿吧，等明天我交给孙健。

李燕说：好。

转身往外走的时候，她偷偷吐了一下舌头，做了个鬼脸。没想到她的鬼样子恰巧被闪身而至的屠春健看到了。屠春健轻声"嘿"了一声，吓得李燕张大嘴巴，半天没缓过神儿来。她心想：今天真够倒霉的。

机关大门传达室的"正处级"坐了一整天。马上要下班了，就一个劲儿地看手机上面的时间一秒一秒地往前走。正无聊时，门外进来一个打扮入时、面容姣好的少妇。

她进门就说：大爷，我来找陶砚瓦主任，请问他在吗？

正处级马上一本正经地说：你预先约过他吗？

少妇说：对不起，我没有。

正处级说：你没约他，就贸然来了，他要不在，你不是白跑了吗？

少妇脸上掠过一丝凄然，说：我怕他太忙，不愿意打扰他。

正处级更逮住理了：你不愿意打扰他，怎么还来找他？

少妇自觉输理，就尴尬地不知怎么回答好，脸一下子红透了，嗫嚅地说：我想他这时候应该下班了，正好能见他一面。

正处级依然不依不饶，说：那你应该给他打个电话呀！

少妇真不知道怎么回答了，想了半天，只好鼓足勇气说：我打过了，他可能手机没电了。

正处级本来想再说：你怎么不打办公室？转念一想陶砚瓦去台湾了，她打电话打不通也合乎常理，让她打办公室也是废话，于是就不再卖关子了，干脆说：陶主任还真的不在。

但这时他突然想起这个少妇好像以前来过。

少妇听了，一脸感伤和失望。说：那谢谢大爷，您知道他什么时候回来吗？

正处级故作推算状，说：走了几天了，下个星期三四应该就回来了。

少妇无奈地说：那好吧，谢谢大爷。

转身就要走的当口，正处级想起陶砚瓦曾经对他的好处，再加上少妇楚楚可怜的样子，使他生出怜香惜玉之心，就说：从哪儿来啊？喝点水再走吧！

少妇马上一笑，说：大爷，我是陶主任老家的，来找过他。我还真的渴了。

正处级就指着旁边的热水器说：早看你眼熟。壶那儿有纸杯子，自己接吧！

少妇嘴里说着谢谢，就自己去热水器那里接水喝。先接了一半开水，又去接冷水，兑温了，喝得快。

正处级看得仔细，又指着旁边木椅说：别急，坐那儿慢慢喝。

少妇终于被感动了，说：大爷，您真好！

正处级受到年轻人赞扬，心里飘飘然起来，又问：找陶主任有事吗？上次找他的事没办好？

少妇赶紧说：不是不是，陶主任很好，他帮了我很大忙。我还不知怎么谢谢他呢。

正处级说：不瞒你说，我孩子找工作的事儿，也是陶主任帮着办的。可我连瓶酒都没送他。陶主任对人太好了。这年头儿这样的人可是不多见了。

少妇见此人夸陶砚瓦，心里顿觉温暖。话也就多起来。正处级有少妇搭理，难免心中畅快。二人你一句我一句，时间就过6点了，天色也逐渐暗起来。

正处级就说：你先帮我照看一下，我去去就来。少妇只当他去方便，就痛痛快快答应了。没想到正处级是去食堂打了两个菜、两碗米饭，拿了两个馒头回来。说：你要是不嫌弃，就凑合吃点儿，我可是给你打了一份儿。食堂人听说是陶主任的客人，非要请你去里面吃呢。

少妇又是连声道谢，两个人就趴在分报纸的桌子上，一口一口吃起来。

正处级问：还没问你叫什么名字呢，能告诉我吗？

少妇说：我叫常笑，平常的常，欢笑的笑。我是陶主任的侄女。

正处级心想，名字不错，可怎么看你笑不出来，满肚子不高兴呢？心里想，嘴里却说：好名字，好名字，很喜兴！管陶主任叫叔叔还是叫大爷？

常笑说：叫叔叔，我爸爸比他大。

两个人吃着说着，又半个多钟头过去了，正处级说：你既然是陶主任的侄女，又大老远从外地赶来，估计你还没安顿住下吧？

常笑说：是。

正处级说：我帮你问问，看能不能找个地方。

说完就拿起桌子上的电话，拨了个内部小号，对方"喂"了一声后，正处级说：丫头，你是谁？

对方说：我是小马。

一听是小马，正处级口气也立即转换成亲密级的：小马啊，陶主任的侄女从老家来，他不是去台湾了吗？我想天这么晚了，能不能让她在陶主任办公室凑合一下，明天再让她自己去找地方？

小马说：罗处您同意就行，我拿陶主任屋里钥匙过去开门。

正处级面露得意之色说：好，我们马上上去。

他转身对常笑说：你今晚就在陶主任办公室住下，凑合一宿吧。

常笑说：这合适吗？

正处级说：没事儿，我都说好了。不过你还是把你身份证给我。明天你走时，我再给你。

常笑说：好。

常笑正在与丈夫闹离婚，缘由是她说男方出轨，男方说她出轨。虽然谁也没有可靠证据，但双方都听到了风言风语，也有网聊、手机短信的蛛丝马迹。

当前的斗争焦点是：四岁的儿子归谁养育？常笑想带走儿子，男方坚决不允，特别是爷爷奶奶下了死命令，誓死捍卫，寸步不让。所以几个月来就闹腾来闹腾去，没有个定论。

因为二人当年毕竟同学一场，又都是教师，所以他们采取了外松内紧战略和冷战战术。二人在家风谲云诡，外面看来波澜不惊。

但是这天却出了问题。因为常笑说想去北京读MBA，而且还在网上拼了车，一早动身来北京了解报名事宜。丈夫一听就火了，先是冷嘲热讽，更激起常笑据理力争，说是我要改变命运。

常笑行前是干了一仗才动身出来的。在冀州长途汽车站门外，果然见到拼车的车和人，就上车直奔北京而来。本来说好是送到北京永定门，路上两人聊得热乎，那人就把她送到天安门了。天安门离陶砚瓦单位不远，她就想去看看人在不在，也请他帮忙参谋参谋自己的人生规划。

常笑要读MBA，是受了一位女同学的启发和影响。那位女同学原来学习不如她，考的大学不如她，模样更不如她，但人家就考了一个北京大学的MBA，几年后竟然重新分配，留在了北京，而且还进了国家部委的一个事业单位，成了名副其实的北京人，很快找了个对象，已经在北京安家了，而且稳定了，甜甜蜜蜜的小日子过上了。

这条路本来对她没有吸引力，但她现在和男方越闹越僵，就感觉别的路都没了，封死了。这时再想起那位女同学走的路，真是一条柳暗花明的路，让人眼前一亮的路，她就是想要走这样的路。

而要走这条路，能够帮到她的，可能只有陶砚瓦。于是，她就想着这次进京，定要见陶砚瓦一面。

但他在不在呢？如果在，就好好聊一聊，争取得到他的支持和理解。

可如果他在，见了面怎么把话说开呢？许三儿的钱早已要回来了，不过不是她姐夫帮的忙，还是陶砚瓦找了保定市的一个领导，听说那个领导又给什么人打电话骂骂咧咧半天，这才有人逼着那个赖账的把钱还上了。

说自己正闹离婚？好像也不是什么光彩事。

她是又想见，又有点儿怕，有点儿怵。

最后她终于想通了，既然打定主意到北京来改变命运，陶砚瓦就是绕不开的一座山，起码目前是，估计将来也应该是。这座山山高而林密，巍然高耸，可以欣赏，可以攀爬，可以讨教，可以依靠。在她所有生活圈子里，实在没有别的什么人能够给她更好的帮助了。

于是就想好先去女同学那里当面沟通好，然后等下班时过来撞撞运气，只要见了陶砚瓦，此行就算成功了一大半儿。

屠春健见尚济民出差了，就想着抓紧推进自己的石头项目。他的主攻目标，当然就放在了目前临时主持工作的王良利身上。

以他对王良利的了解，他认为现在王良利是既怕出事儿，又盼着出事儿。他怕的是出由他承担责任的事儿，他盼着出的当然是自己不需承担责任却对自己有利，或者虽然对自己不一定有利却能对别人有影响的事儿。

之前他曾经把院子里假山石头那套说辞给王良利透了透，他相信对王良利这种小心眼儿应该算是铺垫得够用了。趁着尚济民不在的工夫，再续上一把火，可能会有意想不到的效果。

就在王良利烦躁不安之时，看见屠春健进门了。他对屠春健向来不客气，只是用手一指沙发，说了一个字：坐。

屠春健也不客气，他并没有遵从主人意思坐下，而是径直到案子边，对着一堆黑乎乎的报纸端详起来。头一会儿拧向左边，一会儿又拧向右边，嘴里还夸张地说：不错，进步神速！

王良利听了，没好气地说：你就会拍马屁！只有你夸奖我的字，而且你是整个机关最不懂写字的。

屠春健听了一点儿都不生气，反而笑着说：还是领导最了解我！

王良利说：一把不在，你这个服务中心主任可要多操心。别平时没事儿，让我这个临时负责的赶上事儿！

屠春健嬉皮笑脸地说：领导放心，咱心里明白，就算真出事儿，也得在"一把"在的时候出。

王良利说：我这两天烦躁得难受，怎么老是感觉不对劲儿。

屠春健闻言心中大喜，但他脸上没表示出来，反而故作惊慌状：是吗？血压量了没有？脉搏正常吗？我找人给你看看？

其实王良利心里知道自己没什么问题，他也是有点故意在下属面前撒个娇，试试其反应而已。就说：得得，你是不是想着把我往急诊送啊！

屠春健说：可也别说，我刚刚听说某部委领导，平时十分注意保健，不抽烟不喝酒，身体很好，周末去郊区打网球，自己开车回来在清河收费口交费时，脑袋一夅拉，完了！还有一个部委领导在怀柔开会时，一个人在房间里挂了！

王良利问：上吊了？

屠春健说：不是，就是走了。没了，死了！

王良利说：你怎么说挂了？

屠春健说：嗨！这不网上都这么说嘛！不瞒领导，院子里那块石头，不光是克属牛的，也克属狗的，咱一把属狗啊！我这些天可是天天担惊受怕啊，不说吧，对不起领导，说吧，这不明摆着搞迷信吗！唉，我这个活儿，不好干啊！

王良利一听克属狗的，心里陡然一亮说：克属狗的？你怎么不早说？那可得重视起来！

屠春健知道王良利心里是怎么想的，既然也克那一把，那就没自己责任了。他感觉火候差不多了，就对王良利说：你先别急，我这就去想想办法。

杨雅丽刚刚接到儿媳妇董今今电话，说爸爸出差了，您一个人在家，晚上别做饭了，到我们这边，咱们一起吃吧。

杨雅丽心想：儿媳妇正挺着个大肚子，她怎么能过去给他们添乱呢？心里不愿意过去，就随口说：不用了，我自己已经开始做饭了。

今今就再问：您做什么好吃的了？

杨雅丽随口说：焖面条儿。

董今今就说：妈您能不能多焖点儿，家柳最爱吃豆角焖面了，我们也过去蹭一顿。

杨雅丽一听心里就慌了，赶紧就说：不行，我焖得太少，不够你们吃。要不我再去买点儿切面，多焖点儿。

　　董今今笑道：妈算了，您别跑了，我们等爸回来再过去吃吧。

　　放下电话，杨雅丽的心才算落了地。

　　儿子陶家柳很听话，儿媳妇董今今是战友的闺女，本就很懂事，嘴又甜，杨雅丽是十分满意的。两家在部队时就认识，两个孩子小时候还曾经一块儿玩，家柳甚至还吃过今今妈妈的奶呢。现在又亲上加亲，所以这婆媳关系比较特殊。她是真的把今今当闺女了，今今也敢在她面前撒个娇。她突然想，可能孩子就是关心客气一下，根本就没打算过来。

　　想到此，心里就更加释然了。但是既然讲了要焖面条儿，干脆就吃焖面吧。

　　于是她随手取过包包，下楼出去买东西。

　　小区北口就有菜铺和卖切面、饺子皮的铺子。那些人都跟她半熟脸儿，经常是三毛五毛的零头儿免了，有时要根葱啊一块姜的，还客气一句：别给钱了，大姐！杨雅丽总是说：不用，你们不容易，不给怎么行。

　　杨雅丽顺手买了一斤切面、一斤豆角、三两猪肉，而且还让卖猪肉的切成肉片儿。然后拎着回了家。

　　她先把每根豆角两头尖尖掐掉，再把带出来的细丝儿拽出来扔掉。然后掰成寸段儿，再冲洗干净晾上，切好姜末儿、葱段儿，把锅烧上，放上油。把猪肉和葱姜放进锅里，加黄酒去腥味儿，加酱油提味儿，把豆角放进去煸一煸。变了颜色以后，再加水至豆角似没不没程度。最后把切面平放在豆角上，盖上锅盖，这时锅里应该就开了，随手把火调到很小，看好时间，十五分钟之后即可关火。这时豆角、切面都已经熟了，厨房里早飘出熟悉的香味儿。

　　杨雅丽打开锅盖，只见切面上面微黄下面是酱色，就把拍好切碎的蒜以及盐放进去，再用筷子和铲子把面条儿豆角搅匀，至切面全部变为酱色。她自感做得很成功，心里十分得意。

　　她取过两个碗，满满盛上，又拿过两双筷子，放在饭桌上。又随手取过醋瓶子，坐下并正要往对面碗里倒时，这才惊觉吃饭的仅自己一人。

　　她竟是稀里糊涂按平时两个人的量选购食材，并全部做好了。

　　最后只有她一个人吃，心里不免又觉孤寂。刚才兴冲冲的劲头儿一下子就没了。又想到一个人吃不完，剩下的还要放冰箱里，回头再吃剩饭。

一想到剩饭，就又想到儿媳妇是坚决不吃剩饭的，说饭菜一剩再放冰箱里，就成了垃圾食品，吃了会影响健康。她不仅自己不吃，还不让儿子吃。估计将来有了孙子，那是肯定也不让吃剩饭菜的。

不吃怎么办？净是扔！

所以，儿子家的冰箱里，是从来没有剩饭菜的。

杨雅丽就想着自己在城市里长大，陶砚瓦是在农村长大，两个人有很多生活习惯不同。但剩饭剩菜要吃掉，从来不扔剩下的饭菜这一点是共同的。大半辈子了，从来没感觉有什么不好。而且在印象中，亲朋好友、左邻右舍，也都一样。

杨雅丽为此也和陶砚瓦讨论过，都是说这个儿媳妇哪儿都好，就是这一点，让人颇为不满却又无可奈何。因为儿媳妇开始就讲不吃剩饭菜是书上、电视里专家讲的，现在吃了看似不浪费，将来生病花钱更多，还搭上自己受罪、亲人受累。

这个道理明摆着，让你没法儿说话。

但是小两口改变不了老两口的生活习惯。当然，老两口更改变不了小两口的生活习惯，只好求同存异，一家两制。

杨雅丽就开始自己吃豆角焖面，刚吃了两口，又随手拿过遥控器打开电视，找到央视四套，等着看台湾的消息。

豆角焖面，对于杨雅丽和陶砚瓦有着特殊的意义。

杨雅丽当年从部队复员回京，分在北京丝绸厂，做挡车工。父母不在京，也没有其他门路，杨雅丽乐天知命，高高兴兴去上了班。

陶砚瓦为了杨雅丽工作的事，也曾找过人。既找过在北京的深州老乡，也找过家在北京的战友。无奈有的人微言轻，有的人贵情薄，都没弄成。

听说杨雅丽要去丝绸厂做挡车工，陶砚瓦心里咯噔一下，第一感觉是：她能受得了吗？

而后来的事实是，杨雅丽不仅受得了，而且还干得很好，领导们赏识，工友们和睦。

那时杨雅丽住在丝绸厂宿舍，跟同屋的复员女兵学会了豆角焖面。

豆角焖面，最大的好处是把切面和豆角亦即主食和副食，一锅焖熟，饭菜合一，荤素搭配，营养齐全，味道香美，简单实惠，南北皆宜。陶砚瓦也曾对其有更深刻的论述：

豆角焖面虽是家常饭菜，但其颇得中华文化"融合"之妙也。诸多食材备好，大锅一焖，众香混搭，九九归一。既保有其本来滋味，又翻新出全新味道。中华很多美食，例如烩、煸、乱炖、大煮等等，都具备此特点。

而西方人绝不会这样搞。他们一定是一样一样搞熟，吃时才进行简单混搭。

杨雅丽原来不会做饭，更不会炒菜。她的烹调技艺，就是从豆角焖面开始的。陶砚瓦来北京找她，最大的享受就是在她的宿舍吃她做的豆角焖面。

这一款佳肴不知不觉中成为他们生活中的保留剧目。陶砚瓦也慢慢对这道菜着迷上瘾，并且亲自上手，全程操作，渐入佳境，颇有心得。甚至屡在机关同事中宣扬推介，还传道授业、解惑释疑，培养出几个高徒，每于餐桌上交流心得，说得眉飞色舞，兴致淋漓。

也不知从何时起，家里讨论吃什么时，经常被提名、又能被普遍接受的是陶砚瓦做的豆角焖面。其真实原因是：杨雅丽在家里乐得让陶砚瓦风光，任由他折腾的事情，大约仅此一例。

正处级带着常笑进了陶砚瓦的办公室，又吩咐小马打来一壶开水，又对常笑嘱咐几句，这才很有成就感地离去。回到自己宿舍，拿出常笑的身份证，左看右看，照片上的人素颜青涩，正是少女俊俏模样。再看号码，分析出是1985 年出生，属牛的。比自己女儿还小。

常笑一个人在陶砚瓦办公室里，感觉怪怪的。

刚才她去了女同学那里，总算把事情弄清楚了。简单说，她要走的阳关大道，必须解决几个问题才能实现。

一是首先要有一笔钱交学费，应该在八至十万之间；

二是要解决食宿问题；

三是文凭拿到之后，还要解决进京指标问题，即落实工作问题。

这几个问题一横，常笑的脸就像霜打了的茄子，没有了光亮。

这时她只好把心一横，硬着头皮来找陶砚瓦。

一路上，她自己给自己设计了台阶：

本来并没打算要考 MBA（工商管理硕士），但丈夫说：你个癞蛤蟆想吃天鹅肉，所以我非考不行。

本来没想来北京，但丈夫说：冀州盛不下你了，怕是衡水、石家庄都盛不下你了，莫非你还要到北京才行？所以我就到北京。

本来没想找陶砚瓦，但拼车的人问她到北京干什么，她说到北京找亲戚玩两天散散心。又问她亲戚在哪里，她就随口说在天安门旁边。那人非要热情地送她到天安门广场，所以就过来了。

本来没想住在这里，可门口大爷热情地安排好了，只好就住下了。

——想通之后，常笑自觉理硬了，都是别人把话说出口了，自己必然的正常反应。一步一步，挺凑巧的，挺有缘的，挺不好意思的，但也挺自然的。

而且那个拼车的把她送到广场，自己按原来约定付了八十元钱，也连声感谢了人家。人家又问她什么时候回去，她说要过两天。那人说，等定下来给他打电话，说不定还能拼车一块儿回去。

常笑想着，心里释然，就开始准备洗澡睡觉。

她先检查门窗，试试都关紧了。

再看天花板及各个角落，没有摄像头。

再看单人床，盖着床罩。

再看卫生间，有热水淋浴，有毛巾、洗发液和浴液。

再出来看床底下、桌子底下，空空荡荡没有可疑东西。

最后，她把目光锁定在书柜里。看着里面的书籍，对于她几乎都是陌生而神秘的。只有一本书引起她的格外注意，那书的名字是《砚光瓦影》，作者陶砚瓦，而且在书柜的一角，一起摞着五六本。她轻轻打开书柜，取出一本，放在枕边，然后把大灯关了，只开了桌上台灯，再调弱到自认合适的亮度。

她开始脱衣服，她把外衣都搭在椅背上，内衣拿在手上。左看右看，没有好地方放，干脆把床罩掀开，放在枕头旁边。

然后她赤裸着弯下身来，趴在枕头上嗅闻，感受陶砚瓦身体遗留下来的味道，也是她曾经感受过的味道。那曾经是让她安心、让她奔放、让她自由、让她销魂的味道。她像一个老资格的烟民，吸、品、吐，吸、品、吐，持续了一两分钟，她十分享受，非常享受，相当享受。

她换上陶砚瓦的拖鞋，来到卫生间的镜子前端详起自己：眼睛还泛着清澈的光，脸上还泛着微微的红晕，身体依然凸凹有致，胸是胸臀是臀，手臂、腿部也还保持着青春的灵动。她记起陶砚瓦仔细看她的情景，那时他就像在读一本书，专注的样子令人怦然心动。

她真没想到这次赌气来北京，虽然没有见到陶砚瓦，却堂而皇之住进他办公室。用了他的毛巾擦洗，并且睡在他床上，盖上他的被褥，枕着他的枕头，读着他写的书，感受他的气息和味道，探究他的思想和灵魂。这真是太神奇了，太刺激了！

这说明什么呢？

这说明：只要有行动，就会有惊喜。

反过来，只要不行动，什么都没用。

常笑躺在陶砚瓦床上，翻看着《砚光瓦影》，浮想联翩，心潮澎湃，幸福的感觉涌遍全身，一直持续到深度睡眠，一帘春梦。

她梦见自己终于幸福了：进了北京，找了工作，换了老公，生了女儿。一句话：改变了命运。

第二十七章　台湾之行（中）

10月20日上午举行完开幕式，冯墨耕的事情就算大功告成了。按照行前约定，后面的事情是各自安排了。

冯墨耕们自然要拜访书画院，包括学校的美术系、艺术系等，举办座谈会、笔会交流等。

尚济民自然要拜访跟国学有关的单位，包括"中央研究院"、佛学院、图书城，大学的汉语、历史、哲学等专业教育。特别安排了台中的中台禅寺、高雄的佛光山，台南的孔庙园区、文学馆、国家公园、鹅銮鼻灯塔。中间还要去高雄中山大学，还要看看日月潭。之后乘高铁返回台北，参观台北故宫博物院后，游览阳明山中山楼，晚上在阳明山温泉别墅吃饭，返回圆山大酒店住宿，次日从桃园机场乘机返京。

孙镇涛司长因有事情要办，而且他都来过多次了，不再随团行动，说好返回时同乘一个航班，机场见面即可。

蒋绕春也说好不再陪同，交代给旅行社，好好关照即可。说好回台北时到车站接大家。

他们一路走，一路看，吃住、参访都很顺利。

在高雄中山大学，见到一位穿长衫的教授，是个博导，年纪并不算高，不到五十岁的样子，会写诗写对联，书法也有功底。他热情地陪同参观，介绍情况，谈了很多。他是搞唐诗研究的，多次到大陆考察，出版了专著，也搞些文化服务之类的事情，做得风生水起。

在乘高铁返台北时，挨着陶砚瓦坐的是一位军官。两个人交谈起来。军官谈锋甚健，得知陶砚瓦也当过兵，就开始兴致勃勃地大谈自己部队情况，驻地、番号、训练内容等等。好在陶砚瓦不是搞情报的，对此兴趣不高。见他侃侃而谈，就打断他说：咱俩人虽然都是当兵，但我是共军，你是国军。

军官一听，马上明白了，说：你是大陆来的？

于是两人相视而笑。

下车后蒋绾春接上，仍住在圆山大酒店。安顿好之后，又带着大家去吃牛肉面。

台北牛肉面店的数量及密度高居全台第一，汇集了大江南北、各式流派的牛肉面风味，是台湾独创一格的代表性美食。

台湾牛肉面分清炖和红烧两大派别。清炖牛肉面早期由回民在台北市城中区一带开设，以后发展至全岛各地。

1949 年国民政府迁台之后，一些退伍老兵在台北市火车站前街道骑楼一带，开设了多家红烧牛肉面店。以红烧味为主，依形态分为红烧番茄牛肉面、红烧牛肉汤面和红烧牛肉干面等多种。

据说冈山眷村的老兵借鉴吸收成都小吃"小碗红汤牛肉"，发明了川味红烧牛肉面，立刻风行台北，并随退役老兵播布到台湾各地乡镇。冈山是空军官校所在，因自成都迁来，眷属多为四川人，用料模仿郫县豆瓣酱，以辣豆瓣酱为主要调味料。

蒋绾春带大家吃的牛肉面，地点在台北开封街口，是由原籍为河南三门峡的退伍老兵开设经营的清真店。店面不大，一进门右边支着一口大锅，锅上架着个铁算子，铁算子上摆着刚出锅的牛肉，现吃现切。据说牛肉都是当天现宰的黄牛肉，锅里肉汤微滚，汤里黄油四散，喷香扑鼻。店内大堂里有十几个桌子，里间似还有桌椅，数目不详。蒋绾春招呼大家围坐在两个拼在一起的桌子前，就去锅前铁算子上挑牛肉。

锅台里面站着一位头戴白帽子的老者，约莫八十来岁，听口音是大陆人。这引起陶砚瓦的好奇，就走过去站在旁边观看。

蒋绾春点了肉和面，就回座位上去和尚济民、岳顺祥周旋。陶砚瓦就走到老者面前，说：老伯是哪里人？

老伯说：河南陕县人。

陶砚瓦问：大陆还有亲人吗？常回去吗？

老伯说：只有侄子、孙子辈的人了，前些年每年都回去。最近年纪大了，倒是也还回去。

陶砚瓦问：这边的家有不少人吧？

老伯指着旁边灶上忙活的两个女人说：那个老一点的是我老婆，年轻的是我女儿。

陶砚瓦说：她们都去过内地吗？

老伯说：都去过。但说话两边都听不懂，怪别扭。

说完又叹口气说：唉，也没什么感情。

陶砚瓦听完这句话，也感觉沉重起来。话题说到这个程度，似也不好再进行了。就说：谢谢老伯。说完就转身吃面去了。

大家在台北吃牛肉面，都很有兴致。再加上刚从南部归来，好像有一种特别的感觉。先吃了凉菜，又都把各自碗里的牛肉面吃干净。

10 月 13 日 12 时，在西北太平洋洋面上生成了第 13 号超强台风"鲇鱼"，国际编号为 1013，英文名为"Megi"。这个名字来源于韩国，意思就是鲇鱼。

鲇鱼到 17 日 8 时加强为超强台风，先在菲律宾吕宋岛东北部沿海登陆，然后减弱为强台风，进入南海东部海面，再度加强为超强台风，23 日 12 时 55 分在福建省漳浦县登陆。中央气象台于 10 月 24 日 2 时对其停止编号。

台湾气象部门在 10 月 21 日凌晨 2 时 30 分发布海上台风警报，同日下午在 17 时 30 分发布海上陆上台风警报。并于 10 月 23 日 18 时解除台风警报。

这期间，尚济民一行已经开始去往台湾南部活动。一路偶有风雨，也并不大，特别是到了垦丁，晴空万里，波澜不惊。一行人游兴很浓，都没太注意天气的问题。

陶砚瓦每日收到杨雅丽的短信，问候一番，也没感到有什么异常。

其实当时台湾的东部，即迎风坡的宜兰、花莲地区，由于受到台风及东北季风所造成的共伴效应影响，普降豪雨，个别地方甚至一小时降下 181.5 毫米的雨。苏澳镇铁路淹水，三个电联车受困；苏澳白云寺发生泥石流，九人死亡；苏花公路多处塌方中断，多辆汽车受困；一辆载有大陆乘客的游览车，遭落石击中后坠崖，二十六人遇难。

回到台北后，依然是微风细雨，一派繁华景象，看不出有什么不对劲儿的地方。

下午就在台北参观了几处诵读经典的地方。有入学前的孩子，也有五六年级的小学生。诵读的内容，却没有什么分别，无外乎"五经四书""三百千千"（《三字经》《百家姓》《千字文》《千家诗》）。据说每年都要搞全台诵读大赛，都会涌现诵读的神童，给学校和家庭争光。

陶砚瓦从他们身上，似乎窥见百年前旧学的影子。又想起大陆近年来突然发现台湾崇尚传统文化，就处处留意向台湾学习，以至不少地方也掀起诵经热潮。晚上无事，作七律《国学》一首：

> 文明有自不须论，国学昭昭俱欲尊。
> 概念百年争未已，传承一脉热升温。
> 书虫摘句拼三绝，童子诵经强整吞。
> 大道无涯天地小，几番风雨几番痕。

中国人比较大的毛病是喜欢折腾。今天说这样好，便不管三七二十一，上上下下跟着学；明天又说这样不好，又一股脑儿扔掉，恨不得扔得干干净净。但可怜咱们折腾来折腾去，不过就在历史上留下一点点颜色不同的痕迹而已。

第二天，是 2010 年 10 月 26 日。这本来是个极其普通的日子，但这一天发生的事情却让陶砚瓦终生难忘。

按照原来计划，这天上午到了台北故宫博物院参观，也到了阳明山中山楼，最后是在一幢别墅里吃晚饭。因为是在台湾的最后一顿晚餐，所以台方是以周敬先名义搞的送别宴会。蒋统春特意安排得比较好一点，席间大家频频举杯，依依惜别，酒也喝得热闹许多。

尚、周二人是第二次见面，像是久别重逢的老朋友了，坐到一起又免不了继续深谈。

他们的谈话还是围绕中华传统文化。周敬先说：我们两岸都是龙的传人，龙又是谁的传人？我们发现中华龙是个很值得研究的东西。在我们的文化里，龙是必不可少的，它既是抽象的，又是具象的；既是地理的，又是历史的；既表示空间，又表示时间；既代表天，又代表人。更让人惊奇的是，它应该就是天人合一的代表。

尚济民说：周兄所言极是。如果说中华哲学精神是从《易经》来的，那《易经》里的乾卦卦辞，就是描述了龙的形象，爻辞中的龙，能潜于水，能现于野，能跳跃于深渊，又能飞腾在高天。"天行健，君子以自强不息"，既讲到天，又讲到君子，显然它就是天人合一的，我们老祖宗的理念一直是天人合一的。

周敬先说：尚兄不愧是学哲学的，对易学知之颇深。君子像龙一样兢兢业业，"终日乾乾"，又高度警惕外来侵犯，"夕惕若"。但是龙也有一个缺点：亢。"亢龙有悔"。可见老祖宗早就预料到亢的危害了。亢，就是激烈、骄傲、冒进，不中庸。所以正确地保持龙之健，小心地克服龙之亢，是我们中华民族时刻要注意的大问题。

尚济民点头说：历史总是螺旋式发展，发展到顶峰，再往前就是衰落。实际上发展的同时就在衰落了。龙的健和亢，十分全面地表述了乾在事物螺旋式发展规律中的位置。

周敬先说：我注意到风水学里面讲龙脉，说中华大地上有几条几条龙脉，有山形，有水形，有大的，有小的，有管真龙天子的，有管一家一户的。但我感觉中华文化也是一条龙脉，这条文化龙脉从有文字记载开始，甚至从更早开始，由历史、文化、思想、观念、艺术、法律等终归形而上的东西构成，几千年来从未中断。不仅唐以后的元也好、清也罢，他们还是没有脱离这条文化龙脉。谁想跳出这个龙脉，就像揪着自己头发想离开地球一样荒唐。这条文化龙脉有时现于大地，有时飞于天上，当然也有时会"潜于渊"了。总之它从没有中断。

尚济民说：老兄讲得有道理。我们搞国学馆，就是想让这条文化龙脉见于田，飞于天。来，我敬老兄一杯！

说着就拿起杯子跟周敬先去碰。周敬先也不推辞，两人一饮而尽。

周敬先又说：我还有个问题，感觉需要我们两岸中国人共同努力，就是我们中华龙的"龙"字，一定要找个好办法，让西方人理解。现在他们一说中华龙，就理解为恶魔，是不好的东西。我们什么时候搞得让西方人理解龙和龙的文化了，那可就真离天下大同不远了。

尚济民说：好，让我们携手，共同奋斗，早日让中华"龙跃在渊""飞龙在天"！

周敬先举杯对陶砚瓦说：陶先生，你的大作我看了一些，从中学到了很多东西。有篇文章《汉奸三论》，我感觉蛮好玩的。谢谢你！

陶砚瓦赶紧端起杯子，与周敬先互敬一杯。

尚济民今晚兴致颇高。他这次来台，与周敬先的会谈很有质量，其他参访项目也很好，能反映台湾在国学方面的大致面貌。他特别对中台禅寺、佛光山、101大楼等近年来的建筑印象深刻，参照其体量、形状、内容等基本情况，使他对国学馆的建设，心里有了谱儿。

在这顿晚餐上，他端着杯子和大家一一敬酒，还特意站起来，讲了几句很有感情色彩的话，专门敬了蒋绾春一杯。最后，他甚至还对陶砚瓦说：砚瓦，来段京剧吧。

于是，陶砚瓦就站起来唱了段马连良的《淮河营》：

此时间不可闹笑话，
胡言乱语怎瞒咱。
在长安是你夸大话，
为什么事到如今耍奸猾。
左手拉住了李左车，
右手再把栾布拉，
三人同把那鬼门关上爬，
生死二字且由他。

唱完前面的流水，落在"爬"字上，是个长长的甩腔，没唱完就响起掌声。陶砚瓦还把最后一句散板唱了，大家就又一次鼓掌。

一切都很完美，几乎没有什么瑕疵。

蒋绾春就说：今晚就到这儿，大家睡个安生觉，明天一早平安返京，咱们北京见！

陶砚瓦就见尚济民突然表情木木地。大家都站起来了，他还坐在那里，双手扶着桌子，似乎想要站起来，但已经站不起来了。旁边的岳顺祥赶紧去扶他，根本就扶不起来。陶砚瓦见状也跑过去扶，无奈尚济民浑身发软，头一歪，眼一闭，整个身体就顺势滑下去。

一桌人大惊。

岳顺祥就让陶砚瓦把尚济民平放在地上，并且千叮咛万嘱咐不要乱动他，让蒋绽春打电话叫救护车，尽快往距离最近的医院送。

在救护车没有到来之际，岳顺祥把陶砚瓦叫到一边，交代了几点个人意见：

一、一会儿车到，陶砚瓦跟着蒋绽春护送尚济民去医院，并请他按照普通病人安排住院，不要暴露尚济民身份；

二、岳顺祥带着其他人返回圆山大酒店，明天如期返京；

三、尚济民这里由陶砚瓦全权负责，及时向岳顺祥汇报；

四、岳顺祥返京后，马上向王良利汇报，并建议他及时报国务院；

五、建议王良利对机关其他人保密，由岳顺祥给此行人员下封口令，对外统一口径，讲尚济民有重要事情要办，由陶砚瓦陪同，以避免对工作造成不必要的影响。

陶砚瓦表示完全同意，坚决执行。

他看了看时间：20 时 18 分。

没用一个小时，21 时 10 分许，尚济民就被送进了台北荣民总医院中正楼 17 层神经外科手术室。

台北荣民总医院，是在台湾鼎鼎大名的顶级医院，相当于北京的 301 医院。

尚济民患病应该是有征兆的。他应该是先感到头痛，随后才会晕倒。但可能他没有预料到危险，所以就以为坚持一下就过去了，终至犯病昏迷，倒在异乡。

刚送过来时，尚济民瞳孔放大，无生理反射，血压处于休克状态，心律停止，无呼吸。

专家会诊后确认为脑溢血重症，大量出血淤积于脑组织内，决定立即进行脑血肿创微穿刺导流手术。

蒋绽春和陶砚瓦一直在医院陪着，陶砚瓦并代行家属的责任，同意了手术治疗方案。

具体就是在病人头部颅骨钻一个直径不足一厘米的微孔，然后用专用引流管将病人脑内瘀血排出。

他们说该医院有脑内窥镜，可深入颅内直观确定病变范围、大小、形态、性质，从而使穿刺手术更加准确，对病人瘀血部位精准把握，取得较好导流效果，能够使大量瘀血被排出。

医生说：幸亏送来及时，使治疗和引流及时，应该能够脱离生命危险。

以前对脑出血病人多是开颅手术，创面大，手术时间长，往往要做三小时以上，术后治疗期平均达五十九天。而创微手术通过颅骨上小的钻孔入颅，减小了开颅手术的损伤，手术一般只用一个半小时，术后平均住院四天，平均治疗二十六天即可康复。因为还会有少量不能通过物理引流的残血，必须配以药物才能使其在脑内自然清除。

他说的都是"一般"和"平均"，具体到尚济民，属于一般还是特殊，是属于平均数的上限还是下限，则现在谁也说不准。

陶砚瓦及时把情况汇报给岳顺祥，岳顺祥也表示完全同意。

手术在进行，陶砚瓦不敢怠慢，就坐在外面等候。

蒋绾春一直在旁边安慰陶砚瓦。他说：放心，这里的医疗条件和水平，绝对不亚于北京的301，只要确诊了，定了手术方案，一定会妙手回春，完全康复。

陶砚瓦就客气地说：谢谢。

他也抽空赶紧给杨雅丽发了短信：因有要事，明日回程有变，何时返会提前告。

尚济民被推出手术室的时候，大约在当晚23时40分。

据医生讲，他脑出血虽然不是主要部位，但是量比较大，应该在六十毫升以上。他们为他做了微创手术，上了两个引流管，手术比较成功，但现在还在发烧，体温到了三十八度，有可能是犯病时的呕吐物进入肺部，引起了感染。现在可以进入病房，继续观察治疗。

有两个护理人员跟着安排，主要是把床铺好，把病人放好，把导流管子和瓶子放置好。

陶砚瓦看看算是妥当了，就对蒋绾春说：蒋先生，我今晚就在这里凑合一宿吧。你赶快回家，明早请你送他们去机场，然后再过来。我人生地不熟，这几天恐怕还得请你多操心。

蒋绕春说：好的，陶主任。谁都不愿意遇上这事儿，但好在我们还算反应及时，只要不出人命就好！

尚济民的情况据说还算不错。

他从手术室出来，头上插着两根导流管，已经导出不少瘀血。只是他仍处于昏迷中。

陶砚瓦和衣躺在病房里椅子上，这边看一看昏睡着的尚济民，那边看一看窗外的夜空，心中五味杂陈，只好横下心来，硬着头皮顶住吧。

他就想着尚济民，想着国学馆，想着国学，想着龙脉，想着自己投身于此大事业中，经历的种种，慢慢进入了梦乡。

第二天上午，蒋绕春大概 10 点多才过来。说已经把人送走了，都很顺利。

陶砚瓦说：听医生讲，病人得了这种病，就是睡觉，开始是深度昏迷，然后是中度昏迷，然后再浅度昏迷，最后一步步恢复正常。这个过程少则十来天，多则几个月都有。我们领导虽然年龄不小了，但身体还是不错的，不知他会用多少时间康复。

蒋绕春说：我们两个在这里守着，实际上也帮不了什么忙。要不你先回酒店休息休息，晚上过来换我。

陶砚瓦想了想，也感觉有道理，说好，那就先拜托蒋先生了。正好我要给手机充电，有事及时打我电话吧。

蒋绕春从口袋里掏出一堆钱，塞给陶砚瓦说：你先带上，不够再找我要。

陶砚瓦也没客气，装起来就走了。

从荣民总医院出来，陶砚瓦感觉又累又饿。昨晚没休息好，心里又装着事儿，上街一看，又人生地不熟的，情绪一下子消沉起来。

他站在街边，看着来来往往的行人和汽车，心里一阵凄凉。他信步在街边走着，又把林冲的“大雪飘”哼唱起来：

大雪飘，扑人面，朔风阵阵透骨寒。
彤云低锁山河暗，疏林冷落尽凋残。
往事萦怀难排遣，荒村沽酒慰愁烦。

望家乡，去路远，

别妻千里音书断，关山阻隔两心悬。

讲什么雄心欲把星河挽，空怀雪刃未锄奸。

叹英雄生死离别遭危难，满怀激愤问苍天！

问苍天，万里关山何日返？

问苍天，缺月儿何时再团圆？

问苍天，何日里重挥三尺剑？

诛尽奸贼庙堂宽。

壮怀得舒展，贼头祭龙泉。

却为何，天颜遍堆愁和怨？

天呀天！莫非你也怕权奸，有口难言？

　　陶砚瓦唱着唱着，一时竟不能自已，两行热泪汩汩流出。人过半百，原本就感情脆弱，再经过这一夜折腾，在这异域他乡，又不知下一步的境况，便一任泪水挥洒在台北大街上。

　　他嘴里哼着京戏，街上也没人注意他，他也不理会旁边的行人，不知不觉来到"台北荣总美食广场"。这时也正好唱到"有口难言"的"言"，便站在一个叫"今生缘"的小店门口，摇着头唱到了佳绝之处。正恍恍惚惚间，猛听到不远处有人脆生生地喊一声：陶主任！

　　待他转过身子看时，倒把自己吓了一跳，原来是沈婉佳在喊自己。

　　陶砚瓦简直不敢相信自己的眼睛，怔怔地站在那里，眼睛瞪得圆圆的，嘴巴也一时合不拢了。

　　只见沈婉佳快步跑过来，伸手搀他胳膊。

　　陶砚瓦这时更加控制不住情绪，竟把头埋在沈婉佳肩上失声大哭起来。

　　婉佳不知出了什么事，一时愣在那里，只用一只手搀他胳膊，另一只手拍他后背，像是一个年轻母亲在安慰自己受了委屈的孩子。

　　陶砚瓦顾不得体面了，他哭着哭着，就把沈婉佳抱在怀里，嘴里不停叫着：婉佳，婉佳……

　　沈婉佳一边拍着陶砚瓦，一边说：陶主任，你这是怎么了？你快告诉我呀！

说着，还从包包里掏出纸巾，给陶砚瓦一片擦眼泪。

陶砚瓦也差不多哭够了，便很快止住啼声。自知刚才失态了，不好意思地对沈婉佳说：婉佳，我们怎么会在这里见面呢？怎么跟做梦似的？

说着说着竟然笑起来，把个沈婉佳一时搞糊涂了。她看陶砚瓦是真笑了，也就跟着笑起来。

街上有几个路人，看着这一男一女一老一少，一会儿抱着一会儿哭着一会儿又笑着，都投来异样的目光。

沈婉佳用手指了指小店的门匾，两个人一起说：今生缘！

说完两人又笑起来。

陶砚瓦说：咱俩别傻站着了，咱们里面坐着说，我还饿着呢。

沈婉佳说：我也正想找点好吃的，干脆就这家了。

两个人说笑着，只见小店门前的招牌上写着"今生缘餐厅提供"：

美式豪华早午餐、三明治早午餐、原味松饼早午餐；

台湾小吃套餐：炒面（炒米粉）、贡丸汤、蚵仔煎、烫青菜，四样一份100元。

哈！中西合璧！

见两个人进来，服务生热情地把他们带到一个靠窗的四人桌上。午饭过了很长时间了，里面客人已经不多了。

陶砚瓦说：我们先不要谈各自的来由，先点吃的！

沈婉佳说：如此甚好！

服务生站在那里没走，微笑地等候着。

陶砚瓦说：我要一个三明治，再要一套台湾小吃。

服务生问：是要香肠的还是火腿的？

陶砚瓦说：火腿。

服务生又问：是要炒面还是炒粉？

陶砚瓦说：炒面。

沈婉佳说：我要一个原味松饼，也要一套小吃，要炒粉。

服务生问：两位需要喝点什么吗？

陶砚瓦说：问女士吧，我喝点儿开水就行。

沈婉佳说：我要一杯橙汁吧。

服务生答应着转身走了，两个人对面坐着互相对视着。

陶砚瓦说：女士先说吧。

沈婉佳说：我是接到北投一个诗社邀请，前天过来参加一个诗会的。当初我给领导请假时，纯粹就是瞎撞，没想到真批准了，还答应为我报销交通和住宿费用。诗会只有一天，上午活动下午游览。领导却批准我来回一个星期，说既然去一趟台湾，应该多看一看，回去要交一个考察报告。今天我一个人去了阳明山，里面很美啊！我照了很多照片，你看你看！

说着就要打开相机让陶砚瓦看。

陶砚瓦说：你都多大了，就知道玩儿！也不问问我是怎么回事儿？

沈婉佳闻言，小脸儿唰地一下红了，说：对不起，您请讲，您这钦差大臣怎么沦落至此？

陶砚瓦就把近日情况一一说了一遍。

在陶砚瓦讲述的时候，两人的饭菜都上齐了。于是他们就一边说笑一边吃起来。

沈婉佳说：陶大主任虎落平川了吧？知道大诗人写诗也不能当饭吃了吧？

陶砚瓦说：看你的样子，有点儿幸灾乐祸的意思？

沈婉佳说：看看，小瞧俺了吧？小女子当年是学护理专业的，做过五年护士。要不是因为诗词改了行，说不定俺要获个南丁格尔奖呢。

说话工夫，陶砚瓦早把个三明治吞下去，开始向炒面进攻。听了沈婉佳的话，他放下面碗，问：怎么，你要护理我们领导？

沈婉佳说：脑溢血病人的最初护理十分重要，越早介入越好。赶紧的，我陪你去酒店收拾一下，之后咱们回病房，一起陪护。

看着沈婉佳轻松麻利的样子，陶砚瓦真的相信她假如一直做护士的话，应该是有机会荣获南丁格尔奖了。

陶砚瓦说：咱们赶紧把饭吃了，把汤喝了，别那么着急嘛。反正你也获不了南丁格尔奖了。

沈婉佳立刻就笑了，就低头吃起来。

陶砚瓦说：没得南丁格尔奖，你可得了年度诗词大奖，还没请我吃饭呢。

沈婉佳说：请，请，这顿饭算我的。

陶砚瓦说：不行，我要你给我吃最贵最好的！

沈婉佳随口说：可以，你看我身上哪儿好，你……

话说到半截儿，才知道失口了，脸一下子红到腮边，低头不敢看陶砚瓦了。

陶砚瓦就趁势抓过她的一只手，放在唇边吻起来。

沈婉佳抬起头来，含情脉脉地看着陶砚瓦。

陶砚瓦看着她的眼睛，一字一句十分认真地说：你身上哪儿都好，你的心最好，又聪慧又善良。

沈婉佳听着陶砚瓦的话，感受着陶砚瓦的爱抚，两眼涌出幸福的泪。

结了账，二人手拉手离去。

服务生怔怔看着他们的背影，嘴里说：真是幸福的一对儿！

两人叫了一辆出租车，直奔圆山大酒店。

刚刚看到酒店的影子，沈婉佳就感叹说：圆山大酒店果然名不虚传啊。

陶砚瓦问：你想到谁了？

沈婉佳说：我想到蒋和宋了，特别是宋，那可是民国第一名媛啊。

陶砚瓦说：什么第一名媛，她会写诗吗？即使她会，她能得年度大奖吗？

沈婉佳说：照你这么说，名媛就应该会写诗？

陶砚瓦说：当然，林黛玉可能是虚构的，蔡文姬、李清照、秋瑾可不是虚构的。她们的才气，她们的诗词，是她们生命的重要部分。假如没有诗词，你想想她们还会是蔡文姬、李清照、秋瑾吗？

沈婉佳听了点点头，心里很认同陶砚瓦的说法。

她想了想，又说：不要说宋了，蒋先生也不会作诗啊！

陶砚瓦说：一个领袖人物，如果没有人文学养，充其量只能是个霸，绝对没有称王的资格和可能，更别说什么领袖了。

沈婉佳说：听你的口气，你比老蒋还能？

陶砚瓦说：我跟他没有可比性。我是后人，之所以敢于评说前人，只因为我们还在，他们却没有了。后人应该比前人明白一点儿而已。不过要只说写诗，我自觉还是比蒋先生略强一点。他们那个时代，他不会写诗肯定是没好好读书。再说宋，她家有钱，受了西方教育，会讲英语，又嫁了个权贵，所以就名噪一时。但蒋宋都"略输文采"，也"稍逊风骚"，只是时势造就了他们而己。

沈婉佳心里暗暗钦佩陶砚瓦的学识，包括他有意无意流露出来的丝丝傲气。

陶砚瓦的团除了他和病中的尚济民，其他人都走光了，只剩他一个房间还没退。尚济民的房间也退了，尚济民的箱子搬到陶砚瓦房间里来了。

进了房间，陶、沈二人就抱在了一起。

陶砚瓦说：我的小名媛，会写诗的小名媛，得大奖的小名媛！

沈婉佳说：你是我的王，会写诗的王！

陶砚瓦说：互吹，肉麻！

沈婉佳说：你早想得到我了，你承认不承认？

陶砚瓦说：承认，但我屡屡试探，看你城府很深，不敢造次。

沈婉佳说：你就是个假道学！老是说"诗魔""诗魔"的，上次在你办公室里，我就想你应该抱抱我的，可你……

陶砚瓦说：咱们两个前世有缘，今生更有缘，你就是我的"诗魔"！连老天爷都成全我们。我感觉就是老天爷把你鼓捣到台湾来陪我了。

沈婉佳听了这热情的话语，早抑制不住春心荡漾，趴在陶砚瓦耳边媚媚地说：我原以为你阅女无数，看不上我们山野村姑。现在无须竹叶插户、盐汁洒地，羊车已至矣！奴婢一定细心伺候！

陶、沈原本有缘，彼此欣赏，惜无机会；此番台北偶遇，同是天涯孤旅，恰如干柴逢烈火，久旱逢甘霖，二人皆不能自已了。一会儿工夫，二人便共享衾枕之乐，极尽缠绵。一时间颠鸾倒凤，好不痛快淋漓。

想这圆山大酒店，自开业至今，在此富丽堂皇之下，有多少露水夫妻，成就好事；有多少痴男怨女，共栖同眠。

岂止圆山，应该说全世界的金屋木屋，不都是男人和女人的情场？全天下的繁华风流，不都是男欢女爱的婚床吗？

无怪乎《红楼梦》里说：厚地高天，堪叹古今情不尽；痴男怨女，可怜风月债难酬。

陶砚瓦和沈婉佳温存够了，心里还装着事儿，又赶紧收拾东西，往医院赶。

沈婉佳先出去一会儿，说是到餐厅后厨那儿找绿豆。

两人在酒店门口会合以后，陶砚瓦问：绿豆找到了吗？

沈婉佳取出一个小药瓶晃了晃说：找到了。

陶砚瓦笑了笑说：这点儿连塞牙缝儿都不够，还想伺候病人？

婉佳说：一看你就不懂怎么护理病人。我这绿豆不是熬粥的，另有所用！

到了病房，才6点过一点儿。蒋绾春见陶砚瓦带来一个年轻女子，心想这位陶主任怎么这样神通广大，这么快就搭上一个？

听陶砚瓦一说，才在心里骂自己"以小人之心度君子之腹"，并说好了明天还过来值守。

沈婉佳一进门，就开始忙活。她先把绿豆一粒一粒用胶布贴在尚济民两个耳朵的穴位上，然后用两手一个豆一个豆捏，刺激病人的神经点。

做完耳朵，她又拿起尚济民的手，在每个指头的指甲根部用力按捏。做完左手又做右手。

尚济民仍在沉睡，他无论如何都不会知道，有一个湘西妹子，一个会写诗词的得过年度大奖的湘西妹子，竟然在台北为他按捏手指和耳朵。

陶砚瓦在旁边看着，用欣赏的目光，赞叹的目光。

沈婉佳说：诗国国王陛下，请你学着点儿，咱们两个换着来。最好别停下来，一直这样捏他，既可以早日打通他的脉络，也是对他处于昏迷状态的呼唤。

陶砚瓦说：我学会了以后，你捏一处我捏一处，不是更好吗？

沈婉佳说：当然更好！但是估计我们两个首先是你坚持不了多久。

果然，陶砚瓦刚刚学着捏了一会儿，就感到双手乏力了。看看沈婉佳，还在认真做着每一个动作，像深闺中的绣女，又像是擅长工笔的丹青巨匠，抑或是演绎名曲的弹奏高手。她怀着对生活、对生命、对人间由衷的热爱，优雅而又安详。

陶砚瓦看呆了，他认为这是多么美丽的人，多么美丽的心灵，多么美丽的场面！

于是，他不禁诗兴大发，口占一律《湘君》：

玉指纤纤聚百灵，好教凝雾转开晴。

　　抚琴应是江南曲，绘画难违尘世情。

　　凭素手招魂咫尺，向无常要梦前程。

　　苍天不许贤才去，一片祥云降女英。

　　陶砚瓦拿笔写下来，得意地递给沈婉佳看。沈婉佳手上的活儿也没停下，歪过头来看了一遍，极为认真地说：问题倒没发现什么大问题，只是有点倒叙的意思，尾联反倒应该是首联。

　　陶砚瓦听了，非常认可，说：好主意！改仄起平收为平起仄收。我马上调一下！

　　说着就动手重新改写一遍：

　　苍天不许贤才去，一片祥云降女英。

　　凭素手招魂咫尺，向无常要梦前程。

　　抚琴应是江南曲，绘画难违尘世情。

　　玉指纤纤神力在，好教凝雾转开晴。

　　再递给沈婉佳看了一遍，沈婉佳点头说：确实比原来好多了。等等，既然你说"抚琴应是江南曲"，我赶紧找几首江南曲子，给领导放一放，真的会很好呢！

　　陶砚瓦说：好！真可惜你得不了南丁格尔奖了。今后我写诗离不开诗魔了，可怎么办哪！

　　说着往沈婉佳脸上亲了一口。

　　沈婉佳嗔道：你看你，当着人的面就胡闹！

　　陶砚瓦说：他看不到。

　　沈婉佳轻声说：看不到可以听到。他的意识应该快要苏醒了。

　　陶砚瓦问：怎么？你有感觉了？

　　婉佳说：第六感觉，有时很准的。对了，忘了问你了，他对你怎么样？还好吗？

　　陶砚瓦说：还好吧。当一把手的都差不多，他已经算是很好的了。你问这什么意思？

沈婉佳说：没什么意思。我真希望他对你好。

陶砚瓦听了这话，心里感动得差点儿流出泪来。

不觉快到夜里 12 点了，陶砚瓦站起身，伸着懒腰，打起了哈欠。

沈婉佳就说：你躺一会儿吧。

陶砚瓦说：您也休息休息吧，沈大夫。

沈婉佳说：我没事儿，咱们手上不能停。即使不捏，就算是有人拉着病人的手，对病人也是一个安慰和支援，对他们的康复会极其有益。

说到这儿时，她又从手机里选出几个曲子接着放起来，说对病人康复大有神益。

又过了一会儿，陶砚瓦就靠着椅子睡着了。

第二天早晨 6 点来钟的时候，沈婉佳叫陶砚瓦，说已经感觉到尚济民的手指有似动非动的意思了。陶砚瓦拿过一只手捏了捏，没有什么感觉。就说：你是不是想南丁格尔奖想疯了？变得神经质了？

沈婉佳说：你们男人都是大大咧咧的样子。我干脆壮着胆子说一句，你们领导今天应该可以说话了。

陶砚瓦说：那当然就太好了！说明我们的护理方案有神奇魔力！

两个人正说着话儿，沈婉佳又说：他的手真的开始动了，你快看！

陶砚瓦凑过来一看，也确实看到尚济民的手指在微微动。

两个人都同时去看尚济民的脸，只见尚济民眼睛里有泪水涌出来，向脸颊处滑落。

陶砚瓦就叫他：领导！该醒醒了！

只听尚济民嘴里咕哝，像是在说什么，却实在听不清楚。

陶砚瓦就说：您想说什么？想要什么？

尚济民又咕哝两个单音，两个人还是听不清楚。

沈婉佳说：他已经两天没吃东西了，很可能是想吃什么。而且应该是他小时候最想吃的东西。

这时尚济民又咕哝了一次，好像是两个类似"他国"的音，陶砚瓦和沈婉佳都听到了，沈婉佳还学了一句："他国"？什么"他国"？你们领导是什么地方人？

陶砚瓦说：是安徽黄山那边的人。

　　说完他突然明白了，说：好了，我想起来了，领导说的是"挞粿"。对，是挞粿吧，领导？

　　尚济民鼻子和嘴巴一起用力哼了一声，声音稍微清晰了些。

　　陶砚瓦说：您想吃挞粿，我马上给我黄山朋友打电话，让他尽快空运几斤过来。

　　尚济民听了，嘴里又哼了一声，似乎是同意了。

第二十八章　风言雾语

那天王良利中午睡了一觉，爬起来往杯子里加满开水，端起来准备喝的当口，突然想起中纪委送来让尚济民"亲启"的函件。

他感觉这封函件怪怪的，似有不祥之兆。

前几天没人的时候，他拿出来数次，翻来覆去地把玩，几次想着拆开偷窥一番，但怎么想都感觉不妥当。

这时他想起屠春健的话，院子里那块石头也克他属狗的！弄不好还是对他一把自己不利的东西呢！

于是他又把函件拿起来把玩，用大拇指在封口处摩挲，心里十分忐忑。也是天缘凑巧，他忽然发现函件的封口开了一条缝，慢慢去揭，狠了狠心，竟然打开了。只封口的边缘里面有一点点破坏，重新封上就不会有任何痕迹。

王良利心中暗喜。

但函件的内容却让他大吃一惊。

里面装的是两张 A4 纸，上面的一张是盖了公章的函件，其内容只有一句话：

济民同志：

现转去实名举报信内容一件，请调查处理，并请将结果报我委。

下面一张是附件，其内容是一个制式的表格，表格的题目是"被举报人情况及举报内容"：

"被举报人姓名"一栏里写着"未详"。
"被举报人性别"一栏里写着"男"。

"被举报人职务"一栏里写着"班子成员"。

"被举报人年龄"一栏里写着"五十多岁"。

"被举报内容"一栏里写着"利用职务之便奸污女服务员周芳使其怀孕，并被劝退，生下孩子。可做亲子鉴定"。

这些描述显然是从举报信函原件摘录的。

一看到"周芳"两个字，王良利心里就是一颤。只有他自己，最清楚事情的底细。当初那一顿乱拳，早让他饱尝了因果之报的威力。没想到那不过是拉开一个序幕，大戏好像刚刚开始。

他想起屠春健的话，竟然最先在他身上应验了！他走到窗前，望了望草坪上的假山，那块克他的石头，兀自矗在那里，上面的龙头，面目狰狞，似有俯冲扑击之意。他忽然感觉一阵寒风袭遍全身，瑟瑟发抖。一阵恐惧感顿时涌上王良利心头，而且马上袭遍全身，他双脚一软，瘫坐在椅子上。两眼怔怔地望着屋门，屋门外正对着的就是程秉祺的办公室，他忽地站起来，开始转动自己的桌子，他要调整一个方向，把屁股对着程秉祺。

使出吃奶力气才算调整完毕，王良利早已气喘吁吁，汗水从额头涌出，心情仍然笼罩在乌云下，没有重见天日的一丝征兆。

王良利真慌了神。

恰在这时有人敲门，那声音让王良利听起来格外沉重。他嘴里"啊"了一声，岳顺祥推门就进来了，而且神情一脸严肃，不说一句话，也没有一丝笑意，只递给王良利一张 A4 纸。

王良利接过看时，脸也一下子阴沉下来。纸上写的是一个报告：

国务院：

经批准，尚济民同志接受台湾"中华文化总会"会长周敬先邀请，率国学馆项目访问团一行八人，于 10 月 19 日至 27 日到台湾参观考察。

26 日晚，一行八人在台北阳明山某会所举行告别晚宴临近结束时，尚济民同志突发脑溢血，紧急送往距离事发地点最近的台北荣民总医院中正楼 17 层神经外科治疗。经专家确诊并提出治疗方案，当即做了颅部微创手术，导流头部瘀血六十多毫升。目前基本脱离生命危险，但仍需继续治疗。

随行人员和台湾接待方密切配合，妥善处置，目前尚济民同志病情基本稳定。

特此报告。

下面的落款是两个单位，还有国台办。

岳顺祥说：我和陶砚瓦同志商量，决定他先留下代表单位照顾济民同志，这个报告是我请国台办的孙镇涛司长在飞机上草拟的。我们昨晚商量，同样内容，建议两个单位分别上报，就不用再会签了。我们希望对外讲尚济民同志因有重要公务晚回几天，以免给工作造成不利影响。

王良利首先假模假式地装出很悲痛的样子，说：这事情真是太突然了，济民同志身体一直很好嘛！他还天天游泳、打乒乓球、散步，怎么就——肯定是累的！对，就是累的！也难怪，个别人配合不力啊，我其实早就对他说过了。

岳顺祥说：现在是你在家主持工作，下步怎么办，你说了算，还得请你多操心。有事儿你随时叫我。

王良利说：好好，你也累了，快回去好好休息吧。

岳顺祥一走，王良利突然感到一阵难以名状的兴奋。

他在机关久了，多年来早已没有兴奋的感觉了，或者说兴奋的器官早已退化掉了。为什么要兴奋呢？难道还有什么事情能令王良利兴奋吗？或者说能值得他兴奋吗？

但今天，就现在，王良利却真真地兴奋了。

这让他自己都感到吃惊。

他的思考逻辑是：只要有人比我更倒霉，或者只要有比我官大的人跟我一起倒霉，那就无所谓了。

他已无心再用毛笔在报纸上乱划拉了。

他拿起电话，叫李燕过来。

李燕来了，他神神秘秘地把那张 A4 纸交给她，嘱咐说：赶快行文，速报。

李燕拿起来看了看，心里一惊，但她掩饰得很好，并未显露出来，说：您先把刚才说的六个字批上。

　　王良利一边赶忙说着好好，一边在那张纸上写下：赶快行文，速报。

　　在李燕转身要走的时候，王良利叫住她，说：等等，我们对外统一口径，就说济民同志因重要公务在台湾多待几天。这事儿只有你我知道，不能让第三个人知道！

　　李燕说：明白，放心。

　　李燕前脚一走，王良利马上拿起电话，那边接电话的人是孙香品。

　　杨雅丽每天早上起床后，都要去鼓楼外大街的早市逛一逛，采买蔬菜或一些小日用品。一来图便宜，二来顺便去一家护国寺小吃店喝面茶，三来锻炼身体。

　　回到家里，她的头一件事情是画画。

　　五十五岁退休后，自己说是受陶砚瓦写字的影响，先是买了书法练习布和字帖，搞了一段后没找到什么感觉，就又转而迷上了画画。

　　她是属鸡的，家里有两幅名气很大的画家送的"大吉图"，就是画面上画只鸡，以"吉"字谐音求吉祥的意思。这两幅画就成了杨雅丽进入国画艺术殿堂的指南针。

　　她先从临摹这两幅画开始，自己感觉很不错，就从电脑上下载了很多画面里有鸡的国画，也搜索出一堆指导画鸡的视频。不管是学院派的、江湖派的，也不管是胡诌八扯没任何道道儿的大忽悠，杨雅丽一幅一幅临摹，一个一个照视频里教的方法步骤画。就这样日复一日，她竟然把公鸡母鸡小鸡，跑着的站着的卧着的，下面的反面的侧面的，通通学会了，并且还很有那么点儿味道了。

　　她画完之后，陶砚瓦就帮她题款，还专门为她的画创作了几首诗。

　　最常题的有一首七绝：

从来五德擅高名，每日清晨第一声。
武距文冠倾俗世，篱边岁月亦峥嵘。

　　那年杨雅丽回老家，看到晚上鸡都上树而栖，就画了几只卧在树梢上的鸡。陶砚瓦看了甚喜，题诗曰：

属相能排第十名，人夸五德是嘉评。

斯文头顶山榴色，雄武足悬麟角声。

食后相呼身振奋，敌前敢斗爪丰盈。

报时守信老窝在，树上经年好梦轻。

有一幅画是在树下，在一只装满鲜果的篮子前，有几只鸡，其中一只正往上面张望。

树下抬头意若何？篮中鲜果已装多。

可怜世上谁知足，总把清欢丢逝波。

同样是这个内容，杨雅丽画了好几幅。有的就题下面的诗：

秋色正宜人，来从树上寻。

举头红与绿，抬脚浅和深。

满满篮中果，悠悠尘外心。

雏儿声促促，似有小虫闻。

杨雅丽的画有了陶砚瓦的题诗加持，画面上顿时显得饱满了，内容充实了。妇画夫题，相得益彰，也算是珠联璧合、锦上添花。先是有亲戚朋友张嘴要他们的作品，最近有个在外交学会工作的朋友看见了，竟要走几幅，还当"国礼"出国送给了外国的高官贵胄，并有照片传回来为证。

杨雅丽受到了鼓励，越发不可收了。她就像专业画师一样，满脑子想着她的画儿，每天坚持挥毫泼墨，而且确实也提高很快。

每次陶砚瓦出差，都是到了目的地就发条短信，回京下飞机了或者下火车了再发条短信。她都习惯陶砚瓦满世界跑来跑去了。

但这次去台湾，她却莫名其妙地担起心来。一是台风鲇鱼，台湾部分地区暴雨、大陆游客遇难的消息，使她心神不定；二是陶砚瓦逾期未归，语焉不详，她心里感到十分诡异。

想来想去，她拿起电话，先拨给赵连通。

赵连通一听是杨雅丽，显然特别热情：雅丽啊，有什么吩咐？

杨雅丽与他相熟，一上来也不必客气，劈头就问：老陶没按点儿回来，跟我说有重要公务。我当时稀里糊涂的，也没多问。可我怎么越想越不对劲儿啊？你有什么消息没有？

赵连通一听是问这个问题，马上压低了声音说：雅丽啊，我们也不知道啊。那天去机场接机，一把的司机也去了，可别人都回来了，只有一把和老陶没接着，他们回来的人都说是有重要公务，再问别的，都摇摇头说不知道了，神神秘秘的，好像有什么话不能说似的。我说得太多了，老陶回来又该说我了。反正他是跟一把在一起的，只有他们两个人没回来，应该不会有什么大问题。你先踏踏实实的，别乱操心了！

这一席话，实际上让杨雅丽更加担心了。她又拿起电话找到了李燕。

李燕当年面试时，陶砚瓦是考官之一。她刚来机关时，在一次机关组织郊游时，认识了杨雅丽。小姑娘大姐长大姐短的，一开始就给杨雅丽留下极好印象。

这天李燕接到杨雅丽电话，十分痛快地说：我们陶主任这个人老是大大咧咧的，您看，又让我们大姐操心了。大姐您放心，他上午还给机关来过电话，有些事情需要报告。他人好好的，什么事儿都没有，放心吧，大姐！

李燕的答复，真的让杨雅丽放了心。一放下电话，反而在心里埋怨起自己来：真是瞎操心，肯定让年轻人笑话了。

这边李燕放下杨雅丽电话，随手拿起当天的文件，朝王良利办公室走去。一把手不在期间，她大大增加了跑这条路线的次数。

王良利这次的兴奋已经升华为亢奋了，而且持续的时间相当长。

昨日王良利还把尚济民司机叫来，当面叮嘱一番。那司机昨日去机场没接到人，一行人也语焉不详，他正迷迷糊糊间，听王良利一说，这才知道发生了什么事。

王良利要他马上去尚济民家里，口头告知真实情况，另外转达机关要求，先不要声张，也请他们配合，并做好准备随时赴台探视。家属明白事理，自然没有二话。

他突然想起岳顺祥说的话：现在是你在家主持工作，下步怎么办，你说了算。

对呀！一把手病倒台北，我王良利应该顶上啊！此次可不同既往，我必须有所作为啊！

他首先想到了院子里的石头。马上拿起电话，叫屠春健过来商议。他没有讲尚济民生病的事儿，只是说既然克一把，那就尽快把石头换掉，而且千万不要在机关散布石头不祥的信息。

屠春健一听就明白了，心想这事儿终于有比自己更急的了。自然唯唯诺诺，说早已经看好一块石头，让他们今晚 10 点后送过来，把原来那块拉走，连夜施工，明天凌晨上班之前搞定。

王良利就说：双秀同志是你主管，你还得去跟他沟通一下。

没想到屠春健竟说：他这人胆小，怕招事儿，等弄完了我再告诉他，只要一说跟一把有关系，他连个屁都不敢放。

说完，屠春健便痛痛快快去办理。

屠春健一走，王良利初战告捷，越想越感觉自己现在就是一把了，起码一把的位子目前就在自己屁股底下了，或者说有生以来自己第一次行使到最高职权了！

下一步怎么办？如何解决中纪委函件问题？

这是一颗可以直接摧毁自己政治生命的子弹，这颗子弹正冲着自己的胸口飞来。他越想越感到恐惧，头上不觉渗出滴滴汗珠。

他顾不得擦汗，兀自站在窗前发呆。

他看到院子里草坪上，假山石头上的龙头，突然有狰狞之态。他又想起屠春健的话，已经在尚济民身上应验了！自己能够脱逃吗？心里咯噔一下，不禁一声长叹道：也许天要灭我王良利了！

这里突然来了一群喜鹊，在草坪上欢蹦乱跳地觅食嬉戏。它们从容而又安详，甚至还优雅地发出欢快的叫声。

突然，一对像是斑鸠的鸟儿飞过来，好像是要在此处寻找吃的东西。它们开始放肆地跳来跳去，嘴里发出咕咕咕咕的叫声，鬼头鬼脑、神神秘秘，忽而抬头大摇大摆，忽而低头左顾右盼，忽而又猛地一拍翅膀，发出撕云裂帛之声，令人惊悚。

　　喜鹊们面面相觑，明显交流了厌恶之意，统一了抗敌之志，一只大喜鹊突然发威，展开双翼，怒目而视，步步向斑鸠进逼。其他喜鹊有样学样，紧随其后，从四面包抄过来。

　　没等喜鹊们亮出利喙冲击，两只斑鸠便拍拍身子，张开双翅逃走了。

　　看到这一幕，王良利心中颇觉不爽。他心想，我坚决不做这两只笨鸟。我一定要拼死一搏！

　　而这一幕给了王良利什么启示呢？

　　那就是：进攻是最好的防御，必须主动进攻，才能成功守卫自己的地盘。

　　他不愧是北大中文系毕业的，很快就想起了"鸠占鹊巢"这个成语。而且他知道，为什么"鸠占鹊巢"？因为"鸠"不会搭窝，但为了生存，它只好去挤占别人的窝。占谁的？比自己小的、弱的鸟。

　　比自己小的、弱的鸟儿，王良利马上想到了张双秀。

　　虽然都是班子成员，但我王良利排你前面，而且现在还在主持工作，假如尚济民长病不起，我还可能无限期主持下去。在此期间，我虽不是一把，但可行使一把职权。

　　他又想起屠春健刚才的话，其实他以前也说过，张双秀这人胆儿小，经不住吓唬。好歹一吓唬他尿就出来了。那就吓唬吓唬他吧！

　　想到屠春健，他又感觉屠春健像个巫师，让他一阵莫名恐惧和厌恶。

　　既然周芳的事儿肯定绕不过去，那就让张双秀来和稀泥吧！

　　况且，你张双秀还是负责纪检的，左右躲不过的。

　　王良利就拿起电话，给张双秀打过去。

　　常笑又一次拼车来到了北京。

　　这次进京，她心里已经感觉比上次亮堂了不少。因为她有了老罗的热情关照，而且是已经在陶砚瓦办公室住过的人了，她心里底数大大增加了。

　　上次常笑在正处级老罗的热情安排下，竟然在陶砚瓦办公室"借宿一晚"。第二天要走时，她先到传达室去和正处级告别。老罗见了常笑，立刻喜笑颜开。说：怎么，等不及了吧？想家了吧？

　　常笑见服务员叫他罗处，也就跟着学会了，说：罗处好！我陶叔叔不在，只好先回去了，您能帮我问问他哪天回来吗？

老罗说：好像应该是下周三或周四，你下周五来，应该就能见到他。

常笑说着谢谢，就把这个时间记在心里了。

几天后就是罗处说的周五了，这天常笑算着陶砚瓦该回来上班了，就又打点行装来了北京。

这次她是直接来到机关大门口传达室，果然就见到了她的罗处大爷：

罗处好！她一进门就异常兴奋的样子。

罗处抬头见是常笑，也有些兴奋地说：常笑又来了？不过你陶叔叔……

常笑见他欲言又止的样子，心里咯噔一下，忙问他：陶叔叔怎么了？

罗处见她着急了，笑道：你离我近点儿，别让人听见！

常笑就凑过去听。

罗处说：他应该昨天回来，但去机场没接到他，还有我们的一把，说他们有重要公务，再晚一点儿回来，晚多少天没说。机关现在谁也猜不出他们在那里忙什么。你可别跟别人说啊！

常笑说：我除了您和陶叔叔，谁也不认识，放心吧！

老罗突然想起什么，问常笑：你叔叔不在，你可以去找你婶婶啊？

常笑一听，心里也卡了壳子，脸上立刻变得尴尬万分的样子。嘴里说：陶叔叔不在，我不好意思去找我婶婶。

心里却想：我和那位婶婶还根本不认识呢，怎么找？

要是搁别人这事儿就到此为止了，可这位老罗对年轻女性热情得稍微过分，竟然说：你婶婶我认识，我有她电话，要不我帮你给她打个电话？

常笑一听，吓得脸都绿了，赶紧说：千万别打，陶叔叔不在，我先回去了。等过几天再来找他吧！

说完转身就走了。

老罗瞧着常笑背影，不解地说：怎么回事？一提她婶婶把她吓的。她婶婶人很好呢，怕什么呢？

常笑出门之后，就想着下步去哪里。前些天听一个同事说，北京的雍和宫很好，是皇家寺院，雍正的王府，乾隆的出生地。门票不贵，还免费送一长条香，完全够在庙里祭拜用了。她一直没去过雍和宫，现在没处可去，于是就坐上了去雍和宫方向的公交车。

买票进了门，就跟着游客们，沿着中轴线且看且行。她见不少游客在佛像前跪拜上香，也见过同学、同事这样做过，也鼓起勇气学着来了一遍，心里还默默许愿。尤其在法轮殿和万福阁，分别供奉着宗喀巴大师和弥勒菩萨，神像高大威严，让人心生敬畏。之前那同事说过，在这里许愿非常灵。常笑也就分别跪拜上香，心态愈加虔诚。因为相传此处是求姻缘的地方，所以香客中青年男女很多。常笑环顾左右，不免生发出自己已老的感慨。

凭门票领的一盒香，在每个殿烧三股，正好拜完烧完，不多不少。常笑谨依此制，功德圆满，心情大好。她于熙熙攘攘之中，抬头看看天空，日头高照，晴朗无云，突然感觉口渴。正往四处张望之际，身边恰好走过一位和尚，随手把一瓶矿泉水递到她手上。她慌忙接过，口中叫了一声师父。那和尚听了，回头看了她一眼，即转身匆匆走去。常笑望着他的背影，竟顾不上开瓶喝水，而是身不由己跟了过去。

来到一处僻静所在，已经没有游客走过了。那和尚走进一间房屋，常笑也毫不迟疑地跟了进去。

和尚肯定知道有人跟来，却不动声色。他进门坐下，从桌子上取了杯子倒上清水，转身递给常笑，这才开口说了一个字：请。

常笑一手拿着和尚给的矿泉水，另一手接过水杯，眼睛痴痴望着和尚，竟一句话也说不出来。

和尚就问：你叫什么名字？

我叫常笑。

你儿子几岁了？

六岁了。

你信佛吗？

信。

儿子是不是喜欢军事？

啊，他喜欢下军棋，没事儿自己就摆来摆去。

好，我想收你儿子为徒，你同意吗？

同意。啊，不，我儿子还小，请您收我为徒吧！

你既已信佛，无须再出家。你儿子虽小，但他是国家的人，他将来可以为国家做大事。

可他还是个孩子。

他是孩子，但我既收为徒，就对他负责。你也不必告诉他，他该怎样就怎样，将来我会让他进入国防大学深造。

和尚说着，递给常笑一张名片，上面只有两个汉字：照空。还有十一个数字，显然是电话号码。然后对常笑说：这是我的电话，你有事可随时找我。

王良利感觉自己已经做好了充分准备，才找张双秀谈话。他自己定下的策略是：保持高度，坚持硬度，注意尺度。

他感觉自己一个堂堂北京大学中文系毕业的，怎么也要玩转一个小小的工程兵机械学校学测量的。想到这一层，他就像暗夜里走路吹起了口哨儿，吓唬不了别人，但能给自己壮壮胆儿。

张双秀接到王良利电话，说是想和他谈一谈，而且要请他现在到办公室来谈。

张双秀心里就犯了嘀咕：这一把手不在，而且很快就会回来了，你王良利瞎搞什么搞？竟然大刺刺地宣我进殿！得！老子给你点儿面子，纡尊降贵去一趟又何妨！

刚要抬腿，想了想又返回椅子上坐了。他想，老子去是去，可不能马上就去。一定要过个十分钟、八分钟的。

过了一会儿后，张双秀不慌不忙地往自己杯子里续上水，端在手里，也大刺刺地朝王良利办公室走来。

一听见敲门，王良利感觉是张双秀来了，他赶紧放下手中的毛笔，回坐在办公桌前，说了声：请进！

果然是张双秀来了，王良利故作惊讶之状：是双秀同志！请坐！请坐！

张双秀也不客气，就坐在正对着王良利的沙发上。说：良利同志，有什么指示？

王良利这时也走了过来，和张双秀坐在一起，中间只隔着一个茶几。张双秀心想：这就对了。你在老子面前还敢装大头蒜？

王良利立刻放下身段，假惺惺地说：双秀啊，一把手不在，我看你每天操心，你可得注意身体啊！

张双秀马上回敬一句：哪里哪里，良利同志主持全面工作，还是你的担子重啊！

王良利又换了副神秘的面孔，说：双秀同志，济民同志没按期返京，你听到什么没有？

张双秀一听他问这个，心想这小子老毛病又犯了，又想搅和什么事儿了。就说：没有啊，我就听你说是有重要公务，晚回几天啊！怎么，你有什么新消息了？

王良利故作神秘地环视一下旁边。张双秀心想：果然有料了，就专注地想听王良利卖什么关子。

王良利用手指了指对面说：我可只告诉你一人，咱们可都是党组成员，不比那位。

张双秀说：当然当然，什么时候也要先党内后党外。

王良利感觉火候差不多了，就说：济民同志哪里有什么重要公务？他是在台湾病倒了！脑溢血！

张双秀一听，果然就愣住了，说：严重不严重？

王良利说：你看是什么病？都昏迷了，没知觉了，能不严重吗？唉，我真为他担心啊！这几天我的心情十分沉重啊。双秀同志，关键时刻我只能想到你啊！

张双秀一下子被感动了，说：良利同志，我完全理解你现在的心情。

王良利见已说到动情处，干脆就把"同志"二字免了，直接说：双秀啊，人家可是千叮咛万嘱咐不让说。我可是违反纪律找你说的，你要理解啊。

张双秀也学着免了"同志"二字，说：良利你放心，我这个人别的本事没有，嘴还是蛮严的。很多事情肯定是直接烂我肚子里的。

王良利说：这话我绝对相信！否则我也不会找你说。问题是这段时间算我倒霉，只能硬着头皮扛了。双秀你可要支持我工作啊。

张双秀信誓旦旦地说：良利你放心，我一定全力支持你工作。有什么事情你尽管吩咐！

王良利装出一副颇为无奈的样子，拿出那两张纸递过去说：双秀啊，还真是有个难事儿非你莫属啊。

张双秀接过两张纸看起来。看着看着，他的脸色骤然变绿、变紫、变灰，好像遭霜打了的茄子，蔫儿了，抽巴了，耷拉了，散了架了，半天过去了，竟连一个字都没吐出来。

王良利说：中纪委来函，不能不认真对待啊！

张双秀竟语无伦次地说：啊是，是。

王良利又说：你在党组分工纪检，这事儿你可逃不掉啊！

张双秀更加慌乱地说：对，逃不掉，逃不掉。

王良利一直看着他的变化，怎么还没等吓唬，张双秀好像已经瓦解了、崩溃了，竟面如死灰瘫坐在那里，像是一摊烂泥。他心中十分不解，感到很惊讶。他在北大听过心理课，知道一点基本常识。他看出这两张纸已经把张双秀彻底击倒了。

他心想不至于吧？我王良利稍微一绷脸儿，就把你吓唬成这样了？不过是让你看一看嘛，还没说怎么查呢！要让你查……

可转念一想，不对，他就是负责纪检的，让他查也不会吓成这样，他肯定是另有原因！

如果是另有原因，那么能是什么原因呢？

只能有一种解释，就是他张双秀就是当事人！

他竟然是当事人？

他怎么会是当事人？

当然他最好是当事人。

现在再看张双秀，还死死地瘫在那里，动弹不得。怎么看都像是那个倒霉的当事人！

王良利脑子里灵光一闪，马上如释重负，陡然感觉自己已经是世界上最清白的人了！

他把身子往直里坐了坐，正色道：双秀同志！

由于刚才已经免了"同志"二字了，现在突然又加上这两个字，语气就显得十分威严。

你怎么了？我们还没有开始调查嘛！总是要先党内后党外嘛！机关内部也要注意保密嘛！中纪委的答复也还不急嘛！我们还有时间嘛！

这一连串五个"嘛"，每一个"嘛"之间都有适当的停顿，一个比一个停顿的时间略长一点儿，但终不失连贯，都像是射向张双秀的子弹，而且弹无虚发，一个一个穿透他的胸膛，把他的尊严彻底击溃。他嗫嚅着：是是，我听良利同志的。

　　王良利已经完全站在胜利者的高度了。他感到应该要扩大战果，或者要打扫战场了。就说：双秀同志啊，趁济民同志还没回来，赶紧把这事儿了了吧。我会做好上上下下的工作的。

　　张双秀说：好好，我马上考虑你的意见，谢谢良利同志。

　　他知道，去掉"同志"二字，只是很短暂的一会儿，今后恐怕还得"同志"下去。

　　张双秀当时"一失足成千古恨"，现在他心里痛不欲生。

　　那是去年春末的一个星期日，他跟他太太为些琐事儿吵了架，就负气出门，坐上公交车来到机关。

　　为什么琐事儿？还不是说他跟院里哪个女人没话搭话了，花心了什么什么的。

　　张双秀心想自己其貌不扬，除了自己的老婆，会有哪个女人看上他？但老婆子唠唠叨叨个没完没了，实在忍无可忍了，就把门一摔出走了。

　　一开始他是想在办公室里先躲一躲清净，后来一想干脆在办公室住一晚，一来省得明天跑了，二来也可以给老婆子一点儿颜色。就打定主意来了就不走了。

　　他自打调来以后，从来没有一次在办公室住宿。每天总是按时来按时走，规规矩矩。那天他来机关，便尽量蹑手蹑脚，不事声张。包括他拿钥匙捅门，也是轻轻的，因为夜里安静，一点声音也会显得很大声。

　　好在月光明亮，办公室里并不黑暗。他也无心洗浴，直接脱了衣服，放在椅子上，穿着桌子下面的拖鞋进了里面房间。

　　他就要上床睡觉时，竟然看到床上躺着一个裸女，头发散乱于枕上，被子仅盖了一角儿，面朝里侧卧着，睡得正酣。他刚要叫喊，突然想到不可以，因为自己也光着呢。

　　他就想出去穿上衣服再说。可是目光被景色牵着、拴着、拽着，脚步实在挪不动了。

　　就想有这等好光景，千载难逢，不看可惜。于是就屏住呼吸，放宽心境，仔细观瞧起来。

　　这一观瞧不打紧，浑身的荷尔蒙都被瞬间唤醒，促使身体发生了动物学方面的变化。某处东西变化尤甚，大有勃然而兴、蠢蠢欲动、奋勇请战、誓死一搏的劲头。

张双秀动了某种念头，但他需要给自己找到台阶。

这个台阶很快就找到了：第一，这是我的办公室；第二，这床是专让我休息用的；第三，我没开灯，什么也没看见；第四，我稀里糊涂上了床；第五，我呼呼就睡着了……

他心里盘算着一堆台阶，找出了各种理由，每一条都冠冕堂皇，没有瑕疵，可以摆到桌面上。有了这些台阶和理由，他一步步走到床边，轻轻躺在裸女旁边。

后面的事情就很杂乱了，因为他的心跳越来越急，动作也越来越不好控制。他只记得开始裸女迷迷糊糊说了句：你怎么又回来了？便一动不动任由他摆布折腾，只在后来又动了动，说了句什么。

张双秀占完便宜，匆匆下床，快步走出房间，胡乱穿上衣服，轻轻带上门，又看了看四周，竟是空无一人。夜色很深了，楼道里寂静得让人窒息，他每走一步都感觉是踏在雷区，随时会有爆炸的危险。一步一步，他进入电梯；一步一步，他出了楼；一步一步，他逃出大院，完成了一次完美艳遇，胜利逃亡。

第二天他来到机关一下车，正要进楼的工夫，正遇见周芳双手提着壶去打开水，见了他还主动打了个招呼。他嘴里哼了一声，没敢有目光交集，就不禁加快了脚步。

他屡次在心里重温这段美事，一遍一遍，一点一点，每一个细节，包括时间、场景和姿势，他都一一回忆、拼接、还原，而每次这样做的结果都使他激动和满足，让他感到作为一个男人的自信，以及中了大奖似的幸运。

他甚至有几次故意晚上来机关，进屋不开灯，轻轻溜进里屋床上，梦想重温旧梦，再续前缘。

现在要账的来了，自己种下的恶果终于要由自己来吞了。

张双秀百感交集，恨不得挥刀自宫。

第二十九章 台湾之行（下）

尚济民慢慢有了意识。

他只感觉自己被一块大石头压着，动弹不得，四周黑洞洞的，没有一丝光亮。他刚想要动一动，马上又有海水把他淹没了；他刚想要喊一声，马上又有沙土把他掩埋了。

他感觉自己应该完蛋了。

八岁时，他在村边的小池塘里游泳，脚被水草缠住了，他一惊吓，越缠越紧，整个身子就沉下去了。他在那一刹那间，就有过这样的境遇。

那次是恰好被瘸腿大叔撞见了。

瘸腿大叔在村子里开着豆腐坊，做的豆腐实在好吃，供应着远近乡亲们日常所用。他又要出生产队的工，又要种自留地，又要做豆腐，也真是个奇人。如果村里遇有红白喜事，他就叫上一两个帮工。

那天，恰好瘸腿大叔去外村卖豆腐回来。路过小池塘时，往塘里看了一眼，就看见水里漂着的尚济民的脑袋。开始他还以为是个西瓜皮，后来感觉不太对，走近一看，才看清是个小人儿。他二话不说就跳了下去，连鞋也没脱，就把尚济民捞了上来。

捞上来以后，又倒提着尚济民的双脚，从他嗓子里控出了很多水。这样，尚济民才活了命。

那次他是在混乱中苏醒过来的。人们都说：这小子命真大，见过一次阎王爷了！

这次他感觉既像是在村外的池塘里，双脚被水草死死缠住的境况，又像是在老家的深山里面，他只进去过一次的山洞里面迷了路。

总之是自己被丢到一个没人的地方，陷入靠自己的力量挣脱不了的困境。

但这次会有瘸腿叔叔来搭救吗？

自己还会遇到幸运之神吗？

他迷迷糊糊里，好像是遇见了一个仙女，或者叫女神，叫魔女，反正看不清她的脸，只知道她是个女的。

她是从极远极远的地方呼唤他，然后用极长极长的手臂去拽他。

他开始抓不实她的手，一抓就脱，一抓就脱。但是她不着急，不生气，仍然试着过来抓住他的手。

试了多少次，都失败了。

只有最后一次成功了。

成功只需要一次就够了。

这一次他用全身的力气，抓实了她的手。

她就把他一寸寸、一尺尺、一步步，从泥淖里往外拖。

他感觉，幸运之神再一次降临他的身上。

小时候那次都说他见了阎王爷，其实他自己记忆中是谁也没见着。

这一次他感觉有一个女人救了他，但没看清她的模样。

在尚济民犯病的第三天，也就是 10 月 28 日，上午做完 CT 检查，显示恢复不错，瘀血不多了，医生就拔掉了一根引流管。

陶砚瓦和蒋绾春商量好，夜晚由陶砚瓦盯着，白天则由蒋绾春照料，另外还有医生查房，护士护理。

第四天做 CT，发现只有指甲盖大的瘀血了，说是已经基本排除干净，剩下的那根引流管，仍需再留一留。体温、血压虽然一时还有波动，但已逐渐往正常幅度内调整。

他的左手、左腿开始微动；眼皮一直在抬，但睁不开；大声喊他，好像可以听到，嘴里"喔喔"出声；叫他握手他就知道握手；眼睛半睁半闭着，好像还看不到。

医生说他的意识属于半清醒。

白天，陶砚瓦和沈婉佳就在圆山大酒店休息。

尚济民病情趋好，陶砚瓦心情好了许多。再加上有沈婉佳陪着，两个人朝夕相处，也有了耳鬓厮磨的机会。所以这两天他们是"痛并快乐着"。

陶砚瓦把前几天的诗作七律《访台感赋》给沈婉佳看：

空中一瞥到台湾，非为峡宽长阻间。

国学通心裹盛举，灵光悟慧度疏顽。

同文同种惊多似，高品高粱醉不患。

宝岛从来牵万绪，连宵细雨梦安闲。

沈婉佳看了淡淡地说：好好好。

陶砚瓦说：看看，你们女孩子和男人一样，就是喜欢个新鲜劲儿。刚刚几天，就不耐烦了吧？

沈婉佳听了不好意思地笑了，说：本来就是几句应景之作，你还想让我说好吗？太虚伪了吧？

陶砚瓦说：我记得你有一阕《沁园春·端午觅诗》，写得着实不错，可惜我背不下来了。麻烦你帮我想一想，也给我一个拍拍小马屁的机会？

沈婉佳就拿笔写来：

好句难寻，久锁眉头，未见影踪。看白云行处，青天不语；红尘滚过，大地无声。典籍三千，诗家八百，眼下都成一阵风。耽佳什，纵三言两字，必我真情。　　休言万事皆空，且凭这清吟作鹤鸣。想屈平健笔，汨罗遗恨，陶公采菊，南野孤穷。千古风流，东坡居士，永世难消脸上黥。双行泪，便三年能得，诵与谁听。

陶砚瓦说：这词还真是很好！既没有脂粉气，又有高度和厚度。回头我写一遍，弄不好就是传世之作！

沈婉佳冷笑一声说：等等，传世之作，是我的词还是你的书法？

陶砚瓦笑道：当然是你的词作。我岂敢横刀夺爱？

沈婉佳伸手就在陶砚瓦肩膀上打了一下说：你少来这套！你已经横刀夺爱了！

陶砚瓦也不生气，反而笑着说：咱俩还真是很好的一对儿。

婉佳说：一对儿什么？

陶砚瓦说：情侣？

婉佳说：不对，夫妻！

陶砚瓦说：前面还要加上两个字。

沈婉佳立刻扑到陶砚瓦怀里，仰头与他四目相望。只见她两眼泪水直流，说：我不想离开你！

陶砚瓦立刻被感动了。他把沈婉佳抱紧说：我也一样。

当天夜里，尚济民终于完全醒来了。他睁眼一见陶砚瓦，又看一眼旁边的沈婉佳，不解地问：砚瓦，我这是在哪里？

陶砚瓦说：我们现在在台北荣民总医院里。您住的是中正楼 17 层神经外科病房。

尚济民说：我病得是不是很厉害？

陶砚瓦说：确实有点厉害。不过我们抢救及时，医生处置得当，还有这位是沈婉佳——她是我的诗友，是个湘西妹子，是学护理专业的。这次幸亏在路上遇见她，她真是立了头功。

尚济民眼里含着真诚的泪水说：谢谢你，砚瓦！谢谢你，小沈！

沈婉佳笑着说：领导您身体不好，不宜太过激动，还需要安心养病。

尚济民说：好好，我听小沈的。

沈婉佳说：您现在可以喝水了，口渴了吗？

尚济民说：真的口渴了。

沈婉佳就倒了一杯水过来喂他。

尚济民说：我不会写诗，砚瓦会写，而且写得还不错。

沈婉佳说：写诗是雕虫小技，您是做大事的，不需要再学写诗了。

尚济民说：不对吧？毛主席、周总理都会写诗，难道他们不是做大事的？

沈婉佳自己也笑了，说：还是领导水平高，讲得到位。

陶砚瓦说：小沈写的诗很棒，比我写得好，今年她刚得了年度大奖。

尚济民听了很高兴，说：好啊，怎么样，到北京来吧？我们国学馆肯定需要你这样的人才啊！

沈婉佳很不好意思地说：谢谢领导关心。我在我们湘西已经生活习惯了，而且我们全家都在那里。到北京去我会很不习惯。

尚济民又问：成家了吧？有孩子了吗？

沈婉佳说：成家了，孩子都六岁了，该上学了。

尚济民说：好好，以后常到北京来玩，我们都是朋友了。

又对陶砚瓦说：砚瓦你记住了，以后请小沈去北京玩，我一定请她吃饭。

陶砚瓦就说：好，我记住了，一定！

第五天中午，尚济民夫人赵蔚云和北京医院一位医生赶来了。

尚济民见了夫人，眼泪又忍不住流出来。夫人赵蔚云也不管旁边的人直接扑过去，两个人脸对脸哭起来。

旁边站着的人也都感伤落泪。

蒋绾春陪着北京来的医生出去，找主治医生去详细了解病人情况。

赵蔚云抬起头就看见了尚济民耳朵上的胶布，问：粘这么多破胶布干什么？

沈婉佳说：里面有几颗绿豆，是用来按压他的穴位。

赵蔚云听了，很不屑地说：什么乱七八糟的。

陶砚瓦只见沈婉佳的脸一下子绷紧了，红了一下又变绿了，欲言又止的样子。自己心里也很难受，就想说句公道话。还没等他张口，尚济民讲话了：

不要胡说！要不是小沈做过护士，会这个中医妙招儿，我怎么能这么快醒来！台湾的医生都认为她的方法好，还要让人学习呢！只有你们学习西医的，总是不相信自己的传统医学！

赵蔚云听了，方才明白这是沈婉佳的招数，自知刚才说话太猛了，就忙对婉佳说对不起。

尚济民又说：还有砚瓦、蒋先生，轮流值守陪护，给我按压，他们是我的救命恩人！

赵蔚云又连声对二人感谢。

这时陶砚瓦、沈婉佳才说：没什么，都是我们该做的。

北京医生回来又给尚济民简单看了看，就对在场的人说：病人虽然清醒了，但病情还没有根本好转，还不适宜作长途转移。我建议继续留下治疗，再观察几天，情况稳定了再回北京。

陶砚瓦说：我们听听家属的意见吧！

尚济民夫人赵蔚云说：我同意医生的意见。

陶砚瓦说：那我们就按医生和家属的意见办。

这时，护士送来一个快递，陶砚瓦一看即知是挞馃到了，就对尚济民说：您睡觉时嘴里说了两个字，我猜想可能是挞馃，就让黄山的朋友快递几个过来。

尚济民一听，非常高兴地说：我就是想吃挞馃啊！砚瓦你怎么也知道挞馃？

陶砚瓦说：你们黄山那边的人都说挞馃是馅饼的爸爸，比萨的爷爷。

尚济民听了就笑出声来，说：对对！我们都那么讲。也可能是吹牛吧。快打开看看都有什么馅儿？

那边赵蔚云早已经把包打开了，拣了两个送到他面前。尚济民仅凭外观就判断说：这个是香椿的，这个是南瓜的，应该还有萝卜丝的、韭菜的、黄豆的，哈哈，真是太好了！

他夫人赵蔚云也笑着说：老尚一辈子就喜欢吃这个，在他眼里这是天下最好吃的东西。

说着，赵蔚云递了一个萝卜丝馅儿的给他，他也不客气，独自张嘴吃起来，边吃还边说好吃。

赵蔚云又给沈婉佳递一个过来，说：小沈先尝一个，大家也都尝尝。

沈婉佳接过来说，我吃一点儿尝尝就行了。说完撕了一小块填进嘴里，剩下的递给了陶砚瓦。

陶砚瓦也说咱们每人尝一口，有一个就够了。

大家品尝着尚济民喜欢的美味，也都说确实好吃。

陶砚瓦吃完就低下头问尚济民：领导，我的阶段性任务完成了，您放我和小沈回家吧？

尚济民说：你们回去吧！谢谢你们照顾我！

陶砚瓦说：还有蒋先生，开始全都靠他了。这几天把他也累得够呛。

尚济民和他夫人赵蔚云都说：谢谢蒋先生！

陶砚瓦问蒋绾春：蒋先生，如果下午有航班，我们就想早点儿回去了，我和小沈的机票都要改签一下。

蒋绾春就说了声：那我去帮他们搞搞机票。

尚济民说：你们赶快找张纸、找支笔过来，我要写几句话，让砚瓦带回去。

　　陶砚瓦把笔和纸找来递给尚济民，尚济民接过来说：再去找个信封、胶水。

　　陶砚瓦马上明白他的用意了，感觉他要写的必然是一封重要的信件。

　　果然，尚济民很吃力地拿着笔写了两张纸，字应该比较大。写完他从头看了一遍，然后亲自把两张纸对折在一起，装入陶砚瓦从医生办公室找来的一个台北荣总信封里，让他夫人用胶水封上，递给了陶砚瓦。

　　陶砚瓦接过来，对尚济民说：放心吧领导，我一回京就立即送出去。

　　尚济民点了点头说：好，你辛苦了！

　　蒋绾春和陶、沈二人在走廊里一边走着，一边说：你们赶紧回去收拾东西去机场，我会把调整好的机票信息发给你们，争取改签成同一个航班。

　　送二人进了电梯，他就在电梯对面椅子上坐着打电话，很快就改签好两张下午 4 点 20 分的机票，便把信息发给陶砚瓦。

　　陶砚瓦牵着沈婉佳的手说：婉佳，你这几天也没能转一转，辛苦你了！

　　沈婉佳说：如果没有他夫人那句不着调的话，其实我蛮高兴的。

　　陶砚瓦说：她夫人肯定属于那种一瓶子不满半瓶子晃的人，不要理她就是了。

　　两个人双双到了桃园机场，一下出租车，陶砚瓦就看见一个熟悉的倩影，与三五个人结伴走向候机大厅。

　　他不禁喊了一声：纪子！

　　中村纪子一回头，也看见了陶砚瓦，她马上答应着跑过来，显然和陶砚瓦是久别重逢的样子，两个人拥抱在了一起。

　　纪子说：陶主任，你怎么到这里来了？那位小姐是谁？她是你什么人？

　　陶砚瓦说：你是我的"书寇"，她是我的"诗魔"。你懂的！

　　纪子马上会意地笑了，说：我懂的，我懂的！她很漂亮，我不漂亮！

　　陶砚瓦说：不不，你们都很漂亮！我很幸福！

　　说完，陶砚瓦招呼沈婉佳过来，介绍她们两个认识、握手。

　　两人还真的很热情地聊起来。

　　陶砚瓦说：你们两个人，一个在东京做检察官，一个在湘西做小吏。天各一方，情何以堪？我真想把你们留在身边。

纪子说：阿姨还好吗？我见过的，她还好吗？

陶砚瓦说：她很好！欢迎你去北京！

纪子笑着说：阿姨，沈婉佳，我，我们三个人，都和你在一起，最好！

陶砚瓦说：还是纪子最懂我！来，咱们三人先留个影吧！我回去让我太太看。

陶砚瓦站好，一边一个美女，纪子同行的朋友帮着照，摆了几个姿势，相机和手机都照了个够。

陶砚瓦说：我现在真是世界上最最幸福的人了！

航班正点起飞了。

陶砚瓦坐在靠窗的座位。沈婉佳紧挨着他，准确说是靠着他坐着，一只手还拉着他的手。

飞机很大，座无虚席。但人再多，也没有人注意到他们。他们毫无顾忌地手牵着手上飞机，毫无顾忌地时时对望着，更毫无顾忌地时而互吻一下。

他们都知道，他们在一起的时间不多了。好运已经眷顾过他们一次了，今后应该不会再有第二次这样的机会了。

沈婉佳贴着陶砚瓦耳朵问：纪子怎么回事？你和她也那样了？

陶砚瓦淡淡地说：纪子非常热爱中国传统文化，包括诗词和书法，她父亲也是。看到她，我感到我们中国人自己必须争气，必须珍惜好、传承好自己的文化，让纪子、纪子的父亲，包括全日本、全亚洲乃至全世界，都从心里理解、敬佩我们的文化，理解、敬佩我们中国人。

沈婉佳沉思了一下说：过去的一百多年，打了两次世界大战，跟春秋战国差不多。战后的美国就像秦国，统一了度量衡与货币，让美元通行全世界。秦之后是楚汉之争，有点像现在的中美之争。美国像楚霸王的风格，喜欢搞强权政治；而中国更像刘邦，暂时还处于劣势。我们真要追上美国，恐怕还要很长时间。

陶砚瓦说：你讲得很有意思。我最近在想一个问题，就是关于"龙脉"这个概念。首先它是一个地理学、风水学的概念；更重要的它还是一个文化学、文明学上的概念。就是我们中华文化也构成一条龙脉，而且这条文化龙脉几千年未断，经过百年劫难，今日正振翅欲飞。但世界到了今天，各自为战、占山为王肯定不行了，靠硬拼硬打也肯定不行了，实际上已经在呼唤新的统领，文化的统领、超乎既往各种统领的统领出现了。

如果这个统领必须出现，它肯定不是石头缝里蹦出来的，也不会是外星人给的。它必然是从既有的统领里面选取最优质的一种或几种，经过彻底改造，也可能会经过战争的锤炼，才得以出现的。

我认为中华文化是最具潜质的统领文化，我们这条文化龙脉非常可能经过改造升华，继续延续下去，承担最艰巨的使命。古人讲"飞龙在天"，可能就是留给我们及后人的谶语。

中华文化龙脉的生命力之顽强、坚韧，举世无匹。它所受的磨难、羞辱、挤压、折磨、叛离、奸击，从世界范围来看，迄无可比，但它总能自我恢复、涅槃再生。别说敌人，就连我们自己也大惑不解，万分惊讶。想至此，我们不得不尊重创建了汉字系统、易学系统、医学系统的古圣，不得不尊重从孔夫子到孙中山之历代先贤。不得不尊重让中华文明止跌回升的共产党先辈。

同时，如果我们的心胸再开阔一点儿，想想即使是内部奸佞，哪怕是呵佛骂祖、卖国求荣、开门揖盗之辈；外部强梁，哪怕是杀人越货、杀人如麻、丧心病狂、灭绝人性之徒，也是激发和彰显我们这条龙脉更强、更优质、拥有更大正能量的要素。

沈婉佳说：你越说越不靠谱了。那不是没原则了？

陶砚瓦说：大道之行，绝不以某个人的感情，或者某个政党的宗旨、某个国家的目标为转移。我们不必一天到晚自责自省，只要把握好天地之道，为天下忧，为天下乐，就可以快乐、自信地活这一辈子。

沈婉佳说：从1949年以后，辽阔的中国大地再无战乱，再无割地赔款，是否可以说毛主席"普度众生"？

陶砚瓦说：毛主席治国二十八年，让中国基本实现工业化，这是中华民族最为关键的千年一跃。我们从此有了自立于世界民族之林的丹书铁券。他是中华民族的守护神，可谓"度众彼岸"。

沈婉佳想了想，说：毛主席是用生命、用自己的一切作为牺牲，完全奉献给了中华民族。

陶砚瓦说：多少无耻小人自己不理解毛主席，以卑劣伎俩谩骂毛主席，只不过反映了他们的浅薄、投机、龌龊而已。

沈婉佳在陶砚瓦脸上亲了一口，说：毛泽东是骂不倒的。

陶砚瓦也亲了婉佳一口，说：这个时代越往前走的结果是越接近毛泽东思想。因为孔子学说强调等级秩序中的善，建立的是纵向纳善体系，对应的是小农经济、封建政治、等级的精英文化；毛泽东思想则是强调在同一集体之中的善，是横向纳善体系，对应的是联合生产、共和政治、平等的大众文化。现在是联合生产时代，因此必然是平等的大众文化时代，也就是毛泽东思想的时代。以人力阻挡或逃避历史大潮是不明智的，不识时务的，与之作对、逆流而行，只能自讨苦吃。经济、政治决定文化性质。传统文化如果不通过毛泽东思想这个平台流出来，不可能有市场，也不能发扬光大。

沈婉佳说：想想也是，孔子本人和他亲自教出来的学生，运用他们的学说，也没在他们的时代取得成功，而恰恰是不接纳儒教的秦国最后统一了中国。这难道不值得深思吗？

陶砚瓦说：毛泽东思想是国共众多精英对决、全民参与、无数人拿生命实践产生出来的结果，经过最严酷的战火检验，是由一连串成功果实证明的，不是秀才坐在书斋里想、教书的站在讲堂上喊出来的。千百年来，真正能把儒家仁义理想、"大学"精神落实到社会上的，只有毛泽东思想。

沈婉佳突然变了个腔调吟道：

世上无神理自明——

陶砚瓦知道她在吟自己的诗作，就接下句：

有神原本造神功。

沈婉佳：

心灵毕竟须安放——

陶砚瓦：

355

龙　脉

信仰从来对圣雄。

沈婉佳：

力倒三山驱寇虏——

陶砚瓦：

悲怀万众斗狼虫。

沈婉佳：

更留思想千秋灿——

二人合：

我拜真神仅此公！

沈婉佳关切地问：你累了吧？快休息一会儿！
陶砚瓦说：真的累了。说完就闭上了眼睛。
飞机先是朝西面飞，侧迎着太阳飞。然后又转头向北，朝着北京飞去。
阳光照在机翼上，一闪一闪的，反射出银色的光。
陶砚瓦睡着了，他梦见自己到一个大课堂讲课，听讲的人黑压压的。有
的人在听，有的人在私语，有的人在看自己喜欢看的书。
他没有梦见毛泽东。

第三十章　烂在肚里

傍晚 7 点来钟，舷窗外天色已昏暗，飞机开始降低高度，就听到轻轻的咕咚一声，应该是飞机的轮子放下来，准备降落了。

陶砚瓦醒了。

他看看身边的沈婉佳，沈婉佳也在看着他，目光里万般柔情。

陶砚瓦拉着她的手，使劲儿捏了一下她的掌心，说：住两天吧。

就见沈婉佳的泪水已在眼眶里晃荡着，头摇了摇，没有说话。

陶砚瓦说：一会儿咱们打个车，我先安排你住下来，明天咱们再说。

沈婉佳就点了点头。

本来应该找机关车队要辆车来接的，但因为有沈婉佳同行，陶砚瓦有些顾虑就没要。

飞机落地后，还在跑道上滑行，例行的广播里正传来"请大家不要解开安全带，不要开启手机"的告诫，但机舱里的各位旅客，恰像是听到相反的提醒，纷纷掏出手机，并按向开关按钮。有的还打开安全带，起身去收拾自己的行李。

陶砚瓦也打开了自己的手机。

有几个未接电话，还有几条短信。其中有尚济民司机熊国正的一条短信：

主任好！赵阿姨让我和尚可来接你和沈婉佳。到了请电话震我一下，我会在 10 号口等你们！熊。

陶砚瓦把手机递给婉佳看，说：尚太太开始对你示好了，派公子和司机来接机了。

沈婉佳悻悻然说：我不想和她有太多瓜葛。

陶砚瓦说：傻孩子！不知多少人想攀她还攀不上呢。

沈婉佳伸过一只手在陶砚瓦脸上轻轻拍了拍说：只要你攀上她就行。

陶砚瓦就拿过手机边拨打小熊电话边说：我们这位领导夫人从没和机关有过接触，这次在台湾真的是我第一次见到她。他儿子我见过两次，也都是打个招呼而已。

沈婉佳惊讶道：那你们这领导也真够可以的！

真够可以的，确实是。

二人带着行李出来，果然看见小熊和尚可站在门口等着，旁边停着尚济民的专车。他们远远看见了就跑过来接过二人行李，装进后备箱里。又恭恭敬敬地将陶、沈二人让进汽车后座，尚可坐在副驾驶位上，关上车门，车子便嗖地弹了出去。

尚可说：我妈打电话一定让我来接二位。她说我爸在你们精心照料下，才恢复得很好。我们全家都感谢你们！

陶砚瓦说：主要感谢小沈，我是恰好在台北大街上遇到她的。她有护理经验我也不知道，说起来真是缘分啊！

尚可就就对沈婉佳说：谢谢你！

沈婉佳说：不客气，正好赶上了。病人恢复得很好，你们也放心吧。

尚可说：听说您明天一早就要走，我们想请您再住两天。有没有什么地方想去转转？

沈婉佳说：谢谢，北京我来过几次，这次请了几天假，也该回去上班了。

尚可说：那咱们先送陶主任回家，之后再送您去宾馆。明天我和小熊一早来送您去机场。

沈婉佳说：好。说完看了陶砚瓦一眼。

陶砚瓦说：本来我说好明天开车送小沈，那就有劳二位了。说完也看了一眼婉佳。

沈婉佳竟然说：好了，你明天可以睡个懒觉了。

北京的天气和台北差异很大。台北暖暖的，湿淋淋的，天也湛蓝湛蓝的，但使人在畅快呼吸的同时，产生阵阵陌生感。而北京则已微凉，干干的风不带一丝水气，天空似乎总是阴沉着，到处是车辆行人，往来如梭，而且总能见到戴口罩的人，他们显然对空气的清洁度不放心。

但一回到北京，陶砚瓦心里却觉畅快无比。

在台北的时候陶砚瓦就心想：才几天工夫，自己就心里空落落的。

陶砚瓦还是感觉北京好。道理很简单：他老婆孩子在北京，他供职的单位在北京，他全部的家当在北京。他的情感，他牵挂的和牵挂他的，也几乎全在北京。当然，北京之外，也有现在就在他身边坐着的沈婉佳。

他侧脸看了一眼沈婉佳。

突然想起两件事，连忙从手包里掏出尚济民给相关领导的信，郑重交代给小熊。另外他感觉应该向岳顺祥报告一下情况，就用手机拨通了岳顺祥的电话。

岳顺祥听完陶砚瓦汇报，说：现在是王良利在主持机关日常工作，你明天上不上班，如果上班怎么向机关讲，还是听良利同志怎么说吧。

果然，王良利在电话里说：你还是先在家休息两天吧！一是机关还不知道济民同志生病，你还不便在机关露面；二来出差久了，也正好休息休息。

陶砚瓦听他口气，依然不紧不慢、不冷不热，令人难以捉摸。

王良利这会儿刚刚在家吃了几口饭，心里正装着事儿，没有食欲。接完陶砚瓦的电话，就起身嘟囔了句：真他妈烦人！说着就进书房里了，还把房门锁撞上了。女儿、女婿眼睁睁看他气呼呼的样子，都把目光投向他老婆。他老婆说：看我做什么？我又没惹他！吃饭！

书房里的王良利并没有看书。他躺在一把藤摇椅上，貌似悠闲地前后摇摆着身体，但他心里却丝毫没感觉到自己预期的舒服和惬意。

他想起当初买这把藤摇椅时，那个搞推销的四川小姑娘嗲声嗲气地说的话：

前后摇摆身体是一种人体自然的生理反应，当人感到害怕、疼痛、悲伤、孤独、生气和承受压力的时候，都会情不自禁地摇摆自己的身体。因为这个动作能够使人宽心，感到放松，而且这个反应全人类通用，与文化、地区、习俗都没有关系。

毕加索、马克·吐温等许多名人都有自己钟爱的摇椅，因为这种放松的方式不仅能让人感到心情愉悦，同时还能降低血压，放缓呼吸，甚至能锻炼身体的平衡性。

还说什么人类在母亲的子宫里就会这种摇摆动作，正是因为人类的这种本能才催生了摇椅的产生，人们因这种轻柔的摇摆动作而感到放松和舒服，等等等等。

纯粹是一派胡言!

王良利摇了半天,也没感到放松和舒服。相反,他心烦意乱,气血上涌,浑身燥热,平静无术。

那天他意外地把张双秀降服,真有天上掉馅饼的感觉。为此他颇为得意了一阵子。

第二天一上班张双秀就来找他,并递给他一封要求退休申请书,而且是一式三份,要求一份给党组,一份给国务院,一份给中组部。

王良利一看就明白了:张双秀是想快刀斩乱麻,一退了之,反正也该到退的年龄了。

果如此,岂不是两全其美,大家都把损害降到最低?

真是天佑我王良利,岂止损害最低,简直可谓毫发未损!

王良利心里又一阵暗喜,想起让屠春健换掉石头,果然就逢凶化吉,遇难呈祥,简直就是神来之笔。

但王良利是喜在心里,脸上却是很为难的表情:双秀同志,你这可是给我出了难题啊!济民同志不在,我是临时负责,你这么大的事,让我不知如何是好啊,我没法办啊!

张双秀一见王良利难以配合的样子,以为他要翻脸不认人,公事公办了,心里立刻就毛了。这时脸上满是谦卑,声音里还糅进大量乞求:

良利同志,我早想好了,今天我把信交给你,一会儿我就到医院里去开病假,明天我就不来机关了。你放心,退休是我对组织最真诚的请求,也恳请组织原谅我的鲁莽和无知,准予我正常退休。我个人请求良利同志念在咱们共事多时的分儿上,抓紧把我的退休请求报出去,纪委的回复可以再多等等。另外我也诚实地向良利同志坦白:事情也没举报信上讲的那么严重,万一我退了还不足以使事情平息,我也只好正面面对组织甚至举报人了,我一旦退了,估计也没有什么大不了的了。

王良利已经对情况大致了解并有了基本估计。张双秀把这事揽到自己身上,他是意外惊喜。他当然恨不得像公安部门那样,尽快把这事"办成铁案"。现在他见张双秀可怜巴巴的样子,也就不想再玩弄他了。就假模假式地说:

双秀同志啊，济民同志不在，你非要我做这么大的主，我恐怕要冒个风险啊。还有纪委那边，也需要应付一下啊。我不知道自己能不能做到不留瑕疵。好在咱们一个班子里共事，几世修的缘分。唉，我……

张双秀赶紧说：我请求退休的理由很充分：一是年龄到了；二是我身体有病，实在支持不下去了；三是年轻干部培养了几年了，也该给他们腾位子了。别的事儿，我永远不会讲了，统统烂在肚子里了！

王良利马上附和说：双秀同志你放心，咱们说的很多话，我也统统烂在肚子里了！

张双秀把三份退休申请书放下，立刻奔医院去了。平时有事没事去医院一查，哪有没病的？只是没人想住院，更没人去开病假条。这会儿他去跟医生一说，医生肯定就说想住院就住院，想开病假就开病假。

果然，中午吃饭的时候，张双秀就交给王良利一张住院通知单，说是"室性心动过速"，而且怀疑是合并器质性心脏病的室速，通常是可以导致室颤、猝死等严重后果的，所以必须住院以明确诊断，尽快找到室速的原因、诱因以及对预后的影响并及时处理。

吃完饭，张双秀简单收拾一下，就回家了，说是第二天去医院住院。

王良利当即把李燕叫来，让她起草给国务院和中组部两份报告，分别附上张双秀的退休申请，而且要求当天报出。

王良利本来放下了悬着的心。他想：尚济民病倒台湾，是上天给他的最大恩赐。他这一病，重则要命，轻则长期昏迷，至少要在台湾待上个把月。他这边不紧不慢，巧妙周旋，应该会能够摆弄过去的。念及此，他心里开始释然了，但仍然不放心，又前思后想，一步步捋来捋去，感觉没发现什么纰漏。

正自得意间，突然接到陶砚瓦从机场打过来的电话。而且听陶砚瓦口气，关于台湾那边的信息还比较乐观，尚济民醒过来很快，恢复得也很不错。

陶砚瓦就像从天上掉下来一样，说回来就回来了，竟然还带回了让他心惊肉跳的信息。这无异于在他心头，又扎上了一根刺。

很显然，他需要和尚济民赛跑。他一定要在尚济民回京之前，把两件事情搞定。这两件事情，一是中组部批准张双秀退休，一是中纪委不再追究那个实名举报。反之，假如尚济民回来了，上班了，他还没把事情理清，那后果将不堪设想。

更让王良利心乱的，是必须提防一个人，这个人便是陶砚瓦。因为陶砚瓦一向与自己不合，平时在机关他基本不找尚济民单独汇报，在尚济民那里基本没有什么影响。这次一起去台湾，两人会有比较多的接触，但也不一定会进行深度交谈。可尚济民这一生病，陶砚瓦留下照顾，特定的环境，一对一的特定关系，难免会使他们趋于亲密，各种问题陡然变得复杂而不可预知。

让他在家先休息两天，只是稳住一两天的临时举措，不能长期拖着，甚至多拖一两天都成问题。两天之后呢？不能老不让他上班啊！他一旦上了班，尚济民的病情就在机关揭开了，更为可怕的是病情似乎以超乎寻常的速度在好转，而且非常可能不日恢复，返回北京。以尚济民的脾气，他会很快上班，那辆排气量最高的奥迪车，很快又要停在大楼门口。

想起这些，王良利心惊肉跳，惴惴不安。什么鬼摇椅，什么毕加索、马克·吐温，他们若是遇到烦心事，照样怎么摇也踏实不下来！

突然，门外敲门，女儿推门进来，手里拿着正在响铃的手机，黑色的，一看就知道是自己的。接过来一看来电显示，是他前些年的党校同学、文联党组成员杜秋水打来的。

王良利脸上马上堆满笑容：老杜啊！有什么指示？

第二天，陶砚瓦6点钟刚过就从被窝里爬起来穿衣服。旁边的杨雅丽说：你今天不是不上班吗？起这么早干什么？

陶砚瓦说：我想出去转一转。

杨雅丽说：好，我陪你转，我想让你陪我去喝面茶。说着也从被窝里爬出来穿衣服。

一听杨雅丽说要"喝面茶"，陶砚瓦心想"完了"，因为对别人而言，喝不喝面茶不算什么，但对于杨雅丽，只要她说要喝面茶，那可是十分重要的大事。假如你一含糊，她会对你非常非常失望甚至是绝望的。陶砚瓦心里含糊了一下，但他嘴上却是很麻利地说：好，好，我也想喝面茶了。

面茶本来是山西晋中一带的传统面食，其主要原料是小米面或糜子面，再加炒芝麻、麻酱、麻油、盐，熬成粥状即可食用。清代传入北京后，经过了改良，即先把面粥熬好，盛入碗内，浇上一层芝麻酱，再在芝麻酱上撒上一些花椒盐，就可以食用了。

老北京人都喜欢喝面茶，其喜爱程度丝毫不亚于豆汁儿、油条、焦圈儿、驴打滚儿、炸灌肠儿等小吃，有的甚至还要加上一个更字，比如杨雅丽。杨雅丽就是对其他小吃都无所谓，只喜欢喝面茶，而且是只喝护国寺小吃店的面茶。

北京人对喝面茶不仅喜欢，而且对喝法儿很讲究，最重要的原则就是不能把上面的酱和下面的面搅拌，而是用勺子从碗的边沿处掫取，一圈儿一圈儿转着吃。上面的酱浇洒时是平铺在碗的中央，椒盐则是用带孔的瓶子倒洒在表面，立即与酱融为一色，形成上黑下黄两色分明。掫时勺子的角度要掌握好，要把酱面搭配合适，直到最后一勺子，面上有酱，酱下有面。据说有的老北京吃时不用筷、勺等餐具，而是一手端碗，沿着碗边转圈喝。估计这等功夫在上辈子劳动阶层流行吧。

前些年陶砚瓦带着外地朋友去吃早点，大家每人点了一碗面茶。朋友上来就用勺子搅拌，旁边一位北京老大爷看见了，感觉像是他的信仰受到了侮辱，竟然十分气愤地喝道：怎么这样喝面茶？朋友不解道：我哪里错了？陶砚瓦急忙对大爷说：对不起，我没跟朋友介绍清楚。

杨雅丽说的护国寺小吃店，原本位于北京西城西四牌楼北部的护国寺附近，其经营的清真小吃有着十分悠久的历史。1956 年，是由政府出面将当年在护国寺庙会出名的十多位摊商组织起来，在紧邻护国寺的 93 号开办了这家清真小吃店，从此护国寺小吃开始了规模化发展。而今已有多家连锁店，成为深受北京市民喜爱的名牌。就在陶砚瓦家附近就有两家。一家在南边偏东，一家在南边偏西。而且距离都是两站地，坐公交车可达，步行也不算太远。

看今天的意思，杨雅丽是打算"腿儿着"了。

二人迅速洗漱、收拾停当，相跟下楼而去。

刚刚走出电梯，陶砚瓦的手机短信铃声响了一下。他打开一看，是沈婉佳发来的《自台经京返湘》：

此生萍迹竟何归，春雨秋风两不违。
四海无根随革命，三湘有水洗荷衣。
收身比较收心易，执德难堪执手非。

龙　脉

　　若许缘能千滴泪，好留一滴再长啼。

　　陶砚瓦看了，心里不觉一沉，眼睛里竟湿润了。他又从头读了一遍，记住了归、违、衣、非、啼五字韵脚。

　　杨雅丽旁边看得真切，便问道：谁呀？看得这么仔细？

　　陶砚瓦说：一个诗友，发了首诗过来，写得真好！

　　杨雅丽说：你掉眼泪了？

　　陶砚瓦忙说：没有啊，不会吧！说着就用手去眼角边擦拭。

　　杨雅丽从包里拿块湿巾递过来道：快擦擦，老大不小了，让人看见笑话。

　　陶砚瓦也不答话，嘴里念叨着"归、违、衣、非、啼"，伸手接过湿巾来就擦。

　　到了店里，杨雅丽点了面茶和油条，陶砚瓦点了豆汁儿、油条和茶蛋。二人找了个桌子面对面坐下，各自吃将起来。

　　陶砚瓦边吃边琢磨那五个韵字，按照其先后顺序，很快就步韵和诗一首《己丑秋日步婉佳韵》，并且输入手机里：

　　决意相逢醉不归，一朝梦醒事难违。
　　当街唤处春迎面，离恨来时涕满衣。
　　缘分何期长复短，感情休问是耶非。
　　为君再洒无声泪，独对余生空自啼。

　　反复看几遍，料无大问题，当即给婉佳发了过去。他估计婉佳应该到了机场，而且她应该能在飞机起飞关闭手机前，读到他的诗。念及此，陶砚瓦心里稍稍有了一点慰藉。

　　杨雅丽早已见惯陶砚瓦沉浸于诗境中的样子。那是一种魔怔的样子，一会儿掉泪一会儿傻笑的样子。看他疯魔完了，就说：你头发又长了，回去时路过理发店，你去理一理吧。

　　陶砚瓦就说：好啊，你带卡了？

　　杨雅丽说：带了。前天你儿子过来理发用了，他交给我时，我随手放我包里了。说着就从包里找出一张卡片递过来。

陶砚瓦接过卡片，问杨雅丽：他们几点营业？

杨雅丽边看表边说：应该是 9 点，现在过去差不多正好。二人又相跟向理发店走去。

这家理发店是个连锁店，由一家集美容、美发、足浴等为一体的现代化企业管理。创始人是个年轻老板，只经过十几年耕耘，发展规模越做越大，已在各地开设数百家连锁店，北京市就开了十几家。

快到附近那家店门口时，大概 8 点 20 分的样子，只见已经有人在排队等候，而且都像是退了休的老人。陶砚瓦也没仔细看，就对杨雅丽说：我先排上吧，你就别管我了。说着就站在了最后一个老太太后面。

杨雅丽随口"啊"了一声，就只顾自己走了。

这时排在前面的老太太回头上下打量陶砚瓦，似乎发现他哪里不对劲儿。陶砚瓦被这番审视弄得不自在起来，嘴里就嗫嚅着：您好，我有什么地方不对吗？

老太太也就不客气了，说：我看你这岁数，应该不到六十岁吧？

陶砚瓦说：不到，但是马上就到了。

老太太说：今天星期二，是店里的"爱老日温馨服务"，必须六十岁以上才有资格享受，而且只有十个名额。我已经是第十位了，你排也白排，待会儿还要看身份证，你也不够资格，而且也没名额了。

老太太边絮叨着，边用手指了指挂在墙上的牌子。

陶砚瓦顺着所指方向看去，果然看见牌子上面赫然写着：

为感谢新老客户的支持和厚爱，经高层会议决定如下：一、每个星期二上午为爱老日，免费为老人剪发。二、条件范围为六十岁以上老人，请自带毛巾。三、服务时间：早上 8 点 30 分开始，11 点结束。

再看前面排队的人，果然正是十人。

陶砚瓦心里马上明白了。就问老太太：我就是想理个发，花钱理就行。

老太太爽快地说：那你排什么队啊？进去理就行了。

正说话间，理发店开门了，这个十人的队伍鱼贯进入，一一到前台交验身份证，办理简单手续。

　　陶砚瓦也跟着进了门，他不经意间往前台一瞥，竟看到了熟人：张双秀及其夫人。二人显然排在最前面，因为他们最先办好了手续，正转身跟着理发师往座位上走。

　　二人也看到了陶砚瓦，都满脸堆笑地打招呼。

　　张双秀还给陶砚瓦使眼色，示意两人凑近些，拉着陶砚瓦的手，贴着陶砚瓦的耳朵问：啥时候回来的？济民同志恢复还不错？良利同志让你在家休息两天？好好！

　　陶砚瓦不解地问：您今天怎么没上班？

　　张双秀故作镇定地说：我知道你就会问。先告诉你吧，我已经退休了。

　　陶砚瓦心里一惊说：怎么？我们走时还没动静，这才几天您怎么会退休了？

　　张双秀语气淡淡地说：我身体不舒服，去医院一查，浑身尽是毛病，医生要求我必须住院治疗。到了我这个岁数，身体最重要，又不能耽误工作，不能给领导找麻烦，所以我主动递了退休报告，就开始安心治疗了。

　　陶砚瓦略感不解，还想用有点儿惋惜的口气再问他一句，但见张双秀摆摆手：老伴儿图省钱，非带我过来排队。咱们先理发，回头再聊！

　　说完就跟着年轻师傅理发去了。

　　这时，一个一直站在身后的姑娘问陶砚瓦：先生您要理发吗？

　　陶砚瓦说：是。

　　姑娘问：您想请哪位师傅理？如果顾客点名高等级的师傅要付相应的价钱。

　　陶砚瓦答道：我只是理个发，最便宜的价格，谁理都行。

　　姑娘说：好，请坐在这里，我先给您洗头。

　　理发店里面共有四个区域：理发区、冲洗区、烫染区、美容区，分别挂着牌子。姑娘让陶砚瓦直接坐在理发区的椅子上，显然是要"干洗"，即直接把洗发水倒在头发上，然后用手指在头发上抓洗，刮掉洗脏的泡沫，重复一遍上述动作后，最后用清水冲洗。干洗后，一般都要做头皮按摩。

　　理发区的座位已经有十位老者在进行简易理发。他们年高发白，白而稀少。特别是几个老男人，有的头部水土流失严重，顶部已完全荒漠化，只有周边还有稀疏几根长发，进行着地方支援中央的努力。所谓简易理发，就是不需要用水，坐下就理。才一会儿工夫，满地都是理下来的白发或花白发。他们因为是来参加活动的，是享受"义务"服务的，所以无不对小师傅们感恩戴德，毕恭毕敬。而陶砚瓦是来正常理发的，又是当天迎来的第一位顾客，所以洗头姑娘就似乎对陶砚瓦特别热情，她的声调、动作都很夸张，让陶砚瓦感觉有明显"作秀"的成分，从而心里也就不是太舒服。

陶砚瓦心里还想着张双秀的事儿。他听了半天还是不明白，张双秀怎么会主动递退休报告呢？而且是在一把手尚济民不在期间，这就比较蹊跷了。

就算是身体有病，需要治疗，哪怕是需要住院开刀，甚至进了 ICU（重症加强护理病房），需要开胸、开颅，就要递退休报告吗？陶砚瓦越想越不对劲儿。

还有这个张双秀，家住和平里，跑到这边要两三站车程，竟然带着老伴儿过来，还排在一、二位。后面的人肯定都不知道张双秀的身份，估计中组部的人更不会知道，在他们管理的政坛精英队伍里，会有张双秀这样的奇葩人物。

洗头姑娘见到陶砚瓦和张双秀说话了，因此就开始没话找话讲起店里的"敬老日"活动。说是他们都是老顾客，开始这个活动不限人数，搞一上午，把师傅们累得够呛。现在只限十人，还要每人交一元钱，并且自带毛巾，这样挺好，双方都认可。但是每次都会有排队，排够十人，也就没人再排了。

陶砚瓦的头刚刚干洗完，还在进行头皮按摩，那边张双秀老两口已经收工了，齐刷刷过来和他打招呼告别，难免一番客套。

本来张双秀是直接领导，地位在陶砚瓦之上，可今天在这个特定场所，他们却享受了两种不同的服务，明显是前者地位在下，后者地位在上，生生颠倒了过来。陶砚瓦感觉有点别扭，而张双秀却感觉很正常，他很适应。这让陶砚瓦感觉此人还是有"过人之处"的。

可又转念一想：你做领导的，岂能只顾自己，不顾别人？你身体有病，说退就退了，你领导的这一块工作怎么办？你领导的下属们怎么办？你对他们能没一点儿义务吗？能没一点儿责任吗？能没一点儿感情吗？能没一点儿挂念吗？

想到这里，陶砚瓦不禁扼腕切齿，义愤填膺。

从理发店出来，往家里走的时候，陶砚瓦又接到一个电话，而且是一个让陶砚瓦感到莫名其妙、匪夷所思的电话。

电话是王良利打来的，说是让陶砚瓦下午 6 点前到陶家附近的"问咖啡"找他，有事儿想请陶砚瓦帮忙。

陶砚瓦真是被王良利这通莫名其妙的电话给弄晕了。他发动自己大脑的每一个记忆细胞，把像素调至最高，把颈椎也敲击了几下，以免脑部供血不足，把全部记忆一页一页、一幕一幕筛过来筛过去，就没找到一次王良利主动找他帮忙，更别说主动请他喝咖啡了。

那今天是怎么了？太阳打西边出来了吗？是要地震了吗？

陶砚瓦多年来在家从不念叨单位的事儿，一直都是听杨雅丽讲她们单位的事儿。可今天风水变了，他一回到家里，见到杨雅丽，就迫不及待地把王良利来电话的事情说了，也想让杨雅丽帮着分析分析。

没想到杨雅丽听了，语气倒很平淡地说：这有什么可奇怪的？他是你的领导，一把手不在期间，他要承担平时不承担的责任了，有事情找你很正常嘛。况且你是一直陪着一把手的，他肯定想更多了解一些情况呗！也许他想让你配合他做什么事情。

陶砚瓦点了点头，又摇了摇头，说：好像也不是这么简单。听他的口气，还真是蛮诚恳蛮诚恳的，一点也没有阴阳怪气，像是换了一个人。

杨雅丽说：你知道有个"错误定律"吗？说是人们日常所犯的最大错误，是对陌生人太客气，而对熟悉的人太苛刻。你和王良利同事多年，属于太熟悉的人了，恰恰造成彼此的成见太深，双方都更容易判断错误。

陶砚瓦听了这句话，倒是感到很新鲜，也很受用。就说：夫人这几句话说得在理，还真是点拨得给力，我有种茅塞顿开的感觉。

杨雅丽听了，丝毫也不动容，却对"问咖啡"感了兴趣，说，我从"问咖啡"门口经过多次，也听人说这家新开的连锁店很有品位，就是还没机会品尝品尝。正好你今天试一试，如果还不错，哪天你请我去感受感受。

陶砚瓦答应着，还是在思考王良利的电话以及接下来可能会发生的各种情况。

吃完中午饭，杨雅丽想回看一个电视剧，手里拿着遥控器捣鼓起来。陶砚瓦说想上床躺一会儿，就拿上手机去里屋了。

刚刚躺下，还没合上眼，手机又来一条短信。打开一看，是沈婉佳来的：

似有高车驷马归，离乡十日叹睽违。
捧来珠玉风敲月，虏去吟魂露湿衣。
北道主人嗟气短，南丁格尔笑谁非。
既能挞傈催清泪，何必惺惺作态唏。

还是用前韵，只有五十六字，没头没尾，干干净净，显然是责备他在北京没有尽到地主之谊，没请她吃饭，也没陪她游览，甚至也没去机场送她。在台湾又调侃她应该得南丁格尔奖，既然知道给领导买挞傈，怎么不知道给她买点什么东西呢？这次五十六字中，不再空泛缥缈，而是涉及了具体的事件和小情感，透着亲切、自然、灵魂、调皮。陶砚瓦读着读着就笑了。他也毫不示弱，直接躺在枕头上用手机和诗一首《再和婉佳》：

南天遥望楚魂归，长叹诗魔素愿违。
山鬼有无飘酒梦，娥皇真假恋萝衣。
一方水土袷君贵，千里潇湘嗔我非。
直欲飞身呈挞傈，谨遵懿旨罪空唏。

他同样用婉佳的语气，步其韵答之。本来想用"闻道瑶姬颁懿旨，速呈挞傈罪空唏"结尾。自己读着感觉这样结尾就应该马上去买挞傈寄到湘西。想了想，他才改成现在的结尾，既表达了热情，又不必真的去折腾什么挞傈。

改后自己也很得意，心想：这就是所谓诗人的狡猾，或者也是男人的狡猾吧？

大约又过了一个时辰，手机再响了，又是婉佳发来了短信：

但能讨得庶羞归，不负诗魔名有违。
原本人间痴腹女，合该灶釜贱工衣。
古来修下前缘在，现世演成今果非。
万法皆空全罢了，只留一念是嘘唏。

　　这次又改了方向了：你说我是什么楚魂、诗魔、山鬼、娥皇，我统统不是，我就是"痴腹女"，围着灶台转的，可能和你前世有缘，才有诗词往来，甚至数日厮磨，但过去了就过去了，只留下一声叹惜而已。

　　陶砚瓦看了，心里也是一丝凄凉。他赶紧好言相劝道：

　　楚魄慢言人去归，诗魔且勿我心违。

　　但凭佳句横霜刃，须可华篇裁纻衣。

　　字字吟安成绝唱，行行精妙好司非。

　　今生有幸同拈韵，万世龙鸾未足啼。

　　陶砚瓦心想，说你是楚魂、山鬼、娥皇，当然是美言，有恭维的成分在。但"诗魔"这个雅号你可是认可了的，我也是由衷的。我们今后还是要切蹉琢磨，希望你永远做我的诗魔，做我的"司非"——专管错误的官员。只要有好诗作传世，即使百年之后，我们的生命也会长留人间。

　　发出去之后，大约过了几分钟，婉佳回复了一个字：谢！

　　陶砚瓦心里又笑了。一是沈婉佳心情应该好了，二是两个人用这五个韵脚在一天内各作了三首七律，应该差不多了，看来她也不会再折腾下去了。三是两个人用诗直抒胸臆，毫无滞碍，彼此都有畅快淋漓之感。人生若此，岂不快哉！

　　陶砚瓦闭上眼睛，心里想起沈婉佳的种种好处，也想起雅丽的"错误定律"。他转念又想，沈婉佳绝对是个一等一的好姑娘，是个让人爱怜的才女。但迄今为止，也仅仅是了解她诗词部分比较多，对她的性格、日常交往、家庭朋友、为人处世甚至脾气秉性总的还是了解比较少。按那个"错误定律"衡量，人们往往对陌生人太客气，而对熟悉的人太苛刻。也许沈婉佳就属于尚且陌生的人，其另一个部分，也许会有不少是她的缺点、不足部分？

　　也许吧？肯定的！因为真实的生活有时是非常残酷的。

　　但是，我们又何必需要对每一个人都了解得透彻无比，方方面面，点点滴滴，里里外外，从头到脚，过去如何，现在怎样？真要那样，你累不累，傻不傻？真要那样，你将没有一个真正的朋友，更别说爱人。

想到这里，陶砚瓦又释然地笑了。他为拥有沈婉佳这样的诗友欣慰、自豪。和沈婉佳谈诗、唱和，非常舒服畅快，这就够了，足够了！

就又想王良利的电话，想王良利这个人。想来想去，只剩四个字：索然无趣。

王良利那天在心情烦躁时，接到了杜秋水的电话，而正是这个电话，让他找到了解决问题的钥匙。

杜秋水在电话里说：良利啊，你别整天高高在上，在大机关里悠然自得。你是书协会员还记得吗？咱班几个会员，最近可都在找我啊！

王良利那次在学校学习期间，也带着笔墨，没事就找旧报纸划拉划拉。没想到这个破习惯让杜秋水看到了，还很感兴趣，当时就说了句：老兄还有这爱好？好！我介绍你加入书法家协会！当时王良利只当是开个玩笑，随口说好好，你介绍我入会，我请你吃饭！

杜秋水笑道：我说介绍你入会，是有开玩笑的成分，因为我自己都不是会员，哪有资格介绍你入会？但我会提供帮助给你。按照书协规定，凡要求入会者，必须参加书协组织的全国书展，或者得了奖，或者多次入展，才有入会资格。但有些对书法事业颇有贡献，却又不可能参加展览的人士，我们还开了一个口子，就是"特批"。即按程序填表、找会员推荐、经分会申报上来，我们开会研究，特别批准少数人士入会。你如果走这个渠道，我可以提供力所能及的那么一点小小的微不足道的帮助。

杜秋水说着，还把左手的拇指和食指捏合成孔雀头形状，在王良利面前啄了几下。

这个杜秋水是个笔杆子，从基层干报道员开始，然后进入政界，宣传、组织都干过，一步步上升，进了北京，到了现在的位置。虽然在文联任职，管着书协，但其实他不懂书法，也看不出什么道道。他只想一个群众组织，多团结点人有什么不好？看见王良利写毛笔字，上党校也带着行头，就认定应该鼓励，而鼓励的手段当然是让他加入书协。不光对王良利，当时班里还有两个从省里来的书记、市长，也煞有介事地挥毫泼墨，说是经常题字，不练不行。于是从党校毕业不久，他就推荐几人加入了书协，成为正式会员。

地方那两个大员自然是颐指气使，到处题字，名利俱收，无限风光。而王良利的路子正好相反，他是入会归入会，原来咋的还咋的。从拿到会员证那天开始，他就把证往抽屉里一锁，别说同事，就连他自己老婆也没讲。用张双秀的话，真就像"烂在肚里"一样。

其实也不是王良利喜欢低调，而是他十分清楚自己书法方面的造诣，是远远不值得夸耀的。特别是单位原来就有几位书法大家，在身边晃来晃去，就连陶砚瓦都是堂而皇之地入会，张牙舞爪地办展览了，遑论其他！但自己好歹是班子成员，如果贸然把会员证亮出去，等于公开亮丑，公然违反做人要善于藏拙的古训。因而，这样愚蠢的事情，他王良利堂堂北大毕业，怎么会这样冒傻气？

所以，王良利是中国书法家协会会员的事，单位没人知道，家里没人知道，社会上也只有几个人知道，知道的几个人也很少提及，即使提及机关也没人知道，久而久之，连王良利自己也都淡忘了。加入书协只是在入会时一次性交纳几年的会费，书协平时也不组织什么活动，只是隔三岔五地邮寄一份《中国书法报》，王良利收到了，也是爱看不看的，有时翻一翻，有时连信封都不剪开，直接就丢进纸篓里了。

而这一切，杜秋水是不知道的。他偶尔见面或者打电话问起来，王良利都是闪烁其词，嘻嘻哈哈对付过去。比如问：良利还每天练字吗？就答复：啊当然，每天瞎划拉，不能辜负领导推荐之恩啊！又问：那一定大有长进啊？就答：啊不敢，不敢，略有进步而已。最后就嘻嘻哈哈过去了。但在杜秋水心目中，可是很有成就感的，他想的是：我又为书法队伍增砖添瓦、扩大影响、做出贡献了。

世上的事情就是这样吊诡，不知有多少人在为加入书协竭尽心力：有的夜以继日，池水尽墨；有的遍访名师，程门立雪；有的高价报班，千里听课；有的请客送礼，求仙拜佛；有的辞职北漂，抛家舍业！但是结果呢，仍然有人费尽移山心力，两鬓如霜，依然是看得见远处的山，但山却还远。入会，多少人憧憬了一辈子，也许仍是一个虚无缥缈的梦。

可有的人，却不费吹灰之力，稀里糊涂就入了会，而且入了会还不把这事当回子事！

王良利原本就不把会员当回事，可这天接了杜秋水的电话，却让他动了心，开了窍儿！

也不是杜秋水施展了什么魔法，或者说杜秋水做了什么思想工作，讲了什么大道理，而是他在电话中透露了一点口风，使得王良利醍醐灌顶，茅塞顿开了。

杜秋水向王良利透露的口风是：

良利啊，他们为什么找我你知道吗？估计你是不知道！最近书协要换届了！主席、副主席竞争得很厉害！不少人动用各种资源，写条子，打招呼。我这段时间就天天碰到这样的事情，不胜其烦啊！咱班那两个小子，也不断找我活动，想当书协理事。你不知道吧，当个书协理事可不是闹着玩的！都是一起入会的，你还在北京工作，可怎么你就这样淡定、这样高风亮节呢？你真是让我感动！你不仅本人不找我麻烦，而且你也不为别人找我麻烦！良利啊，我真佩服你！现在政界风气不好，书画界是个大名利场，更是争风吃醋，五马乱跳。在这样的情况下，你老兄超凡脱俗，坚持内修，不为名利所动，我佩服你！所以我一定给你打个电话，因为我查了一下，你们单位此前没有理事，现在也还没有推荐理事，我个人提个小小的建议，是不是你们推荐一个上来，具体推荐谁我不干涉，我只管你们推荐上来后，我会认真对待，决不能让老实人吃亏！绝不能不会哭的孩子没奶喝！你明白我的意思了吧？

终于轮到王良利说话了。王良利马上用明显带有阿谀奉承之语调答道：

老杜啊，我更佩服你啊！首先我代表我们单位一把手尚济民同志，代表我们单位全体工作人员、书法爱好者，向你表示由衷感谢！感谢你秉持公道，正大光明，对我们单位书法事业给予特别重视和大力支持！我们会专门研究一次，抓紧确定并推荐合适人选！不管我们推荐谁，还请你多多关照，继续支持！

杜秋水说：好，也请你转达我对济民同志的问候！谢谢你们对文联工作的支持和帮助！三天之内把材料报给我，不管现在风气怎样，你们放心，我会一如既往地关注你们的事情！还是那句话，不能让老实人吃亏！

王良利放下电话，心情转好。他早听说过书法近年大热，不少人靠写字发了财。他老婆家里一个堂弟，本来是个民办老师，当年来北京靠写字闯荡，晚上经常睡水泥管子，像个要饭的。后来报了名人开的班，入了书协，五年前据说是花钱买了个理事，马上身价大涨，润格飙升，如今竟然在郊区买了楼，出门还带着两个美女助理！如果我王良利于即将退休之际当了理事，不是一样可以在圈子里混一混嘛！如今这些混书法的，不就是提个兜兜，装几根破笔，带几块石头印章，就到处刷纸，抹几笔"天道酬勤""上善若水""厚德载物"之类的俗话，就能赚到盆满钵满！他们竟然比画百元纸币都容易！

如今这个理事肥差，就放在我王良利的眼前，而且伸手可触，唾手可得！

这就是俗话说的"天上掉馅饼"；成语说的"守株待兔"；古语说的"久旱逢甘霖，他乡遇故知。洞房花烛夜，金榜题名时"。还有一些俗话是"瞎猫碰上了死耗子""傻人有傻福""该是你的别人抢不走"等等。总之，我王良利于即将退休之际，大有时来运转、柳暗花明之慨。

但是他转念一想：上帝给你打开了这一扇窗子，是不是要给你关上另一扇门呢？

他又想起陶砚瓦。而一想起陶砚瓦，就像给他兜头浇了一瓢凉水。

第三十一章　割舌计划

早上满腹心事的王良利一上班，正在神情郁郁愁眉不展的时候，无心抹字，就站在窗前发呆。他望着屠春健刚刚换过的石头，石料跟原来一样，颜色、石质都完全一样，只是形状不同。这块石头较前圆润，凸凹少，内容比较简单，不需过多解读，一望而知其大致情状。其实它就是一块最普通、最平常、最简单、最无趣的"奇石"。

原来王良利也没注意过原来的石头，什么什么图案，完全是牵强附会，硬扯的嘛！但自打屠春健说了龙克牛之后，他就来了灭顶之灾。而决定换上这块石头之后，竟然上演了惊天逆转一幕，峰回路转了！看来这玩意儿也别完全不信！特别是还有尚济民的例子，龙克狗克得都病倒异乡了！

就看这次能否化解掉陶砚瓦这根刺了！

正独自乱想时，屠春健推门走了进来。屠春健这两天也在想陶砚瓦。

从私人感情来说，陶砚瓦和屠春健曾有过多年的上下级关系，配合总体上也是不错的。但两个人的私交并不紧密，甚至有些疏离。细数一下，两人的性格一个喜舞文弄墨，一个喜拆屋建房；一个喜欢与文化人交往，一个乐与工程老板切磋；一个对上级不卑不亢，不吹不拍，一个则喜欢有事没事找领导磨叽磨叽；一个对下属特别是服务员、打字员、电工、司机也客客气气，一个则对这些人颐指气使、训骂呵斥。两人表面上还算和谐，其实内心里互相看不起，尤其不认可彼此的工作思路。

本来现在屠春健也不归陶砚瓦管了，陶砚瓦也不挡屠春健的路了。屠春健掌握着服务中心的运转权力，想怎么折腾就怎么折腾，按说应该没有什么过节了。但屠春健心里，总有个过不去的坎儿，那就是当初陶砚瓦管着，他想做的事，陶砚瓦不同意就做不成，而现在他是一件一件都做成了。开始还是比较得意的，感觉很过瘾的，但事后也并不是人人都叫好，机关里甚至还有人讲他的坏话，说什么他不如陶砚瓦。这话他听了十分不悦。再看陶砚瓦的态度，对他的工作不评论、不欣赏，一副终于解脱、与己无关的样子。这让他很不舒服，他甚至怀疑陶砚瓦讲过批评他的话，影响了机关对他的风评。所以他一定要证明，自己比前任陶砚瓦会干，干得更好。他这个意识十分强烈，于是就把陶砚瓦视作压在头上的一座山，直欲推倒而后快。而这个目标，当然与王良利一拍即合。

两人一见面，先略有寒暄，接着就说起石头，说起尚济民。

王良利说：不是我怕克，实在是我担心济民同志啊！我是出自维护大局的考虑啊！接着就把尚济民生病的事儿，陶砚瓦已回来的事儿和盘端给了屠春健。

其实屠春健早就听到了风声，只是他不想显摆，这会儿他还是耐着性子细细听完王良利的消息。直到最后的嘱咐：不要说出去云云。

屠春健知道拍王良利的马屁很容易，就是他讨厌谁，就多说那个人的坏话。于是他就说：哎呀不好，陶砚瓦这人嘴巴向来不严，可得让他管住自己的舌头！

王良利长叹一声说：让别人管住舌头容易，让陶砚瓦管住舌头难啊！

屠春健以手作刀往下一切说：既然管不住，给他割了得了。

王良利听了大吃一惊说：别瞎说！违法的事儿咱可不能干！

屠春健笑道：你们当领导的就是胆儿小。咱哪能干违法的事儿！我是说要想办法让陶砚瓦的舌头不起作用了，说话没人听了，没人信了。把舌头给他废了，不就达到目的了吗？

王良利恍然大悟说：你详细讲讲！

屠春健见王良利来了兴致，心想这不就是你常干的事儿吗？但他还是颇为得意地说：既然领导让我说，我可就说了，说对说错请领导担待。

王良利说：你但说无妨！

屠春健就说出一席话来，还真让王良利听后开了窍。他说：在机关里混，混什么？就是混个名声。在群众中混名声，不如在领导心里混名声；在一般领导心里混名声，不如在一把那里混名声。如今陶砚瓦立了头功，一把下一步一定会器重他，他自己也正等着有好事儿呢。但是他这会儿也最容易出娄子，不仅仅因为他这会儿得意忘形，更因为他其实最容易伤到一把，因为他可能掌握着点东西。比如我，想伤害他，咱隔着八丈远，伤害不着。他牛，他能伤着，只要他把一把伤了，他原来的功劳就一文不值了，他说话不灵了，他的舌头就等于被割掉了。陶砚瓦吃软不吃硬，对付他这样的必须用软刀子，哄着他，让他把舌头主动伸出来让你割。

王良利听着听着，感到自己背上一阵凉风吹过，他不禁打了个冷战。他感觉要使自己平安脱险，必须清除一切隐患和不利因素。他想起的"宁可错杀一千，不放过一个"，又想起"无毒不丈夫"，越想越坚定了必须用一点铁腕儿。

他开始认真考虑这个割舌计划了。

陶砚瓦大概 5 点 50 分到了"问咖啡"店。这家店就在他家附近，王良利选在这里与他见面，透着一种关爱、一种体贴、一种礼贤下士的姿态，让陶砚瓦感觉很暖心。同时也让陶砚瓦感觉怪怪的，因为这就不像是王良利干的事儿。他带着疑惑、好奇和不安走过来，心里打定的主意是：一如既往，只听不说。

一进门，就看见王良利已经站在最里面靠窗户的一张桌子前，脸上带着笑意，冲他挥着手。

陶砚瓦也很客气地朝王良利挥了挥手，径直朝那个方向走了过去。

王良利主动握手时，笑着说道：砚瓦辛苦了！刚刚回家，也没让你好好休息，又来麻烦你，真是不好意思！

陶砚瓦越听越糊涂，嘴里支吾着，心里更是布满疑云。

一落座，王良利就把服务员喊过来，对陶砚瓦说：你看想喝点什么，吃点什么？今天我请客，你随便点。这家店离你家近，我没来过。

陶砚瓦对着服务员说：我不喝咖啡，有什么茶？

服务员笑道：先生您好！我们"问咖啡"有专供的"问茶"系列："问龙井""问龙袍""问普洱""问坦洋"'"问观音""问菊花""问茉莉"，您自选一款吧。

说着递过来一本茶单。

陶砚瓦说：新鲜！那就来一杯"问坦洋"吧。

服务员说：好的，马上来。转身又问王良利：先生您要什么？

王良利一愣说：我要一杯咖啡吧。有什么吃的吗？

服务员说：有三明治，还有几样西点。

又把一本餐单递过去。

王良利说：我们要谈点儿事儿，请你帮我们选些吃的，最后我来埋单。

服务员答应着，很有礼貌地转身走了。

王良利望着陶砚瓦，特别注意到他眼睛里的疑惑和不信任，这当然是多年交往累积形成的，是横在两人中间多年的障碍物，而且这障碍物就从来没有好好清理过。

清除这个障碍物就是王良利今天最先干的事儿。

而清除的手段就是王良利想尽力表现出来的真诚。

陶砚瓦喜欢直来直去，不喜欢绕圈子，所以必须开门见山。

王良利说：砚瓦啊，我是真有事儿要求你帮忙啊！

说完他再看陶砚瓦的反应，依然不动声色，平静地等待他往下说什么。

他本来指望陶砚瓦会问：求我帮忙？你有什么事儿要我帮忙的？

但对方毫无反应，他只好自顾自接着说：我的事儿，也不完全是我个人的事儿，也有你的事儿，当然首先是我个人的事儿。明显是又想卖卖关子、绕绕圈子。

陶砚瓦还是依然故我，只呆呆地望着他，嘴里不说一句话，鼻子里也没哼一声。

他只好从手包里拿出个小蓝本本，递给陶砚瓦说：你先看看这个。

陶砚瓦接过来一看，很熟悉，是一本中国书法家协会会员证。打开再看内页，左侧是王良利的照片，照片下面盖了钢印，编号是四位数，自己那本好像是五位数了，再看入会时间，果然比自己还早一年！

陶砚瓦终于说话了：您加入了书协？真没听说过。

王良利得意地笑道：你看，我这人嘴够紧的吧？当然也不是我嘴紧，是我书法的功力不够。我要藏拙，不敢示人。不像你，书法功底好。今天给你看，可不是要在关公门前耍大刀，而是想请你帮忙办一件事儿。

陶砚瓦脑子里一直在猜测王良利想让他帮什么忙，现在看了小蓝本本，就猜想跟书法有关，莫非是想请他找老师？还是想请他帮忙办展览？出小册子或者印小拉页？

　　王良利看出陶砚瓦已经迫切想知道什么了，反而不紧不慢地说：砚瓦啊，我这个人自视并不高，也没什么追求。最近听到一个信息，说是书协要换届了，不少人正在活动，好像是竞争当理事。他们也想让咱们单位推荐一个人选。说真的，我第一个想到的就是你，你的诗词、书法造诣谁不知道？我是自感不如的！但我跟其他同志碰了碰，他们却要推荐我。你看，这不是让我为难嘛！所以我来找你商量，趁济民同志不在，我想斗胆做主，咱们推荐两个，你和我都推荐，争取上两个。你看怎么样？

　　说到这儿，王良利就用眼睛直视着陶砚瓦，观察他脸上的任何细微变化。但陶砚瓦还非常镇定，表情依然不冷不热，也用眼睛直视王良利的眼睛。反而是王良利眼睛先眨了一下。

　　陶砚瓦心想：我就知道你不乐意推荐我，你摆什么八卦阵我都不能轻易上钩。

　　其实陶砚瓦也早听说了，也确实想让单位推荐一下，他自己再活动活动。但他也听说这是挤破头的事儿，没有十足把握，推荐也是白推荐，因此就没有贸然行事。

　　陶砚瓦马上警觉地想：你现在要推荐两个，明显是让我当垫背，或者当炮灰，我才不干呢。于是嘴里也不紧不慢地说：

　　好像不妥吧？咱们单位原来一个也没有，现在别说上两个了，上一个都难。还是推荐一个吧！

　　王良利见陶砚瓦终于开了尊口，心里一喜说：推荐一个，等于你让我为难。你说推荐谁？推荐你？我不怕你不爱听，咱们内部恐怕通不过；推荐我？那我再说句心里话，我实在于心不忍。我左思右想，就是想推两个，想请你抓紧利用几天时间跑一跑，做做工作，争取最好结果。这是我昨晚弄了个推荐材料，也请你自己今天抓紧搞一个。我的侧重介绍热爱书法，组织书法活动，突出领导作用；你的应该侧重诗词、书法功力，突出专业能力。咱们各有侧重，并不矛盾。两份推荐材料你统一整理调整，弄好了你也不用去单位，明天我让我太太过来取，给我盖完章，我下班后交给你。后天是星期四，你上午拿两份材料到文联找杜秋水，当面跟他汇报汇报。砚瓦啊，谋事在人，成事在天，尽量别说这事儿不能办。在中国，什么事儿不能办？是你不能办，办不成，别人兴许就能办，也办得成。我把底儿都透给你了，你好好想想，看看我说的有没有道理？

陶砚瓦说：谢谢您对我的重视和推荐。据我了解，书协理事超过百人，除各省级分会各有一二代表外，其余都集中在北京。北京是按照各部门、各系统分摊，各部委、军队各大单位都有分摊，有的单位有一个，有的还不止一个，比如军博就有五六位理事。咱们一是没有成立分会，二是从未争取过，所以目前是一个也没有。如果您上面有人支持，那我们就报您试一试。假如上面没人照应，报一个也通不过。

王良利说：砚瓦啊，你这就不对了。我说报两个，把你报上，是真心实意的。你这么坚决地拒绝，是对我不相信、不领情？还是另外什么原因？我心里愉快不愉快，咱放下不讲，你这样做对自己有什么好处呢？不瞒你说，文联的杜秋水跟我比较熟，你拿上信找他，当面谈谈。如果你还认识别人，也可以找一找。说真的，我还真想当个理事，自己水平如何自己也清楚，但我对书法的爱好是真的，为书法跑腿出力的愿望也是真的。另外我听说有人为跑个理事花费几百万，咱们一分不花，当然咱也没那么多钱，跑成了算是白捡，跑不成咱没一句怨言。怎么样？你就算给我个面子，报咱两个，你拿上你印的拉页，给杜秋水看看，说不定就会有奇迹出现呢！

陶砚瓦说：报理事还是报您一个，报我个专业委员会的委员就行了。杜秋水就是这件事儿的正管。找他应该就足够了。我也不认识比他高的人了。

王良利心想：就像黑帮一定让新来的杀人，贪官一定让办事的下属分赃，只有把你陶砚瓦报上才有让你跑的理由。假如就报我一个，还让你去跑，不是明摆着给你留下话把儿吗？

嘴里就说：砚瓦啊砚瓦，我是真服你了。我不说是你领导，起码大你几岁，怎么着也是你老大哥吧？你就听我的：报两个理事人选！人家最后怎么安排听人家的！

实在说，书协理事对于陶砚瓦还是有吸引力的，他心里也确实是想过的。中国书协会员全国有一万多人，而能谋得理事或理事以上职务，是对于一个会员书法艺术的认可，以及对该人在书坛地位的认可，与此同时，他的润格会大幅提高，活动要明显增多，真正是名利双收！当然，除了这些世俗意义上的好处，陶砚瓦更看重的是自己的诗词，会随着自己书法的成功而被世人认可。诗词被认可了，才是他实现自我价值的最好体现。

于是，陶砚瓦就点点头说：好，按您意思办。

王良利说：今天咱俩见面儿，包括说的事儿，都得保密，将来无论成败，都不能说出去。俗话说：要"烂在肚里"。特别是咱们单位，更不能让任何人知道。有个"嫉妒定律"你听说过吗？是说人们嫉妒的往往不是陌生人的飞黄腾达，而是身边的人飞黄腾达。其中的道理，想必你都知道，我就不再啰唆了。

陶砚瓦又点了点头说：好，恐怕还是要做最坏打算。

王良利说：别的话我不说了，你办事，我放心！来，咱们以饮料代酒，碰一碰，干了再吃点东西。

二人比画了一番，就边说边吃起来。

王良利又问了尚济民犯病和治疗的过程，问得还很详细。陶砚瓦就一一作了介绍，也回答得比较详细。

王良利说：砚瓦啊，趁着今天这个机会，我还想和你交交心。咱们共事多年了，也算是缘分吧。但我这个人毛病比较多，虽然长你几岁，职务比你高点儿，但其他方面不一定比你高，今后还要多向你请教。

陶砚瓦听了这几句话，着实被感动到了。他认识王良利以来，头一次听他讲了几句还算是真诚的话。陶砚瓦是典型的衡水人性格，天不怕地不怕，就怕人家真诚，人家一真诚，他立马缴械。便赶紧说：哪里哪里，我的毛病更多，以后还望多多担待。

王良利说：当年我为了提职，天天给人家打水，这你最清楚。我看你绝做不出给领导打水的事儿，你走的是"名士"路线，但是你的提职就比较慢。因为你放不下架子，你太好面子，领导对你就不放心。打水算个什么？那就是个小事情嘛！我做这点小事情，就能实现目的，你想想对方水平也不怎么样，是吧？当然，我这个打水的有时也羡慕你这个不打水的。羡慕你什么呢？羡慕你身上保持了一种东西，文人叫清高，或者叫风骨吧？机关也许有人欣赏你，现在我们都将面临退休了，回头看看自己的路，是打水好呢，还是不打水好呢？网上好像还有一个"吃亏定律"：就是说只要你不认为自己吃了亏，别人也就一定没占着便宜。我感到这话讲得也没错，自己心里保持淡定，是最重要的。

这一席话虽然很平静，但却在陶砚瓦心里引起了波澜。他想起多年来，他一直对王良利看不惯，看不惯他的阴暗、浅薄和猥琐。但他能讲出这一席话，敢于把自己的内心，摊在阳光下亮一亮，也算是个男人吧。

陶砚瓦说：你讲到这些往事，确实你的有些做法我不认同。但我也常常感到怀才不遇。多年来我就总想苏东坡，他遭人陷害，是受了黥刑的，但他不仅顽强活着，而且还能在逆境中不断写出名篇佳作。这样的精神，才是真正的中国文人、士大夫的风骨。我是对他极为钦佩的，我自己的人生，也想以他为楷模。但是自己平淡无奇，既没受那么大的冤屈，也没写出什么传世名作。想想真是矛盾，是应该为自己没遭大劫而庆幸呢，还是应该为自己的生命过于平淡而失望呢？生命往往是在受到强烈撞击、挤压、折磨时，才会焕发出绚丽的光彩。但是谁会在一开始就选择痛苦呢？

王良利说：砚瓦啊，你虽然不能与苏东坡比，但起码你在机关，是保持风骨最多的人，也是在文学艺术道路上走得最远的人。

陶砚瓦说：哪里哪里，我还是不够刻苦。

王良利感觉差不多了，就说：今天咱们说定了，你把推荐材料弄好了，我就让我爱人过来取。

陶砚瓦说：不用了，还是我发您邮箱吧。

从"问咖啡"店出来，王良利打了辆出租车走了，陶砚瓦则独自步行回家。

两个人在机关之外见面约谈，而且还谈的是这样轻松的话题，两个人心里都感觉到有点儿怪异和不可思议。

王良利坐在出租车的副驾驶位子，望着车窗外朦胧的街市，回忆他刚才的谈话内容，又一次对自己的出色表现深感满意，首先他用推荐书协理事这一招儿，既能够让陶砚瓦多忙活几天，不用去机关露面，又成功地解除了他的心理防线，让他感受到自己的真诚。而且书协理事这种事情，弄不成很正常，弄成了也构不成对王良利的损失。

其次是成功了解到陶砚瓦护理尚济民的第一手材料，包括还有一个年轻女子也有参与的材料。对这些材料巧妙利用，将极大地提高割舌计划的成功率。

最后，他通过主动亮出打水的陈年往事，既是一个官场成功人士对自己当年青涩人生的辩解，也从侧面敲打了陶砚瓦的清高气焰。就你陶砚瓦知道要尊严和面子，我何尝不知道？但我临时丢掉一点尊严和面子，却能换取人生的更高境界，到底谁是傻子，这不是明摆着的吗？

他心里感叹软刀子确实比钢刀子好，因为用软刀子可以不让对方察觉，从而也就不做任何防备，由着你下手游刃，想割哪儿就割哪儿，需要割多少就是多少。而且软刀子用了也留不下任何痕迹，不用担心任何人任何形式的追究报复。陶砚瓦啊陶砚瓦，你不是感叹自己的生命过于平淡吗？你就等着吧！命运也许会给你想要的"惊喜"！

他这会儿好像是一个技能高超的猎人，挖好了陷阱，布好了诱饵，正在亲眼看着猎物走进来。

而在另一边，陶砚瓦在街上走着，抬头看看天，天上昏昏沉沉的，这晚空气不好，像有一个大锅盖，把整个城市死死罩住了。街上的车辆和行人都像是急着往家赶，一刻也不想停留。街灯亮着，店铺开着，仍有些许生气。

陶砚瓦当然不知道王良利见他的良苦用心，不知道王、屠二人的"割舌计划"，更不知道接下来会有什么陷阱在等着他。他这会儿又想起沈婉佳，想着她又回到了自己的家乡，那是她熟悉而又温暖的地方。那里的夜晚是有星星和月亮的，那里的空气一定很洁净，每立方厘米里的负氧离子含量应该有一万个以上吧？

他又想起苏东坡的"人有悲欢离合，月有阴晴圆缺，此事古难全"。古时候的人们还可以"千里共婵娟"，而现在千里万里依旧，"婵娟"却难以与共了。我们当代人每天吃的喝的看的用的，那可是超过古人多少倍。但是，我们是无论如何都找不到古人那般清纯、那般美好了。是因为我们想拥有古人曾经拥有的东西本就是过高奢望呢？还是因为我们的懒惰、淡漠、苟且、放纵、浅薄乃至贪婪，追求了本不应该属于我们的东西，既糟践了老祖宗留下的，又透支滥用了本该留给子孙的东西呢？我们以各种理由把山挖了，把河断了，把林砍了，把空气污染了，而且说起来都痛心疾首，捶胸顿足，但又不见停下这一切！我们这一代人，会不会以最自私、最谬妄、最不负责任而名垂后世呢？

他忽然感觉苏东坡是个心灵无比强大的人。他应该就是罗曼·罗兰说的"真正的英雄主义只有一种，就是看清这个世界的本来面目，并且去热爱它的人"，是"并非以思想强力称雄，而只是靠心灵而伟大的人"。

罗曼·罗兰心目中的英雄是贝多芬、米开朗琪罗和托尔斯泰，他们或受疾病折磨，或遭遇悲惨境地，或内心挣扎惶惑痛苦，总之是深重苦恼，窒息心灵，摧毁理智。但是他们凭着对人类的爱和信心，不改初衷，勇敢前行，留下了不朽的音乐、雕塑和文学巨作。

苏东坡和他们一样，都是心灵强大的真正意义上的英雄。

陶砚瓦见街边那个熟悉的小书店还开着门，就抬脚迈了进去。他随便翻了几本书，都没引起兴趣，突然看见一本封面是墨黑色调、于墨黑中闪烁着两只狼眼的书，书名《狼图腾》。他就打开看起来。

这个书名他注意过，但他对当代的小说没有兴趣。他有几个作家朋友，有时还收到过他们赠送的新书，但往往是翻几页就看不下去了。这是他第一次打开《狼图腾》这本书，首先是编者荐言"享用狼图腾的精神盛宴"，然后正文的每篇开头，都引用几句或者摘录一段文字，来强调和概括书中关于历史、文化、图腾的内容。书的封底有四位人士的评论，其中有两句话说它是"直逼儒家文化民族性格深处的弱性"，"显示了我们正视自身弱点的伟大精神"。

陶砚瓦就掏钱买了一本，想认真看看此书是如何"直逼儒家文化民族性格深处的弱性"的。

第三十二章　知恩图报

尚济民犯病之后，救治比较及时，在医生以及陶砚瓦、沈婉佳等人护理下，病后三天即恢复意识清醒，算是相当幸运的结果。

尚济民醒过来后，周敬先在蒋绫春陪同下来医院看望一次，两人一见面，尚济民情绪有些激动。周敬先很有分寸地说：尚先生少安毋躁，安心静养，大事情刚刚开始，你一定能功德圆满的！

尚济民夫人赵蔚云和北京医院的医生过来之后，见尚济民的生命体征日趋稳定，就配合医院对他进行康复训练。他每天在病床上移动翻身，慢慢地起来坐一坐，还在他夫人的帮助下练习双膝和单膝立位平衡。练完坐之后又练习站，站得差不多了又练习走，十天后尚济民可以不用夫人搀扶独自在楼道里走路了，他甚至还想试着练习上下楼梯。夫人赵蔚云说你别逞能，绝对不行！

但夫人却鼓励他自己洗脸漱口，穿衣吃饭，梳头写字，自己上厕所，生活尽量自理。还上街买回一支手杖，让他练习走路用。先在平地上走，还让他练习绕圈儿、拐弯儿、过门坎儿、上下台阶。

尚济民心里想着单位上的事情，特别是国学馆的建设。机关只有秘书孙健来电话，都是打给赵蔚云。也不谈工作，都是问病情，盼康复。有次夫人还把电话交给他，和孙健聊了几句，也只是转达大家的问候，然后安慰几句。想问问工作，就说请以身体康复为要，其余不要担心，大家都努力推进，一切顺利！想着给机关打个电话，问问进展情况，但遭到医生和夫人的明令禁止，自己的手机也早让夫人收缴了。赵蔚云说：你现在唯一的任务就是战胜疾病，要与医护人员、家人配合好，共同战胜疾病，力争最好结果。你着急会对康复造成影响，工作先放下吧！

但尚济民还是问，像我这种情况，要多久才能恢复？医生说即使没有再次出血，一般的情况下也要两周后才能度过危险期。两周后到一百天是最佳康复期，半年以后就进入后遗症期，康复就不会有太大进展了。

尚济民又在私底下问北京医院的医生：我什么时候可以回北京？

那位医生说：至少要在十天之后，再视情况而定。

尚济民无奈，只得遵照医生和夫人的要求，积极进行康复训练。他身体基础好，又一直坚持运动，再加上治疗条件也不错，所以身体也确实在迅速康复，他的信心也越来越足，心情也逐渐好起来。

他还是反复在思考国学馆的建设，包括建筑设计和展陈内容的事情。他还想着赶紧回京，去统率整个单位的各级官员和大事小情。他甚至还想着陶砚瓦，感觉这人挺实诚，表面上不卑不亢，但实际上他内心还是有热情乃至激情的。国学馆将来建成之后，是个正局级单位。陶砚瓦可以考虑安排当馆长，或者执行副馆长，或者党委书记。那个沈婉佳诗写得好，真的可以办理调京，在国学馆安排个工作。

近日王良利有意无意表现得焦虑不安，心情较差，他几次找孙健过问尚济民的病情，答复都是越来越乐观，情况正在迅速好转。他就对孙健说：我心里十分纠结，既不愿意过多打扰济民同志康复，希望他安心静养，但又期盼他早日回京，很多事情需要向他请示啊。我本来是临时负责，时间太久就感到有压力啊。

在陶砚瓦回京的五六天后，机关里知道尚济民病情的越来越多，一两天上上下下就都传遍了。一是本来就有几个人知道，再加上王良利、屠春健、孙香品故意放话的因素，所以这件事情怎么可能隐瞒太久呢？

这天屠春健又推开王良利办公室的门，没想到正撞上孙香品坐在王良利怀里。屠春健触电般扭头要走，这时听到孙香品说了声：屠主任，回来！

这一声喊，声音清脆嘹亮，既有熟女的风情万种，也有飙女的威风凛凛。屠春健不由得停下了脚步。

只听孙香品又说：你们有事儿先谈，我先回去了。

屠春健只好硬着头皮回来。孙香品笑吟吟地正欲款款移步，惊魂未定的王良利说：你先别走，春健不是外人，咱们还有事儿商量。

那孙香品果然转过身来，一屁股坐在旁边的沙发上，还指着另一个沙发说：屠主任请。

等屠春健落座后，王良利的心情已经整理完毕，他用十分恳切的语气说：春健啊，我正和香品商量，咱一把手在台湾生病，明显是为工作累的。这都快十天了，虽说北京医院和他夫人过去了，但咱机关还没任何表示啊！陶砚瓦一回来，这事咱也瞒不了了！那天我见了见陶砚瓦，他好像很得意，吹嘘他自己怎么怎么辛苦，怎么怎么用心，还在街上找了个女的去照顾领导，而且还让领导夫人给撞见了，真是成何体统！我想既然由我主持机关日常工作，双秀同志已经退了，别人也先不用找了，就咱们三个人商量一下怎么办吧！

屠春健马上就明白了，他说：真是，瞒来瞒去的。陶砚瓦可能感觉自己是大功臣了，跟叶帅一样了！我看咱们机关应该派个人去一趟，一来慰问慰问，二来也给一把通点儿信息。

屠春健真是说到王良利心坎儿上了，王良利马上说：春健这个建议非常好！说完接着问：你看谁去比较合适？

屠春健一看孙香品，孙香品立即冲他使个眼色。他马上就顺着说：去的人一定要最能代表组织，还要心细，会照顾人，我看香品最合适。

王良利心中大喜道：好好，我完全同意。我这里有台办孙司长电话，香品，正好是你本家。你马上打电话联系他，请他关照尽快办理赴台手续。

孙香品还没去过台湾，一直想找个理由去一趟。这下机会来了，自然喜形于色，连声说：好好。

屠春健心里骂道：这对狗男女，还在我面前装大头蒜！嘴里却说：咱也别空着手去，毕竟是去看病人，但是带东西又不能太重，得好好想想。

王良利说：想什么，问问尚可就知道了。

屠春健马上说：好，我来问，问完我去准备吧。

王良利说：好，你准备东西。我找孙健商量一下，正好带上几个文件，请济民同志过目并批示。

陶砚瓦那天带着两份推荐材料去了文联。先在杜秋水秘书那里等了一会儿。里面正谈着一拨儿，另外还有几拨儿人在外面等着，看来找他的人确实很多。但是秘书还是先带陶砚瓦进去了，说是早就跟领导说好的。

杜秋水级别是正部级，身材中等，相貌敦厚，人很豪爽，说话痛快。一见陶砚瓦，就站起来热情握手，嘴里叫着陶砚瓦的名字。说：我听人说过你的大名，不仅会写字，关键是写自己的诗词。现在能这样很不容易啊！快坐快坐！说着还交代秘书弄杯茶过来。

陶砚瓦就先把两份材料，连同介绍自己诗词书法的一个简要拉页递过去，说我们现在一个理事也没有，良利同志非让我报两份材料，其实我是想报他一个就好了。

杜秋水先把两份材料翻了翻，也没有认真看的意思。就说：良利同志电话里跟我说了，他还认真介绍你。砚瓦你很幸福啊，能遇到良利同志这样的好领导！我看这样，我让秘书带着你，去找书协的吴主席，把材料都交给他，我已经跟他讲过了。你回去告诉良利同志，请他放心，此事我会关注到底的。

陶砚瓦见他答应得这样爽快，感觉也没什么更多说的，就说：非常感谢！您这儿太忙，我现在先……

没想到杜秋水正拿着那个拉页在看，嘴里说：你急什么？我正看你的大作呢！确实写得不错！我对书法是外行，但诗词还是学着写了一些。印了个小册子，不怕你笑话，请你提提意见。

说着就起身到桌子上找了一本书，还写上"砚瓦道兄雅正"，并签上自己名字，送给了陶砚瓦。

陶砚瓦接过来，说：不知领导有这雅兴，我一定好好拜读！

杜秋水说：什么拜读，是请你提批评意见！

陶砚瓦说：哪里，我学习学习。

杜秋水说：一开始我是写着玩儿，后来就尽量按着格律写。可有专家还是说通不过，说最大的问题就是"孤平"。我就是没搞懂这个"孤平"，它怎么就这么重要呢？

陶砚瓦说："孤平"在唐宋典籍里并没有论述是诗病，但从李白、杜甫到毛主席，都没有犯孤平的。王力、启功两先生都对孤平有详细论述。我的老师孔凡章先生，生前曾在自家门上贴个纸条：不懂孤平者请勿进门谈诗。可见这事儿已经是很重要了。我们现在看诗，已经习惯先看有没有孤平，如果有一句犯了孤平，那么我们就大致知道诗人的水平了。实际上我们在写诗时，往往在出现孤平并进行拗救时，能使句子更为灵动，也更有趣味。

陶砚瓦说着，杜秋水听得入神，不住地点头称是。

陶砚瓦说：其实这些东西都是属于技巧层面的，雕虫小技而已。但你不注意它，就会让人感觉你不在乎规矩。所以还是要弄弄明白。

杜秋水说：谢谢砚瓦，我抽时间再做做功课吧。

陶砚瓦就起身告辞，杜秋水跟着出来，让秘书带着去找吴主席。

吴主席也在这楼上办公，见陶砚瓦是由杜秋水秘书带着进来，也是十分热情。他收下材料说：这事儿可真挠头啊，我这儿条子一大堆，来头一个比一个大。你们单位有领导说话，估计弄一个理事问题不大，你看还是弄你们领导吧，你说呢？当然你条件也不错，咱努力弄个委员怎么样啊？你会写诗词，要么去学术委，要么去青少年工委，我们再商量商量，你看怎么样？

陶砚瓦就说：请吴主席多多关照吧！我这里先谢了！

吴主席说：咱们先说好。这可不是我说了算，还得上会、报批、选举、走程序等等。其实委员的竞争也很激烈，你们领导对你真不错，你可得知恩图报啊！

陶砚瓦说：是，肯定！

第三十三章　浊泾清渭

几天之后，孙香品兴冲冲地带着文件和慰问品，带着王良利和全机关同志的问候赴台了。文件中当然有中纪委的函件，以及张双秀主动要求退休的那个报告。王良利还特意找岳顺祥了解国学馆的进展情况，连同机关几项主要工作，一一给尚济民写了个简要报告。报告中没有提张双秀的事儿，他想着将来见到尚济民时再口头汇报详情，而不愿意在这个事情上留下任何可能的把柄。

王良利还不忘嘱咐孙香品，相机向尚济民当面汇报陶砚瓦的问题。一是陶砚瓦自认为护理了一把手，感觉牛得很，以大功臣的姿态回京，架子比以前大了许多，甚至不主动向良利同志汇报，还是良利同志主动找他，他才表了一番功；二是不顾工作大局，到处讲济民同志病情很重，一年半载好不了等等，良利同志当面批评了他，他才有所收敛。

王良利估计这两条就够了，足以将之前尚济民得到陶砚瓦精心护理的种种好印象击得粉碎，让尚济民对陶砚瓦彻底失望。无论陶砚瓦再说什么，也无法挽回尚济民的信任，他的舌头从此就会真的被废掉了。

孙香品赴台后，仍由蒋绫春接机安排。见了尚济民，她自然不辱使命，先是一番问候抚慰，既有甜言蜜语，又有两行浊泪，并辅以把脉摸额等肢体动作，把尚济民弄得很晕乎，把尚济民夫人赵蔚云看得很邪乎，让其他人感到很神乎，但现场气氛确实搞得很热乎。在这种特定场所、特定时段，尚济民的精神也在脆弱敏感之褵节儿上，所以确确实实被感动到了。

孙香品表示既然代表机关来了，就一定要参与值班护理，而且她爸爸妈妈住院，她都护理过的。组织上之所以让她来，就是知道她有护理经验才让她来的。她说到做到，当晚说什么也不走，坐在椅子上也要陪着赵蔚云。她见了赵蔚云，一口一个"大姐"叫着，那口气比亲妹妹还亲。当晚就把尚济民夫人拿下，说好两人轮流值班护理。

　　就在与尚济民独处时，孙香品就把王良利交代的事情，也难免添油加醋，说与尚济民听了。特别是她在说的时候，临时顺嘴秃噜出一个词儿，叫作"一国两制"，这是她爸爸一个老同事调侃自己脑溢血后遗症口眼歪斜时用的词儿。她对尚济民说：我看您现在挺好的，根本不像陶砚瓦说的！尚济民就问：陶砚瓦怎么说？孙香品就说：他说您病得可重了，说将来即使康复了，半边身子也就不好使了，脸也就"一国两制"了。这个词儿对病中的尚济民极具杀伤力，本来他知道孙香品是王良利的人，说的话难免有水分，对她讲的很多话都不太相信。但一闻此言，他感觉确实像是陶砚瓦的话，而且是一句让他感觉十分恶毒的话，心中不由怒火中烧，其余的话他也就开始相信了。

　　孙香品完全按照王良利编写、导演的剧本，出色地在现实中演绎和呈现出来。

　　做这样杯弓蛇影甚至于无中生有的事儿，是王良利的强项。多年来，他单独或与他人配合，做了许许多多这样的事情，而且他自己感觉就从来没有失手过。因为这种事情只有后果，没有人关心过程，更没有人关心产生的源头。即使有人关心，也从来没有进行过认真的调查，实际上是根本就没办法展开调查。

　　当然，人人都知道王良利喜欢鼓捣事情，都对他敬而远之，防着躲着，但他要真的盯上你，他又处于掌握实际权柄的时候，那你可就既防不住也躲不开了。

　　比如当下这件事，尚济民刚一听，也是不信的，但听着听着他就半信半疑了，再听一会儿他就全信了。他知道王良利这人有毛病，陶砚瓦一直对王良利不够尊重。但在工作层面，你陶砚瓦不能没有组织观念。特别是在我犯病期间，更是考验一个人有没有政治头脑，有没有大局观念，讲不讲组织纪律，懂不懂人情事理的关键时刻。刚刚听到的这些东西，其真实性如何已经不重要了，重要的是你陶砚瓦原来就不尊重人家，现在难免出言不逊，甚至利用护理我几天，就居功自傲，对我的病情描述，也如此不负责任，不通事理。总之这个人是政治上不成熟、不谨慎，性格上太简单、太粗野。临时用一下还可以，但终究难以担当大事。

　　这样一个印象，基本在尚济民脑子里形成了。

龙　脉

　　有了孙香品在尚济民身边，王良利与尚济民的沟通十分顺畅了，甚至超过了两人同在一层楼办公的时候。工作上的事情、身体康复的事情，都得以及时了解商议。

　　北京这边，王良利几次召集会议，传达尚济民的指示，布置落实，特别还对张双秀、程秉祺分管的部门和工作，作出具体指示，春风得意，好不快哉！

　　另外，王良利没有忘记陶砚瓦，他早通过屠春健、孙香品，把陶砚瓦那两条罪状在机关散布出去，同时在那两条后面还加上了一条：

　　尚济民在台湾早就听说陶砚瓦胡说八道了，他夫人赵蔚云见了孙香品就主动问起此事。开始孙香品还想瞒着，就说不知道，但尚济民夫人说早听说了，济民很生气，康复中听到这些话，气得够呛，当天血压就升高了。

　　可怜的陶砚瓦此时对这一切都茫然不知，他此时已经完全成为王良利的猎物，而且王良利还悄悄在旁边看着他，看他在落入陷阱后如何挣扎和无助。

　　一般人不会落入这样的陷阱。比如在程秉祺分管的业务部门，王良利从来不敢置喙，过去即使他背后说点儿什么，程秉祺也能够全部消弭于无形。甚至越是他看不上的人，可能在程秉祺那里越是得到赏识。现在他王良利敢于在台面上指手画脚，是因为临时主持工作，又打了尚济民的旗号，仅此而已。如果涉及程秉祺分管的人，那王良利就知道轻重了，横竖就三缄其口了。

　　但是今天的陶砚瓦，则完全经不住王良利摆弄。一是他上面的张双秀本就稀松，而且已经退了，原来有刘世光也还可以替他挡一挡，现在虽说魏发达做主任，对他也不错，但他仅仅在名义上是办公厅的副主任，实际上他并没在办公厅工作，而是被抽调去做国学馆的事儿，跟魏发达并没有形成实质性的上下级关系，所以也不能对他发挥保护作用。他似乎直接接受尚济民领导，但这次尚济民至少从表面看是直接当事人，既是直接受害者，又是终审评判者。现在的陶砚瓦头上是连一把破伞都没有了，随便什么泥啊水啊都会直接落在他身上。他如今真是孤立无援了。

　　王良利从中组部朋友那里听到消息，说张双秀的报告已经由分管副部长批示了，开始走程序了，文件一到就可以正式办理手续了。

　　他心里终于一块石头落了地，感觉舒畅了许多。另外，他还感觉单位的事情也越理越顺，整个局面似乎正在全部落入他的掌控之中。

正吃晚饭的时候，陶砚瓦接到王晓彤的电话。

这顿饭是他和杨雅丽一起，请北京市卫生局一位老领导及其夫人。因为儿媳董今今怀孕后，提出要提前找个有熟人的医院建档，使整个孕期和分娩时有个照应，起码从心理上也感觉踏实一些。陶砚瓦就问想在哪家医院建档，董今今就说了一家三甲医院，这家医院在自己家和公婆家中间，两头儿都很方便。而这家医院是北京市的，归市卫生局管。

陶砚瓦就琢磨着通过什么途径找人家。于是就想起"五湖四海一家亲"俱乐部活动时，曾有一位市卫生局的领导，年龄比陶砚瓦大几岁，兵龄也早几年，是位老大哥，现在应该是已经退休了。陶砚瓦犹豫了一下，但实在也没有别的什么关系了，还是查到他电话打过去。老大哥一听说想去那家三甲医院，很痛快地说了个人名，说是这家医院的妇产科主任，让陶砚瓦儿媳直接去找，只要说是他介绍的就行了，还告诉了这位主任的电话。

陶砚瓦就让董今今直接去找，说话时心里不大有底，只说是让她找找试试。那位主任是个大专家，临床经验丰富，兼着医科大学教授、博导，实在太忙了，她的号都挂不上。董今今直接闯进门诊找到她，提了老领导名字，她这才开个条子补挂了一个号。挂上号，也就进入了正当程序。再排队等，然后就初诊，做检查，她还专门关照，按照董今今的预产期，订好产床，也顺利建了档。主任还热情地说：有什么问题随时找我，老领导介绍来的，我一定认真办。

儿媳终于满意了，说如今生孩子的太多，这张产床很难订，如果没有熟人，想都不要想。

陶砚瓦就一直想请这顿饭，但一直忙，最近比较闲适，儿媳产期也临近了，便抓紧安排了。

王晓彤在电话里说：尚济民下午两点多钟已经回京了，没回家，直接进北京医院高干病房了。

王晓彤很奇怪：陶砚瓦为什么没去机场接，她说这次去机场迎接尚济民的，阵势比较大，有王良利、程秉祺、岳顺祥、魏发达、屠春健、孙健等一干人马。还有一个神秘人物，乘坐一辆"大奔"，听说是某南省政府驻京办的车，车上坐的人是该省省政府一个姓陆的秘书长。尚济民从机场出来后，就坐他那辆车，直接去了北京医院高干病房。

以上情况是车队的人接完之后议论时，被王晓彤听到了，这才给他打电话。

尚济民回京的消息，陶砚瓦确实一点都不知道，因为没人告诉他。王良利给他交代了跑书协理事的任务，让他没事儿在家休息，先不要急着上班。他真是不折不扣执行了。单位他不能去，也不敢对别人说自己回京了。书协他只去了一趟，人家也没说有什么需要再跑的事儿。他也不想到处跑，就整天在家看看书、上上网、写写字，表现得比乖孩子还要乖。尚济民回京，竟然没人告诉他，别说王晓彤觉得奇怪，陶砚瓦本人听了，虽没说什么，但他也隐隐感到有点蹊跷。

其实这一切都在王良利的"割舌计划"之中，都是他提前设计好的。

孙香品赴台一周，和尚济民伉俪打得火热，天天对他两口子发起情感攻势。本有奴颜媚骨，不惜软磨硬泡，有时似过非过，到底成果斐然。眼见那尚济民身体日益康复，能够正常走路了，而且他最担心的脸上也没有"一国两制"，各方也都同意他们启程回京了。

当然，他还暂时不能回家，还需要在医院住上一阵。

陶砚瓦感觉很茫然，就想打电话了解一下情况。打给谁呢？

第一个电话打给李燕。因为机关运转的最重要手段是文件运转，而文件运转的枢纽和把手就在李燕这里。李燕说：我早就知道你回来了，也知道领导不希望你在机关露面。但你不来机关，就有人说你，主要是挑拨你和一把手的关系。一把手已经回来了，你赶快来上班吧！

陶砚瓦听了，心里为之一震。

第二个电话打给岳顺祥，岳顺祥说：砚瓦你明天上班吧。这边事儿很多，得抓紧干了。

第三个电话打给魏发达，魏发达说：你老兄关键时刻掉链子，怎么不去机场接领导？什么？没人通知你？你还等什么通知？要主动往上靠啊！

陶砚瓦本想再说：我都不知道领导哪天回来，怎么往上靠？但这话没等说出口，又咽回去了。

第四个电话打给孙健，孙健说：领导回来了，情况还不错，住进北京医院南楼416房。那天说去机场接领导，我还说叫上你也去。但良利同志说不要人太多，就没通知你。你抽空过去看看吧。

打完四个电话，特别是听到孙健的话，陶砚瓦心想，确实应该去看看尚济民。他想来想去，还是先给尚济民发了一条短信：欣悉回京，谨致问候！如蒙允可，明日往视。砚瓦鞠躬。

几分钟后，尚济民回复：我病误事，诸位辛苦。工作为要，感谢挂念！济民拜。

陶砚瓦把这十六字反复看了几遍，想从中咂摸出点儿滋味。咂摸半天，也没有咂摸出来。他知道北京医院探视管得严，高干病房还有卫兵站岗，就打电话给车队要一张北京医院的车证，放他办公室桌子上，他明天上班后一早去，免得下午探视时间碰到别人。

第二天，陶砚瓦先在医院门口小店买了束花，就开车进了北京医院的西门，直接把车停在高干病房楼下。刚举着花从车里钻出来，正好看见尚可从后面车里出来。两人一见，就一起进了楼，在电梯上尚可还问起沈婉佳，说她什么时候来京一定通知他。

进了病房，尚济民夫人赵蔚云也在。尚济民还是热情招呼他坐，但赵蔚云的表情明显是很冷淡，一副爱搭不理的样子。陶砚瓦就汇报说，回京后一下飞机就给岳顺祥和王良利打电话，王良利不让他上班，让他先休息两天，之后去文联呈报推荐书协理事的事情等等。陶砚瓦最后说，现在好了，您回来了，我也就开始上班了。尚济民只是听着，嘴里啊呀啊呀，并没有什么表示。

陶砚瓦就说了些安心静养、早日康复之类的话，然后起身走了

他一出门，赵蔚云就气呼呼地对尚济民说：哼！我见了这种人心里就有气！

尚可很惊讶地说：妈，陶主任好好的，怎么惹您了？

赵蔚云就对尚可讲起从孙香品那里听来的一些话，而且边讲边骂。

尚可也说：嗨，他怎么是这种人啊！

尚济民说：你们也别只听孙香品那一面之词，他们原来关系就不好。比如说陶砚瓦回京后不向良利汇报，这话就不准确，刚刚砚瓦说一下飞机就给他和老岳打电话了。我相信陶砚瓦在这个事情上是有分寸的，也不会乱讲的。

当然，陶砚瓦平时有点儿傲气，有时讲话顺嘴胡咧咧，不计后果，也是有毛病的。但他在台湾和小沈对我照顾，还是做了很多。人无完人嘛。

这一席话讲过，赵蔚云和尚可都不再吭气了。一来因为他讲得确有道理，二来尚济民正在病中，怎么好去跟他争辩去惹他生气呢？

但尚济民嘴里这样说，心里还是觉得这个陶砚瓦靠不住，是个有争议、有麻烦的人。

屠春健闲来无事，就倒背着手在院子里瞎晃悠。这是他的老习惯，一来检查院子里一草一木、一砖一瓦有无损坏，可随时进行应对修理；二来显示他勤政敬业、时刻不忘应尽职责的良好姿态。

这会儿他就看见一个年轻女子款款进了传达室，那种从容不像是陌生人，而像是位常客。他知道门口老罗喜欢和女性搭讪，就抬脚朝着传达室走去，想看个究竟。

老罗一见进来的是常笑，早乐呵呵地老远打了招呼：小常来了？快进来先喝口水！说着就起身去拿纸杯子接水。

常笑也乐滋滋地答应着，嘴里叫着"罗大爷好"，一进门低头从包里掏出一瓶矿泉水递给老罗，然后竟自坐在沙发上说：罗大爷，这是我们公司新开发的矿泉水，养生保健，您尝尝。

老罗就接过来端详，他眼睛花了，瓶子上的字要推到远处细细观看，但是那样子十分滑稽，因为恰似年轻人在玩自拍。

常笑就凑过去指给他看，并介绍说：我们是一家素食公司，叫"喜舍喜得"，这儿有商标注册。主营食品饮料和药材加工。这水产自世界长寿之乡，纯天然。我师父说，要让人民大众都吃上最健康的食品，喝上最好的水，而且价格要最便宜。师父还说……

这时屠春健倒背着手晃进来，他听到了常笑说的一言半语，以为常笑是来找老罗搞推销的，就用讥讽的语气说：吹，吹，反正吹牛不上税。

常笑一愣，不知来的是哪路神仙，木然站在那里没搭腔。

按理说，屠春健是老罗的上级。他一进来，老罗应该满脸堆笑地站起来，招呼，让座，倒水，这才是屠春健想要的。但是，屠春健想错了。老罗的想法是，我老罗比你屠春健来机关早几年，岁数大几岁，原来也不在一个处。

虽说现在你是我上级，但我一个看门的，混到了正处级已属意外，再无升职追求，你这上级说是就是，说不是你就不是，你能奈我何！何况常笑在旁边，你怎么能这样无礼？

老罗心里这样想，脸上也挂着相，身子就没动，嘴里也没打招呼，眼睛只扫了一眼，当他不存在似的，继续问常笑：你这水贵不贵啊？

常笑赶紧说：不贵不贵，就跟一般矿泉水一个价。

说着又从包里掏出一张广告递过来，还顺手拿出一本小黄书说：这张纸上面有介绍，这书也送给你。

因为有陌生人在场，屠春健也感到受了侮辱，顿觉气血上涌，怒火中烧，还没等老罗接过去，他早上前一步抓过来，用眼睛一扫封面书名《金刚心总持论》，边上还有"赠阅"二字，便狠狠说道：堂堂国家机关，岂容你们随便进门推销，传播邪教！说完还把书和广告摔在地上。

常笑哪里见过这阵势，吓得眼泪汩汩流了出来。

老罗见状毫不退让说：你这人怎么跟驴似的？

屠春健一听这话更火了：怎么，你还敢骂我？

老罗说：人家是陶主任的侄女，不是来推销的！

屠春健听了心里一惊，但他还是感到面子要紧，脸上依然不动声色地说：谁的侄女也不行！来我们机关搞推销就是不行！

说完还用手指着常笑说：走，走，别来这儿搞推销！

常笑一边擦眼泪一边拿起自己的包就要走，这边老罗就喊：小常你别走！你走了更说不清了！说着拿起电话打给陶砚瓦：陶主任，你快过来一下，你侄女来了！

常笑一听这话就止住了脚步。

屠春健听了，知道这个侄女恐怕是真的，便赶紧弯腰捡起刚刚摔在地上的广告和小书，嘴里说：陶主任来了告诉他，谁也不能来机关搞推销！更不能传播邪教！

说罢转身要走。

老罗说：那都是人家给我看的，你凭什么要拿走？

屠春健头也不回说：这是她搞推销的证据！

说罢扬长而去。

　　老罗没办法，嘴里就骂道：胡说八道！睁眼说瞎话！真他妈不是东西！

　　常笑经历这意外一幕，也不知道会不会给老罗甚至陶砚瓦惹下什么麻烦，心里七上八下，惴惴不安。

　　这时陶砚瓦进来了。本来常笑还在流泪，见了陶砚瓦更加委屈，竟呜咽抽泣起来。

　　老罗就气呼呼地把刚才的情况讲了一遍。

　　陶砚瓦听了，也没再问什么，只是淡淡地说：好了，你来找我有什么事？咱们上去说吧。谢谢老罗！

　　常笑见陶砚瓦不像是生气的样子，就转身对老罗说：谢谢罗处！

　　老罗说：没关系，有你陶叔叔呢！

　　屠春健拿着"证据"，先回了自己办公室。他看了看那广告，就是喜舍喜得矿泉水的介绍资料，估计是随着包装箱子出来的。那本小书32开大小，只有四十几页，封二有两首偈子，扉页上印有佛像，之后是简短前言，正文一段一段的，每段都有标题。无非是说了些佛啊魔啊的，屠春健既看不懂，也没兴趣看。小书不是正式出版物，是由几个俗家弟子印的，注明了"印赠2000本"。

　　屠春健看了，感觉可能就是像老罗讲的，陶砚瓦的侄女来找陶砚瓦。以前来过认识老罗，就随手送给他一瓶水，又随手给他这本书。自己刚才确实有点儿武断，有点儿过分，有点儿不近人情了。

　　但他转念一想，陶砚瓦肯定马上会知道这件事儿，老罗的嘴巴也不是省油的灯。他们肯定都会把这事儿传播出去，领导们和全机关都会知道。领导听了会想我屠春健做事不牢靠，机关会认为我屠春健不通情理。不行，得把这事儿放平才行。而要放平这事儿，必须来个恶人先告状。

　　他立起身，拿着证据去找王良利。

　　王良利正在练字。自从陶砚瓦把两份推荐材料报给中国书协以后，他对书法的兴趣更加深厚了，目的性更强了。他找了很多名帖，以及当代各种书法画册，重点研究布局、格式、内容等等。他越看越感觉当今所谓书法，真的也没有什么，无非就是抄。抄古人的诗文对联，抄毛泽东的诗，抄一些成语警句，等等。还有的干脆就是临摹古帖。只要抄好了，临好了，也就成了书法家。像陶砚瓦这样只写自己诗词的，真是少而又少，全国也上不了两位数。每当想起这些，他愈发认为陶砚瓦不仅在政界很另类，在书法界，同样很个性——这反映出其狂妄和不识时务。他心里难免愤愤然。但当他想到自己马上就要当书协理事，就能带上行头到处去参加笔会，喝两杯小酒，混上些银两，心里又美滋滋地痛快起来。

当然他还不能太潇洒。他头顶上还悬着一把刀子呢。尚济民回来了，他不能再像前些时候真正主持日常工作了。尚济民虽说住在医院，但距离机关不远，他大事小情都需要汇报了。当然也不必他亲自去当面汇报，该报批的文件，有孙健、李燕他们张罗取送，只不过是不能像前些时候有什么大事小情由他做主了。他最闹心的，特别想放平又放不下的，还是中纪委那封函件的事儿。

在尚济民回来之前，他以党组名义上报了一个件儿，当然是他亲自起草、亲自打印、亲自找孙健盖上了党组的公章，然后他亲自封上报走的。找孙健盖章时，他谎称此事中纪委催办得紧，又不是什么好事，因为担心济民同志身体，不便汇报惹他着急上火，就只好硬着头皮找当事人张双秀谈了话，进行了严肃批评。张双秀当即承认，痛哭流涕，表示接受组织严肃处理。第二天，他就拿着退休报告来苦苦哀求，希望尽快批准他早日退休，以免此事公开，会给组织造成重大的麻烦。如果退了中纪委再追究下来，也就成了针对一个退休人员的事儿了，不致使自己太过难堪，也尽量减小对组织的损害。

王良利还表示，等济民同志回来了，再进行详细汇报，责任他本人全部承担。

孙健听了什么也没说，拿过那个报告看了几眼，就把章盖了。

前几天已经收到中组部两个文件，一个是批准张双秀退休，一个是某南省政府秘书长陆如海接替张双秀位置的任命。那天接尚济民到北京医院南楼后，就在病房里宣读了两个文件，并且算是召开了新班子第一次会议，决定下周一召开机关全体会议，陆如海正式上任。

周芳老公实名举报的事儿，中纪委那边暂时搪塞过去了，但毕竟是阴差阳错，李代桃僵，早晚会让周芳老公知道，一旦露馅儿，那小子一定会不依不饶的。到了那时，还会有个张双秀出来顶这个雷吗？

王良利心里还悬着把刀子呢，他只能走一步看一步，尽量拖到退休，那时他也会和张双秀一样。退了，他不是高官了，震动也就不会太大了。

　　他是既怕退休，又盼着早日平稳着陆。一旦退了，他就可以拎着行头，到处去写字挣钱，也何其逍遥自在！但与此同时，他也最怕自己在退休前，经历一场磨难，那会是一场完败，名誉扫地，灰溜溜地离开。而且离开之后，所有人还会戳戳点点，永远成为被嘲弄和讥讽的对象。

　　王良利表面淡定，实际上他淡定不了！他时而如释重负，喜上眉梢；时而又心如刀绞，悲从中来。他就像个发寒热的疟疾病人："冷来时冷得冰凌上卧，热来时热得蒸笼里坐；疼时节疼得天灵儿破，颤时节颤得牙关挫。只被你害杀人也么哥，只被你害杀人也么哥。真是个寒来暑往人难过。"

　　此时的王良利内心纠结，忽冷忽热。时而神怡务闲，时而意违势屈；时而神融笔畅，时而情怠手阑。手上笔、案前纸、砚中墨，也时乖时合，不由得意兴阑珊，烦躁不安。任旁边的王羲之、颜真卿、虞世南、赵孟頫帖本种种，各具精妙，竟一点都提不起兴趣，最后只在纸上画横写竖，拐钩围圈，一会儿就涂抹满纸，既像篱笆，又像蛛网。

　　屠春健还是推门就进的老毛病。实际上他也想过要改，但又一想，如果真要敲门再进，只会发出他仍然记得上次尴尬一幕的信号，令双方难堪。干脆，老习惯不改，反而让领导感觉亲切、随意。况且，就算是再遇到情况了，反正也不是第一次嘛。他心里这样想着，还是让过程温柔了一点儿：先轻轻旋动门把，再轻轻推门进去，中间有了一两秒缓冲。

　　王良利一听门响，就知道屠春健来了。他头也没抬，只是把手中笔一扔，抽出一张纸巾擦手说：春健，坐。然后才转身看着屠春健，这才问：手里拿的什么宝贝？

　　屠春健就把刚才的重大发现，又添油加醋地叙述一遍。

　　王良利听了，心中大喜。他感到终于又来了一大利好。就对屠春健说：这还了得？一个司局级干部，竟然让自己侄女明目张胆到机关搞推销，传播邪教！这事儿你管得对！而且证据拿到了，非常好。我就不看了，济民同志也决不会看这些东西。事关政治，事关机关建设的大是大非，我们一定要立场鲜明，坚持原则。严肃对待此事，也是对犯错误同志的挽救和爱护。

　　一进办公室，常笑就转身把门关上并上了锁。回头眼泪汪汪地看着陶砚瓦，像是一只走失很久重见主人的小狗。

陶砚瓦眼看常笑受委屈的样子，不免心生怜悯，就过去在她额头亲了一下，然后走过去想把门打开。这时常笑从身后一把抱住他，并一步步往后退到床头，自己先一屁股坐下，顺势就把陶砚瓦放在身旁，小嘴儿直接就上来了。

陶砚瓦望着常笑的眼睛，只见她的目光不再游移和怯弱，而是透着清澈和坚定。

常笑依然不改称呼：叔。

陶砚瓦一直看着常笑，感觉她虽然在自己怀里，离自己很近，却又感觉很遥远。既是一个熟悉的人，却又夹杂着陌生感。常笑以为陶砚瓦在欣赏她的美丽，就又叫了一声：叔。

陶砚瓦说：常笑，你好像什么地方变了？

常笑这才突然想起什么，就说：叔，我现在有信仰了。

陶砚瓦问：什么信仰？

常笑说：我信佛了。

随后就把上次来京的情况一五一十讲给陶砚瓦听。她特别讲到她师父照空和尚，说师父是个活佛，他没有身份证，却长年在全世界奔波，到哪里都有人接送。师父共有十八位弟子，其中还有地位很高的官员，常笑儿子虽然只有六岁，却是师父第十九位弟子，也是最小的弟子。师父让弟子们开办了喜舍喜得素食公司，发愿让全天下众生受惠。公司目前由跟师父最久的大师兄和二师兄具体负责，还任命常笑为公司华北地区销售总代理。

陶砚瓦听了，感觉很新奇，就说：你开始做生意了？

常笑语气十分坚定地说：叔，我师父说了，我们是要普惠众生，我们不是做生意，只是卖最低的成本价。

你儿子怎么样了？

师父说了，儿子是国家的人，有师父关照他，我们只管供他上学，顺其自然，他就会一步步考入国防大学。

陶砚瓦说：据我所知，国防大学是培养将军的地方，都是从部队推选一定级别的军官去深造，好像没有向社会招生的计划安排。

常笑坚定地说：师父是这样说的，具体他怎么落实，我们也不清楚，我们也不必细问。

陶砚瓦看她笃信不疑的样子，就又问她：这么说你还是到这儿搞推销来了？

没想到这句话竟深深刺痛了常笑，也的眼泪又夺眶而出：叔，连您都这样认为啊？罗大爷对我客气，我见了他就随手送他一瓶水，顺便给他一张产品介绍。见他那么善良，我就把从素食餐厅随手自取的一本《金刚心总持论》给他，想他在传达室一待一天，没事儿就随便翻翻。我真的没想那么多。

陶砚瓦说：好了，你也别难过了。这里是国家机关，事情要远比你想象的复杂和敏感。当然，问题也没多严重，不用再解释了。你看，同样是一瓶水，你师父送给你，竟然改变了你的信仰甚至一生。而你拿着送给老罗，却惹出这么多误会和烦恼。这就是社会的复杂性吧。

常笑说：叔，我还跟师父讲到你了，师父说知道你和你写的书。他说让我不要离开你，跟着你就会有福报。

陶砚瓦说：我又不信佛，跟着我会有什么福报？

常笑说：我也是这样说的。但师父说，你叔叔的书里，虽然没有一句话提到佛学，但他宣扬的都是佛学。

陶砚瓦说：你这位师父还真是语出惊人，有时间我真想拜会他，向他讨教讨教。

常笑一听高兴了，说：我一定把你的想法告诉师父，如果有机会你们能见面聊一聊，那该多么好啊！

陶砚瓦说：去把门打开。

常笑点点头，过去轻轻把锁旋开，又轻轻把门开了个缝。

常笑刚刚转身，就听到有人敲门。她吓得不敢吭声，赶紧往前紧走几步，坐在沙发上。

随着陶砚瓦说声请进，只见秋曼莎推门进来了。

还没等陶砚瓦开口问她，她就流着眼泪叫了声：陶主任，我公公病危了！

是老梁吗？他不是刚来北京没几天吗？身体好好的，生什么病了？

秋曼莎也不管有生人在场，就冲陶砚瓦抽泣着讲述起来。

说是前几天公公刚从郑州过来，今天中午被梁继大舅请去吃饭。两个人是老战友，一起参军在一个部队，大舅转业后安置在北京一个文化部门。席间不知怎么就说起毛泽东，大舅说了些不恭不敬的话，公公就为毛泽东辩护。但两人说着说着就红脸了，双方情绪越来越激动，声音越来越高，用语越来越狠，说是要从此绝交。正说着，公公眼瞅着就出溜下身子。恰好大舅带了救心丸和硝酸甘油，吃了也不起作用。便赶紧打了急救电话，十五分钟后急救车赶到，送到了安贞医院。医生说是大面积心肌梗死，心脏随时停跳，病危程度为"极高危"。梁继让我赶紧打个车过来，想请您过去看看，说爸看见您也许会有帮助。医生告诉梁继说要做最坏准备。

陶砚瓦和秋曼莎便打车到了安贞医院，进入急救室，只见一个大厅里，放着十几个病床，老梁就在进门头一个床，梁继守在床头，一边输着氧、输着液，一边正在让老梁吃药片，医生说不让喝水，让咬碎用唾液咽下。老梁呼吸急促，口干舌燥，正在艰难地吞服。抬头见到陶砚瓦，情绪似乎兴奋起来，眼睛一睁，嘴里一用力，药片竟然就吃下了。

陶砚瓦过去握住老梁的手，两人四目相望，虽不发一言，但彼此心灵相通，也无须多言。

吃下药片，医生就让老梁去手术室。由导管室主任迅速手术。由于大脑缺血，一会儿心脏又停跳了。主任就切开老梁右手腕动脉，插入导管，一直通到心脏，抽吸血栓，电击。

经过一系列抢救后，老梁心跳复苏。主任又在老梁的右手腕动脉插入导丝、扩张气囊，放入两个不锈钢支架。

陶砚瓦就问了值班医生，医生说冠心病中死亡率最高的是急性心肌梗死，在急性心肌梗死中左前降支梗死死亡率最高，被称为"寡妇制造者"和"鳏夫制造者"。大部分患者因为没及时到医院救治而死亡。很多著名人物，包括金正日都是突发急性心肌梗死救治不及时而失去了生命。

老梁从手术室出来，又进了CCU病房（冠心病监护病房）。医生说不能下床，需要二十四小时血压、心跳监护，还要吸氧、输液、吃药。病房里大多是老头老太太，也有四五十岁的中年人，还有一个二十多岁的小伙子。就在陶砚瓦看望老梁那个把小时里，就有两个同病房患者逝去，其中还有一个是刚刚放了支架后，在病床上方便，造成心脏突然破裂而亡。

幸亏老梁救治及时，吃饭地方离安贞医院很近，还算不幸中之万幸。

　　医生说，虽然老梁生命暂时保住了，但仍处于高危期。已经进行静脉溶栓和介入支架手术，下步是药物治疗。关键是担心并发急性左心衰竭，以及心脏破裂。即使在两三个月以后进入复原期，也有可能再次发生心肌梗死。

　　老梁有梁继两口子跑前跑后照顾着，陶砚瓦虽说帮不上忙，但老梁知他在场，也算有一点精神上的鼓励吧。他握着老梁的手，看到老梁嘴角嚅动着，似乎有话要讲的样子，就俯身轻轻在他耳边问道：老哥哥，有什么话要说？

　　只听老梁用很微弱的声音说：要保卫毛主席！

　　陶砚瓦听了，用力握了握老梁的手，泪水夺眶而出。

第三十四章　抱琴而归

这天建设办开例会，由魏发达主持。几个组长分别汇报各组工作，最后魏发达讲了几点意见，无非是笼统提些要求，只是在最后特别强调一点：要求大家在济民同志生病期间，心不能散，劲儿不能撤，越是在关键时候，越是考验一个干部思想成不成熟、德行合不合格、品质靠不靠得住、能力具不具备的特殊时期。

开完会，他叫住陶砚瓦，说还要谈点事儿。陶砚瓦已经站起来了，正准备要走了，只好又坐下了。张桐凤回头看了他一眼，目光里似有话要说，又不便说的意思。

建设办由魏发达负责以后，他抓得越来越起劲儿。每个星期一下午3点，都要召开例会，而且每次例会之后，都要求出简报。对简报的文字还左抠右抠，生怕出什么文字纰漏。

原来向中组部报的三个后备干部，李如松年龄过了梭儿，刘世光去了国办，只剩他一枝独秀了，可他就是等啊盼啊，始终不见有他的位置。

本来王良利年龄都过线了，早该退了，可不知怎么就退不下来。不仅退不下来，竟还在尚济民出差期间主持工作，而且在尚济民生病之后，还突然振作起来，大有时来运转，取而代之之势。

张双秀倒是没到点儿就因为身体原因退了，而且是差那么一两个月就退了，还得算是提前主动要求写报告退的。说是身体不好，这个理由怪怪的，但也并非没有可能。因为在魏发达看来，张双秀身体好的时候，也跟病秧子似的，走路摇摇晃晃，整天没精打采。但双秀退是退了，他这"独秀"却没有独秀起来，反而被某南省政府秘书长陆如海抢了头香。

他心里十分清楚，如今在这节骨儿上，他不能有丝毫闪失。现在是该走的走了，该来的来了，自己就等着王良利这个该退的退了。

等待啊等待，等待总是漫长而又煎熬的，但却是无奈而又必须的。

他判断这段等待的时间，应该在半年左右。平安度过这黎明前的黑暗，自己就会迎来灿烂的朝霞。

他想明白了之后，就一门心思上好班，聚精会神干好活儿。思想观念非常到位，工作姿态十分端正，上下关系愈发和谐，机关里的威信也越加高涨起来。

这期间，孙香品果然是老路数，基本上是一天一趟两趟往他办公室跑。进去她就坐他对面椅子上，似乎总还是有话说。不少人有事来找魏发达，总能看见她熟悉的身影和面庞。这成了机关一道风景。

于是魏发达就知道了许多陶砚瓦的负面新闻。

他刚开始是完全不信的。什么乱七八糟的传闻，简直就跟读小说、看电视剧一样，估计都是瞎编乱造的！

可听多了，也不是孙香品一个人说了，屠春健也说了，王良利也说了，甚至孙健那天也有意无意讲，说尚济民夫人对陶砚瓦不太满意。这可就由不得他不信了。

魏发达感觉陶砚瓦这人不错，说话、做事都挺实在的，也有才，对人很诚恳。当然他在官场上过于率性，显得独来独往、特立独行，对人也不太设防，容易让人抓住把柄。

这天他在上面讲，见陶砚瓦在下面记录，还是蛮认真的样子。心里就觉得这样一个老大哥，不能眼看他翻船，就想好了把陶砚瓦留下谈一谈。

别人都走了，只剩下魏发达和陶砚瓦二人。魏发达说：老陶啊，有几句话我得问问你。

陶砚瓦说：咱们两个没的说，有什么话你尽管讲。

魏发达说：我来办公厅时间不长，工作还在熟悉阶段。这次去台湾，济民同志交代我守家，就没去。但没想到出了这么多事儿。

然后就把他听来的什么闲言碎语一股脑儿倒了出来。陶砚瓦听着，表情十分平静，丝毫没有着急生气的意思。

连魏发达都感觉十分诧异，不由得就问：老陶啊，看你这不在乎的样子，似乎你早知道？

陶砚瓦说：跟你说句实在话，这一切我都不知道。但是我能够猜得出来，这些话都是怎么来的，甚至都是谁说的，甚至他们在说的时候，是什么语气，是什么姿势，我心里明镜一般。说穿了，就是王良利为首，孙香品、屠春健为辅，几个人搓鼓搓鼓，就造出这些舆论来了。因为他们几个人这样搞已经不是一次两次了。我心里明白，但是我没一点儿办法。我既不能为自己分辩，组织上也不会为这些烂七八糟的事儿搞调查。而且人家就是看准了这一点儿才这样搞的。

魏发达说：你讲的也是你的主观想象，具体人就更不好说了。现在的问题是有些话传来传去的，越传越邪乎。甚至我都听说传到济民同志那里去了，而且好像他太太意见还很大。这对你十分不利啊。

陶砚瓦说：好多事儿先在一个小范围里传，我肯定是最后知道的那一个。但这次他们编的这些话，还不是我听到的最恶、最狠的。前两年我提副司时，他们甚至给耿茂盛同志讲，说我把一个女服务员叫到家里搞卫生，然后我把那个女服务员给强奸了。这话是耿茂盛的秘书告诉我的，据说耿茂盛同志当时表态，如果这是真的，谁听到了谁就鼓励那个服务员告状，向组织告状也行，向法院提起诉讼也行。给一个星期期限，到下星期没人告状，咱就发文。我就是这样被提拔为副司的。

魏发达听了一笑说：老兄也是经过大风大浪了。咱俩现在的状态有点儿相似，都面临一个升职的压力。我给你讲刚才的话，是希望你思想上要冷静，万一这层窗户纸突然撕开的时候，我是怕你过于被动。还有那个张双秀，突然写个报告退了，对他手下的人一概都不管了，也真够缺德的。我还没进班子，自顾不暇，也没有能力给你说说话。他要在，好歹还有一层保护吧。

陶砚瓦说：刚才我听你讲了一些，还有一件最新的，是昨天发生的，估计你很快就会听到了。我老家一个侄女刚刚信了佛，昨天来找我，在传达室给老罗送了瓶矿泉水，顺手给他一本小书，被屠春健撞见，硬说她来机关搞推销，传播邪教。这事儿估计很快就到济民同志那里了。

魏发达听了叹了口气，骂了声：他妈的，真差劲儿。

陶砚瓦说：谢谢你发达！我虽然还是办公厅的，但一直做筹建工作，好在也是在你领导下。你放心，我一是全力配合，二是决不给你惹麻烦。

魏发达说：老陶你是老兄，我有不对的地方，也请多批评。

龙　脉

　　陶砚瓦从会议室出来，想着刚才魏发达的话，感觉眼前颇有"宵小得志，正士灰心"的味道。不知怎么突然就想起了五哥张福禄，想起他讲的他爹的话：买卖人的饭，六十年；衙门的饭，下水船；血汗钱，万万年。

　　回到办公室，看桌子上放着两封信。一封是陶永陶寄来的，里面有他父亲陶熙贤给陶砚瓦写的信，是韩文的，当然还有他翻译成中文后的成果了。

　　陶熙贤回国后，就和陶砚瓦有了书信往来。程序稍微复杂一点儿：熙贤写好寄给永陶，永陶译成中文（也可能方丽琼也帮着译），再连同原信一起寄给陶砚瓦。砚瓦回信也是先寄给永陶，永陶得译成韩文再寄给父亲。

　　陶熙贤因为在忙一些志愿军遗骨的事情，所以在通信中时常会涉及此事。

　　这次陶熙贤来信说：他们现已找到中国人民志愿军烈士遗骸三百多具，都一一登记注册，正在准备向政府交接，由政府出面送还中国。

　　另一封信是董春台来的，他和陶砚瓦的联系互动，还是坚持用纸笔写信邮寄的习惯。他仍然坚持一不用手机，二不用电子邮件，说还是感觉写信好，邮寄好，亲切。弄得陶砚瓦也只好给他写回信。陶砚瓦也不是没想过用手机回复一下算了，但想想虽说春台曾是个老下级，用不着太客气，但人家闺女是你儿媳妇，天天在你身边叫着爸爸，怎么也别慢待了亲家，让儿媳妇不高兴啊。所以尽管麻烦一点，陶砚瓦还是写信寄走，哪怕写的简简单单几句话。

　　春台来信说今今预产期快到了，他们老两口儿已经准备好了提前过来。信中还提到他在网上看到一则消息，说是有外国人预测：2018 年，龙芯处理器占领国际 CPU（中央处理器）超过 10% 的市场份额，中国国产汽车大量占领广大发展中国家市场，中国国内汽车拥有率达到 20%，个人移动终端（那个时候估计不用手机了，应该是掌上电脑的感觉吧）拥有率超过 80%，按照绝对数量，全部位居世界第一。2020 年，会有中国渔民在东海看到外形似龙的不明生物，此消息将引起全国媒体关注，一时间关于是否真的存在龙这种生物的讨论会在全球沸沸扬扬展开。

　　董春台对这则消息十分着迷，他说连外国人都预料到了，说不定中国真的要迎接盛世，真的会有真龙现身了！

　　这时，陶砚瓦接到孙健一个电话，说星期六上午有一个活动，是香港云帆画廊在北京的分店新址开业。本来应该济民同志参加，但他在医院去不了，特别在请柬上批示"请砚瓦同志代表我出席"。

放下电话，果然有人送来请柬。打开看时，尚济民的批示赫然在目。陶砚瓦捧在手上端详一会儿，隐隐感到尚济民对他的使用要改变方向了。

因为有尚济民批示，陶砚瓦理直气壮地从车队要了辆车。云帆画廊新址在东郊高碑店文化新街，距离不近，幸亏有专业司机，否则陶砚瓦自己开车还真是不容易找。

车子一进入文化街，就远远看到路南一个门店张灯结彩，披红戴绿，高处飘了气球，低处挂了条幅，显然就是云帆的新址了。

一下车，早有人帮着开车门，热情地引领进门内签到处。陶砚瓦熟练地拿起毛笔，在砚池里蘸了蘸，把自己名字签了。旁边围观的、拍照的、看热闹的一众人等看了，颇有些人鼓起掌来。陶砚瓦就感觉有人在自己肩头拍了一下，回头看时，原来是蒋绾春，正笑嘻嘻地站在他身后。

陶砚瓦赶紧说：蒋先生好！没想到在这儿见面！说着就伸手去握。

蒋绾春笑着握住陶砚瓦伸过来的右手，左手又在陶砚瓦肩头拍了几下。

陶砚瓦说：你蒋先生可真正是海峡两岸通吃啊！

蒋绾春说：你说得还不对，我是海峡两岸多地通吃！

说着就拉着陶砚瓦去见云帆老板郗运生。郗运生一听说是代表尚济民来的，立刻满脸堆笑地招呼手下给陶砚瓦别上贵宾胸花。至于蒋绾春说的陶主任本人也是一个诗词书法家的话，郗运生似乎就没听到耳朵里。只是说：蒋先生，请你陪着陶主任好好看看。

这个新店是刚刚开业的，但云帆画廊在北京已经经营多年了。原来在城里繁华地带，后来那个地方被业主收回，他们就在东郊这个地方另辟新址。

新址在文化街的东头路南，是一个三层门面房，每层差不多有一百五十米左右，现在展览着时下一些国画名家作品，三层都看了，都是国画，没有书法。

郗运生是个名人，但陶砚瓦此前是只闻其名，未见其人。蒋绾春一边陪着参观，一边就介绍郗运生其人。说郗本人也是学艺术的，自幼研习绘画、篆刻，"文革"期间高中毕业，后来从广东移居香港，上世纪八十年代筹办了云帆画苑，一直从事中国书画的推介，已在新加坡、马来西亚、美国、加拿大以及中国港台、京广等地展览，出版近百本画集，跟国内几乎所有书画大腕都有过合作，有的人直接是由他捧出来的。

与此同时，云帆画苑收藏了大量近现代艺术家作品，涉及国画、油画、水彩、版画、陶艺、雕刻等多个品种。

说话间，店内人渐多，声渐嘈杂。就听有人在喊：一楼仪式开始了！于是大家就都聚焦到一层空旷处，背景墙上有活动标题的地方。

因为是代表尚济民来的，主办方非要陶砚瓦站主席台，而且是比较中间的地方。左右两侧都是赫赫有名的大画家，陶砚瓦推托不掉，只得从命。

好在仪式很短。有人说了几句话，就接着剪彩，台上一人一把剪刀，把条红布咔嚓一剪，掌声响了一阵子，前后十几分钟，一会儿就完事儿了。

有好多人还没看展览，有的从一层看起，有的干脆直接上三层，从上往下看。陶砚瓦已经看了一遍，不想再看了，就对一直陪自己的蒋绾春说：蒋先生，谢谢你。应该是我陪你的，好像咱俩反过来了。我都看过了，想回去了。

蒋绾春说：那可不行！吃完饭再走，郗运生还有事儿找你说呢。

陶砚瓦听了，就想或许真有什么事儿，那就不能走，否则没法向尚济民交代。

蒋绾春说：咱不看了，到旁边喝茶去。说完就领陶砚瓦进了一个小房间。里面有办公桌椅，桌子上有电脑，蒋绾春拽过一把椅子，对陶砚瓦说：先坐这儿，我让他们送点水来。

这时郗运生推门进来了，让人送来茶水和点心、果盘。三个人说起话来。

郗运生说：陶先生可能不太清楚，当时我为什么搞画廊？我那时想做生意赚钱，可干什么？就听人家告诉我，当时许多大画家的画作，都是黄金卖黄土价。黄金卖黄土价，这不就是商机吗？于是我就进了这个行当。

一开始做字画，我们还是要冒极大的风险。因为把他们的作品买下来，虽然不贵，但你要给他办展览、出书、宣传推介等等，都需要花钱。那时候这些钱相对买画的钱是大数目，那时他们这些画在大陆卖不出价钱，在香港也是黄土价。而且你把画家介绍出来以后，他有名了，有钱了，就不再好好画了。或者是他老了，病了，他也画不动了，那你投入的钱就全没了。但是我们还是坚持下来，也确实发展了不少画家朋友。我们相互帮助，直到今天很不容易。

我有一个观点：中国人常常说自己一穷二白，但我不认可。我认为在很长时间里，中国都是全世界最富最发达的国家。当年长安一百多万人口，伦敦那时才十万多人。当时中国超过三十万人口的城市有四十多个，全世界所有国家都没有超过三十万人口的城市。我们怎么是一穷二白呢？

再有，我们一两千年前，就有一个成语"价值连城"，经常有价值连城的宝贝，什么玉琮啊、字画啊，动不动就价值连城。我们有这些价值连城的宝贝时，全世界都还没有，甚至他们根本就不知道有价值连城的东西呢。

我听说你们在搞国学馆，这引起我的兴趣。我认为这一定是大好事。中国的文化，一定会跟经济一样，随着国力提升起来。中国人的艺术产品，也一定会被世界认识，并不断升高其价值。接下来的一二百年间，全世界的财富将被重新洗牌，价值连城的艺术品，一定会一件接一件地出现在中国，中国一定会成为世界上物质财富最集中，艺术财富也最集中的地方。我坚信这一点，也为此而努力。

说到这里，他眉宇间充满一种神圣感。之后，又接着说：

当然，我个人的力量毕竟有限，国家的力量才是最强大的。因此，请转告尚济民先生，我希望有机会与他见面，如果有可能，我愿意为国学馆做点事情。

陶砚瓦说：郗先生不愧是卓有成就的艺术推介大师，理念也很超前。你的想法我一定会向尚济民先生报告。

蒋绾春说：郗先生还有话要对陶主任说呢。

郗运生笑了笑说：我久仰陶主任大名，知道你近几年办了几个展览，内容全部是自己的诗词。我希望能够跟你合作！如果陶主任愿意，我想最近请你到香港办一个展览。

陶砚瓦说：我十分钦佩郗先生盛德大业，也感谢郗先生抬爱。我们中国人近一百年来，对自己的文化经过怀疑和否定，经过吸纳、融合和创新，正在继承和弘扬上着力。你刚才讲得比较乐观，但我感觉还面临一些问题。比如我们过去，总是说诗书画，诗在前面，其次才是书画。诗在这里不仅仅指诗本身，它更重要的是指书画作品的内容、灵魂，以及书画作者的生活理念、美学观点等形而上的东西。但现在的书画，几乎没有诗了，只剩下线条、技巧等看得见的东西了。我认为这是严重的缺陷。也可能我对诗过于敏感，但假如书画艺术从我们这一代人手上丢掉了诗，我想一定会被我们的后人耻笑。

411

　　第二，我们现在是市场经济，说是一切靠市场。但我感觉，不是一切靠市场，而是一切靠资本。资本对于市场的引领和控制，早已经超出经济范畴，对政治、文化、艺术甚至宗教，都能看到它的幢幢鬼影。我感觉这其实是很可怕和可悲的。资本的本质就是逐利，就是弱肉强食，它才不管什么艺术不艺术、有没有诗词呢。所以我对于未来资本当家丝毫也不乐观。

　　当然我要感谢郗先生的抬爱，但我在诚惶诚恐的同时，必须冒昧表达一个心情，那就是郗先生的邀请，即使无关我目前的职务，我也必须考虑这个因素，而且我认为目前确实不太好办。我不想给自己和单位找麻烦，更不想给济民同志找麻烦。

　　蒋绫春在一边说：郗先生这几天忙着开业的事情，听说你代表济民兄来，他非常高兴，还在网上研究你的简历，欣赏你的作品。跟我说几次，愿意为你搞个展览。济民兄那里，我会去谈。

　　中午饭安排在旁边的饭馆，摆了二十来桌，郗运生坚持让陶砚瓦坐在主桌上。席间免不了客气应酬。一顿饭吃到了 1 点半才结束。

　　走时郗运生和蒋绫春都送出来。蒋绫春还谈起刘世光，说他最近忙得很，连出来吃个饭的机会都没有。看着陶砚瓦上了车，两人才挥着手离去。

　　车子一开，司机就问是回机关还是要去什么地方？他们都很愿意参加这些活动，因为都会给些补助。特别是港台人办的活动，一般出手比较大方。

　　陶砚瓦就看他前方风挡玻璃处放着北京医院的车证，就说，咱们直接去北京医院吧，我正好向领导汇报一下。

　　北京的交通比较拥堵，到了医院再进门、停车、上楼，敲门时估计也就两点半了。

　　尚济民太太赵蔚云回家取什么东西了。病房里只有尚济民一人，正独自坐在沙发上看材料。他见陶砚瓦进来，赶紧热情招呼：砚瓦，坐，坐！

　　陶砚瓦一边坐在另一个沙发上，一边打量一下病房里的情况。只见桌子上、地上摆放着很多花篮，只有床头柜上摆着一个花瓶，瓶中插着三朵红玫瑰，陶砚瓦就想起听年轻人讲过，送花是有讲究的，送花人想表示的意思叫作"花语"，三朵红玫瑰表示"我爱你"。瓶子里的花，要么是他太太所送，要么是别的什么人送的，肯定是太太认可的人，否则那位赵蔚云大夫还不得雷霆震怒、花颜尽碎了？

　　陶砚瓦就把刚才参加云帆画廊开业的情况，向尚济民汇报一番，特别提到郗运生先生对国学馆的关注和支持建馆的心愿。本来还想说一说邀请自己办展的事，但感觉尚济民听着，目光里露出些微游移，似乎有点儿心不在焉的样子，这使陶砚瓦很受情绪影响，便只好简单地说，展览的事就没开口讲。

　　尚济民听完未置可否，脸上没有表露任何情绪，只是点点头说了一个字：好。然后，他把头转向窗外，说了声：砚瓦啊，你来得正好，我正想好好和你谈谈呢。

　　陶砚瓦心里就想：该发生的事情马上就要发生了。便不说话，侧耳听下去。

　　尚济民也感觉到有一点压力，他望着窗外的天空，心里想起在台湾的境遇，就想着要把语言组织得好一点。他停了多半分钟的样子，才转过头来说：

　　这一段你搞国学馆筹建，现在项目正式立项了，你辛辛苦苦，做了不少工作。特别这次去台湾，我生了病，你留下来对我精心照顾，使我得以很快恢复过来，当然还有小沈同志帮助，我和我的家人都心存感激。不过砚瓦啊，人生活在世上，要面对很多事情，面对很多人。各种各样的人，有各种各样的想法，要求我们必须谦虚、谨慎，否则就会吃亏。我知道你本质是不错的，也经常受些委屈，有些同志对你有很深的成见，你这个人又比较大大咧咧，满不在乎的样子。我一直考虑你的使用问题，想把你安排好一点。但是最近你不够谨慎，机关有你不少传言，在这种情况下如果上会研究，你八成会通不过。咱们党内讲民主，我也没办法。

　　说到这里，尚济民又停了下来，目光又转向窗外。陶砚瓦这时也没法插话，只能静静等待尚济民开口。尚济民又说：

　　砚瓦，我有个想法和你商量。你看这样行不行？你最近弄诗词、弄书法，还有些意思。听说良利同志也帮你在书法上弄了弄，这很难得啊！于是我想，你还有两年就到退休年龄了，还不如提前在这方面下点功夫。你也知道，机关的编制很少，你的级别是副司级，我请你能不能考虑一下，主动一点，高风亮节，给年轻同志让个位置出来，我给你解决个正司。我可以给你在出版社那边安排个职务，继续在机关院子里上班，钱不少拿，还可以多干几年。当然啦，我可不是做决定，是和你商量。你也考虑考虑，年底前答复我就行。

陶砚瓦听了，既感到有点意外，又感觉也在预料之中。他略加思索后说：谢谢你一直关照我，让我有机会参与国学馆筹建这样一件大事，是我此生的荣幸。你刚才讲的，我一定仔细考虑，尽快答复。我先回去，衷心祝你早日康复！

尚济民脸上露出一点点笑容，说：好好。

陶砚瓦感到没必要再多说什么了，更没必要再坐下去了，就起身要走。

尚济民说：你先别走，我还有话说。刚才蒋绕春来电话，说郗先生请你去香港展览，你自己有些顾虑。我感觉这是个好事，但你有顾虑也没错。我看这样，如果你在两三天内定下来，那就可以轻轻松松准备展览了。

陶砚瓦一听，感觉尚济民话都说到这份儿上了，就回答说：放心，我会马上答复。

刚回到办公室，就见梁守道正坐在沙发上看书，一见他进门，忙问：怎么才回来？

陶砚瓦说：我直接去了医院，找济民同志汇报了一下。有事吗？

梁守道说：这个郗运生可不是一般人，你要好好结交一下。

陶砚瓦支吾一声说：好。

梁守道说：这是你参加我们"百联迎春"活动的稿酬，不多，才三千元，请笑纳。

陶砚瓦说：好。哪天我请你们社长吃饭，应该也够了。

梁守道又拿过几页版面说：这期杂志的诗词部分，请你再费心看看，社长老怕弄出笑话来。

陶砚瓦说：不就是两三个页码嘛，我看就是了。

梁守道说：社长说，杂志经费紧张，你只能作奉献。

陶砚瓦说：好，我就是给你们做义工。

两人说话间，门口传达室老罗打来电话：陶主任，那个姓"大"的人找你。

陶砚瓦听了问：哪个姓"大"的？

老罗说：长头发，穿唐装的，以前来过。

陶砚瓦笑道："大程棣"吧？是不是带着画册来的？

老罗说：不对，我问了，人家叫"大程隶"。啊，他是拎个兜子挺沉的。

陶砚瓦赶紧说：好，让他进来吧。

梁守道也说："大程隶"来了？我们杂志正想采访他呢。

大程隶一进门，屋内气场立刻发生了变化。他提着个无纺布兜子，从里面拿出一本厚厚的大八开画册，画册上是书协一位副主席题写的书名"金丝楠史话"。大程隶把外面的塑封打开，翻到目录后面第二篇文章，是他写的《桢楠赋》，一见此文，他便忘情地为陶砚瓦和梁守道朗读起来：

夫桢楠者，木中之神者也。华夏物博，携风霆雨露而生；南国土肥，择山林川泽而育。大干通直，接高天之声息；峨冠高擎，汲厚地之滋养。枝被柔毛，峨眉之灵秀焕乎；叶裹岚雾，巴蜀之精华凝也。得高僧修炼之禅意，涵至道寂寞之精要。氤氲千载，金丝装点庙堂祠堂；风华百代，香气直达官寺野寺。于是乎，钟鸣鼎食之家，骚兴墨戏之案，遗书孔壁，买赋梁园，藏经之玉篋，修史之公馆，乃至皇庭金殿，天坛祭场，竟无不见斯木矣。或为栋梁，柱地撑天；或作雕饰，飞龙栖凤。惜乎天成，千年未昇其多；恨者人用，一朝犹客土薄。故价值无价，珍贵何堪伐取；更金丝如金，工匠不忍斧凿。于是市无痴愚，但见称斤论两；世有聪明，时闻育苗封山。呜呼！中华横亘东方，桢楠不朽；龙脉绵延宇宙，神木生光！

大程隶一边朗诵，一边还手舞足蹈，配合一些动作。这篇文章是他的呕心沥血之作，早已烂熟于心，倒背如流，而且多次登台表演，收获热烈掌声，并因此而誉满京华，陶砚瓦就听过好多次，但这次他又鼓掌道：画册精美，文赋绝伦，雅士之风，余音绕梁，好极好极！

梁守道也说：名人名赋，名不虚传！

大程隶听了二人美言，并无谦揖之语，也无欣喜之色，而是略有一丝微笑，翻过一页，指着一首七律说道：陶兄请看，您的大作在这里！

陶砚瓦一看，果然见自己诗书作品：《七律二首·读大程隶〈桢楠赋〉》

一

金丝楠木有金丝，南国深山玉露滋。
老树千年修正果，数围孤秀耸神碑。

龙　脉

漫夸御用能称贵，不遇斯文怎得时。

今日儒林吟此赋，万峰如见隐仙姿。

二

桢楠天价始何年，妙手文章莫论钱。

不必密林劳斧锯，但凭吟笔继高贤。

论斤两计阴沉木，披腹心耕智慧田。

便把珠玑藏玉箧，齐名宝器共娜嬛。

陶砚瓦笑道：惭愧惭愧！你当时只说要用这两首拙作，没想到还安排了专页。太隆重了！

梁守道也说：图版是竖幅在右边，释文放在左下方，而且也竖排，挺好，很讲究！

大程隶说：必须的！陶兄二律，正大气象！

陶砚瓦说：二位今天来得好，一位给我送了银子，一位给我送了册子。你们既然来了，都不许走，我要请你们吃个饭。

二人见砚瓦真诚，都说：好好好！

陶砚瓦从柜子里取出一瓶老白干说：走，今晚咱们把它干掉！

三人一起从机关后门出去，直奔华龙街 111 号的毛家菜馆。

这个菜馆是毛泽东家乡族人创办的一个湘菜馆，墙上挂着毛泽东和家人的合影，毛泽东的诗词手迹，生前喜欢吃的菜谱，以及世界名人对毛泽东的评价文字。

坐定后，陶砚瓦让梁守道点菜，说：吃湘菜，你来吧。

梁守道也不推辞，点了两个凉菜，一个毛氏小炒肉，一个剁椒鱼头，一个米豆腐，一个酸豆角。

这边大程隶早把那瓶老白干开了，拿过三个玻璃杯子，三一三剩一，每人一杯，公开公平公道。

陶砚瓦在不少场合都坐主位，已经习惯了端起杯子说话。今晚只有三个人，他看菜上来了，就一脸认真地站起身，并先环顾左右，然后说：大程隶，小梁，谢谢你们对我一贯的支持和帮助。来，先来一口。

三人于是就都站着相互碰杯，也都各自真真假假喝了一口。

陶砚瓦心里有事，大家刚刚坐好，开始动筷子了。他先用小勺子往二人碟子里分别放了几个腊八豆，自己碟子里也放了，还没顾上吃，就又开口说话：

咱们三人，都算是读书人，而且都雅好书法。可最近我开始想一个问题，先说书圣王羲之，永和九年写《兰亭集序》，号称天下第一行书，永和十一年便因与上司不和称病弃官；颜真卿写天下第二行书《祭侄稿》，出入四朝，满门忠烈啊，仍然"晚节偃蹇，为奸臣所挤，见殒贼手"；再说写天下第三行书《黄州寒食诗帖》的苏东坡，平白无故遭人陷害，从湖州被捕入狱，然后一贬再贬，直到海南岛上。我怎么感觉人是好人，官是好官，书是好书，但是下场却是一个不如一个呢？

大程隶接过话茬儿说：人生立德、立功、立言三不朽。人如其书，书如其人，人品决定书品。陶兄，小梁，干一口！

梁守道说：人品书品之说，古已有之。但也有不少质疑之论。欧阳修就说过：古之人皆能书，独其人之贤者传遂远。人们是先喜欢那个人，然后才喜欢他的字，所以最后是只有贤者的字留下来了。其他人的字也有好的，但都被丢掉了。

陶砚瓦说：你们说的都对。只是从古至今，好人总是平白遭人谤毁，实在影响心情。

大程隶和梁守道听闻此言，对视了一下，便都明白了。

大程隶说：陶兄既身在官场，就难免被小人暗害。我倒是想劝你一句，锦城虽云乐，不如早还家！孔子辞官成了圣人，老子出关做了道祖，达摩闭关开了禅宗。你陶兄既有慧根，又修慧心文德，此生必有慧命！干脆一退，人生的精彩就从此始！

梁守道说：陶主任，"不与时人争毁誉，敢从百世要功名"，你撰的这副联好啊！激流勇退，再创辉煌，我们都看好你！

陶砚瓦说：两位都高抬我，鼓励我，让我心生暖意。既然早晚都要退，那应该是早退更好。在咱们国家，在咱们北京，像我这么个刀笔小吏，早退晚退，算不上个狗屁事儿。但我还有一点挂牵，就是这个国学馆。其实国学馆也不用我操心。只是有一点，萦绕我心里挥之不去。就是我们搞了一年多，开了若干会，见了无数人，包括当今的耆宿大儒，应该说几乎没人反对建国学馆。但是，对于国学这个概念，特别是对于国学在今天的形态，却是有一个共同的盲点。几乎所有专家学者，他们心目中的国学，是到 1840 年或者 1949 年以前的东西，好像国学到了 1840 年或者 1949 年就没了，断了。

大程隶和梁守道都默默听得入神，脑子里也循着陶砚瓦的思路思考，不断点头称是。

陶砚瓦指着墙上的毛泽东画像说：毛主席，共产党，是在中国惨遭列强蚕食、国破瓯缺的情况下，带领人民救亡图存，翻天覆地，建立了新中国。我认为毛主席、共产党领导的革命，首先是中华文明的一次革命，也是中华传统文化的一次革命，必然也是中国国学的一次革命。或者可以说，这场革命产生的毛泽东思想，是中国传统文化与西方马克思主义交融、吸纳、改造的结果，是在与西方文明激烈碰撞、密切融合中，用一个个胜利验证的，完全符合中国实际的成果。我这个观点，不知二位感觉能否立得住？

大程隶听了，激动地站起来说：我完全同意！国学不应该只是钻故纸堆，应该面对近百年来无数先烈先贤的探索！

梁守道说：我同意你的基本判断，但是我担心你的观点现在还有很多阻力。

陶砚瓦得到二人认可，就越发有了信心，说：我要找济民同志，把刚才谈的观点说一说，他听也好，不听也罢，总之是有了这样一个声音出来。我尽了力，退而无憾了！

大程隶端着杯子站起来说：小梁，咱们为陶主任丹心报国，敬他一杯！

陶砚瓦说：这话我已经憋了很久了，先说出来请你们把把关。谢谢你们的理解和鼓励！

三人又都各自干了一口。

刚坐下，陶砚瓦手机铃声响了，一接，是秋曼莎打来的，说他的两幅字一下子卖出去了，那个买主说还想多要几张。问陶砚瓦银行卡号，好把钱打过来。

秋曼莎的电话刚挂，三个人就端起酒杯要庆祝一下，这时又有电话打进来，陶砚瓦想了一下，说：先把这杯酒干了再说，三人便一一饮了。

饮完，那电话还在线上，一接，竟然是王良利打来的：

砚瓦啊，我一直想请杜秋水同志吃个饭，可他老没时间。这不，我刚刚跟他约好了，明天晚上，就在咱们机关小餐厅。真不容易啊！老杜对你印象不错，他说一定请你也参加，他说还要向你请教诗词呢。

陶砚瓦就说：好，谢谢，我一定参加。

梁守道问：是王良利？

陶砚瓦点点头。

梁守道说：这人不怎么样，机关好多人都议论他。

陶砚瓦说：他要请杜秋水吃饭，就在机关请，让我陪，说是杜秋水要求的。

梁守道说：杜秋水可不是一般人物，这顿饭还是应该吃。

陶砚瓦说：上次见他一次，也在写诗，而且应该还是写得不错了。

大程隶说：是文联那个杜秋水吗？

陶砚瓦说：对。

大程隶说：我知道他。有次去山东参加一个活动，跟他有过接触。那人不错，挺实在。讲话也挺有水平的，讲理论一套一套的。

梁守道说：他的诗比沈婉佳如何？

陶砚瓦说：比婉佳？那是没法比了。

大程隶问：谁是婉佳？

梁守道说：问陶主任吧。

大程隶就看陶砚瓦。

陶砚瓦这时在看着墙上的毛主席像，心里也想起远方的沈婉佳：

婉佳啊婉佳，最近怎么没有诗了？

第二天一上班，陶砚瓦打开电脑，就看到邮箱里有沈婉佳发来的一封邮件。

陶砚瓦心想，还真不经念叨，昨晚刚和梁守道提起沈婉佳，今天一早就收到她的邮件，估计是有新诗来了。急忙打开一看，没头没尾，只有四句话：

欺人太甚，一腔孤愤。天高地远，千古遗恨。

还有一个附件，题目是《关于凤凰桥火灾事故责任认定的申诉》。

龙　脉

　　哪里是什么新诗，原来是一纸申诉：

市委：

　　我市省保单位凤凰桥发生火灾，调查组认定本人对此负重要领导责任，要对本人进行党内警告处分。经反复学习《中华人民共和国文物保护法》，并向上级文物部门以及律师咨询，感到这个处分并不符合上述法律精神，也不符合此前我局与凤凰镇政府签署的协议。

　　一、经消防部门调查认定，事故系凤凰镇民间组织庙会时，其值班人员未按值班表要求二十四小时值班，脱岗回家，未熄灭的祭祀用火引燃可燃物导致火灾发生，并非日常管理不到位、电线老化等其他偶然因素所致。举办该次庙会活动的组织者有向凤凰镇派出所和镇政府报备，我局并不知情。

　　二、根据国家文物局、文化部、公安部等十六个部委《关于加强和改进文物安全工作的指导意见》明确规定，市文物管理委员会与凤凰镇政府签订了文物安全责任状，责任状中明确规定："乡（镇）、街道法定代表人是安全工作的第一责任人，对本地域所属的文物保护单位的安全工作负责任；分管领导人是主要责任人，在其分管的工作范围内，对文物保护单位的安全工作承担相应的责任。"因此，调查组《错误鉴定材料》认定本人为重要领导责任理由牵强。

　　三、此次凤凰镇举办庙会活动，当地公安机关接到组织者报备后，批准前并未征求我局意见。乡镇亦没向我局报告。我局6月初曾与消防队共同进行了安全检查，当时已就凤凰桥存在安全隐患告知凤凰镇政府并要求整改，同时于6月下旬迅速向全市省保以上单位（含凤凰桥）配备了灭火器，为凤凰桥配备十三具。

　　根据以上情况，本人作为文化部门的分管领导，如存在工作不到位的情况，愿意承担应有的责任。但是，调查组对此次事故原因的认定有失公允，特此申辩，恳请组织调查处理。

申诉人：沈婉佳

　　原来，沈婉佳所在的那个县级市有个凤凰镇，凤凰镇上有座凤凰桥，是个省级保护文物。一个多月前搞庙会，祭祀的、烧香拜佛的、做生意的、购物的、看热闹的，一齐涌来，顿时人山人海，欢声鼎沸。百姓高兴，官员满意，一时皆大欢喜。没想到到了太阳落山时分，人们渐渐离去，祭祀的香火未熄，引燃了废纸破箱，刚巧镇上值班的脱岗回家吃饭去了，那初火没人注意，一阵秋风过来，助其势成燎原。还好有人见到报警，消防车很快过来把火扑灭了。检点周围风物，所幸无人伤亡，只那座雕刻着凤凰、供奉着凤凰的古廊桥，已被烧得面目全非。

一个省级文物被烧，总是当地一件大事。市长大人大怒，启动事后追责。镇上保安值班员脱岗，早被锁了关起来，还有镇上负责安全的、负责文物的，乃至书记、镇长也都挨了处分。市长还提议，市政府主管部门，即市文广新局要有人担责。这一查，就又来了一板子，恰好就打在了分管文物的副局长沈婉佳身上。

于是，市政府决定，给予沈婉佳党内警告处分。

沈婉佳一向自尊心强，上进心也强。参加工作以来，经常是被评为先进、上台领奖的。作为一个女人，她上班努力工作，下班悉心照顾家庭，生活一直平平安安、坦坦顺顺。如今一板子打下来，心里实在接受不了。好歹也是个副局长，在外面因工作生了气，回家后都不好意思跟自己老公说，更不可能跟公婆、儿子讲，只能憋在心里，自己生闷气。

可她思来想去，心里又实在不服这个处分，便找来《中华人民共和国文物保护法》深入学习，又找熟识的律师咨询，得到了法律法规方面的支持，越发感觉市长大人无理，自己受处分太委屈。她咽不下这口气，便埋头写起申诉来。

她把写好的申诉交给了自己在市委组织部的同学，请代为转交给市委常委、组织部部长；又送给了工作中认识的市委书记的秘书，请代为转交市委书记。她想这两个渠道，有一个能给点回响就行。她就开始等待结果，盘算着青天大老爷出现，为她申冤昭雪。

在等待的日子里，她也想到了陶砚瓦。就想着陶砚瓦在北京，说不定也会认识什么人，比如中纪委啊，中组部啊，中宣部啊，或者他会认识省里、市里的人，等等，也可能他会帮着转一转，催办催办，解决起来还会更快些。于是，她就把申诉材料发到陶砚瓦邮箱了。

她哪里知道，陶砚瓦也是满腹抑郁不平之气，正想着下午探视时间一到，就去尚济民那里，把自己的事情谈开，把心里想的国学馆事情谈开，然后彻底解脱，挂冠而去呢！

陶砚瓦又何尝不是心中一番感慨！他心里已经下定了决心，提前结束自己的公务员生涯。但毕竟家乡人、同学朋友，都以为他在国家机关得意呢！特别是北京的方方面面，一旦得知他退了，不再是在职的官员了，那还是会有许多议论的。所以兹事体大，回家也不便对妻儿讲，只能闷在肚里。他甚至想到可以诉说的人，恰恰就是沈婉佳。

他想起婉佳那清朗的笑容和笑声，想起婉佳那飞扬的诗情和神采，不料如今也是"遭沉浊而污秽兮，独郁结其谁语"，真是令人扼腕！

陶砚瓦想到这里，取出手机，给婉佳发了一条十六字短信：

人心惟危，我心如水。持以清渭，抱琴而归。

大约有几分钟过后，应该也就是当年曹植晃晃悠悠走了七步的样子，陶砚瓦收到婉佳回复：

君欲抱琴归，望断云中路。
湘西好山多，我在云深处。

陶砚瓦看过一遍，泪水就汩汩而出了。

尚济民这些天来，整天待在病房里，心情也不是很好。

最近他太太赵蔚云老在他面前叨叨，说哪个哪个部长又安排了什么什么人，有应届毕业的也有从海外学成回国的硕士、博士，有从北京市单位或者从外地调入的，有从军队转业安排进来的，等等。甚至还有家里有钱送到海外瞎混了个文凭，回国后鼓捣鼓捣，也堂而皇之进了国家部委。赵蔚云每天都有关于安排人的信息，好像她就是接收并转报此类事务的专职秘书，而且她说话的口气，简直是把尚济民看成中组部或者人事部负责调配干部的部长了。

尚济民听着，开始曾反驳过几句，说你介绍的人已经安排多少个了？既有司局级，也有新招录的学生，甚至还有司机、厨师。但赵蔚云就很生气地转变话题方向，埋怨尚济民当年没跟对人，上不去不说，现在的单位也不是有钱有势的部门，权力小，办不了个什么事情，看看人家谁谁谁，怎么怎么样，办成多少多少事。

尚济民也就不再反驳。因为他明白了反驳不仅不能阻止这些唠叨，反而还会引来更多唠叨甚至激烈争吵。

而且尚济民心里十分明白的是，赵蔚云现在唠叨的背后，是责怪他还没办成一件事。这件事是赵蔚云答应下来的，早就跟尚济民讲过了，尚济民口头上也答应办了，但是都答应两个多月了，还没有办成。

尚济民的儿子尚可在生意场上认识一个土豪，土豪的儿子现在北京市属单位工作，但土豪感觉在北京市不如在中央国家机关，挣多挣少他不在乎，他在乎的是名声，自己儿子在北京市工作，而不是在"中央"，或者"国务院"，他感觉脸面上过不去。于是土豪就托尚可找尚济民把儿子调入中央国家机关，尚可曾经找尚济民把女朋友的表妹调进来了，当时尚济民就讲只此一回，不许再开口谈人了。这次他揽了事儿，只好找赵蔚云，还说妈妈的面子比儿子大。赵蔚云知道儿子既然开了口，一定是在生意上有求于人家，于是就对尚济民讲了，说时口气很强硬，尚济民口头上也答应了，只是机关编制太紧，一时不方便进来。

昨天找陶砚瓦说过之后，尚济民心里颇觉不快。因为于公来说，让一个司级干部为一个土豪的儿子腾位置，实在有悖常理；于私来说，毕竟陶砚瓦一直积极工作，自己还刚刚在台湾大病时受到他悉心照顾，现在竟为一个和自己并不相干的人，就让他离开。做人不是这样做啊！

而且他十分明白，什么乱七八糟的传言，都指向陶砚瓦，应该都是王良利及其一二亲信所为。陶砚瓦总体上是靠得住的。如今他这样一来，不就是跟王良利同流合污了吗？

但是，等赵蔚云回来，他还是把跟陶砚瓦的谈话过程，一一讲了。赵蔚云一听，果然高兴地说：太好了，但愿陶砚瓦识大体，顾大局。他一退，正好空出一个名额，处长往上一顶，下面再有人顶处长，咱那个人也就堂堂正正调进来了。

尚济民见赵蔚云高兴，也就把刚才的丝丝愧疚，扔到爪哇国去了。

第二天下午 3 点刚过，陶砚瓦就敲门进来了。赵蔚云一见陶砚瓦进来，马上热情相迎，满脸堆笑，端茶倒水，比平时热情百倍。

尚济民见赵蔚云热情，心里并不舒服。就对赵蔚云使眼色说：刚才医生让我换一样什么药？你帮我问问清楚。

赵蔚云马上知趣地答应着出门去了。

二人的谈话很顺利。陶砚瓦先讲了关于国学馆内容建设的一些看法，谈到毛泽东思想，还特意推荐可以让梁继梳理相关内容。最后才谈了自己已经下决心提前退的想法。

在陶砚瓦推荐梁继时，尚济民还很认真地说：梁继这个小伙子不错，我也认为他是个可用之才。

看陶砚瓦如此迅速回复，而且态度也很坚定，尚济民心里也暗暗佩服陶砚瓦的气节和勇气。就说：党组高度肯定你对国学馆的建设所做的工作和贡献。你的意见我会记在心里，但是你也知道大的事情不会是由我们自己定的。对你个人去留的事情，既然你答复这样快，我看也没必要再拖了。下周一开党组会，就把你的事儿定了。出版社那边，我找他们说，你过去做副总编。这事儿在定之前，咱们还是先保密，先不要对别人讲，免得横生枝节。

陶砚瓦说：放心，我明白。

从北京医院出来，陶砚瓦一身轻松，心中畅快。他独自走在大街上，面对来往行人和车辆，不由得仰天一笑，胡乱吟诵起来：

吟诗作赋北窗里，万言不直一杯水。
世人闻此皆掉头，有如东风射马耳。

人心惟危，我心如水。
持以清渭，抱琴而归！

一进机关大门，就看见屠春健正在院子里转。他看见陶砚瓦过来，远远就打招呼：老陶，又去哪儿潇洒了？

陶砚瓦随口答道：出去办了点事儿。

屠春健走近了说：老陶啊，听说今晚你要出席？

陶砚瓦说：领导交代了，我就跟着蹭顿饭吧。

屠春健又压低声音，神秘兮兮地说：良利反复交代，标准定到最高，是个大脑袋啊！

陶砚瓦说：你也应该参加吧？

屠春健颇为自得地说：良利非让我参加，没办法，这不让我受罪嘛！

陶砚瓦又问：还有别人吗？

屠春健答道：没有了，说是只定四个位子。

陶砚瓦说：5点半咱俩去门口等一下吧。

屠春健很夸张地故作惊讶状说：陶大领导要亲自出迎，那可是太隆重了！

5点半的时候，两个人就在办公楼门口碰了头，刚说了几句闲话，一辆黑色奥迪驶过来，车门对着上楼台阶停下，屠春健赶紧去开右后车门，杜秋水从车内先探出头来，下来跟屠春健、陶砚瓦一一握手，然后就在二人陪同下进了楼。

王良利早在休息室恭候，两人见面不仅握了手，还顺势互相搂了肩膀。

杜秋水是个爽快人，说：良利啊，咱们都不是外人。别磨叽了，直接吃饭吧！

王良利笑道：好，咱们边吃边谈！

排位时，杜秋水和王良利谦让了一会儿。最后还是按王良利的意思，杜秋水的职务最高坐了上座，他和陶砚瓦分坐两旁，屠春健坐在杜秋水对面。

王良利说：请杜老兄吃饭，经请示我们家一把同意，特准我拿来两瓶茅台，同时请我们机关两位酒仙作陪，一定要吃好喝好！

倒酒的女服务员是新来的，陶砚瓦已经不认识了。虽然是在机关吃饭，首位是杜秋水坐着，让陶砚瓦感到像是到了一个陌生的地方，有一种梦里不知身是客的感觉。

杜秋水说：既然良利让我坐这儿，我想他是让我多干活儿。来，咱们先提三杯酒。

见大家都站起身，杜秋水接着说：头一杯站起来喝，之后谁都不许胡起立！

杜秋水提三杯酒，每一杯都有说辞。第一杯是祝贺王良利即将荣膺书协理事；第二杯祝贺陶砚瓦即将荣膺书协专委；第三杯希望两位书法家笔力飞升，成为当代名家、大师！

　　紧接着是王良利单独敬杜秋水两杯，好事成双；陶砚瓦如法炮制，也连敬了两杯；屠春健最后敬，端着杯子站起来说：我们领导专门交代，说今晚来的是贵客，一定要接待好。可我们条件有限，有什么不周之处，还请领导谅解海涵。

　　杜秋水说：你敬我酒，我一定喝，但我得叫良利陪上。良利啊，你还不知道我的性格吗？我是那种端架子的人吗？说实话，在地方工作时，那我这个官就不算小了。可到了北京，我算个什么？比我官大的有的是！

　　王良利果然也站起来陪着喝了两杯。

　　杜秋水喝过这一圈酒后，话明显多起来：

　　今晚人不多，又是在机关，我给大家讲个笑话——其实是个真事儿。前几年我到地方出差，一个地级市的副市长请我吃饭，聊得很投机，酒也喝透了，从此就成了朋友。前几天在一个场子吃饭，我们又见面了。我就说祝贺你步步高升啊！可他说了几句话，把全场都笑喷了。他说：我过去在地方，想见谁就见谁，没人管。现在见个人难了！而且也不能随便见。我也不能随便出头露面了，走到哪里都有人跟着。其实是个猴儿，人家想什么时候牵出来就什么时候牵出来，遛一会儿耍一会儿就又牵回去了。咱感觉没遛够没耍够，想再遛遛，再多耍一会儿，不行！人家又牵着你回去了。

　　说到这里，杜秋水也不管别人笑不笑，他自己先哈哈笑起来。大家也陪他笑起来。

　　杜秋水说：砚瓦啊，你有良利这样的好领导，多幸福啊！来，你得敬良利一杯！

　　陶砚瓦赶紧端起杯子站起来说：对对，我敬良利同志！

　　王良利也站起身说：咱们是自家人，不必客气！

　　陶砚瓦正准备先喝为敬呢，听到王良利说话，不禁喉咙一紧，嗓子里像是卡了个东西，呛了一下，差点儿吐出来。

　　这时门开了，进来两个穿深色西服的，径直走到王良利身旁，轻声说：你是王良利吗？

　　王良利答：是啊！你们是……

靠他近的那位深色西服亮出自己的证件说：我们是中纪委的，来请你跟我们走，有些事儿你得向组织说清楚。

王良利闻言，顿时面如土色，呆若木鸡，手里的杯子掉在了地上，叭一声碎了。

杜秋水、陶砚瓦、屠春健三人面面相觑，都不知说什么好。

两个深色西服仍然轻声说：走吧。

只见王良利哆哆嗦嗦站起身，跟着两个深色西服就往外走。到了门口，他回过头来，看了大家一眼，没有说话，几个人也没有说话，目送三人离去。

杜秋水问陶、屠二人：知道什么事儿吗？

二人都摇头。

杜秋水说：咱这饭还吃得下去吗？

陶砚瓦说：酒就别喝了吧！上主食，饭总是应该吃吧？

杜秋水说：好，吃饭！

屠春健对那个女服务员说：上饭！

尾　声

陶砚瓦想着看香港龙年的第一缕曙光。即使头天晚上酒会弄得很晚，他还是早早醒来。打开窗帘，望着东边天上的鱼肚白，以及鱼肚白下面的维多利亚海，海上行船正划出一条条的白线。

头天晚上的迎龙年诗墨展开幕式十分隆重热闹。

中国书协、中国作协、中华诗词学会都分别送了花篮。

尚济民以及班子成员程秉祺、陆如海、魏发达以及岳顺祥，新任应急办副主任刘世光，文联领导杜秋水，都发了贺信或祝贺短信。

梁继也发了祝贺短信：祝陶叔叔大展圆满成功！致仕而专注诗墨，人生之成功逆袭！人事司刚刚找我谈话，拟提我为学术部副主任。第一个向您汇报！

晚上的酒会同样政商云集，在内地也很知名的名星大腕悉数登场，气氛十分热烈。

让陶砚瓦深感意外的是：方永晖竟然也赶来了。他说他是从香港去美国的，和郜运生是多年老朋友了。陶兄的展览，他必须捧场，一定要买点作品收着，等着以后价值连城呢。

方永晖还说：前些日子听说陶兄退了，我以为你这辈子画句号了。没想到你退出官场，在诗坛书坛上满血复活了！佩服佩服！

郜运生和蒋绾春都是很讲信义的人，展览的一切费用和事务都由郜运生负责，自然不用陶砚瓦操心。根据原先的协议，他这次来港参展的八十幅作品，将全部交由郜运生处理。

丽思卡尔顿酒店位于环球贸易广场的顶部，它的大堂设在第103层，海拔超过四百米。从103层往上一直到118层，都是它的客房，据说它是全世界最高的酒店。

陶砚瓦站在第 110 层的房间里。他记忆中这是第一次住进这么高的房子里。

不夜城香港头天晚上还有新年焰火。维多利亚港湾沿岸都挤得人山人海，水泄不通。人们在焰火中忘情欢呼着，雀跃着，迎接着神秘而又充满魅力的 2012 年。

其实不独香港，全世界的华人都在心里憧憬着，陶砚瓦想。

龙年曙光终于出现了！它先从远海深处烧出一点红火，很快就烧成一片，烤得东面的楼顶熠熠闪着红光。这红光一直照到楼对面的太平山，以及太平山上矗立着的楼宇。

太阳出来了，黑暗不见了。它只是躲起来了，而且躲得并不远。

陶砚瓦把窗子打开一条缝，感受海风拂过面庞的刹那。他在心里说了一句："龙年到了！"

这个龙年对于陶砚瓦来说，注定会是意义非凡的一年。

陶砚瓦又想。

这时，放在床头柜上的手机响了一声。陶砚瓦就想：谁这么早来短信？

打开看时，原来是从不发短信的董春台，短信内容是：

指导员：今今刚刚生了！母子平安！特报。

陶砚瓦看了，幸福的感觉就跟窗外的曙光一样灿烂。他把手机往床上一扔，对着那曙光就唱起来：

东方红，太阳升……

唱完这句，他高举双手，对着太阳升起的方向狂跳几下，又光着脚在地毯上来回狂奔了几圈，这才把自己身子扔到床上，又上上下下抻了一会儿。

头上的天花板依然是淡黄色的。天花板！作为公务员头上的天花板已经不在了，但是人生头上永远有个天花板，总是对每个生命给予看得见的希望，又对生命的空间进行限制。

想到"生命的天花板"这个概念，陶砚瓦一阵激动。

陶砚瓦就想自己又到了生命的紧要阶段，必须重新给自己注入坚定意志力。

龙　脉

　　他望着窗外的曙光。那一抹曙红的边沿正在出现金黄色，活像一条巨龙从南海向北方飞来。

　　陶砚瓦想起中华龙的龙象：元亨利贞，刚健中正。目前尚是潜龙勿用，终将一飞在天。

　　他心里一阵激动，就想象自己要去找那龙，但似乎很艰困迷茫。

　　他奋力挣扎，感觉到天上的龙正给他前行的力量。

　　他对天上的龙说：

　　中国看到你了，世界也看到你了。

2014 年 10 月 17 日一稿

2015 年 6 月 8 日二稿

2016 年 4 月 21 日三稿